P9-ASK-321

Gli struzzi   58

Copyright © 1974 Elsa Morante and Giulio Einaudi editore s.p.a., Torino

ISBN 88-06-39727-3

Elsa Morante
La Storia

Romanzo

Einaudi

La Storia
Romanzo

Non c'è parola, in nessun linguaggio umano, capace di consolare le cavie che non sanno il perché della loro morte.

(Un sopravvissuto di Hiroscima)

... hai nascosto queste cose ai dotti e ai savi e le hai rivelate ai piccoli...
... perché cosí a te piacque.

Luca X-21

Por el analfabeto a quien escribo

.....19**

> «... di procurarmi un catalogo, un opuscolo,
> perché quaggiú, madre mia, non arrivano le no-
> vità del gran mondo...»

(dalle Lettere Siberiane)

..... 1900-1905

Le ultime scoperte scientifiche sulla struttura della materia segnano l'inizio del secolo atomico.

1906-1913

Non troppe novità, nel gran mondo. Come già tutti i secoli e millennii che l'hanno preceduto sulla terra, anche il nuovo secolo si regola sul noto principio immobile della dinamica storica: *agli uni il
potere, e agli altri la servitú*. E su questo si fondano, conformi, sia
l'ordine interno delle società (dominate attualmente dai «Poteri»
detti *capitalistici*) sia quello esterno internazionale (detto *imperiali-
smo*) dominato da alcuni Stati detti «Potenze», le quali praticamente si dividono l'intera superficie terrestre in rispettive proprietà, o
Imperi. Fra loro, ultima arrivata è l'Italia, che aspira al rango di
Grande Potenza, e per meritarselo s'è già impadronita con le armi
di alcuni paesi stranieri – di lei meno potenti – costituendosi una piccola proprietà coloniale, ma non ancora un Impero.

Pur sempre fra loro in concorrenza minacciosa e armata, le Potenze volta a volta si associano in *blocchi*, per comune difesa dei loro
propri interessi (che vanno intesi, all'interno, per gli interessi dei
«poteri»). Agli altri, i soggetti alla servitú, che non partecipano agli
utili ma che tuttavia servono, tali interessi vengono presentati in termini di astrazioni ideali, varianti col variare della pratica pubblicita-
ria. In questi primi decenni del secolo, il termine preferito è *patria*).

Attualmente, il massimo potere, in Europa, è conteso fra due blocchi: la *Triplice Intesa*, di Francia, Inghilterra, e Russia degli Zar; e
la *Triplice Alleanza*, di Germania, Austria-Ungheria, e Italia. (L'Italia passerà poi all'Intesa).

Al centro di tutti i movimenti sociali e politici stanno le grandi
industrie, promosse, ormai da tempo, col loro enorme e crescente sviluppo, ai sistemi delle *industrie di massa* (che riducono l'operaio «a
un semplice accessorio della macchina»). Per le loro funzioni e i loro
consumi, le industrie hanno bisogno di masse, e viceversa. E siccome
il lavoro dell'industria è sempre al servizio di Poteri e Potenze, fra i
suoi prodotti il primo posto, necessariamente, spetta alle armi (*corsa
agli armamenti*) le quali, in base all'economia dei consumi di massa,
trovano il loro sbocco nella guerra di massa.

1914

Scoppio della Prima Guerra Mondiale, fra i due blocchi contrap-
posti di Potenze, a cui si aggregano successivamente altri alleati o

7

satelliti. Entrano in azione i prodotti nuovi (o perfezionati) dell'industria degli armamenti, fra i quali i carri armati e i gas.

1915-1917

Contro le maggioranze del paese che si oppongono alla guerra (e vengono perciò dette *disfattiste*) prevalgono il re, i nazionalisti e i vari poteri interessati, con l'entrata in guerra dell'Italia – a fianco dell'Intesa. Fra gli altri, si schiera poi con l'Intesa anche la Super-Potenza degli Stati Uniti.

In Russia, cessazione della guerra con le Potenze, in séguito alla grande rivoluzione marxista per il social-comunismo internazionale, diretta da Lenin e da Trotsky («Gli operai non hanno patria» «Muovere guerra alla guerra» «Trasformare la guerra imperialistica in guerra civile»).

1918

La Prima Guerra Mondiale si conclude con la vittoria dell'Intesa e dei suoi presenti alleati (27 nazioni vincitrici, fra cui l'Impero Giapponese). Dieci milioni di morti.

1919-1920

In rappresentanza delle Potenze vincitrici e dei loro alleati, al tavolo della pace siedono settanta personaggi, i quali stabiliscono fra loro la nuova spartizione del mondo, e tracciano la nuova carta d'Europa. Con la fine e lo smembramento degli Imperi Centrali vinti, si determina il passaggio di proprietà delle loro colonie alle Potenze vittoriose, e la definizione, in base al principio di nazionalità, di nuovi Stati europei indipendenti (Albania, Jugoslavia, Cecoslovacchia e Polonia). Alla Germania, fra l'altro, viene imposta la cessione del *corridoio di Danzica* (valevole come accesso al mare per la Polonia) che taglia in due il suo territorio nazionale.

I termini della pace vengono contestati, quali insoddisfacenti e provvisorii, da alcuni dei contraenti, fra cui l'Italia (*pace mutilata*) e risultano insostenibili per le popolazioni dei paesi vinti, condannate alla fame e alla disperazione (*pace punitiva*).

Al tavolo della pace, è assente la Russia, attualmente accerchiata e ridotta a un campo di battaglia internazionale per l'intervento militare delle massime Potenze (Francia, Inghilterra, Giappone e Stati Uniti) nella guerra civile contro l'Armata Rossa. Attraverso questa prova cruciale, e sotto l'assedio delle stragi, delle epidemie e della miseria, a Mosca si fonda il *Comintern* (Internazionale Comunista) che chiama tutti i proletari del mondo, senza distinzione di razza, né di lingua, né di nazionalità, all'impegno comune di unità rivoluzionaria, verso la Repubblica Internazionale del proletariato.

1922

Dopo anni di guerra civile, finita con la vittoria dei rivoluzionari, in Russia è sorto il nuovo Stato URSS. Il quale rappresenterà il segno della speranza per tutti i «dannati della terra» che dalla guerra – vinta o persa – non hanno ottenuto che un aggravamento dei loro mali; mentre invece rappresenterà il famoso *spettro* del comunismo, incombente ormai sull'Europa, per le Potenze e per i padroni della terra e dell'industria, a cui la guerra è servita, in massima, come una grandiosa speculazione.

Costoro, in Italia (sede di una delle loro filiali piú sordide) si uniscono ai loro servitori, e ai generici rivendicatori della *pace mutilata*, per una riscossa a oltranza dei propri interessi. E non tardano a trovare un loro campione e strumento adatto in Benito Mussolini, arrivista mediocre, e «impasto di tutti i detriti» della peggiore Italia: il quale, dopo aver tentato il proprio lancio sotto l'insegna del socialismo, ha trovato piú vantaggioso di passare a quella contraria dei poteri in sede (i padroni, il re, e successivamente anche il papa). Sulla sola base programmatica di un anticomunismo garantito, minatorio e dozzinale, egli ha fondato i suoi *fasci* (d'onde *fascismo*), consorzio di vassalli e sicari della *rivoluzione* borghese. E in simile compagnia, provvede agli interessi dei suoi mandanti con la violenza terroristica di povere *squadre d'azione* prezzolate e confuse. A lui il re d'Italia (uomo sprovvisto di qualsiasi titolo di menzione fuori di quello ereditato di re) volentieri consegna il governo della nazione.

1924-1925

In Russia, morte di Lenin. Sotto il suo successore, che si è dato il nome di Stalin (Acciaio), le esigenze interne nazionali (collettivizzazione, industrializzazione, autodifesa contro le Potenze coalizzate nell'anticomunismo, ecc.) faranno accantonare fatalmente gli ideali del Comintern e di Trotsky (*rivoluzione permanente*) a favore della tesi staliniana (*socialismo in un solo paese*). Finché la *dittatura del proletariato*, prevista da Marx, dopo essersi ridotta a dittatura gerarchica di un partito, si degraderà a dittatura personale del solo Stalin.

In Italia, dittatura totalitaria del fascista Mussolini, il quale frattanto ha ideato una formula demagogica per il rafforzamento del proprio potere di base. Essa agisce specialmente sui ceti medii, che ricercano nei falsi ideali (per la loro dolorosa incapacità dei veri) una rivincita della propria mediocrità: e consiste nel richiamo alla stirpe *gloriosa* degli Italiani, eredi legittimi della Massima Potenza storica, la Roma Imperiale dei Cesari. Per merito di questa, e altre simili direttive nazionali, Mussolini verrà inalzato a «idolo di massa» e assumerà il titolo di *Duce*.

1927-1929

In Cina, ha inizio la guerriglia dei rivoluzionari comunisti, guidati da Mao Tse Tung, contro il potere centrale nazionalista.

In URSS, disfatta dell'opposizione. Trotsky viene espulso dal Partito, e poi dall'Unione Sovietica.

A Roma, *patti lateranensi* del papato col fascismo.

1933

In situazione analoga a quella italiana, in Germania i poteri costituiti consegnano il governo del paese al fondatore del fascismo tedesco (*nazismo*) Adolfo Hitler, un ossesso sventurato, e invaso dal vizio della morte («Lo scopo è l'eliminazione delle forze viventi») il quale a sua volta assurge a idolo di massa, col titolo di Führer, adottando come formula di strapotere la superiorità della razza germanica su tutte le razze umane. In conseguenza, il programma già previsto del grande Reich esige l'asservimento totale e lo sterminio di tutte le razze inferiori, a cominciare dagli Ebrei. Ha inizio in Germania la persecuzione sistematica degli Ebrei.

1934-1936

Lunga marcia di Mao Tse Tung attraverso la Cina (12 000 km) per aggirare le forze preponderanti del Governo nazionalista (Kuomintang). Di 130 mila uomini dell'Armata Rossa, ne arrivano vivi 30 mila.

Nell'URSS Stalin (assunto ormai, lui pure, a «idolo di massa») dà inizio alla «Grande Purga», con la progressiva eliminazione fisica dei vecchi rivoluzionari del Partito e dell'Esercito.

Secondo la formula imperiale del Duce, l'Italia con la violenza armata si appropria dell'Abissinia (Stato africano indipendente) e si promuove a Impero.

Guerra civile in Spagna, provocata dal cattolico-fascista Franco (detto il *Generalissimo* e il *Caudillo*) per conto dei soliti poteri sotto la minaccia dello «spettro». Dopo tre anni di devastazioni e di massacri (fra l'altro, si instaura in Europa la distruzione dall'alto di intere città abitate) prevarranno i fascisti (*falangisti*) grazie al solido aiuto del Duce e del Führer e alla connivenza di tutte le Potenze del mondo.

Il Führer e il Duce si associano nell'*Asse Roma-Berlino*, consolidato in séguito nel patto militare detto *d'acciaio*.

1937

Stretto un patto *anti-comintern* coi paesi dell'Asse, il Giappone Imperiale invade la Cina, dove la guerra civile viene interrotta temporaneamente per opporre un fronte comune contro l'invasore.

Nell'URSS (politicamente isolata in un mondo di interessi ostili al comunismo) Stalin, mentre all'interno intensifica il sistema del terrore, nei rapporti esterni con le Potenze sempre piú si applica alla strategia obiettiva di una *real-politik*.

1938

Nell'URSS, il sistema staliniano del terrore dai vertici della burocrazia si estende alle masse popolari (milioni e milioni di arresti e di deportazioni nei campi di lavoro, condanne a morte indiscriminate e arbitrarie in una moltiplicazione parossistica, ecc.). Tuttavia, le moltitudini terrestri degli oppressi – del resto disinformate e mantenute nell'inganno – guardano sempre all'URSS come alla sola patria della loro speranza (difficile rinunciare a una speranza, quando non ce ne sono altre).

Accordi di Monaco fra i capi dell'Asse e le Democrazie Occidentali.

In Germania, con la notte sanguinosa detta *dei cristalli*, i cittadini tedeschi sono autorizzati in pratica al libero genocidio degli Ebrei.

Seguendo i dettami dell'alleata Germania, anche l'Italia proclama le proprie leggi razziali.

1939

Nonostante gli impegni concilianti presi a Monaco di recente con le Potenze Occidentali, Hitler intende dar fondo al proprio programma, che esige in primo luogo la rivendicazione dei diritti imperiali tedeschi contro la *pace punitiva* di venti anni prima. Per cui, dopo l'annessione dell'Austria, il Führer procede all'invasione della Cecoslovacchia (súbito imitato dal Duce che si annette l'Albania) e inizia quindi trattative diplomatiche con la Potenza staliniana.

Il risultato delle trattative è un patto di non-aggressione fra la Germania nazista e l'Unione Sovietica – il quale permette ai due contraenti la doppia aggressione e mutua spartizione della Polonia. All'azione immediata delle truppe hitleriane contro la Polonia d'occidente, risponde, da parte della Francia e dell'Inghilterra, la dichiarazione di guerra alla Germania, che dà inizio alla Seconda Guerra Mondiale.

A questa, provvederà l'attività indefessa e senza turni di riposo delle industrie belliche, le quali, applicando alla macchina milioni di organismi umani, già forniscono nuovi prodotti (fra i primi, i carri superarmati e supercorazzati detti *panzer*, gli aerei *caccia* e bombardieri di vasta autonomia, ecc.).

Frattanto, in attuazione dei propri piani strategici (che già prevedono un urto inevitabile con la Germania Imperiale) Stalin, dopo la concordata invasione da oriente della Polonia, ha proceduto alla sottomissione forzata degli Stati baltici, contro l'impossibile renitenza della Finlandia, che verrà infine piegata dalle armi sovietiche. Anche le industrie sovietiche, in un impegno totalitario, lavorano alla produzione bellica di massa, applicandosi in ispecie alla tecnica di moderni lanciarazzi di superiore potere dirompente, ecc.

Primavera-Estate 1940

La prima fase della Seconda Guerra Mondiale segna l'avanzata rapidissima del Führer, che dopo avere occupato Danimarca, Norvegia, Olanda, Belgio e Lussemburgo, travolge la Francia fino alle porte di Parigi. Rimasto fin qui seminneutrale, ma fatto ormai sicuro della vittoria imminente, il Duce decide allora di tener fede in extremis al Patto d'acciaio («qualche migliaio di morti varrà la spesa, per sedermi al tavolo della pace») e fa la sua dichiarazione di guerra a Gran Bretagna e Francia, quattro giorni prima dell'entrata dei Tedeschi a Parigi. Né i successi trionfali di Hitler, né le sue proposte di pace, non ottengono, però, il ritiro della Gran Bretagna, che s'impegna anzi a una disperata resistenza; mentre d'altra parte l'intervento italiano determina l'apertura di un nuovo fronte nel Mediterraneo e in Africa. La blitz-krieg o guerra-lampo dell'Asse si allarga e si prolunga al di là del prevedibile.

Battaglia aerea di Hitler contro l'Inghilterra, col bombardamento ininterrotto e la distruzione totale di vie, porti, installazioni e intere città abitate. Entra nel vocabolario il verbo *coventrizzare*, dalla città inglese di Coventry, polverizzata dalle incursioni tedesche. La battaglia terroristica, perseguita senza soste per settimane e mesi nell'intento di disarmare la resistenza britannica (in vista di un possibile sbarco risolutivo) non ottiene, tuttavia, l'effetto richiesto.

L'azione in corso a occidente non distoglie frattanto il Führer da altri suoi piani segreti per una prossima azione a oriente contro l'Unione Sovietica (prevista nel disegno storico del Grande Reich, che esige insieme lo sterminio della razza inferiore slava e la scancellazione dalla terra dello spettro bolscevico). Ma anche qui il Führer sottovaluta le risorse dell'avversario, oltre che i rischi dell'operazione.

Patto Tripartito Germania-Italia-Giappone col disegno di stabilire un «nuovo ordine» (imperial-fascista) nell'Eurasia. Al patto aderiscono Ungheria, Romania, Bulgaria, Slovacchia e Jugoslavia.

Autunno-Inverno 1940

Improvvisa aggressione dell'Italia alla Grecia, annunciata dai responsabili come «una facile passeggiata». L'impresa malcalcolata si rivela invece disastrosa per gli Italiani che, ricacciati dai Greci, in una rotta disordinata e senza mezzi vengono sorpresi dall'inverno fra le montagne dell'Epiro.

La flotta italiana subisce gravissime perdite nel Mediterraneo.

In Africa Settentrionale, difficile difesa dei presidii italiani minacciati dall'Armata Britannica del Deserto . . . . .

Un giorno di gennaio dell'anno
1941
un soldato tedesco camminava
nel quartiere di San Lorenzo a Roma.
Sapeva 4 parole in tutto d'italiano
e del mondo sapeva poco o niente.
Di nome si chiamava Gunther.
Il cognome rimane sconosciuto.

1.

Un giorno di gennaio dell'anno 1941, un soldato tedesco di passaggio, godendo di un pomeriggio di libertà, si trovava, solo, a girovagare nel quartiere di San Lorenzo, a Roma. Erano circa le due del dopopranzo, e a quell'ora, come d'uso, poca gente circolava per le strade. Nessuno dei passanti, poi, guardava il soldato, perché i Tedeschi, pure se camerati degli Italiani nella corrente guerra mondiale, non erano popolari in certe periferie proletarie. Né il soldato si distingueva dagli altri della sua serie: alto, biondino, col solito portamento di fanatismo disciplinare, e, specie nella posizione del berretto, una conforme dichiarazione provocatoria.

Naturalmente, per chi si mettesse a osservarlo, non gli mancava qualche nota caratteristica. Per esempio, in contrasto con la sua andatura marziale, aveva uno sguardo disperato. La sua faccia si denunciava incredibilmente immatura, mentre la sua statura doveva misurare metri 1,85, piú o meno. E l'uniforme, – cosa davvero buffa per un militare del Reich, specie in quei primi tempi della guerra – benché nuova di fattura, e bene attillata sul suo corpo magro, gli stava corta di vita e di maniche, lasciandogli nudi i polsi rozzi, grossi e ingenui, da contadinello o da plebeo.

Gli era capitato, invero, di crescere intempestivamente, tutto durante l'ultima estate e autunno; e frattanto, in quella smania di crescere, la faccia, per difetto di tempo, gli era rimasta ancora uguale a prima, tale che pareva accusarlo di non avere neanche la minima anzianità richiesta per l'infimo suo grado. Era una semplice recluta dell'ultima leva di guerra. E fino al tempo della chiamata ai suoi doveri militari, aveva sempre abitato coi fratelli e la madre vedova nella sua casa nativa in Baviera, nei dintorni di Monaco.

La sua residenza, precisamente, era il villaggio campestre di Dachau, che piú tardi, alla consumazione della guerra, doveva rendersi famoso per il suo limitrofo campo di «lavoro e di esperienze biologiche». Ma, ai tempi che il ragazzo cresceva nel villaggio, quella macchina delirante di massacro era ancora alle sue prove iniziali e clandestine. Nelle adiacenze, e fino all'estero, essa veniva addirittura lodata come una sorta di sanatorio modello per i devianti... A quei tempi, il numero dei suoi soggetti era di cinque o seimila forse; ma il campo doveva farsi di anno in anno piú popoloso. Da ultimo, nel 1945, la cifra totale dei suoi cadaveri fu di 66 428.

Però le esplorazioni personali del soldato, come non potevano spingersi (ovviamente) fino all'inaudito avvenire, cosí pure nei confronti del passato, e dentro lo stesso presente, erano rimaste finora assai confuse, poche e ristrette. Per lui, quel villaggetto materno in Baviera significava l'unico punto chiaro e domestico nel ballo imbrogliato della sorte. Fuori di là, finché non s'era fatto guerriero, aveva frequentato soltanto la prossima città di Monaco, dove andava per qualche lavoro di elettricista e dove, da non molto, aveva imparato a fare l'amore, con una prostituta anziana.

La giornata d'inverno, a Roma, era coperta e sciroccale. Era finita ieri l'Epifania «che tutte le feste si porta via», e appena da pochi giorni il soldato aveva concluso la sua licenza natalizia, passata a casa con la famiglia.

Di nome si chiamava Gunther. Il cognome rimane sconosciuto.

Lo avevano scaricato a Roma quella mattina stessa, per una brevissima tappa preparatoria lungo il viaggio verso una destinazione finale, la quale era di conoscenza riservata allo Stato Maggiore, però ignota alle truppe. Fra i camerati del suo reparto, si congetturava in confidenza che la mèta misteriosa fosse l'Africa, dove s'intendeva, pare, predisporre dei presidii, in difesa dei possedimenti coloniali dell'Italia alleata. Questa notizia lo aveva elettrizzato, in partenza, con la prospettiva di un'autentica avventura esotica.

AFRICA! Per uno appena cresciuto, che i suoi viaggi li faceva in bicicletta o sull'autobus che porta a Monaco, questo è un nome!

AFRICA! AFRICA!!
... Piú di mille soli e diecimila tamburi
zanz tamtam baobab ibar!
Mille tamburi e diecimila soli

sugli alberi del pane e del cacao!
Rossi arancioni verdi rossi
le scimmie giocano al calcio con le noci di cocco
Ecco il Capo Stregone Mbunumnu Rubumbu
sotto un ombrello di penne di pappagallo!!!
Ecco il predone bianco a cavallo d'un bufalo
che batte i monti del Drago e dell'Atlante
zanz tamtam baobab ibar
nelle gallerie delle foreste fluviali
dove i formichieri ci saltano a stormi!
Ho una capanna aurifera e diamantifera
e sul mio tetto uno struzzo ci ha fatto il nido
vado a ballare coi cacciatori di teste
Ho incantato un serpente a sonagli.
Rossi arancioni verdi rossi
dormo su un'amaca nel Ruwenzori
Nella zona delle mille colline
acchiappo i leoni e le tigri come lepri
Vado in canoa sul fiume degli ippopotami
mille tamburi e diecimila soli!
Acchiappo i coccodrilli come lucertole
nel Lago Ngami
e nel
Limpopo.

... Questo, qua in Italia, era il suo primo sbarco all'estero; e poteva già servirgli come anticipo per la curiosità e l'eccitamento. Ma anche prima di arrivare, all'uscita dai confini di Germania, lo aveva sorpreso un'orrenda e solitaria malinconia, che denunciava la sua indole non formata, piena di contrasti. Un po', difatti, il ragazzo era impaziente di avventura; ma un altro po' rimaneva, a sua stessa insaputa, un mammarolo. Un po', si prometteva di compiere azioni ultraeroiche, da fare onore al suo Führer; e, un altro po', sospettava che la guerra fosse un'algebra sconclusionata, combinata dagli Stati Maggiori, ma che a lui non lo riguardava per niente. Un po', si sentiva pronto a qualsiasi brutalità sanguinosa; e un altro po', durante il viaggio, ruminava continuamente un'amara compassione della sua prostituta di Monaco, al pensare che ormai quella troverebbe pochi clienti, perché era vecchia.

Via via che il viaggio procedeva verso il sud, l'umore triste, in lui, prevalse su ogni altro istinto, fino a renderlo cieco ai paesaggi, alla gente e a qualsiasi spettacolo o novità: «Eccomi portato di peso», si disse, «come un gatto dentro un sacco, verso il Continente Nero!» Non *Africa* pensò, stavolta, ma proprio *Schwarzer Erdteil, Continente Nero*: vedendo l'immagine d'un tendone nero che già fin d'ora gli si stendeva sopra all'infinito, isolandolo dai suoi stessi compagni presenti. E sua madre, i suoi fratelli, i rampicanti sul muretto di casa, la stufa dell'ingresso, erano una vertigine che si allontanava al di là di quel tendone nero, come una galassia in fuga per gli universi.

In questo stato, giunto alla città di Roma, usò del suo permesso pomeridiano per buttarsi solo, a caso, nelle strade prossime alla caserma dove avevano sistemato il suo convoglio per la sosta. E capitò nel quartiere di San Lorenzo senza nessuna scelta, come un imputato accerchiato dalle guardie che, oramai, della sua ultima libertà irrisoria non sa piú che farsene, meno che d'uno straccio. Sapeva esattamente n. 4 parole in tutto d'italiano, e di Roma sapeva soltanto quelle poche notizie che s'imparano alla scuola preparatoria. Per cui gli fu facile supporre che i casamenti vecchi e malridotti del quartiere San Lorenzo rappresentassero senz'altro le antiche architetture monumentali della Città Eterna! e all'intravvedere, oltre la muraglia che chiude l'enorme cimitero del Verano, le brutte fabbriche tombali dell'interno, si figurò che fossero magari i sepolcri storici dei cesari e dei papi. Non per questo, tuttavia, si fermò a contemplarli. A quest'ora, per lui Campidogli e Colossei erano mucchi d'immondezza. La Storia era una maledizione. E anche la geografia.

Per dire il vero, l'unica cosa che in quel momento lui andasse cercando, d'istinto, per le vie di Roma, era un bordello. Non tanto per una voglia urgente e irresistibile, quanto, piuttosto, perché si sentiva troppo solo; e gli pareva che unicamente dentro un corpo di donna, affondato in quel nido caldo e amico, si sentirebbe meno solo. Ma per uno straniero nella sua condizione, e in quell'umore torvo e forastico che l'opprimeva, c'era poca speranza di scoprire un simile rifugio là in giro, a quell'ora e senza nessuna guida. Né per lui si poteva contare sulla fortuna d'un incontro di strada occasionale: giacché, pur essendosi sviluppato, senza quasi saperlo, in un bel ragazzetto, il soldato Gunther era tuttora piuttosto inesperto, e in fondo anche timido.

Ogni tanto, si sfogava a calci contro i selci che gli capitavano fra i piedi, forse distraendosi, per un attimo, nella fantasia, con la finzione d'essere il famoso Andreas Kupfer, o qualche altro suo proprio idolo calcistico; ma immediatamente si ricordava della propria uniforme di combattente del Reich. E riprendeva il suo contegno, con una scrollata che gli spostava un poco il berretto.

L'unica tana che gli si offerse, in quella sua misera caccia, fu un seminterrato, giú da pochi gradini, che portava l'insegna: *Vino e cucina – Da Remo*; e rammentando che quel giorno, per mancanza di appetito, aveva regalato il proprio rancio a un camerata, subito avvertí un bisogno di cibo, e si calò in quell'interno, accarezzato da una promessa di consolazione, sia pure minima. Sapeva di trovarsi in un paese alleato: e si aspettava, dentro quella cantina accogliente, non certo le cerimonie dovute a un generale, ma senz'altro una familiarità cordiale, e simpatica. Invece, sia l'oste che il garzone lo accolsero con una freddezza svogliata e diffidente e con certe occhiate storte che gli fecero passare la fame subito. E allora, invece di sedersi per mangiare, rimasto in piedi al banco ordinò minacciosamente del vino; e lo ottenne, dopo qualche resistenza dei due, e qualche loro confabulazione privata nel retrobottega.

Non era per niente un bevitore; e, in ogni caso, al sapore del vino preferiva quello della birra, a lui piú familiare fin da quando era piccolo. Ma per dimostrazione contestataria al garzone e all'oste, in arie sempre piú minacciose si fece servire, una dopo l'altra, cinque misure da un quarto, e le vuotò tracannandole a gran colpi, come un bandito della Sardegna. Quindi, buttò violentemente sul banco quasi tutti i pochissimi soldi che aveva in tasca; mentre una rabbia lo tentava a buttare all'aria il banco e i tavoli, e a comportarsi non piú da alleato, ma da invasore e da assassino. Però una leggera nausea, che gli saliva dallo stomaco, lo trattenne da ogni azione. E con passo ancora abbastanza marziale, risortí all'aria aperta.

Il vino gli era sceso alle gambe, e salito alla testa. E nel putrido scirocco della strada, che gli gonfiava il cuore a ogni respiro, lo prese una voglia impossibile d'essere a casa, rannicchiato nel suo letto troppo corto, fra l'odore freddo e paludoso della campagna e quello tiepido del cavolo cappuccio che sua madre ribolliva in cucina. Però, grazie al vino, questa enorme nostalgia, invece di straziarlo, lo rese allegro. Per chi va in giro mezzo ubriaco, tutti i miracoli, almeno per qualche minuto, sono possibili. Può posarglisi davanti un elicottero di ritorno immediato per la Baviera, o arrivargli per l'aria un radiomessaggio, che gli annuncia un prolungamento della sua licenza fino a Pasqua.

Fece ancora qualche passo sui marciapiedi, poi svoltò a caso, e al primo portone che trovò si fermò sulla soglia, con la intenzione spensierata di accucciarsi là dentro, e dormire, magari su un gradino o in un sottoscala, come s'usa di carnevale alle feste in costume, quando si fa quel che ci pare senza che nessuno ci badi. S'era scordato dell'uniforme; per un buffo interregno sopravvenuto nel mondo, l'estremo arbitrio dei bambini adesso usurpava la legge militare del Reich! Questa legge è una commedia, e Gunther se ne infischia. In quel momento, qualsiasi creatura femminile capitata per prima su quel portone (non diciamo una comune ragazza o puttanella di quartiere, ma qualsiasi animale femmina: una cavalla, una mucca, un'asina!) che lo avesse guardato con occhio appena umano, lui sarebbe stato capace di abbracciarla di prepotenza, magari buttato ai piedi come un innamorato, chiamandola: meine mutter! E allorché di lí a un istante vide arrivare dall'angolo un'inquilina del caseggiato, donnetta d'apparenza dimessa ma civile, che in quel punto rincasava, carica di borse e di sporte, non esitò a gridarle: «Signorina! Signorina!» (era una delle 4 parole italiane che conosceva). E con un salto le si parò davanti risoluto, benché non sapesse, nemmeno lui, che cosa pretendere.

Colei però, al vedersi affrontata da lui, lo fissò con occhio assolutamente disumano, come davanti all'apparizione propria e riconoscibile dell'orrore.

2.

La donna, di professione maestra elementare, si chiamava Ida Ramundo vedova Mancuso. Veramente, secondo l'intenzione dei suoi genitori, il suo primo nome doveva essere Aida. Ma, per un errore dell'impiegato, era stata iscritta all'anagrafe come Ida, detta Iduzza dal padre calabrese.

Di età, aveva trentasette anni compiuti, e davvero non cercava di sembrare meno anziana. Il suo corpo piuttosto denutrito, e informe nella struttura, dal petto sfiorito e dalla parte inferiore malamente ingrossata, era coperto alla meglio di un cappottino marrone da vecchia, con un collettino di pelliccia assai consunto, e una fodera grigiastra che mostrava gli orli stracciati fuori dalle maniche. Portava anche un cappello, fissato con un paio di spilloncini da merceria, e provvisto di un piccolo velo nero di antica vedovanza; e, oltre che dal velo, il suo stato civile di *signora* era comprovato dalla fede nuziale (d'acciaio, al posto di quella d'oro già offerta alla patria per l'impresa abissina) sulla sua mano sinistra. I suoi ricci crespi e nerissimi incominciavano a incanutire; ma l'età aveva lasciato stranamente incolume la sua faccia tonda, dalle labbra sporgenti, che pareva la faccia di una bambina sciupatella.

E difatti, Ida era rimasta, nel fondo, una bambina, perché la sua precipua relazione col mondo era sempre stata e rimaneva (consapevole o no) una soggezione spaurita. I soli a non farle paura, in realtà, erano stati suo padre, suo marito, e più tardi, forse, i suoi scolaretti. Tutto il resto del mondo era un'insicurezza minatoria per lei, che senza saperlo era fissa con la sua radice in chi sa quale preistoria tribale. E nei suoi grandi occhi a mandorla scuri c'era una dolcezza passiva, di una barbarie profondissima e incurabile, che somigliava a una precognizione.

Precognizione, invero, non è la parola più adatta, perché la conoscenza ne era esclusa. Piuttosto, la stranezza di quegli occhi ricordava l'idiozia misteriosa degli animali, i quali non con la mente, ma con un senso dei loro corpi vulnerabili, «sanno» il passato e il futuro di ogni destino. Chiamerei quel senso – che in loro è comune, e confuso negli altri sensi corporei – il *senso del sacro*: intendendosi, da loro, per *sacro*, il potere universale che può mangiarli e annientarli, per la loro colpa di essere nati.

Ida era nata nel 1903, sotto il segno del Capricorno, che inclina all'industria, alle arti e alla profezia, ma anche, in certi casi, alla follia e alla stoltezza. D'intelligenza, era mediocre; ma fu una scolara docile, e diligente nello studio, e non ripeté mai una classe. Non aveva fratelli né sorelle; e i suoi genitori insegnavano tutti e due nella stessa scuola elementare di Cosenza, dove s'erano incontrati la prima volta. Il padre, Giuseppe Ramundo, era di famiglia contadina, dell'estremo sud calabrese. E la madre, di nome Nora Almagià, una padovana di famiglia piccolo-borghese bottegaia, era approdata a Cosenza, ragazza di trent'anni e sola, in séguito a un concorso magistrale. Agli occhi di Giuseppe, essa rappresentava, nei modi, nell'intelletto e nella forma, qualcosa di superiore e di delicato.

Giuseppe, di otto anni piú giovane della moglie, era un uomo alto e corpulento, con le mani rosse e tozze, e la faccia grande, colorita e piena di simpatia. Da bambino, per disgrazia, un colpo di zappa lo aveva ferito a una caviglia, lasciandolo leggermente storpiato per tutta la vita. E la sua andatura zoppicante aumentava il senso di ingenuità fiduciosa che lui trasudava per natura. Appunto perché invalido a certi lavori della campagna, la sua famiglia di poveri dipendenti s'era arrangiata a farlo studiare, mandandolo dapprincipio a istruirsi dai preti, con qualche soccorso del padrone terriero; e la sua esperienza pretesca e padronale non aveva smorzato, anzi aveva attizzato, a quanto sembra, un suo bollore riposto. Non saprei come né dove, aveva scovato certi testi di Proudhon, Bakunin, Malatesta, e altri anarchici. E su questi aveva fondato una sua fede ostinata, però sprovveduta, e obbligata a rimanere una sua propria eresia personale. Difatti, professarla gli era negato, perfino fra le mura di casa sua.

Nora Almagià maritata Ramundo, come lascia capire il suo cognome di ragazza, era ebrea (anzi, i suoi parenti vivevano tuttora, da parecchie generazioni, nel piccolo ghetto di Padova); però lei non voleva farlo sapere a nessuno, e se n'era confidata solo con lo sposo e con la figlia, sotto pegno severissimo di segreto. Nei casi ufficiosi e pratici, usava anche di camuffare il proprio cognome di ragazza, convertendolo da *Almagià* in *Almagia*: persuasa, con tale spostamento d'accento, di fabbricarsi un'impunità! In ogni modo, a quei tempi, invero, le occulte discendenze *razziali* non venivano ancora esplorate, né sindacate. Quel povero *Almagià* (o *Almagia* che fosse) laggiú era passato per tutti, io credo, come un qualsiasi cognome veneziano, innocuo e insignificante; e oramai, del resto, la gente nemmeno se ne ricordava. Nora per tutti quanti era la Signora Ramundo, ritenuta ovviamente della stessa religione cattolica di suo marito.

Nora non aveva qualità speciali, né della mente né del corpo. Tuttavia, senza essere bella, era di certo graziosa. Dal suo zitellaggio prolungato, le rimaneva un riserbo casto e puritano (perfino nell'intimità col marito manteneva certi pudori da ragazzetta) che era tenuto in grande onore in quella regione del sud. E la grazia veneziana delle sue maniere la faceva amare dalle sue alunne. Era di abitudini modeste, e di carattere timido, specie fra gli estranei. Però la sua natura introversa covava alcune vampe tormentose, che si vedevano bruciare nel buio dei suoi occhi di zingara. Erano, per esempio, degli eccessi inconfessati di sentimentalismo giovanile... Ma erano, soprattutto, delle inquietudini sotterranee, capaci di assediarla giorno e notte con vari pretesti, che le diventavano addirittura delle fissazioni. Fino a che, rodendole i nervi, le si sfogavano, fra le mura di casa, in forme inconsulte e vessatorie.

L'oggetto naturale di questi suoi sfoghi era uno solo, quello a lei piú vicino: ossia Giuseppe suo marito. Le succedeva di voltarglisi contro peggio d'una strega, rinfacciandogli la nascita, il paese, i parenti, calunniandolo orrendamente con delle menzogne lampanti, e perfino urlandogli: «Segnà da Dio, tre passi indrio!» per via del suo piede zoppo. D'un tratto poi s'esauriva, rimanendo là svuotata, come una pupazza di cenci. E si metteva a balbettare: «... che ho detto?!... non volevo dire questo... non era questo che volevo dire, povera me... oh Dio oh Dio...», con poca voce, livida in faccia, portandosi le mani alla testa ricciutella e dolorante. Allora Giuseppe impietosito si faceva a consolarla: «eh, che fa?» dicendole, «non fa niente, già è passato. Mattuzza sei, babbarella, sei...» mentre lei se lo riguardava intontita, con occhi parlanti d'infinito amore.

Di lí a poco, essa rammentava queste sue scenate come un sogno spaventoso di sdoppiamento. Non era lei, ma una sorta di bestiaccia sanguisuga, sua nemica, che le si aggrappava all'interno, forzandola a una recitazione pazza e incomprensibile. Le veniva voglia di morire. Ma per non far vedere il suo rimorso, era capace di mantenere, per il resto della giornata, un mutismo acido e tetro, quasi accusatorio.

Un'altra sua caratteristica erano certe enfasi esagerate e solenni del suo linguaggio, discese forse fino a lei dagli antichi patriarchi. Però fra queste sue voci bibliche s'intromettevano le solite frasi e cadenze che aveva succhiate dal terreno veneziano, le quali in quel mezzo producevano un effetto di canzoncina piuttosto buffo.

Nei riguardi del suo segreto ebraico, essa aveva spiegato alla figlia, fino da piccolina, che gli ebrei sono un popolo predestinato dall'eternità all'odio vendicativo di tutti gli altri popoli; e che la persecuzione si accanirà sempre su di loro, pure attraverso tregue apparenti, riproducendosi sempre in eterno, secondo il loro destino prescritto. Per tali motivi, era stata lei stessa a volere Iduzza battezzata cattolica, come il padre. Il quale, per il bene di Iduzza, aveva acconsentito, benché recalcitrante: piegandosi perfino, durante la cerimonia, per gli occhi del mondo, a farsi in fretta e furia un gran segnaccio di croce. Però in privato, invero, sul conto di Dio, lui soleva citare il detto: «*L'ipotesi DIO è inutile*» aggiungendoci in accento solenne la firma dell'Autore: «FAURE!» come faceva di regola alle sue citazioni.

Oltre al segreto principale di Nora, in famiglia esistevano altri segreti: e uno era che Giuseppe aveva il vizio di bere.

Fu, ch'io sappia, l'unica colpa di quell'ateo senza malizia. Il quale, nei suoi affetti fu cosí tenace, che per tutta la vita, come già da ragazzo, seguitò a spedire una gran parte del suo stipendio ai genitori e ai fratelli piú poveri di lui. Non fosse stato per le ragioni politiche, l'istinto suo, credo, era di abbracciarsi col mondo intero. Ma piú di tutti al mondo amava Iduzza e Noruzza, per le quali era capace perfino di comporre madrigali. A Nora, da fidanzati, diceva: «Mia stella d'Oriente!» e alla Iduzza (già voluta *Aida*) cantava spesso (N.B. sia lui che Nora erano stati assidui agli spettacoli del *carrozzone* lirico di passaggio):

«Celeste Aida forma divina»...

Delle sue bevute, però (croce di Nora), lui non sapeva fare a meno, anche se, per obbligo al proprio posto di maestro, rinunciava a frequentare le osterie, dedicandosi al suo vino in casa, la sera, e specie il sabato. E siccome era ancora un giovane sotto i trent'anni, gli capitava, in simili circostanze, di sfogare spensierato i propri ideali clandestini.

Il primo segnale della sua libertà di parola era una certa irrequietudine delle sue manone, che si davano a smuovere o spostare il bicchiere, mentre i suoi occhi castagno scuro si facevano crucciati e pensosi. Quindi principiava a dondolare il capo, col dire: *tradimento! tradimento!*, intendendo che lui medesimo, da quando s'era messo al servizio dello Stato, si comportava da traditore dei suoi compagni e fratelli. Un insegnante, se era onesto, a quei poveri piccirilli della scuola avrebbe dovuto predicare l'anarchia, il rifiuto globale della società costituita, che li cresceva per farne carne da sfruttamento o da cannone... A questo punto, Nora preoccupata correva a chiudere le finestre e le porte, per soffocare agli orecchi dei vicini o dei passanti simili proposizioni eversive. E lui da parte sua, levàtosi in piedi nel centro della stanza, si dava a citare con voce piena e crescente, alzando il dito:

... « Lo Stato è l'autorità, il dominio e la forza organizzata delle classi proprietarie e sedicenti illuminate sulle masse. Esso garantisce sempre ciò che trova: agli uni, la libertà fondata sulla proprietà, agli altri, la schiavitú, conseguenza fatale della loro miseria. BAKUNIN! »

... « Anarchia, al giorno d'oggi, è l'attacco, è la guerra ad ogni autorità, ad ogni potere, ad ogni Stato. Nella società futura l'anarchia sarà la difesa, l'impedimento opposto al ristabilimento di qualsiasi autorità, di qualsiasi potere, di qualsiasi Stato. CAFIERO! »

Qua Nora prendeva a scongiurare: « Ssss... sss...» errando da un muro all'altro, col fare d'una ossessa. Anche a porte e finestre chiuse, era convinta che certe parole e certi nomi, proferiti nella casa di due maestri di scuola, scatenassero uno scandalo universale: come se intorno alle loro stanzucce sbarrate ci fosse una enorme folla di testimoni in ascolto. In realtà, per quanto atea non meno dello sposo, essa viveva come soggetta a un dio vendicativo e carcerario, che la spiava.

... « Le libertà non vengono date. Si prendono. KROPOTKIN! »...

« Ah, che *disgrassia*! Tase, te digo! Tu vuoi precipitar questa casa nel baratro dell'ignominia e del disonor! Tu vuoi strascinar questa famiglia nel fango! »

« Ma quale fango, Noruzza mia?! Lu fangu sta sulle mani bianche del proprietario e del banchiere! Lu fangu è la putrida società! Anarchia non è fango!! Anarchia è onore de lu mundu, nome santo, vero suli della nuova storia, rivoluzione immensa, *implacabbile*!! »

« Ah! Sia maledetto il giorno, l'ora e il momento che

m'hanno fatto vincere quel concorso! Sia maledetto quel destino infame, che m'ha fatto cascar in mezzo a questi meridionali, tutti briganti di strada, infima genía della terra, esseri indegni, che si dovrebbero tutti picà!!»

«Impiccàti, ci vulissi, Norú?! Impiccàti, gioia mia?!»

Giuseppe, dallo stupore, si ributtava giú a sedere. Ma lí, mezzo stravaccato, irresistibilmente gli tornava da cantare, con gli occhi al soffitto come un carrettiere che canta alla luna:

«Dinamite alle chiese e ai palagi
trucidiamo l'odiato borghese!»...

...«Aaaaha! tase, assassin! tase, malfator! tase, o me buto!!»

Per non farsi udire dal vicinato, Nora badava a tener bassa la voce, ma a questo sforzo le si gonfiavano le vene, come si strozzasse. Infine soffocata e stremata si abbatteva sul divanetto, e allora Giuseppe premuroso andava lí a scusarsi, baciandole, come a una nobildonna, le piccole mani magre, già invecchiate, e screpolate dalle fatiche di casa e dai geloni. E lei di lí a poco gli sorrideva, consolata, e medicata per il momento delle proprie angosce ancestrali.

Dalla sua sediolina colorata (comperàtale dal padre apposta sulla sua misura) Iduzza spalancando gli occhi seguiva questi alterchi, logicamente senza capirne nulla. Lei, certo, da quando nacque, non fu mai d'indole atta alla sovversione; però, se allora avesse potuto dare un parere, avrebbe detto che fra i due contendenti la piú sovversiva era la madre! A ogni modo, tutto quanto ne capiva era che i genitori si trovavano in disaccordo su certe questioni; né, per fortuna, si spaventava troppo alle loro scene, tanto c'era abituata. Faceva, tuttavia, un piccolo sorriso di contentezza, appena vedeva tornare fra loro la pace.

Per lei, quelle sere di sbornia erano pure delle sere di festa, perché nel vino il padre, dopo avere sventolato le sue bandiere di rivolta, scioglieva in pieno il suo buon umore naturale e la sua cultura di contadino, parente antico degli animali e delle piante. Le rifaceva le voci di tutti quanti gli animali: dagli *ucedduzzi* ai *leuni*. E a sua richiesta le ripeteva fino a dieci volte canzoni e fiabe calabresi, volgendogliele al comico quand'erano tragiche, perché lei, come tutti i bambini, rideva volentieri, e le sue risate pazzarielle erano una musica in famiglia. A un certo momento, pure

26

Nora, vinta, si univa a quel teatro, producendosi, con la sua voce ingenua e un poco stonata, in un suo repertorio ristretto, il quale invero si riduceva, ch'io sappia, a due pezzi in tutto. Uno era la famosa romanza: *Ideale*:

> « Io ti seguia com'iride di pace
> lungo le vie del cielo...»

ecc. ecc.

E l'altra, era una canzone in dialetto veneziano, che diceva:

> « Vardé che bel seren con quante stele
> che bela note da rubar putele
> chi ruba le putele no i xe ladri
> se i ciama giovanini inamoradi...»

Poi, verso le dieci, Nora finiva di rassettare in cucina, e Giuseppe conduceva a letto Iduzza, accompagnandola, come una madre, con certe ninnenanne di suono quasi orientale, che sua madre e sua nonna avevano cantato a lui:

> « O veni sunnu di la muntanella
> lu lupu si mangiau la pecorella
> o nní o nnà
> oh la ninna vo fa'
> vo' fa'
>   vo' fa'
>   vo' fa'.,. vo' fa'... vo'...»

Un'altra ninna-nanna, che assai piaceva a Iduzza, e che è poi stata tramandata alla nuova generazione, era in lingua italiana, né so dove Giuseppe l'avesse scovata:

> « Dormite occhiuzzi dormite occhiuzzi
> che domani andiamo a Reggio
> a comprare uno specchio d'oro
> tutto pittato di rose e fiori.
> Dormite manuzze dormite manuzze
> che domani andiamo a Reggio
> a comprare un telarino
> con la navetta d'argento fino.
> Dormite pieduzzi dormite pieduzzi
> che domani andiamo a Reggio
> a comprare le scarpettelle
> per ballare a Sant'Idarella»...

Iduzza perdeva ogni paura accanto a suo padre, il quale per lei rappresentava una specie di carrozzella calda, luminosa e zoppicante, piú inespugnabile d'un carro armato, che la portava gaiamente a spasso, al sicuro fra i terrori del mondo: dovunque accompagnandola, e mai permettendo che la si mandasse sola per le vie, dove ogni uscio, finestra o incontro estraneo la minacciavano d'offesa. D'inverno, forse per economia, usava certi mantelli da pastore, ampi e piuttosto lunghi, e nelle giornate di maltempo, la riparava dalla pioggia tenendosela vicino accostata sotto il proprio mantello.

Io non conosco abbastanza la Calabria. E della Cosenza di Iduzza non posso che ritrarne una figura imprecisa, attraverso le poche memorie dei morti. Credo che già fin da allora, intorno alla città medievale che cinge la collina, s'andassero estendendo le costruzioni moderne. In una di queste, infatti, di un genere modesto e ordinario, si trovava l'angusto appartamentino dei maestri Ramundo. So che la città è corsa da un fiume, e il mare è di là dalla montagna. L'avvento dell'era atomica, che segnò l'inizio del secolo, certo non si faceva sentire in quelle regioni; e nemmeno lo sviluppo industriale delle Grandi Potenze, se non per i racconti degli emigrati. L'economia del paese si fondava sull'agricoltura, in successivo decadimento per via del suolo impoverito. Le caste dominanti erano il clero e gli agrari; e per le caste infime, suppongo che lí, come altrove, il companatico quotidiano piú diffuso fosse la cipolla... Mi risulta di sicuro, a ogni modo, che lo studente Giuseppe, nel corso dei suoi studi superiori da maestro, per anni non conobbe cibi caldi, nutrendosi precipuamente di pane e fichi secchi.

Verso il quinto anno di età, Iduzza fu soggetta per tutta una estate agli insulti di un male innominato, che angosciò i suoi genitori come una menomazione. Nel mezzo dei suoi giochi e delle sue chiacchiere infantili, le capitava all'improvviso di ammutolire impallidendo, con l'impressione che il mondo le si dissolvesse intorno in una vertigine. Alle domande dei suoi genitori, dava a malapena, in risposta, un lamento di bestiola, ma era evidente che già cessava di percepire le loro voci; e di lí a poco si portava le mani al capo e alla gola in atto di difesa, mentre la bocca le tremava in un mormorio incomprensibile, quasi dialogasse, spaventata, con un'ombra. Il suo respiro si faceva alto e febbrile, e qui, d'impeto, essa si buttava in terra, torcendosi e squassandosi in un tumulto scomposto, con gli occhi aperti, ma vuoti in una totale cecità. Pareva che da una qualche sorgente sottoterra un brutale flusso elettrico investisse la sua piccola persona, che al tempo stesso si rendeva invulnerabile, non riportando mai né urti né ferite. Questo le durava un paio di minuti al massimo, finché i suoi moti si attenuavano e diradavano, e il corpo le si riadagiava in un riposo dolce e composto. I suoi occhi navigavano in un risveglio trasognato, e le labbra si rilasciavano con dolcezza, accostate senza aprirsi e un poco piegate in su agli angoli. Pareva che la creatura sorridesse di gratitudine per esser tornata a casa, fra la doppia guardia dei suoi perenni angeli custodi che si piegavano, ai suoi lati, sopra di lei: uno di qua, col suo testone tondo e arruffato di cane pastore; e l'altra di là, con la sua testolina cresputa di capretta.

Ma quel piccolo sorriso, in realtà, era solo una parvenza fisica illusoria, prodotta dal naturale distendersi dei muscoli dopo la tensione amara. Passava ancora qualche istante prima che Iduzza riconoscesse davvero la sua patria casalinga; e, in quel punto stesso, del suo pauroso espatrio e ritorno già non le restava piú nessuna notizia, come di eventi esiliati dalla sua memoria. Essa poteva riferire, soltanto, di aver sofferto un grande capogiro, e poi di avere avvertito come dei rumori d'acqua, e dei passi e brusii confusi, che sembravano arrivare dalla lontananza. E nelle ore successive appariva affaticata, ma piú sciolta e spensierata del solito, come se, a sua propria insaputa, si fosse liberata di un carico troppo al di sopra delle sue forze. Da parte sua, pure in seguito, essa riteneva di aver sofferto un comune svenimento, senza rendersi conto dei fenomeni teatrali che lo avevano accompagnato. E i genitori preferirono lasciarla in questa ignoranza, però avvisandola di non dire a nessuno mai che andava soggetta a certi insulti, per non compromettere il suo avvenire di ragazza. Cosí, in famiglia s'era aggiunto ancora un altro scandalo da tener nascosto al mondo.

L'antica cultura popolare, tuttora radicata nel territorio calabrese e specie fra i contadini, segnava di uno stigma religioso certi mali indecifrabili, attribuendone le crisi ricorrenti all'invasione di spiriti sacri, oppure inferiori, che in questo caso si potevano esorcizzare solo con recitazioni rituali nelle chiese. Lo spirito invasore, che sceglieva piú spesso le donne, poteva trasmettere anche poteri insoliti, come il dono di curare i mali o quello profetico. Ma l'invasione in fondo veniva avvertita come una prova immane e senza colpa, la scelta inconsapevole d'una creatura isolata che raccogliesse la tragedia collettiva.

Naturalmente, il maestro Ramundo col suo avanzamento sociale era uscito dal cerchio magico della cultura contadina; e in piú, secondo le sue idee filosofico-politiche era positivista. Per lui, certi fenomeni morbosi non potevano derivare che da disfunzioni o infermità del corpo; e in proposito lo sgomentava il sospetto malcelato di avere lui stesso, forse, guastato, ancora nel seme, il sangue della figliolina, col proprio abuso dell'alcool. Però Nora, che non appena lo vedeva preoccupato si dava subito da fare per tranquillarlo, gli diceva, rassicurante: «Ma no, non starti a tormentar con certe idee balorde. Guarda i Palmieri, allora, che han sempre bevuto tutti, il pare, il nono e il bisnono! E i Mascaro, che ai putei ghe danno il vin al posto del late! E dunque non lo vedi?! che scopian tuti de salute!!!»

Gli anni precedenti, nei mesi piú caldi, la famiglia soleva trasferirsi verso la punta della Calabria, nella casa paterna di Giuseppe; ma quell'estate, non si mossero dal loro quartierino affocato di Cosenza, per paura che Iduzza fosse sorpresa dal suo male segreto in campagna, in presenza dei nonni e zii e cugini. E forse la canicola cittadina, alla quale Iduzza non era ancora abituata, accelerò la frequenza dei suoi attacchi.

Le vacanze in campagna, poi, da allora cessarono del tutto, perché in seguito al terremoto di quell'inverno, che distrusse Reggio e devastò le pianure, i nonni si ritirarono presso un altro figlio, in una casupola sulle montagne d'Aspromonte, dove, per il poco spazio, non si poteva ospitare nessuno.

Delle vacanze passate, Ida ricordava soprattutto certe bambole di pane che la nonna le cuoceva nel forno e che lei cullava come fossero dei figli rifiutandosi disperatamente di mangiarle. Essa le voleva vicino a sé anche nel letto, da dove le venivano sottratte furtivamente la notte mentre dormiva.

Le restava pure nella memoria un grido altissimo ripetuto dai pescatori di pescespada di sopra le rocce e che nel suo ricordo suonava cosí: «FA-ALEUU!»

Verso la fine di quell'estate, dopo un ultimo accesso di Iduzza, Giuseppe si decise e, caricata con sé la bambina su un somarello avuto in prestito, la portò fino a un ospedale fuori Cosenza, dove esercitava un medico già suo compare, il quale attualmente di casa risiedeva a Montalto, ma aveva studiato al nord la scienza moderna. Sotto le dita del medico che la visitava, Ida, sebbene si vergognasse, rideva per il solletico, facendo il suono di chi scuote una campanuccia. E quando, finita la visita, fu esortata a ringraziare il dottore, arrossí tutta nel dire: grazie, e subito si nascose dietro suo padre. Il medico la dichiarò sana. E avendo già saputo, a parte, da Giuseppe, che in quei suoi attacchi essa non si feriva, né urlava, né si mordeva la lingua, né dava altri simili segni inquietanti, assicurò che non c'era motivo di preoccuparsi per lei. Quei suoi attacchi, spiegò, erano quasi di certo dei fenomeni temporanei d'isteria precoce, i quali le sarebbero scomparsi spontaneamente con lo sviluppo. Frattanto, per evitarli, specie in vista della prossima riapertura delle scuole (fino dai suoi primi anni Ida usava seguire alle lezioni sua madre, che altrimenti non sapeva dove lasciarla), le prescrisse un calmante, da prendersi ogni mattina allo svegliarsi.

Ida e Giuseppe rifecero il viaggio di ritorno allegri e vispi, cantando le solite canzoncine del repertorio paterno, che Ida accompagnava ogni tanto con la sua vocetta stonata.

E da quel giorno i fatti, nel loro corso successivo, confermarono le previsioni del medico. La semplice cura calmante, seguita docilmente da Iduzza, dimostrò la sua efficacia quotidiana, senza nessun effetto negativo, se non una lieve sonnolenza e ottundimento dei sensi, che la bambina sormontava con la buona volontà. E da allora, dopo l'unica invasione di quell'estate, lo strano male non tornò a visitarla piú, almeno nella sua cruda forma originaria. Succedeva, a volte, che in qualche modo si riaffacciasse, però ridotto a quello che un tempo era stato appena il suo segnale primitivo, una sorta di arresto vertiginoso delle sensazioni, che si accusava sul viso della bambina con un velo di pallore simile a una nebbia. Erano passaggi, invero, cosí rapidi, da sfuggire a tutti i presenti, e alla stessa coscienza di Iduzza; però, a differenza dei malori tumultuosi di prima, questi accenni impercettibili le lasciavano un'ombra d'inquietudine triste, quasi il sentimento oscuro d'una trasgressione.

Tali segni superstiti del suo male si andarono poi diradando e indebolendo col tempo. La riassalirono, con una frequenza notevole, verso gli undici anni; e in seguito, attraversato il punto della pubertà, sparirono quasi del tutto, come aveva già promesso il dottore. Infine Ida poté sospendere l'uso della medicina calmante, e tornare al suo umore naturale di ragazzetta.

Forse, fu anche l'interruzione della cura a provocare una simultanea trasformazione nella chimica del suo sonno. Difatti, è incominciata da allora la crescita rigogliosa dei suoi sogni notturni, che doveva accoppiarsi alla sua vita diurna, fra interruzioni e riprese, fino alla fine, attorcigliandosi alle sue giornate piú da parassita o da sbirra che da compagna. Ancora mischiati coi sapori dell'infanzia, quei primi sogni già le attaccavano la radice del dolore, pure se in se stessi non si mostravano troppo dolorosi. In uno, che con diverse variazioni le tornava a intervalli, essa si vedeva correre in un luogo fosco di caligine o di fumo (fabbrica, o città, o periferia) stringendosi al petto una bambolina nuda, e tutta di un colore vermiglio, come fosse stata intinta in una vernice rossa.

La guerra mondiale del 1915 risparmiò Giuseppe, a motivo della sua gamba difettosa; ma i pericoli del suo disfattismo svolazzavano come spauracchi d'intorno a Nora, cosí che pure Iduzza aveva imparato a temere certi argomenti del padre (sia pure appena accennati in famiglia, in tono basso di complotto!) Difatti, già dal tempo della guerra di Libia, nella stessa città di Cosenza si contavano arresti e condanne di disfattisti pari a lui! E rieccolo, adesso, che si levava, alzando il dito:

... « Il rifiuto di obbedienza diventerà sempre piú frequente; e allora non rimarrà che il ricordo della guerra e dell'esercito come attualmente si configurano. E questi tempi sono vicini. TOLSTOI! »

... « Il popolo è sempre il mostro che ha bisogno della museruola, che va curato con la colonizzazione e la guerra e ricacciato fuori del diritto. PROUDHON! »...

Iduzza, da parte sua, non osava nemmeno giudicare i decreti dei Poteri Pubblici, i quali a lei si mostravano come Enti arcani, al di là della sua ragione, e che però avevano la facoltà di portarle via suo padre, con le guardie... Al primo accenno di certi discorsi, che impaurivano sua madre, essa si aggrappava a Giuseppe, tremando. E Giuseppe, per non inquietarla, s'indusse a evitare tali soggetti rischiosi, anche in famiglia. Da allora in poi, trascorreva le serate a ripassare le lezioni all'amata figlietta, per quanto un poco sbronzo al solito.

Il dopoguerra fu un'epoca di fame e di epidemie. Però, come succede, la guerra, che per i piú era stata un disastro totale, per altri era stata un affare di successo finanziario (e non per niente l'avevano favorita). Fu appunto adesso che costoro incominciarono ad assoldare le squadre *nere* a difesa dei propri interessi pericolanti.

Nei paesi industriali, questo pericolo veniva soprattutto dagli operai; ma in Calabria (come altrove nel sud) i piú minacciati nelle loro fortune erano i possidenti agrari, i quali, fra l'altro, erano in gran parte usurpatori, essendosi appropriati in passato, con vari sistemi, di terreni del demanio. Erano campi e foreste da loro spesso lasciati incolti e in abbandono. E questo fu il periodo delle «occupazioni di terre» da parte di contadini e braccianti. Occupazioni illusorie: perché dopo averli fertilizzati e coltivati, gli occupanti, a norma di legge, ne venivano cacciati via.

Parecchi ci restavano ammazzati. E in quanto ai soggetti, che lavoravano a uso dei proprietari, la loro paga (secondo gli ultimi *patti di lavoro* conquistati con lunghe battaglie sociali) era per esempio questa:

per una giornata lavorativa di sedici ore, tre quarti di litro d'olio (alle donne, la metà).

I parenti di Giuseppe (giú in provincia di Reggio) erano coloni, che lavoravano pure a giornata come braccianti. Nell'agosto 1919 una sua sorella, col marito e due nipoti, morirono di febbre spagnola. L'epidemia, in certi paesi, ha lasciato un ricordo pauroso. Mancavano i dottori, i medicinali e il cibo. Si era nel pieno della canicola. Le morti superavano quelle della guerra. E i cadaveri restavano vari giorni insepolti, non bastando le tavole per le bare.

In questo periodo, Giuseppe mandava alla parentela tutto il suo stipendio (che nelle attuali difficoltà pubbliche non sempre gli veniva regolarmente pagato). E, nel carovita dell'epoca, i tre dovevano arrangiarsi col solo guadagno di Nora. Però Nora, che in certe contingenze familiari era brava come una leonessa e provvida come una formica, riusciva a mantenere la famiglia senza troppe angustie.

Meno di due anni dopo la fine della guerra, puntualmente Ida prese il diploma magistrale. E nel corso stesso di quelle vacanze estive, benché sprovvista di dote, si trovò fidanzata.

Il fidanzato, Alfio Mancuso, era un messinese, che aveva perduto tutti i parenti nel terremoto del 1908. Lui stesso, che aveva allora circa dieci anni, se n'era salvato per un miracolo di fortuna. E nonostante il suo affetto viscerale per la famiglia, e specie per sua madre, in séguito non tanto si lagnava per quella antica catastrofe, quanto, piuttosto, si vantava della fortuna che in quell'occasione lo aveva assistito, e che abitualmente lo distingueva. Il miracolo (che nei resoconti di Alfio si arricchiva ogni volta di nuovi particolari e variazioni) in breve era stato il seguente:

Nell'inverno del 1908, il bambino Alfio lavorava da apprendista in un piccolo cantiere, presso un vecchio che riparava le barche. L'uno e l'altro solevano anche pernottare nel cantiere stesso, dove il mastro disponeva di una branda, e il garzoncello si coricava, invece, in terra, su un mucchio di trucioli, avvolto in una vecchia gualdrappa di lana.

Ora, in quella serata, mentre il vecchio, secondo abitudine, si attardava nei propri lavori (in compagnia di qualche bicchiere), l'apprendista, da parte sua, già si andava sistemando per la notte dentro alla gualdrappa; quando, a una sua distrazione fortuita, il vecchio gli aveva strillato, come usava sempre in casi consimili:

«Eeeeehi! rapa babba!!» (che vorrebbe dire: *scemo come una rapa!*)

Di solito, l'apprendista si teneva un tale insulto senza rispondere; ma stavolta, ammattito gli aveva risposto:

«Babba sarete voi!»

E subito, con appresso (estrema previdenza) la sua gualdrappa, era scappato all'esterno, per paura del principale, il quale difatti gli era corso dietro, pronto a picchiarlo, e già armato di una fune piegata doppia.

Ora sul terreno, dove si svolgeva quella gara di corsa, si presentavano, piantati a uguale distanza, una palma e un palo. Dopo un attimo di esitazione fra i due (si noti!) Alfio scelse la palma, onde nell'attimo successivo già ne occupava la cima, deciso a stabilirsi per sempre là, come una scimmia, piuttosto che consegnarsi al vecchio, il quale infine, stufo di aspettare sotto la palma, rientrò nel cantiere.

In breve, passarono le ore e le ore, fin verso l'alba! e Alfio ingualdrappato dimorava tuttora su quella palma, allorquando arrivò il terremoto, che rase al suolo Messina e il cantiere, e abbatté il palo; mentre la palma, dopo avere scosso in una grande folata il proprio ciuffo, con Alfio Mancuso abbarbicato dentro, rimase salva in piedi.

Fosse anche qualche virtú portentosa di quella gualdrappa (già proprietà di un cavallaro di nome Cicciuzzo Belladonna)? A ogni modo, fino da allora Alfio aveva stabilito di chiamare il primo figlio maschio Antonio di primo nome (come già suo padre) e Cicciuzzo (ossia Francesco) di secondo nome; e la figlia femmina Maria (come già sua madre) di primo nome, e di secondo nome, Palma. (Per lui, fino da ragazzino, farsi una famiglia era stata sempre l'aspirazione principale).

Fra le altre sue fortune poi si contava la fine della guerra, in coincidenza di date con la sua leva. Certe pratiche per il congedo militare lo avevano condotto a Roma, dove aveva trovato un impiego di rappresentante presso una ditta. E nel suo conseguente giro d'affari era passato da Cosenza, dove incontrò il suo primo amore.

Fra Alfio e il futuro suocero era nata subito grande amicizia. E Ida si affezionò presto al suo pretendente, che per vari tratti le tornava somigliante a suo padre, con la differenza che non si interessava di politica e non era ubriacone. Tutti e due, nell'aspetto e nei modi, erano simili a grossi cani di campagna, e pronti a far festa a qualsiasi favore della vita: fosse anche solo un filo di vento nella canicola. Tutti e due possedevano qualità materne, oltre che paterne: assai meglio di Nora, che sempre aveva impaurito un po' Iduzza, col suo carattere orgoglioso, nervoso e introverso. Tutti e due le facevano da guardiani contro le violenze esterne; e col loro buon umore istintivo, e il gusto ingenuo di pazziare, sostituivano per lei, poco socievole per natura, la compagnia dei suoi coetanei e degli amici.

Il matrimonio si celebrò in chiesa, per il solito rispetto della gente e anche dello sposo: il quale, indifferente per suo conto alle religioni, non doveva però, nemmeno lui, mai conoscere il segreto di Nora Almagià. A causa della comune povertà, la sposina, invece del vestito bianco, aveva un abito di lanetta turchino scuro, con gonna appena ripresa sul busto e giacchetta avvitata. Aveva però le scarpine di pelle bianca, una camicetta bianca dai risvolti ricamati sotto la giacca, e, in testa, un piccolo velo di tarlatana con coroncina di fiori d'arancio. La borsetta, regalo di Nora (che ogni mese, a qualsiasi costo, metteva sempre da parte qualche lira per simili eventi eccezionali), era di maglia d'argento. In tutta la sua vita, prima e dopo, Iduzza non fu mai così elegante e tutta a nuovo come quel giorno: e ne risentiva una enorme responsabilità, preoccupandosi in chiesa, e anche nel viaggio successivo in ferrovia, di non macchiarsi le scarpette o sgualcirsi la sottana.

Il viaggio di nozze (salvo una sosta a Napoli di un paio d'ore) consisté nell'andata a Roma, nuova residenza degli sposi, dove già Alfio da solo aveva preparato il loro alloggio economico di due stanze nel quartiere di San Lorenzo. Iduzza era vergine non soltanto nel corpo, ma anche nei pensieri. Non aveva mai veduto nessun adulto nudo, perché i suoi genitori non si spogliavano mai in presenza sua; e perfino del proprio corpo sentiva un pudore estremo, anche sola con se stessa. Nora l'aveva avvertita soltanto che per generare bambini l'uomo deve entrare col suo corpo nel corpo della donna. È un'operazione necessaria, a cui bisogna sottomettersi docilmente, e che non fa troppo male. E Ida desiderava ardentemente d'avere un bambino.

La sera, dopo l'arrivo a Roma, mentre lo sposo si spogliava in camera, Iduzza si spogliò nel salotto adiacente. E all'entrare in camera, timida e vergognosa, nella sua camicia da notte nuova, ruppe lì per lì in una risata irresistibile al vedere Alfio, lui pure, in una lunga camicia da notte, che gli infagottava la figura virile e corpulenta fino ai piedi, facendolo somigliare (con la sua faccia ingenua e florida) alle creature nella veste del battesimo. Lui si fece tutto rosso in faccia e balbettò incerto:

«Perché ridi?»

La grande ilarità le impediva di parlare, nel mentre stesso che lei pure si copriva di rossore. Finalmente riuscì a sillabare:

«Per... la... camicia...» e sbottò a ridere un'altra volta. Il motivo della sua ilarità, invero, non era l'aspetto comico (e anche patetico) di Alfio, ma proprio l'idea della camicia. Suo padre, infatti, all'uso dei parenti contadini, soleva coricarsi coi propri indumenti di sotto (maglietta, calzini e mutande lunghe). Essa non avrebbe mai pensato che i maschi si mettessero la camicia da notte, convinta che un tale indumento, come le sottane, appartenesse alle donne, o ai sacerdoti.

Poco dopo, spensero la luce: e nel buio, sotto le lenzuola, lei sospese il fiato, sbigottita, al sentire lo sposo che le rialzava la lunga sua camicia fin oltre le cosce, e cercava la sua carne denudata con un'altra carne umida e ardente. Per quanto se lo aspettasse, le pareva terribile che uno, da lei paragonato inconsciamente a suo padre Giuseppe, le usasse uno strazio cosí atroce. Ma rimase quieta, e lo lasciò fare, vincendo il terrore che la minacciava, tale era la sua fiducia in lui. E cosí da allora ogni sera gli si lasciava, dolce e disposta, come un bambino selvatico che si lascia docilmente imboccare dalla madre. Poi, col tempo, si avvezzò a quel grande rito serale, nutrimento necessario delle loro nozze. E lui, del resto, nonostante la sua naturale febbre giovanile, rispettava tanto sua moglie che non si videro mai nudi, e si amarono sempre al buio.

Ida non comprendeva il godimento sessuale, che le rimase per sempre un mistero. Talora, provava solo una specie di commozione indulgente per lo sposo, nel sentirselo sopra che affannava, travolto e inferocito da quel mistero delirante. E all'ultimo grido che lui levava, altissimo, come a una esecuzione invocata, spietata e ineluttabile, gli accarezzava, impietosita, i capelli ricci e folti, ancora di ragazzo, tutti madidi di sudore.

Passarono, tuttavia, quattro anni dal matrimonio, prima che il promesso bambino le arrivasse. E fu in quel periodo che Alfio, anche per non lasciarla troppo sola e disoccupata durante i propri giri di rappresentante, la incoraggiò a concorrere per un posto di maestra a Roma. Lui stesso, possedendo una certa semplice inclinazione agli intrallazzi, la aiutò a vincere il concorso, attraverso un suo conoscente del Ministero che lui ricambiò con qualche favore commerciale. E questo fu, forse, l'unico successo importante di Alfio: difatti, per quanto scorrazzasse attraverso città e province (partendo sempre col piglio avventuroso e ardito del celebre «sartino pieno di valore» della fiaba), Alfio Mancuso fu sempre un affarista di poco conto, povero e zingarello.

E cosí, Ida iniziò la sua carriera di maestra, che doveva concludersi dopo quasi venticinque anni. Dove Alfio non riuscí a favorirla, d'altra parte, fu nella scelta di una sede comoda. Ida trovò posto in una scuola non del suo quartiere San Lorenzo, ma assai distante, verso la Garbatella (da dove poi, col passare degli anni, in séguito a demolizioni, la sua scuola venne spostata al rione Testaccio). Per tutta la strada, il cuore le sbatteva di spavento, fra la folla estranea dei tram, che la schiacciava e la spingeva, in una lotta dove lei sempre cedeva e restava indietro. Ma all'entrare in classe, già súbito quel puzzo speciale di bambini sporchi, di moccio e di pidocchi, la racconsolava con la sua dolcezza fraterna, inerme, e riparata dalle violenze adulte.

Prima dell'inizio di questa sua carriera, un pomeriggio piovoso d'autunno, Idużża, sposata appena da pochi mesi, era stata scossa su al suo ultimo piano da un fragore di canti, urla e sparatorie per le vie sottostanti del quartiere. Difatti, erano le giornate della «rivoluzione» fascista, e in quel giorno (30 ottobre 1922) si andava svolgendo la famosa «marcia su Roma». Una delle colonne nere in marcia, entrata in città per la porta di San Lorenzo, aveva trovato una aperta ostilità in quel rione rosso e popolare. E prontamente s'era data alla vendetta, devastando le abitazioni lungo la strada, malmenando gli abitanti e ammazzando alcuni ribelli sul posto. I morti di San Lorenzo furono tredici. Ma si trattò, invero, di un episodio fortuito nel corso di quella facile marcia romana, con la quale il fascismo segnava la sua presa ufficiale del potere.

A quell'ora Iduzza era sola in casa, e come altre sue vicine corse a chiudere le finestre, atterrita al pensiero di Alfio che si trovava in giro col suo campionario di vernici, colori e lucidi da scarpe. Essa supponeva che fosse scoppiata la famosa rivoluzione universale sempre annunciata da suo padre... Però Alfio rincasò alla sera puntuale, sano e salvo, fortunatamente, e gaio secondo il solito. E a cena, accennando agli eventi con Iduzza, le disse che certo i discorsi di don Giuseppe, suo padre, erano giusti e santi; ma nella pratica, intanto, fra scioperi, incidenti e ritardi, da ultimo lavorare sul serio era diventato un problema, per gli uomini d'affari e di commercio come lui! Da oggi, finalmente, in Italia, s'era stabilito un governo forte, che riporterebbe l'ordine e la pace fra il popolo.

Piú di questo non seppe dire lo sposo-ragazzo sull'argomento; e la sposa-bambina, vedendo lui placido e soddisfatto, non si preoccupò di saperne di piú. I morti fucilati nel pomeriggio sulla strada erano già stati sotterrati in fretta nell'attiguo cimitero del Verano.

Di lí a due o tre anni, con l'abolizione della libertà di stampa, di opposizione e del diritto di sciopero, l'istituzione dei *Tribunali Speciali*, il ritorno della pena di morte, ecc. ecc. il fascismo era diventato una dittatura definitiva.

Nel 1925, Ida rimase incinta, e partorí nel maggio del '26. Il parto, faticoso e rischioso, la torturò ferocemente per tutto un giorno e una notte, lasciandola quasi dissanguata. Però le uscí un bel maschiettino, moretto e gagliardo, del quale Alfio si vantava, annunciando a tutti:

«M'è nato un picciotto fuoriclasse, del peso di quattro chili, con una faccetta di salute che pare una mela annurca!»

Dopo questo primo figlio, dal suo matrimonio non gliene nacquero altri. Come già inteso, di primo nome gli avevano dato quello del nonno paterno, Antonio; ma fin da principio lo nominarono usualmente Nino, o, ancora piú spesso, Ninnuzzu e Ninnarieddu. Ogni estate, Ida tornava per un poco a Cosenza col pupo, al quale il nonno cantava le ninnenanne a lei già note, e in particolare quella «domani andiamo a Reggio», con la variante:

... a comprare le scarpettuzze
per ballare a Santo Ninnuzzu.

Le visite estive di Iduzza e Ninnarieddu restituivano a Giuseppe Ramundo quel suo brio di cane allegro, che in lui pareva eterno e che invece, negli ultimi anni, sempre piú s'era avvilito. La sua buona volontà gli aveva fatto sopportare con rassegnazione l'assenza di Iduzza che in fondo, specie da principio, gli pareva un furto. Ma a questa sua crisi repressa s'era aggiunto l'avvento della «rivoluzione» fascista, che lo faceva invecchiare, peggio d'una malattia. Vedere questa parodia cupa trionfare al posto dell'altra RIVOLUZIONE da lui sognata (e che, da ultimo, pareva già quasi alle porte) per lui era come masticare ogni giorno una poltiglia disgustosa, che gli voltava lo stomaco. Le terre occupate, che ancora resistevano nel 1922, erano state ritolte ai contadini con brutalità definitiva, e restituite ai possidenti soddisfatti. E nelle squadre che rivendicavano i diritti di costoro, c'erano (ecco il peggio) tanti figli di mamma poveri e zingarelli non meno degli altri, e imbestialiti con la propaganda o con le paghe per aggredire dei poveri loro uguali. A Giuseppe sembrava di recitare una commedia in sogno. I personaggi a lui piú odiosi della città (ai quali, in anni recenti, la paura aveva fatto riabbassare un poco il capo) adesso andavano in giro provocanti a pancia in fuori, come sovrani reintegrati nel dominio, ossequiati da tutti, fra le mura tappezzate dei loro manifesti...

A scuola, a casa, e fra le conoscenze cittadine, il maestro Ramundo tuttavia si forzava a un conformismo di maniera, anche per non peggiorare con troppe ansie la salute di Nora, che s'andava deteriorando. Però in compenso aveva preso a frequentare un piccolo ambiente appartato, dove finalmente poteva dare qualche sfogo ai suoi pensieri. Era un'osteriola d'ultima classe, fornita di tre o quattro tavoli e di una botte di vino rosso di stagione. L'oste, già conoscente di Giuseppe, era un anarchico. E divideva, con Giuseppe, dei ricordi di gioventú.

Non ho potuto controllare l'ubicazione precisa di quell'osteria. Però qualcuno, in passato, m'accennava che per arrivarci bisognava prendere una tranvia suburbana, se non forse la cremagliera, su per il fianco della montagna. E io mi sono sempre immaginata che nel suo interno scuro e fresco all'odore del vino nuovo si mescolasse quello campestre dei bergamotti e del legname, e forse anche l'odore del mare, di là dalla catena costiera. Purtroppo, finora io non conosco quei luoghi che sulla carta e forse l'osteria del nonno Ramundo adesso non esiste piú. I suoi pochi frequentatori, a quanto ne so, erano braccianti della campagna, pastori erranti e ogni tanto qualche pescatore della costa. Essi conversavano nei loro dialetti antichi, mischiati di suoni greci e arabi. E nella intimità con questi amici bevitori, che lui pieno di commozione chiamava *compagni defraudati* o *fratelli miei*, Giuseppe tornava alla sua allegria turbolenta, e celebrava i suoi ideali fanciulleschi, tanto piú entusiasmanti perché, adesso, erano davvero dei segreti pericolosi. Finalmente poteva sfogarsi a declamare certi versi da lui stimati insuperabili, e che mai gli fu dato d'insegnare a scuola ai ragazzini:

> « ... E noi cadrem in un fulgor di gloria
> schiudendo all'avvenir novella via
> dal sangue spunterà la nova istoria
> de l'Anarchia! »...
>
> . . . .
>
> « ... Noi siamo dei paria le innumeri schiere
> le pallide genti dannate a servir
> ma erette le fronti spieghiam le bandiere
> movendo al conquisto d'un equo avvenir! »

Ma il culmine di quelle riunioni era quando, assicurandosi che nessuno di fuori poteva udirli, i convenuti cantavano in un coro basso:

«Rivoluzione si farà
bandiera nera si canterà
per l'a-anarchia!!»

Si trattava invero di poveri anarchici della domenica, e la loro attività sovversiva si fermava qui. Andò a finire, tuttavia, che a Cosenza arrivarono delle denunce. L'oste un giorno fu spedito al confino; l'osteria dovette chiudere; e Giuseppe, senza spiegazioni dirette, anzi con certi pretesti di riguardo, fu messo a riposo, in età di 54 anni.

A casa, con sua moglie, lui fece mostra di credere a quei pretesti, illudendola con le proprie ragioni, come i bambini s'illudono con le favole. Né mai, s'intende, venne a parlarle della sua osteria segreta, né della sorte del suo compagno oste, della quale s'angustiava di continuo, tanto piú che addirittura, almeno in parte, se ne risentiva colpevole. Ma siccome, in verità, non aveva altri confidenti che Nora, non poteva parlare di queste cose con nessuno.

Nella sua disgrazia personale, la sua peggiore amarezza non era il danno avuto, e nemmeno l'inattività forzata (per lui, l'insegnamento era stato un piacere grande). Difatti, questi disastri, e magari anche la minaccia del confino e della galera, gli venivano dai fascisti, suoi naturali nemici. Ma che fra gli amici della sua piccola tavolata, da lui chiamati fratelli, potesse nascondersi una spia e un traditore, fu questo sospetto, piú di tutto, a gettarlo nella malinconia. Certe ore, si distraeva col fabbricare dei giochi di legno, da regalare al nipotino Ninnuzzu quando verrebbe l'estate. Inoltre, soprattutto per confortare Nora, aveva fatto acquisto di una radio, cosí che alla sera potevano ascoltare assieme le Opere, delle quali erano entrambi appassionati, fino dal tempo che andavano agli spettacoli del carrozzone. La obbligava, però, addirittura con malagrazia, a spegnere l'apparecchio non appena si udivano le voci dei notiziari, che lo rendevano quasi furente.

Da parte sua, Nora, nell'estremo logoramento dei suoi nervi, s'era fatta piú che mai stizzosa e tormentosa e perfino persecutoria. In certi suoi momenti esasperati, arrivò addirittura a urlargli che lo avevano cacciato via dal posto per incapacità professionale! Ma a simili contumelie lui si contentava di canzonarla (per poi rivederla sorridere) senza darci troppo peso.

Spesso, nella pietà di mirarla cosí logora e intristita, le proponeva di andarsene insieme a ritrovare i parenti suoi, giú in Aspromonte. E annunciava questo progetto come un viaggio fantastico, nel tono di un marito ricco che promettesse una grande crociera. Ma in realtà s'era troppo infiacchito, e non aveva piú la forza fisica di partire. Da ultimo, s'era fatto di un colorito paonazzo, d'una grossezza obesa e malsana.

Non frequentava nessuna taverna, e anche a casa evitava di bere eccessivamente, per riguardo a Nora; ma in qualche suo nascondiglio doveva ancora saziare la sua sete di alcool, diventata morbosa. Capitava tutti i giorni, a qualche cittadino di Cosenza, d'incontrarlo per le vie che andava zoppicando nel suo mantellaccio, sempre solo, con l'occhio dell'ubriaco, e ogni tanto barcollava e s'appoggiava al muro. Fu ucciso da una cirrosi del fegato, nel 1936.

Non molto dopo, a Roma, l'ancora giovane Alfio seguí il suo amico anziano nel destino della morte. Era partito per l'Etiopia – assoggettata recentemente dall'Italia – con certi suoi piani affaristici cosí grandiosi che contava di spandere le sue merci per tutto l'Impero. Ma venti giorni dopo lo si vide ritornare a Roma, ridotto irriconoscibile dalla magrezza, per colpa di una nausea continua e lacerante che gli impediva di mangiare e gli dava la febbre. Si credette da principio a un qualche morbo africano, e invece agli esami risultò un cancro, che forse già da tempo si andava sviluppando a sua insaputa dentro di lui, per aggredirlo poi d'un tratto con virulenza precipitosa, come usa a volte nei corpi robusti e giovani.

Lui non venne informato della sua condanna: gli fecero credere che era stato operato d'ulcera, e che s'avviava verso la guarigione. In realtà, lo avevano aperto in un tentativo d'operarlo, ma subito lo avevano richiuso, perché non c'era niente da fare. Da ultimo, s'era scheletrito, e quando per poco s'alzava dal suo letto d'ospedale, cosí lungo e magro pareva assai piú giovane, quasi adolescente.

Una volta, Ida lo trovò che singhiozzava, gridando: «No! Nooo! Non voglio morire!» con una violenza enorme, incredibile in quel suo stato di debolezza. Sembra che una suora, per prepararlo alla buona morte, gli avesse lasciato intendere la verità. Ma non fu difficile ingannarlo di nuovo con bugie rassicuranti, tale era il suo desiderio di vita.

Un'altra volta (si era verso la fine, difatti già gli somministravano l'ossigeno con la cannula), mentre giaceva trasognato sotto l'effetto dei narcotici, Ida lo udí che andava dicendo, come parlasse da solo:

«Mammuzza mia, troppo stretta, questa morte, è. Come faccio, io, a passarci? troppo grosso, sono».

Da ultimo, una mattina parve un poco riprendersi, e con una piccola voce musicale, fra di nostalgia e di capriccio, fece sapere che voleva essere seppellito a Messina. Cosí, i pochissimi soldi che lasciava in eredità furono tutti spesi per esaudire quel suo ultimo desiderio.

La sua agonia era durata meno di due mesi, e la morfina gliela addolcí.

Dalla sua spedizione africana, aveva portato a Nino qualche campione di tallero, e per trofeo una maschera etiope nera, che Ida non aveva nemmeno volontà di guardare, e che Nino si applicava in faccia per fare effetto sulle bande avversarie del rione, cantando nell'assalto:

«Faccetta nera
bell'abissina
maramba burumba bambuti mbú!»

finché ne fece cambio con una pistola a acqua.

Ida non osava mai pronunciare la parola *cancro*, che a lei evocava una forma fantastica, sacrale e innominabile, come ai selvaggi le presenze di certi demonii. Al suo posto usava la definizione *malattia del secolo*, imparata nel quartiere. A chi le domandava di che fosse morto suo marito, rispondeva: «della malattia del secolo», con voce assottigliata e tremante, non bastandole quel suo piccolo esorcismo a scacciare gli spaventi della sua memoria.

Dopo la sparizione successiva di Giuseppe e di Alfio, essa si trovava esposta definitivamente alla paura, perché il suo era il caso di una rimasta sempre bambina, senza piú nessun padre. Tuttavia si impegnava con puntualità coscienziosa nei suoi còmpiti di insegnante e di madre di famiglia; e l'unico segno della violenza che costavano, a lei bambina, certe pratiche quotidiane della maturità, era un tremito impercettibile ma continuo delle sue mani, che erano tozze e corte, e mai lavate proprio come si deve.

L'invasione italiana dell'Abissinia che promuoveva l'Italia da Regno a Impero, era rimasta, per la nostra maestrina in lutto, un evento remoto quanto le guerre cartaginesi. *Abissinia*, per lei, significava un territorio sul quale Alfio, se avesse avuto maggior fortuna, avrebbe potuto, a quel che sembra, farsi ricco smerciando olii speciali, vernici e perfino lucidi da scarpe (anche se a lei risultava, dalle sue letture di scuola, che gli Africani, per via del clima, vanno a piedi nudi). Nell'aula dove essa insegnava, proprio al di sopra della sua cattedra in centro alla parete, stavano appese, vicino al Crocifisso, le fotografie ingrandite e incorniciate del Fondatore dell'Impero e del Re Imperatore. Il primo portava in testa un fez dalla ricca frangia ricadente, con in fronte lo stemma dell'aquila. E sotto un tale copricapo, la sua faccia, in una esibizione perfino ingenua tanto era procace, voleva ricalcare la maschera classica del Condottiero. Ma in realtà, con l'esagerata protrusione del mento, la tensione forzosa delle mandibole, e il meccanismo dilatatorio delle orbite e delle pupille, essa imitava piuttosto un buffo del varietà nella parte di un sergente o caporale che mette paura alle reclute. E in quanto poi al re imperatore, i suoi tratti insignificanti non esprimevano altro che la ristrettezza mentale di un borghese di provincia, nato vecchio e con rendite accumulate. Però, agli occhi di Iduzza, le immagini dei due personaggi (non meno, si può dire, del Crocifisso, che a lei significava soltanto il potere della Chiesa) rappresentavano esclusivamente il simbolo dell'Autorità, ossia dell'astrazione occulta che fa la legge e incute la soggezione. In quei giorni, secondo le direttive superiori, essa vergava a grandi caratteri sulla lavagna, quale esercizio di scrittura per i suoi scolaretti di terza:

«Copiare tre volte sul quaderno di bella le seguenti parole del Duce:

Levate in alto, o legionari, le insegne, il ferro e i cuori, a salutare, dopo quindici secoli, la riapparizione dell'Impero sui colli fatali di Roma!

Mussolini».

Da parte sua, frattanto, il recente Fondatore dell'Impero, proprio con questo gran passo della sua carriera aveva, in realtà, messo il piede nella trappola che doveva consegnarlo all'ultimo scandalo del crollo e della morte. Proprio a questo passo lo aspettava, difatti, l'altro Fondatore del

Grande Reich, suo complice presente e suo padrone prede-stinato.

Fra i due sventurati falsari, diversi per natura, c'erano pure delle somiglianze inevitabili. Ma di queste, la piú interna e dolorosa era un punto di debolezza fondamentale: l'uno e l'altro, interiormente, erano dei falliti e dei servi, e malati di un sentimento vendicativo d'inferiorità.

È noto che un tale sentimento lavora dentro le sue vit-time con la ferocia di un roditore incessante, e spesso le ricompensa coi sogni. Mussolini e Hitler, a loro modo, era-no due sognatori; ma qui si manifesta la loro diversità na-tiva. La visione onirica del «duce» italiano (rispondente a una sua voglia materiale di vita) era un festival da comme-dia, dove fra labari e trionfi lui, vassalluccio d'intrallazzo, recitava la parte di certi antichi vassalli beatificati (i cesari, gli augusti...) sopra una folla vivente umiliata al rango di fantoccio. Mentre invece l'altro (impestato da un vizio mo-notono di necrofilia e laidi terrori) era succube semi-con-scio di un sogno tuttora informe, dove ogni creatura viven-te (incluso lui stesso) era oggetto di strazio e degradata fino alla putrefazione. E dove all'ultimo – nel Grande Finale – tutte le popolazioni terrestri (compresa quella germanica) si sfacevano in ammassi scomposti di cadaveri.

Si sa che la fabbrica dei sogni spesso interra le sue fon-damenta fra i tritumi della veglia o del passato. Ma nel caso di Mussolini, questo materiale era abbastanza scoperto, nel-la sua superficialità; mentre che nel caso di Hitler esso era un brulichio d'infezioni, agglutinato in chi sa quali radici della sua memoria stravolta. A frugare nella sua biografia di filisteuccio invidioso, non sarebbe difficile dissotterrare in parte queste radici... Ma qui basta. Forse, il fascista Mus-solini non si rendeva conto di avere, all'atto dell'impresa di Etiopia protetta da Hitler il nazista (e seguíta poi subito dall'altra impresa comune di Spagna), aggiogato oramai per sempre il proprio carro carnevalesco al carro mortuario del-l'altro. Uno dei primi effetti della sua servitú fu che di lí a poco, alla targa nazionale, e di suo proprio conio, della *ro-manità*, dovette sostituire quella estranea, e di conio altrui, della *razza*. E fu cosí che sui primi mesi del 1938, anche in Italia, attraverso i giornali, nei circoli locali e alla radio, ebbe inizio una campagna preparatoria contro gli Ebrei.

Giuseppe Ramundo, alla sua morte, aveva 58 anni; e Nora, che ne aveva 66, era già entrata in pensione quando rimase vedova. Essa non visitava mai la tomba del marito, impedita da una sorta di terrore sacro delle sepolture; ma pure è certo che il legame piú tenace, che la teneva fissa alla città di Cosenza, era la vicinanza di lui, che dimorava tuttavia là, in quel camposanto.

Essa non volle mai piú lasciare la vecchia casa, che era diventata la sua tana. Ne usciva quasi soltanto la mattina presto per farsi la spesa, o i giorni che doveva ritirare la pensione o spedire il vaglia solito ai vecchissimi genitori di Giuseppe. A loro, come pure a Ida, scriveva delle lunghe lettere, che i due vecchi, essendo analfabeti, dovevano farsi leggere da altri. Ma nelle sue lettere essa si guardava bene dall'accennare, sia pure in modo indiretto e reticente, ai propri incalzanti terrori per il futuro: giacché oramai sospettava censure e spie dappertutto. E in quei suoi messaggi frequenti e sterminati non faceva che ripetere in tutti i modi sempre il medesimo concetto:

«Ecco il destino com'è strano e contronatura. Avevo sposato un uomo piú giovane di me di otto anni, e secondo la legge naturale avrei dovuto, io, morire prima, assistita da Lui. Invece, è toccato a me, di assistere alla Sua morte».

Parlando di Giuseppe, scriveva sempre Lui, con la maiuscola. Il suo stile era prolisso, ripetitivo, ma di una certa nobiltà magistrale; e la calligrafia era allungata, sottile, addirittura elegante. (Però verso l'ultimo declino le sue lettere diventarono sempre piú brevi. Il suo stile s'era fatto monco e sconnesso; e i caratteri della scrittura, tutti tremolanti e storti, brancolavano sul foglio, malcerti della direzione).

Oltre a questa corrispondenza, che la occupava come una grafomania, i suoi soli passatempi erano la lettura di riviste illustrate o romanzi d'amore, e l'ascolto della radio. Già da tempo, gli indizi della persecuzione razziale in Germania l'avevano messa in allarme, come un segnale preciso che confermava i suoi antichi presagi. Ma quando, verso la primavera del 1938, l'Italia intonò, a sua volta, il coro ufficiale della propaganda antisemita, essa vide la mole fragorosa del destino avanzare verso la sua porta, ingrossandosi di giorno in giorno. I notiziari radiofonici, con le loro voci roboanti e minatorie, già sembravano invadere fisicamente le sue stanzette, spargendovi il panico; ma tanto piú lei si sentiva costretta, per non trovarsi impreparata, a seguire quei notiziari. E passava le giornate e le sere all'erta, dietro agli orari dei radiogiornali, come una piccola volpe sanguinante che si tiene rintanata e attenta fra l'abbaiare di una muta.

Certi gerarchetti fascisti arrivati da Catanzaro diffusero un giorno la notizia ufficiosa di un prossimo censimento di tutti gli ebrei d'Italia, con obbligo della denuncia personale. E allora da quel momento Nora non accese piú la radio, nel terrore di ascoltare l'annuncio ufficiale dell'ordine governativo, coi termini di tempo per la denuncia.

Era il principio dell'estate. Già dall'inverno precedente, Nora, che adesso aveva 68 anni, soffriva di un aggravamento dei suoi disturbi, dovuti all'arteriosclerosi che la minava da tempo. Anche con la gente, i suoi modi (che prima, sebbene schivi, erano sempre mischiati di una dolcezza interna) s'erano fatti rabbiosi e aspri. A chi la salutava non rispondeva piú, nemmeno a certe sue antiche scolarette, ora cresciute, e che finora le erano rimaste care. Certe notti, la prendevano delle smanie, per cui si lacerava la camicia con le unghie. Una notte, le accadde pure di cadere dal letto nel sonno, e si ritrovò distesa in terra, con la testa dolente che le ronzava. Spesso le succedeva di rivoltarsi arcigna e furibonda alla minima occasione, avvertendo degli sgarbi misteriosi anche in gesti o parole innocenti.

Di tutti i possibili provvedimenti minacciati contro gli Ebrei, quello che piú immediatamente la spaventava, era l'obbligo previsto di denunciarsi per il censimento! Tutte le forme intraviste di persecuzioni prossime e future, anche le piú turpi e disastrose, le si confondevano nella mente come spettri vacillanti, fra i quali il faro terribile di quell'unico decreto la agghiacciava col suo bagliore! Al pensiero di dover dichiarare lei stessa, pubblicamente, il proprio segreto fatale, sempre da lei nascosto come un'infamia, senz'altro si disse: è impossibile. Siccome non vedeva i giornali, né piú ascoltava la radio, sospettava che il famoso decreto fosse ormai promulgato e già in atto (mentre in realtà nessun decreto razziale era stato emanato ancora) e anzi arrivò a persuadersi, nel suo isolamento, che i termini di tempo per la denuncia erano già scaduti. Si guardò tuttavia, lo stesso, dall'informarsi, o, tanto peggio, dal presentarsi al Comune. A ogni nuovo giorno che sorgeva, si ripeteva: è impossibile, trascorrendo poi la giornata in questo logorio, fino all'orario di chiusura degli uffici pubblici, per trovarsi di nuovo l'indomani con lo stesso problema fisso. Nella sua convinzione radicata di trovarsi già in ritardo, e soggetta a chi sa quali sanzioni ignote, cominciò a paventare il calendario, le date, e la levata quotidiana del sole. E mentre le giornate trascorrevano senza nessun indizio sospetto, pure da allora lei visse ogni attimo nell'attesa di un qualche prossimo evento terribile. Si aspettava di venir chiamata agli uffici comunali a render conto della sua trasgressione; e sbugiardata pubblicamente, con l'accusa di falso. Oppure che un inviato del Comune o della questura venisse a cercarla; o addirittura d'essere arrestata.

Non uscí piú di casa, nemmeno per la spesa giornaliera, incaricandone la portinaia; però una mattina, quando la donna le si presentò all'uscio per le sue consegne, essa la scacciò con urla bestiali, scaraventandole addosso una tazza che aveva in mano. Ma la gente, che non sospettava di nulla e l'aveva sempre rispettata, la scusava per tali umori bisbetici, attribuendoli al suo dolore per il marito.

Incominciò a soffrire di sensazioni false. Il sangue, montandole faticosamente al cervello, batteva rombando nelle sue arterie indurite, e lei credeva di udire dalla strada dei colpi violenti contro il portone, o dei passi o fiati pesanti su per le scale. Di sera, se accendeva d'improvviso la luce elettrica, la sua vista indebolita le trasformava i mobili e le loro ombre in figure immote di delatori o sbirri armati venuti a sorprenderla per arrestarla. E una notte che le avvenne, per la seconda volta, di cadere dal letto nel sonno, s'immaginò che a buttarla in terra fosse stato uno di coloro, entrato di soppiatto, e che tuttora si aggirava per la casa.

Le veniva idea di lasciare Cosenza, di trasferirsi altrove. Ma dove, e da chi? A Padova, dai suoi scarsi parenti ebrei, non era possibile. A Roma, da sua figlia, o dai suoceri, nelle campagne di Reggio, la sua presenza estranea sarebbe piú che mai notata, registrata, e comprometterebbe anche gli altri. E poi, come imporre l'intrusione di una vecchia, nevrastenica e invasata, a chi aveva già tante preoccupazioni e tormenti propri? Lei non aveva mai chiesto niente a nessuno, era sempre stata indipendente, fino da ragazza. Sem-

48

pre aveva ricordato due versi uditi nel Ghetto, da un rabbino anziano:

Infelice l'uomo che ha bisogno degli altri uomini!
Beato l'uomo che ha bisogno solo di Dio.

Partire allora per qualche altra città o paese anonimo, in cui nessuno la conoscesse? ma dovunque bisognava denunciarsi, presentare documenti. Meditò di fuggire in una nazione straniera, dove non esistessero leggi razziali. Ma lei non era mai stata all'estero, non aveva passaporto; e fornirsi di un passaporto voleva dire, anche qui, inchieste dell'anagrafe, della polizia, delle frontiere: tutti luoghi e stanze che a lei si negavano minacciosi, come a un bandito.

Essa non era povera, come forse la credevano tutti. In quegli anni (appunto per garantirsi la propria indipendenza futura, in caso di malattie o altri imprevisti) aveva messo da parte a poco a poco, secondo la sua usanza, dei risparmi, che presentemente ammontavano a tremila lire. Questa somma, in tre biglietti da mille, cucita dentro un fazzoletto, essa la teneva, la notte, sotto al cuscino, e il resto del tempo sempre addosso, appuntata con degli spilli sotto una calza.

Nella mente inesperta, che già le si offuscava, presumeva, con tale somma, di potersi pagare qualsiasi itinerario estero, e magari esotico! In certi momenti, come una ragazzetta, si metteva a fantasticare su talune metropoli che, da zitella, nei suoi sogni bovaristici, aveva vagheggiato come traguardi sublimi: Londra, Parigi! Ma d'un tratto si ricordava che adesso era sola, e come poteva orientarsi una donna vecchia e sola, fra quelle folle cosmopolite e tumultuose?! Ci fosse, insieme a lei, Giuseppe, allora sí che viaggiare sarebbe ancora bello! Però Giuseppe non esisteva piú, era introvabile qua come in qualsiasi luogo. Forse anche il suo corpo, cosí grande e grosso, oramai s'era già sciolto nella terra. Non c'era piú nessuno sulla terra a rassicurarla nei suoi terrori come una volta faceva lui, col dirle: «Babba, sei! pazzarella, sei!»

Per quanto lei seguitasse a farsi proposte diverse, esaminando tutti i continenti e i paesi, per lei, nell'intero globo, non c'era nessun posto. Eppure, via via che passavano i giorni, la necessità e l'urgenza della fuga s'imponevano al suo cervello febbricitante.

Nel corso degli ultimi mesi, aveva udito parlare, forse alla radio, di emigrazioni ebraiche da tutta Europa in Palestina. Del sionismo non sapeva assolutamente nulla, seppure ne conosceva la parola. E della Palestina, altro non sapeva se non che era la patria biblica degli Ebrei, e che la sua capitale era Gerusalemme. Ma pure, venne a concludere che l'unico luogo dove poteva essere accolta, come ebrea fuggita fra un popolo d'ebrei, era la Palestina.

E mentre già s'avanzava la calura estiva, una sera all'improvviso decise di fuggire in quel medesimo istante, anche senza passaporto. Sarebbe passata di là dalle frontiere clandestinamente, oppure si sarebbe nascosta nella stiva di un bastimento, come aveva udito in certi racconti di emigranti illegali.

Non portò con sé nessun bagaglio, nemmeno il cambio della biancheria. Aveva già addosso, come sempre, le sue tremila lire nascoste sotto una calza. E all'ultimo momento, scorgendo ancora appeso all'attaccapanni dell'entrata uno di quei vecchi mantelli calabresi che Giuseppe usava negli inverni, se lo portò via piegato sul braccio, con l'idea di premunirsi se forse andava verso climi freddi.

È certo che già delirava. Ma frattanto deve aver calcolato che andare da Cosenza a Gerusalemme per via di terra non conveniva, giacché prese la direzione del mare, scegliendo l'alternativa d'imbarcarsi come unica soluzione. Qualcuno ricorda vagamente di averla vista, nel suo vestituccio estivo di seta artificiale nera a disegni cilestrini, sull'ultima cremagliera serale diretta al lido di Paola. E difatti è là in quei dintorni che è stata ritrovata. Forse, sarà andata girovagando per un pezzo lungo quella spiaggia senza porti, in cerca di qualche mercantile di bandiera asiatica, piú spersa e sbandata d'un ragazzino di cinque anni che scappa a arruolarsi come mozzo alla ventura.

A ogni modo, per quanto una tale resistenza sembri incredibile nelle sue condizioni, bisogna credere che, dalla stazione di arrivo, essa percorse un lungo cammino a piedi. Difatti, il punto preciso della spiaggia dove l'hanno ritrovata, è a vari chilometri di distanza dal lido di Paola, in direzione di Fuscaldo. Lungo quel tratto della fascia costiera, di là dalla ferrovia, si stendono dei campi collinosi di granturco, che ai suoi occhi vaneggianti nel buio con la loro distesa ondulante potevano dare l'effetto d'un'altra apertura marina.

Era una bellissima notte illune, quieta e stellata. Forse, a lei venne alla mente quell'unica e sola canzoncina delle sue parti che sapeva cantare

che bela notte da rubar putele.

Ma anche in quell'aria serena e tiepida, a un certo punto del suo percorso ebbe freddo. E si coprí con quel mantello da uomo che portava con sé, avendo cura di allacciarselo al collo con la fibbia. Era un vecchio mantellaccio di lana rustica marrone scuro, che per Giuseppe era stato di giusta lunghezza, ma per lei era troppo lungo, arrivandole fino sui piedi. Uno di quelle parti che l'avesse vista passare da lontano, cosí ammantellata, forse l'avrebbe presa per il *monacheddu*, il piccolo brigante domestico travestito da frate, che si dice vada peregrinando la notte e pratichi le case calandosi per dentro i camini. Però non risulta che qualcuno l'avesse incontrata; né il fatto pare strano, su quella costa isolata e pochissimo frequentata, specie la notte.

I primi che la trovarono furono dei barcaioli che tornavano all'alba dalla pesca notturna; e da principio la credettero una suicida, portata a riva dalle correnti marine. Ma invero la posizione dell'annegata, e le condizioni del suo corpo, non s'accordavano con quella conclusione frettolosa.

Essa giaceva dentro il limite della battigia, ancora bagnato della marea recente, in una posa rilasciata e naturale, come chi viene sorpreso dalla morte in uno stato d'incoscienza o di sonno. La testa le poggiava sulla sabbia, che il lieve deflusso aveva lasciato liscia e nitida, senza alghe né detriti; e il resto della persona le stava adagiato per intero sul grande mantello da uomo che, fermato al collo dalla fibbia, si stendeva spalancato ai suoi lati, tutto intriso d'acqua. Il vestituccio di seta artificiale, madido e lisciato dall'acqua, aderiva compostamente al suo corpo sottile, che appariva incolume, non gonfio né maltrattato come si mostrano di solito i corpi restituiti dalle correnti. E i minuscoli garofani cilestrini stampati sulla seta risaltavano come nuovi, ravvivati dall'acqua, contro il fondo bruno del mantello.

L'unica violenza del mare, era stata di toglierle via le scarpette e di scioglierle i capelli che, nonostante l'età, le rimanevano lunghi e abbondanti, e solo in parte incanutiti: cosí che adesso, zuppi d'acqua, parevano tornati neri, e le si erano disposti tutti su un lato, quasi con grazia. Il movimento della corrente non le aveva nemmeno sfilato via dalla mano smagrita il cerchietto d'oro nuziale, che spiccava col suo minimo chiarore prezioso alla luce avanzante del giorno.

Era questo tutto l'oro da lei posseduto. E lei (diversamente dalla sua timida figlia Ida) nonostante il suo conformismo patriottico non aveva voluto separarsene neppure quando il governo aveva invitato la popolazione a «dare oro alla patria» per aiutare l'impresa abissina.

Al polso le rimaneva, non ancora macchiato dalla ruggine, l'orologetto di metallo ordinario, fermo alle 4.

L'esame del corpo confermò senza alcun dubbio la sua morte per annegamento; ma essa non aveva lasciato nessun indizio o messaggio d'addio che dimostrasse una intenzione suicida. Addosso le ritrovarono, occultato nel posto abituale sotto la calza, il suo tesoro segreto in biglietti di banca, ancora riconoscibili benché ridotti dall'acqua a una poltiglia senza valore. Sapendo il carattere di Nora, si può star certi che, se avesse inteso darsi la morte, essa avrebbe provveduto prima a mettere in salvo dalla distruzione, dovunque fosse, quel capitale per lei cosí ingente, accumulato con tanta pertinacia.

Inoltre, se davvero, cercando una fine volontaria, lei si fosse lasciata alla grande massa del mare, è da supporre che il carico del mantello appesantito dall'acqua l'avrebbe sospinta verso il fondo.

Il caso fu archiviato sotto il titolo: *morte accidentale per annegamento*. E questa, secondo me, è la spiegazione piú giusta. Io credo che la morte l'abbia sorpresa inconsapevole, forse già caduta per uno di quei malori che la coglievano da qualche tempo.

Su quei luoghi della costa, e in quella stagione, le maree sono leggere, specie nei novilunii. Attraverso il suo viaggio inconcludente, allucinata e quasi cieca nel buio della notte, essa deve aver perso ogni direzione e anche l'avviso dei sensi. E inavvertitamente si sarà troppo avanzata sulla striscia battuta dalla marea, forse in una sua confusione fra l'oceano di granturco e l'acqua senza vento, o forse per qualche sua manovra delirante verso la sagoma fantomatica di una nave. Là è caduta, e la marea già prossima al deflusso l'ha ricoperta, appena quanto bastava a farla morire, però senza aggredirla né percuoterla, e senz'altro rumore che il proprio succhio impercettibile nell'aria calma. Intanto il mantello pieno d'acqua, seppellito agli orli sotto strati di sabbia, frenava il suo corpo nella discesa umida, trattenendola morta sulla battigia fino alla prima ora del giorno.

Conosco Nora solo da una sua fotografia, del tempo che era fidanzata. Sta in piedi contro lo sfondo di un paesaggio di carta, nell'atto di spiegare un ventaglio che le copre il davanti della camicetta, e la sua posa raccolta ma atteggiata accusa il suo carattere serio, e tuttavia piuttosto sentimentale. È minuta e snella, con una gonna di lana quasi diritta, ripresa e aderente sul busto, e una camicetta di mussola bianca, dai polsini stirati, e abbottonata fino alla gola. Col braccio libero dal ventaglio si appoggia, in un abbandono quasi da attrice, su una mensoletta da fotografo borghese fine di secolo. La sua pettinatura è tesa sulla fronte e rilasciata sopra la testa in una cerchia molle, alla maniera delle geishe. Gli occhi sono di un fervore estremo, sotto una velatura di malinconia. E il resto del volto è di fattura delicata ma comune.

Sul margine inferiore bianco e ingiallito della foto, che è fatta di cartoncino spesso come allora si usavano, oltre alle adorne indicazioni a stampa allora d'obbligo (*Formato*, ecc.), è ancora leggibile la dedica, nella sua scritturina delicata, diligente e sottile:

> *A Te, amato Giuseppe!*
> *La tua*
> *Eleonora*

In basso a sinistra, c'è la data: *20 maggio 1902*; e un poco più in basso a destra, nella medesima scritturina, segue il motto:

> *Con Te per sempre*
> *finch'io viva e più in là.*

3.

ART. I.   IL MATRIMONIO DEL CITTADINO ITALIANO DI RAZZA ARIANA CON PERSONA APPARTENENTE AD ALTRA RAZZA È PROIBITO.

. . . .

ART. 8.   AGLI EFFETTI DI LEGGE:
A) È DI RAZZA EBRAICA COLUI CHE È NATO DA GENITORI EN-

53

TRAMBI DI RAZZA EBRAICA, ANCHE SE APPARTENGA A RELI-
GIONE DIVERSA DA QUELLA EBRAICA; . . . . .

D) . . . .

. . . .

NON È CONSIDERATO DI RAZZA EBRAICA COLUI CHE È NATO
DA GENITORI DI NAZIONALITÀ ITALIANA, DI CUI UNO SOLO DI
RAZZA EBRAICA, CHE, ALLA DATA DEL 1° OTTOBRE 1938-XVI,
APPARTENEVA A RELIGIONE DIVERSA DA QUELLA EBRAICA.

. . . .

ART. 9. L'APPARTENENZA ALLA RAZZA EBRAICA DEVE ES-
SERE DENUNCIATA ED ANNOTATA NEI REGISTRI DELLO STATO
CIVILE E DELLA POPOLAZIONE.

. . . .

ART. 19. AI FINI DELL'APPLICAZIONE DELL'ART. 9, TUTTI
COLORO CHE SI TROVANO NELLE CONDIZIONI DI CUI ALL'ART.
8, DEVONO FARNE DENUNCIA ALL'UFFICIO DI STATO CIVILE
DEL COMUNE DI RESIDENZA . . . . .

Cosí diceva la legge razziale italiana, emessa nell'autunno del 1938. Con essa poi tutti i cittadini detti «di razza
ebraica» venivano esclusi dalla gestione di aziende, possedimenti, proprietà, frequentazione delle scuole di ogni grado, e da tutti gli impieghi e professioni in generale, a cominciare, si capisce, dall'insegnamento.

Questi decreti portavano la data 17 novembre 1938. Pochi giorni avanti, in tutto il Reich, dopo gli anni della di-
scriminazione e della persecuzione, s'era dato inizio al progetto di genocidio degli ebrei. Contro di loro, a tutti i tedeschi era stata data licenza di devastazione e di assassinio.
Nel corso di varie notti, molti ne furono massacrati, a migliaia deportati nei lager, le loro case, magazzini e sinago-
ghe bruciati e distrutti.

Nora, con la sua morte, aveva preceduto di alcuni mesi i
decreti razziali italiani, che a quest'ora la bollavano fra gli
ebrei senza rimedio. Però, la sua previdenza di trentacinque
anni prima, consigliandole di battezzare Iduzza cattolica,
salvava adesso costei dalla perdita del posto di maestra e
dagli altri provvedimenti punitivi, secondo il punto d) del-
l'*Art. 8*. E in proposito, l'*Art. 19* decretava le pratiche
d'obbligo per gli interessati. Fu cosí che Iduzza, vergognosa e tramortita come un'imputata al Palazzo di Giustizia, si
presentò agli uffici del Comune di Roma.

S'era debitamente provveduta di tutti i documenti richiesti: sia quelli della sua parte ebraica materna che quelli della sua parte ariana paterna, comprendenti gli attestati di battesimo suo proprio, di Giuseppe e dei nonni di Calabria (anch'essi, ora, sepolti). Non ci mancava proprio nulla. E in piú (vergognandosi fino d'aprir bocca) insieme con questo incartamento essa presentò all'impiegato un foglio di quaderno, sul quale per una identificazione immediata e muta aveva trascritto di sua mano i propri dati anagrafici personali. Ma una specie di ripugnanza, che valeva quale un piccolo omaggio estremo, le aveva fatto tralasciare ogni segno di accentuazione sul cognome della madre.

«*Almàgia* o ALMAGIÀ?» s'informò l'impiegato, scrutandola con occhio inquisitorio, autorevole e minaccioso.

Essa avvampò, peggio d'una scolara sorpresa a copiare il tema. «Almagià», mormorò affrettatamente, «mia madre era ebrea!»

L'impiegato non chiese altre informazioni. E cosí, per il momento, la pratica era sistemata.

A ogni modo, l'Autorità, nei suoi forzieri occulti, da oggi teneva la conoscenza che Ida Ramundo vedova Mancuso, insegnante, era una mezzosangue, sebbene per tutti quanti, ancora, fosse una comune ariana... In Italia, *ariana*! però, dopo un certo tempo, attraverso sue fonti private, Ida imparò che nel Reich le leggi erano altre... E incominciò a sospettare, di giorno in giorno, che una possibile modifica dei decreti nazionali intervenisse a coinvolgere non lei sola, ma forse anche suo figlio Nino! Come già Alfio suo marito, pure Ninnuzzu aveva sempre ignorato, né s'immaginava manco in sogno, di annoverare degli Ebrei fra i propri parenti. E cresceva spensierato, ignaro di tutto, e fanatico della camicia nera.

Frattanto, la lega Mussolini-Hitler si faceva sempre piú stretta, finché, nella seguente primavera del 1939, i due si allearono militarmente col loro *patto d'acciaio*. E senz'altro, al modo che Benito aveva colonizzato gli Etiopi, Adolfo partí alla colonizzazione dei popoli europei, sotto l'impero della razza tedesca suprema, come aveva promesso. Allo scoppio, tuttavia, del conflitto mondiale, seguíto di lí a poco, il socio italiano, malgrado il patto, preferí tenersi da parte, malsicuro, temporeggiando. E solo di fronte alla vincita sensazionale del suo consocio (che nel giro di una luna, divorata l'Europa intera, già toccava il traguardo di

Parigi) per garantirsi la propria porzione di gloria entrò in guerra al suo fianco. Era il mese di giugno del 1940; e Ninnuzzu, che aveva allora quattordici anni, accolse la notizia con piacere, sebbene contrariato per il ritardo. S'era stufato, difatti, d'aspettare che il suo Duce si decidesse a questa nuova azione grandiosa.

Di tutta l'incalzante vicenda mondiale, Iduzza non seguiva il corso, se non per gli annunci di strepitose vittorie hitleriane che le riecheggiavano in casa attraverso la voce di Nino.

Nei giorni dell'entrata in guerra dell'Italia, le capitò di ascoltare diverse opinioni sull'evento. Chiamata al pomeriggio dal Preside del Ginnasio, per via di certe assenze ingiustificate di suo figlio Nino, trovò il personaggio in uno stato raggiante d'euforia per la tempestiva decisione del Duce: «Noi siamo», le dichiarò il personaggio con grande enfasi, «per la pace nella vittoria, al minor costo possibile! E oggi, che la guerra-lampo dell'Asse sta per toccare la mèta della pace, plaudiamo alla lungimiranza del Capo, che assicura alla nostra Patria i vantaggi del successo col massimo risparmio. In una sola tappa, e senza rimetterci nemmeno il consumo delle gomme, eccoci già in volata al finale, giusto a ruota con la Maglia Gialla!!» Simile discorso autorevole s'impose a Ida, senza replica.

Per quanto lei ne capiva, anche i suoi colleghi della scuola elementare, dei quali essa orecchiava i discorsi nei corridoi, la pensavano, più o meno, come il preside del ginnasio. Solo una custode anziana (chiamata dai bambini Barbetta per una poca lanugine senile che le cresceva sul mento) era stata da lei sorpresa, mentre, a fini di scongiuro, andava toccando le porte e via via borbottando in sordina che questa azione italiana contro i francesi era una «pugnalata alle spalle», e che certe azioni *fortunate* prima o poi portano sempre iella.

Per contro, la mattina stessa, al suo ingresso nella scuola, il portiere, marciando per l'androne come un conquistatore, l'aveva salutata con questa frase: «Signora Mancuso, quando entriamo a Parigi?» E d'altra parte, più tardi, rincasando, essa aveva udito il garzone del panettiere che sulla soglia dell'osteria, tutto aggrondato, confidava all'oste: «A senso mio, l'Asse Roma-Berlino è storto. Anvedi che robba! Quelli là, i Berlinesi, fanno le carognate — e noi, qua de Roma, je damo pure 'na mano!!»... Fra tali opinioni discordi, la povera Iduzza, per conto suo, non osava formulare giudizi.

Ai tanti misteri dell'Autorità che la intimorivano, s'era aggiunta, adesso, la parola *ariani*, che lei, prima, aveva sempre ignorato. Nel caso, in realtà, quella parola non aveva nessun significato logico; e le Autorità avrebbero potuto sostituirla, a loro piacere, e agli stessi effetti pubblici, con *pachidermi*, o *ruminanti*, o altra qualsiasi parola. Ma alla mente di Iduzza essa tanto più si faceva autorevole, perché arcana.

Nemmeno da sua madre, essa non aveva udito mai questo titolo «ariani», anzi lo stesso titolo di *ebrei* per la piccola Iduzza, laggiú nella casa di Cosenza, era rimasto un oggetto di grande mistero. Se non dalla stessa Nora nei suoi concilii segreti, esso addirittura non veniva mai pronunciato invano, in casa Ramundo! Ho saputo che una volta, in una delle sue grandi perorazioni anarchiche, Giuseppe uscí a proclamare, con voce tonante: «Verrà giorno che signori e proletari, bianchi e neri, femmine e maschi, *ebrei* e cristiani, saranno tutti uguali, nell'unico onore dell'uomo!!» Ma su quella parola gridata *ebrei*, Nora dette una voce di spavento, e impallidí come a un malore grave; per cui Giuseppe tutto pentito le si fece vicino a ripetere, stavolta a voce bassissima: «... dicevo, *ebrei e cristiani...*» Quasi che col sussurrare la parola piano piano, dopo averla strillata forte forte, lui rimediasse al guaio!

A ogni modo, adesso, Ida imparava che gli ebrei erano diversi non solo perché ebrei, ma anche perché *non ariani*. E chi erano gli *Ariani*? A Iduzza questo termine delle Autorità suggeriva qualcosa di antico e d'alto rango, sul tipo di *barone* o *conte*. E nel suo concetto gli ebrei vennero a contrapporsi agli *ariani*, piú o meno, come i plebei ai patrizi (essa aveva studiato la storia!) Però, evidentemente, i non ariani, per l'Autorità, erano i plebei dei plebei! Per esempio, il garzone del panettiere, plebeo di classe, di fronte a un ebreo valeva un patrizio, in quanto ariano! E se già i plebei nell'ordine sociale erano una rogna, i plebei dei plebei dovevano essere una lebbra!

Fu come se le ossessioni di Nora, sciamando in tumulto alla sua morte, fossero venute a nidificare dentro la figlia. Dopo la sua denuncia all'anagrafe, Ida aveva ripreso la stessa vita di prima. Campava proprio come un'ariana fra gli ariani, nessuno pareva dubitare della sua arianità completa, e le rare volte che dovette esibire i suoi documenti (per esempio alla Cassa Stipendi), sebbene il cuore le ballasse in petto, il cognome di sua madre passò del tutto inosservato. Il suo segreto razziale pareva sepolto, una volta per tutte, negli archivi dell'Anagrafe; però lei, sapendolo registrato in quei loculi misteriosi, tremava sempre che una qualche notizia ne trapelasse all'esterno, segnando lei stessa, ma Nino soprattutto!, col marchio dei reprobi e degli impuri. Inoltre, specie a scuola, nell'esercitare, lei, mezza ebrea clandestina, i diritti e le funzioni dovuti agli *Ariani*, si sentiva in colpa, come un'abusiva e una falsaria.

Anche nel giro delle sue spese quotidiane, essa aveva il sentimento di andare mendicando, come un cucciolo orfano e randagio, nel territorio altrui. Finché da un giorno all'altro, lei che prima delle leggi razziali non aveva incontrato mai nessun ebreo fuori di Nora, seguendo una sua pista incongrua s'orientò a preferenza nella cerchia del Ghetto romano, verso le bancarelle e le botteghe di certi ebreucci ai quali ancora a quel tempo era permesso di seguitare nei loro poveri traffici di prima.

Da principio, la sua timidezza la portò a trattare solo con certi tipi di vecchi, dagli occhi mezzi spenti e dalla bocca sigillata. Però il caso, via via, le procurò qualche conoscenza meno taciturna, in genere qualche donna del posto, che, forse incoraggiata dai suoi occhi semiti, chiacchierava con lei di passaggio.

Di qui essa ricavava il suo principale notiziario storicopolitico, giacché, con gli ariani, evitava certi argomenti, e anche dei comuni mezzi d'informazione, per un motivo o per l'altro, se ne serviva poco. L'apparecchio radio di famiglia, già posseduto quando Alfio era in vita, da più di un anno aveva smesso di funzionare, tanto che Ninnarieddu, un bel giorno, lo aveva sfasciato definitivamente, smontandone i pezzi a uso di svariate costruzioni sue proprie (né essa aveva i soldi per comperarne un altro). E in quanto ai giornali, essa non usava leggerne, e a casa sua capitavano solo le gazzette sportive o i rotocalchi cinematografici, per uso esclusivo di Nino. Da sempre, i giornali a lei suscitavano, solo al vederli, un senso innato di straniamento e di avversione; e da ultimo, essa addirittura sbigottiva già a scorgerne appena i titoli in prima pagina, così grossi e neri. Di passaggio alle edicole, o sul tram, ogni giorno le succedeva di occhieggiarli diffidando, se per caso non denunciassero a caratteri cubitali, fra i molti abusi degli Ebrei, pure i suoi propri, col famigerato cognome: ALMAGIÀ...

Non troppo distante dalla sua scuola, il Ghetto era un piccolo quartiere antico, segregato – fino al secolo scorso – con alte muraglie e cancelli che venivano chiusi alla sera; e soggetto – di quei tempi – alle febbri, per via dei vapori e della melma del Tevere vicino, che ancora non aveva argini. Da quando il vecchio quartiere era stato risanato e le muraglie abbattute, il suo popolo non aveva fatto che moltiplicarsi; e adesso, in quelle solite quattro straducce e due piazzette, ci si arrangiavano a stare a migliaia. C'erano molte centinaia di pupetti e ragazzini, per lo più riccetti, con gli occhi vispi; e ancora al principio della guerra, avanti che incominciasse la grande fame, ci giravano diversi gatti, domiciliati fra le rovine del Teatro di Marcello, a un passo di là. Gli abitanti, per la maggior parte, facevano i venditori ambulanti o gli stracciaiuoli, che erano i soli mestieri permessi dalla legge agli ebrei nei passati secoli, e che poi fra poco, nel corso della guerra, gli sarebbero stati proibiti, anche questi, dalle nuove leggi fasciste. Pochi di loro disponevano, al massimo, di qualche locale a pianterreno per uso di rivendita o deposito della roba. E queste, più o meno, erano tutte le risorse del piccolo villaggio: dove i decreti razziali del 1938, tuttora invariati, non avevano potuto mutare di molto le sorti.

In certe famiglie del quartiere, si aveva appena notizia di quei decreti, come di questioni riguardanti i pochi ebrei signori, che abitavano sparsi nei quartieri borghesi della città. E in quanto a varie altre minacce, che circolavano oscure, i notiziari, che Ida ne raccattava laggiù, erano monchi e confusi, come le radio-carcere. In generale, fra le sue conoscenti delle botteghucce, regnava una incredulità ingenua e fiduciosa. Ai suoi piccoli accenni peritosi da ariana, quelle povere donnette indaffarate opponevano, per lo più, una spensieratezza evasiva, oppure una rassegnazione reticente. Tante notizie erano invenzioni della propaganda. E poi, in Italia certe cose non potrebbero mai succedere. Esse confidavano nelle amicizie importanti (o anche nelle benemerenze fasciste) dei Capi della Comunità o del Rabbino; nella benevolenza di Mussolini verso gli Ebrei; e addirittura nella protezione del Papa (mentre i papi, in realtà, nel corso dei secoli, erano stati fra i loro peggio persecutori). A chi, fra loro, si mostrava più scettico, esse non volevano credere... Ma invero, nel loro stato, non avevano altra difesa.

Fra costoro, ci si incontrava, ogni tanto, una ragazza invecchiata di nome Vilma, trattata, là in giro, per una mentecatta. I muscoli del suo corpo e del suo volto erano sempre inquieti, e lo sguardo, invece, estatico, troppo luminoso.

Era rimasta orfana assai presto, e, per incapacità d'altro, si adattava a servizi pesanti, come un facchino. Scavallava tutto il giorno, infaticabile, in Trastevere e Campo dei Fiori, dove andava pure mendicando avanzi, non per sé, ma per i gatti del Teatro di Marcello. Forse la sola festa della sua vita era quando, verso sera, si sedeva là su un rudere, in mezzo ai gatti, a spargere in terra per loro delle testine di pesce mezze marce e dei rimasugli sanguinolenti. Allora il suo volto sempre febbrile si faceva radioso e calmo, come in Paradiso. (Però, col progredire della guerra, questi suoi beati convegni dovevano ridursi a un ricordo).

Da qualche tempo Vilma, attraverso i suoi giri quotidiani di faticante, riportava nel Ghetto delle informazioni strane e inaudite, che le altre donne rifiutavano come fantasie del suo cervello. E difatti, la fantasia lavorava sempre, come una forzata, nella mente di Vilma; però, in seguito, certe sue *fantasie* dovevano dimostrarsi molto al di sotto della verità.

Lei pretendeva che, a tenerla cosí informata, fosse una monaca (andava a faticare, fra l'altro, in un convento...); oppure una signora che, di nascosto, ascoltava certe radio proibite, ma della quale non si doveva dire il nome. A ogni modo, s'affannava a garantire che le sue informazioni erano certe; e tutti i giorni le ripeteva in giro con voce rauca, urgente, come si raccomandasse. Ma nell'accorgersi che non la si ascoltava o non le si credeva, rompeva in risate angosciose, simili a tosse convulsa. La sola, forse, che la stava a sentire con terribile serietà, era Iduzza, perché ai suoi occhi Vilma, nell'aspetto e nelle maniere, rassomigliava a una sorta di profetessa.

Attualmente, nei suoi messaggi ossessivi quanto inutili, costei di continuo insisteva con l'avviso di *mettere in salvo, almeno, le creature*, affermando di aver saputo in confidenza dalla sua monaca che nella storia prossima era segnata una nuova strage peggio di quella di Erode. Non appena occupavano un paese, per prima cosa i tedeschi ammassavano da una parte tutti gli ebrei senza eccezione, e di là li trascinavano via, fuori dei confini, non si sapeva dove «nella notte e nella nebbia». I piú morivano in cammino, o cadevano prostrati. E tutti costoro, morti e vivi, venivano buttati uno sull'altro in fosse enormi, che i loro parenti o compagni erano costretti a scavare in loro presenza. I soli lasciati sopravvivere, erano gli adulti piú robusti, condannati a lavorare come schiavi per la guerra. E i bambini venivano massacrati tutti, dal primo all'ultimo, e buttati nelle fosse comuni lungo la strada.

Un giorno, a questi discorsi di Vilma, ci si trovava, oltre a Iduzza, pure una donnetta anziana, dimessa nel vestito ma col cappellino in testa. Essa, a differenza della bottegaia, assentí con gravità alle lamentazioni insane e roche di Vilma. Anzi (parlando a bassa voce per paura delle spie) intervenne affermando di avere udito lei stessa, da un sottufficiale dei carabinieri, che secondo la legge dei tedeschi gli ebrei erano pidocchi, e andavano tutti sterminati. Alla vittoria, certa e ormai vicina, dell'Asse, pure l'Italia sarebbe diventata territorio del Reich, e soggetta alla medesima legge definitiva. Su San Pietro, al posto della croce cristiana, avrebbero messo la croce uncinata; e pure gli stessi cristiani battezzati, per non venire scritti nella lista nera, dovevano provare i loro sangui ariani, FINO ALLA QUARTA GENERAZIONE!

E non per niente, aggiunse, tutta la gioventú ebrea di buona famiglia, che aveva i mezzi, s'era emigrata dall'Europa, chi in America e chi in Australia, finché s'era stati in tempo. Ma oramai, coi mezzi o senza mezzi, tutte le frontiere erano chiuse, non s'era piú in tempo.

«Chi sta drento, sta drento. E chi sta fora, sta fora».

A questo punto, con la sua voce malsicura di latitante che teme di fornire indizi, Iduzza si fece a chiederle che cosa esattamente significasse FINO ALLA QUARTA GENERAZIONE. E la donnetta, con un sussiego da scienziata-matematica, e non senza precisare e ribadire dove le pareva il caso, spiegò:

«che nella legge germanica i sangui si calcolavano a capi, quote e dozzine. *Quarta generazione* sta per dire: *i bisnonni*. E per calcolare i capi, basta contare i bisnonni e i nonni, che in totale fanno:

«8 bisnonni + 4 nonni = 12 capi

«ossia una dozzina.

«Ora, in questa dozzina di capi, ogni capo, se è ariano, vale per una quota ariana: un punto a favore. Se invece è giudio, vale per una quota giudia: un punto contro. E nel calcolo finale, il risultato dev'essere come minimo: due terzi piú uno! Un terzo di dozzina = 4; due terzi = 8 + 1 = 9. Chi va a giudizio, deve presentare come minimo 9 quote aríane. Se ne ha di meno, foss'anche per una mezza quota, risulta di sangue giudio».

A casa, da sola, Ida si internò in un calcolo complicato. Per se stessa, invero, la soluzione era semplice: di padre ariano, e di madre ebrea pura da lontane generazioni, lei non possedeva che sei quote su dodici, e dunque risultato negativo. Ma il caso per lei principale, cioè Nino, le riusciva piú astruso, e qua il conto, nel farlo e rifarlo, le si imbrogliava nel cervello. Si indusse allora a tracciare per iscritto su un foglio un albero genealogico di Nino, dove una E distingueva i nonni e bisavi ebrei, e una A gli ariani (un segno X sostituiva i nomi che qui al momento le sfuggivano dalla memoria):

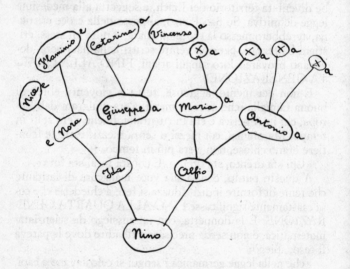

E il conto qui le risultò propizio. Nino, sia pure di minimo, rientrava nel punteggio dovuto: nove quote su dodici capi. Ariano!

Questo risultato, però, non poteva bastare a darle pace,

neanche sul conto del figlio. Troppo variabili e oscuri le rimanevano, nel futuro e nello stesso presente, i termini reali della legge. Essa ricordò, per esempio, di avere udito in Calabria da un emigrante americano che il sangue scuro vince sempre sul sangue pallido. Basta una goccia di sangue nero in un cristiano per riconoscergli che non è bianco, ma è negro incrociato.

4.

E cosí, alla fine è chiaro perché la disgraziata, in un giorno del gennaio 1941, accogliesse l'incontro di quel soldatuccio a San Lorenzo come la visione di un incubo. Le paure che la stringevano d'assedio non le lasciavano scorgere in colui nient'altro che una uniforme militare tedesca. E allo scontrarsi, proprio sul portone di casa sua, in quella uniforme che pareva appostata là in sua attesa, lei credette di trovarsi oggi all'appuntamento terribile che le era predestinato fino dal principio del mondo.

Colui doveva essere un emissario dei Comitati Razziali, forse un Caporale, o un Capitano, delle SS venuto a identificarla. Per lei, esso non aveva nessuna fisionomia propria. Era una copia delle migliaia di figure conformi che moltiplicavano all'infinito l'unica figura incomprensibile della sua persecuzione.

Il soldato risentí come una ingiustizia quel ribrezzo evidente e straordinario della sconosciuta signora. Non era abituato a suscitare ribrezzo nelle donne, e d'altra parte sapeva (a dispetto delle sue piccole delusioni precedenti) di trovarsi in un paese alleato, non nemico. Però, mortificato, invece di desistere si accaní. Quando il gatto di casa, per un suo assurdo malumore, si acquatta nei propri nascondigli, i ragazzini si accaniscono a dargli la caccia.

Essa, del resto, non fece nemmeno l'atto di scansarsi. L'unico suo movimento fu di nascondere dentro una delle sporte – quali documenti minacciosi della propria colpa – dei quaderni di scuola che aveva nelle mani. Piú che vedere lui, essa, sdoppiandosi, vedeva davanti a lui se stessa: come ormai denudata di ogni travestimento, fino al suo cuore geloso di mezza ebrea.

Se avesse potuto vederlo, invero, si sarebbe forse accorta che lui, davanti a lei, stava nell'atteggiamento di un mendicante piuttosto che di uno sgherro. Con l'aria di recitare, apposta per impietosirla, la parte del pellegrino, aveva posato su una palma la guancia reclinata. E in una preghiera ilare benché proterva, nella sua voce di basso già timbrata ma fresca e nuóva, con dentro ancora qualche acidezza della crescita, ripeté due volte:

«... schlafen... schlafen...»

A lei, che ignorava del tutto la lingua germanica, l'incomprensibile parola, con la sua mimica misteriosa, suonò per una qualche formula gergale d'inchiesta o d'imputazione. E tentò in italiano una risposta indistinta, che si ridusse a una smorfia quasi di lagrime. Ma per il soldato, grazie al vino, la babele terrestre s'era trasformata tutta in un circo. Risolutamente, in uno slancio da bandito cavalleresco, le prese dalle mani i fagotti e le sporte; e in un volo da trapezista la precedette senz'altro su per la scala. A ogni pianerottolo, si arrestava per aspettarla, uguale a un figlio che, rincasando insieme, fa da staffetta impaziente alla madre tarda. E lei lo seguiva, inciampando a ogni passo, come un ladroncello che si trascina dietro ai portatori della sua croce.

Il suo peggiore affanno, in quella salita, era il sospetto che Nino proprio oggi, per un caso raro, si trovasse a casa di dopopranzo. Per la prima volta, da quando era madre, si augurava che il suo piccolo teppista stradaiolo le restasse in giro tutto il giorno e tutta la notte. E si giurava disperatamente, se il tedesco le avesse domandato di suo figlio, di negarne non solo la presenza, ma l'esistenza perfino.

Al sesto pianerottolo, erano arrivati. E siccome lei, coperta d'un sudore ghiacciato, si perdeva nel manovrare la serratura, il tedesco posò in terra le sporte, e prestamente le venne in aiuto, con l'aria di uno che rientra in casa propria. Per la prima volta da quando era madre, essa provò sollievo al trovare che Ninnarieddu non era in casa.

L'interno consisteva in tutto di due camere, cesso e cucina; e presentava, oltre al disordine, la doppia desolazione della povertà e del genere piccolo-borghese. Ma sul giovane soldato l'effetto subitaneo di quell'ambiente fu di rimpianto selvaggio e di malinconia, per causa di certe minime affinità con la sua casa materna in Baviera. La sua voglia di giocare dileguò come il fumo di un bengala; e la sbronza non ancora consumata gli diventò l'amarezza di una febbre in corpo. Caduto in un mutismo totale, incominciò a marciare fra i molti ingombri della stanza con la grinta di un lupo sperso e digiuno che cerca in un covo estraneo qualche materia da sfamarsi.

Agli occhi di Ida, ciò corrispondeva esattamente al suo compito poliziesco. Preparandosi a una perquisizione generale, essa ripensava al foglio con l'albero genealogico di Nino, da lei riposto in un cassetto fra altri documenti importanti; e si domandava se forse quei segni enigmatici non sarebbero indicazioni lampanti per colui.

Egli arrestò la sua marcia davanti a un ingrandimento fotografico, che campeggiava al posto d'onore sulla parete, incorniciato come un quadro d'autore di grande importanza. Ritraeva (a grandezza circa metà del naturale) un bulletto sui quindici-sedici anni, avvolto in un sontuoso cappotto di lana di cammello che lui portava come fosse una bandiera. Fra le dita della sua destra si riusciva a scorgere vagamente il bianco di una sigaretta; e il suo piede sinistro poggiava sul parafango di una spider fuoriserie (lasciata per caso là in sosta da qualche proprietario ignoto) col gesto padronale che usano, nelle grandi foreste, i cacciatori di tigri.

Sullo sfondo, si intravvedevano i casamenti di una via cittadina, con le loro insegne. Ma per l'ingrandimento eccessivo operato su quello che era stato, all'origine, il volgare prodotto di un fotografo ambulante, l'intera scena risultava piuttosto pallida e sfocata.

Il militare, scrutato il quadro nel suo insieme, lo collegò, di sua propria supposizione, col culto familiare dei defunti. E puntando il dito sul soggetto fotografato, domandò a Ida, con la serietà di una indagine:

«Tot?» (morto?)

La domanda, naturalmente, a lei suonò incomprensibile. Però l'unica difesa che oggi il terrore le consigliava era di rispondere sempre *no* a qualsiasi inchiesta, come gli analfabeti nelle istruttorie. E non sapeva di fornire cosí, stavolta, contro ogni intenzione, una informazione al nemico.

«No! no!» rispose, con la vocina di una bambola, gli occhi sbalorditi e feroci. E di fatto, secondo verità, quella non era il ricordo di un morto, ma una foto recente di suo figlio Ninnuzzu, che lui stesso aveva fatto ingrandire e incorniciare di propria iniziativa. Anzi, lei tuttora, fra liti amare, andava pagando le rate di quel cappotto di cammello che Nino, fino dall'autunno, s'era ordinato abusivamente.

Del resto, poi, la casa medesima denunciava senza rimedio, e a voce altissima, quell'inquilino latitante che lei pretendeva di occultare! La stanza, che dall'ingresso il tedesco aveva invaso risolutamente, era una sorta di salottino-studio che poi di notte serviva anche per dormirci, come si capiva da un divanoletto ancora disfatto e in realtà composto, in modo sommario, di una rete senza gambe e di un materasso malandato. Intorno a questo divanoletto somigliante a una cuccia (col guanciale sporco e unto di brillantina messo per traverso, e lenzuola e coperte tutte arruffate e in disordine) giacevano, scaraventati in terra dalla sera prima, una sopracoperta di seta artificiale e certi cuscini duri (che di giorno servivano a travestire il letto); frammezzo ai quali poi si ritrovavano: un giornaletto sportivo, una giacchetta di pigiama, celeste, di misura ancora abbastanza piccola; e un calzettino di media misura, bucato e sporco, di un vivace disegno scozzese...

Sulla parete del letto, nel posto delle immagini sacre, erano fissate con puntine diverse fotografie, ritagliate dalle riviste, di dive del cinema in costume da bagno o in abito da sera: delle quali le piú formidabili erano contrassegnate con grandi fregi a matita rossa, cosí perentorii da parere degli squilli d'arrembaggio, o delle proteste di gatto uscito a battere. Sulla medesima parete, ma di lato, e fissata anch'essa con puntine, c'era pure una copia di manifesto, raffigurante un'aquila romana che stringeva le Isole Britanniche fra gli artigli.

Su una sedia, c'era un pallone da football! E sul tavolino, fra quinterni di libri scolastici (maltrattati e mortificati orrendamente, da sembrare rimasugli dei topi) si ammucchiavano altri giornaletti sportivi, rotocalchi e fumetti d'avventure; un romanzo del brivido, recante in copertina una signora seminuda, urlante e minacciata da una manona scimmiesca; e un album con figure di pellirosse. Inoltre: un fez d'avanguardista; un fonografo a manovella con qualche disco alla rinfusa; e un meccanismo di struttura complicata e imprecisa, in cui si riconoscevano, fra l'altro, i pezzi di un motorino.

A fianco del divano, su una sgangherata poltrona addossata al muro, al di sotto di una veduta a stampa con la scritta *Grand Hôtel des îles Borromées*, c'erano ammucchiati alcuni pezzi o rottami di veicoli, fra i quali spiccavano un pneumatico sgonfio, un contachilometri e un manubrio. Sul bracciolo della poltrona era posata una maglietta coi colori d'una squadra. E sull'angolo del muro, appoggiato in piedi, c'era un moschetto autentico.

Fra un tale campionario parlante, i fantastici movimenti del soldato si convertivano, per Ida, nei movimenti esatti di una macchina fatale, che stampava anche Nino, oltre a lei stessa, nella lista nera degli Ebrei e dei loro ibridi. I suoi propri equivoci andavano acquistando, col passare dei minuti, un potere allucinante su di lei, riducendola al terrore nativo e ingenuo di prima della ragione. Ferma in piedi, con ancora addosso il cappotto e in testa il suo cappellino a lutto, essa non era piú una signora di San Lorenzo; ma un disperato migratore asiatico, di piume marrone e di cappuccio nero, travolto nel suo cespuglio provvisorio da un orrendo diluvio occidentale.

E nel frattempo, i ragionamenti sbronzi del tedesco non concernevano né le razze né le religioni né le nazioni, ma soltanto le età. Era matto di invidia e dentro di sé discuteva tartagliando: «Mannaggia, la for - tu - na è di quelli che non han - no ancora l'età di le - va — e — e possono godersi a casa le loro pro - pro - prietà con — con le madri! e il pallone! e scopare e tut - to quanto — tutto quanto! come se la guerra fosse nella lu - na o nel mondo Mar - te... La di - sgrazia è crescere! la disgrazia è cresce - re!... Ma dove sto? pper - ché sto qua, io?! come mi ci son trovato?...» A questo punto, rammentandosi che non aveva ancora fatto le proprie presentazioni alla sua ospite, con decisione andò a piantarsi di fronte a lei; e senza nemmeno guardarla, con bocca imbronciata le dichiarò:

«Mein Name ist Gunther!»

Quindi rimase là in una posa scontenta, aspettando, da quella sua presentazione propiziatoria, un effetto che già in anticipo gli era negato. Gli occhioni avversi e attoniti della signora ebbero appena un battito sospettoso a quei suoni tedeschi, per lei senz'alcun senso se non di qualche minaccia sibillina. Allora il soldato, nello sguardo (che pure gli si incupiva) lasciò passare un colore animato di dolcezza, per il movimento di un affetto inguaribile. E stando là mezzo seduto, come s'era messo, sull'orlo del tavolino ingombro, in una cert'aria di malavoglia (che tradiva una confidenza gelosa) trasse di tasca un cartoncino e lo pose sotto gli occhi di Ida.

Essa vi gettò uno sguardo sghembo e raggelato, aspettandosi una tessera di SS con la croce a uncino; o forse una foto segnaletica di Ninnuzzu Mancuso, con la stella gialla. Ma si trattava invece di un gruppetto fotografico famigliare, nel quale essa intravide confusamente, su uno sfondo di casette e di canneti, la persona grossa e radiosa di una tedesca di mezza età circondata da cinque o sei ragazzetti maschi piú o meno cresciuti. Fra costoro, il soldato, facendo un sorrisetto, gliene segnalò col dito uno (se stesso) piú cresciuto degli altri, vestito di un giaccone a vento e di un berrettino da ciclista. Poi, siccome le pupille della signora svagavano su quel gruppetto anonimo in una buia apatia, passando a indicarle, col dito, il paesaggio e il cielo dello sfondo, la informò:

«Dachau».

Il suo tono di voce, nel pronunciare questo nome, fu il medesimo che potrebbe avere un gattino di tre mesi reclamando la propria cesta. E d'altra parte quel nome non significava niente per Ida, la quale ancora non lo aveva udito mai se non forse appena per caso, senza tenerselo a memoria... Però a quel nome innocuo e indifferente, il forastico migratore in transito, che ora s'identificava col suo cuore, senza spiegazione sobbalzò dentro di lei. E svolazzando atrocemente nello spazio snaturato della stanzetta prese a sbattere fra un tumulto vociferante contro le pareti senza uscita.

Il corpo di Ida era rimasto inerte, come la sua coscienza: senz'altro movimento che un piccolo tremito dei muscoli e uno sguardo inerme di ripulsa estrema, come davanti a un mostro. E in quello stesso momento, gli occhi del soldato, nel loro colore di mare turchino cupo vicino al violaceo (un colore insolito sul continente, lo si incontra piuttosto nelle isole mediterranee) s'erano empiti d'una innocenza quasi terribile per la loro antichità senza data: contemporanea del Paradiso Terrestre! Lo sguardo di lei parve, a questi occhi, un insulto definitivo. E istantaneamente una bufera di rabbia li oscurò. Eppure fra questo annuvolamento trarpariva una interrogazione infantile, che non si aspettava piú la dolcezza di una risposta; ma lo stesso la voleva.

Fu qui che Ida senza darsene ragione prese a gridare: «No! No! No!» con una voce isterica da ragazzina immatura. In realtà, con questo suo *no*, essa non si rivolgeva piú a lui né all'esterno, ma a un'altra minaccia segreta che avvertiva da un punto o nervo interno, risalita a lei d'un tratto dai suoi anni d'infanzia, e da cui lei si credeva guarita. Come tornando indietro a quell'età, giú lungo un tempo che le si accorciava all'inverso, essa riconobbe istantaneamente quella grande vertigine, con echi strani di voci e di torrenti, che da piccola le annunciava i suoi malori. Ora il suo grido si rivoltava contro tale insidia, che la rubava alla salvaguardia della casa, e di Nino!!

Però questa sua nuova, inspiegabile negazione (*no*, la sola risposta che lei gli avesse dato in questo giorno) agí sull'ira confusa del soldato come un segnale di rivolta per una trasgressione immensa. Inaspettatamente la tenerezza amara che lo aveva umiliato col suo martirio fino dalla mattina gli si scatenò in una volontà feroce: «... fare amore!... FARE AMORE!...» gridò, ripetendo, in uno sfogo fanciullesco, altre due delle 4 parole italiane che, per sua propria previdenza, s'era fatto insegnare alla frontiera. E senza neanche togliersi la cintura della divisa, incurante che costei fosse una vecchia, si buttò sopra di lei, rovesciandola su quel divanoletto arruffato, e la violentò con tanta rabbia, come se volesse assassinarla.

La sentiva dibattersi orribilmente, ma, inconsapevole della sua malattia, credeva che lei gli lottasse contro, e tanto piú ci s'accaniva per questo, proprio alla maniera della soldataglia ubriaca. Essa in realtà era uscita di coscienza, in una assenza temporanea da lui stesso e dalle circostanze, ma lui non se ne avvide. E tanto era carico di tensioni severe e represse che, nel momento dell'orgasmo, gettò un grande urlo sopra di lei. Poi, nel momento successivo, la sogguardò, in tempo per vedere la sua faccia piena di stupore che si distendeva in un sorriso d'indicibile umiltà e dolcezza.

«Carina carina», prese a dirle (era la quarta e ultima parola italiana che aveva imparato). E insieme cominciò a baciarla, con piccoli baci pieni di dolcezza, sulla faccia trasognata che pareva guardarlo e seguitava a sorridergli con una specie di gratitudine. Essa intanto rinveniva piano piano, abbandonata sotto di lui. E nello stato di rilassamento e di quiete che sempre le interveniva fra l'attacco e la coscienza, lo sentí che di nuovo penetrava dentro di lei, però stavolta lentamente, con un moto struggente e possessivo, come se

69

fossero già parenti, e avvezzi l'uno all'altra. Essa ritrovava quel senso di compimento e di riposo che aveva già sperimentato da bambina, alla fine di un attacco, quando la riaccoglieva la stanza affettuosa di suo padre e di sua madre; ma quella sua esperienza infantile oggi le si ingrandí, attraverso il dormiveglia, nella sensazione beata di tornare al proprio corpo totale. Quell'altro corpo ingordo, aspro e caldo, che la esplorava al centro della sua dolcezza materna era, in uno, tutte le centomila febbri e freschezze e fami adolescenti che confluivano dalle loro terre gelose a colmare la propria foce ragazza. Era tutti i centomila animali ragazzi, terrestri e vulnerabili, in un ballo pazzo e allegro, che si ripercuoteva fino nell'interno dei suoi polmoni e fino alle radici dei suoi capelli, chiamandola in tutte le lingue. Poi si abbatté, ridiventando una sola carne implorante, per disciogliersi dentro al suo ventre in una resa dolce, tiepida e ingenua, che la fece sorridere di commozione, come l'unico regalo di un povero, o di un bambino.

Non fu, per lei, neanche stavolta, un vero piacere erotico. Fu una straordinaria felicità senza orgasmo, come talora capita in sogno, prima della pubertà.

Il soldato stavolta, nel saziarsi, ebbe un piccolo lamento fra altri bacetti, e, lasciandosi con tutto il corpo su di lei, súbito si addormentò. Essa, tornata alla coscienza, sentí sul proprio corpo il suo peso che la premeva sul ventre nudo con la divisa ruvida e la fibbia della cintura. E si ritrovò con le gambe ancora aperte, e il sesso di lui, diventato povero, inerme e come reciso, posato dolcemente sul proprio. Il ragazzo dormiva placidamente, russando, ma, al movimento che lei fece per liberarsi, la serrò istintivamente contro di sé; e i suoi tratti, pure nel sonno, presero una grinta di possesso e di gelosia, come verso una vera amante.

Essa, tanto era indebolita, ebbe l'impressione, allo sciogliersi da lui, di durare una fatica mortale; ma finalmente le riuscí di liberarsi, e cadde sui ginocchi in terra, fra i cuscini sparsi a lato del lettuccio. Si riassestò le vesti alla meglio; ma lo sforzo le aveva prodotto una nausea che le rivoltava il cuore; e rimase là dove stava, caduta sui ginocchi, davanti al divanoletto col tedesco addormentato. Come sempre ai suoi risvegli, del proprio malore non le restava che un'ombra di ricordo, nient'altro che la sensazione iniziale di una rapina confusa, della durata di un attimo. Nella sua memoria, in realtà, c'era un'interruzione totale, dal momento che il giovane s'era messo a baciarla in faccia bisbigliandole *carina carina*, fino all'altro momento precedente, che lui le aveva mostrato la fotografia.

Però, anche tutta l'epoca anteriore, non soltanto l'ora paurosa che aveva preceduto il suo accesso, ma tutto quanto il passato, all'indietro, le si presentava al ricordo come un punto in arrivo, tuttora confuso da un'immensa lontananza. Lei s'era staccata dal continente affollato e vociferante della sua memoria, su una barca che in questo intervallo aveva fatto il giro del mondo; e adesso, risalendo allo stesso scalo della partenza, lo ritrovava silenzioso e quieto. Non c'erano più urla di folla, nessun linciaggio. Gli oggetti familiari, spogliati da ogni affetto, non erano più strumenti; ma creature vegetali o acquatiche, alghe coralli stelle marine, che respiravano nel riposo del mare, senza appartenere a nessuno.

Anche il sonno del suo aggressore, là steso davanti a lei, sembrava posarsi sulla lebbra di tutte le esperienze: violenze, paure, come una guarigione. Nel girare gli occhi (schiariti dal recente malore come da un bagno di trasparenza luminosa) essa scorse in terra, a qualche distanza una dall'altra, le proprie scarpette scalcagnate, che aveva perdute, al pari del cappellino, mentre si dibatteva nell'incoscienza fra le braccia del tedesco. Ma, senza curarsi di raccattarle, seduta inerte sui propri talloni scalzi, di nuovo fermò sul dormiente gli occhi spalancati, con l'aria stupida della ragazzina delle fiabe quando rimira il drago, che una pozione incantata ha reso inoffensivo.

Adesso, che l'amante gli era sfuggita, il giovane s'era abbracciato al guanciale e lo teneva stretto, ostinandosi nella sua gelosia possessiva di poco prima. Però nel frattempo la sua faccia aveva preso un'altra espressione, intenta e seria; e Ida, senza quasi rendersene conto, lesse immediatamente il soggetto e la trama del suo sogno, anche se non esattamente i particolari. Il sogno era adatto a uno di età, circa, d'otto anni. C'erano in discussione affari d'importanza: trattative per la compravendita di biciclette o accessorii, dove lui aveva a che fare con un qualche tipo di poca fiducia e senz'altro di un genere eccentrico: forse un contrabbandiere levantino, o un gangster di Chicago, o un pirata malese...

Costui cercava d'imbrogliare: e in conseguenza le labbra del dormiente, di un rosa asciutto, selvatiche e un po' screpolate, si sporgevano in un rimbrotto malrepresso. Le sue palpebre s'indurivano, facendogli tremolare le ciglia dorate, ma cosí corte da parere appena una polvere. E la fronte gli si corrugava, concentrandosi, fra i ciuffi dei capelli, che erano piú scuri delle ciglia, lisci, e sapevano di una mollezza fresca e umida, come la pelliccia di un gattino marrone appena lavato dalla madre.

Sarebbe stato facile, adesso, ammazzare costui, sull'esempio di Giuditta nella Bibbia; ma Ida per natura non poteva concepire un'idea simile, nemmeno in forma di fantasticheria. La sua mente, distratta dalla lettura del sogno, fu adombrata dal pensiero che forse l'intruso seguiterebbe a dormire cosí fino a sera tarda, e Nino, rincasando, potrebbe sorprenderlo ancora qua. Però Nino, con le sue idee politiche, sarebbe stato magari fiero di questa visita, e avrebbe salutato il tedesco, stupratore di sua madre, come un compare...

Invece, da un momento all'altro, cosí come s'era addormentato, il tedesco si risvegliò di colpo, quasi allo squillo brutale d'una tromba. E immediatamente guardò l'orologio al proprio polso: aveva dormito appena qualche minuto, tuttavia non gli restava ormai molto tempo per ritrovarsi al centro di raduno in orario con l'appello. Si stirò: ma non con la beatitudine tracotante dei ragazzi quando si scaricano dal sonno; piuttosto col disgusto di un'angoscia e di una maledizione, quasi che, attaccati alle proprie membra, ritrovasse dei ferri carcerari. Cominciava la penombra del crepuscolo; e Ida, alzatasi, col suo corpo scalzo e tremante si accostò alla presa della lampada, per infilarci la spina. Questa era malconnessa coi fili, la luce della lampadina oscillava. Allora Gunther, che in Germania faceva di mestiere l'elettricista, tratto di tasca un suo speciale coltelluccio a serramanico (invidia di tutto l'esercito: strumento multiplo che, oltre alla lama, celava pure, fra l'altro, dentro il manico, un rasoio, una lima e un cacciavite), riparò magistralmente la spina.

Si capí, alla sua prontezza volonterosa e piena d'impegno, che questa operazione aveva per lui un duplice valore. Primo: gli offriva un'occasione, seppure minima, di spendersi per la vittima del suo delitto, il quale adesso, nel declinare della sbornia, principiava a rimorderlo e a sgomentarlo. E secondo: gli era pretesto a indugiare un altro poco in questa cameretta che oggi (sia pure a dispetto) lo aveva accolto ancora come una stanza umana. Uscito di qui, lo aspettava solo un'Africa finale che oramai non gli si identificava piú assolutamente con l'Africa interessante e colorata dei film o dei libri; ma con una sorta di cratere deforme, in mezzo a una noia desertica e miserabile.

Frattanto, rannicchiata nell'ombra del muro, Ida assisteva al suo piccolo lavoro con silente ammirazione, perché in lei (come in certi primitivi) perdurava un sospetto pavido, e inconfessato, per l'elettricità e i suoi fenomeni.

Finito che ebbe di aggiustare la lampada, colui rimase tuttavia seduto, come s'era messo, sull'orlo del lettuccio; e, giusto come argomento di scambio, puntando l'indice sulla propria persona, fu sul punto di vantarsi:

«... nach... Afrika...» ma si ricordò che questo era un segreto militare, e tenne la bocca chiusa.

Per forse un minuto ancora si attardò seduto, col torso ripiegato e le braccia abbandonate fra i ginocchi, come un emigrante o un ergastolano già caricato sul piroscafo in partenza. Senza piú nessun oggetto da guardare, i suoi occhi solitari parevano attirati dalla lampada, che adesso brillava di luce fissa a capo del divanoletto (era la stessa che Ninnuzzu teneva accesa la sera per leggere a letto i suoi giornaletti illustrati). I suoi occhi esprimevano una specie di curiosità intontita, ma in realtà erano vuoti. Alla luce elettrica, il loro centro turchino scuro pareva quasi nero; mentre il bianco, intorno, non piú iniettato né intorbidato dal vino, si mostrava latteo e intriso di celeste.

Spontaneamente, il ragazzo li levò verso Ida. E lei ne incontrò lo sguardo straziato, di una ignoranza infinita e di una consapevolezza totale: sperdute insieme, l'una e l'altra, a mendicare una carità unica, impossibile, e confusa anche per chi la chiedeva.

Sul punto di andarsene, gli venne idea di lasciarle un ricordo, secondo un'usanza tenuta in certi suoi addii con altre ragazze. Però non sapendo che cosa darle, mentre si frugava nelle tasche vi ritrovò il suo famoso coltelluccio; e per quanto il sacrificio gli costasse, lo depose nella palma di lei, senz'altre spiegazioni.

In cambio, lui pure voleva portarsi un ricordo. E girava lo sguardo perplesso intorno alla stanza, senza scoprirvi niente; quando gli cadde sott'occhio un mazzetto di fiori d'aspetto pesto e quasi unto (offerta di scolari poveri) che nessuno s'era curato di mettere in fresco dalla mattina e giaceva su una mensola mezzo appassito. Allora, ne staccò una piccola corolla rossiccia e deponendola con serietà in mezzo a certe sue carte nel portafogli disse:

«Mein ganzes Leben lang!» (*Per tutta la mia vita!*)

Per lui, naturalmente, non era che una frase. E la disse col solito accento millantatore e traditore di tutti i ragazzi quando la dicono alle loro ragazze. È una frase di figura, da usarsi per l'effetto; ma logicamente non vale, giacché nessuno può credere davvero di conservare un ricordo per tutta l'indescrivibile eternità che è la vita! Lui non sapeva invece che per lui questa eternità si riduceva a poche ore. La sua tappa a Roma fu conclusa quella sera stessa. Di lí a meno di tre giorni, il convoglio aereo su cui lo avevano appena imbarcato (dalla Sicilia verso una qualche direzione sud o sud-est) fu attaccato sul Mediterraneo. E lui era fra i morti.

.....1941

Gennaio

Perdura la disastrosa campagna invernale delle truppe italiane spedite all'invasione della Grecia.

In Africa Settentrionale gli Italiani, attaccati dagli Inglesi, abbandonano le proprie colonie di Cirenaica e Marmarica.

Febbraio-Maggio

In séguito allo sbarco di truppe corazzate tedesche in Africa Settentrionale, gli Italo-Tedeschi rioccupano Cirenaica e Marmarica.

Intervento dei Tedeschi in Grecia, a impedire lo sbaraglio definitivo della spedizione italiana. Per l'impresa si richiede la cooperazione di Bulgaria e Jugoslavia. Alla defezione della Jugoslavia, la Germania reagisce con l'occupazione e devastazione del suo territorio, e bombardamenti punitivi su Belgrado. La Grecia, dopo la sua lunga resistenza, viene rapidamente costretta alla resa e assoggettata dagli Italo-Tedeschi.

Trattato di non-aggressione e di mutue concessioni fra il Giappone Imperiale e l'Unione Sovietica.

In Africa Orientale, offensiva vittoriosa delle armate inglesi che occupano le tre capitali dell'Impero Coloniale Italiano (Mogadiscio, Asmara, Addis Abeba) e, in collaborazione coi partigiani etiopici, rimettono sul trono l'imperatore d'Etiopia Hailè Selassiè.

Giugno

La Germania sferra la sua grande *Operazione Barbarossa* contro i Sovietici, garantendone l'esito trionfale prima dell'inverno («La Russia di Stalin sarà cancellata dalla carta geografica in otto settimane»). L'Italia decide di partecipare all'impresa. Mussolini a Verona passa in rassegna una delle divisioni in partenza per il nuovo fronte.

Luglio

Il Giappone occupa l'Indocina già possedimento francese.

Ha inizio in Jugoslavia la lotta di resistenza contro gli occupanti nazifascisti.

Le forze germaniche avanzano trionfalmente attraverso il territorio sovietico.

Settembre

Il Governo tedesco dispone che gli Ebrei, al compimento del sesto anno di età, siano obbligati a portare sul petto una stella gialla a sei punte.

Ottobre

Il Mahatma indiano Gandhi invita alla resistenza passiva (da lui già indetta fra la sua gente) tutti i popoli soggetti dell'Impero coloniale inglese.

Alla segregazione obbligatoria della popolazione ebraica, già istituita dagli occupanti nazisti, fa séguito, in Polonia, il decreto di pena di morte per ogni ebreo sorpreso fuori dal Ghetto.

Continua la vittoriosa avanzata delle panzer-divisionen e fanterie tedesche in territorio sovietico. In quattro mesi dall'inizio dell'Operazione, già tre milioni di Russi fuori combattimento (secondo l'Ordine del Führer, la sorte riservata ai prigionieri di guerra, come agli altri sub-uomini, è l'eliminazione. Ogni convenzione bellica internazionale è da considerarsi sorpassata).

Novembre

Incontro del Führer con Himmler, capo delle SS e della Gestapo (Polizia segreta) per la *soluzione finale del problema ebraico*, secondo il piano già avviato che dispone la deportazione di tutti i viventi di razza ebraica verso i campi di sterminio. Installazioni e impianti per le *liquidazioni* di massa dei deportati sono già in funzione in vari lager, e al loro allestimento tecnico cooperano alcune fra le piú importanti ditte industriali del Reich.

In Russia, continua la marcia vittoriosa delle armate del Reich, che assediano Leningrado, e si dirigono su Mosca.

Dicembre

Leningrado non si arrende. Piú a sud, ricacciati indietro da un contrattacco russo, i Germanici desistono dalla loro marcia verso Mosca, attuando un difficile ripiegamento fra il fango e il gelo dell'inverno.

In Africa Settentrionale, gli Italo-tedeschi costretti a ritirarsi dalla Cirenaica.

In Africa Orientale, la resa degli ultimi presidii alle forze inglesi segna la fine dell'Impero Coloniale italiano.

Col decreto «Notte e nebbia» il Führer ordina alle sue truppe di tutti i paesi occupati di catturare e sopprimere senza lasciar traccia chiunque costituisca pericolo «per la sicurezza dei Germanici». Le esecuzioni, affidate a reparti speciali delle SS e del SD, assommeranno in Europa a circa un milione.

Nel Pacifico, attacco improvviso dei Giapponesi contro la flotta americana ancorata a Pearl Harbour. Guerra fra gli Stati Uniti e il Giappone, estesa alle altre Potenze del Tripartito (Italia e Germania). Questo ulteriore ampliamento del conflitto mondiale porterà a 43 il numero delle nazioni belligeranti . . . . .

Trecento araldi in festa coi nastri al vento
corrono la città suonando trombe e tamburi.
Tutte le campane si sciolgono.
Intona il Gloria
l'organo della cattedrale.
Sono partiti i messaggeri su cavalli piumati
a portare l'annuncio nelle sette direzioni.
Da regni e principati si muovono le carovane
recando in dono i tesori dei quaranta stemmi
dentro scrigni di legno odoroso.
Tutte le porte si spalancano. Sulle soglie i pellegrini salutano
a mani giunte.
Cammelli, asini e capre piegano i ginocchi.
E su tutte le bocche un solo canto!
dovunque balli conviti e fuochi di gioia!
perché la regina oggi
ha dato al mondo un erede al trono!

I.

Ida non venne mai a conoscere la sorte del suo aggressore, del quale non seppe mai perfino il nome, e neanche cercò di saperlo. Che dopo quella sua bravata colui non le desse mai piú notizia e sparisse com'era comparso, per lei era una conclusione certa e naturale, già stabilita in anticipo. Ma tuttavia, fino dalla notte stessa della sua avventura con lui, cominciò a paventarne il ritorno. Dopo che lui era partito, pure nel suo stato di sonnolenza e con gesti automatici essa aveva preparato la cena per sé e per Nino, il quale però al solito tardava a rientrare. Al tempo che era bambina, gli accessi del suo malore le lasciavano sempre un appetito vorace; ma stavolta invece, nel mentre che masticava di malavoglia un poco di cibo si assopí in cucina sulla sedia. Verso le nove, la riscossero dall'uscio d'ingresso le grandi scampanellate di Nino che rientrava; e subito dopo avergli aperto l'uscio, andò a coricarsi, cadendo immediatamente in un letargo senza sogni. Dormí a questo modo per qualche ora; finché, a notte alta, in un sobbalzo si riscosse, con l'impressione che il tedesco, piú alto e grosso del vero, si piegasse dal buio sopra di lei, pronto a riaggredirla, e bisbigliandole nell'orecchio non sapeva che parole sillabate e senza senso, di quelle che si usano coi bambini o con le bestiole domestiche. Accese la luce. La sveglia segnava le quattro; e i fatti del giorno avanti le riattraversarono la coscienza assolutamente lucida in un urto rapido d'ombre taglienti, come un film in bianco e nero. Di là dalla porta chiusa della sua camera c'era quell'altra stanza dove adesso Nino dormiva! Ricordandosi di non avergli nemmeno riassestato il lettuccio, essa rabbrividí per la vergogna e lo sgomento; e spenta febbrilmente la luce, per rifugiarsi nel buio si rannicchiò sotto le coperte.

Fu svegliata alle sei dal suono della sveglia. E quella

mattina, e le seguenti, tenne le sue lezioni con la sensazione accanita di avere intorno al corpo un alone visibile, quasi un altro suo corpo (ora di ghiaccio ora rovente) che lei doveva rimuovere di continuo. Non si sentiva la stessa Ida di prima; ma un'avventuriera dalla doppia vita. E le pareva che le sue membra proiettassero sui suoi scolari e su tutti quanti il disonore dello stupro e che sulla sua faccia, come su una cera bagnata, fossero impressi i segni dei baci. Nella sua vita, fuori di Alfio essa non aveva mai accostato nessun uomo, nemmeno col pensiero; e adesso la sua avventura le pareva scritta dovunque, come un adulterio clamoroso.

In istrada, se appena da lontano scorgeva un militare tedesco, súbito credeva di riconoscere quello là (a una certa andatura, a un certo piglio del capo o delle braccia) e scantonava col batticuore. E simile timore nuovo aveva fugato in lei temporaneamente l'altro timore delle persecuzioni naziste. Anche l'inaspettata ricomparsa del suo malore, a tanti anni dalla guarigione, non la preoccupava. Nel fondo era convinta (e non si sbagliava infatti) che l'accesso non si sarebbe ripetuto. Rifletté da principio se consigliarsi col farmacista per un calmante speciale, non rammentando piú il nome di quello già usato in Calabria; ma poi rinunciò, sospettosa che il farmacista potesse indovinare, peggio ancora che l'antica sua malattia nascosta, pure le circostanze di questa ricaduta tardiva.

Ogni giorno, rincasando, spiava da dietro l'incrocio verso il portone, con la paura di rivedere colui là in attesa, come per un appuntamento. Poi, traversato l'androne di corsa, cominciava a sospettare che lui, con l'esperienza che aveva dei suoi orari, l'avesse già preceduta sul pianerottolo: e di trovarselo pronto là davanti all'uscio, con l'aria di farle una sorpresa. Tendeva l'orecchio se udisse il suo fiato, le pareva addirittura di avvertirne l'odore, e si trascinava senza forza su per la scala, perdendo colore via via che si avvicinava al sesto piano. Aperto l'uscio, a uno sguardo gettato di sbieco, credeva di scorgere il suo berretto in cima all'attaccapanni, nel punto dove lui l'aveva lasciato quel giorno all'entrare.

Durante i pomeriggi in casa, ogni momento si aspettava una sua nuova invasione. E quest'ansia la prendeva soprattutto quand'era sola, come se la presenza di Nino la salvaguardasse dal rischio. Ogni tanto, andava a mettersi di vedetta nell'ingresso, con l'orecchio all'uscio, paurosa di riudire quel passo risoluto che sempre le era rimasto negli orecchi, riconoscibile fra tutti i passi della terra. Evitava piú che poteva di trattenersi nel salotto-studio; e nel rifare il lettuccio era impedita da un peso terribile delle braccia e delle membra, che quasi la faceva svenire.

Le notti, in questo periodo, non sognava; o almeno, al risveglio, non ricordava di avere avuto sogni. Però spesso le succedeva ancora, come la prima notte, di scuotersi dal sonno con l'impressione che colui le fosse vicino, con un peso cosí caldo che quasi la scottava. E che la baciasse bagnandole la faccia di saliva: e intanto le sillabasse negli orecchi non piú delle paroline, ma dei rimbrotti incomprensibili, in un tedesco minaccioso.

Essa non aveva mai avuto confidenza col proprio corpo, al punto che non lo guardava nemmeno quando si lavava. Il suo corpo era cresciuto con lei come un estraneo; e neppure nella sua prima giovinezza non era mai stato bello, grosso alle caviglie, con le spalle esili e il petto precocemente sfiorito. L'unica gravidanza sofferta era bastata, come una malattia, a deformarlo per sempre; e in séguito, con la vedovanza, lei non aveva pensato piú che qualcuno potesse usarlo come un corpo di donna, per farci l'amore. Con quella sua eccessiva gravezza dei fianchi, e patito nel resto delle membra, esso le era diventato, oramai, solo un peso di fatica.

Adesso, dopo quel pomeriggio malfamato, in compagnia del suo corpo si sentiva piú sola. E mentre si rivestiva nelle albe ancora buie, al dover fare certi gesti intimi, quali allacciarsi il busto, o agganciarsi le calze, irresistibilmente si metteva a piangere.

Il coltelluccio che colui le aveva dato, essa fino dal primo giorno lo aveva nascosto in fretta e furia nell'ingresso in fondo a una cassapanca piena di cenci e di cianfrusaglie. E non aveva piú osato di riguardarlo, né di smuovere quei cenci, né di riaprire la cassapanca. Ma passando per di là, ne avvertiva ogni volta un urto nel sangue, tremando come un testimone pavido che sa il nascondiglio della preda criminosa.

Però via via, col trascorrere dei giorni, essa si persuase che il proprio spavento d'incontrare ancora il soldato era un'assurdità. A quest'ora colui doveva già trovarsi in qualche fronte lontano, a violentare altre donne o a fucilare degli ebrei. Ma la sua minaccia, per lei, era dileguata. Fra quello sconosciuto e Ida Ramundo non esisteva piú nessun rapporto, né presente né futuro.

Di quel loro rapporto fugace, nessuno ne aveva notizia, fuori di lei stessa; e neanche Nino ne aveva sospettato niente. Per cui non le restava ormai che rimuoverlo anche dalla propria memoria, seguitando la sua vita solita.

Tutte le sue giornate, essa le cominciava, al risveglio delle sei, preparando in cucina, alla luce elettrica, la colazione e il pasto di mezzogiorno per Nino. Poi si vestiva, e, svegliato Nino, sempre di corsa e trafelata andava alla sua scuola, distante da casa sua due tragitti di tram. All'uscita dalla lezione, con le guance infiammate e la gola rauca, scorrazzava in giro nei dintorni della scuola, per fare la spesa prima della chiusura pomeridiana delle botteghe (giacché, per paura dell'oscuramento di guerra, evitava di uscire nel buio) e sulla via del ritorno, tre volte alla settimana, scendeva con tutte le sue sporte a Castro Pretorio, dove teneva una lezione privata. Infine, rincasava; e dopo aver mangiato gli avanzi di Nino, rassettava le stanze, correggeva i compiti degli scolari, preparava la cena; e incominciava l'attesa serale di Ninnarieddu.

Era trascorsa forse una settimana, quando la serie delle notti senza sogni le si interruppe, e sognò. Le pareva di rincasare portando, per furto o per isbaglio, al posto di una delle sue sporte, un canestro del tipo usato in Calabria per la vendemmia. Dal canestro usciva una pianta verde, che in un attimo si ramificava nella stanza, e fuori della casa, per tutti i muri del cortile. E saliva diventando una foresta di piantagioni favolose, fogliami, buganvillee, campanule gigantesche dai colori orientali e tropicali, uve e arance grosse come meloni. Frammezzo, ci giocavano dei piccoli animali selvatici, simili a scoiattoli, tutti con gli occhietti azzurri, i quali si affacciavano a curiosare allegramente, e ogni tanto saltavano nell'aria, quasi avessero le ali. Intanto una folla di gente s'era messa a guardare da tutte le finestre, mentre lei stessa invece era assente, chi sa dove; però si sapeva che era lei, l'imputata. Questo sogno la seguí ancora per qualche minuto, dopo che fu sveglia; e poi svaní.

Alla fine di gennaio, essa aveva già relegato nei sottofondi della sua memoria quel pomeriggio di dopo-epifania: schiacciandolo fra gli altri pezzi e brani della sua vita passata che tutti, a ricordarli, le facevano male.

Ma fra i tanti terrori e rischi, possibili e impossibili, conseguenti alla sua famosa avventura, ce n'era uno, possibile, al quale non aveva pensato: forse per una inconscia difesa, aiutata dall'esperienza matrimoniale, che in tanti anni d'amore le aveva dato solo un bambino?

Fino dalla pubertà, il suo corpo era soggetto a certe aritmie disordinate. L'utero, coi suoi mestrui, era in lei come una ferita anòmala, che a volte la sfibrava con emorragie violente, e a volte sembrava sbarrarsi al flusso naturale, rodendola dall'interno peggio di un'ulcera. Dall'età di undici anni (la sua pubertà era stata precoce) Ida si era docilmente assuefatta a tali arbitrii oscuri; e indugiò, fra dubbi e malesseri, parecchie settimane, prima di riconoscere questo scandalo supremo impensato: che la sua indecente relazione con un tedesco anonimo l'aveva lasciata incinta.

L'idea di procurarsi, in qualche modo, l'aborto, a lei non venne nemmeno alla fantasia. L'unica difesa che riuscì a immaginare fu di nascondere a tutti la sua condizione, finché si poteva. Gli altri problemi, poi, che la minacciavano dal prossimo avvenire, le si mostravano addirittura impensabili, nella loro inevitabilità; e non le restava che scansarli dalla mente. Questo le era piú facile nel suo nuovo stato fisico, che di giorno in giorno ottundeva le sue percezioni reali, staccandola dai suoi motivi esterni d'angoscia, e calandola in una passività quasi spensierata. Nessuno si faceva a chiederle conto dei malesseri (non gravi) che la coglievano, e per i quali, all'occorrenza, non le era difficile inventare delle scuse. Allora, fra le malattie correnti, la colite era di moda, perfino nei quartieri proletari; e per giustificare certe sue nausee, essa inventò di soffrire una forma di colite. Quelle nausee la sorprendevano a tradimento, alla vista degli oggetti piú comuni, e che in se stessi non avevano nulla di ripugnante: per esempio un pomo di maniglia, o una rotaia del tram. D'un tratto, tali oggetti parevano incorporarsi nella sua stessa sostanza, fermentandovi in un lievito di amarezza. Dal passato, le si rimescolavano allora delle reminiscenze di quando era incinta di Nino. E nell'atto che, costretta, si riduceva a vomitare, le pareva che il passato e il futuro e i suoi sensi e tutti gli oggetti del mondo girassero in un'unica ruota, in un disfacimento che era anche una liberazione.

L'unico punto di smania, in quella stagione, erano i suoi

sogni, che avevano ripreso a frequentarla abbastanza spesso, con la loro violenza antica. Si trova a correre qua e là, tutta nuda, per un piazzale che sembra deserto, ma tuttavia risuona, da ogni parte, d'insulti e di risate... Sta incarcerata in una sorta di canile, e da dietro la sua finestruola a sbarre vede passare delle giovani alte, vestite di molti colori come certe balie signorili, le quali portano in braccio dei puttini bellissimi che ridono. Le giovani la conoscono, però si voltano dall'altra parte per non guardarla; e anche i puttini, non era a lei che ridevano. Lei s'era sbagliata, a crederlo...

Cammina con suo padre, che la ripara sotto il proprio mantello; quand'ecco il mantello se ne vola via come da solo, senza piú suo padre. E lei si trova bambina piccola sola per certi sentieri di montagna, perdendo rivoletti di sangue dalla vagina. Tutto il sentiero indietro è segnato dalla traccia del suo sangue. A peggiorare lo scandalo incombente, s'ode dabbasso il noto fischio di Ninnarieddu; e intanto lei come una stupida, invece di scappare s'è fermata sul sentiero a giocare con una capretta... Ma come non s'accorge che la capretta urla, ha le doglie, sta per partorire! E frattanto là, già pronto, c'è un *furiere* delle macellerie elettriche...

... Tanti ragazzettucci polacchi, stracciati, giocano a rotolare degli anellini d'oro. Anellini consacrati, e loro non lo sanno. Questo gioco è proibito, in Polonia. Punito con la pena di morte!!!...

Tali sogni, anche i piú futili, le lasciavano un'ambascia gravosa; ma poi, nel corso della mattinata, li dimenticava.

Adesso, ogni mattina doveva fare uno sforzo grande per alzarsi; e nel séguito delle sue ore non c'era azione, per quanto semplice, che non le costasse fatica. Ma questa lotta, pure richiamandola di continuo al suo stato, la soccorreva come un'ubriacatura. Essa correva da un tram all'altro, e da un quartiere all'altro: sempre con le sue sporte, e il cappelluccio col velo sbandato, e una ruga fra i sopraccigli. Arrivata a scuola, procedeva in tutto secondo il solito: appello dei presenti, rivista generale degli orecchi e delle mani e delle unghie per controllo quotidiano della pulizia... E anche a simili funzioni, come alle altre del suo insegnamento, si applicava con estrema gravità e concentrazione, secondo il solito, come a faccende di serissima importanza. Per sua abitudine, essa non sedeva in cattedra, ma si aggirava fra i banchi, con gli occhi che, in tale incombenza, non stavano mai fermi, sotto i sopraccigli corrugati:

«Scrivete: *Dettatura*

L'eroi-co e-ser-cito ita-lia-no ha (voce del verbo avere) *por-ta-to le glo-rio-se in-se-gne di Roma ol-tre i mon-ti e ol-tre i ma-ri e com-bat-te per la gran-dez-za del-l-a Patria* (P. lettera maiuscola!) *e la difesa del suo* (lettera maiuscola!) *Impero fino al-la si-cura vit-to-ria...*

«Annarumi! ti vedo ti vedo che cerchi di copiare da Mattei!!!»

«No Signora Maestra. Io non copio».

«Sí sí sí. T'ho visto. Sí sí. E se cerchi di copiare ancora, ti darò voto: *insufficiente*».

«.....»

«.....»

«... Ma se non copio piú, però?...»

«Allora ti perdòno».

... «E che còmpito, per domani, Signora Maestra?» «E per domani, che còmpito?» ... «E che còmpito per domani?» «Signora Maestra, che còmpito?» «Che còmpito facciamo, per domani?»

«... Per domani: Componimento: Tema: *Scrivete un pensiero sulle rondini.* Problema: *Luigino ha tre anni. Suo fratello ha il doppio della sua età, e sua sorella un terzo. Quanti anni ha il fratello? Quanti, la sorella? E quanti mesi ha Luigino?* Esercizio: Copiare tre volte sul quaderno di bella: *Vittorio e Elena sono i nomi dei nostri Augusti Sovrani*»...

Alla sera, in cucina, con la cena pronta, secondo l'uso essa aspettava Ninnarieddu: il quale, pure quando rincasava prima della chiusura dei portoni, raramente, dopo la cena, andava a coricarsi. Assai piú spesso, divorava la cena di furia, senza nemmeno mettersi a sedere, ogni tanto affacciandosi per dare un fischio ai suoi compagnucci che si spazientivano giú nel cortile. E poi le chiedeva i soldi per il cinema. E lei si accaniva a contrastarglieli; finché lui, trascorrendo arrabbiato per la stanza, proprio come un vero sfruttatore di donne, glieli portava via con la prepotenza, o con le minacce di scappare per sempre di casa. Molte sere, a questa prima lite ne seguiva una seconda perché lui reclamava istantemente la chiave di notte a doppia mandata, insieme a quella del portone di strada, mentre lei si ostinava a rifiutargliele, scrollando la testa nel dire No, e No e No perché lui ancora era troppo piccolo; e su questo punto, non cedeva, a costo di buttarsi dalla finestra. Era lui che, alla fine, frastornato dai richiami sempre piú disperati dabbasso, e smaniante per conto suo di arrivare al cinema, cedeva alla fatalità. E se ne andava a precipizio, brontolando le sue proteste lungo le scale, come un gatto nottambulo cacciato a colpi di scopa.

In passato, essa rifiutava di coricarsi finché non lo vedeva tornare; e nella lunga attesa, per solito dormicchiava in cucina. Però adesso, abbrutita dalla stanchezza, non resisteva alla voglia di coricarsi: rimanendo all'erta, tuttavia, durante il sonno, finché dalla strada non la richiamava il fischio del suo fringuelluccio evaso. Allora, imbronciata essa scendeva dabbasso per aprirgli il portone, con ai piedi le sue pianelle sformate, la vestaglia di fustagno a fiorami sulla camicia da notte, e in disordine giú per le spalle i capelli corvini, striati appena di grigio, crespi e gonfi come quelli delle Etiopi. Con l'impeto di un corsiero che sfonda l'ostacolo lui entrava dal portone, ancora fremente del film. Tutto il fuoco dei suoi pensieri stava rivolto verso quelle dive di bellezza mondiale, quelle trame strabilianti. E precedendo Ida su per la scala, nell'impossibilità di adeguare il proprio ritmo alle sue lentezze variava la salita con fantasie impazienti. Un po' s'attardava a scalciare contro un gradino, un po' ne saltava tre o quattro in una volta; poi piú su si buttava lungo disteso a sbadigliare su un pianerottolo, per d'improvviso volare su per la rampa come corresse al cielo. Ma arrivava sempre all'uscio di casa con notevole vantaggio: e di là, a cavalcioni sulla ringhiera, sporgendosi un poco nella tromba e sguardando Ida che ciabattava su per le rampe, le diceva straziato: «Annàmo, mà. Dàje, sterza. Forza, sull'acceleratore!»

Alla fine, non avendo piú resistenza e preoccupandosi, fra l'altro, che lui, cosí discinta, le riconoscesse il ventre ingrossato, essa si rassegnò a cedergli il famoso diritto delle chiavi. E quella serata per lui fu un fasto, pari all'iniziazione virile nelle tribú. Uscí di casa a volo senza salutare, coi riccetti che parevano tanti campanelli.

Anche nel progredire della gravidanza, per Ida non fu difficile nasconderla. Il suo corpo, già malfatto e sproporzionato dalla vita fin sotto il bacino, accusava poco il nuovo mutamento, il quale si manteneva in una misura scarsa.

Certo la nascosta, malnutrita creaturina non poteva essere che un peso piccolo, da non richiedere molto posto.

Anche se il tesseramento ancora doveva tardare di qualche mese, già fin d'adesso molti viveri cominciavano a scarseggiare, e i prezzi aumentavano. Nino, in piena età della crescita, aveva una fame turbolenta e insaziabile; e la sua parte, senza scampo, si ricavava a spese delle porzioni di Ida e di quell'altro essere invisibile che non chiedeva nulla. Costui le si faceva già sentire, invero, a muoversi ogni tanto dentro al suo nascondiglio; ma le piccole bòtte che dava parevano d'informazione, piú che di protesta: «Vi do notizia che ci sono, e mi arrangio, malgrado tutto, e sono vivo. Anzi, già m'incomincia una qualche voglia di pazziare».

Nelle case mancava il gas, e si era costretti a lunghe file per conquistare due palate scarse di carbone. Ida non poteva piú sbrigarsi, come prima, a fare le spese nella mattinata; e talvolta il buio la sorprendeva ancora in giro per le vie sprofondate nell'oscuramento di guerra. Se da qualche finestra per caso trapelava un filo di luce, súbito dalla strada si levavano imprecazioni: «Assassini! Delinquenti! Spegnete la luceee!» Dagli usci oscurati delle osterie si sentivano le radio a tutto volume, oppure cori di giovanotti che si sfogavano a cantare delle canzonette e a suonare la chitarra, come nei paesi. A certi incroci solitari Ida, coi suoi carichi di patate e di carbone, esitava sbigottita, sotto il suo antico pànico del buio. E súbito il piccolo individuo dentro di lei le dava risposta con dei balzi vivaci che forse avevano intenzione d'incoraggiarla: «Di che hai paura? Mica sei sola. Dopotutto, sei in compagnia».

Mai la incuriosiva, come alle altre madri, l'enigma se fosse maschio o femmina. Nel suo caso, perfino questa curiosità le sarebbe parsa un capriccio esoso e da vergognarsene. Le era permessa solo l'indifferenza, da farsene una specie di scaramanzia verso il destino.

Con la stagione tiepida, che la costrinse a deporre il cappottino di lana, cercò di comprimersi piú stretta dentro il busto. D'abitudine, usava lasciarlo piuttosto allentato per alleviarne il tormento, anche se il suo decoro di maestra l'aveva sempre obbligata a portarlo. In questi ultimi mesi, le sue gambe e le sue braccia s'erano smagrite come quelle delle vecchie, aveva le guance infiammate ma emaciate, pur nella loro forma tonda; e in classe, quando scriveva sulla lavagna, certe lettere le venivano a sghimbescio. L'estate fu precoce e afosa, la sua carne era tutta in sudore giorno e notte. Ma si arrivò alla chiusura delle lezioni senza che nessuno si fosse accorto di niente.

Verso la fine di giugno, la Germania attaccò l'Unione Sovietica. Sul principio di luglio, i funzionari tedeschi furono incaricati di organizzare l'evacuazione totale degli Ebrei da tutti i paesi occupati (che oramai comprendevano quasi l'intera Europa) in vista della *soluzione finale*.

Le piccole bottegaie del ghetto, frequentate da Iduzza di passaggio, s'erano fatte piú taciturne e reticenti, e proseguivano nei loro affarucci quotidiani, come se gli avvenimenti europei non le riguardassero. A intervalli capitava sempre d'incontrare Vilma, avvilita perché, di giorno in giorno, la raccolta degli avanzi si rendeva piú difficile, e inoltre ogni volta aumentava, fra i suoi gatti dei ruderi, il numero degli assenti all'appello. Essa li conosceva uno per uno, e se ne informava in giro con una misera voce sconsolata: «Non s'è piú visto lo Zoppetto? E Casanova? E quello senza un occhio? E Fiorello? E quello roscetto, con le croste? E quella bianca, incinta, che una volta stava dal fornaio?!» Gli interrogati le ridevano in faccia; ma tuttavia la si sentiva chiamare, inguaribilmente, di fra i ruderi del Teatro di Marcello: «Casanoovaa!!! Baffetti!! Boombolooo!»

Da parte delle sue informatrici private, la *Signora* e la *Monaca*, Vilma aveva sempre qualche rivelazione nuova, che riferiva coi suoi gesticolii da folle, a voce bassa. Raccontava, per esempio, che in tutta l'Europa vinta, attualmente le case, dove ancora si sospettava la presenza di qualche ebreo nascosto, venivano murate, alle finestre e alle porte, e quindi polverizzate con certi gas speciali detti *cicloni*. E che per le campagne e foreste della Polonia da tutti gli alberi pendevano impiccati uomini donne e bambini, fino alle creature piú piccole: non solo ebrei, ma zingari, e comunisti, e *polonesi*, e *combattenti*... I loro corpi cadevano a pezzi, contesi dalle volpi e dai lupi. E in tutte le stazioni dove passavano i treni, si vedevano lavorare sulle rotaie degli scheletri, che *avevano solo gli occhi*... Simili resoconti, al solito, venivano accolti come prodotti fantastici della mente di Vilma; e tali, del resto, erano, in parte, sebbene, anche qui, in séguito, le risultanze storiche dovessero oltrepassarli di molto, al confronto. Difatti, nessuna immaginazione viva potrebbe, coi propri mezzi, raffigurarsi i mostri aberranti e complicati prodotti dal suo contrario: ossia dalla mancanza totale d'immaginazione, che è propria di certi meccanismi mortuari.

Non solo le strane notizie della *Signora* e della *Monaca*, ma anche le notizie, piú o meno ufficiose, della radio-carcere, seguitavano a cadere, là nel Ghetto, in una sorta di passività ostinata. Nessuno ancora, del resto, né dentro il Ghetto né altrove, aveva imparato il significato vero di certi termini d'ufficio, quali: *evacuazione, internamento, trattamento speciale, soluzione finale,* e simili. L'organizzazione burocratico-tecnologica del mondo stava ancora a una fase primitiva: non aveva, cioè, contaminato ancora, senza rimedio, la coscienza popolare. I piú vivevano ancora, in certo modo, nella preistoria. E cosí dunque non deve stupire troppo la semplice ignoranza di certe infime donnette ebree.

Solo una di loro, un giorno, la Signora Sonnino, la quale teneva un banchetto di mercerie vicino al Caffè del ponte, udendo di là dentro la voce del Führer che smaniava alla radio, osservò soprapensiero:

«Quelli vonno fa' un ordine arimmètico: addizzioni, sottrazzioni, mortripiche, pe' pareggià tutti li nummeri a lo zero!!!»

E cosí meditando scrollava la testolina, sottile e intenta come quella di una lucertola, però senza smettere di contare i bottoni che vendeva a Ida: come se questa conta la riguardasse, a lei, piú da vicino di quell'altra.

Ormai, tutta la gente in generale, ariani e giudii, poveri e ricchi, dava per certa la vittoria dei Nazifascisti: specie dopo i loro progressi recenti in Russia e in Africa.

Ma dentro il cervello di Iduzza, adesso, tutti i discorsi ascoltati facevano un rumore ottuso, come lettere di stampa messe davanti a un analfabeta. A casa la sera, nella luce da cappelletta delle lampadine oscurate, il fascista Ninnarieddu cantava con la sua voce ancora scordata di tenorino:

> «Colonnello non voglio pane
> voglio piombo per il moschetto!!»...

ma ogni tanto variava:

> «Colonnello non voglio pane
> voglio il Moka con la bistecca!»

a gran voce e a finestre aperte, apposta per fare il bravo e lo strafottente che sfida le spie della questura. Ida però non aveva piú volontà di alzarsi a chiudere le finestre, come usava in precedenza. Oramai, lasciava fare.

Ogni tanto, la notte, per la città risuonavano le sirene dell'allarme aereo; ma la gente a San Lorenzo se ne curava poco, persuasa che Roma non verrebbe mai colpita, per la protezione del Papa il quale difatti veniva soprannominato *la contraerea dell'Urbe*. Le prime volte, Ida in orgasmo aveva tentato di svegliare Nino; però lui si rintrufolava nel lettuccio, borbottando: «Chi è?... chi è!? io dormo!» e una notte mezzo in sogno mormorò qualcosa su un'orchestrina col sassofono e la batteria.

Il giorno dopo s'informò se c'era stato l'allarme, protestando che Ida gli aveva sgonfiato il sogno. E le disse, definitivamente, di non disturbarlo piú, quando suonava la sirena:

«Tanto, che ce fa, a noi la sirena?! A' mà, non lo vedi che qua non succede mai niente? Bombe inglesi, sí! Bombe-carta!!»

In seguito, anche lei rinunciò a levarsi al suono degli allarmi, smuovendosi appena, maldesta, sotto le lenzuola sudate, fra l'urlo delle sirene e gli spari delle contraeree in lontananza.

Una notte, poco prima di un allarme, sognò che cercava un ospedale per partorire. Ma tutti la respingevano, come ebrea, dicendole che doveva andare all'ospedale ebraico, e indicandole un edificio bianchissimo di cemento, tutto murato, senza finestre né porte. Di lí a poco, lei si ritrovava nell'interno dell'edificio. Era una fabbrica immensa, illuminata da fasci di proiettori accecanti; e intorno a lei non c'era nessuno, solo delle macchine gigantesche, complicate e dentate, che ruotavano con terribile fragore. Quand'ecco, si viene a scoprire che questo fragore sono le girandole di Capodanno. Ci troviamo su una spiaggia di mare, assieme a lei ci sono tanti ragazzettini, e fra costoro c'è perfino Alfio, lui pure piccolo. Tutti, con le loro vocine, protestano perché di qua, dal basso, non si possono vedere le luminarie: bisognerebbe disporre di un'altura, di un balcone! È già mezzanotte, e siamo delusi... ma d'un tratto la marina davanti a noi s'illumina meravigliosamente di grandi, innumerevoli grappoli di luce, verdi e arancione e rosso granato sul turchino dell'acqua di notte. E i ragazzini contenti dicono: «Qua noi vediamo meglio che da sopra, perché nel mare ci si specchia tutta la città intera, fino ai grattacieli e alle punte delle montagne».

Da ultimo quasi ogni giorno, col pretesto di qualche piccola merce da acquistare, ma in realtà senza una motivazione precisa, Ida all'uscita di scuola si avviava al quartiere ebreo. Si sentiva attirata là da un richiamo di dolcezza, quasi come l'odore di una stalla per un vitello, o quello di un suk per un'araba; e insieme da un impulso di necessità ossessiva, come di un pianeta gravitante intorno a una stella. Dal Testaccio, dov'era la sua scuola, in pochi minuti arrivava al piccolo villaggio dietro la Sinagoga; ma anche dopo l'inizio delle vacanze estive, nonostante la lunga strada da San Lorenzo, ogni tanto seguiva il solito richiamo. E fu cosí che un pomeriggio, nel cuore dell'estate, capitò laggiú in un magazzino di alimentari poche ore dopo che la mercantessa, in una cameretta contigua al retrobottega, s'era sgravata d'una creatura. Ancora, per il magazzino, si aggirava la levatrice, una ebrea napoletana. La quale – nei sopraccigli folti, nel naso robusto e arcuato, nei grossi piedi e nella grandezza del passo; e perfino nel modo di portare il suo berrettuccio bianco di cotone sui capelli grigi e riccioluti – ricordava una stampa del profeta Ezechiele.

Ida si fece coraggio; e appartàtasi per un momento con questa donna, le chiese il suo recapito in un filo di voce, pretendendo di chiederlo per conto di una parente che presto forse ne avrebbe avuto bisogno. Cosí parlando, era tutta arrossita in faccia, come si accusasse di un'indecenza. Ma Ezechiele, siccome Iduzza le era del tutto sconosciuta, accolse la sua richiesta come una cosa lecita e naturale. Anzi le fece i complimenti per la parente. E prontamente le dette un cartoncino stampato, col proprio nome indirizzo e telefono. Si chiamava lei pure Ida; di cognome, Di Capua. Abitava nei pressi della Basilica di San Giovanni.

Col maturare dell'estate, fra i tanti problemi, che ormai la assediavano con la loro imminenza, il piú grave, per lei, era Nino, che ancora non sospettava di nulla. Quasi atterrita, essa vedeva approssimarsi il giorno che avrebbe dovuto necessariamente giustificarsi a lui; né sapeva in che modo. Vagamente, pensava di andare sola a partorire in qualche altra città, per fingere, tornando con la creatura, che questa le fosse affidata da qualche parente scomparsa... Ma Nino sapeva benissimo che lei non aveva nessuna parente: né, tanto meno, una parente cosí stretta da accettarne, di

93

questi tempi, il peso di una creatura! Nino non era un tipo da lasciarsi imbrogliare da certe balle. E per Ida, anche qui, non c'era altro riparo che indietreggiare di fronte all'impossibile, lasciando agire il destino.

La creatura, in qualche modo, provvide ad aiutarla, con l'anticipare di alcune settimane la propria nascita, che era prevista verso l'autunno, ma invece fu alla fine di Agosto, mentre Nino si trovava a un campeggio di avanguardisti. Il 28 di agosto, quando avvertí le prime doglie, Ida era sola in casa; e, presa dal panico, senza nemmeno preannunciarsi con una telefonata, si mise su un tram verso l'indirizzo della levatrice.

Mentre saliva la lunga scala di costei, le doglie le aumentarono, fino a diventare terribili. Fu Ezechiele in persona che venne all'uscio; e lei, non piú capace ormai di dare spiegazioni, appena entrata si buttò su un letto, gridando: «Signora! Signora! Aiuto!»

E cominciò a torcersi e a urlare; mentre Ezechiele, pratica e rassicurante, andava liberandola dei vestiti. Ma Ida, pur negli spasimi, era quasi atterrita all'idea di mostrarsi nuda; e andava annaspando per coprirsi col lenzuolo. Come poi l'altra si disponeva a slacciarle il busto, essa la trattenne disperatamente per impedirglielo: giacché là, sotto il busto, attaccata con uno spillo, aveva una calzettina cucita con dentro i suoi risparmi. Difatti, a dispetto delle difficoltà di guerra, non aveva rinunciato all'abitudine di mettere da parte ogni mese un poco del suo stipendio. Nella sua diffidenza del domani, e nella certezza, sola com'era, di non poter contare sull'aiuto di nessuno in nessuna evenienza della sorte, essa aveva in quella calzettina tutta la sua indipendenza, la sua dignità, il suo tesoro. Erano in tutto poche centinaia di lire; ma a lei pareva assai.

Dopo aver capito, con qualche difficoltà, il motivo della sua resistenza forsennata, Ezechiele trovò modo di convincerla, tuttavia, a lasciarsi togliere il busto; e per rassicurarla glielo mise sotto il materasso stesso su cui lei giaceva, con la calzettina attaccata.

Il parto non fu lungo, né difficile. Pareva che quella sconosciuta creatura si adoperasse a venire alla luce con le proprie forze, senza costare troppo dolore agli altri. E quando, dato l'ultimo urlo, la partoriente giacque finalmente libera, sommersa dal proprio sudore come da un mare salato, la levatrice annunciò:

«Un mascolillo!»

Era, difatti, proprio un *mascolillo*: cioè, un maschio, ma piccirillo, invero. Era una creaturina cosí piccola, che stava comodamente sulle due mani della levatrice, come in una canestra. E dopo essersi affermato in quell'eroica impresa di venire al mondo aiutandosi da se stesso, non gli era rimasta nemmeno la voce per piangere. Si annunciò con un vagito cosí leggero che pareva un caprettino nato ultimo e scordato fra la paglia. Tuttavia, nella sua piccola misura, era completo, e anche caruccio, ben fatto, per quanto se ne capiva. E aveva intenzione di sopravvivere: tanto è vero che, al momento dato, cercò di propria iniziativa, ansiosamente, le mammelle di sua madre.

La quale, per le misteriose disposizioni dei suoi organi materni, non mancava nemmeno del latte necessario. Evidentemente, quel non troppo cibo che aveva mangiato, essa lo aveva tutto distribuito fra il nascosto piccirillo e la sua provvista di latte. Quanto a lei medesima, rimase, dal parto, cosí smunta, da sembrare una cagna randagia che s'è sgravata in un angolo di strada.

I capelli del neonato – tutti a ciuffetti, che parevano piume – erano neri. Ma come lasciò vedere un poco degli occhi, pure nei due spicchietti che appena se ne scoprivano, Ida riconobbe immediatamente quel colore turchino del suo scandalo. I due occhi, poi, non tardarono a spalancarsi; e si rivelarono, nella piccolezza del viso, cosí grandi, da sembrare già incantati per lo spettacolo che vedevano. E senza dubbio, il loro colore – anche nel suo primo vapore di latte – assolutamente riproduceva quell'altro turchino, che non pareva nato dalla terra, ma dal mare.

I tratti del volto, invece, non si poteva ancora capire da dove gli venissero. Si poteva solo riconoscere già fino da adesso la loro fattura minuta e carina. La bocca, forse, dai labbri morbidi e sporgenti, ricordava un poco, essa pure, quell'altra bocca.

Finché non fu in grado di muoversi, Ida rimase in casa di Ezechiele, che per lasciarle il letto si aggiustò per sé un materasso in cucina, sulla terra. L'appartamento, difatti, nel quale la levatrice viveva sola, consisteva in tutto nella cucina e nella stanza da letto. Qui c'era un gran letto napoletano, di ferro dipinto; e una finestra sulla strada, da cui si scorgeva, di sbieco, la Basilica di San Giovanni, con su in cima le quindici, immense statue di Cristo, dei Santi Giovanni, e dei Dottori.

La levatrice era molto contenta e fiera di questo suo alloggio privato: E a vederla qui in casa sua – con una vestaglia di cotone lunga che pareva una tunica – meno che mai si capiva se fosse una donna, o un vecchione. Anche la voce non era di donna, ma di vecchio. Pareva una di quelle voci di basso che, nelle opere in musica, fanno la parte dei re anziani, o dei romiti.

Il secondo giorno, essa rammentò a Iduzza che bisognava dare un nome al bambino; e Ida rispose che aveva già deciso di chiamarlo Giuseppe, come il nonno materno, suo proprio padre. Ezechiele però seguitò a dire che un nome solo non bastava: ci voleva pure un secondo nome, e un terzo nome. Ma a questi altri due nomi, Iduzza non aveva pensato. E la levatrice, dopo averci meditato sopra, le propose di chiamarlo di secondo nome Felice, per portargli buona fortuna; e di terzo nome, Angiolino, perché era di misura cosí piccola, e d'occhi celesti, e buono, che si faceva poco sentire.

Trovati i nomi, la levatrice propose di recarsi lei stessa all'Anagrafe, per la necessaria denuncia; e Iduzza da principio recalcitrava, per il motivo che si può intendere. Ma dopo averci ripensato, trovandosi alla scelta di dover dichiarare il proprio disonore a un ufficiale civile del Comune, oppure a costei, preferí svelarlo a costei. E senza darne spiegazione a voce, su un foglio, che poi dette a lei ripiegato, le scrisse in lettere stampatello, con mano tremante:

GIUSEPPE FELICE ANGIOLINO
NATO A ROMA IL 28 AGOSTO 1941
   DA IDA RAMUNDO VEDOVA MANCUSO
E DA N.N.

Ogni giorno, all'ora dei pasti, Ezechiele compariva per fare la cucina; ma in tutte le altre ore era sempre fuori, per le sue corse professionali. E Ida giaceva per l'intera giornata in quel letto enorme, dalle lenzuola pulite: vicino a questo Giuseppe che era di misura troppo piccola per non ritrovarsi spaesato, fra la gente grossa del mondo. La piú parte del tempo, entrambi dormivano. La canicola pesava sulla città; ma anche quel grande sudore, nel quale giaceva sommersa, dava a Ida un senso di abbandono e di passività, come un mare salato e tiepido nel quale il suo corpo si discioglieva. E le sarebbe piaciuto di morire in quel letto insieme con la creatura, andandosene tutti e due via dalla terra, come in una barca.

Al quarto giorno, decise di tornare a casa: Ezechiele si offerse di accompagnarla, ma Ida non volle saperne, già sgomenta all'idea che la donna capitasse dalle sue parti. Difatti, chiunque fosse a conoscenza dei suoi segreti, per lei diventava una figura inquietante; e lei badava a sfuggirla, come gli animali del deserto quando cercano di coprire le proprie tracce al fiuto nemico.

Essa dunque si dispose ad andarsene sola, aspettando, per prudenza, che venisse buio. Al momento di pagare i conti, Ezechiele si fece rimborsare, da lei, la spesa del vitto; ma per il resto (al vedere quel corpo immiserito e gonfio, che in tutto quello che portava addosso – nonostante la famosa calzettina – lasciava capire la povertà) non volle essere pagata. Essa stessa fornì un largo cencio stinto, ma pulito, dove Giuseppe, il quale beatamente dormiva, fu avvolto in modo che ne spuntava quasi solo il naso. E carica di questo fagottino oltre che della sua sporta, Ida riprese il tram per San Lorenzo. Come ogni sera, a causa dell'oscuramento di guerra i lampioni nelle strade erano spenti, e sui tram le lampadine schermate davano appena un chiarore azzurrastro.

Però la tenebra, stavolta, le era propizia: rientrando a casa, come il malfattore che torna sul luogo del suo crimine, essa riuscì a non farsi notare da nessuno. La sua stanza da letto era situata sull'angolo del casamento, e dava con l'unica finestra sulla pubblica via; per cui di là difficilmente il raro pianto di Giuseppe poteva fare la spia ai vicini, che Ida voleva lasciare, il più a lungo possibile, ignari. Essa sistemò il minuscolo figliolino a lato del proprio letto matrimoniale, in un lettuccio di ferro con le sponde che era stato di Nino ai tempi della sua prima infanzia, e che poi era servito a contenere coperte, scatole, libri vecchi e ogni sorta di cianfrusaglie. E là dentro Giuseppe, come un bandito di cui nessuno sospetta il nascondiglio, se ne stava tutto il giorno a dormire e a riposare.

L'assenza di Nino doveva durare fino a metà settembre, le scuole erano chiuse, in questo periodo non c'erano lezioni private; e Ida rimaneva in casa la più parte del tempo, uscendo solo per le spese necessarie, sul far della sera. Fra gli altri suoi dubbi, si domandava se dovesse far battezzare il neonato, per difenderlo meglio dalla famosa lista degli impuri; ma l'idea di portarlo dentro una chiesa le ripugnava troppo, come un tradimento estremo contro il povero quartiere dei paria ebrei. E decise di lasciarlo, per ora, senza religione: «tanto», si disse, «lui, diversamente da Nino, possiede solo mezzo albero genealogico. In che modo si potrebbe dimostrare la sua metà ariana?! L'Autorità dichiarerebbe che risulta ancora meno ariano di me. E poi è cosí piccolo, che in qualsiasi caso io, dovunque mi mandassero, me lo porterò sempre appresso, a costo di morire insieme».

Il quindici di settembre, per lei, fu un giorno grave, giacché intorno a questa data era previsto il ritorno di Nino: con lo scoccare inevitabile della fatale, e da lei sempre rinviata, spiegazione. Alla sua mente si riproponeva, a intervalli, quell'unico, misero pretesto da lei potuto escogitare, della parente immaginaria; e lei ricominciava a ruminarlo a stento e senza convinzione, cosí da risentirne subito, col batticuore, un languore disgustato. Aspettandosi, di momento in momento, il ritorno di Nino, quel giorno essa uscí piú presto del solito per la sua spesa quotidiana. Ma fu proprio in questo intervallo che Nino ritornò; e, ormai padrone delle chiavi, entrò in casa, in sua assenza, liberamente.

Fin da dietro l'uscio, mentre armeggiava fra le sporte e la serratura, essa udí nell'interno delle stanze un trapestio. E vide entrando nell'ingresso, per terra, lo zaino. Poi Nino prontamente comparve, con ancora addosso i suoi calzoni d'avanguardista, ma il torso nudo (giacché, al suo primo rientrare, per il caldo s'era affrettato a togliersi la camicia). Era tutto abbronzato, e negli occhi gli brillava una vivacità straordinaria. E con voce elettrizzata, di sorpresa irresistibile, disse:

«A' mà! Chi è?!»

E immediatamente la precedette nella stanza da letto: dove in un tripudio di risatelle, che già parevano un colloquio, si piegò sul lettuccio. E là c'era Giuseppe che lo guardava, come se già lo riconoscesse. Il suo sguardo, fino a oggi trasognato nel vapore della nascita, pareva esprimere in questo momento il primo pensiero della sua vita: che era un pensiero d'intesa festante, suprema. Tanto che pure i suoi braccini, e le sue gambucce, lo accompagnavano accennando un minimo scalpitio primitivo.

«E chi è, mà?! chi è?!» ripeté Nino, sempre piú ammattito dal divertimento.

In una urgenza vertiginosa, Ida si sentí risalire fino alla gola il famoso pretesto della parente; ma questo pretesto maledetto non volle venirle alle labbra. E la sola spiegazione che le venne, assurdamente, in un balbettio, fu:

«È... è uno... trovato nella strada!»

«E chi l'ha trovato?» richiese Nino, nella prima eccitazione di un tale evento formidabile. Ma gli durò appena un attimo: quasi non aveva ancora, si può dire, notato il rossore sconvolto di sua madre, che già non ci credeva piú. Il suo sguardo presto consapevole, addirittura cinico, trascorse dal volto infiammato di sua madre al corpo di lei, quasi nella subitanea reminiscenza di un segno che, al tempo giusto, non aveva percepito. E per dieci secondi il suo pensiero s'incapricciò su questa buffa idea: che sua madre avesse un amante. «E chi se la sarà presa, cosí vecchia?» si domandò incerto. «Sarà stata», opinò fra sé, «un'avventura di passaggio, per una volta sola...» Al suo sguardo, frattanto, Ida aveva già inteso che lui vedeva chiaro; ma infine a lui non importava molto di sapere donde gli venisse questo regalo inaspettato; quello che gli importava, a lui, era di garantirselo per l'eternità. E lasciando cadere súbito nell'incuranza ogni altra ricerca, s'informò ansioso:

«Però adesso ce lo teniamo? Ce lo teniamo qua con noi!»

«Sí...»

«E come si chiama?» lui domandò, raggiante di soddisfazione.

«Giuseppe».

«A' Peppe! a' Peppiniè'! ahó! ahó!» si dette a esclamare lui, facendo il matto sopra quell'altro. Mentre quell'altro, da parte sua, seguitava i suoi minimi scalpitii da principiante, nella contentezza e gratitudine di conoscere, dal presente giorno, la vita.

«A' mà, che ne dici? me lo piglio un po' in braccio?» propose a questo punto, con le mani già sopra la culla, lo smaniante Nino.

«No! no! noo!!! che lo fai cascare!»

«Eh! so fare il doppio sollevamento pesi, e faccio cascare lui!» si rivoltò Ninnuzzu, con disdegno. Ma aveva rinunciato intanto alla sua iniziativa passando già, nella turbolenza dei suoi pensieri, a una ben altra questione da risolvere, con l'occasione propizia. E reclamò, senza indugio:

«A' mà! E adesso che ci sta Giuseppe, allora, ci possiamo pigliare pure il cane, qua a casa!»

Questo era uno degli eterni litigi fra lui e sua madre. Giacché lui stravedeva per possedere un cane, e lei, per moltissimi motivi, non voleva saperne. Ma nello stato di atroce inferiorità in cui si trovava oggi, non le restava che sottostare al ricatto: «Beh... beh... beh...» fu la sua prima risposta inarticolata, e già condannata alla rassegnazione. Però con veemenza, essa soggiunse:

«Tu vuoi precipitare questa casa nella rovina!!!»

Nelle sue liti, con Ninnarieddu, le veniva inconsciamente da imitare certe invettive bibliche di Nora; però dette da lei, con quella sua faccia disadatta da dodicenne, risultavano addirittura comiche, oltre che inoffensive. Stavolta poi, dall'aria pronta di Nino, era già chiaro che lui la attendeva senz'altro alla resa...

«...fa' quello che ti pare! o Dio... già si sapeva da un pezzo che finiva cosí...»

«All'anima, mà! Allora me lo porto a casa! Ce ne sta uno, che m'aspetta sempre vicino alla tabaccheria!!» gridò, fuori da se stesso, Ninnarieddu. Poi rimase per un poco in silenzio, a vagheggiare delle visioni canine che lo rendevano, evidentemente, ultrafelice. E qui Ida, già inconsolabile in cuor suo per aver ceduto a questa nuova fatalità, volle forse, a sua volta, trarre almeno qualche profitto dall'occasione. E fece, a stento:

«Senti, Nino... adesso devo dirti... si tratta d'un avviso gravissimo... Bada: non dire a nessuno di... di questo pupo. Per il momento, è meglio tenere nascosto che... che lui c'è... Però se la gente lo scoprisse, e qualcuno ti domanda, l'unica cosa da fare sarà di rispondere che è un nipote, rimasto senza altri parenti e... e affidato a noi...»

Nel tempo di una rapida occhiata, Nino s'illuminò di arroganza, di compatimento, di supremazia e di libertà. Alzò una spalla con una smorfia, e replicò, piantandosi sulle gambe nella posa di un barricadiero:

«Se me lo domandano, A ME, io dico: *e a voi che ve ne frega?*»

In quel momento stesso, dal lettino si udí un vagito, che subito lo fece ridere. Volubilmente, le felici immagini di poco prima tornarono a scherzare nei suoi occhi. E passando a altro argomento, le mani in tasca, propose a sua madre:

«E adesso, per festeggiare Giuseppe, me lo paghi un pacchetto di Nazionali?»

«Tu lo sapevo che te ne saresti abusato anche di questo! Tu sei un profittatore! e un arrivista e un grassatore!! Adesso, per festeggiare Giuseppe, vuoi dargli l'esempio del vizio? Non hai nemmeno sedici anni! che, a quest'età, si fuma?!»

«E se non si fuma a sedici anni, quando si fuma? a novanta?!» ribatté lui, con impazienza proterva. Poi subito incalzò, come seguendo un'ispirazione:

«E mi paghi pure un cono gelato? Anzi, ce famo due coni gelati: uno per me, e uno per te».

«Eh Nino... che credi, oggi? che io sia diventata milionaria? Tu vuoi il nostro fallimento completo!!... E poi, questi gelati autarchici, che non si sa che roba sono...»

«C'è il lattaio, vicino alla tabaccheria, che li fa gaiardi».

«O il gelato, o le sigarette. Tieni: piú di due lire, non ti do».

«Le sigarette, piú i gelati, piú il "Corriere dello Sport" e la "Gazzetta" (te ne sei scordata che oggi è lunedí?!) ce ne vonno cinque, di lire, no due! Annàmo, mà, non cominciamo la solita lagna, ché nun t'aruvini pe' cinque liracce stronze. Avanti, scúcile, a' mà, te decidi?! che stai diventando peggio de 'na giudia!»

Quest'ultima, per Nino, era una comune battuta di gergo, di nessun significato reale. Dei Giudei, difatti, e della loro attuale vicenda, Ninnuzzu non s'interessava per nulla, fin quasi a ignorarli in pratica, piú o meno come si trattasse dei Cimbri, o dei Fenici. Per cui l'inevitabile, piccolo tremito di Ida trapassò invisibile ai suoi occhi. Ma Ida, tuttavia, per darsi uno sfogo, lo investí su un altro argomento (ormai rancido, invero) delle loro baruffe familiari:

«Ah, quante volte te l'ho detto che mi fa senso sentirti parlare con questo dialetto basso, e queste parolacce da trivio! Chi lo direbbe, a sentirti parlare peggio d'un somaro, che tu... tu... invece... sei figlio d'insegnante, e frequenti gli studi classici superiori!!! non sei mica uno zotico senza istruzione, l'italiano bello l'hai studiato...»

«Signora Madama, Vi porgo il presente invito: datemi uno scudo».

«Sei un malvivente... Non ti posso vedere! per me,

quando ti vedo, è come se mi venisse il fumo dentro gli occhi!»

Nino, fremendo ormai d'impazienza, s'era messo a fischiare *deutschland deutschland*: «Insomma, damme li sòrdi», la interruppe.

«Soldi... tu non pensi a nient'altro! sempre soldi!»

«E senza i soldi, che festa è?!»

Accanito nella sua intenzione di uscire, e insofferente d'altri indugi, oramai lo spazio ristretto e chiuso della casa gli pareva un'ingiustizia. E incominciò a trascorrere avanti e indietro per la stanza come dentro a una galera, dando calci a una pianella, a un pezzo di straccio, a un catino vuoto, e a ogni altro oggetto che gli si incontrava fra i piedi: «Li sòrdi, a' mà!» concluse, peggio d'un brigante, affrontando sua madre.

«Tu finirai ladro e omicida!»

«Io finirò Capo delle Brigate Nere. Io, appena ho l'età, me ne vado a combattere PER LA PATRIA E PER IL DUCE!»

All'eccesso di sfida, con cui pronunciò queste maiuscole, la sua voce lasciava trapelare un'intenzione blasfema. S'intuiva che, dinnanzi alla sua pretesa di ragazzino, le Patrie, i Duci e l'intero teatro del mondo, si riduceva tutto a una commedia, la quale aveva valore soltanto perché si prestava alla sua smania di esistere. Di nuovo, gli adombrò lo sguardo quella sua misteriosa età adulta, rotta a ogni scandalo e a ogni empietà; quand'ecco, in rapida contraddizione una innocenza radiosa venne a trasfigurarlo. In quel momento, difatti, sua madre, tratto dalla sporta il proprio borsellino rognoso, gli porgeva i famosi *sòrdi*. E lui, afferràtili, con la prontezza di un portabandiera che si slancia nel campo della vittoria, senz'altro attendere spiccò il volo verso la porta.

«Ma che fai?» lo bloccò la madre, «non ti rivesti? esci nudo?»

«E che? Ce sfiguro?» replicò lui, pure arrendendosi alla necessità. E nel correre indietro verso la sedia, dove aveva buttato la sua camicia, tuttavia non mancò di sostare un poco davanti all'armadio a specchi, per darsi una guardata compiaciuta. Il suo grazioso corpo abbronzato tradiva ancora l'infanzia, alla gentilezza della nuca e alla sporgenza delle scapole sulla schiena ancora magrolina; ma sulle braccia, invece, andava già sviluppando una prima muscolatura virile, che lui misurò davanti allo specchio sfoggiandola a se stesso in una autoaffermazione insaziabile. Poi, di corsa, fece per rimettersi la camicia nera; ma ritrovandola sudata e accaldante, s'infilò invece una magliettina bianca di cotone pur sopra ai pantaloni d'avanguardista: senza curarsi della contaminazione, tanta era la sua fretta di scappare abbasso! E sparí.

Iduzza era già disposta (perfino con qualche sollievo) a non vederlo piú ricomparire, magari, fino a sera tardi: volato, con le sue cinque lire, verso la sua banda solita come un'ape verso un girasole! Ma non erano passati nemmeno venti minuti, quando un certo scompiglio, dall'ingresso, annunciò il suo rientro. E prima ancora di lui entrò nella stanza un cagnetto marrone, tenuto da lui al guinzaglio, balzante in un parossismo di felicità. Era una bestiola di statura piccola, tondo, con le zampe storte e la coda arrotolata. Aveva la testa grossa, e un orecchio tenuto piú ritto dell'altro. Nell'insieme, era un tipico cane di nessuno (o *cane altrui*, come dicono gli Slavi).

«Ma come! come! già oggi?! mica per oggi, se ne parlava! *non* subito! *non* oggi!» barbugliò Ida, quasi afona per la disperazione.

«E quando? te l'ho detto, che mi aspettava sempre vicino al tabaccaio. E difatti, stava là anche adesso, che m'aspettava! Per tutto questo mese che io non c'ero, lui c'è andato sempre, a aspettarmi! E mi risponde pure al nome! Blitz! Blitz! Hai visto, che risponde? eh!»

Intanto Giuseppe, che aveva approfittato dell'assenza di Nino per fare una breve dormita, aveva riaperto gli occhi. E si mostrava non solo senza paura, ma quasi rapito in una quieta estasi, davanti a questo primo esemplare di cane, anzi di fauna, che gli apparisse dal creato.

«Giuseppe! lo vedi chi c'è?! Blitz, fa' un discorso a Giuseppe, ché questa festa è per lui! ahó, Blitz! m'hai capito? fàie un discorso!»

«Uch! uch!» fece Blitz.

«Uuuuuhin...» fece Giuseppe.

Era il trionfo di Nino. La sua risata, fresca e travolgente come una girandola, lo ribaltò addirittura sul pavimento, in una mischia di zompi e di capriole con Blitz. Finché, per riposarsi beatamente, andò a sedersi sull'orlo del letto, traendo dal taschino posteriore dei pantaloni una sigaretta schiacciata e meschina.

«Me ne sono potute comperare due sole, di Nazionali», disse, mal nascondendo un certo rammarico, e comunque tirando a fumare con aria depravata, «perché per un pacchetto non mi bastavano i soldi. Pure dei coni gelati ne ho fatto a meno, tanto si sarebbero squagliati per le scale» (per sé, veramente, un cono, benché ridotto, lui se l'era provveduto, consumandolo sul posto. Ma tralasciò questo punto, che non riguardava Ida). «Col resto, ci ho pagato il collare e il guinzaglio per lui», spiegò, superbo.

E si piegò su Blitz (che frattanto s'era sistemato presso i suoi piedi) a sfibbiargli il guinzaglio: «È di vero cuoio, mica è autarchico», vantò, «è di lusso».

«Allora, chi sa QUANTO costa...»

«Eh, mica è nuovo! L'ho preso usato, dal giornalaio che me l'ha venduto d'occasione. Era del cucciolo suo, che mó è cresciuto e sta in campagna a Tivoli. Non te lo ricordi quel cane piccolo, che ogni tanto pisciava sui giornali? Come! non te lo ricordi! se te l'ho fatto véde diecimila volte! Un cane di razza! Un lupo alsaziano! E qua, sulla mostrina del collare, c'è rimasto segnato il suo nome: LUPO; ma adesso io ce lo scancello con un chiodo, se no si capisce subito, che è usata. Perché Blitz, di razza, mica è lupo».

«E di che razza è, questo qui?»

«Razza bastarda».

La parola casuale scosse Ida, che ne arrossí immediatamente; e un suo sguardo involontario spiò verso il lettino, come se la creatura potesse averla intesa. A sua volta, allora, Nino concepí il pensiero: «Già! Pure Giuseppe è bastardo. In questa casa, ci stanno due bastardi!» ne dedusse, rallegrandosi moltissimo alla scoperta.

Ma in quel frattempo, avendo portato una mano alla tasca per cercarvi il chiodo, vi aveva ritrovato un ultimo acquisto, che quasi rischiava di dimenticare: «Ahó, Blitz!» esclamò, «mi scordavo che t'ho rimediato pure la cena! Dàie, magna!» e tratto uno schifoso cartoccetto di trippa la buttò in terra davanti al cane: il quale, con un colpo da prestigiatore, la fece sparire immediatamente.

Nino lo rimirava orgoglioso: «La razza di Blitz», ripigliò, sorridendo a un'altra sua trovata che lo invaghiva, «si chiama pure *razza stellata*. Blitz! fa' vedere il bel disegno di stella che ciài!»

E Blitz prontamente si rivoltò con le zampe in aria. Di sotto, come di sopra e fin nella coda, era tutto quanto di un colore uguale marrone scuro: fuorché nel mezzo della pancia, dove aveva una piccola pezzatura bianca, storta, di figura all'incirca stellare. Questa era l'unica sua bellezza e specialità, visibile però solo quando lui si metteva a zampe all'aria. E tanto era contento di farne sfoggio, che sarebbe rimasto ancora, quasi estatico, in quella posizione, se Nino non lo avesse raddrizzato facendogli il solletico con un piede.

Ma Iduzza non partecipava allo spettacolo, tuttora confusa per quella parola *bastardo*. I suoi occhi mortificati, che non avevano nemmeno guardato la stella di Blitz, andarono a cadere sulla carta unta della trippa, rimasta vuota sul pavimento. Tale vista offerse alla peccatrice Ida un altro oggetto di diversione, e di sfogo...

«E cosí adesso», insorse, con amarezza drammatica, «ce ne sta uno in piú, qua a casa, che vuole mangiare!... E chi ce la darà una tessera anche per lui?...»

Nino si fece torvo; e, a lei, non rispose affatto. Si volse invece al cane; e standogli con la faccia vicino al muso, gli disse, in confidenza e intimità:

«Non farci caso, a quello che dice lei; ché a te ce penzo io, co' l'amichi mia, e de fame nun te lassamo crepà, ce pòi stà certo. E fino adesso, chi t'ha fatto magnà?! Diglielo a tutti, che la merda loro, a noi, nun ce serve!»

«Aaaah» s'intromise di nuovo, con un dannato sospiro, Iduzza, «adesso gliela insegni pure al cane, questa parlata zotica e indecente. E cosí ti prepari a insegnarla pure a tuo fratello...»

A quest'ultima parola fatale uscítale dalla bocca, essa traballò come sotto una bastonata. E annichilita, con le mosse d'una povera bestia, si girò a raccogliere da terra quella cartaccia unta, senza piú osare di rivolgersi a Ninnarieddu.

Ma costui, tanto la parola gli riusciva naturale, che nemmeno la notò. Ribatté invece, animoso e splendente:

«Noi qui stiamo a Roma, e parliamo Romano! Quando staremo a Parigi (che io presto conto d'annacce, adesso che Parigi è nostra!) parleremo Parigino! E quando staremo a Hong Kong, alla prossima crociera, là parleremo il Conghese. De me te ne puoi fidà, che io mica mi fermo qua a Roma! Io il mondo lo girerò come un rione, e ci vado in aereo e macchina da corsa, mica a piedi! Io passerò l'Atlantico e il Pacifico, e ci porto pure Blitz con me! e andiamo a fare il giro del mondo senza scalo! Andiamo a Chicago, a Hollywood, e in Groenlandia, e nella steppa a suonare la balalaika! Andiamo a Londra a Saint-Moritz e a Mozambico! Andiamo a Honolulu e sul Fiume Giallo e... e... E ci porto pure Giuseppe, con me!! Giuseppe, ahó ahó! pure a te, ti ci porto!»

Giuseppe s'era addormito un'altra volta, senza nulla udire di quel programma grandioso. E nel silenzio successivo, fra Ninnarieddu e Ida, la quale tuttora gli voltava le spalle, si svolse un muto dialogo finale, che forse non si enunciava nemmeno ai loro pensieri, ma che le loro persone esprimevano con una chiarezza parlante.

La schiena di Ida, nel suo vestito di seta artificiale marcito dal sudore, magra e sbandata nelle spalle come le vecchiarelle, diceva a Nino:

«E a me, non mi ci porti?»

E la grinta di Nino, coi suoi occhi svarianti e la bocca violenta e dura, rispondeva:

«No. A te, te lasso qua».

2.

Giuseppe, come era stato precoce nella nascita, cosí fino da principio si rivelò precoce in tutto. Alle solite tappe naturali, che segnano l'avanzata di ogni lattante sull'itinerario delle esperienze, lui arrivava sempre in anticipo; ma talmente in anticipo (almeno per quei tempi di allora) che io stessa stenterei a crederci, se non avessi diviso, in qualche modo, il suo destino. Pareva che le sue piccole forze si tendessero tutte insieme, in un grande fervore urgente, verso lo spettacolo del mondo sul quale s'era appena affacciato.

Pochi giorni dopo avere scoperto la sua esistenza, Ninnuzzu non resisté alla tentazione di rivelarla a due o tre amici piú cari, vantandosi con loro di avere a casa un fratello piccolo che era un record: tutto di una piccolezza tale da riuscire comica, però invece gli occhi grandissimi, che già ragionavano con la gente. E la mattina stessa, approfittando dell'assenza di Ida, portò quegli amici su in casa per farglielo conoscere. Salivano in cinque, comprendendo

Blitz, il quale adesso seguiva Nino dappertutto, come fosse metà della sua anima.

Lungo la scala, uno degli amici, ragazzetto borghese, avanzò la sua perplessità per via di questo fratello che Nino annunciava, mentre si sapeva che sua madre da molti anni era vedova. Ma, con disdegno per la di lui mente scarsa, Nino gli replicò: «Beh?! che forse i figli si fanno solo coi mariti?!» in una tale naturalezza assolutistica, che tutti in coro risero di quel principiante (o maligno?) lasciandolo svergognato.

A ogni modo, ancora sulla scala, Nino abbassando la voce li avvisò che questo fratello era un clandestino, di cui non si doveva parlare a nessuno, altrimenti sua madre baccaiava: perché essa aveva paura che la gente la credesse una mignotta. Al che gli amici, come dei cospiratori, promisero il segreto.

Entrati appena nella stanza da letto, rimasero piuttosto delusi: poiché Giuseppe in quel momento dormiva, e, cosí addormentato, se si toglie la sua piccolezza autentica da pigmeo, non presentava niente di straordinario; anzi, aveva le palpebre, come i neonati in generale, ancora rugose. Ma d'improvviso le aprí; e al solo vedere, nella sua faccia piccola come un pugno, quegli occhi grandi e spalancati, che si rivolgevano ai cinque visitatori come a un'unica meraviglia, tutti si esilararono. Finché, rallegrato dalla compagnia, Giuseppe, per la prima volta nella sua vita, fece un sorrisetto.

Di lí a poco, i visitatori se ne scapparono, nel timore di venir sorpresi dalla madre. Ma Nino aspettò impaziente il suo ritorno, apposta per annunciarle strepitosamente la novità: «Lo sai? Giuseppe ha fatto un sorriso!» Lei rimaneva scettica: Giuseppe, disse, non ha ancora l'anzianità per sorridere: le creature non imparano a sorridere prima di un mese e mezzo, quaranta giorni, almeno. «Vieni con me, e vedi!» insisté Nino, e la trascinò nella stanza da letto, meditando qualche trovata elettrizzante che inducesse il fratello a replicare la sua bravura. Ma non ne ebbe bisogno, perché Giuseppe, solo a vederlo, come a un appuntamento, sorrise per la seconda volta. E da allora appena vedeva Nino, anche se fino a un momento prima piangeva, súbito gli rifaceva quel sorrisetto fraterno, che poi non tardò a trasmutarsi in una vera risata di accoglienza e di soddisfazione.

Oramai, le scuole si erano riaperte da un pezzo, e fino dalla mattina presto la casa rimaneva deserta. Lo stesso Blitz, difatti, follemente innamorato, com'era, di Nino, non si contentava di andare sempre dietro a lui, e alle sue carovane, dovunque andasse; ma perfino lo aspettava fuori dei cancelli, mentre lui era a scuola o agli esercizi premilitari. Tanto che Nino lo fornì anche di una museruola, nel timore che l'acchiappacani, trovandosi a passare di là, lo arrestasse come un cane di nessuno. E gli fece incidere sul collare: BLITZ – *Proprietario Nino Mancuso*, con l'indirizzo completo.

A volte, le mattine (piuttosto frequenti) che marinava la scuola, Nino, trovandosi a passare vicino a casa, (anche per il gusto di infrangere i divieti materni) capitava di nuovo, con qualche compagno, su da Giuseppe. Erano visite rapide, giacché quei ragazzi, e Nino in ispecie, avevano troppa fretta di correre verso le diverse attrazioni della loro vacanza abusiva; ma erano sempre delle feste, rese quanto mai affascinanti dall'infrazione e dal mistero. La stagione era ancora mite, e Giuseppe, nel suo lettuccio, stava tutto nudo; però la vergogna non esisteva per lui. L'unico suo sentimento era la brama di esprimere ai visitatori la propria contentezza di riceverli: la quale era infinita, come se ogni volta, per lui, si rinnovasse l'illusione che quella brevissima festa durasse eterna. E nella pretesa, quasi matta, di esprimere coi suoi mezzi miserrimi quella contentezza infinita, Giuseppe moltiplicava tutti in una volta i suoi timidi scalpitii, i suoi sguardi incantati, i suoi vagiti, sorrisi e risatine; ricambiato da una giostra indiavolata di saluti, spiritosaggini, e qualche complimento o bacetto. In queste occasioni, Nino non mancava di sbandierare, con onore e vanto, le diverse specialità di suo fratello: facendo notare per esempio che, sebbene piccolo, era già un vero maschio, col suo uccelletto perfetto al completo. E che non piangeva quasi mai, però già faceva delle voci speciali, diverse una dall'altra, e capite benissimo da Blitz. E che sulle mani e sui piedi aveva tutte e venti le unghie, per quanto impercettibili, regolari, che la madre già gliele tagliava, ecc. ecc. Quand'ecco, improvvisi com'erano arrivati, i visitatori si affrettavano via tutti insieme, inutilmente invocati dal pianto eccezionale di Giuseppe, che li seguiva fin sulle scale e si spegneva solitario e inconsolato.

I primi tempi Ida, appena finita la lezione, doveva correre trafelata a casa per allattarlo, sempre in ritardo. Ma presto imparò ad arrangiarsi da solo, con un poppatoio pieno di latte artificiale, che essa gli lasciàva durante le sue assenze piú lunghe. E lui, fedele alla propria intenzione di non morire, ne succhiava quanto poteva. Non cresceva molto; però s'era abbastanza arrotondato, al punto da fare qualche anelluccio di grasso sulle braccia e sulle cosce. E nonostante la sua segregazione, aveva preso un colorito rosa che illuminava meglio i suoi occhi. Questi, nell'interno dell'iride, erano di un turchino piú fondo, come di notte stellata; e tutto all'intorno invece, erano di un colore d'aria celeste chiaro. Il suo sguardo sempre intento e parlante, come in un dialogo universale, era un divertimento a vederlo. La sua bocca sdentata, dai labbri sporgenti, cercava i bacetti con la stessa domanda ansiosa con cui cercava il latte. E la sua testa era nera; però non riccia come quella di Nino; ma a ciuffetti lisci, umidi e lustri, come quelli di certe anatre migratrici note col nome di *morette*. Fra i suoi tanti ciuffetti, poi, già fino da allora, ce n'era uno piú spavaldo, proprio in centro alla testa, che gli stava sempre ritto, come un punto esclamativo, né si lasciava pettinare in giú.

Prestissimo imparò i nomi della famiglia: Ida era *mà*; Nino era *ino* oppure *aiè* (Ninnarieddu) e Blitz era *i*.

Per Blitz, intanto, era incominciato un dilemma quasi tragico. Siccome col passar del tempo Giuseppe e lui si capivano sempre meglio, dialogando e giocando insieme sul pavimento con immenso spasso, gli accadde di trovarsi innamorato cotto anche di Giuseppe, oltre che di Nino. Ma Nino stava sempre in giro, e Giuseppe sempre a casa: per cui gli era impossibile vivere perennemente in compagnia di entrambi i suoi amori, come avrebbe voluto. E in conseguenza, sia con l'uno che con l'altro, era di continuo straziato da un rimpianto: e se si trovava con l'uno, gli bastava la citazione dell'altro nome, o un odore che gli ricordasse l'altro, che súbito la sua nostalgia, come una bandierina controvento, si protendeva indietro. A volte, mentre faceva la sentinella fuori della scuola nelle sue lunghissime attese di Nino, d'improvviso, come a un messaggio portàtogli da una nuvola, incominciava a fiutare verso il cielo, con un guaito lamentoso, nel ricordo dell'incarcerato Giuseppe. Per qualche minuto, un dissidio lo dilaniava, tirandolo contemporaneamente da due parti contrarie; ma infine, superata l'incertezza, scattava verso la casa di San Lorenzo, con la sua lunga museruola che fendeva il vento come una prua. Ma alla mèta, purtroppo, trovava l'uscio sbarrato; e per quanto, con le sue voci mortificate dalla museruola, chiamasse appassionatamente Giuseppe, tutto era inutile: poiché Giuseppe, pure udendolo e spasimando dalla sua stanza solinga per la volontà di farlo entrare, non ne aveva la capacità. Allora, rassegnandosi al suo destino di aspettare fuori delle porte, Blitz si stendeva là fuori, in terra: dove, a volte, per la troppa pazienza, si appisolava. E forse aveva un sogno d'amore, che gli portava una reminiscenza di Nino: è un fatto che, di lí a poco, si scuoteva dal sonno; e rimbalzando giú per le scale con guaiti disperati, rifaceva la strada di prima verso la scuola.

Nino non era geloso di quel doppio amore: non considerandolo un tradimento, ma piuttosto una lusinga, per via che il valore da lui dato quasi alla pari e a Giuseppe e a Blitz, era asserito anche da loro due con entusiasmo autentico. Grandiosamente, anzi, lui stesso (se per esempio doveva andare al cinema o a un'adunata, o dovunque il cane in qualche modo gli fosse d'impiccio) certi giorni incitava Blitz a restare in casa con Giuseppe per tenergli compagnia. Quelle erano fortune indimenticabili, per Giuseppe: e forse fu in quei suoi duetti primitivi con Blitz, che imparò il linguaggio dei cani. Il quale, insieme con altri idiomi di animali, doveva restargli un acquisto valido finché fu vivo.

Però, tolte queste fortune eventuali, Giuseppe non aveva mai nessuna compagnia. Dopo i primi tempi, passata la novità, Nino diradò le visite coi suoi amici e complici, fino a smetterle definitivamente. E altra gente in casa non ne veniva. Ida non aveva né parenti né amici, non aveva mai ricevuto visite; né tanto meno ne riceveva adesso, che doveva nascondere lo scandalo.

Quelli che incontrava nel vicinato e nel quartiere, per lei erano tutti degli estranei; e fra costoro, come fra gli altri suoi conoscenti di Roma, nessuno ancora pareva avesse scoperto il suo segreto. A sua insaputa, invero, per l'intemperanza di Nino, dentro il caseggiato stesso c'erano almeno un paio di ragazzetti che ne erano a conoscenza; ma costoro, fedeli alla promessa fatta a lui, lo avevano taciuto anche in famiglia (tanto piú volentieri perché cosí, non condivisa dagli adulti, la custodia di un tale mistero dava un gusto doppio).

È certo, poi, che nell'intera cerchia degli amici di Nino, la notizia del segreto, com'era fatale, s'andava spargendo anche troppo; ma tardava, per il momento, a oltrepassare quella cerchia o banda. Bisogna dire che in realtà la gente, col progredire della guerra, aveva pure altro da pensare e s'era fatta meno curiosa. E d'altra parte a Roma, e nel quartiere di San Lorenzo, la nascita di un povero piccolo bastardo (per quanto figlio di una maestra) nemmeno a quei tempi antichi non sarebbe poi stata una notizia cosí strepitosa da affiggerla sui manifesti; o da propagarla coi tamburi!

In conclusione, Giuseppe seguitava a crescere (per modo di dire) sempre uguale a un bandito il cui nascondiglio era noto soltanto a svariati ragazzetti d'ogni risma e di quartieri diversi, in una rete di complicità che stendeva le sue maglie attraverso la città di Roma, in lungo e in largo. Forse, anche fra i cani di Roma il segreto incominciava a diffondersi, giacché Blitz, durante le sue attese di Nino, spesso s'intratteneva con cani di passaggio e randagi; e una volta, in una di quelle sue corse nostalgiche alla casa di San Lorenzo, vi giunse in compagnia d'un altro cane, bastardo come lui ma molto piú secco e d'aspetto ascetico, il quale somigliava al Mahatma Gandhi. Tuttavia, come al solito, anche quella volta nessuno poté aprire l'uscio, e i due se ne tornarono indietro insieme, però verso direzioni diverse: perdendosi poi di vista, dopo quell'unico incontro, per sempre.

......1942

Gennaio-Febbraio

«Conferenza del Wansee» per la pianificazione razziale (decimazione delle razze inferiori a mezzo di lavoro forzato e inanizione, separazione dei sessi, *trattamento speciale*, ecc.).

Nel Pacifico e in tutto l'Estremo Oriente, grandi successi dei Giapponesi, che, già padroni dell'Indocina e di larga parte della Cina, avanzano celermente, fino a minacciare i possedimenti britannici dell'India.

Il capo nazionalista Ciang Kai Scek è nominato comandante delle truppe alleate in Cina, dove dal 1937 perdura la guerra contro l'invasore giapponese.

Ardue azioni di difesa del CSIR (Corpo di Spedizione italiano in Russia) sprovvisto di armamento adeguato e di equipaggiamento adatto per la campagna invernale.

Stanziamenti straordinari per la produzione bellica negli Stati Uniti (in programma 35 mila cannoni, 75 mila carri armati, e 125 mila aerei).

In Africa Settentrionale, gli Italo-Tedeschi rioccupano Bengasi, capitale della Cirenaica.

Marzo-Giugno

Nel campo di concentramento nazista di Belsen, attivata la «camera della morte».

In una riunione del Reichstag a Berlino, Hitler (che ha già assunto personalmente il comando in capo dell'esercito) riceve il conferimento ufficiale dei pieni poteri, con diritto di vita e di morte su ogni cittadino germanico.

Ha inizio la grande offensiva dell'aviazione inglese, che adotta la tattica (già applicata dalla Germania) dell'*area bombing* ossia incursioni notturne senza obiettivi specifici, con tonnellate di esplosivi e spezzoni incendiarii, *a saturazione* di aree civili edificate. Controazioni di rappresaglia da parte tedesca.

Nel Pacifico, la flotta degli Stati Uniti sconfigge in due battaglie i Giapponesi.

In Africa Settentrionale, le forze italo-tedesche, al contrattacco, riconquistano a prezzo di enormi perdite i territori già perduti, arrivando fino a El Alamein, in territorio egiziano.

Luglio-Agosto

Fra gli ultimi prodotti dell'industria bellica mondiale, sono in rodaggio i bombardieri quadrimotori *Fortezze Volanti* e *Liberator*, fabbricati negli Stati Uniti, dove però si rifugge attualmente, per riguardi umanitari, dall'idea dell'*area bombing* o bombardamento indiscriminato sui centri di abitazione civili.

A rinforzo delle truppe tedesche impegnate sul Don, l'Italia invia in Russia un nuovo corpo di spedizione italiano (ARMIR) composto dei migliori uomini del paese (in gran parte alpini) ma pietosamente sprovvisto di mezzi non solo per l'offesa e difesa armata, ma per l'elementare sopravvivenza.

Sul Volga, i Tedeschi all'assedio della città di Stalingrado, dove si combatte di casa in casa fra le rovine.

A un nuovo arresto, operato dagli Inglesi, del Mahatma Gandhi e dei membri del Congresso, seguono, in India, tumulti e repressioni sanguinose.

Fallito sbarco degli Inglesi a Dieppe, sulla Manica. Quasi tutti morti.

Settembre-Ottobre

Sul Volga, i Tedeschi, contro la disperata resistenza dei Sovietici, occupano le macerie di Stalingrado.

In Africa Settentrionale, gli Inglesi riprendono l'offensiva, travolgendo gli Italo-Tedeschi, che, sconfitti a El Alamein, si ritirano verso Tripoli, mentre gli Americani preparano uno sbarco alle loro spalle.

Novembre-Dicembre

In Russia, grande offensiva dei Sovietici, che irrompono su tutto il fronte, e muovono all'attacco dei Tedeschi bloccati a Stalingrado.

In Africa Settentrionale, gli Inglesi rioccupano Bengasi, capitale della Cirenaica.

In Europa, si intensifica la guerra aerea, con la totale distruzione di città illustri e monumentali, e l'eccidio delle popolazioni civili. Comunemente nelle cronache ricorre il termine *bombardamento a tappeto*. A queste operazioni partecipano attualmente anche gli Americani, coi recenti prodotti della loro industria bellica (*Liberator, Fortezze Volanti,* ecc.).

In Grecia, dove, fra le conseguenze della guerra e dell'occupazione, i morti per fame si contano a centinaia di migliaia, si registrano, da parte di alcuni gruppi, dei tentativi di resistenza organizzata contro l'Asse.

In Italia, ripetute incursioni aeree sulle città di Genova, Napoli, Torino, e altri centri minori. Si calcolano milleseicento tonnellate di esplosivo sull'Italia Settentrionale nel corso dell'autunno.

Negli Stati Uniti, il giorno 2 dicembre il laboratorio di Chicago ha messo in funzione il primo reattore nucleare, ottenendo una reazione a catena (fissione dell'isotopo dell'uranio U.235) . . . . .

Giro giro tondo
castello imperatondo
castello e palazzo
il sole sta nel sacco.
Esci esci sole
ché mamma tua ti vuole
e búttaci le pagnotte
per dare ai giovanotti
e búttaci i biscottini
per dare ai bambini
e búttaci le frittelle
per dare alle zitelle.
    Mi son fatto un cappello fiorito.
«E quando te l'hai a mettere?»
Quando mi faccio zito.
Mi son fatto un cappello sfizioso.
«E quando te l'hai a mettere?»
Quando mi sposo.
E vado a spasso con due carrozze.
«Buon giorno, sor Capoccio».
E vado a spasso con due bandiere.
«Saluti, Cavaliere».
E tiriulí e tiriulà
zucchero panna e carufulà.

        (*Canto popolare infantile*)

Il primo inverno della sua vita, come già l'autunno, Giuseppe lo passò in totale clausura, per quanto il suo mondo via via si fosse allargato dalla stanza da letto al resto dell'appartamento. Durante la cattiva stagione, tutte le finestre erano chiuse; ma anche a finestre aperte, in ogni caso la sua piccola voce si sarebbe dispersa nei rumori della strada e nel vocio del cortile. Il cortile era immenso, giacché il caseggiato comprendeva diverse scale, dalla scala A alla scala E. La casa di Ida si trovava all'interno 19 della scala D, ed essendo all'ultimo piano non aveva vicini diretti. Oltre al suo, difatti, su quel ballatoio si apriva soltanto un altro uscio, piú in alto, che portava ai serbatoi dell'acqua. E per Ida, nelle sue circostanze, questa era una fortuna.

Le stanze dell'interno 19 scala D erano, per Giuseppe, tutto il mondo conosciuto; e anzi, l'esistenza di un altro mondo esterno doveva essere, per lui, vaga come una nebulosa, giacché, ancora troppo piccolo per arrivare alle finestre, dal basso non ne vedeva che l'aria. Non battezzato, né circonciso, nessuna parrocchia s'era preoccupata di riscattarlo; e lo stato di guerra, con la confusione crescente degli ordini, favoriva il suo bando dalla creazione.

Nella sua precocità, aveva presto imparato a camminare per la casa sulle ginocchia e sulle mani, a imitazione di Blitz, che forse fu il suo maestro. L'uscio dell'ingresso, per lui, era lo sbarramento estremo dell'universo, come le Colonne d'Ercole per gli antichi esploratori.

Adesso, non era piú nudo; ma infagottato, per ripararsi dal freddo, in vari cenci di lana che lo facevano sembrare un poco piú tondo, come i cuccioli nel loro pelo. Il disegno del suo viso ormai si precisava con evidenza. La forma del nasino cominciava a profilarsi, diritta e delicata; e i tratti, puri nella loro minuzia, ricordavano certe piccole sculture asiatiche. Decisamente, non somigliava a nessuno della parentela; fuorché negli occhi, quasi gemelli di quegli occhi lontani. Gemelli, però, nella fattura e nel colore; non nello sguardo. L'altro sguardo, infatti, era apparso terribile, disperato e quasi impaurito; e questo, invece, era fiducioso e festante.

Non s'era mai vista una creatura piú allegra di lui. Tutto ciò che vedeva intorno lo interessava e lo animava gioiosamente. Mirava esilarato i fili della pioggia fuori della finestra, come fossero coriandoli e stelle filanti multicolori. E se, come accade, la luce solare, arrivando indiretta al soffitto, vi portava, riflesso in ombre, il movimento mattiniero della strada, lui ci si appassionava senza stancarsene: come assistesse a uno spettacolo straordinario di giocolieri cinesi che si dava apposta per lui. Si sarebbe detto, invero, alle sue risa, al continuo illuminarsi della sua faccetta, che lui non vedeva le cose ristrette dentro i loro aspetti usuali; ma quali immagini multiple di altre cose varianti all'infinito. Altrimenti non si spiegava come mai la scena miserabile, monotona, che la casa gli offriva ogni giorno, potesse rendergli un divertimento cosí cangiante, e inesauribile.

Il colore d'uno straccio, d'una cartaccia, suscitando innanzi a lui, per risonanza, i prismi e le scale delle luci, bastava a rapirlo in un riso di stupore. Una delle prime parole che imparò fu *ttelle* (stelle). Però chiamava ttelle anche le lampadine di casa, i derelitti fiori che Ida portava da scuola, i mazzi di cipolle appesi, perfino le maniglie delle porte, e in séguito anche le rondini. Poi quando imparò la parola *dóndini* (rondini) chiamava dóndini pure i suoi calzerottini stesi a asciugare su uno spago. E a riconoscere una nuova ttella (che magari era una mosca sulla parete) o una nuova dóndine, partiva ogni volta in una gloria di risatine, piene di contentezza e di accoglienza, come se incontrasse una persona della famiglia.

Le forme stesse che provocano, generalmente, avversione o ripugnanza, in lui suscitavano solo attenzione e una trasparente meraviglia, al pari delle altre. Nelle sterminate esplorazioni che faceva, camminando a quattro zampe, intorno agli Urali, e alle Amazzonie, e agli Arcipelaghi Australiani, che erano per lui i mobili di casa, a volte non si sapeva piú dove fosse. E lo si trovava sotto l'acquaio in cucina, che assisteva estasiato a una ronda di scarafaggi, come fossero cavallucci in una prateria. Arrivò perfino a riconoscere una *ttella* in uno sputo.

Ma nessuna cosa aveva potere di rallegrarlo quanto la presenza di Nino. Pareva che, nella sua opinione, Nino accentrasse in sé la festa totale del mondo, che dovunque altrove si contemplava sparsa e divisa: rappresentando lui da solo, ai suoi occhi, tutte insieme le miriadi dei colori, e il bengala dei fuochi, e ogni specie di animali fantastici e simpatici, e le giostre dei giocolieri. Misteriosamente, avvertiva il suo arrivo fino dal punto che lui cominciava appena la salita della scala! e súbito si affrettava piú che poteva, coi suoi mezzi, verso l'ingresso, ripetendo: ino ino, in un tripudio quasi drammatico di tutte le sue membra. Certe volte, perfino, quando Nino rientrava di notte tardi, lui, dormendo, al rumore della chiave si rimuoveva appena e in un sorrisetto fiducioso accennava con poca voce: ino.

La primavera dell'anno 1942 avanzava, intanto, verso l'estate. Al posto delle molte lane, che lo facevano sembrare un fagottello cencioso, adesso Giuseppe venne rivestito da Ida di certi antichissimi calzoncini e camiciole già appartenuti al fratello, e malamente adattati per lui. I calzoncini, addosso a lui, facevano da pantaloni lunghi. Le camiciole, ristrette alla meglio sui lati ma non accorciate, gli arrivavano fin quasi alle caviglie. E ai piedi, per la loro piccolezza, bastavano ancora delle babbucce da neonato. Cosí vestito, somigliava a un indiano.

Della primavera, lui conosceva soltanto le dóndini che s'incrociavano a migliaia intorno alle finestre dal mattino alla sera, le stelle moltiplicate e piú lucenti, qualche lontana macchia di geranio, e le voci umane che echeggiavano nel cortile, libere e sonore, per le finestre aperte. Il suo vocabolario si arricchiva ogni giorno. La luce, e il cielo, e anche le finestre, si chiamavano *tole* (sole). Il mondo esterno, dall'uscio d'ingresso in fuori, per essergli sempre interdetto e vietato dalla madre, si chiamava *no*. La notte, ma poi anche i mobili (giacché lui ci passava sotto) si chiamavano *ubo* (buio). Tutte le voci, e i rumori, *opi* (voci). La pioggia, *ioia*, e cosí l'acqua, ecc. ecc.

Con la bella stagione, si può immaginare che Nino sempre piú spesso marinasse la scuola, anche se le sue visite a Giuseppe in compagnia degli amici oramai non erano piú che un ricordo lontano. Ma una mattina di sereno meraviglioso, apparve inaspettato a casa, vispo e fischiettante in compagnia del solo Blitz; e come Giuseppe, spuntando da

sotto qualche *ubo*, al solito gli muoveva incontro, lui gli annunciò, senz'altro:

«Ahó, maschio, annàmo! Oggi si va a spasso!»

E cosí detto, con azione immediata, si issò Giuseppe a
cavalluccio sulle spalle, volando come il ladro Mercurio giú
per la scala, mentre Giuseppe, nella tragedia divina della
infrazione, mormorava in una sorta di cantilena esultante:
«No... No... No...» Le sue manucce stavano chiuse quietamente dentro le mani del fratello; i suoi piedini, dondo-
lanti nella corsa, pendevano sul petto di lui, cosí da avvertirne la violenza del respiro, fremente nella libertà contro
le leggi materne! E Blitz veniva dietro, sopraffatto dalla
sua doppia felicità amorosa al punto che addirittura, disim-
parando il passo, rotolava come un rimbambito giú per i
gradini. I tre uscirono nel cortile, attraversarono l'androne; e nessuno, al loro passaggio, si fece a chiedere a Nino:
«Chi è questo pupo che porti?» quasi che, per un miracolo,
quel gruppetto fosse diventato invisibile.

Cosí Giuseppe recluso fino dalla nascita compieva la sua
prima uscita nel mondo, né piú né meno come Budda. Però
Budda usciva dal giardino lucente del re suo padre per incontrarsi, appena fuori, coi fenomeni astrusi della malattia,
della vecchiaia e della morte; mentre si può dire che per
Giuseppe, al contrario, il mondo si aperse, quel giorno, come il vero giardino lucente. Anche se la malattia, la vecchiaia e la morte, per caso, misero sulla sua strada i loro
simulacri, lui non se ne avvide. Da vicino, immediatamente
sotto i suoi occhi, la prima cosa che vedeva, lungo la passeggiata, erano i riccetti neri di suo fratello, danzanti nel
vento primaverile. E tutto il mondo circostante, ai suoi occhi, danzava nel ritmo di quei riccetti. Sarebbe assurdo citare qui le poche vie per dove passarono, nel quartiere di
San Lorenzo, e la popolazione che si muoveva d'intorno a
loro. Quel mondo e quella popolazione, poveri, affannosi e
deformati dalla smorfia della guerra, si spiegavano agli occhi di Giuseppe come una multipla e unica fantasmagoria,
di cui nemmeno una descrizione dell'Alhambra di Granata,
o degli orti di Shiraz, né forse perfino del Paradiso Terrestre potrebbe rendere una somiglianza. Per tutta la strada,
Giuseppe non faceva che ridere; esclamando o mormorando, con la piccola voce venata da una emozione straordinaria: «Dóndini, dóndini... ttelle... tole... dóndini... ioia...

opi...» E quando infine si arrestarono su un misero spiaz-
zale d'erba, dove due stenti alberi cittadini avevano messo
le loro radici, e si riposarono a sedere su quell'erba, la felicità di Giuseppe, davanti a quella bellezza sublime, diventò
quasi spavento; e si aggrappò con le due mani alla blusa del
fratello.

Era la prima volta in vita sua che vedeva un prato; e
ogni stelo d'erba gli appariva illuminato dal di dentro, quasi contenesse un filo di luce verde. Così le foglie degli alberi erano centinaia di lampade, in cui si accendeva non
solo il verde, e non solo i sette colori della scala, ma ancora
altri colori sconosciuti. I casamenti popolari, intorno allo
spiazzo, nella luce aperta del mattino, essi pure sembravano
accendere le loro tinte per uno splendore interno, che li
inargentava e li indorava come castelli altissimi. I rari vasi
di geranio e di basilico alle finestre erano minuscole costellazioni, che illuminavano l'aria; e la gente vestita di colori
era mossa intorno, per lo spiazzo, dallo stesso vento ritmi-
co e grandioso che muove i cerchi celesti, con le loro nubi,
i loro soli e le loro lune.

Una bandiera batteva al di sopra di un portone. Una farfalla cavolaia stava posata sopra una margherita... Giuseppe
sussurrò:

«Dóndine...»

«No, questa non è una rondine, è un insetto! una farfalla! Dí: FARFALLA».

Giuseppe ebbe un sorriso incerto, che lasciava vedere i
suoi primi denti di latte da poco nati. Ma non lo seppe dire.
Il suo sorriso tremava.

«Annàmo forza! Dí: FARFALLA! Ahó! diventi sce-
mo?! e mó che fai? piagni?! se piangi, non ti ci porto piú,
a spasso!»

«Dóndine».

«No rondine! È una farfalla, t'ho detto! E io, come mi
chiamo?»

«Ino».

«E lui, questo animale qua col collaretto, come si chiama?»

«I».

«Bravo! Adesso ti riconosco!! E questa, allora, che è?»

«Lampàna».

«Macché lampàna! FARFALLA! A' scemo! E questo è

123

albero. Dí: ALBERO! E quello laggiú è un ciclista. Dí: CICLISTA. Dí: *Piazza dei Sanniti*!»

«Lampàna. Lampàna. Lampàna!» esclamò Giuseppe, apposta per fare il buffo, questa volta. E rise a gola spiegata di se stesso, proprio come un buffone. Anche Nino rise, e perfino Blitz: tutti insieme come buffoni.

«Mó basta de scherzà. Mó se tratta de discorsi seri. La vedi, quella che sventola? È la bandiera. Dí: BANDIERA».

«Dandèla».

«Bravo. Bandiera tricolore».

«Addèla ole».

«Bravo. E adesso dí: eia eia alalà».

«Lallà».

«Bravo. E tu, come ti chiami? Sarebbe ora, che imparassi il nome tuo. Sai tutti i nomi del mondo, e il tuo non l'impari mai. Come ti chiami?»

«.....»

«GIUSEPPE! Ripeti: GIUSEPPE!»

Allora il fratellino si concentrò, in una durata suprema di ricerca e di conquista. E traendo un sospiro, con viso pensieroso disse:

«Useppe».

«All'anima!! Sei un cannone, ahó! Pure la *esse*, ciài saputo métte! Useppe! Me piace. Piú di Giuseppe, mi piace. Sai la novità? Io, per me, ti voglio chiamare sempre Useppe. E adesso monta. Si va via».

E di nuovo a cavalluccio sulle spalle di Nino, si rifece di carriera la strada indietro. Il ritorno fu piú felice ancora dell'andata: giacché il mondo, persa la sua prima emozione tragica, s'era fatto piú confidenziale. Esso era, in quella corsa di Nino, come una fiera di giostra: dove, per compiere la meraviglia delle meraviglie, fecero la loro apparizione, uno dopo l'altro, due o tre cani, un somaro, vari veicoli, un gatto, ecc.

«I!... i!...» gridava Giuseppe (ovvero Useppe), riconoscendo Blitz in tutti gli animali quadrupedi che passavano, saltellanti, erranti o trainanti, e magari perfino nei veicoli a ruote. Donde Ninnuzzu prese occasione per arricchirgli ancora il dizionario con le parole *automobile* (momòbbile) e *cavallo* (vavallo); finché, stufo per oggi di fargli da maestro, lo lasciò alle sue creazioni di fantasia.

Alla loro seconda uscita, che seguí di là a pochi giorni,

andarono a vedere i treni alla Stazione Tiburtina: non soltanto dalla parte della piazza, dentro la zona aperta ai passeggeri (momòbbili... ubo...), ma anche dentro la zona piú speciale riserbata ai carri merci, alla quale si accedeva da una via retrostante. A questa zona, per il pubblico ordinario l'accesso era difeso da un cancello; ma Ninnuzzu, che contava qualche conoscenza fra gli addetti ai lavori, spinto il cancello vi entrò liberamente, come in un suo vecchio feudo. E difatti, fino dalla sua infanzia, quell'angolo del quartiere San Lorenzo era stata una sorta di riserva di caccia per lui e i suoi amici stradaioli.

Al presente momento, non ci si trovava dentro nessuno (salvo un ometto anziano, in tuta di fatica, il quale da lontano salutò Ninnuzzu con un cenno familiare). E l'unico viaggiatore visibile, sui pochi carri là in sosta, era un vitello, affacciato dalla piattaforma scoperta di un vagone. Stava là quieto, legato a un ferro, sporgendo appena la testa inerme (i due cornetti ancora teneri gliene erano stati estirpati); e dal collo, per una cordicella, gli pendeva una medagliuccia, all'apparenza di cartone, sulla quale forse era segnata l'ultima tappa del suo viaggio. Di questa, al viaggiatore non s'era data nessuna notizia; ma nei suoi occhi larghi e bagnati s'indovinava una prescienza oscura.

Il solo che parve interessarsi a lui fu Blitz, che nell'adocchiarlo fece un lieve, strascicato mugolio; però intanto, di sopra alla testa del fratello che se lo teneva issato sulle spalle, anche Giuseppe lo andava osservando. E forse fra gli occhi del bambino e quelli della bestia si svolse un qualche scambio inopinato, sotterraneo e impercettibile. D'un tratto, lo sguardo di Giuseppe subí un mutamento strano e mai prima veduto, del quale, tuttavia, nessuno si accorse. Una specie di tristezza o di sospetto lo attraversò, come se una piccola tenda buia gli calasse davanti; e si tenne rivoltato indietro verso il vagone, di sopra le spalle di Ninnuzzu che ormai, con Blitz, marciava verso l'uscita.

«Vavallo... vavallo...» gli riuscí a dire appena, con bocca malsicura; ma lo disse tanto piano, che forse Ninnuzzu nemmeno lo udiva né si dette pena di correggerlo. E qui la minuscola avventura terminò. Il suo passaggio era stato di una durata infinitesima. E già i tre risortivano sulla piazza, dove un'altra avventura inaspettata scancellò presto l'ombra della prima.

Capitava a passare di là un venditore di palloncini colorati; e divertendosi al tripudio del fratello novizio, il generoso Nino spese quasi l'intero suo patrimonio per acquistargliene uno, di colore rosso. Allora ripresero la via di casa non piú in tre, ma in quattro, se si conta il palloncino, del quale Giuseppe, con vera trepidazione, reggeva il filo... quando a un tratto, di lí a forse duecento metri, le sue dita involontariamente si rilasciarono, e il palloncino gli scappò in aria.

Pareva un dramma; però invece fu l'opposto. Difatti Giuseppe accolse l'evento con una risata di sorpresa e di letizia. E con la testa indietro e gli occhi in alto, disse, per la prima volta nella sua vita, le seguenti parole, che nessuno gli aveva insegnato:

«Vola via! Vola via!»

Simili passeggiate a tre si ripeterono ancora varie altre volte, per tutto il mese di maggio; e inevitabilmente la nuova di quel terzetto ameno, che pazziava nelle vicinanze, arrivò presto agli orecchi di Ida. Ora costei, dopo una prima scossa, se ne sentí ristorata, come a una soluzione provvidenziale; ma scegliendo, per inerzia, il non-intervento, non ne fece parola con Nino... E cosí, quelle fughe infantili filavano attraverso un intrigo doppio: giacché per Nino il loro fascino principale stava nel contrabbando, e Ida involontariamente ne favoriva la fortuna col suo silenzio.

Però di certo, anche questa novità significava un altro nodo nella matassa già scombinata di Iduzza. Piú di prima, nell'uscire di casa, essa s'affrettava, come una gatta di strada a orecchi bassi, svicolando per evitare i vicini, e le loro domande indiscrete. Le quali invero le venivano sempre risparmiate; però questa assenza generale, per lei inspiegabile, nel suo sospetto diventava una minaccia, rimandata di giorno in giorno.

Il fatto era che lo scandalo della sua maternità, da lei ritenuto tuttora un segreto, invece non era piú un segreto affatto, là nei paraggi (i piccoli compari di Nino, è chiaro, avevano mantenuto la parola fino a un certo segno); ma poi, per quei romani proletari, non era nemmeno uno scandalo. Nessuno aveva voglia di lapidare quella povera maestruccia, che si vedeva sempre scorrazzare solitaria e indaffarata, sulle sue scarpette storte; e se qualche vicina, incontrandola per caso, le citava il pupetto, non era per malignità, ma piuttosto per complimento. Lei però ne arrossiva, come se l'avessero accusata di prostituzione illegale.

126

Questi incontri con le vicine le avvenivano, per lo piú, mentre faceva la fila davanti alle botteghe di alimentari, le quali erano sempre meno fornite, e in genere vendevano dei surrogati, al posto dei prodotti autentici. Le razioni della tessera si andavano riducendo, di mese in mese, a un'insufficienza irrisoria, mentre le fami di Nino lo inferocivano al punto da trasformarlo quasi in un cannibale, pronto a mangiarsi la madre. I soli cittadini bravi a saziarsi, erano i piú benestanti, che potevano servirsi alla borsa nera; ma questo non era il caso di Ida. E da allora ebbe inizio la sua guerra privata per la sopravvivenza, che doveva svilupparsi in seguito, sempre piú feroce.

La massima parte del suo tempo, fuori della scuola, essa lo spendeva alla caccia di vettovaglie; e insieme andava mendicando lezioni private, accontentandosi, per pagamento, di una busta di latte in polvere, o di un barattolo di conserva, ecc. Queste sue giornate di cacciatrice, riducendola a uno stato di lotta primitiva, la distraevano da tutte le altre ansie diurne, che già sua madre le aveva trasmesso.

Anche Giuseppe, adesso, voleva mangiare. Il petto della madre, dopo i primi mesi, aveva esaurito il suo latte, e lui, svezzato anzitempo, già dalla fine dell'inverno andava abituandosi a cibi piú virili. Essa gli preparava delle pappe rimediate, mettendo a bollire insieme in un paioletto apposito tutto quanto poteva trovare di commestibile; e lui pieno di fiducia si nutriva di queste pappe, arrangiandosi a crescere. Pareva che soprattutto ci tenesse ad aumentare un poco di statura; ma quel poco che aveva guadagnato in lunghezza, lo aveva perso in larghezza; e appariva alquanto magrolino, benché formato con grazia. La sua faccia però si conservava tonda, con una espressione di salute dovuta al suo carattere allegro. La sua pelle, che quasi ignorava il sole, aveva per natura una tinta brunetta calabrese. E gli occhi, che ancora non avevano mai visto il mare, né il fiume, e nemmeno uno specchio d'acqua, parevano invece assorbire il loro colore in chi sa quali profondità marine, come gli occhi dei barcaioli o dei marinai.

La notte, ritirata assieme a lui nella camera matrimoniale, Ida mirava incantata il sonno di quegli occhietti, cosí beato da sembrare ignaro di sogni. Da parte sua, per contro, piú ancora dell'insonnia, che da qualche tempo la disturbava, essa temeva i sogni, i quali avevano preso a frequentarla con una profusione inusitata, sballottandola fra vicende assurde, come Alice nel Paese delle Meraviglie. Pareva che la sua veglia vera fosse diventata il sonno; e forse le sue presenti lunghe insonnie le servivano inconsciamente a rinviare quella veglia chimerica. Non appena si addormentava, come al crollo di una parete divisoria, subito ricominciava il suo notturno viaggio labirintico, senza né vuoti né riposi. Eccola qua capitata in un terreno vago, una sorta di periferia, con qualche figura provvisoria di costruzioni. Lei è la sola vestita in mezzo a una folla di gente nuda, tutta in piedi, coi corpi ammassati uno all'altro senza spazio di respiro. E lei si vergogna d'esser vestita, per quanto nessuno sembri accorgersi di lei. Tutta quella gente pare abbacinata, coi volti gessosi e fissi in un'assenza degli sguardi e delle voci, come se ogni mezzo di comunicare con loro fosse scaduto. Lei piange, cosí che il suo singhiozzo altissimo è l'unico suono presente; ma appunto perché è il solo, pare che rida...

...Ecco però che la risata non viene piú da lei; anzi, qualcuno, nascosto, ride di lei, che sta sola dritta, come una marionetta, fra certi mucchi di travi e di pietrisco. Non si vede nessuno, ma sotto quei mucchi si sente un fragore come di migliaia di denti che masticano, e sotto a questi il lamento di una creatura, che lei non può aiutare, per quanto ci si sforzi, perché i suoi gesti sono rigidi come avesse il corpo fatto di legno. Finalmente, la risata si confonde nell'abbaiare di un cane, forse è Blitz, che fruga disperato per liberare Ninnarieddu e Giuseppe. Ma a questo punto lei si trova caduta in un locale sotterraneo, dove rimbomba una musica assordante, orribilmente comica, che la costringe a ballare. E nel ballo essa deve mostrare le gambe, ma tenta di coprirsele, sapendo di avere certe cicatrici infami, che le deturpano la coscia e il polpaccio, e per le quali verrà punita fino alla settima generazione...

In questi sogni di Iduzza s'incontravano personaggi di fama internazionale (Hitler coi suoi baffetti, il Papa con gli occhiali, o l'Imperatore d'Etiopia con l'ombrellino aperto) in una promiscua ridda sociale coi suoi morti: sua madre dignitosa sotto un cappellino viola, suo padre che s'affrettava con una cartella, e Alfio in partenza con una valigia enorme. A tutti costoro, si mischiavano personaggi del passato appena intravisti: un tale detto *Fischiettu*, un altro detto *Monumentu*. E fra una tale folla, ritornava, chi sa perché, con una balorda e assurda frequenza, un attuale inquilino della Scala B, detto *Il Messaggero*, per avere, in altri tempi, lavorato da tipografo in quel giornale. Era un uomo anziano affetto dal morbo di Parkinson, il quale ogni tanto compariva nel cortile, sorretto dalla moglie o dalle figlie. Camminava a sbalzi e tremolii, sbalordito e senza espressione come un pupazzo, e nella realtà Ida, quando lo incontrava, per compassione evitava di guardarlo; mentre che il sogno, invece, glielo fotografava in piena luce, con una esattezza scientifica... E scolari, colleghi e superiori di scuola, facce familiari o quasi ignote e ghiacciate nella memoria, a miriadi popolavano le notti di Iduzza. L'unico assente era l'amante tedesco: né allora né dopo, costui non riapparve mai nei sogni della sua amante.

Sempre piú spesso, col passare dei mesi, suonavano gli allarmi notturni delle sirene: seguíti, per solito, di lí a non molto, da fragori di apparecchi attraverso il cielo. Ma erano sempre apparecchi di passaggio, diretti altrove; e le notizie di altre città italiane bombardate non rimuovevano i Romani dalla loro passività fiduciosa. Convinti che Roma fosse città santa e intoccabile, i piú lasciavano passare allarmi e fragore senza muoversi dai loro letti. E cosí pure Ida s'era assuefatta da tempo a questa abitudine; senonché gli allarmi, in casa sua, portavano lo stesso un certo scompiglio.

Di questo, la prima colpa era di Blitz, il quale sempre si elettrizzava al suono delle sirene; e di là nel salotto-studio dove stava rinchiuso, iniziava un appello febbrile e ininterrotto alla famiglia, e in ispecie al suo padrone Ninnarieddu, non rincasato ancora... Solo dopo il segnale del cessato allarme, finalmente si quietava, rimettendosi ad aspettare il suo Ninnarieddu in silenzio... Ma nel frattempo anche Giuseppe, da parte sua, s'era ridestato. E avendo confuso, forse, le voci delle sirene col canto dei galli o con qualche altro segnale del giorno, e la sveglia notturna di Blitz con una sveglia mattutina, presumeva già venuta l'ora di alzarsi, incapricciandosi in questa illusione.

Allora Ida, levandosi a mezzo dai lenzuoli, per invogliarlo al sonno gli ricantava la famosa ninna-nanna già cantata da suo padre a lei stessa e poi a Ninnarieddu: con la variante finale, adottata per l'occasione

> «... e ci compriamo gli scarpini
> per ballare a San Giuseppino».

Non sempre, tuttavia, la ninna-nanna di San Giuseppino bastava a riaddormentare Giuseppe. Certe sere, arrivati all'ultimo verso, lui le chiedeva, insaziabile, di ricantargli tutta la canzone dal principio; e dopo quella, magari, ne voleva altre, suggerendole lui stesso: «Mà, *adanciu*» (la canzone dell'arancio) oppure: «Mà, *navi*» (la canzone della nave). Era un piccolo repertorio calabrese, antichissimo, a lei trasmesso da suo padre. E lei, a dispetto della stanchezza, prendeva gusto a questo teatrino, nel quale poteva esibirsi come una vera cantante ammirata, rimandando, al tempo stesso, l'ora dei sogni notturni. Seduta a mezzo sul letto, coi capelli sciolti per la notte, replicava docilmente, a richiesta:

«... Arangiu di lu meu giardinu...»
«E volta, la *navi*, e gira, la *navi*...»

Essa era, per sua natura, cosí stonata, da non fare nessuna differenza di note, fra l'una e l'altra melodia. Tutte quante, le musicava allo stesso modo, in una sorta di cantilena agra e bambinesca, dalle cadenze stridenti. E per questo, non osava piú cantare in presenza di Ninnarieddu, il quale ormai, diventato grande, e canterino abbastanza bravo per proprio conto, non voleva sentirla addirittura, tanto che la interrompeva subito, con zittii, sarcasmi o fischi, se appena lei, fra le sue faccende di casa, involontariamente accennava un qualche motivo.

Giuseppe invece, ancora ignorante e semplice, non la criticava per la sua gola scordata. E del resto, ogni musica, per Giuseppe, era un piacere: anche le note strazianti delle radio nel cortile, o lo scampanellare del tram. Qualsiasi musica volgare, dentro ai suoi orecchiucci, si sviluppava in fughe e variazioni di chi sa quale freschezza anteriore a ogni esperienza. E anche i semplici suoni isolati (come i colori) dentro di lui riecheggiavano per tutte le loro armoniche, inviando alla sua attenzione estatica fino i loro intimi mormorii... Quando poi suo fratello Nino (con la sua voce nuova che oramai si timbrava) andava cantando per casa le sue canzonette e canzonacce, lui s'affannava, incantato, dietro a ogni suo passo: come faceva, nella famosa storiella, il suo omonimo Peppe dietro alla banda reale!

Ma piú ancora forse che dalle note, Giuseppe era ammaliato dalle parole. Si capiva che le parole, per lui, avevano un valore sicuro, come fossero tutt'uno con le cose. Gli bastava udire casualmente la parola *cane*, per ridere a piena gola, come se d'un súbito la familiare e buffa presenza di Blitz fosse lí scodinzolante sotto i suoi occhi. E perfino capitò a volte che in una parola lui già presentisse l'immagine propria della cosa, pure se questa gli era ignota, cosí da riconoscerla al primo incontro. Un giorno, al vedere, per la prima volta nella sua vita, il disegno stampato di un bastimento, esclamò, in un trèmito di scoperta: «Navi! Navi!» (La nave! la nave!)

Grazie alle sue passeggiate col fratello, la famiglia delle cose per lui s'era arricchita, sviluppandosi in nuove diramazioni naturali. I mobili e le masserizie erano case, treni. Gli asciugamani, gli stracci e anche le nubi erano *dandèle* (bandiere). Le luci delle stelle erano erba, e le stelle medesime erano formiche intorno a una mollichella (la luna).

Tendeva la mano alla stampa dell'*Hôtel des îles Borromées* e alle altre che decoravano il salotto, dicendo, trasognato: «Piazza... gente...» E aveva imparato a riconoscere suo fratello nel grande ritratto appeso alla parete: davanti al quale nominava Ino a bassa voce, con perplessità e rapimento, come Dante al contemplare le figure intagliate nella ripa.

Adesso, a chiedergli il suo nome, rispondeva serio: «Useppe». Davanti a uno specchio, ravvisandosi diceva: «Useppe». E andò a finire che, oltre a suo fratello, anche sua madre si avvezzò a chiamarlo con questo nome inedito. Il quale poi gli rimase per tutti, sempre. E anch'io qua d'ora in poi lo chiamerò Useppe, giacché questo è il nome che sempre gli ho conosciuto.

Da quando s'erano chiuse le scuole, le sue passeggiate con Nino erano finite, perché Nino, alla mattina, dormiva fin oltre il mezzogiorno, avendo fatto tardi la notte. Però sua madre s'era risoluta a portarlo talvolta (scegliendo le ore adatte) fino a un povero e solitario giardinetto non troppo lontano. Se lo caricava in collo, cercando di nascondere la propria faccia col corpicciolo di lui: spaurita, come se lungo il tragitto si rischiasse d'incontrare il babau. E arrivata al giardinetto, mentre lui giocava in terra, lei stava all'erta, seduta in pizzo sulla sua panchina, pronta ad allontanarsi intimidita se qualcuno s'avvicinava.

Ma queste passeggiate si svolgevano, per lo piú, nella

controra, quando la canicola scaccia tutti i viventi dalle strade; e una sola volta accadde che un'intrusa, a tradimento, venne a sedersi sulla panchina accanto a lei. Era una vecchiarella, tanto ridotta nelle membra e raggrinzita da parere ormai destinata all'immortalità terrestre, come i papiri delle sabbie. E aveva l'aspetto di una mendicante, però doveva trafficare nel mercato del pesce, a giudicare dal pungente odore di pesce secco irradiato non solo dalla sua sporta, ma anche dalle molte sottane, che lei portava sovrapposte all'uso zingaro, e ne parevano intrise fin sotto, in ogni piega. Rimirò il bambino, e chiese a Ida: «È vostro?» E mentre Ida la guardava forastica senza rispondere, osservò per conto suo, con una compassione crudele:

«Povera criatura. È troppo vivo, per essere troppo piccirillo. Ci camperà poco, a questo mondo».

Quindi, rivolta a lui, gli domandò: «Come ti chiami?» Col suo sorrisetto fiducioso, lui le rispose:

«Useppe».

«Ah, Peppino. Pure io tenevo una criatura come a te, piccirilla uguale, che di nome pure essa faceva Pina. Pure lei teneva l'uocchie vive com'a te, però nire».

E tratta da sotto le sue sottane una noce, che puzzava di pesce secco, gliela lasciò in regalo. Poi si rinserrò nelle sue spallucce decrepite, dicendo: «Ci fa freddo, qui all'ombra» (si era di luglio, con una temperatura di trentasei gradi). E come una lucertola alla ricerca del solleone, se ne andò via trotterellando al modo che era venuta.

Un'altra volta, in quello stesso giardinetto, mentre sedeva, al solito, sulla ghiaia polverosa, Useppe, al colore d'una maglietta, credette di ravvisare suo fratello in un ragazzo che passava sull'opposto marciapiede. Allora, come levato in una fiamma di esultanza, gridando: «ino! ino!» subitamente si alzò in piedi verso quella visione e mosse qualche passo da solo! E poiché Ida, impaurita che cadesse, si precipitava su di lui per aiutarlo, lui, che frattanto s'era accorto dell'abbaglio, le mostrò una faccia meravigliata e amara, come un pellegrino del deserto che avesse inseguito una morgana: senza nemmeno rendersi conto, nell'urto della sua doppia emozione, che in quel momento, non aiutato da nessuno, lui aveva mosso i primi passi della sua vita.

Da allora, un giorno dopo l'altro, quasi del tutto da solo, imparò a camminare. E le sue esplorazioni per la casa presero una nuova dimensione inebriante. Spesso sbatteva contro i mobili, o cadeva; ma non piangeva mai, sebbene non di rado si facesse male, tanto che il suo corpo, come quello di un eroe, portava le ferite delle sue imprese. Quando cadeva, rimaneva per un poco ammutolito in terra; poi dava un piccolo brontolio, e si rialzava; e dopo un momento rideva, contento come un passero che riapre le ali.

Ninnarieddu gli regalò una minuscola palla giallo-rossa, spiegandogli che erano i colori della *Roma* (la squadra di calcio) e che di conseguenza la palla essa pure si chiamava Roma. Quello era l'unico giocattolo da lui posseduto, oltre alla noce che gli aveva dato la vecchietta, e che lui stesso fin da principio escluse gelosamente dai generi commestibili, giudicandola una noce distinta e speciale. In casa la chiamavano *Lazio*, per non confonderla con la pallina *Roma*; e fra Useppe, *Roma* e *Lazio* si svolgevano degli autentici tornei, ai quali spesso si mischiava Blitz, e, nei giorni piú fortunati, anche Nino.

Costui s'era fatto, invero, piú che mai girovago; e le poche ore che passava in casa, per lo piú dormiva, cosí beatamente che nemmeno quei continui tornei della famiglia non disturbavano il suo sonno. Le sue notti, a quanto lui dichiarava, erano tutte impegnate in una sorta di servizio di pattuglie, svolto da avanguardisti moschettieri, tutti scelti e volontari, come lui, per sorvegliare i regolamenti di guerra, e in particolare l'oscuramento. Ogni volta che un chiarore proibito trapelava da qualche finestra o fessura, essi in coro gridavano dalla strada l'avvertimento minaccioso: «Luce! Lucee!» E in proposito, lui raccontava il suo divertimento di andare a gridare invece: «Duce! Ducee!» apposta, godendo della rima, sotto le finestre (in verità, bene oscurate) del suo professore di greco, sospetto di antifascismo.

Questa era la piú innocua fra le diverse imprese, mezzo buffonesche e mezzo brigantesche, da lui vantate allora: le quali potevano, però, in parte, essere anche delle fandonie. Autentico, in realtà, era il suo gusto di sbandarsi in quelle notti di tenebra, magari solo, senza mèta né programma: in ispecie durante gli allarmi, quando i divieti e la prudenza cacciavano tutti quanti dentro le case. Allora, la città deserta gli piaceva come un'arena, dove lui toreava, eccitato dai muggiti delle sirene e degli aerei, facendosi gioco della norma generale. Come in una partita, si divertiva, con la propria agilità, a sfuggire alla sorveglianza delle pattuglie

armate, che talora sfidava fischiettando canzonette ai cro-
cicchi delle vie. E se era stanco di scorrazzare, andava a sedersi su un pilastro o sui gradini di un monumento, per
fumare una sigaretta e mostrarne la punta accesa verso il
cielo, apposta, al passaggio delle squadriglie aeree; insul-
tando a voce alta quei piloti invisibili con le piú sporche
parolacce di Roma; e conchiudendo: «E mó, spara! bom-
bàrdame! annàmo, spara!!»

In realtà, oramai gli s'era messa addosso una smania, e
cominciava a spazientirsi di stare ancora a fare gli esercizi,
il giorno, coi manipoli e le squadre dei ragazzini. Davvero
gli sarebbe piaciuto che uno di quei piloti notturni, come in
un fumetto di avventure, rispondesse alla provocazione della sua sigaretta accesa atterrando col suo paracadute là, davanti a lui, per ingaggiare una lotta corpo a corpo. O che
davvero la minaccia sospesa di quelle notti prendesse carne, diventando un toro infuriato, contro cui dar prova d'audacia e di strafottenza invulnerabile. Saltandogli d'intorno,
e correndogli sotto le zampe, e volandogli al di sopra, e
pungendolo da tutte le parti; e non lasciandogli posa, e
guizzandogli davanti, e riapparendogli da due lati quasi
contemporaneamente fino a moltiplicarsi alle sue pupille e
farlo impazzire, come se non un solo Nino gli fosse contro,
ma cento. E in questa ronda della sua pazzia trafiggerlo nel
petto; e davanti alla sua carcassa agonizzante e insangui-
nata ridiventare uno: Io, Ninnarieddu, l'Incolume, l'Asso
della Corrida!

Questa, naturalmente, non è che una ricostruzione parziale dei misteriosi vagabondaggi di Ninnarieddu in quelle
notti; né io saprei darne altre notizie. È un fatto che solo a
intervalli – e non sempre, come lui pretendeva in famiglia –
lo si trovava effettivamente di picchetto o in perlustrazione
per le vie della città, col suo gruppo di camerati in divisa.
Era questo, difatti, per quanto ne so io, uno speciale servizio d'ordine e d'onore che si assegnava a turno, come una
occasione distinta. E fu proprio in una di tali occasioni che
il moschettiere Ninnarieddu concepí e mise in atto una sua
personale impresa storica. La quale obbligatoriamente, al-
l'epoca, fu da lui tenuta occulta; e rimase, anzi, un mistero
di Roma!

Sembra che, durante una serie di notti, alla sua squadra
fosse toccata di guardia la zona intorno al Vittoriano, proprio sui limiti di Palazzo Venezia, dove in una sala detta *del*

Mappamondo teneva l'ufficio il Duce. Prima della guerra, ci si vedeva il finestrone del Duce sulla piazza sempre acceso, per dare a intendere al popolo che il Duce (chiamato pure *l'Insonne*) stava là dentro ininterrotto a lavorare, come una Vestale perpetua: la quale, mentre la notte tutti dormono, lei non dormiva mai. Però da quando era scoppiata la guerra, causa le norme dell'oscuramento, anche quel finestrone era nero. Tutto era nero, nella notte, per quelle strade. Il buio nero formicolava di poliziotti neri, e Ninnarieddu stesso aveva la camicia nera, i calzoni neri, il berretto nero, ecc. Ora una di quelle notti, chi lo sa in che modo, Nino riuscí a sviarsi da solo di dietro a quei palazzi storici, come un masnadiero che scorrazza al centro del mondo: portando, nascosto addosso, un barattolo di vernice nera con un pennello! E, di soppiatto, in fretta e furia tracciò a grandi lettere sul muro la seguente scritta:

VIVA STALIN.

Non perché gli fosse simpatico Stalin: il quale anzi, a quell'epoca, gli pareva il nemico principale. Ma cosí, per strafottenza. Ci si sarebbe divertito lo stesso a scrivere VIVA HITLER sulle mura del Cremlino.

Quindi, eseguita l'azione, prontamente se la svignò, contento di figurarsi l'effetto che avrebbe fatto, spiccando sul muro alle prime luci dell'alba, la propria opera d'arte.

L'inverno 1942-43 (terzo inverno di guerra a Roma) fu squallido e famelico. Ida seguiva le sue solite occupazioni in uno stato di torpore, dovuto in parte al nutrimento scarso, e in parte a certi sonniferi che aveva preso a usare quotidianamente dopo l'ultima estate. Nella composizione, essi non erano molto diversi da quelli che l'avevano aiutata, in passato, contro le sue crisi infantili; però adesso le servivano a darsi qualche riposo nelle sue notti snervanti. Grazie a questi medicinali, presi dopo cena, essa attualmente, ogni sera, quasi appena coricata nel suo letto, scendeva in un lungo sonno, apparentemente vuoto di sogni.

In realtà, io credo, essa sognava; ma le vicende sognate trascorrevano in un doppio fondo cieco della sua immaginazione, inaccessibile alla conoscenza. E questa sorta di sdoppiamento le durava poi nella veglia, per tutto il giorno dopo, in quel suo stato di torpore trascinato oltre la notte.

C'era una Iduzza assente, imbambolata, quasi estatica, che assisteva alle fatiche dell'altra Iduzza: la quale balzava al suono della sveglia, andava e veniva per lezioni, ripetizioni, file alle botteghe, tram e quartieri, secondo una qualche norma prefissa... Però questa seconda Iduzza, benché fosse colei che agiva, era, stranamente, fra le due, la piú fantomatica: come se lei, piuttosto che l'altra, appartenesse alla natura subdola di quei sogni notturni che le sfuggivano, ma forse non cessavano di vulnerarla.

Da quando era nato Useppe, nel timore d'incontrare la vecchia Ezechiele (edotta ormai del suo segreto scandaloso) essa aveva alquanto diradato le proprie visite al Ghetto. Ci si recava solo in certe estreme contingenze economiche, allo scopo di vendere laggiú qualche oggetto usato di famiglia. Ma erano visite rapide e quasi clandestine, tanto piú che, da ultimo, per gli Ebrei pure il loro antico mestiere di robivecchi era proibito, e conveniva esercitarlo di nascosto. Non si dava piú il caso, in quelle scappate, d'incontrare Vilma; né di scambiare discorsi o chiacchiere. L'unico notiziario politico di Iduzza era bloccato.

E cosí, le ultime notizie della guerra (adombrate appena dai suoi reticenti colleghi della scuola) a lei pervenivano principalmente attraverso la propaganda di Nino. In Africa, in Russia, i Nazifascisti si ritiravano disastrosamente. Però, simili ritirate, a quanto Nino riferiva, erano solo un trucco, predisposto dai Comandanti del Reich per la grande riuscita della sorpresa finale: l'Arma segreta!! Questa, che Ninnuzzu chiamava l'Arma Ics, o Zeta, o Acca, secondo l'estro dei giorni, si andava ultimando, intanto, nelle fabbriche sotterranee della Slesia e della Ruhr, e presto (forse non oltre la prossima primavera) era pronta. Annunciata dall'allarme universale di tutte le sirene, in un attimo essa avrebbe concluso la guerra, con la vittoria definitiva del Reich e l'avvento del suo dominio su tutti i popoli.

In che cosa, poi, consistesse, e come agisse, quella macchina sublime, era, appunto, un segreto, riservato ai soli Capi: per quanto tuttavia Ninnarieddu, al tono, lasciasse intendere di esserne a parte anche lui, tenendolo nascosto lí sotto il suo ciuffo di ricci; senza, naturalmente, farne cenno in famiglia, trattandosi di un segreto militare.

Soltanto in certi giorni di noia, si degnava di comunicare trionfalmente che gli Alti Comandi del Reich avevano posto un ultimatum ai paesi nemici: o resa totale incondizionata, oppure, dentro ventiquattr'ore, lo scoppio dell'Arma Ics. Le popolazioni, però, non dovevano sapere niente, fino all'ora Ics: doveva essere una sorpresa, per loro. E qui, per fare un'imitazione del prossimo scoppio, Ninnuzzu si dava a produrre con le labbra quei rumori indecenti, di buffoneria perversa, che ricevono nomi differenti secondo le regioni; ma dei quali i ragazzi di tutti le regioni sembrano inebbriarsi.

In verità, la sua fretta non era che la guerra finisse, ma piuttosto che la guerra incominciasse anche per lui. Gli pareva ingiusto di venir privato tuttora di questa occasione eccezionale e formidabile: lasciato fuori, come un paria, nella categoria degli imberbi.

E tanto più, che attualmente lui non era più un imberbe: anzi, ostentava di farsi la barba tutti i giorni, usando, per l'operazione, un vero rasoio da barbiere, a lama lunga d'acciaio: che era poi precisamente quel famoso coltelluccio multiplo, dai vari usi, lasciato dal soldato Gunther a Ida.

Già da tempo Ninnuzzu l'aveva scovato nella cassapanca, un giorno, mentre frugava la casa in cerca di oggetti e rottami di ferro o altro metallo da offrire alla patria (secondo l'invito del Regime alla popolazione per la fabbrica delle armi da guerra). E, credendolo magari una proprietà di nessuno capitata là chi sa come e quando, se n'era impadronito senza darne conto a sua madre; ma invece di offrirlo al governo, se l'era tenuto per sé.

Accadde una mattina che Ida, mentre lui si radeva, gli scorse quel rasoio dardeggiante fra le dita, e in una reminiscenza istantanea le parve di riconoscerlo, tanto che si sentí impallidire; ma tralasciò d'indagare su questa riapparizione inquietante, per dimenticarla subito, come i suoi sogni.

Quel coltelluccio accompagnò poi Ninnuzzu ancora per molti mesi, nelle sue successive avventure: finché un giorno gli fu rubato, o andò perso.

.....1943

Gennaio-Febbraio

In Russia, il crollo del fronte del Don, travolto dai Sovietici, segna la fine rovinosa del corpo di spedizione italiano. Forzati dai capi nazifascisti a una resistenza impossibile, e poi lasciati allo sbaraglio senza ordini, né mezzi, né direzione, i soldati della CSIR e dell'ARMIR finiscono dispersi e insepolti nella steppa gelata.

Sul Baltico, dopo 17 mesi di assedio, l'Armata Rossa libera Leningrado. Il numero dei cittadini morti durante l'assedio è di 630 mila.

A Stalingrado, resa definitiva dei Tedeschi superstiti nella città accerchiata dalle forze russe e ridotta a un deposito di cadaveri. (Ore 14,46 del 2 febbraio: *A Stalingrado piú nessun segno di combattimento*).

In Africa Settentrionale, le colonie italiane di Tripolitania e Cirenaica, abbandonate dagli Italo-Tedeschi, vengono soggette all'amministrazione militare alleata.

La resistenza jugoslava contro gli occupanti dell'Asse va estendendosi alla Grecia e all'Albania.

Dagli Stati Uniti si comunica che, fra i lavoratori delle fabbriche belliche, si contano oltre 4 milioni di donne.

In Germania, un'ordinanza obbliga ai lavori per la difesa del territorio tutti i tedeschi maschi dai 16 ai 65 anni, e femmine dai 17 ai 45.

Marzo-Giugno

In Italia, per la prima volta nell'epoca fascista, ha luogo uno sciopero operaio. Lo sciopero, indetto dai lavoratori della Fiat di Torino, si estenderà alle altre industrie del Nord. Si intensifica l'organizzazione clandestina dei partiti contrarii al regime, con particolare attività del partito comunista.

A Varsavia, al termine di una disperata rivolta dei superstiti prigionieri del Ghetto, gli occupanti nazisti incendiano e radono al suolo il quartiere.

Conclusione della guerra in Africa, con la resa definitiva dell'Asse agli Alleati, i quali hanno ormai la strada aperta verso l'Italia.

La tattica navale americana prevale nel Pacifico sui Giapponesi, che subiscono una serie di sconfitte.

A riprova che l'URSS rinuncia ai piani di rivoluzione mondiale e in favore della coalizione con le Potenze occidentali, Stalin scioglie il Comintern.

Luglio-Agosto

Nuove disfatte delle Panzerdivisionen sul fronte sovietico, e sbarco in Sicilia delle forze alleate, che rapidamente occupano l'isola. A

Roma i gerarchi concertano di estromettere il Duce nell'intento di trattare con gli Alleati per il salvataggio dei propri interessi. Analogo progetto da parte del re, per il salvataggio della propria corona. Riunione del Gran Consiglio fascista, dove, per la prima volta nella storia di questa istituzione, si vota a maggioranza contro il Duce. Ricevendolo a Villa Savoia, il re comunica al Duce il suo avvenuto licenziamento e all'uscita lo fa arrestare dai carabinieri. Dopo vari trasferimenti, il prigioniero sotto scorta viene tradotto in una località isolata del Gran Sasso.

In luogo del Duce destituito, il re assume Badoglio, generale monarchico del Regime e conquistatore di Addis Abeba: il quale contemporaneamente proclama la fine del fascismo e la continuazione della guerra a fianco dei nazisti, ordinando alle truppe e alla polizia repressioni feroci contro ogni tentativo di riscossa popolare. Frattanto, il generale e il re trattano segretamente, da una parte con gli Alleati, e dall'altra coi tedeschi.

Festa in tutta Italia per la fine della dittatura, mentre forti contingenti hitleriani si ammassano alla frontiera, pronti a intervenire nella penisola.

Settembre-Ottobre

Firma dell'armistizio con l'Italia, annunciato dalla radio alleata. Il re d'Italia, il Governo e lo Stato Maggiore fuggono verso il sud già occupato dagli alleati, abbandonando al caso l'esercito, Roma e il resto dell'Italia. Per ordine del Führer, il prigioniero Mussolini viene liberato da una formazione di paracadutisti hitleriani che calano sul Gran Sasso a bordo di elicotteri. Capeggiata da Mussolini, sotto il controllo di Hitler, viene fondata nel Nord d'Italia la repubblica nazifascista di Salò.

Sbandamento dell'esercito italiano tanto nella penisola che nei territori già occupati dall'Asse, dove i reparti italiani vengono massacrati dai Tedeschi oppure deportati in Germania per i lavori forzati nell'industria di guerra. Quelli che riescono a sfuggire cercano scampo verso il sud d'Italia oppure si uniscono alle bande partigiane locali.

Gli Alleati, dopo uno sbarco a Salerno, arrestano la propria avanzata a nord di Napoli. Al di sopra di questa linea, tutta l'Italia è sotto l'occupazione militare tedesca. Incominciano a formarsi, specie nel nord, gruppi di resistenza armata contro gli occupanti.

Attraverso l'ambasciata spagnola, il governo regio e badogliano del sud comunica l'avvenuta dichiarazione di guerra dell'Italia alla Germania, mentre la repubblica di Salò nel nord emette bandi di chiamata alle armi per la formazione di un esercito nazifascista.

Nuovi scioperi degli operai nelle industrie del Nord.

Come negli altri territori occupati, anche in Italia i Nazisti procedono alla «soluzione finale del problema ebraico».

A Mosca, viene deciso di sostituire l'*Internazionale*, inno ufficiale dell'URSS, con un nuovo inno in lode della «Grande Russia».

Novembre-Dicembre

In Italia, rappresaglie sanguinose dei Nazisti, coadiuvati dalle squadre fasciste, che sono rientrate in azione al servizio degli occupanti.

Nelle città e campagne del centro e del Nord, si va organizzando la resistenza armata dei partigiani, coordinata dai partiti clandestini, e in ispecie dal partito comunista.

Si esaurisce la controffensiva tedesca in Russia. Violentissimi bombardamenti su Berlino. I *Tre Grandi* (Churchill, Stalin, Roosevelt) s'incontrano a Teheran . . . . .

Dove andiamo? dove ci portano?
Al paese di Pitchipoi.

Si parte che ancora è buio, e ci s'arriva che già è buio

È il paese dei fumi e delle urla

Ma perché le nostre madri ci hanno lasciato?
Chi ci darà l'acqua per la morte?

1.

La statura di Nino, in quell'anno, s'era fatta molto piú alta. E il disegno del suo corpo s'adattava a questa crescenza in un modo sbandato, cambiando senz'ordine né misura: con effetti di sproporzione e sgraziataggine, i quali, però, nella loro durata passeggera, gli davano un'altra grazia. Come se la forma della sua infanzia si rivoltasse, in una lotta drammatica, prima di cedere alla sua impazienza di crescere.

Quando si guardava allo specchio, faceva delle smorfie furenti, mirate da suo fratello Useppe (che gli andava sempre dietro) con interesse profondo, come al circo. Il motivo principale della sua rabbia era il suo vestiario, tutto rimediato e scombinato nella impossibile gara con la sua crescita. E per dispetto, certi giorni, usciva camuffato con indumenti stravaganti: per esempio, un asciugamano sporco a uso di sciarpa, una vecchia coperta di lana sulle spalle e in testa un cappellaccio mezzo sfondato di suo padre: da somigliare a un capraro e a un bandito. E era capace di presentarsi pure a scuola in questo costume.

Sempre affamato, andava frugando nella credenza di cucina e dentro le pentole, arrivando a mangiare le pietanze prima che finissero di cuocersi, tanto era fanatico. Una sera arrivò sventolando come uno stendardo, senza nemmeno preoccuparsi di nasconderlo, un enorme pezzo di stoccafisso, che aveva rubato, disse, a Piazza Vittorio, perché aveva voglia di mangiare baccalà con le patate. Ida, spaventata nel suo rispetto per le leggi, rifiutò di cucinarlo, dicendogli di riportarlo indietro; ma lui dichiarò che, se lei non lo cucinava, lui se lo sarebbe mangiato crudo tutto intero, là sull'istante. Allora Ida come una martire lo cucinò; ma non volle mangiarne. E beati ne banchettarono lui, Useppe e Blitz.

Questo furto con destrezza significò, per lui, la scoperta di un nuovo divertimento. Un'altra sera arrivò con una collana di salsicce intorno al collo, e un'altra sera con sulla spalla un pollastro vivo: dicendo che avrebbe pensato lui a ammazzarlo e a spennarlo, e Ida poi l'avrebbe cucinato. Ma siccome il pollastro si rivelò immediatamente un animale buffo e ardito (che invece di scappare cantava, beccava nella chioma di Nino come fosse un'erba, e giocava a acchiapparella con Useppe e con Blitz) Nino gli si affezionò e non volle piú farlo morire. Cosí, nei giorni seguenti, il pollastro rimase ad abitare in casa come un pensionante, minacciando gli scarafaggi con le ali spalancate, saltando sui letti e sporcando ovunque. Finché Ida si risolse a scambiarlo con qualche scatoletta di sardine.

Adesso (oltre alla macchia di essere, lei maestra, quasi la involontaria complice di latrocinii) Ida, ogni volta che Ninnuzzu tardava, si faceva smorta, pensando che l'avessero scoperto in flagrante. Ma lui diceva, garantendosi, che in questo caso avrebbe mostrato il fazzoletto nero, con un teschio stampato sopra, che portava al collo: dichiarandosi moschettiere del Duce, autorizzato alle requisizioni alimentari.

Quella, per Nino, fu la stagione della smania. L'invernaccio maledetto contrastava le sue scorribande diurne e notturne per le strade; e certe sere, mancando anche di soldi per il cinema, il ragazzo era forzato a rimanere in casa, coricandosi presto. Siccome però il fratellino e il cane si addormentavano prima di lui, lui, solo, privato pure di quei suoi fedeli gnomi, fino all'ora di dormire non sapeva dove mettersi né come sfogarsi. Tanto che si riduceva perfino a discorrere con sua madre, magnificando loquace le trame degli ultimi film, o l'èra futura del grande Reich, o l'arma segreta; mentre che lei, seduta alla tavola di cucina, già sotto l'azione dei suoi sonniferi, piegava le palpebre appesantite e crollava giú la testa, fino a urtarla contro il marmo della tavola. Nella sua oratoria fanciullesca, frattanto, lui non stava fermo un attimo, come a una urgenza infrenabile che volesse esprimersi da tutti i muscoli del suo corpo. Ora prendeva a calci uno straccio che gli capitava fra i piedi, e ci si dava con veemenza per tutta la cucina, come su un campo di football; ora scagliava un pugno, e poi un altro, nell'aria, come su un ring... Finché, dopo un vano fischio rivolto a sua madre, avuta la prova che lei dormiva, rinunciava a parlare da solo e se ne andava nella sua stanza, ingrugnato.

Nemmeno la lettura dei suoi giornaletti sportivi, e romanzi avventurosi o scandalosi, non riusciva piú a divertirlo; anzi, aumentava la sua smania, attizzandogli la voglia dell'azione, o di fare l'amore. A questo punto, certe sere, usciva in istrada, anche sotto la pioggia, puntando sulla fortuna d'incontrare qualche compagnia raminga, magari anche una infima puttanella sperduta che, per simpatia dei suoi riccetti, lo ricevesse gratis nella propria cuccia, oppure (se non aveva fissa dimora) lo seguisse zitta su per le scale al sesto piano, fino al suo divanoletto. Dove Blitz, già opportunamente ammaestrato per queste evenienze, li accoglieva senza emettere suono, salutando a malapena con la coda.

Ma simili fortune, che gli erano capitate, in realtà, nella buona stagione, e anche un paio di volte verso Natale, si ripetevano assai raramente. Di regola, Ninnarieddu incontrava solo il deserto gelato della pioggia e delle tenebre. E rincasava solo, tutto bagnato, per coricarsi a testa in giú contro il cuscino, arrabbiato di dover dormire cosí presto! mentre la vita, con le sue cucce d'amore, le sue bombe, i suoi motori, le sue stragi, ancora imperversava dovunque, allegra e sanguinosa!

La scuola, ormai, gli era diventata una costrizione impossibile. E non di rado, al mattino, specie nei giorni di maltempo, dopo avere risposto borbottando all'usuale chiamata di Ida, partita lei si rivoltava dentro le coperte, per seguitare a dormire voluttuosamente altre due ore almeno, senza curarsi della lezione perduta. Quando poi s'alzava (tutto carico d'energie libere e fresche, felice di aver fatto vacanza) perfino gli inquilini del piano di sotto ne prendevano paura, e si davano a protestare picchiando nei soffitti con la scopa. La casa si trasformava in uno stadio, in un circo, in una giungla. Il massimo divertimento della mattinata stava nelle ricerche di *Roma* e di *Lazio*, fatalmente soggette a sparire nella foga delle solite gare, che a questo punto diventavano una caccia epica. Si spostavano mobili, si rovesciava, si esplorava, si frugava, e si buttava tutto all'aria: finché Blitz risbucava impolverato da qualche anfratto recando fra i denti le prede ritrovate: esultante, e applaudito come un campione.

Tali sfoghi bambineschi non consumavano, ma anzi esasperavano, la turbolenza di Nino, portandolo all'eccesso, come una tribú aizzata dalle proprie urla. Nel mezzo di quelle gare sballate, in una allegria furiosa e quasi tragica, lui si buttava a correre le stanze, imitando gli zompi e i ruggiti dei leoni, delle tigri e delle altre fiere. Poi balzava su una tavola gridando: «Attenzione! Tutti al muro!! Fra tre secondi scocca l'ora H! Tre... due e mezzo... due... uno e mezzo... uno... ORA H!!! Heil Hitler!» con tale feroce verisimiglianza che perfino Blitz ristava perplesso, e Useppe esplorava in aria, aspettandosi di veder comparire la famosa ORA H, che per lui s'identificava con una sorta di *lioplano*.

Nei dopopranzi, a volte, perseguitato dai bronci di Ida, Ninnuzzu si sedeva al tavolino, per fare i còmpiti di scuola. Ma subito incominciava a sbadigliare, quasi avesse la malaria. E mentre sfogliava i libri con uno sguardo amaro, come non sapesse quale uso farne, ogni tanto ne stracciava dei pezzi di pagina e li masticava, risputandoli poi subito per terra. Infine, nauseato da quel martirio assurdo, si alzava dicendo che prima di mettersi a studiare aveva bisogno di prendere aria. Blitz accorreva, entusiasta della decisione; e fino all'ora di cena i due non si rivedevano a casa.

Spesso però, sebbene a malincuore, lui rinunciava alla compagnia di Blitz, per muovere piú sciolto alle sue azioni; e queste azioni, anche se erano soltanto delle andate al cinema o in tram, balenavano minacciose e nefande alla mente perplessa di Ida. Gli si era sviluppato, fra l'altro, un carattere rissoso. Una volta, arrivò con le nocche della destra insanguinate; e disse che aveva menato a uno, il quale aveva insultato il Duce. E in che modo lo aveva insultato? Aveva detto che il Duce oramai era un vecchietto, d'una sessantina d'anni all'incirca.

Un'altra volta, ritornato a casa con uno strappo nella maglia, disse che s'era azzuffato per gelosia. Gelosia non sua propria, ma d'un altro, fidanzato d'una tale, che s'era ingelosito di lui.

Un'altra volta ancora, si presentò a casa con un occhio nero. E disse che aveva affrontato da solo due individui, e avevano fatto a botte, uno contro due. Ma chi erano costoro? E che ne sapeva, lui, chi erano? Erano due stronzi, mai conosciuti prima, che mentre lui passava, col cappello calato e la sua coperta addosso, s'erano urtati il gomito, dicendosi fra loro: «Anvedi er Negus?!»

Quell'occhio abbottato (avendogli Ida rifiutato i soldi

per un paio d'occhiali neri) gli fu pretesto per non farsi vedere a scuola durante alcuni giorni. Ma oramai, del resto, le sue assenze da scuola erano piú numerose delle sue presenze; e per proprio conto, lui stesso poi si firmava le giustificazioni col nome di sua madre. Al preside, che infine lo invitò a presentarsi accompagnato o da suo padre, o da sua madre, insomma dal Capo responsabile della famiglia, lui spiegò che di famiglia lui aveva soltanto un fratellino piccolo, e un cane, e una madre vedova (occupata tutti i giorni come insegnante alla scuola); e che quindi il capo responsabile della famiglia era lui. Dopo di che, siccome il preside (uomo spavaldo, chiomato di bianco, ostentante modi giovanili e camerateschi) era un fascista decorato, che inoltre si chiamava Arnaldo come il fratello di Mussolini, pieno di fiducia gli chiese, approfittando di questo colloquio, una raccomandazione per venire súbito ammesso volontario nella guerra. Ma il preside gli rispose che, alla sua età, finché la Patria non lo chiamasse, il suo dovere di fascista era, intanto di studiare; che la Patria non si serve solo sui campi di battaglia, ma nel chiuso delle aule e delle officine, ecc. E per concludere, nella fretta di levarselo di torno, citandogli il motto del Duce *Libro e moschetto*, con un saluto romano lo congedò.

Allora, dopo essersi chiuso l'uscio della presidenza alle spalle, Nino, pieno di strafottenza e di rabbia, si rivolse a salutare quell'uscio con una mossaccia oscena.

Lo strazio delle lezioni lo rendeva quasi pazzo. Il banco gli era troppo stretto, e, anche senza accorgersene, ogni poco dava spinte, o sospirava. Di tutti gli argomenti che si trattavano in classe, a lui non importava assolutamente nulla: gli pareva comico che della gente si riunisse là dentro per questo, sprecandoci intere mattinate. E lo prendeva la tentazione, proprio fisica, di erompere sui banchi buttando tutto all'aria, e dandosi alle imitazioni della tigre e del leone, come faceva a casa. Allora, non sapendo piú come salvarsi da simile tentazione, d'un tratto fingeva una tosse cavernosa, apposta per essere mandato nei corridoi.

Perché la sua presenza disturbasse meno, i professori lo avevano messo da solo, come un reprobo, a un ultimo banco in fondo. Ma, occupata da lui, quella solitaria dimora non pareva piú una gogna: piuttosto, la gabbia singola di un galletto in un recinto comune di pulcini. E da quell'isolamento speciale, la sua presenza, per gli altri, era ancora piú mordente: attizzando la compiacenza vassalla, quasi innamorata, che i suoi compagni in generale provavano per lui.

Quando un estro lo prendeva, lui era capace, con la sua bravura, di mobilitare tutta la classe. Cosí, una mattina di scirocco, per variare la lezione di greco, a un certo punto prese l'iniziativa di spingere senza parere, puntandolo coi piedi, il banco davanti al proprio. E al suo segnale, già stabilito prima, gli altri suoi complici lo imitarono in un accordo collettivo; cosí che fra un silenzio impunito tutta la schiera dei banchi incominciò ad avanzare, come la foresta di Dunsinane, verso la cattedra dell'insegnante. Il quale, sempre in colpa per i suoi pensieri politici sospetti, snervato dalle angustie e mezzo allucinato dalla fame, a quel fenomeno mostrò una faccia smorta, quasi che davvero, per un momento, si sentisse inchiodare, come Macbeth, al punto segnato dal destino.

Ma certe risorse miserrime da ginnasiale non bastavano piú alla noia di Ninnuzzu, la quale, verso l'equinozio di primavera, diventò tragica. Durante le ore di lezione, lui sbadigliava di continuo; e quando, con buona volontà, ricacciava indietro gli sbadigli, dallo sforzo era costretto a digrignare i denti o a fare delle boccacce spaventose. Involontariamente gli succedeva d'allungarsi sul sedile del banco come su un triclinio; e redarguito, per questo, dall'insegnante, nel ricomporsi prendeva un'aria sinistra, da assassino nel vagone cellulare.

Non resistendo alla voglia incessante di fumare e di muovere i piedi, s'inventò (come scusa per uscire piú spesso dall'aula) che soffriva d'una sorta di dissenteria. E cosí andò a finire che buona parte delle sue mattinate scolastiche lui le passava nei cessi. Dove si attardava a fabbricarsi con delle cartine e degli scarti di tabacco rimediato le sue sigarette di guerra, succhiandole poi, con furia e voluttà, fino all'ultimo brandello rognoso che gli bruciava la mano. Quindi, se ne aveva la fantasia, si divertiva a sconciare il luogo, decorandone un uscio, o un angolo di parete, con qualche disegno anonimo di nefandezza favolosa. E quando, con suo comodo, rientrava in aula (come anche già prima all'uscirne) non si dava la pena di recitare la sua parte d'infermo; ma anzi, aveva un'aria fiera e anarchica. Cosí che i compagni lo guardavano con occhiate ridarelle di ammirazione e di omertà.

Uno di quei giorni, durante un intervallo il preside lo fece chiamare per avvisarlo che, all'indomani, se non si presentava accompagnato dalla madre, non sarebbe stato ammesso in classe. Lui disse: Va bene, e rientrò in aula. Ma, non appena rientrato, subito si pentí di esserci; e addusse il solito motivo del suo morbo, per farsi mandar fuori. Stavolta, però, uscito dall'aula, non si avviò ai cessi; ma scese la scalinata, e, passando davanti alla portineria, disse: *Permesso speciale!*, con una tale grinta che il portiere stesso ne ebbe paura, e non osò discutere. Siccome il cancello era chiuso, lo scavalcò. E appena fuori, pisciò contro il muro di cinta: dando con questo, alla scuola, il suo ultimo addio.

La sera stessa, annunciò a Ida che lui, oramai, sapeva tutto lo scibile, e smetteva la scuola. Tanto, presto avrebbe dovuto smetterla lo stesso, per fare la guerra. Finita la guerra, poi, se ne sarebbe riparlato.

Questa notizia ebbe il potere di riscuotere Iduzza, per qualche minuto, dalla sua fiacchezza serale, e perfino di rimescolare certe sue ambizioni estreme. In fondo, la sua prima idea, quando Ninnuzzu era piccolo, sarebbe stata di vederlo diventare un grande professore, uno scienziato, un letterato, o insomma un professionista importante; ma le rimaneva, a ogni modo, l'impegno irrinunciabile di farne un laureato. Nessun'altra spesa le pareva altrettanto necessaria; finché, da ultimo, per non intaccare, almeno, il suo famoso tesoro nascosto nel busto, s'era disfatta dei suoi piccoli ori, di vari mobili di casa e d'ogni altro oggetto vendibile: fino ai materassi di lana, che aveva scambiato con altri di kapok e con qualche chilo di pasta.

All'annuncio catastrofico di Nino, addirittura parve gonfiarsi fino nei capelli, come certi piccoli animali indifesi quando assumono l'aspetto terrificante. Secondo il solito, in una povera e buffa riesumazione di sua madre Nora, ritrovò sulle proprie labbra le tragiche invettive dei figli di Sion contro Tiro o Moab... E fra questi improperii e lamentazioni, si sbatteva qua e là per la cucina, quasi sperasse che dalla cappa del camino, o da sotto l'acquaio, davanti a lei spuntasse una qualche forma di alleanza, o di aiuto... Ma non c'era niente da fare: essa era sola, a combattere contro Nino. E le sue proteste, a lui, facevano, piú o meno, l'effetto che farebbe la voce di un grillo o di una ranocchia a un pistolero che cavalca nella pampa.

I suoi pochi interventi, nell'accanito monologo di Ida,

erano solo per dirle, con voce di conciliazione: «Insomma, a' mà, quando la pianti?», finché alla lunga, dando qualche segno d'impazienza, se ne andò nel salotto studio. E Ida lo seguí.

Allora esasperato lui si dette a cantare come un coro immenso, per non piú sentirla, gli inni fascisti; improvvisandoci sopra, per far peggio, delle varianti oscene. A questo, la paura, com'era prevedibile, anníentò Ida. Diecimila poliziotti immaginari sprizzarono dal suo cervello dentro quella stanza esplosiva, mentre da parte sua Nino, fiero del proprio successo, attaccava addirittura *Bandiera rossa*... Né poteva mancare l'accompagnamento di Blitz: il quale, sconcertato da quel dialogo ineguale, dava in latrati matti e spersi, come vedesse in cielo due lune.

«... basta. Vattene pure... alla guerra... dove vuoi...» prese a ripetere Ida, in disparte, con la gola secca. La sua voce era appena un mormorio. E traballando come un fagottello, essa si lasciò cadere su una sedia.

Frattanto Useppe, risvegliato dal frastuono nel suo primo sonno, e non arrivando, nella sua piccola statura, alla maniglia dell'uscio, andava chiamando allarmato: «Màà! Ino! Aièèèè!» Senz'altro Nino, contento del diversivo, mosse a liberarlo; e, per rifarsi della scena straziante con la madre, si abbandonò ai soliti giochi col fratello e col cane. Un'allegria meravigliosa si scatenò per le stanze. Mentre Ida, ammutolita sulla sua sedia, si metteva a scrivere, lasciandolo poi bene in vista sul tavolino del figlio, il messaggio seguente:

> *Nino!*
> *fra noi tutto è finito!*
> *Lo giuro!*
> > *tua madre.*

Per il tremito del suo polso, i caratteri di questo scritto erano cosí storti e sbandati, da parere l'opera d'uno scolaretto di prima classe. Alla mattina seguente, il messaggio stava ancora là, dov'essa l'aveva lasciato, e il divanoletto era intatto e vuoto. Nino quella notte aveva dormito fuori.

Da quella sera, non di rado Nino passò le notti fuori di casa, non si sapeva dove né con chi. Verso l'inizio della terza settimana, una volta, in compagnia di Blitz, scomparve per due giorni. E Ida si domandava spaurita, nella sua impotenza, se dovesse risolversi a cercarlo per gli ospedali, o anche (minaccia per lei fra tutte la piú orrenda) alla Polizia; quando se lo vide ricomparire, seguito da Blitz, gioioso e tutto vestito di nuovo. Portava un giubbetto di tela incerata nera foderata di turchino, una camicia celeste, pantaloni di finta flanella, dalla piega ben stirata; e scarpe nuovissime, addirittura lussuose, con la suola di para. Perfino un portafogli aveva (e lo mise in mostra con aria di sfoggio) contenente un foglio da cinquanta.

Ida osservava queste novità, intontita e inquieta, sospettando, magari, altri furti; ma Ninnuzzu, prevenendo ogni inchiesta, le annunciò, tutto luminoso di compiacimento: «Sono regali!» «Regali... e chi te li ha fatti?» essa mormorò, peritosamente. E lui, con prontezza spavalda e sibillina, rispose: «Una vergine!»

Poi, vedendo sua madre alterarsi un poco a questa parola, reagí subito, per correggere, con una faccia sfrontata: «Beh. Una puttana! te va?» Ma siccome, a tale risposta piú chiara, il volto già alterato di sua madre si coprí addirittura di rossore, proruppe, animosamente:

«Ahó! A dirti *una vergine*, ce sformi. A dirti *una puttana*, te sturbi. Allora, te do da sceglie quest'altra: *una checca!*»

Iduzza, che riguardo a certi vocabolari era piú sprovveduta di una monacella, lo guardò, a questa nuova risposta, con semplicità inerte, senza capire nulla. Ma intanto era sopravvenuto Useppe, il quale, pure fra gli assalti appassionati di Blitz, al cospetto del suo nuovo, elegante fratello ristava abbacinato. Come fosse al Teatro dei Pupi, sul punto che dall'alto della scena cala giú il Paladino Orlando nell'armatura d'argento.

E Ninnarieddu, nella sua straripante felicità e voglia di giocare, si appartò col fratelluccio. Anzitutto, gli insegnò subito una parola nuova: *puttana*. E rise pieno di beatitudine alla prontezza con la quale Useppe imparò a ripeterla, naturalmente a suo modo: *pumpana*. Ora, al vedere il divertimento immancabile di Ninnarieddu non appena gliela sentiva ripetere, Useppe rimase convinto che questa parola fosse, in se stessa, comica: tanto che in séguito, ogni volta che diceva *pumpana*, già ne rideva per conto suo come un matto.

Dopo di che, in segretezza fra loro due, il fratello gli annunciò la meravigliosa nuova che presto lo avrebbe portato a spasso in bicicletta per tutta Roma: giacché dentro due, tre giorni al massimo contava di possedere una bicicletta da corsa, che gli era stata promessa in regalo. E lasciando in pegno a Useppe questa promessa divina, di nuovo scomparve nella sua ricchezza e splendore, simile alle fate dei racconti.

Ma la sua promessa della bicicletta non fu mantenuta. Dopo essere rimasto ancora due giorni e tre notti senza farsi vedere, ritornò appiedato, a un'ora incredibile: circa le sei della mattina! quando Useppe dormiva ancora profondamente, e Iduzza, da poco alzata, ancora in camicia e vestaglia, preparava sul fornello dei broccoli per il pasto di mezzogiorno. Al solito, era seguíto da Blitz, il quale però si mostrava insolitamente depresso, e cosí digiuno che s'approfittò perfino di un torso di broccolo freddo trovato in cucina sotto la tavola. Lui stesso, poi, pure nei medesimi vestiti nuovi dell'ultima volta, appariva povero, sporco e scarmigliato come uno che avesse dormito sotto i ponti. Sulla faccia, assai pallida, e sul dorso della mano, aveva dei graffi violenti e crudi. E senza nemmeno inoltrarsi nelle stanze, súbito all'entrare si sedette sulla cassapanca dell'ingresso: dove rimase, corruscato e muto, quasi portasse addosso una maledizione.

Alla interrogazione concitata di Ida, rispose: «Làsseme pèrde!», in una maniera cosí torva e perentoria che sconsigliò la madre dall'insistere. Piú di un'ora e mezza dopo, quand'essa uscí per il suo lavoro, lui stava sempre là, nella stessa posizione di prima; con Blitz che dormiva un sonno gramo ai suoi piedi.

La nottata era stata interrotta dagli allarmi, fattisi piú minacciosi con la primavera; e Useppe, meno mattiniero degli altri giorni, si svegliò alle otto passate. Qualcosa, nell'aria, lo avvertí di una sorpresa (in cui ribalenava, fra l'altro, la visione di un raid ciclistico); e prontamente, con un esercizio spericolato, che lui però eseguiva oramai da esperto, si calò da solo giú dal lettino. Di lí a un istante, faceva la sua comparsa sulla soglia dell'ingresso: e, all'apparizione di Nino, seduto là sulla cassapanca, immediatamente spiccò la corsa verso di lui. Ma Ninnarieddu gli urlò contro: «Làsseme pèrde!» con una tale brutalità furente da arrestarlo impietrito a mezza strada.

Questa era la prima volta, nei venti mesi e piú della loro

convivenza, che suo fratello lo trattava male. E, per quanto Blitz, subito mosso a salutarlo, si adoperasse, frattanto, a fargli cuore con le sue raspose leccatine e sventolii di coda, lui, dallo stupore, rimase quasi insensibile, senza fiato e inchiodato sul posto. Con sulla faccia una serietà amara, e tutta compresa di una strana solennità: come dinanzi a un decreto assoluto e indecifrabile del destino.

A Nino, nell'atto di scacciarlo, capitò, naturalmente, di dargli un'occhiata; e la vista della sua persona, pure in quell'alba di tragedia, gli produsse, istantaneamente, un effetto comico. Il fatto era che Useppe, grazie al clima già tiepido primaverile, non portava addosso, per la notte, nient'altro che una maglietta di lana: la quale era così corta da coprirlo appena in vita, lasciandolo, dalla pancia in giú, tutto nudo, davanti e di dietro. Questo, alla sua levata, era il costume in cui lui si trovava; e in cui restava, se nessuno provvedeva a rivestirlo, durante tutta la mattina e magari anche il resto del giorno. Lui però se ne andava così in giro per la casa, nella sua semplicità, con la medesima naturalezza e disinvoltura che se fosse stato vestito.

Ma nell'occasione presente, quel suo semplice costume contrastava con la gravità estrema della sua faccia in un modo così curioso che Nino, appena l'ebbe adocchiato, sbottò in una risata irresistibile. E súbito alla sua risata, come a un segnale liberatorio, Useppe accorse a lui tutto allegro, nel ritorno di una fiducia totale. «Ahó! Làsseme pèrde!» lo avvisò ancora Nino, rifacendo la grinta del bullo; ma lo stesso gli dette, per contentarlo, un bacetto sulla guancia. Prontamente Useppe (così contento, ormai, da aver perfino scordato la bicicletta assente) lo ricambiò con un altro bacetto. E questo momento, nella storia del loro amore eterno, rimase uno dei ricordi piú amati.

Dopo i due ricambiati bacetti, Nino scansò via Useppe, e anche Blitz; e si distese sulla cassapanca, piombando in un sonno addirittura sepolcrale. Se ne risvegliò verso mezzogiorno, sempre con lo stesso pallore torvo: quasi gli fosse rimasto ín gola un sapore rivoltante, che non si poteva né sputare, né inghiottire. E come Useppe gli si riaccostò per salutarlo, lui con la faccia nera e accigliata, gli insegnò una nuova parola: *troia*, che Useppe prontamente imparò con la solita sua bravura. Ma nemmeno questo nuovo successo didattico non valse, oggi, a rischiarare l'espressione cupa di

157

Nino: tanto che in seguito Useppe, ogni volta che diceva *toia* assumeva una gravità doverosa.

Fin verso la fine della settimana (anche perché non gli dava gusto di farsi vedere in giro cosí sfregiato dai graffi) Ninnarieddu, per la prima volta forse nella sua vita, passò in casa la maggior parte delle ore, sia di giorno che di notte. Ma il suo umore, nel farsi casalingo, si era fatto, allo stesso tempo, insolitamente forastico. Perfino per il mangiare, mostrava una fosca indifferenza, avendo anche la fame guastata dall'umore nero. E quasi in continuità voleva star solo, chiudendosi a chiave nella sua camera, che poi era la stanza di soggiorno della famiglia: cosí che Useppe e Blitz erano ridotti a sfogarsi nei pochi vani angusti del resto della casa. La mancanza di sigarette gli stravolgeva la ragione: finché la sciagurata Iduzza, per non vederlo impazzire, si rese spergiura, col pagargli da fumare, anche al prezzo di borsa nera. Ma a lui quelle scarse sigarette non bastavano; e per farle durare di piú mescolava il tabacco con certi surrogati, fatti di erbacce puzzolenti. Inoltre, in camera sua, vicino al letto, si teneva dei fiaschi di vino, che gli davano l'ubriachezza cattiva: per cui d'un tratto si faceva fuori dell'uscio con un passo dinoccolato, come su una tolda nella tempesta, a sbraitare insulti e sconcezze; oppure a urlare: Ah, Morte! Morte!! Morte!!!

Poi, su e giú per il corridoio, andava dicendo che avrebbe voluto ridurre tutto l'universo a una faccia sola, per farne poltiglia coi pugni; ma che, se magari era una faccia di femmina, dopo averla abbottata coi pugni, l'avrebbe unta con una pomata di merda. Ce l'aveva perfino col suo Duce, al quale minacciava dei trattamenti fantastici, però invero irripetibili. E seguitava a ripetere che, tanto, a dispetto del Duce *Rotto in...* (sic) e del Führer *Vaaffà* ecc. lui Nino, alla guerra ci sarebbe andato lo stesso, per mettergliela in... a tutti e due. Diceva che Roma puzzava, l'Italia puzzava; e i vivi puzzavano peggio dei morti.

Durante questi monologhi nefandi, che essa miseramente chiamava *scene da trivio*, Iduzza atterrita si rifugiava in camera sua, serrandosi gli orecchi con le due palme per non udire. Mentre che dimenticato, nel tumulto, in un angolo, Useppe invece restava a mirare il fratello, con grande rispetto, ma senza nessuna paura: come fosse davanti a un vulcano, troppo alto per investire lui con le sue lave. Oppure nel mezzo di una stupenda tempesta marina, che lui, nella sua barchetta minima, attraversava spericolatamente. Ogni tanto, dal suo cantone, dritto e pieno di bravura nella sua solita maglietta da notte, si faceva presente al fratello chiamandolo, con piccola voce: «ino ino», per significare chiaramente: «Non dubitare, io sto qui a farti compagnia. Non scappo».

In quanto allo scemo Blitz, era manifesto che la faccenda, comunque fosse, gli dava qualche soddisfazione. Purché il suo amore principale non si tenesse chiuso in camera escludendolo dalla propria presenza, per lui era tutta baldoria.

Dopo un poco, gravato dall'indigestione del vino, Ninnarieddu cascava addormentato sul divanoletto: russando, con suprema ammirazione di Useppe, in un modo tale, da sembrare che un aeroplano girasse proprio dentro casa.

A motivo dei graffi, in quei giorni doveva tralasciare di radersi la barba: la quale, nuova e matta, ancora da mezzo-imberbe, gli cresceva irregolarmente, simile a una sporcizia. E lui, per rendersi piú schifoso, nemmeno si lavava né si pettinava. Al Sabato mattina, finalmente, si svegliò coi graffi ridotti a poco piú di un'ombra e poté farsi la barba. Era un sabato soleggiato, ventilato, si udiva una radio cantare una canzonetta nel cortile. Ninnarieddu si mise a fischiare, ballando, la medesima canzonetta. Si lavò le mani, gli orecchi, le ascelle e i piedi; si pettinò i riccetti con l'acqua. Si mise una maglietta bianca, pulita, che gli stava piuttosto ristretta, ma cosí, in compenso, gli metteva in piena mostra la muscolatura del torace. Davanti allo specchio, si misurò i muscoli del braccio e del torace; e tutto d'un balzo, si mise a fare, per la stanza, la tigre e il leone. Quindi tornò allo specchio, a esaminarsi i segni dei graffi, che per fortuna erano diventati quasi invisibili: ebbe, tuttavia, un passaggio corrusco nello sguardo. Ma intanto la sua faccia, allo specchio, gli piacque: e in uno slancio immenso di tutti i nervi, muscoli, respiro, gridò, felice:

«Ah, vita!! Vitaaa!... Mó se va dentro Roma! Annàmo, Blitz!»

Nell'uscire, d'altronde, per consolare Useppe, che restava solo, gli disse:

«Useppe! viè qua! la vedi, questa calza?»

Era una comune calzettina sporca, da lui lasciata lí per terra: «La vedi? Attento! Resta qua a guardalla, nun fiatà, nun te mòve: ce devi stà fermo a controllà per un minuto e

mezzo COME MINIMO eh! Hai capito? nun te devi mòve! E vedrai che quella se cambia in un serpente a sonagli,
che marcia e suona: Tarampàm! Zuum! Parampum! »

Pieno di fede straordinaria, Useppe rimase, per un certo
tempo, ad aspettare davanti alla calzetta l'apparizione della
meravigliosa creatura; ma questa non apparve. Sono gli incerti della vita. Cosí pure, della bicicletta non si sentí piú
parlare. Però invece, uno di quei giorni Nino portò a casa
un fonografo a manovella mezzo rotto (il precedente apparecchio consimile, già di sua proprietà, lo aveva scambiato
contro sigarette) con un unico disco troppo usato, che tuttavia seguitava a ripetere alla meglio i suoi motivetti sentimentali: *vecchio organin* e *illusion dolce chimera sei tu...*
ripigliandoli a volontà, senza smetterla, nelle ore che Nino
era in casa, con una media di circa venti sonate al giorno.
Per Useppe, esso era un portento sublime, non meno del
serpente a sonagli. Ma al terzo giorno, la sua voce ormai
senza sesso, e dal discorso incomprensibile, suonò piú straziata del solito; e con uno strappo, nel mezzo del canto si
spense. Nino constatò che per il fonografo non c'era piú
rimedio, s'era scassato. Lo mise in terra, vicino al muro, e,
con un calcio, lo lasciò là.

Un'altra volta, di pomeriggio, Nino portò su in visita
una sua ragazza casuale, da poco incontrata, la quale a Useppe parve un altro spettacolo stupendo. Essa vestiva un abito a colori con figure di rose, che nel camminare le si alzava
di dietro, mostrando una seconda veste nera col merletto;
e avanzava placida e formosa, con un passo storto per via
delle suole ortopediche. Sulle mani aveva tante fossette
per quanti erano i diti; le unghie erano di un rosso ciliegia,
gli occhi stellanti, e la bocca, perfettamente tonda, piccola,
di carminio scuro. Aveva una voce lenta di cantilena e, parlando, a ogni cadenza della voce, si dondolava. Entrando,
disse:

« Oh, che ber pupetto! De chi è? »

« È mi' fratello. E questo è er cane mio ».

« Aaaah! Come te chiami, pupo? »

« Useppe ».

« Ah, Giuseppe, sí? Giuseppe! »

« No », intervenne Nino, con assolutismo accigliato, « invece, proprio USEPPE, se chiama, come ha detto lui! »

« ... ? Us... Io me credevo de capillo differente... Invece,
proprio Useppe, fa, lui? Ma che nome sarebbe? »

«A noi, ci gusta».

«A me, me sona novo... *GIU*seppe, sí, ma *U*seppe... A me, 'st'*Useppe*, mica me sa de nome!»

«Perché tu sei una mezza deficiente».

2.

Con l'avanzare della buona stagione, le incursioni aeree sulle città italiane quell'anno si moltiplicarono, via via piú furiose; e i bollettini militari, per quanto recitassero la parte dell'ottimismo, accusavano ogni giorno distruzioni e stragi. Roma, tuttavia, veniva risparmiata; ma la gente, oramai snervata, e impaurita dalle notizie strane che correvano dovunque, incominciava a sentirsi meno sicura. Le famiglie possidenti si erano trasferite in campagna; e i rimasti (la grande folla) incontrandosi in istrada, sui tram, negli uffici, si guardavano in faccia fra loro, anche fra sconosciuti, tutti con la stessa domanda assurda nelle pupille.

In qualche luogo della mente di Ida, non chiaro alla sua ragione, vi fu in quell'epoca un piccolo rivolgimento brutale, che la rese morbosamente sensibile agli allarmi (già diventati usuali e indifferenti per lei) suscitandole d'un tratto una riserva di energia quasi impossibile. Per tutto il rimanente, essa tirava avanti la sua vita di lavoro scolastico e domestico allo stesso modo di prima, in una specie di estasi negativa. Ma alla prima voce della sirena, immediatamente era presa da un pànico disordinato, come un meccanismo che corre in folle per una discesa. E sia che si trovasse sveglia o addormentata, in qualsiasi momento, a precipizio si agganciava sul corpo il busto (in cui sempre teneva i suoi risparmi); e, preso in collo Useppe, con una forza nervosa innaturale fuggiva con quel peso giú dabbasso, a cercare salvezza nel rifugio. Il quale poi, per lei e gli altri inquilini della sua scala, si era istituito di là dal caseggiato, e proprio nei locali di quella medesima cantina-osteria, dove, tre inverni prima, il ragazzo tedesco Gunther era sceso a bere.

Certe volte, Useppe, in braccio a lei, non era un peso docile; ma si dibatteva piangendo in risposta al dolore di

Blitz, che li accompagnava col suo lamento incessante di dietro la porta chiusa. Del cane, difatti, Ida non si dava nessuna pena: lasciandolo in casa, durante gli allarmi, abbandonato al suo destino; ma lui, da parte sua, non si rassegnava allo strappo.

Ninnarieddu, quand'era in casa, rideva di queste fughe di Ida; e si rifiutava, con disprezzo, di seguirla nel rifugio. Ma nemmeno la presenza del suo amore principale bastava a consolare Blitz; il quale, per tutta la durata dell'allarme, seguitava a correre avanti e indietro dalla porta d'ingresso a lui: tornando a leccargli le mani, e a riguardarlo negli occhi coi suoi occhi marrone, appassionati e persuasivi. Sempre insistendo in un suo lamento catastrofico, che ripeteva, su un'unica nota, senza mai smetterla, come una fissazione: «Per carità, andiamo con loro! cosí, se loro si salvano, ci si salva tutti; e se dobbiamo crepare, crepiamo tutti insieme».

Alla fine, per non condannare Blitz a un simile strazio maniaco, Ninnarieddu, benché annoiato e riluttante, una volta per tutte si decise a contentarlo: scendendo insieme a lui – tutta la famiglia al completo, – giú nella cantina dell'oste. E da allora, tutte le volte che in casa c'era Nino, gli allarmi aerei diventarono un'occasione di divertimento, attesa e desiderata, specie, poi, se capitavano di notte: perché allora finalmente, ci si poteva dare alla vita notturna, insieme a Nino.

Appena il famoso ululato schiantava il buio, Blitz era subito pronto, come all'annuncio trascendentale di una festa primaria. E lasciato in un salto il suo posto sul divano-letto (dove sempre dormiva, addosso a Ninnarieddu) si affaccendava a dare la sveglia a tutti, correndo dall'uno all'altro, e abbaiando con urgenza gioiosa, e sventolando la coda come una bandierina. Del resto Useppe era già sveglio, per suo conto, e ripeteva elettrizzato: «La niena! la niena!»

Il peggiore impazzimento, era svegliare Nino, il quale faceva il sordo, scontroso e insonnolito; cosí che Blitz doveva riuscire, in certo modo, a buttarlo giú dal letto; e poi seguitava a sollecitarlo mentre lui, tutto sbadigliante, s'infilava la maglietta e i pantaloni: non senza bestemmiare e imprecare, pure contro i cani. Ma cosí baccagliando, intanto, si svegliava del tutto. Fino al felice istante che, già vispo ormai, pigliava su il guinzaglio: fra gli applausi di Blitz, il quale accorreva, per mettersi il guinzaglio, con la fretta di un nottambulo smanioso che prende la carrozza per andare a ballare.

Poi tosto si passava nella camera vicina, dove Nino rapido si caricava Useppe sulle spalle a cavalluccio. E senz'altro bagaglio (al piú, poteva capitare, certe volte, che Useppe si portasse dietro *Roma* o la noce) Nino, Useppe e Blitz – invero, tre corpi e un'anima – volavano giú per le scale: distanziando Ida, che veniva dietro sola, e brontolante, con la borsa stretta al petto. Frattanto, dalle altre porte e per il cortile, tutte le famiglie, in camicia, in sottabito, coi pupetti in braccio, e strascicando le valige per le scale, andavano correndo verso i rifugi. E sopra le loro voci, dall'alta lontananza, già si avvicinavano i boati della flotta aerea, con un séguito di spari e di lampi e di scoppi, pari a un bengala formidabile. Si sentivano, d'intorno, le famiglie chiamarsi. Qualche ragazzino si sperdeva. Qualcuno, atterrito, correndo inciampava o cadeva. Certe donne urlavano. E Nino rideva a questa paura universale, come a una grande scena comica: accompagnato, in un coro, dall'ilarità ingenua di Useppe e di Blitz.

Quelle nottate in cantina non dispiacevano del tutto a Ninnarieddu: anche perché, fra l'altro, laggiú si aveva occasione d'incontrare certe belle ragazzette del vicinato che, di solito, la gelosia delle famiglie non lasciava uscire facilmente. Però, come arrivava dentro il sotterraneo, lui non mancava mai di ostentare il proprio schifo; e tenendosi presso l'entrata, col dorso appoggiato contro la parete in una posa sprezzante, faceva sapere all'uditorio (in particolare alle ragazzette) che lui s'infognava là sotto unicamente per il cane suo; ma per sé, lui delle bombe se ne fregava, anzi le bombe gli mettevano allegria meglio dei petardi! e magari si fosse trattato di allarmi veri! Ma purtroppo questi allarmi di Roma, invece, erano tutti commedie: giacché era risaputo che, per un patto segreto di Ciurcíl col papa, Roma era decretata città santa e intangibile, e le bombe, qua, non ci potevano cascare. Chiariti questi punti, senza degnarsi di aggiungere altro, Nino si godeva gli allarmi meglio che poteva.

Del resto, a Ninnarieddu poco importava, in realtà, che crollasse la casa, e si perdessero le proprietà della famiglia: le quali poi consistevano in un paio di letti, o reti, con materassi di kapok, un tessilsacco (con maglie d'inverno e il suo cappotto di cammello che ormai gli stava piccolo, e un cappotto di Ida rivoltato), qualche libro squinternato, ecc. Anzi, se crollava la casa, il Governo dopo la vittoria avrebbe ripagato i danni con vantaggio. E Nino era già d'accordo con Useppe e Blitz di comperare, con questo indennizzo, un autocarrozzone ammobiliato, per abitarci dentro e fare insieme la vita degli zingari ambulanti.

Quanto poi alla città di Roma, Nino, personalmente, contestava l'idea di risparmiarla con riguardi speciali, esagerati. Su Roma, anzi, secondo lui, poco male se ci cascavano le bombe: visto che il massimo valore di Roma erano le rovine, Colosseo, Foro Traiano, ecc.

Non di rado, durante gli allarmi, veniva a mancare la luce; e per illuminare la cantina, si accendeva una lampada a acetilene, che ricordava le fiere, coi carretti dei cocomerari. Un conoscente dell'oste per l'occasione aveva fornito il locale di un grammofono portatile; e quando l'allarme si prolungava, Nino, assieme ai suoi amici, per vincere la noia passava il tempo a ballare nel poco spazio con qualche ragazza. Chi si divertiva piú di tutti, a questi suoni e a questi balli, era Useppe: il quale, ammattito per la felicità, s'intrufolava fra le gambe dei ballerini, fino a raggiungere il fratello; il quale, ridendo a ritrovarselo là in mezzo ai piedi, lasciata la propria dama si metteva a saltare in tondo con lui.

Certe volte, nel disordine della fuga, Ida aveva tralasciato di vestirlo, contentandosi d'involtarlo dentro a un pezzo di coperta da stiro, o uno scialle, o un cencio qualsiasi. E al cadere, poi, di questo, Useppe s'era ritrovato nel rifugio senz'altro vestito che la sua solita magliettina da notte; ma per lui faceva uguale. E non aveva nessun pensiero di vergogna, nel saltare e nel ballare, come fosse in abito da società.

Pure Blitz, là nel rifugio, aveva occasione d'incontrarsi con qualche altro cane. Salvo la rarità di un cane da caccia, e di un tale volpino vecchio proprietà d'una signora vecchia, erano sempre cani di specie infima, incrociati di bastardi come lui, secchi e allampanati in generale per le privazioni di guerra; ma tutti contenti, quanto lui, dello spasso. E dopo le solite cerimonie di saluto usate fra i cani, lui si metteva a pazziare insieme a loro.

Certe donne allattavano, o lavoravano la maglia; qualche vecchia recitava il rosario, facendosi il segno della croce a ogni scossa piú forte sulla città. Qualcuno, appena entrato, si buttava giú disteso dove poteva, a riprendere il sonno interrotto. Certi uomini si raggruppavano in tavolata, giocandosi il vino dell'oste alle carte o alla morra. E talora si accendevano discussioni, che potevano pure terminare in liti o in zuffe, sedate dall'oste o dal capofabbricato.

Già si sa che Ida, per la poca socievolezza e le scarse occasioni, non aveva mai frequentato i vicini, i quali rimanevano per lei delle figure di passaggio, casualmente incontrate per le scale, in cortile o nelle botteghe. E adesso, a scontrarsi con loro nella fuga e a ritrovarseli d'intorno, mezzo familiari e mezzo estranei, ancora maldesta li confondeva a volte con le folle vociferanti dei suoi sogni appena interrotti. Bastava che si sedesse sulla panca, e súbito l'azione del sonnifero serale la riprendeva; però non le sembrava decoroso per una maestra mettersi a dormire in pubblico; e rannicchiata là in mezzo al chiasso si sforzava di tenere gli occhi aperti; ma ogni tanto crollava, e si riprendeva, asciugandosi la saliva dal mento, e mormorando in un sorrisetto: «scusi, scusi...» Essa aveva incaricato Useppe di svegliarla di quando in quando. E lui, non appena se ne ricordava, le si arrampicava su per i ginocchi per gridarle dentro gli orecchi: «Mà? maà!!» e solleticarla nel collo, con suo proprio enorme divertimento, perché sua madre, sotto il solletico, rideva come una bambina. «Veia, mà?» s'informava poi, sollecito e curioso, quando lei riapriva gli occhi, drogati, e abbagliati dall'acetilene. Essa lí per lí non riconosceva quel sotterraneo; e intontita si stringeva al pupo, per una protezione contro quegli ignoti, forse sgherri o spie... Temeva sempre di dare spettacolo nel sonno; e magari di fare discorsi compromettenti, per esempio: «Il cognome di mia madre è ALMAGIÀ» oppure: «Il mio pupetto è un bastardo, figlio di un NAZISTA».

Nel rifugio, oltre alle solite famiglie di quei pressi, capitava pure gente avventizia: passanti casuali, oppure qualche personaggio senza recapito: accattoni, prostitute da poco prezzo, e trafficanti di borsa nera (coi quali Nino, sempre alla caccia di soldi, intrecciava, in quelle notti, certi minimi commerci misteriosi). Alcuni di costoro, provenienti da Napoli, raccontavano che la città, dai cento bombardamenti che aveva avuto, era ridotta a un cimitero e a un carnaio. Tutti quelli che potevano ne erano fuggiti; e i poveri pezzenti che c'erano rimasti, per ripararsi andavano ogni sera a dormire dentro le grotte, dove avevano portato materassi e coperte. Ormai le strade cittadine erano un deserto di macerie, appestate di decomposizione e di fumo, sotto il fuoco delle Fortezze Volanti che ci si abbattevano ogni giorno.

In quell'unica occasione memorabile che era stata a Napoli, per una visita di due ore, durante il suo viaggio di nozze, Iduzza era ancora una novellina, che fuori della sua provincia non aveva veduto altro. E cosí, Napoli era rimasta nella sua memoria come una Bagdad leggendaria, piú grandiosa assai di Roma. Ora, a quella sua visione unica e inuguagliabile si sostituiva una distesa rovinosa, grande come l'Asia, e calcinata di sangue: dove anche i troni dei re e delle regine e i miti delle città-madri studiati a scuola, con altre sue fantasie, venivano travolti.

Ma Ninnarieddu nei racconti dei napoletani sentiva piuttosto la seduzione di quella esistenza avventurosa dentro grotte e caverne marine, la quale gli si prometteva piena di imprevisti e di fortune amorose, di rischio e di anarchia. E, come uno che dalla provincia vuole fuggire nella metropoli, già meditava di andarsene a Napoli in compagnia di uno dei suoi nuovi conoscenti borsari neri. Difatti, da parecchie settimane, oramai, aveva interrotto la commedia degli studii; e le scuole intanto s'erano chiuse per conto loro, la guerra, conclusa in Africa, s'avvicinava al territorio italiano, tutti i paesi erano in fuoco. Lui era stufo della Città Santa, dove la guerra si faceva per finta, combinata nei Vaticani e nei Ministeri; e la voglia dei luoghi senza santità, dove quello che doveva bruciare, bruciava, lo assaliva a momenti fino alla nausea, come un attacco di febbre incendiaria. Se i Regimi non volevano ammetterlo combattente, perché troppo piccolo (!), lui si sarebbe arrangiato a fare la guerra per conto suo!

Ma in quegli stessi giorni, invece, il suo voto costante fu esaudito. Le vicende disastrose della guerra fascista favorivano le assunzioni di volontari, pronti a dare la vita per il Duce; e prima della fine di giugno, Ninnarieddu, per quanto ancora mezzo bambino, trovò modo di farsi accogliere in un battaglione di Camicie Nere, in partenza verso il nord.

Vestito da armato, invero, faceva la figura di un ragazzetto; ma la sua espressione era superba, anzi proterva; e già mostrava qualche insofferenza anche della disciplina militare. Una sua preoccupazione seria, alla partenza, era Blitz, che necessariamente doveva lasciare a Roma; e non fidandosi per niente della madre, lo raccomandò al fratello Useppe, stringendogli con solennità la manuccia, in un vero patto di onore e d'importanza.

3.

Il suo addio con Blitz era stato un crepacuore, nonostante le sue assicurazioni di tornare al piú tardi fra una settimana, alla testa di un manipolo motorizzato carico di trippe e d'ossa per tutti i cani di Roma. Blitz non era credulo come Useppe; e giudicando, senz'altro, quelle assicurazioni come dei prodotti d'impostura e megalomania, rimase inconsolabile. Per tutto un giorno, rifiutando perfino di mangiare il suo rancio quotidiano malrimediato, non cessò di correre dalla porta alla finestra, gridando a Nino di tornare indietro, per quanto sapesse in fondo che Nino, oramai, stava troppo lontano per ascoltarlo. E se vedeva, dall'alto, una sagoma di ragazzetto piú o meno del tipo Nino, guaiva di amara nostalgia.

Alla sera di quel giorno, Ida, frastornata, lo chiuse a dormire nel cesso; ma siccome lui, di là dentro, non cessava di gemere raspando all'uscio, Useppe a sua volta rifiutò di coricarsi, deciso a dormire lui pure nel cesso piuttosto che lasciarlo là solo. E infine, gli fu dato rifugio nel lettino di Useppe: dove lui, nella esuberanza della sua gratitudine-gioia-afflizione, leccò il nudo Useppe dalla testa ai piedi prima di addormentarsi fra le sue braccia.

Due giorni dopo, 10 luglio, gli alleati sbarcarono in Sicilia. La sirena, adesso, suonava tutte le notti, e Useppe, ogni sera, metteva sotto il proprio cuscino il guinzaglio di Blitz, il quale, prima ancora che la sirena suonasse, ne dava avviso alla famiglia con un abbaio discreto.

Blitz non si staccava mai da loro due, fuorché nell'ora della spesa. Essendo la stagione delle vacanze, Ida usciva per le compere alla mattina verso le dieci; e in quei giorni aveva preso l'usanza, quasi ogni volta, di portarsi dietro Useppe, lasciando a guardia della casa Blitz, il quale, durante le file, in coppia con Useppe sarebbe stato un doppio impiccio. Alla partenza, lui già sapeva che in simili occasioni non faceva parte della compagnia, e aggirandosi intorno a loro senza far festa, li guardava prepararsi a uscire con un'aria mortificata, e tuttavia rassegnata a questa sorte.

Al loro ritorno, fino dalla strada potevano sentirlo che li salutava a piena voce, di vedetta su presso la finestra aperta all'ultimo piano. E all'arrivo, lo trovavano in attesa dietro l'uscio, pronto a riceverli con effusioni scatenate, che si rivolgevano principalmente a Useppe, ripetendogli cento volte: «Oramai, l'ultimo bene mio sei tu!»

Una di quelle mattine Ida, con due grosse sporte al braccio, tornava dalla spesa tenendo per mano Useppe. Faceva un tempo sereno e caldissimo. Secondo un'abitudine presa in quell'estate per i suoi giri dentro al quartiere, Ida era uscita, come una popolana, col suo vestito di casa di cretonne stampato a colori, senza cappello, le gambe nude per risparmiare le calze, e ai piedi delle scarpe di pezza con alta suola di sughero. Useppe non portava altro addosso che una camiciolina quadrettata stinta, dei calzoncini rimediati di cotone turchino, e due sandaletti di misura eccessiva (perché acquistati col criterio della crescenza) che ai suoi passi sbattevano sul selciato con un ciabattio. In mano, teneva la sua famosa pallina *Roma* (la noce *Lazio* durante quella primavera fatalmente era andata perduta).

Uscivano dal viale alberato non lontano dallo Scalo Merci, dirigendosi in via dei Volsci, quando, non preavvisato da nessun allarme, si udí avanzare nel cielo un clamore d'orchestra metallico e ronzante. Useppe levò gli occhi in alto, e disse: «Lioplani». E in quel momento l'aria fischiò, mentre già in un tuono enorme tutti i muri precipitavano alle loro spalle e il terreno saltava d'intorno a loro, sminuzzato in una mitraglia di frammenti.

«Useppe! Useppeee!» urlò Ida, sbattuta in un ciclone nero e polveroso che impediva la vista: «Mà, sto qui», le rispose, all'altezza del suo braccio, la vocina di lui, quasi rassicurante. Essa lo prese in collo, e in un attimo le ribalenarono nel cervello gli insegnamenti dell'UNPA (Unione Nazionale Protezione Antiaerea) e del Capofabbricato: che, in caso di bombe, conviene stendersi al suolo. Ma invece il suo corpo si mise a correre senza direzione. Aveva lasciato cadere una delle sue sporte, mentre l'altra, dimenticata, le pendeva ancora al braccio, sotto al culetto fiducioso di

Useppe. Intanto, era incominciato il suono delle sirene. Essa, nella sua corsa, sentí che scivolava verso il basso, come avesse i pàttini, su un terreno rimosso che pareva arato, e che fumava. Verso il fondo, essa cadde a sedere, con Useppe stretto fra le braccia. Nella caduta, dalla sporta le si era riversato il suo carico di ortaggi, fra i quali, sparsi ai suoi piedi, splendevano i colori dei peperoni, verde, arancione e rosso vivo.

Con una mano, essa si aggrappò a una radice schiantata, ancora coperta di terriccio in frantumi, che sporgeva presso di lei. E assestandosi meglio, rannicchiata intorno a Useppe, prese a palparlo febbrilmente in tutto il corpo, per assicurarsi ch'era incolume. Poi gli sistemò sulla testolina la sporta vuota come un elmo di protezione.

Si trovavano in fondo a una specie di angusta trincea, protetta nell'alto, come da un tetto, da un grosso tronco d'albero disteso. Si poteva udire in prossimità, sopra di loro, la sua chioma caduta agitare il fogliame in un gran vento. Tutto all'intorno, durava un fragore fischiante e rovinoso, nel quale, fra scrosci, scoppiettii vivaci e strani tintinnii, si sperdevano deboli e già da una distanza assurda voci umane e nitriti di cavalli. Useppe, accucciato contro di lei, la guardava in faccia, di sotto la sporta, non impaurito, ma piuttosto curioso e soprapensiero. «Non è niente», essa gli disse, «non aver paura. Non è niente». Lui aveva perduto i sandaletti ma teneva ancora la sua pallina stretta nel pugno. Agli schianti piú forti, lo si sentiva appena appena tremare:

«Nente...» diceva poi, fra persuaso e interrogativo.

I suoi piedini nudi si bilanciavano quieti accosto a Ida, uno di qua e uno di là. Per tutto il tempo che aspettarono in quel riparo, i suoi occhi e quelli di Ida rimasero, intenti, a guardarsi. Lei non avrebbe saputo dire la durata di quel tempo. Il suo orologetto da polso si era rotto; e ci sono delle circostanze in cui, per la mente, calcolare una durata è impossibile.

Al cessato allarme, nell'affacciarsi fuori di là, si ritrovarono dentro una immensa nube pulverulenta che nascondeva il sole, e faceva tossire col suo sapore di catrame: attraverso questa nube, si vedevano fiamme e fumo nero dalla parte dello Scalo Merci. Sull'altra parte del viale, le vie di sbocco erano montagne di macerie, e Ida, avanzando a stento con Useppe in braccio, cercò un'uscita verso il piazzale fra gli alberi massacrati e anneriti. Il primo oggetto riconoscibile che incontrarono fu, ai loro piedi, un cavallo morto, con la testa adorna di un pennacchio nero, fra corone di fiori sfrante. E in quel punto, un liquido dolce e tiepido bagnò il braccio di Ida. Soltanto allora, Useppe avvilito si mise a piangere: perché già da tempo aveva smesso di essere cosí piccolo da pisciarsi addosso.

Nello spazio attorno al cavallo, si scorgevano altre corone, altri fiori, ali di gesso, teste e membra di statue mutilate. Davanti alle botteghe funebri, rotte e svuotate, di là intorno, il terreno era tutto coperto di vetri. Dal prossimo cimitero, veniva un odore molle, zuccheroso e stantio; e se ne intravedevano, di là dalle muraglie sbrecciate, i cipressi neri e contorti. Intanto, altra gente era riapparsa, crescendo in una folla che si aggirava come su un altro pianeta. Certuni erano sporchi di sangue. Si sentivano delle urla e dei nomi, oppure: «anche là brucia!» «dov'è l'ambulanza?!» Però anche questi suoni echeggiavano rauchi e stravaganti, come in una corte di sordomuti. La vocina di Useppe ripeteva a Ida una domanda incomprensibile, in cui le pareva di riconoscere la parola *casa*: «Mà, quando torniamo a casa?» La sporta gli calava giú sugli occhietti, e lui fremeva, adesso, in una impazienza feroce. Pareva fissato in una preoccupazione che non voleva enunciare, neanche a se stesso: «mà?... casa?...» seguitava ostinata la sua vocina. Ma era difficile riconoscere le strade familiari. Finalmente, di là da un casamento semidistrutto, da cui pendevano i travi e le persiane divelte, fra il solito polverone di rovina, Ida ravvisò, intatto, il casamento con l'osteria, dove andavano a rifugiarsi le notti degli allarmi. Qui Useppe prese a dibattersi con tanta frenesia che riuscí a svincolarsi dalle sue braccia e a scendere in terra. E correndo coi suoi piedini nudi verso una nube piú densa di polverone, incominciò a gridare:

«Bii! Biii! Biiii!!»

Il loro caseggiato era distrutto. Ne rimaneva solo una quinta, spalancata sul vuoto. Cercando con gli occhi in alto, al posto del loro appartamento, si scorgeva, fra la nuvolaglia del fumo, un pezzo di pianerottolo, sotto a due cassoni dell'acqua rimasti in piedi. Dabbasso delle figure urlanti o ammutolite si aggiravano fra i lastroni di cemento, i mobili sconquassati, i cumuli di rottami e di immondezze. Nessun lamento ne saliva, là sotto dovevano essere tutti morti. Ma certune di quelle figure, sotto l'azione di un meccanismo idiota, andavano frugando o raspando con le unghie fra quei cumuli, alla ricerca di qualcuno o qualcosa da recuperare. E in mezzo a tutto questo, la vocina di Useppe continuava a chiamare:

«Biii! Biiii! Biiiii!»

Blitz era perduto, insieme col letto matrimoniale e il lettino e il divanoletto e la cassapanca, e i libri squinternati di Ninnuzzu, e il suo ritratto a ingrandimento, e le pentole di cucina, e il tessilsacco coi cappotti riadattati e le maglie d'inverno, e le dieci buste di latte in polvere, e i sei chili di pasta, e quanto restava dell'ultimo stipendio del mese, riposto in un cassetto della credenza.

«Andiamo via! andiamo via!» disse Ida, tentando di sollevare Useppe fra le braccia. Ma lui resisteva e si dibatteva, sviluppando una violenza inverosimile, e ripeteva il suo grido: «Biii!» con una pretesa sempre piú urgente e perentoria. Forse reputava che, incitato a questo modo, per forza Blitz dovesse rispuntare scodinzolando di dietro qualche cantone, da un momento all'altro.

E trascinato via di peso, non cessava di ripetere quell'unica e buffa sillaba, con voce convulsa per i singulti. «Andiamo, andiamo via», reiterava Ida. Ma veramente non sapeva piú dove andare. L'unico asilo che le si presentò fu l'osteria, dove già si trovava raccolta parecchia gente, cosí che non c'era posto da sedersi. Però una donna anziana, vedendola entrare col bambino in braccio, e riconoscendoli, all'aspetto, per *sinistrati*, invitò i propri vicini a restringersi, e le fece posto accanto a sé su una panca.

Ida affannava, lacera, con le gambe graffiate, e imbrattata fin sulla faccia di un nerume unticcio, nel quale si distinguevano le ditate minuscole lasciàtele da Useppe nell'appendersi al suo collo. Appena la vide accomodata alla meglio sulla panca, la donna le domandò sollecita: «Siete di queste parti?» E all'annuire silenzioso di Ida, le fece sapere: «Io no: vengo da Mandela». Si trovava qui a Roma di passaggio, come ogni lunedí, per vendere i suoi prodotti: «Sono una rurale», precisò. Qui all'osteria doveva aspettare un suo nipote, il quale, come ogni lunedí, l'aveva accompagnata per aiutarla e al momento dell'attacco aereo si trovava in giro per la città, chi sa dove. Correva voce che per questo bombardamento ci s'erano impiegati diecimila apparecchi, e che l'intera città di Roma era distrutta: anche il Vaticano, anche Palazzo Reale, anche Piazza Vittorio e Campo dei Fiori. Tutto a fuoco.

«Chi sa dove si trova a quest'ora mio nipote? chi sa se ancora funziona il treno per Mandela?»

Era una donna sui settant'anni, ma ancora in salute, alta e grossa, con la carnagione rosata e due buccole nere agli orecchi. Teneva sui ginocchi una canestra vuota con dentro un cèrcine sciolto; e pareva disposta ad aspettare il nipote, là seduta con la sua canestra, magari per altri trecento anni, come il bramano della leggenda indú.

Vedendo la disperazione di Useppe che ancora andava chiamando il suo *Bi* con voce sempre piú smorzata e fioca, tentò di divertirlo facendogli dondolare innanzi una crocetta di madreperla che portava al collo, appesa a un cordoncino:

«Bi bi bi pupé! Che dici, eh, che dici?»

Ida le spiegò a bassa voce in un balbettio che Blitz era il nome del cane, rimasto fra le macerie della loro casa.

«Ah, cristiani e bestie, crepare è tutta una sorte», osservò l'altra, muovendo appena la testa con placida rassegnazione. Poi rivolta a Useppe, piena di gravità matriarcale e senza smorfie, lo confortò col discorso seguente:

«Non piangere pupé, che il cane tuo s'è messo le ali, è diventato una palombella, e è volato in cielo».

Nel dirgli questo, essa mimò, con le due palme alzate, il bàttito di due ali. Useppe, che credeva a tutto, sospese il pianto, per seguire con interesse il piccolo movimento di quelle mani, che frattanto erano ridiscese sulla canestra, e là stavano, in riposo, con le loro cento rughe annerite dal terriccio.

«L'ali? pecché l'ali?»

«Perché è diventato una palombella bianca».

«Palommella bianca», assentí Useppe, esaminando attentamente la donna con gli occhi lagrimosi che già principiavano a sorridere, «e che fa, là, mó?»

«Vola, con tante altre palombelle».

«Quante?»

«Tante! tante!»

«Quante??»

«Trecentomila».

«Tentomila sono tante?»

«Eh! piú d'un quintale!!»

«Sono tante! Sono tante! eh! Ma là, che fanno?»

«Volano, se la spassano. Beh».

«E le dóndini pure, ci stanno? E pure i vavalli, ci stanno?»

«Ci stanno».

«Pure i vavalli?»

«Pure i cavalli».

«E loro pure, ci volano?»

«E come, se ci volano!»

Useppe le volse un sorrisetto. Era tutto coperto di polvere nerastra e di sudore, da parere uno spazzacamino. I ciuffetti neri dei suoi capelli, tanto erano impastati, gli stavano dritti sulla testa. La donna, all'osservare che i suoi piedini facevano sangue da qualche graffio, autorevolmente chiamò un soldato entrato a cercare dell'acqua, e lo incaricò di medicarglieli. E lui subí la rapida medicazione senza neanche badarci, tanto era distratto dalla fortunata carriera di Blitz.

Quando il soldato finí di medicarlo, lui distrattamente gli fece addio con la mano. I suoi due pugnetti adesso erano vuoti: anche la pallina Roma s'era persa. Di lí a poco, nel suo abbigliamento lurido e calzoncini bagnati, Useppe dormiva. La vecchia di Mandela, da quel punto in poi, tacque.

Nella cantina, era incominciato un andirivieni di gente: il locale puzzava di folla e delle zaffate che venivano dall'esterno. Ma, al contrario che nelle notti degli allarmi, non c'era confusione, né urti, né vocio. La maggior parte dei presenti si guardavano in faccia inebetiti senza dire nulla. Molti avevano i vestiti a pezzi e bruciacchiati, certuni sanguinavano. Da qualche parte di fuori, fra un rumorio sterminato e incoerente, ogni tanto pareva di distinguere dei rantoli, oppure si levava d'un tratto qualche urlo feroce, come da una foresta in fiamme. Cominciavano a circolare le ambulanze, i carri dei pompieri, le truppe a piedi armate di badili e di picconi. Qualcuno aveva visto giungere anche un camion pieno di bare.

Fra i presenti, Ida non conosceva quasi nessuno. Attraverso i suoi pensieri, che giravano in un vaniloquio ozioso e sconclusionato, di tratto in tratto ripassavano le fisionomie di certi suoi vicini del palazzo che, nelle notti degli allarmi, accorrevano a rifugiarsi qua sotto con lei. In quelle notti, intontita dai sonniferi, essa li intravvedeva appena; e invece oggi il cervello glieli presentava, benché assenti, con la precisione di una fotografia. Il *Messaggero*, coi suoi tremori e la sua faccia imbambolata, portato dalle figlie come un burattino. Giustina la portiera dagli occhi presbiti, che infilava l'ago a distanza. L'impiegato del primo piano che diceva *Salve* e *Prosit*, e aveva allestito un *orto di guerra* nel cortile. Lo stagnaro, che somigliava all'attore Buster Keaton e soffriva di artrosi, e sua figlia, che attualmente vestiva la divisa di tranviera. Un apprendista elettrauto, amico di Ninnuzzu, che portava una maglietta con sopra stampato *Gomme Pirelli*. Proietti, l'imbianchino disoccupato che tuttavia teneva sempre in testa il suo cappelluccio da lavoro fatto di carta di giornale... Nell'incertezza attuale sulla loro sorte, queste fisionomie le si mostravano sospese in una terra di nessuno, da dove fra un attimo potevano ricomparire presenti in carne, che si arrabattavano nel quartiere di San Lorenzo, disponibili al solito e a buon mercato; o da dove invece potevano essere già partite verso una lontananza irraggiungibile, come le stelle spente da millennii: irrecuperabili a nessun prezzo, piú assai di un tesoro sprofondato nell'Oceano Indiano.

Fino a stamattina, nessuno, piú del nano bastardo Blitz, stava a disposizione gratuita di qualsiasi chiamata, fosse pure dello scopino o dello stracciarolo. Lei stessa di lui non aveva mai fatto gran conto, tenendolo, anzi, per un intruso e un mangiatore a sbafo. E a quest'ora invece esso era cosí inaccessibile che nemmeno tutte le polizie del Reich potevano riacchiapparlo.

Di lui, la prima cosa che tornava nel ricordo, dando una piccola trafittura speciale, era quella macchietta bianca stellata che aveva sulla pancia. Quell'unica eleganza della sua vita diventava anche la pietà suprema della sua morte.

Chi sa che avrebbe detto Nino, al non ritrovare piú Blitz? Nella enorme lacerazione della terra, Nino era l'unico punto di tranquillità e di spensieratezza alla mente di Ida. Forse perché si assicura, in generale, che i farabutti si salvano sempre? Sebbene, dal giorno della sua partenza, lui non avesse piú dato notizie, Ida si sentiva fulgidamente certa, come alla testimonianza di un angelo, che Nino tornerebbe sano e salvo dalla guerra, e, anzi, presto si farebbe rivedere.

Si affacciarono a dire che, fuori, la Croce Rossa distribuiva viveri e indumenti; e presto la vecchia di Mandela, col suo bel passo giovanile un po' dondolante, si mosse a provvedere qualcosa. Indumenti non riuscí a rimediarne; ma rimediò due buste di latte in polvere, una tavoletta di cioccolato autarchico e un'altra di marmellata compressa quasi nera; e mise questa roba nella sporta vuota di Ida, che gliene fu grata. Essa pensava difatti che Useppe, appena sveglio, avrebbe dovuto mangiare, giacché l'unico suo pasto finora, in questa giornata, era stata la sua prima colazione del mattino, divisa con Blitz. Quella colazione era consistita, al solito, in un pezzo di pane della tessera, elastico e molliccio, forse impastato di crusca e di bucce di patate; e in una tazza di latte acquoso. Ma pure, a ricordarla, lassú nella loro cucina piena di sole, adesso pareva un quadro di ricchezza straordinaria. Lei per suo conto aveva soltanto bevuto una tazzina di surrogato di caffè; ma tuttavia non avvertiva nessuna fame, solo nausea, come se il polverone rovinoso le si fosse coagulato nello stomaco.

Apparve, di ritorno, recando una sua valigia vuota legata con una corda, il nipote della vecchia. E subito si portò via la nonna, asserendo con sussiego che Roma non era affatto distrutta, chi lo diceva raccontava balle: però bisognava scappare d'urgenza, essendo già stato segnalato un aeroplano staffetta, che precedeva qualche migliaio di fortezze volanti in arrivo. «Ma il treno di Mandela, funziona?» gli andava domandando la nonna, nel salire con lui la scaletta d'uscita. Prima d'andarsene, essa aveva lasciato in dono a Ida il proprio cèrcine, dicendole che era un bel pezzo di tela nuova, tessuta in Anticoli sul telaio a mano, e che ci si poteva ricavare una tutina per il pupo.

Ida non avrebbe voluto muoversi mai piú da quella panca: non sapeva decidersi a raccogliere le forze per affrontare la fine di questa giornata. Nella cantina stagnava una puzza orrenda; ma lei, molle di sudore, col bambino stretto in braccio, era scesa in una sorta di pace insensibile e quasi estatica. I rumori le giungevano ovattati, sugli occhi le si distendeva una specie di garza; quand'ecco si avvide, al girare lo sguardo, che l'osteria s'era svuotata e il sole cominciava a scendere. Allora, le venne scrupolo di approfittare troppo della ospitalità del cantiniere; e, con in braccio Useppe addormentato, uscí all'aperto.

Useppe dormiva ancora, con la testolina penzolante dalla sua spalla, mentre, un poco piú tardi, essa percorreva a piedi la via Tiburtina. Da una parte, la via correva lungo la muraglia del cimitero, e dall'altra, lungo casamenti in parte distrutti dalle bombe. Forse anche per effetto del digiuno, Ida era presa da sonno, il senso dell'identità le andava sfuggendo. Si domandava incerta se la casa di via dei Volsci a San Lorenzo, dove aveva abitato per piú di vent'anni, non fosse invece la casa di Cosenza, demolita dal terremoto medesimo che aveva distrutto, insieme, Messina e Reggio. E se questo stradone fosse San Lorenzo, oppure il Ghetto. Doveva esserci un'infezione nel quartiere, per questo lo demolivano a colpi di piccone! E quel corpo impastato di sangue e di calcina, era maschio o femmina? era un fantoccio? Il vigile voleva saperlo, per conto dell'Anagrafe, ecco perché discuteva col soldato. Quelle fiamme purulente servivano a bruciare i morti? E se le rotaie erano divelte, e il tram s'era ridotto a questa carcassa, lei domani come potrebbe andare a scuola? I cavalli ammazzati, che la facevano inciampare, erano ariani o ebrei? Il cane Blitz era bastardo, dunque ebreo per l'anagrafe. Ecco perché lei veniva deportata, perché all'anagrafe risultava ebrea, sul suo cognome c'era l'accento. Ah, cosí si spiega... Lei di cognome faceva Almagià,... invece Useppe per fortuna faceva Ramundo... Ma Ramundo è una parola piana o tronca?... E là c'è scritto *Cemeterio Israelitico*: proprio cosí, *cemeterio*. E *israelitico*... non era questa una parola vietata?!

A leggere quella scritta sul cancello del cimitero, si convinse che senz'altro le cose stavano cosí: lei veniva deportata perché non ariana. Cercò allora di affrettare il passo, ma sentí che non ce la faceva.

Per suggerimento dello stesso cantiniere, s'era accodata a un gruppo di sinistrati e di fuggiaschi, avviati in direzione di Pietralata, verso un certo edificio dove s'era allestito, cosí dicevano, un dormitorio per i senza tetto. Quasi tutti quelli che la precedevano e la seguivano trasportavano fagotti, o valige, o masserizie; invece lei, fuori di Useppe, non aveva piú assolutamente nulla da portare. L'unica proprietà che le fosse rimasta, era la sporta che le pendeva dal braccio, con dentro i pacchetti della Croce Rossa e il cèrcine della vecchia di Mandela. Ma per fortuna, in salvo sotto il busto (che lei non trascurava mai di mettersi, neanche d'estate) le rimaneva, tuttavia, il prezioso fagottello dei suoi risparmi. Quel busto, in verità, dopo tante ore, le stava diventando un cilicio. Oramai l'unico suo desiderio era di arrivare, dovunque, sia pure in un campo di concentramento o in una fossa, per finalmente sganciarsi quel busto feroce.

«*Tacete! Il nemico vi ascolta! Vincere... Vincere!...*»

Un ometto solo e già piuttosto anziano, al suo fianco, ripeteva a voce alta simili motti di guerra, che si leggevano qua e là lungo la via sui muri bruciacchiati e sui manifesti sporchi di fumo. E sembrava per proprio conto divertirsene moltissimo, giacché ne ridacchiava come se raccontasse a se stesso delle barzellette, commentandoli con borbottii svariati. Aveva il braccio destro ingessato fino alla spalla, così che era costretto a tenerlo levato in su e proteso, quasi facesse il saluto fascista; e anche di ciò sembrava esilararsi. Era un tipo fra l'artigiano e l'impiegatuccio, magrolino, di statura non molto superiore a Ida, e con gli occhi vivaci. Nonostante la calura, portava addosso la giacca e in testa il cappello a falda ben calcato; e con la mano libera spingeva un carrettino a mano dove aveva caricato qualche masserizia. Sentendolo borbottare sempre da solo, Ida pensò che fosse un matto.

«Signó, siete romana?» d'un tratto lui la interpellò, in accento allegro.

«Sissignore», essa mormorò. Difatti, fra sé ragionava che ai matti bisogna sempre rispondere affermativamente e rispettosamente.

«Romana de Roma?»

«Sissignore».

«Come me. Roma Doma. Io pure so' romano, e, da oggi, invalido de guera». E le spiegò che un lastrone lo aveva colpito all'omero, proprio mentre rientrava nella sua casetta-laboratorio (faceva il marmoraro vicino al cimitero). La sua casetta era stata risparmiata, per fortuna, ma lui preferiva lo stesso di scappare, portandosi dietro lo stretto indispensabile. Il resto, se non glielo fregavano i ladri o le bombe, l'avrebbe ritrovato al ritorno.

Chiacchierava con allegria crescente, e Ida lo fissava spaventata, senza seguire i suoi discorsi.

«Beato lui che dorme», osservò il matto poco dopo, accennando a Useppe. E le propose, vedendola stremata, di depositare la creatura sul proprio carrettino.

Essa lo sogguardava con una enorme diffidenza, figurandosi che, sotto il pretesto di aiutarla, l'ometto volesse rubarle Useppe, portandoselo via di corsa col carrettino. Tuttavia, non potendone piú, accettò. L'ometto la aiutò a sistemare fra le sue proprietà Useppe (il quale seguitava a dormire tranquillamente) e poi le si presentò con queste parole:

«Cucchiarelli Giuseppe, falce e martello!» e in segno d'intesa e di saluto, chiuse il pugno della mano sana, facendole con gli occhi un ammicchio.

La povera testa intontita di Ida seguitava a ragionare: se gli dico che anche il pupo si chiama come lui Giuseppe, è piú facile che me lo rubi. Sulla base di questo ragionamento, essa preferí non dir nulla. Poi, per garantirsi contro ogni oscura intenzione dell'ometto, si attaccò a una stanga del carrettino con le due mani. E sebbene ormai quasi dormisse in piedi, non lasciò piú quella stanga, nemmeno per isgranchirsi le dita. Intanto, sorpassato il cimitero israelitico, giravano sul gomito della via Tiburtina.

E cosí Useppe fece il resto del viaggio quasi in carrozza: sempre dormendo accomodato su una coperta imbottita, fra una gabbia abitata da una coppia di canarini, e una cesta a coperchio contenente un gatto. Costui, tanto era atterrito e frastornato da tutta l'oscura vicenda, che per l'intero viaggio si tenne senza fiatare. I due canarini, invece, accostati l'uno all'altro in fondo alla gabbia, ogni tanto si scambiavano dei minimi pigolii di conforto.

4.

Passarono ancora circa due mesi e mezzo, senza nessuna notizia di Nino. Frattanto, il 25 luglio, il Duce, rimasto senza piú séguito nella mala sorte, era stato deposto e arrestato dal re, e con lui era caduto il fascismo, sostituito dal governo provvisorio badogliano, che durò 45 giorni. Il quarantacinquesimo giorno, che fu l'8 settembre 1943, gli Alleati angloamericani, padroni ormai di gran parte del sud d'Italia, avevano segnato un armistizio coi governanti provvisori. E costoro, immediatamente dopo, avevano preso la fuga verso il sud, lasciando ai fascisti e ai tedeschi il resto dell'Italia, dove la guerra continuava.

Però l'esercito nazionale sparso nel territorio, senza direzione e senz'ordine, s'era disgregato, cosí che a combat-

tere a fianco dei tedeschi ormai c'erano rimaste solo le mi-
lizie nere. Liberato dagli hitleriani, Mussolini era stato insediato nel nord a capo di una repubblica nazifascista. E
attualmente la città di Roma, rimasta senza governo, si trovava di fatto sotto l'occupazione hitleriana.

Durante tutti questi avvenimenti, Ida e Useppe avevano
seguitato a dimorare sui margini del territorio di Pietralata,
nel ricovero degli sfollati che li aveva accolti la prima sera
del bombardamento aereo.

Pietralata era una zona sterile di campagna all'estrema
periferia di Roma, dove il regime fascista aveva istituito
qualche anno prima una sorta di villaggio di esclusi, ossia
di famiglie povere cacciate via d'autorità dalle loro vecchie
residenze nel centro cittadino. Lo stesso regime aveva provveduto frettolosamente a fabbricare per loro, con materiali
autarchici, questo nuovo quartiere, composto di alloggi ru-
dimentali fatti in serie, i quali adesso, benché recenti, apparivano già decrepiti e imputriditi. Erano, se ben ricordo,
delle casupole rettangolari messe in fila, tutte di uno stesso
colore giallastro, in mezzo a un terreno brullo e non selciato, che produceva solo qualche arboscello nato secco, e
per il resto polvere o melma, a seconda delle stagioni. Fuori delle casupole, ci si vedevano certi casotti di cemento,
adibiti a latrina o a lavatoio, e degli stenditoi simili a for-
che. E in ognuna di quelle casupole-dormitorio ci si ammassavano dentro famiglie e generazioni, a cui si mischiava,
adesso, una popolazione errante di fuggiaschi della guerra.

A Roma, specie negli ultimi tempi, questo territorio si
considerava quasi una zona franca e fuori legge; e in genere i fascisti e i nazisti non osavano troppo di farcisi vedere, per quanto il suo panorama fosse dominato da un
forte militare, torreggiante in vetta a un monte.

Ma per Ida, la borgata, coi suoi abitanti, rimaneva una
regione esotica dove lei capitava solo per acquisti al mercato, o in altre simili occasioni, attraversandola sempre col
batticuore, come un coniglio. Il ricovero dove lei dimorava
si trovava, difatti, a circa un chilometro di distanza dall'a-
bitato, di là da un deserto di prati irregolari, tutti a scar-
pate e avvallamenti, che gliene nascondevano la vista. Era
un edificio isolato, quadrangolare, in fondo a uno sterro
franoso; e non si capiva bene quale fosse stata la sua funzione primitiva. Forse in origine era servito da deposito
agricolo, ma in seguito doveva essere stato adibito a scuola,

perché ci si trovavano dei banchi accatastati. E probabilmente ci s'era dato anche inizio a dei lavori, poi sospesi, giacché sulla copertura, fatta a terrazza, una parte del parapetto era stata demolita, e vi erano stati lasciati una cazzuola e dei mucchi di mattoni. In pratica, esso consisteva in un unico locale a pianterreno, piuttosto vasto, con basse finestre a grata, e un solo uscio che dava direttamente sullo sterro; ma godeva invero di comodità rare, allora, nei territori di borgata e cioè di un cesso privato, con pozzo nero; e di una cisterna, comunicante, sul tetto, con un cassone per l'acqua. L'unico rubinetto dell'edificio si trovava nel cesso, disposto in uno stretto sottosuolo, e di là si manovrava pure l'apparecchio per il flusso dell'acqua nel cassone. Però dopo l'estate la cisterna era ormai secca, e Ida, con le altre donne, doveva rifornirsi d'acqua a una fontanella della borgata. Poi, con le piogge, la situazione migliorò.

Nessun'altra abitazione esisteva all'intorno. L'unico edificio di qua dalla borgata, a una distanza di tre o quattrocento metri, era un'osteria, specie di baracca in muratura, dove si vendeva pure il sale, i tabacchi e altri generi della tessera sempre piú scarsi col passare del tempo. Se nel territorio correva la minaccia di retate, o rastrellamenti, o della semplice presenza di tedeschi o di fascisti, l'oste trovava modo di avvisarne gli sfollati, con certi suoi segnali.

Dall'ingresso del ricovero in fondo allo sterro, in direzione dell'osteria, c'era praticato un viottolo ineguale, indurito alla meglio con qualche sasso. Quella, nei dintorni, era l'unica via battuta.

Da quando Ida si trovava là, non pochi della piccola folla arrivata insieme a lei, s'erano trasferiti altrove, presso parenti o in campagna. C'era stato, al posto loro, qualche nuovo arrivo, di sinistrati del secondo bombardamento di Roma, (il 13 agosto) o di fuggiaschi del sud; ma anche questi altri, via via, s'erano sparsi altrove. Dei rimasti, là, come Ida e Useppe, fino dalla prima sera, ci si trovava tuttora Cucchiarelli Giuseppe, il marmoraro che aveva portato Useppe sul proprio carrettino. Pare che di recente fosse riuscito, falsificando le carte per la lista dei defunti, a figurare fra le vittime del bombardamento rimaste sotto le macerie. Preferiva rimanere in incognito con gli sfollati risultando morto all'anagrafe di Roma, che fare il marmoraro del camposanto sotto i fascisti e i tedeschi.

Con lui c'era pure il suo gatto (il quale poi era una gatta, di un bel colore striato rosso e arancione, e di nome Rossella); e la coppia dei due canarini, di nome Peppiniello e Peppiniella, dentro la loro gabbia sospesa a un chiodo. E da questi due la gatta, secondo gli insegnamenti del padrone, si teneva sempre alla larga, come se nemmeno li vedesse.

Di altri abitanti fissi del ricovero, attualmente c'era solo una famiglia, mezza romana e mezza napoletana, e cosí numerosa, da lei sola, che Cucchiarelli Giuseppe la soprannominava *I Mille*. I componenti napoletani di questa famiglia, rimasti senza tetto nella primavera di quell'anno in seguito ai bombardamenti di Napoli, erano venuti a rifugiarsi presso i loro parenti di Roma; ma anche qui erano rimasti senza tetto, insieme ai loro parenti ospitali, in seguito al bombardamento del luglio: «Noi», si vantavano in proposito scherzando, «siamo un obiettivo militare». Contarli con esattezza era difficile, poiché componevano una tribú fluttuante; però non erano mai meno di dodici, e arrangiandosi, fra tutti, in varie attività e mestieri, godevano di una prosperità relativa. C'erano alcuni giovanotti, i quali comparivano solo a intervalli, tenendosi di solito al largo chi sa dove, anche per timore delle razzie tedesche. C'era una vecchia romana grossissima, di nome la sora Mercedes, che stava sempre seduta su una panchetta con una coperta addosso per causa dell'artrite, e custodiva, sotto la coperta, un deposito di derrate alimentari. C'era il marito di Mercedes, napoletano, e di nome, pure lui, Giuseppe. C'erano altre due vecchie (di cui la piú conversevole, di nome Ermelinda, veniva intesa da Useppe come Dinda), un altro vecchio, alcune nuore giovani, e, di piccoli, diversi ragazzini, fra femminelle e maschietti. Nel numero di costoro (oltre a un certo Currado e a un certo Impero) si contava pure un altro Giuseppe, cosí che per distinguere fra tanti Giuseppi si usava nominare: Giuseppe Primo, il marito di Mercedes; Giuseppe Secondo, il signor Cucchiarelli (che Ida, fra sé, continuava a chiamare Matto); e Peppe il piccolo napoletano. A costoro si aggiungeva infine (per non contare i canarini Peppiniello e Peppiniella) Useppe nostro, il quale, di tutti quei Giuseppi, era senz'altro il piú allegro e popolare.

Fra i Mille si notava un certo vuoto nella generazione di mezza età, per via che due genitori (già nonni di Impero Currado ecc.) erano morti schiacciati a Napoli. Oltre a vari figli maschi già maggiorenni, essi avevano lasciato orfana, qua presente fra i Mille, un'ultima figlia minore di nome Carulina, la quale aveva quindici anni finiti ma ne mostrava tredici; e per le sue treccette nere ripiegate a doppio e appuntate in cima alle tempie faceva pensare a una gatta o a una volpe con gli orecchi dritti. Circa un anno avanti, a Napoli, durante i pernottamenti nelle grotte per evitare le incursioni, questa Carulina, allora in età di quattordici anni meno un mese, era rimasta incinta, non si sapeva con chi. Lei stessa, difatti, agli interrogatorii insistenti della sua tribú, rispondeva spergiurando che, se qualcuno era stato, lei non s'era accorta di niente. Però sulla fede della sua parola non si poteva contare, perché la sua testa era fatta in modo che credeva ciecamente a tutte le fantasie e invenzioni, non solo altrui, ma anche sue proprie. A esempio, nel tempo di Pasqua, i suoi di casa le avevano detto, volendo prenderla in giro, che gli Americani, per le Buone Feste, in luogo delle solite bombe dirompenti e incendiarie avrebbero sganciato su Napoli delle bombe-uovo, riconoscibili fino dal cielo per i loro bei colori sgargianti. Naturalmente, si trattava di proiettili innocui dai quali, al momento dello scoppio a terra, uscivano delle sorprese: per esempio salsicce, cioccolate, caramelle ecc. Da quel momento, Carulina convinta si tenne sempre all'erta, correndo alla finestra a ogni ronzio d'aereo e spiando in cielo verso la sperata apparizione. Finalmente, la mattina del Sabato Santo, uscita per la spesa ne tornò con l'aria di una miracolata, e consegnò in offerta a sua nonna una sfogliatella dolce: raccontando che giusto mentre lei passava nei dintorni di Porta Capuana, da una Fortezza Volante era piovuta una bomba-uovo, in forma d'uovo di Pasqua grosso, e tutta coperta di stagnola dipinta con le figure della bandiera d'America. Questa bomba era esplosa proprio davanti alla Porta, senza far danno, anzi! sprizzando luci e faville come una bellissima girandola di bengala; e ne era sortita la stella del cinema Janet Gaynor, in abito da gran sera e con un gioiello in petto, la quale aveva senz'altro cominciato a distribuire intorno pastarelle dolci. A lei, Carulí, in particolare, la diva aveva fatto un cenno d'invito col ditino: consegnandole la presente sfogliatella, con le parole: *Portala a nònneta, che a quella, povera vecchia, le restano poche annate da farci la buona pasqua, a questo mondo.*

«Ah accussí t'ha detto. E in che lingua t'ha parlato?»

«Come, quale lingua! itagliano! napulitano! eh!»

«E dopo, come ha fatto a riandarsene all'America?! che se si fa vedere di qua, capace che questi se la pigliano come ostaggio, e la fanno prigioniera di guerra!!»

«Nooo! Noooo!» (scuotendo calorosamente la testa), «come! Quella è già ripartita, subito, dopo cinque minuti! Teneva addosso legato come una specie di pallone, insomma un paracadute all'incontrario, che invece di scendere, monta. E accussí è rimontata sulla Fortezza Volante che stava là incoppa a aspettarla, e accussí è ripartita e via».

«Ah, accussí va buono. Grazie e saluti distinti».

Poche settimane dopo questo caso straordinario, Carulina arrivò a Roma con la famiglia. E a vederla all'arrivo, faceva l'effetto di un fenomeno di natura: cosí piccola, e con una pancia enorme, tale che non si capiva come potesse, lei, sui suoi piedini, portarsela appresso. Nel mese di giugno, a Roma, quartiere di San Lorenzo, essa partorí due gemelle, sane, normali e tonde, mentre che lei era anche magretta, sebbene in buona salute. Le due furono nominate Rosa e Celeste; e siccome erano, e rimanevano, identiche in tutto e per tutto, la madre, per non confonderle, gli teneva al polso due nastrini, uno celeste e uno rosa. Purtroppo, i due nastrini col tempo s'erano resi quasi irriconoscibili, per la sporcizia. E la madre ogni volta li esaminava scrupolosamente, prima di certificare, soddisfatta: «Questa è Rusinella». «Questa è Celestina».

Naturalmente, il suo poco latte infantile non le bastava per le due carulinette; ma per questo la soccorse una delle sue cognate romane, la quale si trovava addirittura oppressa dal troppo latte che teneva, avendo appena svezzato di prepotenza l'ultimo figlio (Attilio) il quale, se no, troppo fanatico della sisa, a cui voleva stare sempre attaccato, minacciava di crescere mammone.

La Carulina, anche se aveva messo su famiglia, si manteneva piú ragazzina ancora della sua età: al punto che non s'interessava, come le sue cognate, a «Novella», e simili riviste di grande successo femminile; ma ancora leggeva, compitandole a alta voce, le storie a figurine e i giornaletti per i piccoli; e si divertiva a giocare a acchiapparella e nascondarella coi guaglioni e i regazzini del posto. Però, bastava un minimo lamento o protesta di Rosa, o di Celeste, per vederla accorrere preoccupata, con gli occhi spalancati e protesi come due fari d'automobile, nella direzione della sua prole. Essa divideva coscienziosamente il suo poco latte fra le due gemelle, scoprendo in pubblico le sue mammelline nude senza vergogna, come cosa naturale. E in questa operazione dell'allattamento si dava un'aria di grande importanza.

Per addormentarle, cantava una ninnananna semplicissima, che diceva cosí:

> Ninna ò ninna ò
> Rusina e Celesta s'addormentò
> ò ò
> ninna ò.

E questo era tutto, ripetuto sempre uguale, finché quelle dormivano.

L'angolo riservato alla sua tribú, nello stanzone-ricovero, era sempre pavesato, specie nei giorni di pioggia, di pannolini e camiciole per neonati stese a asciugare. Essa si affaccendava con una frequenza addirittura eccessiva a cambiare e ripulire le sue figlie, rovesciandole sottosopra senza tanti complimenti. Era, insomma, una brava madre: dai modi, però, autorevoli e sbrigativi, senza smorfie né vezzeggiamenti, anzi baccaiando, al caso, con le figlie, come se quelle capissero. Forse, troppo impreparata alla maternità, essa, piuttosto che due fantoline minori, vedeva in loro quasi due sue coetanee nane, uscite da lei a sorpresa, come Janet Gaynor dalla bomba-uovo.

Però al tempo stesso, nella sua inopinata promozione a madre, lei medesima si era promossa, in certo modo, a madre di tutti quanti. La si vedeva sempre indaffarata, qua a sventolare il fuoco, là a risciacquare uno straccetto, o a pettinare sua cognata con la pettinatura di Maria Denis, ecc. ecc. Una sua eterna occupazione, poi, era di ricaricare il grammofono a manovella, proprietà della famiglia, il quale (siccome l'ultima radio della famiglia era fatalmente sprofondata con le bombe) veniva mantenuto in azione dalla mattina alla sera. I dischi erano pochi e sempre gli stessi: due sole canzoni, già vecchie d'un paio d'anni, che si intitolavano *Reginella campagnola* e *Gagarella del Biffi-Scala*; una antica canzone comica napoletana, *La foto*; un'altra idem, detta *Sciósciame*, dove si trattava pure di una tale Carulí; e in piú tre ballabili (tango, valzer e fox brillante) e un jazz italiano, del complesso Gorni, Ceragioli, ecc.

Carulí sapeva a memoria tutti questi titoli e nomi, cosí

come sapeva magnificamente a memoria i nomi delle attrici del cinema e i titoli dei film. Difatti, il cinema le piaceva assai; però, a chiederle la trama dei film tanto goduti, si scopriva che non ne aveva capito niente. In luogo delle storie d'amore, rivalità, adulterio e simili, essa vedeva solo dei movimenti fantastici, come di lanterna magica. E le dive, per lei, dovevano essere qualcosa sul tipo di Biancaneve, o delle fate dei giornaletti. In quanto agli attori maschi, la interessavano assai meno, perché meno assimilabili, nella sua immaginazione, ai personaggi delle favole.

Nata in una tribú, si capisce che, del sesso, niente era rimasto segreto ai suoi occhi, fino dalla sua prima infanzia. Ma questo fatto, stranamente, aveva favorito la sua indifferenza sessuale, cosí innocente da somigliare a una ignoranza assoluta: da potersi paragonare, addirittura, a quella di Rosa e Celeste!

La Carulí non era bella: col suo corpicino disarmonico, e già sfiancato dalla doppia gravidanza al punto che il movimento delle sue gambe ne risultava sbilanciato, dandole una camminata storta e buffa, come quella di certi cuccioli bastardi. Dalla sua schiena magrolina, le scapole sporgevano eccessivamente, come due ali mozze e spiumate. E la sua faccia era irregolare, con la bocca troppo grande. Però, a Useppe, questa Carulí doveva apparire una bellezza mondiale, per non dire divina. E attualmente, il nome piú chiamato e ripetuto da lui (oltre a *mà*) era *Ulí*.

D'altra parte, Useppe aveva presto imparato i nomi di tutti quanti: Eppetondo (Giuseppe Secondo, ossia il Matto, ossia Cucchiarelli, il quale invero non era tondo per niente, anzi alquanto secco), Tole e Mémeco (Salvatore e Domenico, i due fratelli piú anziani di Carulí) ecc. ecc. E non esitava a chiamarli per nome gioiosamente, ogni volta che gli capitava, come se fossero tutti pupetti pari a lui. Spesso quelli, intenti alle loro faccende e intrallazzi, nemmeno gli badavano. Ma lui, dopo un istante di perplessità, s'era già dimenticato dell'affronto.

Senza dubbio, per lui non esistevano differenze né di età, né di bello e brutto, né di sesso, né sociali. Tole e Mémeco, erano, veramente, due giovanotti stortarelli e rincagnati, di professione incerta (borsari neri, oppure ladri, secondo i casi), ma per lui erano tali e quali a due fusti di Hollywood o a due patrizi d'alto rango. La sora Mercedes puzzava; ma lui, quando giocava a nascondarella, sceglieva a preferenza, come nascondiglio, la coperta che lei teneva sui ginocchi; e al momento di sparire là sotto, le mormorava in fretta in fretta, con aria complice: «Stà zitta, eh, stà zitta».

Un paio di volte, verso la fine dell'estate, era capitato per di là qualche militare tedesco. E súbito, nel ricovero, era corso il pànico, perché oramai, fra il popolo, i tedeschi apparivano peggio che dei nemici. Ma per quanto già l'annuncio *i tedeschi* agisse all'intorno come una sorta di maledizione, il piccolo Useppe non parve rendersene conto, e accolse gli insoliti visitatori con una curiosità intenta, e senza sospetto. Ora si trattava, invero, in quei casi, di comuni soldatucci di passaggio, i quali non avevano male intenzioni, né altro pretesero che una indicazione stradale o un bicchier d'acqua. Però è sicuro che se là nello stanzone si fosse presentato uno squadrone di SS con tutto il loro armamentario di strage, il buffo Useppe non ne avrebbe avuto paura. Quell'essere minimo e disarmato non conosceva la paura, ma un'unica, spontanea confidenza. Sembrava che per lui non esistessero sconosciuti, ma solo gente sua di famiglia, di ritorno dopo qualche assenza, e che lui riconosceva a prima vista.

Alla sera del suo arrivo dopo il disastro, scaricato dormiente dal carrettino, non s'era piú svegliato fino alla mattina seguente, tanto che Ida, per fargli mangiare qualcosa, aveva dovuto imboccarlo quasi addormentato. Poi, nella nottata, essa lo aveva sentito, durante quel suo lunghissimo sonno, trasalire e lamentarsi; e, al toccarlo, le era parso che scottasse. Però al mattino invece (una bella mattinata di sole) s'era svegliato fresco e vispo come sempre. Le prime presenze che aveva scorto, appena riaperti gli occhi, erano stati i due canarini e le gemelle (la gatta era assente per i fatti suoi). E immediatamente era corso a precipizio verso di loro, salutando quella apparizione con molte risatine incantate. Poi, come fanno i gatti, s'era messo a esplorare il suo nuovo inspiegato alloggio, avendo l'aria di dire: «Sí! sí! sono soddisfatto», e intrufolandosi fra tutta quella gente ignota come volesse annunciare: «Eccomi qua! finalmente ci si ritrova!» Non s'era ancora lavato, dopo la giornata di ieri, e in quella sua faccia intrepida, sporca e nera dal fumo, la letizia dei suoi occhietti celesti era cosí comica che faceva ridere tutti quanti, perfino in quel tragico primo giorno.

Da allora, l'esistenza promiscua in quell'unico stanzone comune, che fu per Ida un supplizio quotidiano, per Useppe fu tutta una baldoria. La sua minuscola vita era stata sempre (salvo che nelle felicissime notti degli allarmi) solitaria e isolata; e adesso, gli era capitata la fortuna sublime di ritrovarsi, giorno e notte, in compagnia numerosissima! Sembrava addirittura ammattito, innamorato di tutti.

Anche per questo le madri altrui gli perdonavano le sue straordinarie precocità, commentandole senza invidia. Al paragonarlo coi loro propri figli, esse non volevano credere che avesse due anni appena; e sospettavano fra loro che Ida, in proposito, per farsene bella, sballasse una frottola. Però, a confermare la minima età del pupo, c'erano, d'altra parte, la sua ingenuità illimitata, e le sue misure fisiche, sempre al di sotto di quelle dei suoi coetanei. Certe dame benefiche avevano lasciato là in offerta ai senzatetto un mucchio d'indumenti usati, nel quale era stato pescato il suo corredo per l'autunno: un paio di pantaloni lunghi a bretelline, che Carulí gli aveva adattato alla vita, ma che per il resto gli sovrabbondavano addosso, da somigliare a quelli di Charlot; un mantello a cappuccio d'incerato nero, imbottito di trapunta rossa, che gli arrivava ai piedi; e una maglietta di lana turchina che, in compenso, gli stava corta (forse aveva appartenuto a un lattante) cosí che sempre gli si rialzava di dietro, lasciandogli scoperto un pezzo di schiena.

Inoltre, Carulí gli aveva ricavato due camiciole e parecchi slip dal cèrcine della vecchia di Mandela; e con gli avanzi di una pelle di capra, rubata dai suoi fratelli a un conciatore, gli aveva combinato un paio di calzature del tipo cioce, allacciate con degli spaghi. Si può dire, in verità, che, fra tutti gli ospiti dello stanzone, Useppe era il piú povero. O meglio, lo fu durante il primo periodo: giacché in séguito, come si vedrà, arrivò un ospite che, almeno per il momento, era piú povero ancora di lui.

Come tutti gli innamorati, Useppe non avvertiva assolutamente le scomodità di quella vita. Finché durò l'estate, agli altri abitanti del dormitorio si aggregarono zanzare, pulci e cimici. E Useppe si grattava di sotto e di sopra, eseguendo delle vere e proprie ginnastiche naturali, come i cani e i gatti, e brontolando appena per commento: «*lope, lope...*» ossia *mosche*, giacché lui tutti gli insetti li chiamava mosche.

Nell'autunno, con le finestre chiuse, il locale, nell'ora di cucina, si empiva di un fumo asfissiante; e lui, senza troppo impicciarsene, si contentava ogni tanto di sventolare le due mani dicendo: «Via, fumo». Questi disagi, del resto, erano compensati dalle meraviglie dello stanzone, che con le piogge d'autunno era sempre popoloso, offrendo programmi di novità e attrazione sempre varia.

Anzitutto, c'erano le due gemelle. Gli altri pupi della compagnia, piú o meno suoi coetanei, manifestavano, a modo loro, una certa coscienza di superiorità nei confronti di quelle lattanti. Ma per lui esse erano uno spettacolo cosí affascinante che a volte restava a contemplarle per la durata di molti minuti, in un divertimento estatico. Poi d'un tratto, irresistibilmente, prorompeva in certi suoi discorsi giulivi e incomprensibili, forse convinto che per dialogare con quelle creature occorresse un linguaggio ostrogoto. E forse aveva ragione, perché loro gli rispondevano con gesticolamenti esilarati e voci speciali, talmente entusiaste che, nel produrle, si bagnavano tutte di saliva.

Davanti a una tale concordia, un giorno, dalla parentela, gli fu proposto di sposarsene una. E lui prontamente accettò la proposta, serio e persuaso; però, siccome alla scelta stava titubante fra l'una e l'altra (e difatti parevano uguali), si venne d'accordo alla soluzione di ammogliarlo con tutte e due. Le nozze furono celebrate senz'altro indugio. La sora Mercedes era il prete e Giuseppe Secondo il compare.

«Useppe, sei tu contento di sposare le qui presenti Rosa e Celeste?»

«Tí».

«Rosa e Celeste, siete voi contente di sposare il qui presente Useppe?»

«Io sí. E io sí», affermarono le due spose, per bocca del compare.

«E allora vi dichiaro moglie e marito».

E cosí detto, mentre le mani dei tre sposi venivano solennemente congiunte, l'officiante Mercedes fece mostra d'infilare ai loro diti tre anelli immaginari. Useppe splendeva di fervore, ma anche di responsabilità a questa doppia consacrazione, che la Carulí approvava contentissima, presenti Impero, Currado e l'altra pipinara, tutti che assistevano a bocca aperta. Come rinfresco di nozze, il compare offrí due sorsi di un liquorino dolciastro, di sua propria fabbricazione; però Useppe, dopo averlo assaggiato con aria compunta, non ne apprezzò affatto il sapore, e senza cerimonie lo sputò.

Quest'insuccesso del rinfresco, tuttavia, non guastò la festa, anzi suscitò una risata generale, che liberò istantaneamente lo sposo dalla sua serietà. E in un buonumore immenso e radioso, Useppe si buttò in terra con le gambe in aria, dandosi a una sfrenata celebrazione acrobatica.

Un altro spettacolo mirabile erano i due canarini, davanti ai quali Useppe prorompeva, addirittura, in piccoli gridi di giubilo: «... l'ali...» ripeteva, «l'ali...» Però invano si studiava di capire i loro discorsi, cantati e chiacchierati.

«Ulí, che dicono?»

«Che saccio! Quelli mica parlano la lingua nostra, quelli sono forestieri».

«Véngheno dalle isole de Canaria, vero, sor Giusè?»

«No, sora Mercedes. Quelli so' nostrani, véngheno da Porta Portese».

«E che dicono? Eppetondo, eh? che dicono?»

«Che hanno da dí! boh!... Dicono: ciricí ciricí io salto qui e tu zompi lí! Te va bene?»

«No».

«Ah nun te va bene! embè, ariccóntecelo tu, allora, quello che dicono».

Ma Useppe, amareggiato, qui non trovava risposta.

Diversamente dai canarini, la gatta Rossella non teneva dialoghi con nessuno. Però, all'occorrenza, aveva nella sua parlata certe voci speciali, che tutti piú o meno, erano capaci d'intendere. Per chiedere, diceva *míu* o *mèu*; per chiamare, *màu*, per minacciare, *mbroooh*, ecc. ecc. Ma assai di rado, invero, costei si trovava dentro casa. Il suo proprietario Giuseppe Secondo aveva deliberato: *Quando c'è carestia per i cristiani, ai gatti devono bastare i sorci*, e lei, per conseguenza, passava la maggior parte del proprio tempo a caccia, spendendoci destrezza e audacia, perché il terreno della caccia era infido. «Bada a te», la avvisava ogni tanto Giuseppe Secondo, «che qua a poca distanza c'è l'osteria che cucina li gatti arrosto». E attualmente, a quanto pareva, pure i sorci scarseggiavano. Difatti il corpo della cacciatrice, di bella eleganza felina, negli ultimi mesi s'era smagrito e spelacchiato.

Secondo l'opinione generale, essa era un tipo di mala

vita, cattiva e doppia. Difatti, se si tentava di prenderla, lei sfuggiva; e mentre nessuno la cercava, veniva inaspettata a strusciarsi addosso all'uno e all'altro, facendo le fusa, ma scattando via non appena si tentava di toccarla. Per i ragazzini, poi, essa nutriva una speciale diffidenza; e se a volte, distratta dalla sua sensualità, capitava a strusciarsi a uno di loro, bastava un piccolo movimento di costui perché lei subito gli soffiasse con aria feroce. E cosí Useppe, ogni volta che lei lo degnava di una strusciata, si teneva immobile e senza respiro, per l'emozione di quel favore difficile e fuggente.

Un altro lusso primario dello stanzone, per Useppe, era il grammofono. Lui ne variava le canzoni all'infinito, e ci si metteva a ballare, non i passi monotoni e conformi del tango o del fox, ma tutte danze d'istinto e di fantasia, nelle quali finiva con lo scatenarsi addirittura, trascinando nell'ebbrezza gli altri ragazzini in vere mirabilia da campione. Fra le sue capacità premature, la piú ammirata da tutti era la sua bravura sportiva. Si sarebbe detto che le sue minuscole ossa nell'interno tenevano aria, come quelle degli uccelli. Nello stanzone c'erano rimasti in deposito dei banchi scolastici, che ne occupavano, sovrapposti a catasta, tutto un lato; e per lui quella catasta doveva rappresentare una specie di scogliera avventurosa! Ci s'arrampicava a volo, fino alla cima, balzando e correndo in equilibrio sugli orli piú alti come un ballerino sul filo; e d'un tratto saltandone giú senza peso. Se qualcuno da sotto gli gridava: «Scendi! ti fai male!» lui, per solito cosí pronto a rispondere, in questo caso diventava sordo e irraggiungibile. Come pure agli applausi e incitamenti: «Bravo! via!» mostrava una uguale disattenzione spensierata. Il gusto di esibirsi gli mancava; anzi, all'occasione, si scordava perfino della presenza altrui. Si aveva la sensazione che il suo corpo lo trasportasse fuori da se stesso.

In aggiunta alla catasta dei banchi, su ogni lato lo stanzone era ingombro di fagotti, damigiane, fornelli, tinozze, catini, ecc., oltre ai sacchetti di sabbia contro gli incendi e alle materasse arrotolate. Per aria, da un lato all'altro, erano stese delle corde, tutte pavesate di vestiti e biancheria.

L'intera superficie, abbastanza vasta, era un trapezio rettangolo, di cui l'angolo ottuso con le sue adiacenze era occupato dai Mille, che la notte vi dormivano tutti in un mucchio, su una fila di materassi accostati. L'angolo acuto era abitato da Giuseppe Secondo, il quale, solo fra tutti, disponeva di un materasso di lana di sua proprietà. Aveva, invece, lasciato a casa il guanciale, usando al suo posto la propria giacca, e, su questa, il cappello, che ogni mattina si rimetteva in testa, senza mai toglierselo, nemmeno per casa. A spiegazione di questa buffa abitudine, lui diceva di soffrire di artrite reumatica. Ma la verità era che sotto la fodera del cappello teneva nascosto, in biglietti da mille distesi, una porzione del proprio capitale liquido, avendone distribuito il resto, parte sotto la fodera della giacca, e parte sotto la suoletta interna dell'unico suo paio di scarpe, che di notte metteva a riposare accanto a sé, sotto la coperta.

L'angolo consecutivo era di Ida, la quale, unica fra tutti, lo aveva separato dal resto del dormitorio con una specie di tenda, fatta di sacchi cuciti insieme alla meglio e sospesi a una corda. E nel quarto angolo, presentemente disabitato, erano passati successivamente varii ospiti transitorii, dei quali, unici ricordi, erano rimasti due fiaschi vuoti e un saccone di paglia.

In questo periodo, le mattine, al risveglio, Ida raramente ricordava di aver sognato. Ma i pochi sogni che ricordava erano lieti, cosí che le tornava piú amaro ritrovarsi, destandosi, nel suo presente stato di miseria. Una notte, le pare di risentire il grido dei pescatori già udito nell'infanzia, quando stava dai suoi nonni al tempo d'estate: FAA-LEIU!! E difatti, si trova alla presenza di un mare turchino, dentro una stanza quieta e luminosa, in compagnia di tutta la sua famiglia, i vivi e i morti. Alfio la rinfresca agitando un ventaglio colorato, e Useppe dalla riva ride a vedere i pesciolini che saltellano fino sopra l'orlo dell'acqua...

Poi si ritrova in una città bellissima, come non ne ha mai viste. Anche stavolta, è presente un grandissimo mare azzurro, di là da immense terrazze lungomare su cui passeggia una folla in vacanza, lieta e placida. Tutte le finestre della città hanno tende variopinte, che sbattono appena appena all'aria fresca. E di qua dalle terrazze, fra gelsomini e palme, si estendono dei caffè all'aperto, dove la gente, riposando in festa sotto ombrelloni colorati, ammira un violinista fantastico. Ora, questo violinista è suo padre, alto e regale su un palco d'orchestra dalla balaustra decorata: è anche un cantante famoso, e suona e canta *Celeste Aida forma divina...*

La riapertura delle scuole, che nella sua nuova condizione di profuga aveva preoccupato Ida fino dall'estate, veniva ormai rinviata a chi sa quando nella città di Roma; e la sola attività di Ida, fuori di casa, attualmente era la difficile caccia al cibo, per la quale il suo stipendio le riusciva ogni mese piú scarso. Talora, dai Mille, che esercitavano, fra l'altro, anche il commercio clandestino, essa acquistava dei pezzi di carne, o del burro, o delle uova, a prezzi alti di borsa nera. Ma questi lussi, se li permetteva a beneficio esclusivo di Useppe. Lei stessa era tanto dimagrita che i suoi occhi sembravano grandi il doppio di prima.

Nello stanzone regnava una stretta divisione della proprietà, cosí che all'ora dei pasti si istituiva un vero confine invisibile fra i tre angoli abitati del trapezio. Perfino Useppe, in quell'ora, veniva trattenuto nel proprio cantuccio da Ida, la quale temeva che il pupo, fra i Mille banchettanti e Giuseppe Secondo intento a riscaldare i propri barattoli, prendesse, involontariamente, la figura di un accattone. In quel tempo di carestia, pure i prodighi diventavano avari; e il solo che, ogni tanto, si affacciasse alla tenda di sacchi recando in offerta un assaggio dei suoi piattini era Giuseppe Secondo. Ma lei, che tuttora seguitava a considerarlo matto, a tali offerte arrossiva confusa, ripetendo: «grazie... scusi... tante grazie... scusi tanto...»

Nel gruppo dei rifugiati, essa era la piú istruita, ma anche la piú povera; e questo la rendeva piú timida e spaurita. Perfino coi ragazzini dei Mille, non riusciva a liberarsi del suo senso di inferiorità, e soltanto con le gemelline si prendeva qualche confidenza, perché quelle, pure loro, come Useppe, erano nate da padre ignoto. I primi giorni, a chi le aveva domandato di suo marito, aveva risposto arrossendo: «Sono vedova...» e l'ansia di nuove domande la rendeva ancora piú forastica che già non fosse per natura.

Essa temeva sempre di disturbare, d'essere di troppo; e solo di rado sortiva dal proprio angolo, vivendo rincantucciata dietro la sua tenda come un carcerato in una cella di isolamento. Mentre si svestiva o si rivestiva, tremava che qualche estraneo si affacciasse alla tenda, o la intravvedesse di fra i fori della tela di sacco. Si vergognava ogni volta che andava al cesso, davanti al quale, spesso, era necessario fare la fila; ma intanto, quel camerino fetido era l'unico luogo che le concedesse, almeno, una pausa di isolamento e di quiete.

Nello stanzone comune, i rari momenti di silenzio le facevano l'effetto di un filo d'aria aperta nel fondo di un girone infernale. Tutti quei rumori estranei, che la aggredivano da ogni parte, ormai si riducevano, ai suoi orecchi, a un unico eterno rimbombo, senza piú distinzioni di suoni. Però, a riconoscere, là in mezzo, la vocina gaia di Useppe, essa ne risentiva la identica, piccola gloria che provano le gatte randage quando i loro figlietti intraprendenti si cimentano nella piazza pubblica, fuori del loro buco infognato nei sottosuoli.

Di solito, finita la cena Useppe cascava dal sonno e raramente ci si trovava anche lui nell'ora che i Mille approntavano la loro grande cuccia per la notte. Però da parte sua lui considerava tali rare occasioni una fortuna, assistendo a quei preparativi con interesse grandissimo, e procurando di mischiarcisi frammezzo. Poi, tratto per mano da Ida nella propria tenda privata, si voltava nostalgicamente indietro.

Ora una certa notte, nel buio universale, gli capitò di risvegliarsi per un suo bisogno; e nel provvedervi eroicamente senza aiuto per non disturbare la madre, fu incuriosito dall'enorme coro dei russanti di là dalla tenda; e si attardava sul suo vaso, a tendere l'orecchio, finché, levandosi, uscí a piedi nudi, a esplorare nel dormitorio. Chi sa come facevano, i dormienti, a produrre suoni cosí svariati?! Uno pareva un motore a scoppio, uno il fischio d'un treno, uno un raglio, e un altro, uno starnuto a ripetizione. Fra le tenebre dello stanzone, l'unico chiarore veniva da una candelina dei morti, tenuta sempre accesa dai Mille davanti a certe fotografie, su una specie d'altarino d'angolo in fondo alla loro cuccia. Quella piccola luce arrivava a malapena dalla parte opposta, dove Useppe si trovò all'uscire dalla tenda. Ma rinunciò a spingersi oltre, non per la paura di muoversi nel buio, ma perché, invece, sulla sua curiosità di osservare il meccanismo dei russamenti prevalse lí per lí una attrazione diversa. E con un risolino, vedendo che il giaciglio dei Mille, là vicino a lui, gli lasciava un piccolo posto verso il bordo, senz'altro ci si accomodò, ricoprendosi alla meglio con un lembo disponibile di coperta. Dei prossimi dormienti, riusciva a intravvedere a malapena le sagome. Quella al suo fianco, dall'enorme rigonfio che faceva sotto la coperta, e anche dall'odore, doveva essere la sora Mercedes. Invece ai piedi di costei stava distesa una sagoma assai piú piccola, che si teneva la coperta fin sulla testa, e che forse poteva anche essere Carulina. Prima di stendersi del tutto, Useppe si provò a chiamare piano piano: «Ulí...» ma quella non dette segno di udire. Forse era un'altra.

Nessuno dei Mille si accorse dell'intrusione di Useppe. Solo la grossa sagoma vicino a lui, nel sonno, istintivamente si fece in là per lasciargli un poco piú di spazio, e poi se lo trasse piú accosto, forse credendolo un proprio nipotino. Rannicchiato vicino a quel gran corpaccione caldo, Useppe si riaddormentò subito.

Proprio quella stessa notte, fece il primo sogno di cui sia rimasta traccia nella sua memoria. Sognò che sul prato c'era una *navi* (una barchetta) legata a un albero. Lui saltava dentro la barchetta, e subito questa si scioglieva dalla corda, mentre il prato era diventato un'acqua assai lucente, sulla quale la barchetta, con lui dentro, dondolava a ritmo come se ballasse.

In realtà, quello che nel suo sogno si traduceva nel gaio rollio della barca era un movimento effettivo, che si svolgeva nel frattempo ai suoi piedi. La piccola sagoma quasi infantile coperta fino sulla testa era diventata una coppia. Un maschio della tribú dei Mille, preso da uno stimolo subitaneo, era scivolato fino a lei senza rumore attraverso la fila dei materassi, e, senza dirle niente, adagiato su di lei sfogava in brevi sussulti il proprio stimolo notturno. E lei lo lasciava fare, rispondendo solo con qualche piccolo brontolio sonnolento.

Ma Useppe addormentato non s'accorse di nulla. All'alba, Ida, non trovandoselo vicino, preoccupata corse nel dormitorio. Socchiuse, per vederci, una finestra, e alla poca luce lo scorse, sul bordo a principio della grande cuccia, che dormiva placidamente. Allora se lo prese in collo e lo ridepose sul proprio materasso.

5.

Quel principio d'autunno portò ai rifugiati dello stanzone diversi avvenimenti notevoli.

Alla fine di settembre, il caldo estivo durava ancora, e per non soffocare si dormiva con le finestre aperte. Fu il 29 o 30 di quel mese che, di sera tardi verso le undici, poco prima del coprifuoco, da una delle basse finestre sullo sterro la gatta Rossella saltò dentro lo stanzone, annunciandosi, lei per solito assai taciturna, con un lungo, ardente miagolio. Tutti erano già coricati, ma non tutti ancora dormivano; e Giuseppe Secondo, ancora sveglio, fu il primo a vedere, poco dopo l'annuncio di Rossella, un'ombra maschile inquadrarsi nel vano della finestra:

«È qua il rifugio degli sfollati?»

«Beh? e che vuoi?»

«Fatemi entrare». La voce suonava rauca e sfinita, ma perentoria. In quel periodo, chiunque si presentasse di sorpresa era sospetto, e tanto piú di notte. «Chi è? chi è?!» s'informarono intorno varie voci allarmate dalla cuccia comune dei Mille, mentre due o tre di costoro s'alzavano in fretta, ricoprendosi alla meglio i corpi accaldati quasi nudi. Ma Giuseppe Secondo, l'unico che si coricasse in pigiama, già si dirigeva alla finestra, con le scarpe ai piedi, la giacchetta da giorno sulle spalle, e in testa il cappello. Intanto Rossella, con premure inaudite, non cessava di sollecitarlo con la speciale voce MIUUUUU! e correva avanti e indietro dalla finestra all'uscio, chiaramente raccomandandosi di accogliere colui senza indugio.

«Sono uno...! Scappato dal nord...! un soldato...!» sbraitò colui, accanendosi nei suoi modi da brigante di strada. «O màma mia, sto per cader...» cambiò voce d'un tratto, parlandosi in dialetto da solo, in un abbandono disperato e indifeso, e appoggiandosi indietro contro al muro esterno.

Non era la prima volta che capitavano soldati di passaggio, che avevano buttato la divisa e intendevano raggiungere il sud. Per solito non si fermavano molto, si rifocillavano, si prendevano un po' di riposo, e poi ripigliavano il cammino. Ma in genere capitavano di giorno, e usavano maniere piú cortesi.

«Aspettate...» A causa dell'oscuramento di guerra, prima di accendere la lampada centrale la finestra fu richiusa. Lui dovette credere, forse, d'esser lasciato fuori, perché si dette a picchiare all'uscio con le mani e coi piedi.

«Eh!!! un momento di pazienza!... Venite avanti».

Subito appena entrato, quasi cadendo sui ginocchi si buttò a sedere per terra, addosso a un sacchetto di sabbia. Chiaramente era allo stremo delle forze, e non era armato. L'intera tribú dei Mille (salvo qualcuno piccolo e le gemelline che dormivano) gli s'era affollata intorno, gli uomini a torso nudo o in maglietta e slip, le donne in sottabito. Anche Useppe era sbucato fuori dalla sua tenda, tutto nudo come si trovava, e seguiva la vicenda con interesse estremo, mentre Ida si affacciava guardinga, sempre paurosa che in ogni nuovo venuto si nascondesse una spia fascista. E i canarini, svegliati dalla luce, commentavano l'evento con qualche pigolio.

Ma la piú complimentosa era Rossella, evidentemente incapricciata di quell'uomo. Dopo essersi strusciata contro le sue gambe con civetteria, gli si sedette davanti nella posa della sfinge d'Egitto, senza piú staccare da lui i suoi occhioni ramati.

L'uomo, però, non faceva caso a tali accoglienze speciali della gatta, né aveva dato, entrando, la minima occhiata all'ambiente, né si rivolgeva in particolare a nessuno. Anzi, pur nel chiedere ospitalità, dichiarava palesemente, col proprio contegno, un totale rifiuto dei luoghi e dei loro abitanti, animali e umani.

La lampada del soffitto, sebbene scarsa, gli dette fastidio, tanto che, appena seduto, ne distolse la fronte con una smorfia; e poi, sussultando nei movimenti come un paralitico, si riparò gli occhi con un paio di occhiali neri, cavati fuori da una sacca lercia che portava con sé.

Quella sacca di tela, a tracolla, della misura circa di una cartella da scolaro, era l'unico suo bagaglio. La sua faccia, stravolta, sotto la barba non fatta da parecchi giorni, era di un pallore grigio; ma, alle braccia e al petto, pelosi e ispidi, il suo colorito naturale si riconosceva assai bruno, quasi da mulatto. Aveva capelli nerissimi, duri, tagliati corti sulla fronte; e la sua corporatura piuttosto alta appariva, pure nell'attuale scadimento, sana e abbastanza vigorosa. Indossava un paio di pantaloni estivi e una maglietta sbottonata, dalle maniche corte: tutto in uno stato di sporcizia indescrivibile. E il sudore gli scendeva a ruscelli, come dopo un bagno turco. Dimostrava circa vent'anni.

«Voglio dormire!» disse con poca voce, ma sempre con quella sua maniera a dispetto, piena di minaccia e di rancore. Seguitava a fare certe smorfie strane, stravolgendo i muscoli del volto in un tale modo che Carulina ne fu mossa irresistibilmente a ridere, e dovette nascondersi la bocca con le due mani per non farglielo vedere. Ma lui non se ne sarebbe accorto lo stesso, giacché i suoi occhi, nascosti dietro gli occhiali neri, non guardavano niente.

Lí per lí, corrugò la fronte in una espressione meditativa, quasi a concentrarsi meglio in se stesso; e puntando le due mani in terra in un tentativo di alzarsi, invece piegò la testa da un lato e vomitò sul pavimento poca schiuma biancastra. «*Màma* mia...» mormorò col fiato impastato di vomito. Allora Carulí, forse anche pentita della sua risata di prima, si fece avanti, a piedi nudi e nel suo sottabito di raion (che, al pari delle altre donne là dentro, si teneva addosso al coricarsi). E su propria iniziativa e responsabilità, si diresse al quarto angolo, dandosi a sprimacciare alla meglio il saccone di paglia che stava là a disposizione.

«Se vulite», disse all'uomo, «qua potete mettervi a riposare. Qua è libero».

Nessuno si dichiarò contro. E Giuseppe Secondo, vedendo che l'uomo faticava a levarsi in piedi, gli venne in aiuto con riguardo come a un cane ferito. Però, appena fu in piedi, quello brutalmente lo respinse. E da solo andò a buttarsi di peso sul saccone.

«Miiiuuuu!» e la gatta si slanciò a raggiungerlo, andando a posarsi vicino ai suoi piedi, in un punto dove, da un largo buco del saccone, fuoriusciva la paglia. Prima d'accomodarsi là sopra, essa si affaccendò a sistemare meglio la paglia con le zampine, divertendosi per un poco a giocare coi fili; ma, passata questa distrazione momentanea, si accovacciò con la pancia su quel buco, e là rimase quieta, a contemplare lo sconosciuto coi suoi grandi occhi aperti. Dal piacere faceva le fusa, ma al tempo stesso nei suoi occhi si vedeva splendere una sincera preoccupazione e responsabilità.

I presenti non si capacitavano di vederla cosí diversa, lei che non dava mai confidenza a nessuno, e, scostumata per natura, passava sempre le sue notti fuori di casa. Ma in realtà, all'insaputa di tutti, presentemente essa era incinta, e forse andava sviluppando qualche istinto per cui lei stessa si sentiva turbata e strana, non avendo ancora mai provato niente di simile nella sua vita. Era difatti alla sua prima gravidanza, e in età di nemmeno dieci mesi. E si trovava incinta, oramai, già da parecchie settimane; ma la gonfiezza della sua pancia si manteneva minima, cosí che nessuno se n'era accorto.

Lo sconosciuto, non appena si lasciò cadere sul saccone, piombò subito in un sonno che somigliava a una perdita di conoscenza.

Aveva lasciato la sua sacca in terra, là dove s'era seduto entrando, e una cognata di Carulí, avanti di deporgliela vicino al capezzale, ne esplorò il contenuto. C'erano i seguenti oggetti:

tre libri, uno di poesie spagnole, un altro dal difficile titolo filosofico, e il terzo intitolato *I simboli paleocristiani nelle catacombe*;
un quadernetto bisunto di carta a quadretti, che in ogni sua pagina, per diritto e per traverso e in tutte le direzioni, portava scritte a matita in caratteri piú o meno grandi ma tutti della stessa mano, sempre e nient'altro che queste due parole ripetute: CARLO CARLO CARLO CARLO VIVALDI VIVALDI VIVALDI;
qualche biscotto stantio, e rammollito come fosse stato nell'acqua;
alcuni biglietti da dieci lire, malconci e sparsi in disordine fra gli altri oggetti;
e una carta d'identità personale.

Questo era tutto.
Sulla carta d'identità, di contro alla fotografia del titolare, si leggeva:

Cognome	VIVALDI
Nome	CARLO
professione	studente
nato a	Bologna
il	3 ottobre 1922

ecc. ecc.
Nella fotografia, scattata alcune stagioni prima, il giovane che presentemente dormiva sul saccone era tuttora rico-

noscibile, sebbene adesso, al confronto, apparisse sfigurato. Le sue guance, attualmente emaciate, sul ritratto si mostravano colme e fresche, nel loro intatto disegno ovale. Il suo aspetto vi si denotava lindo e addirittura elegante, nel collettino semiaperto, bianco e liscio, con una bella cravattina a nodo. Ma il cambiamento piú sconcio era nell'espressione che, sul ritratto, perfino da quella comune fototessera, stupiva per la sua ingenuità. Era seria, fino alla malinconia; ma quella serietà somigliava alla solitudine sognante d'un bambino. Adesso invece la sua fisionomia era segnata da qualcosa di corrotto, che ne pervertiva i lineamenti dall'interno. E questi segni, ancora intrisi di uno stupore terribile, parevano prodotti non da una maturazione graduale; ma da una violenza fulminea, simile a uno stupro.

Perfino il suo sonno ne veniva degradato; e i presenti inconsapevoli ne risentivano un malessere prossimo all'antipatia. Altri tipi dispersi e malandati erano già capitati in quell'ambiente; ma in lui si avvertiva una diversità, che quasi ne scansava la compassione comune.

Verso l'una di notte, quando da un pezzo nelle tenebre dello stanzone tutti dormivano, d'un tratto incominciò a dibattersi sul saccone, urlando ossessivamente: «Basta! Ho sete! Voglio uscire di qui! Spegnete quella lampada!»

Il profondo russare dei dormienti s'interruppe. «Quale lampada!» borbottò qualcuno, impigrito. E, di fatto, ogni lampada era spenta. Il primo a scuotersi fu Useppe, che balzò dal materasso verso l'angolo del saccone in una corsa allarmata, come se colui fosse un suo parente prossimo.

Lo seguí Carulina, che per prima cosa provvide a richiudere le finestre e accendere la luce centrale. Il piccolo Useppe, tutto nudo, stava là fermo in piedi, a un passo dal saccone, con lo sguardo fisso e interrogante. La gatta, ancora semisdraiata sulla sua paglia, drizzava gli orecchi, e annusava l'ora col suo nasino bruno ancora caldo di sonno, sgranando le pupille attonite sull'uomo che si dibatteva scompostamente. A un certo punto, sgomenta balzò a terra aggirandosi intorno a lui. Stava seduto sul saccone, e non cessava dall'inveire in modo osceno. Delirava. Seguitava a ripetere «Via quella lampada!» ma era chiaro che non accusava la luce appena accesa dello stanzone. I suoi occhi neri, brucianti e iniettati di sangue, vedevano nient'altro che un punto impietrito fuori di sé, come gli occhi degli alienati mentali. La sua faccia, prima livida, adesso era infuocata.

La febbre doveva essergli salita a piú di 39 gradi. Giuseppe Secondo fece per misurargliela col termometro, ma lui lo scacciò. Nella smania, si stracciava la camicia, che qua e là si mostrava strisciata di macchie brunastre, non si capiva se di fango o di sangue. E si grattava il petto con tale ferocia da lacerarsi la pelle. Certo pullulava di pidocchi.

Poi si dette a balzare e a ribalzare sul saccone, come se lo sbattessero da sotto: «*Màma* mia», si lamentò disperato, «*mí* voglio tornar a casa mia, voglio *tornar*...» E serrò gli occhi con tale forza, da schiacciarsi le palpebre sulle orbite. Allora si fecero notare le sue ciglia, molli, e cosí lunghe e folte che pareva dovessero dargli impiccio.

Dopo circa un quarto d'ora, si calmò un poco, forse perché, con l'acqua da bere, l'avevano forzato a mandare giú una compressa di aspirina. Il suo farneticare diventò piú quieto. Assorto in una cogitazione stramba, principiò a elaborare certi calcoli: addizioni, moltipliche, divisioni, che gli venivano alle labbra in un mormorio di spropositi, da parere una gag: «Sette per otto», si mise a dire, «sette per nove... trecentosessantasei giorni, che fanno undici al minuto...» Corrugava la fronte con terribile serietà: «E ottanta all'ora, è il massimo... Quarantasei piú cinquantatre, undicimila... Non pensare! Non pensare!» ripeté a questo punto, stranito, come se qualcuno lo avesse interrotto. E si rigirò sul saccone, di nuovo arrabattandosi a contare sulle dita: «Meno cinque... meno quattro... meno uno... quanto fa meno uno...? NON pensare! Meno uno...» Parve che nel suo conto alla rovescia non si raccapezzasse piú: «Quaranta dozzine di camicie», borbottò severamente, «non bastano per il servizio... Per ventiquattro coperti... dodici tovaglie... milleecinque esponente negativo... quante dozzine?! quest'è algebra, porcocan...»

Dopo un po', la solita Carulina non seppe piú tenersi, e dovette soffocare nelle mani una risata: «Pecché conta?», le chiese impensierito Useppe, a voce bassa. «Che saccio?», gli rispose, «chillo tiene u farnetico della frebbe... mica ragiona da cristiano!» «U curredo, sta discorrendo de nu curredo!», intervenne per lei, con saccenteria scientifica, la nonna Dinda. E Carulina non riuscí a frenare un'altra risata, che le fece ballare in cima alla testa le due trecciole, da lei non disfatte ieri sera per pigrizia.

Nell'intento di rimediare, con sollecitudine essa raccolse gli occhiali da sole del malato, da lui lasciati cadere in terra, e glieli ripose nella sacca. Poi, vedendo che non s'era nem-meno tolto i sandali, seria seria glieli sfilò dai piedi. I suoi piedi, dalla sporcizia e dalla polvere incrostata, erano neri.

S'era assopito. E Rossella, tranquillandosi a sua volta, si riacciambellò nel suo buco, con la testina sotto, per dor-mire.

Ida, quella notte, fece un breve sogno che non dimenticò mai piú, per la sua vivezza. Le pareva che dal saccone, come già poco prima nella realtà, venissero di nuovo urla e la-menti. Ma sul saccone, tutto rosso di sangue, non c'era piú nessuno. La gente intorno si adoperava a nascondere quel sangue sotto cumuli di lenzuola e di coperte; ma esso im-pregnava ogni cosa; in un attimo lenzuola e coperte ne grondavano.

La mattina seguente, il nuovo ospite si era già riavuto. La febbre gli era passata, e, appena sveglio, verso le nove, si levò da solo. Schivava la conversazione, e sempre, anche nel chiuso, teneva sulla faccia gli occhiali neri; però il suo contegno appariva assai cambiato, dalla sera prima: adesso si muoveva impacciato, quasi timido. E gli altri, che finora si erano sentiti invasi dalla sua presenza come da uno scan-dalo, si riebbero un poco da questo primo effetto scostante, riguardandolo con maggiore indulgenza e simpatia.

Non sapendo che dire a tutta quella gente, tentò di scu-sarsi per essersi fatto ospitare: «Mi avevano dato un indi-rizzo, qui di Roma, dove avrei potuto alloggiare presso cer-ti conoscenti, ma l'indirizzo risultò sbagliato... Non sapevo piú dove sbattermi...» spiegò nel suo modo selvatico, mez-zo imbarazzato e mezzo brusco. «Questa», gli rispose Giu-seppe Secondo, «non è una proprietà privata! Questo è un ricovero pubblico, a disposizione della comunità». «Io ri-compenserò tutti, alla fine della guerra!» dichiarò lui, fra enfatico e scontroso, «ricompenserò tutti largamente!» Di mangiare, non aveva voglia, per adesso; ma chiese («pa-gando, si capisce», aggiunse) una tazza di surrogato di caffè caldo. «Non volevo fermarmi piú...» andava dicendo con se stesso, nel reggere a malapena la tazza fra le mani che gli ballavano, «non volevo fermarmi... ma non ce la faccio...» Piú che bere il caffè, lo succhiava, fischiando col fiato.

Non era piú livido come al suo arrivo; ma, anche dopo che si fu fatto la barba con un rasoio Gillette prestàtogli da

Giuseppe Secondo, il suo pallore, quasi da malarico, metteva spavento. A mezzogiorno, si buttò su un piatto di pasta aggredendolo brutalmente, con la foga di un cucciolo digiuno.

Dopo mangiato, gli tornò sulle guance un colore piú naturale. Accettò in regalo da Giuseppe Secondo una camicia che al proprietario stava assai larga, ma che su di lui risultava piccola, per quanto smagrito lui fosse. Parve contento, tuttavia, d'aver addosso qualcosa di pulito. Carulina gli lavò i pantaloni nella tinozza, facendogli pagare soltanto il sapone: a prezzo di borsa nera, perché si trattava d'un sapone da bucato speciale d'anteguerra, non di quello della tessera, che pareva fatto di sabbia e pietrisco. Poi, mentre i pantaloni si asciugavano, coperto alla meglio da uno straccio intorno ai fianchi (aveva gambe robuste e pelose, di una rozzezza quasi ingenua da primitivo), lui chiese in prestito una tinozza, per lavarsi il corpo con l'avanzo del sapone acquistato. E Rossella, che immancabilmente capitava subito dovunque lui fosse, lo accompagnò pure nel cesso, dove lui si ritirò per lavarsi.

Di se stesso, in aggiunta a quella sua prima, rabbiosa presentazione alla finestra, diede pochissime altre notizie: e le palesò sforzato e di malavoglia, solo per giustificarsi della propria presenza. Era diretto, disse, verso il sud, nei dintorni di Napoli, dove aveva dei parenti. E contava di riprendere il suo viaggio al piú presto possibile, magari domani. Non era malato, difatti, ma solo stanco, essendo arrivato fin qui a piedi, e in condizioni disastrose. Questa era stata la prima notte da lui dormita sotto un tetto. Le altre notti precedenti, le aveva passate all'aperto, dormendo dietro un cespuglio, in un fossato, dove capitava. «Non sono malato!» ripeté con una certa ostilità, come l'avessero accusato di un contagio.

I due fratelli di Carulina, che per le loro faccende solevano fare la spola fra Roma e Napoli, gli dissero che, se aspettava due o tre giorni, avrebbe potuto approfittare, assieme a loro, del camion d'un loro amico, il quale disponeva dei permessi necessari, e andava, appunto, a Napoli. Costui sapeva come regolarsi in ogni evenienza, avendo il cervello piú fino dei tedeschi e dei fascisti. E magari avrebbe trovato modo di nasconderlo in mezzo alle merci del camion, se lui ci teneva a passare inosservato, logicamente, in quanto disertore.

Essi aggiunsero però che, secondo le ultime notizie raccolte, gli Alleati si approssimavano a Napoli, e i Tedeschi stavano per lasciare la città, scacciati da un'insurrezione popolare. Una volta entrati a Napoli, gli Alleati avevano la strada aperta verso Roma. Era una questione di giorni, forse di ore. Fra poco anche Roma sarebbe liberata, e sarebbero finite *tutte cose*. Visto che s'era aspettato tanto, conveniva aspettare fino all'ultimo, per trovare via libera, e senza rischio di venire bloccati lungo la strada.

Carlo, benché restio, finí con l'accettare la proposta. In realtà, pure se pretendeva di sentirsi gagliardo, si vedeva che aveva le ossa e i nervi a pezzi. Talora faceva una smorfia e si arrestava, fisso nel vuoto, ancora sotto l'azione del suo incubo notturno.

Quasi vergognandosi, chiese a Giuseppe Secondo se poteva avere anche lui, per il proprio angolo, una tenda sul tipo di quella della Signora (accennava a Ida). Fra tutti, per le sue richieste, lui si rivolgeva di preferenza a Giuseppe Secondo, forse perché, vedendo che costui si dava molto da fare all'ingiro, lo aveva preso per una specie di capo-famiglia. E nel chiedere quei poveri favori (il prestito della tinozza, il surrogato di caffè a pagamento) si accigliava, assumendo un piglio protervo; ma la voce gli usciva turbata e incerta, nemmeno avesse preteso la somma di un milione.

Fra i tanti stracci usati dell'estate, Carulina gli rimediò alla meglio una tenda composita, che pareva il mantello d'Arlecchino, e che lo riparava dagli sguardi altrui fino a un certo punto. Si poteva sempre vedere la parte inferiore del suo corpo mezzo disteso e ogni tanto la sua mano, a lato del giaciglio, che frugava dentro la sacca, come se il contenuto di questa non consistesse, in tutto e per tutto, in tre libracci rotti e una tessera e dei biscotti stantii e dei biglietti da dieci; ma potesse riserbargli eventuali passatempi, o soccorsi contro la miseria e il delirio, e magari qualche possibile improvvisata.

Inoltre, si poteva vedere, a intervalli, spuntare, da dietro ai suoi piedi, la figurina di Rossella, flessuosa e un po' striminzita, con la pancina impercettibilmente gonfia, che si stirava da una dormita e gli camminava indisturbata sulle gambe. Essa aveva assistito alla sistemazione della tenda con aria di competenza e di approvazione, e quindi aveva preso domicilio definitivo là dietro; tanto che i ragazzini, rispettandola da allora come una proprietà di quell'individuo isolato (che li impauriva col suo contegno tristo), non ardivano piú inseguirla, darle addosso e sfruculiarla, come spesso usavano prima.

Il giovane, in verità, era troppo disturbato nei suoi pensieri per fare attenzione alla gatta; mentre che lei, senza dubbio, s'era convinta di contare già parecchio nella sua vita. Bastava che lui cambiasse posizione, o si movesse sul pagliericcio, e lei pronta si drizzava sulle zampine davanti, tendendo il muso, e facendo: «Muhí!» che era la sua voce speciale di risposta: come chi dicesse: *presente!* a una chiamata; quando, in realtà, il fatto stava che lui non la vedeva e non la sentiva per niente, come se lei nemmeno esistesse. Solo di rado, per caso, la sua mano si allungava distrattamente a farle una carezza; e lei chiudeva gli occhietti, estasiata, a rispondergli, nell'intimo linguaggio felino delle fusa: «Ah sí, questo è proprio il momento buono. Ci voleva proprio questa carezza, per completare la nostra soddisfazione di starcene qua, noi due soli, vicini e per conto nostro».

Le cognate di Carulina presero a commentare: «Rossella ha trovato il suo tipo», «La streghina» (cosí a volte la chiamavano) «s'è presa una cotta al primo sguardo» e frattanto ridacchiavano verso Giuseppe Secondo, nell'intento di provocarlo, come suo proprietario legittimo. Ma lui alzò il braccio, con un'aria di liberalità e indifferenza, che stava a intendere: «Faccia pure. Sono affari suoi».

Capitava, ogni tanto, che i ragazzini si affacciassero peritosi di sotto la tenda, a spiare quella coppia solitaria. E Vivaldi Carlo non li respingeva né gli dava confidenza: li ignorava. L'unico che, in contrasto coi suoi costumi socievoli, non venisse mai a importunarlo, era Useppe: forse per avere intuito che quello voleva starsene solo. Una volta, tuttavia, giocando a nascondarella, si dimenticò assolutamente di simili riguardi. E d'impeto irruppe di sotto la tenda, accucciandosi dietro il saccone, e sussurrando al giovane, come faceva con la sora Mercedes: «Stà zitto, eh. Stà zitto».

Ogni tanto, forse sentendosi soffocare in quell'angolo scuro e puzzolente, il giovane sortiva dalla tenda e faceva due o tre passi in silenzio, con l'aria di dire: «O mama mia che devo far? Dove posso mettere questo mio corpo?» Ma, ricacciato dal pandemonio dello stanzone, si ritirava subito nel suo covo.

Il secondo giorno, uscí e tornò poco dopo, col nuovo acquisto di una candela che doveva servirgli per leggere, giacché la luce, nell'angolo, non era sufficiente, né di sera né di giorno. Comperò pure, a borsa nera, dai fratelli di Carulina, due pacchetti di sigarette. E passò il resto della giornata dietro la sua tenda a fumare e a leggere, o tentare di leggere, i libri che aveva con sé.

Il terzo giorno uscí nuovamente senza salutare nessuno, con l'aria equivoca e torva di un cospiratore, e tornò verso sera, schiarito nell'aspetto. Doveva disporre, a Roma, di un qualche recapito postale privato, giacché dalla sua scappata riportava due lettere, senza francobollo sulla busta (come le donne notarono subito). Le buste le aveva già strappate, certo per dare una rapida scorsa alle due lettere in attesa di leggersele piú al sicuro dietro la sua tenda. Ma, troppo ansioso e smanioso per occuparsi d'altro, appena arrivato immediatamente si buttò a rileggerle, seduto mezzo di fuori sull'orlo del saccone, senza aggiustare la tenda né accendere la candela, in presenza di tutti. «Notizie buone?» gli chiesero. «Sí», rispose. E inaspettatamente bisognoso di comunicare, soggiunse con piglio indifferente: «Sono dei miei. Di casa».

In realtà, la sua emozione liberatoria, per quanto precaria, lo empiva troppo per tenersela solo per sé. Tardava a richiudere la tenda, che teneva riportata dietro le spalle addosso alla parete, come se l'arrivo di quella corrispondenza lo avesse restituito, almeno provvisoriamente, al consorzio umano. «E cosí, a casa vostra stanno tutti bene?» riprese una delle cognate, tanto per incoraggiarlo alla chiacchiera. «Sí. Tutti bene». «E che vi dicono, eh? Che vi dicono?» s'informò la nonna Dinda. Con una certa palpitazione nella voce, però mostrando una noncuranza sprezzante, come se la cosa non lo riguardasse, rispose: «Mi fanno gli auguri. Oggi è la mia festa».

«Aaah! Auguri! Augurii!» gli vociferarono d'intorno in coro. E a questo lui fece una faccia di malcontento, e si richiuse dietro la sua tenda di stracci.

Quella stessa sera, i fratelli di Carulina riportarono la notizia certa che Napoli era stata sgombrata dalle truppe tedesche. Gli Alleati erano alle porte della città, ma intanto i Napoletani, spazientiti d'aspettare, in pochi giorni avevano provveduto da soli a ripulirla: digiuni, com'erano, zingari senza casa, vestiti di stracci, armati di latte di benzina e di vecchie sciabole e di tutto quello che trovavano, allegramente avevano sopraffatto le truppe corazzate germaniche. «Napoli ha vinto la guerra!» proclamarono Tole e Mémeco agli astanti. «E accussí», disse Carulina, «adesso sono finite tutte cose?» Nessuno ne dubitava: il percorso Napoli-Roma, per gli Angloamericani, era un salto. Per il momento, adesso, la strada per Napoli era sbarrata: di là c'era l'America, e di qua il Reich. Ma si trattava di pazientare ancora pochi giorni, una settimana al massimo, e si avrebbe via libera: «E allora ce ne torniamo tutti a casa nostra!» disse il nonno Giuseppe Primo (senza considerare che la *casa loro* non esisteva piú).

L'unico non tanto sicuro era Giuseppe Secondo: a suo modo di vedere, gli Angloamericani, in quanto capitalisti, erano giovanotti viziati, che facevano le cose con comodo: «Tanto, adesso loro la vittoria ce l'hanno in tasca... Mese piú mese meno... Chi glielo fa fa', a quelli, de scapicollasse a Roma. Magari a Napoli gli piace il clima, il mare azzurro... Holiday! Capace che a quelli je viè voia de svernà a Posillipo...» Ma queste battute di Giuseppe Secondo non potevano scalfire l'ottimismo dei Mille.

In quel periodo, i Mille rimediavano, non si sa da dove (pare fra l'altro che certi militari tedeschi se la rivendessero, dopo averla requisita) una gran quantità di carne di contrabbando: certe volte addirittura dei quarti di bue, che mettevano in deposito nel cesso, dove il clima era piú fresco, appesi al muro con un gancio da macellaio. Trattandosi di un genere deperibile, essi ne richiedevano un prezzo cosí onesto, che pure Ida poteva permettersi la spesa, e godere di quel lusso insperato quasi ogni giorno della settimana.

Però Useppe, da qualche tempo, si mostrava a volte recalcitrante a mangiare la carne, e bisognava forzarlo. La colpa, si vedeva chiaramente, era dei suoi nervi, piuttosto che del suo stomaco; ma questo suo capriccio amaro, del quale lui stesso non sapeva dare spiegazione, in certi casi lo travolgeva fino all'orrore, riducendolo a vomitare e a piangere. Per fortuna, tuttavia, distratto avvedutamente da qualche giochetto o storiella improvvisata, lui presto dimenticava ogni impressione, con la sua solita spensieratezza naturale. E seguiva fiducioso l'esempio degli altri, consumando la pietanza già ieri detestata senza piú nemmeno un'ombra di disgusto. Cosí quei pasti provvidenziali lo aiutarono a prepararsi meglio all'inverno avanzante.

Chi piú di tutti si avvantaggiò dell'insolita abbondanza fu Vivaldi Carlo, il quale, venendo dal nord, era natural-mente carnivoro. Per la sua festa, insieme alle lettere, chia-ramente aveva ricevuto anche dei soldi, giacché grandiosa-mente, quella sera stessa, cavò fuori dalla sua tasca sfilac-ciata un biglietto da mille lire, acquistando una quantità di sigarette e una bistecca enorme, che divorò con la sua solita voracità bambinesca. Offrí pure da bere a tutti; ma, goffo e confuso, appena pagato il vino si ritirò nella sua tenda, senza partecipare alla baldoria comune.

E nei giorni successivi, diventato cliente della nuova ma-celleria dei Mille, rapidamente rifiorí. Le sue membra, ro-buste per natura, ripresero elasticità e impeto, e la malsana pàtina grigia svaní del tutto dalla sua carnagione. Adesso piú che mai, nel suo colore scuro e nei tratti marcati, somi-gliava a un arabo-etiope nomade piuttosto che a un bolo-gnese. Il suo labbro superiore, assai sviluppato, manifesta-va anche troppo, nella sua mobilità, i sentimenti taciuti dal-la sua bocca silenziosa. E nei suoi occhi allungati come quel-li dei cervi ritornava ogni tanto quell'ombra sognante, indi-fesa e sotterranea, che gli si vedeva nel ritratto. Ma gli re-stava impresso nel viso, come uno sfregio indelebile, quello strano marchio di corruzione brutale.

Una sola volta, in quei giorni, lo videro sorridere: e fu quando, all'affacciarsi brusco e inatteso di tre o quattro ra-gazzini sotto la tenda, Rossella si inarcò, gonfiandosi in quell'atteggiamento che in zoologia viene detto *terrificans*, con tutti i peli fino sulla coda rigidi come spine. E digri-gnando i denti, emise un vero piccolo ruggito, come un fe-lino sanguinario delle foreste tropicali.

La salute esacerbava, all'ospite del quarto angolo, il tor-mento di quei giorni immobili. Lo si sentiva sbadigliare, in una sorta di ragli strazianti, stirandosi in tutta la sua lun-ghezza come un martire sulla ruota. Oltre alle sue letture, adesso, trascorreva una parte del tempo a scrivere, su un nuovo quaderno che s'era comperato e che si portava sem-pre appresso. E le cognate di Carulina, fra di loro, argui-vano malignamente che forse anche questo quaderno, co-me già il notes, s'andasse riempiendo per lungo e per largo di CARLO CARLO CARLO VIVALDI VIVALDI.

In quei giorni, per i giovani in età militare, e peggio ancora per i disertori, era piú che mai rischioso esporsi in istrada. Il giorno stesso dell'annunciato sgombero di Napoli, i Tedeschi avevano tenuto a Roma una grande parata di forza, sfilando per le vie principali coi loro mezzi corazzati. Le vie erano tappezzate di manifesti che richiamavano tutti gli uomini validi alle armi per la difesa del nord, o al lavoro obbligatorio in Germania. Ogni tanto, senza preavviso le strade venivano bloccate, e gli autobus gli uffici e i ritrovi pubblici invasi dai militari tedeschi o dai militi fascisti, che arrestavano tutti i giovani presenti caricandoli sui loro camion. Si vedevano questi carri pieni di giovani prigionieri attraversare le vie, seguiti da donne che urlavano. Il Corpo italiano dei Carabinieri, che i Tedeschi giudicavano infido, era stato disarmato: dei suoi uomini, quelli che non erano riusciti a fuggire erano stati avviati ai campi di concentramento, e i ribelli massacrati, i feriti e cadaveri abbandonati in piena strada. Dei manifesti ordinavano la consegna di tutte le armi avvertendo che qualsiasi cittadino italiano trovato in possesso di armi sarebbe stato fucilato immediatamente sul posto.

Ormai nello stanzone, o Carulina, o qualcun altro, purché non fosse troppo piccolo per arrivare alla finestra, stava sempre di vedetta dietro le inferriate. Se veniva avvistata nei dintorni qualche uniforme del Reich o del Fascio, subito avvertivano, secondo il loro codice cifrato: «Appicciate 'u lampione!» oppure: «Me scappa da cacà!» e senza indugio tutti gli uomini presenti correvano nel corridoio verso la scaletta interna, che dal sottosuolo portava al tetto, per tenersi pronti, di là sopra, con un salto a prendere la fuga attraverso i campi: i Mille provvedevano precipitosamente anche a caricarsi dei loro quarti di bue. Pure Giuseppe Secondo li seguiva, benché anziano, asserendosi ricercato per le proprie idee sovversive. E Vivaldi Carlo si levava di dietro la tenda per unirsi a loro, ma senza correre, alzando il suo mobile labbro superiore in una smorfia che gli scopriva i denti incisivi, come quando si ride. Non era una smorfia di spavento, né di avversione comune. Era una contrazione fobica, che in un attimo pervertiva i suoi lineamenti con la sua brutalità quasi deforme.

E Rossella all'istante si stirava e gli andava appresso, con la coda ritta a bandierina e certi passetti allegri e soddisfatti che dicevano chiaro: «Meno male! Era tempo di spostarsi un po'!»

6.

A pochi giorni di distanza dall'arrivo di Vivaldi Carlo (non so ristabilire la data esatta, ma di certo fu prima del 10 ottobre) un nuovo avvenimento segnò quelle serate d'autunno: e fu stavolta una sorpresa sensazionale.

Pioveva a dirotto: la luce era accesa, porta e finestre chiuse, coi vetri schermati di carta nero-grigia, e il grammofono suonava Reginella campagnola. I materassi stavano ancora arrotolati contro le pareti, era l'ora che in tutti gli angoli si preparava la cena. E tutto d'un tratto Useppe, che pretendeva di manovrare il grammofono, abbandonò tale impresa affascinante, e scattò verso l'uscio, gridando, in un rapimento meraviglioso:

«Ino! Ino! Ino!»

Pareva ammattito, quasi che attraverso quell'uscio avesse la visione di un veliero d'oro con gli alberi d'argento, che stava per approdare dentro lo stanzone con tutte le vele spiegate, e illuminato a bordo di centinaia di lampioncini a colori. In quel punto, effettivamente, due voci giovanili si udirono all'esterno, via via piú distinte nello scroscio della pioggia. A sua volta Ida sbucò dal proprio cantone, tremante da capo a piedi.

«Mà, c'è Ino! *Api*, mà, *api*!» le gridò Useppe, trascinandola all'uscio per la sottana. Qualcuno intanto da fuori picchiava all'uscio con energia. Ida non ebbe esitazioni, pure imbrogliandosi sulla serratura con le dita convulse e bagnate di sugo.

Entrarono Nino e un altro, tutti e due rannicchiati sotto un unico telo impermeabile, di quelli che s'usano per gli automezzi a riparo delle merci. Nino rideva a gola spiegata, come a un'avventura da romanzo poliziesco. Appena messo piede nello stanzone, d'un gesto solo buttò a terra l'impermeabile tutto lustrante d'acqua; e tratto di sotto i panni uno straccio rosso, in aria di sfida gloriosa se lo mise al collo. Sotto l'impermeabile, aveva un maglioncino a righe, tipo ciclista, e una giacca a vento di grosso fustagno ordinario.

«Ino! Ino!! Ino!!!»

«A' Usè! Sí, so' io! Me riconosci? E un bacetto me lo dai?»

Se ne dettero almeno dieci. Poi Nino, presentando l'altro, annunciò: «Questo è *Quattropunte*. E io sono *Assodicuori*. A' *Quattro*, questo è er fratello mio, che te n'ho tanto parlato». «Eh, quanto se n'è parlato!!» confermò l'altro, raggiando in faccia. Era un ragazzo coetaneo circa di Nino, dall'aspetto comune dei contadini laziali, con gli occhi piccoli, bonari e furbi. Ma si vedeva senz'altro che la sua furbizia, la sua bonarietà, ogni muscolo del suo corpo piccolo e robusto, ogni respiro dei suoi polmoni e pulsazione del suo cuore, lui li aveva consacrati, senza discussione, a Nino.

Questo, frattanto, s'era distratto; e già nel punto stesso che l'amico iniziava la sua frase «quanto se n'è parlato!», senza piú ascoltare andava frugando intorno con gli occhi, impaziente e soprapensiero. «Ma come hai fatto a trovarci?!» seguitava a ripetergli la madre, che fin dal suo ingresso s'era coperta tutta di rossore, come una innamorata. Ma invece di risponderle lui chiese, con impeto:

«E Blitz? dove sta?»

Useppe era talmente trascinato dalla gioia che quasi non colse questa domanda. Appena appena, al passaggio della povera ombra di Blitz, il suo sguardo raggiante si velò per un attimo, forse a sua insaputa. Allora Ida, timorosa di richiamargli il ricordo, in disparte mormorò a Nino:

«Blitz non c'è piú».

«Ma come?... Remo non me l'ha detto, questo...» (Remo si chiamava il padrone della famosa osteria di San Lorenzo, prossima alla loro casa) «Remo non m'ha detto niente, di questo...» In tono di scusa, Ida si mise a balbettare: «La casa è andata distrutta... niente, c'è rimasto...» Ma Nino proruppe con furore:

«Che me ne frega, a me, della casa!»

Il suo accento proclamava che, per lui, potevano pure essere crollate tutte le case di Roma: lui ci sputava sopra. Quello che voleva, lui, era il suo cagnetto, il caro compagnuccio suo, il pancia-stellata. Di questo, gli importava. Una tragica pena infantile gli era calata sulla faccia, tale che pareva sul punto di piangere. Per un poco, si azzittò. Sotto i riccetti aggrovigliati che gli coprivano la testa come un elmo, i suoi occhi dialogavano, da una oscurità abbandonata e senza fondo, con un minuscolo fantasma, balzato a riceverlo in questo luogo estraneo, che ballava impazzito di felicità sulle sue quattro gambucce storte. Allora, reagí con l'ira, come se la perdita di Blitz fosse colpa di tutti quanti. Si sedette rabbioso, a gambe lunghe, su un materasso arrotolato, e all'intero assembramento che gli si raccoglieva intorno annunciò, con torva prepotenza:

«Siamo partigiani qui dei Castelli. Buonasera, compagni e compagne. Domattina torniamo alla base. Vogliamo da dormire e da mangiare, e vino».

Salutò col pugno chiuso. Quindi, con una specie di ammicco strafottente, tirò su da un lato il proprio giubbotto, per mostrare che, su un cinturone tenuto alto, quasi all'altezza del petto, nascondeva una pistola.

Si sarebbe detto che la sua intenzione, al mostrarla, fosse: «O ci date da mangiare ecc. oppure pagherete con la vita». Ma invece subitaneamente s'illuminò di un sorrisetto ingenuo, e, pieno di compiacimento, spiegò:

«È una Walther», considerandola con un'occhiata affettuosa. «È preda de guera», seguitò, «stava addosso a un tedesco... A un fu-tedesco», precisò, facendo una faccia da gangster, «perché adesso non è piú né tedesco, né spagnolo, né turco né giudio né... né... È tera de concime».

D'un tratto il suo occhio, sempre cosí animato, ebbe una strana fissità corrusca, vuota d'immagini come il vetro d'una lente. Da quando era nato, Ida non ricordava d'avergli mai visto quegli occhi. Ma fu appena un attimo. Di nuovo Ninnuzzu splendeva di un fresco umore esilarato, sciorinando i suoi vanti di ragazzino:

«Pure sti scarponi», dichiarò, mostrando il suo gran piede di misura 43, «so' de la stessa marca: MADE IN GERMANY. E pure l'orologgio de *Quattro*. A' Quattro, fàielo véde, sí che orologgio tieni. Se carica da solo, senza caricà, e ce se vede l'ora pure de notte, e senza luna!»

S'alzò, e muovendosi a ritmo, come fosse in una balera, si mise a cantare una canzonetta sulla luna, allora assai famosa.

«... Ahó, ma se s'aprisse un poco la finestra? Qui dentro ce fa caldo. Tanto, se passano le pattuie dell'oscuramento, qua siamo armati. E poi, cor temporale, la Camicia Nera nun s'azzarda. Quelli cianno paura pure dell'acqua piovana».

Pareva divertirsi a provocare tutti: gli Italiani sottoposti, i Tedeschi occupanti, i rinnegati fascisti, le Fortezze Volanti degli Alleati, i manifesti con le requisizioni e la pena di morte. Currado, Peppe Terzo, Impero, e tutta la marmaglia dei ragazzini al completo già gli si mettevano appresso come tanti corteggiatori, mentre Ida lo seguiva con gli occhi tenendosi in disparte, e la bocca palpitante quasi le rideva. Le spine dell'ansia riuscivano appena a scalfire i suoi pensieri, prontamente smussate dalla sua misteriosa fede nell'invulnerabilità teppistica di Nino. Era certa, sotto il fondo della sua coscienza, che lui avrebbe attraversato la guerra, la caccia dei Tedeschi, la guerriglia e le incursioni senza farsi nessun male, come un cavalluccio impunito al galoppo fra uno sciame di mosche.

Quattropunte, che si mostrava piú guardingo, lo arrestò in tempo mentre lui sforzava la finestra per aprirla. Nino fece un sorriso dolce e grazioso e lo abbracciò: «Questo qua», disse, «è il piú bravo compagno e l'amico mio. È nominato cosí: Quattropunte, perché cià la specialità de li chiodi quadripunte, che schioppano le gomme ai Tedeschi. Lui cià la specialità de le punte, e io de la mira. A' compagno, dijelo te quanti n'abbiamo stesi. Per me, li Tedeschi so' un gioco de birilli. Se ne vedo una fila in piedi, io la sdraio!»

«Eh, quelli, i Germanesi, tengono carne a tonnellate!» fu il commento entusiastico, ma ambiguo, di Tore fratello di Carulí. Nessuno si curò di sapere se alludesse propriamente alla carne cristiana, oppure a quei famosi quarti di bue. Nello stesso istante, Ida avvertí una trafittura cosí feroce che per un poco non vide altro, davanti, che delle macchie nerastre. E dapprincipio non capí che cosa le succedeva, quando le trapassò il cervello una voce di ragazzo, straniera e ubriaca, che le diceva: «Carina carina». Era proprio la stessa identica voce che, nel gennaio 1941, le aveva detto quelle stesse parole, allora non percepite da lei nell'incoscienza. Ma, registrata su uno strumento nascosto del suo cervello, all'improvviso essa le ritornava, insieme coi bacetti che allora l'avevano accompagnata, e che adesso, nel posarsi sul suo viso, le dettero un'impressione di dolcezza, non meno feroce della trafittura. Alla coscienza le salí una domanda: nella *fila* evocata da Nino, avrebbe potuto esserci anche quel biondo?... Essa non sapeva che da quasi tre anni, colui s'era disfatto nel mare Mediterraneo.

Useppe stava sempre appresso al fratello, spostandosi dovunque lui si spostava, e infilandosi fra le gambe della gente per corrergli dietro. Per quanto fosse innamorato di tutto il mondo, ormai si vedeva chiaro che il suo piú grande amore era lui. Era capace perfino di scordarsi di tutti gli altri, compresa Carulí, e le gemelline, e i canarini, per questo amore sovrano. Ogni tanto alzava la testa e lo richiamava: «Ino! Ino!» con l'evidente intenzione di fargli sapere: «Sono qua. Te ne ricordi, sí o no, di me? Questa qua è la serata nostra!»

In quel punto, dal fondo dello stanzone, dove s'apriva l'uscio interno, una voce di vecchio gridò con tutto il suo fiato:

«Evviva la Rivoluzione Proletaria!»

Era Giuseppe Secondo, il quale non aveva assistito dal principio all'arrivo di Nino, trovandosi momentaneamente al cesso. Ne era tornato giusto sul punto che Nino proclamava: «Siamo partigiani. Buonasera, compagni e compagne!...» e immediatamente gli s'era acceso dentro uno sfavillio straordinario. Tuttavia, discretamente, s'era tenuto in osservazione, come un ordinario spettatore, finché non poté piú tenersi. E scattando come una vampa di fuoco, si fece largo, col suo cappello in testa, e si presentò ai due:

«Benvenuti, compagni! Siamo a vostra completa disposizione. Voi stasera ci fate un grande onore!!» E col sorriso gioioso di un ragazzo, rivelò, abbassando un poco la voce, e nella convinzione di dare chi sa quale annuncio importante:

«Anch'io, sono un Compagno!...»

«Salve», gli fece Nino, con serena condiscendenza, però senza strabiliare alla notizia. Allora lui con grande premura andò a frugare dentro il proprio materasso, e in un ammicchio trionfale venne a sottoporre ai visitatori una copia clandestina dell'«Unità».

Riconoscendola subito benché analfabeta, *Quattro* sorrise di piacere: «"L'Unità"», dichiarò gravemente, «è il vero giornale italiano!» Nino guardò l'amico con una specie di rispetto: «Lui», spiegò a tutti, impaziente di fargli onore, «è un vecchio militante della Rivoluzione. Io invece so' nuovo. Io», dichiarò con onestà sincera, ma strafottente, «fino a quest'estate militavo dall'altra parte».

«Perché eri regazzetto», gli ribatté, in sua difesa, Quattro, «da regazzetti, ci si sbaglia. L'idea, si fa col giudizio dell'anzianità. Uno, da regazzetto, non è ancora anziano per la lotta».

«Beh, mó so' cresciuto!» commentò Ninnuzzu con allegra protervia. E per ischerzo attaccò Quattro con una mossa di boxe. L'altro gli rispose, e i due lottarono, giocando ai colpi e alle parate come due veri pugili. Giuseppe Secondo ci si mise in mezzo a fare l'arbitro, con grande competenza e un tale entusiasmo che il cappello gli scese indietro fin sulla nuca, mentre d'intorno Peppe Terzo e Impero e Carulina e tutta la ragazzaglia zompavano e vociavano da veri tifosi del ring.

Il gioco portò al massimo l'eccitamento di Nino. Il quale da un momento all'altro piantò la partita, e balzò in cima alla catasta di panche gridando con l'impeto di un barricadiero:

«Evviva la Rivoluzione!»

Tutti applaudirono. Useppe gli corse dietro. Gli altri ragazzini pure, arrancando su per la catasta.

«Evviva la bandiera rossa!» gridò a sua volta, fuori di sé, Giuseppe Secondo, «fra poco ci siamo, compagni partigiani! La vittoria è nostra! La commedia è finita!!»

«Fra poco rivoluzzioniamo tutto er mondo!» proclamò Ninnarieddu, «rivoluzzioniamo er Colosseo, e San Pietro, e Manhattan e er Verano e li Svizzeri e li Giudii e san Giuvanni...»

«... e tutte cose!» strillò dal basso, saltando, Carulina.

«E famo un ponte aereo Hollywood-Parigi-Mosca! E ce sbronziamo de whisky e de vodka e li tartufi e er caviale e le sigarette estere. E viaggiamo sulle Alfa da corsa e sul bimotore personale...»

«Viva! viva!» applaudivano, a casaccio, i ragazzini, tuttora affannati nell'impegno di arrampicarsi su per il palco del comizio. Solo Useppe c'era già arrivato, e di lassú, a cavalcioni su un banco gridava anche lui: «Viva!» e batteva le manucce sul legno, per cooperare al rumore. Le stesse gemelline, dimenticate in terra su certi stracci, levarono dei trilli da soprano.

«... e li tacchini, e le cassate, e le sigarette estere... e famo l'orge co l'americane e ce scopiamo le danesi, e ar nemico je lassamo le seghe...»

«... ahó, ma qua, quando se magna?!»

Ninnuzzu era saltato in terra. Useppe gli volò dietro.

«Pronti, pronti», s'affrettò a rassicurare Giuseppe Secondo. E le donne ritornarono ai preparativi della cena, con grande movimento di piatti e di stoviglie. In quel punto, nel quarto angolo, di dietro la tenda di stracci, si avvertí un miagolio.

Vivaldi Carlo non s'era fatto vedere, tenendosi per tutto il tempo dentro il suo covo. «Ma là dietro, chi ci sta?» s'informò Nino. E senza storie spalancò la tenda. Rossella soffiò e Carlo si rizzò a mezzo sul pagliericcio.

«E questo, chi è?» disse Nino, manifestando, per la prima volta da quando era entrato, un'ombra di sospetto. «Chi sei?» domandò all'uomo del covo. «Chi sei?» gli ripeté Quattropunte, intervenuto prontamente a rinforzo del suo Capo.

«Sono uno».

«Uno chi?»

Carlo fece una smorfia. «Parla», gli disse Nino, fiero di assumere l'aria propria di un guerrigliero in un interrogatorio. E Quattro a sua volta lo sollecitò: «Perché non parli?» conficcandogli in faccia gli occhietti come due chiodi.

«Ma insomma, di che avete paura?! Diffidate di me?»

«Noi non ciavemo paura nemmanco der padreterno. E se non vuoi che diffidiamo de te, allora scuci».

«Ma che cazzo volete sapere?!»

«Come ti chiami?»

«Si chiama Carlo! Carlo!» intervennero i ragazzini sopraggiunti, in coro.

«Carlo e poi?»

«Vivaldi! Vivaldi! Vivaldi!» gridarono le donne, dall'opposto cantone.

«Sei dei nostri?» fece Nino, mantenendo il suo piglio austero e minaccioso.

«Sei dei nostri?» ripeté Quattropunte, quasi all'unissono.

Carlo li guardò con un'occhiata tanto trasparente, che pareva divertita. «Sí», rispose con un rossore di bambino.

«Sei comunista?»

«Sono anarchico».

«Beh, a èsse pignoli», interloquí, conciliante, Giuseppe Secondo, che súbito s'era aggiunto al colloquio, «il nostro grande Maestro Carlo Marx sugli anarchici si dichiarava piuttosto contro che pro. La bandiera rossa è rossa, e la bandiera nera è nera. Questo è pacifico. Però in certe ore storiche tutte le Sinistre marciano unite, nella lotta contro il nemico comune».

Nino per un momento rimase zitto, coi cigli corrugati, a meditare su un proprio dubbio filosofico. Dopo di che, sorrise soddisfatto:

«A me», decise, «l'anarchia mi piace».

Carlo, quasi contento, fece un sorrisetto (il secondo, dal giorno della sua venuta). «E che stai a fa', qua solo?» lo affrontò Nino, «sei misantropo?»

Carlo alzò una spalla. «Annàmo, compagno anarchico», lo incitò Giuseppe Secondo, «viè a tavola con noi! Stasera, invito io!» annunciò procedendo verso il centro dello stanzone, con un tono grandioso da miliardario.

Carlo s'avanzò, incerto e dinoccolato, senza guardare nessuno, e pronta Rossella gli saltò dietro. Vista la serata eccezionale, la cena fu apprestata in comune nel centro dello stanzone, su un'unica tavola fatta di casse d'imballaggio accostate. Intorno, come sedili, furono posti in terra materassi, cuscini e sacchetti di sabbia. Giuseppe Secondo portò in tavola delle bottiglie di vino speciale, da lui sempre tenuto in serbo per festeggiare la vittoria (cioè la sconfitta dell'Asse). «La vittoria», disse, «se comincia a festeggià da stasera».

Carlo e Nino s'erano sistemati su due materassi quasi di fronte, seduti nella posa dei monaci buddisti. A fianco di Nino stava Quattro, e dietro le loro spalle i ragazzini si azzuffavano, volendo tutti prender posto vicino a loro. Useppe s'era stretto addosso al fratello, e i suoi occhi, sempre levati al suo viso, parevano due piccole lampade proiettate su di lui per vederlo più in luce. Solo di tanto in tanto la sua attenzione si distraeva per fare: miuuu... miuuuu... alla gatta e offrirle qualche bocconcino.

La lista della cena era: spaghetti all'amatriciana, con pomodori in conserva, e vero pecorino di campagna; bistecche alla pizzaiola; pane di farina autentica, acquistato di contrabbando a Velletri; e marmellata di frutta varie. La pioggia che seguitava a scrosciare dava una sensazione d'isolamento e di sicurezza, come dentro l'Arca del diluvio.

Nino rimase alquanto silenzioso, tanto era preso dall'osservare Carlo Vivaldi: non più insospettito, ma intento, come i ragazzini quando nella loro banda arriva un tipo esotico, o, in qualche modo, problematico. Di momento in momento, i suoi occhi ritornavano sulla faccia di lui che, invece, non guardava nessuno.

«Sei milanese?» gli domandò.

«...No... Sono di Bologna...»

«E allora perché stai qua?»

«E tu perché ci stai?»

«Io! Perché li fascisti me cominciaveno a puzzà, ecco perché! M'ero stufato della puzza delle camicie nere».

«E io pure».

«Eri fascista pure tu?»

«No».

«Eri antifascista pure da prima?»

«Sono stato sempre anarchico».

«Sempre! Pure quando eri pischello?»

«Sí».

«Asso de còri, che me la fai véde, la pistola?» supplicò in questo momento, all'orecchio di Nino, Peppe Terzo, il nipote romano di Carulí, che lo assediava alle spalle, insieme al fratellino piú piccolo e al cugino Currado; ma Nino con una scossa li mandò tutti e tre a capitombolare all'indietro sul materasso, ammonendoli, con ferocia:

«Adesso basta, eh! Sgomberate!!!»

«A' fiacci de... lasciate sta er signore! Ma perché dovete da èsse cosí incivili!!» li ammoní a sua volta, dal proprio posto, la madre di Peppe Terzo, con lamento dolce da gallinella. Frattanto, la gatta Rossella, risbucata di fra i piedi della gente, andava strusciandosi addosso a Useppe, per chiedergli un altro bocconcino; ma come Nino, avvistandola, allungò una mano per carezzarla di passaggio, lei, secondo il suo solito, scappò via. I tre nipoti di Carulina, allora, rialzandosi dal capitombolo, per darsi sfogo presero a rincorrerla; però lei con un guizzo fu pronta a rifugiarsi sotto una gamba di Carlo; e di là soffiò verso l'intera tavolata.

Giuseppe Secondo, che sedeva accanto a Carlo, d'un tratto le dette un'occhiata compiaciuta e furbesca:

«Compagni», disse, rivolto e a Nino, e a Quattro, «questa gatta è di mia proprietà. E volete sapere, in confidenza, che nome tiene?»

«Rossella!» esclamò trionfante Carulina.

«Eh, grazie tante!...» fece Giuseppe Secondo, alzando una spalla con sufficienza, «Rossella! questo qua sarebbe il nome, diciamo cosí, governativo... meno compromettente... per intenderci. Ma il vero nome suo, che j'ò messo io quanno l'ho presa, è un artro, che solo io, lo so!»

«Issa nemmeno, 'o sape?!» chiese incuriosita Carulina.
«No. Nemmanco lei!»

«E che nome sarebbe?» s'informarono le due cognate insieme.

«Ditelo. Ditelo!» affrettò Carulina.

«Beh, stasera, fra de noi, magara a bassa voce, se pò dí», risolvette Giuseppe Secondo. E con un'aria da congiurato, rivelò:

«RUSSIA!»

«Russia! Volete dí che la Rossella, de nome se chiama Russia?» fece una delle cognate, poco convinta.

«Sissignora. Russia. Sissignora».

«Beh, Russia sarà un bel nome, mica dico de no», osservò la sora Mercedes, «però che c'entra? Russia è un posto, come se chiama? è 'na località! la Russia!»

«A me», dichiarò nonna Dinda, «mi piace di piú Rossella».

«Beh, tutti li gusti so' gusti», rispose Giuseppe Secondo.

«La Russia è la Russia, e va buono!» rinforzò nonna Dinda, «però, per una femminella, a me Rossella mi pare piú carino».

Giuseppe Secondo si strinse nelle spalle, con un senso di lieve mortificazione, ma anche di superiorità definitiva e incompresa.

«Rossella...» notò a questo punto una delle cognate, «non è pure il nome di quell'attrice, in quel film... com'era?»

«Via col vento!» esclamò Carulina, «Vivia Leik, in *Via col vento*!»

«Era quella che si sposava con lui, e poi moriva?»

«No, la figlia moriva», precisò la cognata napoletana, «e invece lui s'era spusato a quell'altra...»

Il gruppetto attaccò a discutere sul film; ma un tale argomento annoiava Giuseppe Secondo. Fece una guardata verso i due compagni, per intendere: «Ecco, le donne!...» Quindi si alzò dal suo posto, e venne a affacciarsi fra Nino e Quattro. Era deciso a buttarsi a qualsiasi sbaraglio, pure di dimostrare ai due la propria fede; il suo viso, buffamente infantile, splendeva di contentezza liberatoria.

«E volete saperlo», annunciò con voce gongolante, «perché, a quella coppietta là» (indicando i due canarini) «li ho nominati Peppiniello e Peppiniella?»

«?...»

«Per onorare il compagno Giuseppe Stalin!!»

Quattropunte gli rispose con dei cenni del capo pieni di apprezzamento e di gravità; ma Nino, invece, non gli dette soddisfazione. In verità, per quanto mangiasse e bevesse molto, Ninnarieddu aveva preso un'aria svogliata e si mostrava poco attento alle chiacchiere. Giuseppe Secondo ritornò a sedersi al suo posto. Da parte sua, frattanto, la sora Mercedes, nell'intento di compiacerlo (e senza nemmeno contare gli altri Giuseppi presenti), gli diceva: «Pure voi, tenete lo stesso nome, sor Giusè...» ma lui, quasi scandalizzato, allargò le braccia, come a dire: «per carità, che c'entro io? non se ne parli!»...

Qua i nominati Peppiniello e Peppiniella, forse credendosi che facesse giorno, intonarono qualche verso. Carulina, per aumentare la festa, andò a mettere il disco del jazz; e a questo le gemelline, che s'erano addormentate su un angolo del materasso, si svegliarono strillando. Carulina in fretta e furia venne a loro, e prese a cantare:

> Ninna ò nanna ò
> Rusinella e Celesta s'addormentò...
>   ecc. ecc.

Ma prima ancora che sulle gemelline, la ninnananna parve avere effetto su Useppe, che di lí a poco piegò le palpebre. Ida allora se lo prese in grembo, e di conseguenza venne a trovarsi vicino a Ninnarieddu:

«Ma come hai fatto, a trovarci?!...» gli ripeté, a bassa voce, ancora una volta.

«A' mà, te l'ho già detto che so' passato da Remo! Prima ero andato pe' passà da casa, e quann'ho visto che ar posto de casa c'era un abbisso, me so' informato da lui!» le spiegò Nino, con una certa impazienza. E subito richiuse la bocca, prendendo un'espressione imbronciata, forse perché il suo discorso gli aveva richiamato il dolore recente per Blitz.

> «Ninna ò nanna ò
> Rusí e Celestina s'addormentò
> ò ò ò ò ò...»

Useppe dormiva. Ida si mosse per coricarlo sul proprio materasso dietro la tenda di sacchi. E quando tornò, il suo posto vicino a Nino era stato preso dai soliti nipoti di Carulí, che ci s'erano messi in mucchio, e già andavano esaminando da presso gli scarponi di marca tedesca, studiandone i lacci, la suola ecc. come se ammirassero un monumento.

« ... Stavi nell'esercito? » domandò Nino.

Vivaldi Carlo alzò gli occhi, con la malinconia selvatica di un animale che si affaccia dalla tana, incerto se uscire all'attacco. In quella serata, badava piú a bere che a mangiare, e già il disagio, che lo aveva inchiodato da principio, andava un poco sciogliendosi nel vino.

« Sí! era soldato! è venuto a piedi dall'Alta Italia! » risposero, per lui, due o tre donne, fra le quali Carulina, contenta di mostrarsi informata. Ma a quest'altra interferenza non richiesta, Nino emise un fischio impaziente; nel suo sguardo, che incontrò quello di Carlo, non c'era piú il terrorismo del capobanda, ma solo un'ostinata pretesa di dialogo, scoperta fino al candore.

« Sei scappato dall'esercito? »

Il labbro superiore di Carlo si mise a palpitare: « No », dichiarò con onestà, e quasi mitemente, « *a loro*, qua, ho detto che ero soldato, cosí per dirne una... Ma non era vero. Io non appartengo a nessun esercito! » precisò con un senso acerbo, non si capiva se d'onore, o di disonore.

Nino alzò le spalle: « Beh, se vuoi parlà, parla », disse, indifferente. E con protervia subitanea soggiunse: « Io me ne frego, dei fatti tuoi ».

Il volto di Carlo, dai sopraccigli riuniti in fronte, s'indurí: « E allora, perché domandi?! » proferí, con un pudore aggressivo.

« E tu, che ciài da nasconne? » replicò Nino.

« Vuoi sapere da dove sono scappato? »

« Sí! Lo vojjo sapé! »

« Sono scappato da un convoglio di deportati, in viaggio su un treno piombato verso la frontiera orientale ». Era la verità, ma Carlo la accompagnò con una risata stramba, come se raccontasse una barzelletta.

« Aaaah! manco male! finarmente, pure u Turco ha parlato! » levò qua il suo commento nonna Dinda, con un piccolo respiro di sollievo. « Iiiiih! Nonna! statevi zitta! » la rimbrottò piano Carulí. Carlo le guardò, l'una e l'altra, senza vederle, con occhi inespressivi.

« T'avevano preso in una retata? » domandava ancora Ninnarieddu.

Vivaldi Carlo scosse la testa. «Io...» borbottò, «ero clandestino... facevo la propaganda politica! Qualcuno fece la spia... m'hanno denunciato al Comando tedesco». Qua uscí in un'altra risata, quasi oscena, che gli lasciò i tratti corrotti come da un'infezione. Al suo movimento scomposto, Rossella, di sotto la sua gamba, emise una voce sua speciale di protesta lamentosa, che suonava: «Mememiè! Mememiè!» E lui, quasi assurdamente confuso per aver disturbato la gatta, si ricompose, girando all'intorno lo sguardo trasognato di un orfano. Ma in quella poi, con una improvvisa brutalità, e rivolto esclusivamente a Nino, gli fece: «Tu le conosci, le celle di sicurezza tipo bunker, dette *anticamera della morte?*»

«Ce n'ho un'idea!» Nino aveva cambiato posizione, allungando i piedi sulla tavola e appoggiandosi con le spalle alle ginocchia dell'amico Quattro, che volentieri s'era disposto a fargli da schienale. «A' compagno», disse quindi a Carlo, dopo avere strizzato fra le dita e buttato via il proprio pacchetto vuoto di *Popolari*, «offrimi una sigaretta». Ostentava una disinvoltura da gangster americano, rotto a tutte le esperienze. Carlo gli gettò una sigaretta attraverso la tavola. E nel tempo stesso, con un sorrisetto sforzato quasi evasivo, fece sapere: «*Mí*, ci sono stato». «Io ci sono stato...» «Ci sono stato...» ripeté piú volte, straniandosi in una fissità astratta, sotto una sorta d'ispirazione assurda e disgustosa. E lí per lí, assumendo una parlata monotona, scientifica (solo con inframmessa qualche parola dialettale: la *lus*, la *dona* o simili, e qualche rara smorfia), s'internò in una descrizione di quel particolare tipo di celle.

Si trattava, secondo la sua descrizione, di certi depositi singoli, del genere bunker, costituiti d'una colata di cemento su un'armatura a cupola: usati attualmente da parte dei Tedeschi nel nord Italia, perché di costruzione rapida e di praticità elementare. L'interno, di circa metri 1,90 per 1,10 e altezza 1,30, era giusto di misura sufficiente per il tavolaccio, e un uomo non ci si poteva tenere in piedi. Nel soffitto era sistemata una lampada di forse trecento candele, la quale restava accesa giorno e notte e bucava pure gli occhi chiusi, come una *fiama* ossidrica (qua Vivaldi Carlo istintivamente si coprí gli occhi con una mano). E l'unica apertura verso l'esterno, circa a mezza altezza dell'uscio sbarrato, era uno spioncino o sfiatatoio, di diametro poco piú che una canna di moschetto. Ci si attaccava sempre con le labbra, carponi sul tavolaccio, a quel foro, per succhiare quel filo d'aria. Di tali bunker, là in quel cortile del Comando SS (una specie di rimessa in periferia), ne erano stati costruiti una quindicina, uno accosto all'altro, con annesso forno crematorio.

In genere, nessun bunker rimaneva a lungo vuoto. Ci si veniva rinchiusi, per solito, dopo l'interrogatorio, e in attesa di nuova destinazione. Specie la notte, ne sortivano delle voci, le quali, spesso, non erano piú voci ragionanti, ma piuttosto urla incoscienti della materia. Un uomo, ancora cosciente, ripeteva d'essere là dentro da trentacinque giorni, e non faceva che chiedere dell'acqua; ma nessuno gliene dava. Certe volte, a chiedere dell'acqua, in risposta, attraverso lo sfiatatoio, si vedeva penetrare la canna d'un moschetto. Nel prossimo bunker a sinistra, ci stava una *dona* che durante il giorno pareva muta, ma ogni notte ricadeva in una demenza vociante, e invocava perfino gli SS di guardia, chiamandoli *figli miei*. Ma non appena si avvicinavano i passi della sentinella di ronda, all'improvviso tutte le voci tacevano.

Difatti, a ogni stridore di serratura che veniva aperta, succedeva, di lí a poco, un suono di spari nel cortile. I bunker avevano preso quel nome *anticamere della morte* perché, specie di notte, di là dentro si usciva soltanto per venire giustiziati nel cortile stesso, con un colpo alla nuca. Non si poteva mai sapere chi sarebbe il prossimo, né il criterio delle scelte o esclusioni quotidiane. A ogni sparo, i cani delle SS latravano.

Qua, Vivaldi Carlo, come risvegliandosi dalla sua lunga *ispirazione*, si mise di nuovo a ridere, nello stile di uno sbronzo che, per fare il bullo e il maledetto, confessa in pubblico una propria azione vergognosa:

«Io, là dentro, ci sono stato 72 ore», fece sapere, senza rivolgersi a nessuno, «le ho contate, dai campanili. Settantadue. Le ho contate. Tre notti. In tre notti dieci spari. Li ho contati».

Nella tavolata, tutti si tenevano zitti, rispettosamente: però i soli che ascoltassero con reale impegno erano Nino e Quattro. I Mille, e con loro lo stesso Giuseppe Secondo, si scambiavano sguardi avviliti, per la delusione di un tale soggetto tetro, che inquinava la loro festa; mentre i ragazzini, e Ida non meno di loro, ciondolavano già dal sonno.

«... là dentro, si conta sempre... si passan le giornate a *contar*... qualsiasi *scemensa*, per non pensare... Si conta... l'importante è fissare il cervello su qualche *esercissio* idiota... elenchi... i pesi e le misure... la lista del bucato...»

(A questa frase, la sora Mercedes dette di gomito a Carulina; e Carulina, per quanto scossa non poco dall'argomento, riuscí a malapena a trattenere un'ilarità compulsiva).

«... sottrazioni, addizioni, frazioni... numeri! Se ti viene da pensare a tua madre, a tuo padre, alla *sorela*, alla ragazza, buttarsi subito a calcolare la loro età in anni, mesi, giorni, ore... Come una macchina... *sensa* pensar... Settantadue ore... tre notti dieci spari... Uno sparo per uno e basta... Uno due tre quattro... e dieci... Si diceva che erano tutti partigiani... per la *maggioransa*... banditi... questa era l'imputazione...»

«Ma che? eri tu pure, partigiano?» chiese Nino, mettendo i piedi in terra in un interesse repentino che lo fece addirittura risplendere.

«*Mí* no! te l'ho già detto! io *non* ero soldato!» protestò l'altro, quasi arrabbiandosi. «Io... lavoravo in città... (però la città non la dico)... Manifesti... volantini... propaganda... Imputato politico... per questo mi destinarono al treno! Io, però non sapevo, quale condanna... Alla mattina presto, quando sono venuti a prelevarmi dal bunker, il mio pensiero è stato: *Ci siamo! Numero undici!* Avevo già il tonfo nel cervello... *Caminar*... *caminar*... merda. *Caminar*... ah *màma mia*... il mondo fa schifo».

«Il mondo PUZZA!! Adesso lo scopri?» confermò Ninnarieddu, trionfalmente, «eh! io, è da mó, che l'ho capito! È troppo schifoso, e PUZZA! però», soggiunse ripensandoci, e incominciando a muovere i piedi, «a me... questa puzza m'arrazza! Ce so' certe donne, no, che puzzano, de che? boh! de donna! e co' 'sta puzza de donna te fanno arrazzà!... A me», proclamò, «m'arrazza tutta la puzza della vita!!»

Lí per lí i suoi piedi, da soli, nel muoversi avevano preso il ritmo del jazz di poco prima. «E allora? Come hai fatto a scappare?!» s'informò, incuriosito, cosí ballando.

«Come ho fatto! Ho fatto, che mi sono buttato giú... a una sosta... a Villaco... no, prima. Non lo so, dove... C'erano due morti, sul vagone, da scaricare: un *vecio* e una *vecia*... Basta! non ho piú voglia di parlarne! Basta!!» E qui

Vivaldi Carlo aggrottò le ciglia, con l'espressione nauseata, ma stranamente inerme e nuda, di un ragazzino capriccioso che finalmente ha vuotato il sacco, e dice, esausto: adesso, lasciatemi in pace.

«Bravo. Non ne parliamo piú. Beveteci sopra!» lo esortò la sora Mercedes, «tanto, fra poco, è tutto finito. Fra poco, se Dio vuole, arrivano i liberatori!»

«Ma quando arrivano, dunque, questi messia?...» esalò a questo punto, con una vocina lamentosa, l'altra nonna di Carulina, la quale, diversamente da nonna Dinda, per solito stava sempre zitta. «Arrivano, nonna, arrivano, è questione di ore!! Beviamoci sopra!» fu il coro generale dei Mille. E Carulina, che, nonostante l'emozione, aveva tuttavia seguitato a covare la sua ilarità proditoria, ne approfittò per darle via libera, uscendo in una risata, che somigliava a uno strombettio. Carlo allora alzò gli occhi verso di lei, e le fece un sorriso dolce di bambino.

Il suo volto appariva spossato, ma disteso, come nella convalescenza da una malattia delirante. Non c'era piú traccia di quella espressione corrotta, che fino a un minuto prima lo stravolgeva. E lo stesso eccitamento del vino, che si vedeva bruciare nei suoi occhi, si era trasmutato, dal fuoco putrido di pocanzi, in un tremolio luminoso, timido e ingenuo. Accovacciato in una posa scomoda, con una gamba mezzo stesa e l'altra piú alzata per lasciare posto a Rossella, pareva l'inviato di qualche tribú rotta e dispersa, che domandasse, forse, anche aiuto.

Seguendo l'esempio generale, si versò dell'altro vino, ma con un movimento goffo, tanto da rovesciarne una parte fuori del bicchiere: «Fortuna! fortuna!» gridarono allora tutti quanti, «vino versato porta fortuna!» e a gara accorsero a bagnarsi le dita in quel vino, per umettarsene la pelle dietro gli orecchi. Anche a quelli che non s'erano mossi dal loro posto fu elargito questo piccolo battesimo, per mano specialmente di Carulí, la quale non dimenticò nessuno: né Useppe immerso nel sonno dietro la tenda, né gli altri ragazzini addormentati in giro per la stanza, né Ida, la quale, mezzo assopita, reagí al solletico con un lieve riso inconscio. Unico escluso, era rimasto proprio Vivaldi Carlo; ma da ultimo, vincendo la soggezione, Carulina provvide anche a lui. «Grazie... grazie!» si dette a ripetere lui, «grazie!» E a tale profusione di ringraziamenti, lei, non sapendo come sdebitarsi, e intimidita all'eccesso, rimase là, a dondolarsi sulle gambe, in una specie di balletto cerimonioso.

«Un brindisi ai liberatori! Un brindisi ai compagni partigiani!» gridò Giuseppe Secondo. E dopo aver brindato con questo e con quello, si accostò a Carlo: «Forza, compagno!» lo incoraggiò, urtando il suo bicchiere, «oramai si tratta di pochi mesi. Fra poco, sfonderemo anche a nord. E al massimo a primavera, tu rivedrai casa tua!»

Vivaldi Carlo rispose con un sorrisetto incerto, che esprimeva una qualche gratitudine, senza voler troppo cedere alla speranza.

Riguardandolo, Giuseppe Secondo avvertí una esigenza immediata e comunicativa di trascinare anche lui, súbito, dentro la festa generale: «A proposito, compagno», gli disse allora, espansivamente, «volevo già domandartelo poco fa: ma perché, intanto, piuttosto che stare a aspettare qua, con questa rabbia che ti marcisce in corpo, non vai, e ti butti anche tu nella lotta armata, insieme coi compagni partigiani? tu che sei un ragazzo di fede, e gaiardo!»

Forse, Vivaldi Carlo s'era aspettato una domanda simile! Difatti, prima ancora che il vecchio la formulasse, i suoi tratti s'erano tesi in una volontà accanita e cosciente, che scacciava i vapori del vino. Aggrottò severamente i sopraccigli, e, con una amarezza imbronciata, dichiarò:

«NON POSSO».

«Perché non puoi?» esclamò Nino, che frattanto era passato da questo lato della tavola.

Vivaldi Carlo arrossí, quasi stesse per confessare qualcosa d'illecito:

«Perché io», proferí, «non posso ammazzare nessuno».

«Non puoi ammazzà! che significa? nemmanco li tedeschi?! e che sarebbe? una specie de voto in chiesa?!»

L'interrogato alzò le spalle: «*Mí*», dichiarò con un sorrisetto quasi sprezzante, «sono ateo!» Poi puntò gli occhi in faccia a Nino, e, sillabando con forza a dispetto delle labbra impastate dal bere, spiegò, nello stesso tono di riscossa:

«La – mia – idea – RIFIUTA – la violenza. Tutto il male sta nella violenza!»

«Ma allora, che anarchico saresti?»

«La vera anarchia non può ammettere la violenza. L'idea anarchica è la negazione del potere. E il potere e la violenza sono tutt'uno...»

«E senza la violenza, come se pò fa', lo Stato anarchico?»

«L'Anarchia nega lo Stato... E se il mezzo dev'essere la violenza, basta. Il prezzo non paga. In questo caso, l'Anarchia non si fa».

«Allora, a me, se nun se fa, nun me piace. A me, me piaciono le cose che se fanno».

«Dipende, da come s'intende l'AZIONE», contestò Vivaldi Carlo scontroso, a voce bassa. Poi, riaprendosi, con un ardore intento e persuasivo, dichiarò: «Se il prezzo è tradire l'idea, lo scopo è già fallito in partenza! L'idea... l'idea non è un passato, o un futuro... è presente nell'azione... E la violenza fisica la stronca alla radice... La *violensa* è peggio di tutto».

Questa difesa risoluta della sua idea parve averlo rinfrancato, ma al tempo stesso intimidito. Quasi vergognandosi del fervore naturale dei suoi occhi, li abbassò, cosí che non se ne vedeva altro che quei cigli troppo lunghi e folti, da richiamare al pensiero la sua fanciullezza ancora recente. «E dunque», lo perseguí tuttavia Ninnuzzu, «se domani tu rincontri quel tedesco che t'ha ficcato nel bunker, o quell'altro che t'ha buttato sul carro bestiame, che fai? li lasci vivi?!»

«Sí...» disse Vivaldi Carlo, mentre il suo labbro superiore si alzava in una smorfia che tornava a corrompergli i tratti, quasi un brivido di passaggio. E contemporaneamente, negli occhi di Nino riapparve quel nuovo fulgore cieco, da strumento fotografico, che aveva stupito Ida già al principio della serata.

«*Anarchici nonviolenti*», sentenziava intanto, perplesso, Giuseppe Secondo, «come idea, è contemplata... Però, la violenza, quanno ce vò, ce vò! Senza violenza, non si realizza la rivoluzione socialista».

«A me, me piace la rivoluzione!» esclamò Nino, «io, all'anarchia senza violenza, non ci credo! e sapete che vi dico? LO SAPETE? che i comunisti, e no gli anarchici, porteranno la vera anarchia!»

«La vera libertà è la bandiera rossa!» approvò Quattro con gli occhi contenti.

«Che nel comunismo, tutti saranno compagni!», seguitò Nino, a pieno impeto, «nun ce saranno piú né ufficiali, né professori, né commendatori, né baroni né re né regine... e né führer, e né duci!»

«E il compagno Stalin?...» s'informò preoccupato Giuseppe Secondo.

«Lui, è differente!» decise Nino, risoluto, «di lui, non si parla!» E nella voce ebbe, di là dall'enfasi perentoria, una certa nota familiare e confidenziale, quasi andasse parlando di un vecchio parente, che lui, da piccolo, gli era stato sulle ginocchia, e aveva giocato coi suoi baffi.

«Lui, non si tocca!» rinforzò, e stavolta alla nota di prima ne accompagnò un'altra piú fiera: da lasciare intendere eventualmente a tutti quanti che un simile privilegio esclusivo, a Stalin, oltre che per i noti meriti personali suoi propri, gli era dovuto pure, e in particolar modo, per la speciale protezione di Assodicuori.

In quel momento, spuntata di sotto la gamba di Vivaldi Carlo, Rossella, con una sortita intraprendente e repentina, saltò sullo stomaco di costui. E guardandolo faccia a faccia in una maniera complimentosa ma anche esigente, lo apostrofò direttamente con la frase: «Nian nian nian nian?!» che tradotta corrisponderebbe a: «Non ti sembra l'ora di andare a letto?!»

Questa minima azione gattesca fuorviò l'interesse di Nino dalla discussione in corso, trasportandolo mentalmente nel campo dei gatti in generale, i quali costituivano, secondo il suo concetto, una razza specialmente umoristica (però ovviamente meno importante di quella dei cani). Al passaggio di tale concetto, si videro dei riflessi futili e ridenti trastullarsi, di sfuggita, dentro i suoi occhi. Poi lí per lí, ricordandosi della sua prossima levata all'alba, emise un enorme sbadiglio.

Fu il segnale della ritirata. Vivaldi Carlo si levò per primo, traballando un poco sui ginocchi. «Mama mia, m'è sceso tuto ale gambe, questo vin», brontolava, tenendo dietro a Rossella verso il loro angolo. Giuseppe Secondo stabilí di coricarsi, lui stesso, in terra su una coperta, per cedere agli ospiti il proprio materasso. E Nino accettò l'offerta in tutta semplicità e senza ringraziamenti, come un proprio diritto logico. Secondo un uso acquisito da guerriglieri, lui e Quattropunte, nello stendersi, fianco a fianco, sul materassetto a una piazza, rinunciarono a spogliarsi, solo togliendosi gli scarponi. Quindi deposero in terra, presso il capezzale, il cinturone con la pistola accanto alla lampada portatile. E all'iniziativa di Giuseppe Secondo il quale prudenzialmente caricò la sveglia per loro, asserirono che, al caso, potevano farne anche senza, poiché Quattropunte teneva una sveglia di precisione dentro il cervello.

Ma assai prima del suono della sveglia, forse intorno alle 4, un urgente scalpiccio di piedi scalzi, dopo una traversata fortunosa nella mezza tenebra, pervenne al capezzale di Nino. E una vocetta bassa di tono, ma intrepida e risoluta, prese a ripetergli accosto all'orecchio, quasi dentro al padiglione: «Ahó! ahó! Ino! Ino!! ahó!»

Un primo effetto istantaneo, che ne conseguí per Nino, fu un certo rivolgimento nella trama del suo sogno. La scena si svolge al cinema, dove lui, che peraltro siede fra gli spettatori in platea, lo stesso è direttamente impegnato nell'azione dentro lo schermo, dove cavalca su una prateria del West, fra altri cavallari in corsa selvaggia. Attualmente il suo cavallo lo prega di grattargli l'orecchio destro, nel quale avverte un solletico. Senonché, sull'atto di grattare l'orecchio al cavallo, lui constata di non essere in groppa a un animale, ma issato a cavalcioni di uno Stuka in volo; e che quel solletico è situato nell'orecchio suo proprio, a motivo di una chiamata telefonica urgente dall'America...

«Passàtela al capomanipolo». Nino si rivolta su un fianco, e séguita a filare con lo Stuka all'altezza di ventimila piedi, nel tranquillo ronzio del motore. Però intanto quel telefono americano insiste a sfruculiarlo con le sue chiamate, dandogli fra l'altro qualche tirata ai capelli, e allungandogli una zampina sul braccio...

A questo punto, Nino (attraverso un meccanismo nuovo e speciale dei suoi nervi, che gli faceva da segnale nelle sue notti di bandito) si scosse e levò il capo, pur senza svegliarsi del tutto; e istintivamente dette di piglio alla propria lanterna a pila. Nel tempo di un lampeggio, percepí il colore celeste di due occhietti che sbattevano incontro a lui, sorpresi dalla luce, ma pure complici e festanti come fosse la notte della Befana; e allora immediatamente, rassicurato, si ributtò giú a dormire.

«Chi è?!» gli borbottava accanto, in allarme, la voce addormentata di Quattro.

«Nessuno».

«Ino... Ino... so' io!»

Prima di rimettersi a russare, Nino dette in risposta un brontolio d'intesa, che poteva corrispondere a un *Vabbè* ovvero *Okay*, come pure al loro contrario, o a niente del tutto. Nel suo dormiveglia transitorio s'era insinuata appena l'impressione buffa e curiosa di una presenza quasi impercettibile, della misura di uno gnomo, che lui riconosceva a una specie di divertimento, anche se la sua identità gli si confondeva. Forse un animale fantastico, piú vispo e carino ancora degli altri animali, che notoriamente frequentava i suoi stessi paraggi, e in qualche modo apparteneva a lui. E lo faceva ridere, saltandogli incontro a salutarlo dai quattro punti cardinali dell'universo. E non se ne andava, e presentemente gli camminava sopra.

E invero suo fratello Useppe, dopo essere rimasto ancora un momento a rimuginare accanto al materasso, risolutamente ci era montato su, e ci si fece strada, intrufolandosi fra il ginocchio di Nino e la gamba di Quattropunte. Data la sua misura, non gli fu difficile accomodarsi in quella minima strettoia disponibile. Fece una risatina gloriosa, e s'addormentò.

E cosí, per il rimanente di quella grande notte, Useppe dormí nudo in mezzo ai due guerrieri armati.

Quando, alla loro pronta levata all'alba, essi scoprirono dentro il letto quell'ospite non invitato, ne furono esilarati e sorpresi, come da una trovata di film comico. Subito Quattropunte si fece premura di riconsegnarlo alla madre; e mentre Assodicuori, primo di turno, si assentava nel camerino sul pianerottolo, s'incaricò lui stesso di riportarlo a domicilio, reggendolo sulle braccia con riguardo estremo. Timidamente, poi, sull'atto di oltrepassare la tenda, domandò: «È permesso?» per rispetto della Signora; sebbene costei, riscossa dal suono della sveglia, già si affacciasse all'esterno, con una copertina sulle spalle, di contro al chiarore d'una candelina giusto accesa, che trapelava di fra i buchi dei sacchi.

«Scusate tanto, Signora, ecco il pupo», mormorò Quattro, senz'altre spiegazioni, adagiando il suo carico sul letto con la delicatezza di una balia. Però, nonostante questa delicatezza, Useppe già teneva gli occhi semiaperti e frastornati. E, al vedersi comparire il fratello ormai pronto per la partenza, li spalancò.

Quattro si allontanò a sua volta, per approfittare del proprio turno nel camerino. E Nino, il quale aveva antipatia per le candele, chiamandole luci da morto, frattanto soffiò sulla fiammella, mettendo in terra, al suo posto, la propria pila accesa. Poi chiese a Ida se poteva dargli qualche soldo, almeno per il tabacco, dato che si trovava senza una lira. E dopo che Ida ebbe racimolato per lui, nella sua solita borsa, qualche biglietto da dieci, quasi a riconoscerle, per dovexrosa ricompensa, un certo credito, s'indugiò un poco a conxversare con lei.

L'oggetto della conversazione fu Vivaldi Carlo, che prexsentemente dormiva e che lui indicò senza nominarlo, acxcennando alla sua tenda col gomito. A voce bassa, palesò a sua madre che, secondo lui, dopo averci pensato, quello non era vero che fosse di Bologna: «Io d'accento bolognexse me ne intendo. Ciavevo una ragazza bolognese che parxlando faceva sempre *sc... sc... sc...* E lui mica fa *sc...*» Quelxlo poteva essere, casomai, friulano... o milanese... infine, secondo il giudizio di Ninnuzzu, che lui fosse settentrioxnale, sí, era vero. Ma che fosse di Bologna, invece, era una balla. Cosí pure, che fosse anarchico, era la verità. Però, oltre all'anarchia, Nino intuiva qualche altra questione che colui aveva nascosto. Forse, anche il nome Carlo Vivaldi era un falso nome: «Io ci ho pensato, e lo sai che te dico, a' mà... Che quello, secondo me, magari potrebbe pure èsxse un...» Qui Nino parve addirittura sul punto di ammetxtere Ida a sua propria complice segreta. Ma, ripensandoci, dovette scegliere invece, a preferenza, una propria evenxtuale complicità col solo (preteso) Vivaldi Carlo. E lasciò il discorso inconcluso.

Ida era stata sul punto di sussurrargli da parte sua: «È anarchico, come tuo nonno...» ma la timidezza la trattenne. Fino dalla sera avanti, la notizia che Vivaldi Carlo era anarxchico, e dunque dalla stessa parte di suo padre, aveva mosxso immediatamente i suoi affetti. E a cena, poi, all'udirlo (sia pure mezza morta di sonno com'era) raccontare le proxprie vicende, si era detta, sempre ricordando i dispiaceri di suo padre, che gli anarchici, evidentemente, incontravano poca simpatia nel mondo. Inoltre, la parlata settentrionale di lui, per qualche tratto, le richiamava sua madre Nora... E di conseguenza, la sua simpatia andava istintivamente a Vivaldi Carlo, piú che a tutti gli altri occupanti dello stanxzone, quasi che un legame di solidarietà e di parentela la unisse a quel moro scontroso. Ma, di fronte alla reticenza di Nino, non insisté per saperne di piú sul suo conto.

Fuori albeggiava, ma lo stanzone, protetto dalle finestre schermate, stagnava nel buio della notte. E tutti all'intorno seguitavano a dormire, indisturbati dal segnale anticipato della sveglia, che non li riguardava. Solo dalla parte di Giuseppe Secondo si notava già, dal primo suono della sveglia, un certo movimento affaccendato. E vi si vedeva ballare la fiammella fantomatica di un qualche stoppino di emergenza (difatti in quell'ora mancava la corrente elettrica; e non meno delle candele, i comuni generi d'uso illuminante o combustibile si facevano ogni giorno piú scarsi).

Era ricomparso Quattro, e Nino raccolse da terra la propria lanterna, mentre Ida si rilasciava seduta nel letto, risparmiandosi di riaccendere il suo avanzo di candela. A questo punto Useppe, vedendo il fratello avviarsi all'uscita, si portò d'urgenza sull'orlo del materasso, e prese a vestirsi precipitosamente.

In pochi attimi ebbe raggiunto la soglia esterna, da dove i due partenti già s'allontanavano. Era pronto, coi calzoncini, la camiciola, le cioce ai piedi, e perfino il mantello impermeabile su un braccio: quasi fosse inteso che partiva lui pure. Ancora per qualche attimo stette fermo a guardare verso i due, avviati, a una distanza di forse dieci metri dalla soglia, lungo il praticello stento di là dallo sterrato. Poi senza dir niente prese la rincorsa verso di loro.

Però dall'interno frattanto sopravveniva, in fretta e furia, Giuseppe Secondo, vestito al completo secondo il solito, con la giacca abbottonata e il cappello in testa: «Un momento!!» esclamò con agitazione, correndo verso i due, e bloccandoli a metà del viottolo, «ve ne andate senza pigliare il caffè?!»

«Vi stavo preparando il caffè, un VERO caffè!» si scusò, con l'aria di chi promette una delizia paradisiaca. E, in realtà, non era poco importante, in quei tempi, la proposta di un autentico Moka. Però i due, dopo essersi consultati con lo sguardo, risposero che non c'era piú tempo. Un amico li aspettava, in una località designata, per tornare insieme alla base. Dovevano affrettarsi, spiegò Ninnuzzu, non senza rammarico.

«Allora non insisto. Però dovrei parlarti qua, subito, di una cosa riservata. Mi basta mezzo minuto: di tutta urgenza!» E Giuseppe Secondo febbrilmente trasse un po' da parte Ninnuzzu, pur seguitando a rivolgersi, nel discorso, sia a lui che a Quattropunte: «Sentite compagni», disse, gesticolando all'uno e all'altro, «senza troppe chiacchiere, voglio comunicarvi questo: IL POSTO MIO È CON

VOI! Me lo dicevo già da iersera, ma stanotte ho preso la decisione!! che ci sto a fare, io, qua? la decisione mia è de entrà drento ar core de la lotta! Io me offro da vení con voi, ne le file!!»

Sebbene a voce bassa e affrettata, aveva parlato con una certa solennità; e nello sguardo gli si leggeva quasi la certezza che i compagni plaudissero all'offerta. Ma Nino, senza fare commenti, gli dette un'occhiata che diceva chiaro: «E che partigiano vuoi fare, tu, scòrfano vecchiarello?» sogguardando, nel contempo, Quattro, con una specie di ammicchio mezzo divertito. Mentre Quattro (che, pure udendo, si teneva, per discrezione, un poco discosto) da parte sua non batteva ciglio, serio e compreso della gravità dell'argomento.

«Non guardate all'apparenza! io, a resistenza, sono un toro! Pure il braccio ormai sta a posto e funziona!» Qui Giuseppe Secondo, in una pronta manifestazione atletica, si dette a ruotare il braccio destro, già infortunato dal bombardamento di luglio: «E di scienze militari me ne intendo», seguitò a raccomandarsi, di fronte allo scetticismo di Nino, «ho fatto la Prima Mondiale. Mica so' stato sempre a fa' le statue». Quindi s'affrettò a informare, con premura estrema: «Tengo pure da parte un capitaluccio liquido, e sarò onorato di mettere tutto il mio avere al servizio della Causa!»

Quest'ultima informazione dovette sembrare a Nino piú persuasiva e attendibile. Considerò Giuseppe Secondo con un'aria di maggiore condiscendenza; e poi (dopo avere interrogato con gli occhi Quattropunte, per esser certo della sua approvazione) tagliando corto gli disse con vivacità:

«Sai per caso Remo, quello che tiene la trattoria in Via degli Equi?»

«Eh! È un Compagno!» lo accertò Giuseppe Secondo, palpitando per la contentezza.

«Beh, rivolgiti a lui, a nome nostro. Lui ti darà tutte le indicazioni».

«Grazie, compagno! Dunque, a presto! a prestissimo!!!» proruppe Giuseppe Secondo, raggiando di tripudio e d'impazienza. Poi, col gesto di chi agita, in via di arrivederci, una bandierina trionfale, concluse: «Per l'Idea, non basta de campà! È venuta l'ora di vivere!!»

Salutò col pugno chiuso. Quattropunte gli rispose con lo stesso saluto, e in viso un'espressione di profonda responsabilità. Ma Ninnuzzu, frettoloso e distratto, ormai voltava le spalle per andarsene. Allora si avvide di Useppe, che lo aveva raggiunto di corsa già da prima, e adesso, strascicando in terra l'impermeabile foderato di rosso, levava gli occhi verso di lui, nel modo degli uccelli quando bevono.

«A' Usè», disse, «ciao!... Che me vòi dí?» soggiunse, a un'occhiata, «me lo dai, un bacetto?» E il bacetto fu dato; però Useppe, come vide il fratello allontanarsi, prese un'altra rincorsa dietro a lui.

L'alba era umida e scura: caddero le prime gocce di pioggia. Avvertendo i passetti di Useppe che lo inseguivano, Ninnarieddu si voltò:

«Rientra», gli disse, «che ricomincia a piòve...» E sostò un attimo alla distanza di due passi, a fargli con la mano il cenno dell'addio. Incerto, dopo essersi arrestato a sua volta, Useppe lasciò cadere in terra l'impermeabile, cosí da avere la mano libera a restituire il saluto. Ma, pendendo giú dal braccio abbandonato, il suo piccolo pugno si schiuse e si rilasciò appena appena, contrariato e di malavoglia.

«Useppeeee!» si udí chiamare dall'interno la voce di Ida.

«A' Usè! Beh? che fai là? non t'accorgi che sta a piòve?» Qua, nel vederlo quasi paralizzato e ammutolito in mezzo al sentiero, Nino spensieratamente fece una piccola corsa indietro, per un ultimo bacetto.

«Che fai? Che? Vuoi venire assieme a noi?» domandò scherzando.

Useppe lo guardò, senza rispondere. Si riudí da dentro casa la voce di Ida. D'un tratto gli occhi di Ninnuzzu risero, alzati al cielo di piombo, come se rispecchiassero il sereno.

«A' Usè», principiò, chinandosi sul fratello, «stamme a sentí. Oggi nun te posso portà assieme a noi: lo vedi, che brutto tempo fa?»...

... «Useppeeee!»...

... «Però, dimme una cosa», seguitò Nino, guardandosi intorno e bisbigliando all'orecchio del fratello come per un complotto, «mamma va sempre fuori, no? la mattina presto?»

«Tí».

«E allora, ascolta. Ci credi tu alla parola mia d'onore?»

«Tí».

«Beh. Tu non dí niente a mamma e a nessun altro. E io

te do la parola mia d'onore che una di queste mattine, appena fa bel tempo, dopo che mamma è uscita ti vengo a prendere, con un mezzo de certi amichi mia, e ti portiamo con noi a vedere la Base partigiana. Poi, a tempo, prima che mamma sia tornata, ti riportiamo indietro qua»

7.

In seguito a quell'ultimo colloquio, non ci fu giorno che Useppe non corresse, appena sveglio, a spiare il cielo, e non si affacciasse poi di quando in quando sull'uscio, nel corso delle mattinate, a volte rimanendo abbastanza a lungo in attesa seduto sul gradino esterno. Però, trascorsero parecchi giorni, anche di bel tempo, prima che Nino tenesse fede alla sua promessa. E durante l'intervallo, il corso di quel mese d'ottobre fu segnato da altri avvenimenti notevoli per gli abitanti dello stanzone.

Anzitutto, vi fu la partenza di Giuseppe Secondo per i campi della guerriglia. Una domenica mattina (pochissimi giorni dopo la serata famosa del banchetto) lo si vide tornare gioioso e impaziente da una delle sue spedizioni in città. Per la prima volta da quando lo si conosceva, non aveva piú il suo cappello in testa. Attraversò lo stanzone in una folata, concedendo ai presenti e ai loro discorsi appena un'attenzione distratta e frettolosa. E dopo aver messo insieme, in due minuti, un fagottello di emergenza come proprio bagaglio di prima necessità, salutò tutti, dicendo che, del resto, si sarebbe fatto rivedere ancora nello stanzone per fornirsi di qualche altro oggetto di sua appartenenza che in seguito potesse occorrergli. Ma se per caso, aggiunse, nel frattempo avesse perso la vita, dichiarava fin da adesso, qui, dinnanzi a testimoni, di lasciare in eredità alla Signora Ida Mancuso e al suo figlioletto qua presenti, tutte le sue proprietà personali che dopo l'evento si trovassero nello stanzone ancora disponibili, ivi compresi i due canarini e la gatta. E in proposito, non dimenticò di consegnare qualche piccola valuta a Carulí per provvedere in sua assenza alla meglio ai due volatili. Quanto a Rossella, costei, disse, poteva arrangiarsi benissimo da sola con rifiuti e topi.

In quell'ora, appunto, Rossella si trovava a caccia in giro. Certo a causa, fra l'altro, della sua gravidanza (già arrivata alle ultime fasi, benché tuttora insospettata e invisibile) essa con l'autunno aveva sviluppato una fame perpetua e feroce, e si era fatta anche ladra: tanto che bisognava proteggere le provviste dalle sue zanne. Tutte le volte che Carlo usciva, lei pure, disdegnando ogni altra compagnia, si buttava per conto suo all'aperto, dietro alle proprie partite di caccia. E cosí non si trovò a salutare il suo padrone, il quale, del resto, non si curò di cercarla né domandò notizie di lei. Era chiaro che tutte le faccende di famiglia valevano meno d'una cicca per Giuseppe Secondo, dinanzi all'avventura esaltante e allegrissima alla quale oggi correva.

Prima di andarsene, prese da parte Ida e le bisbigliò, in confidenza, due cose. Una: che per qualsiasi sua comunicazione al figlio Assodicuori, o per avere notizie del medesimo, essa poteva sempre rivolgersi in tutta fiducia a Remo, l'oste di sua vecchia conoscenza. E due: che da oggi lui stesso, Giuseppe Secondo e Cucchiarelli, teneva, come partigiano, il nuovo nominativo unico di *Mosca*, assunto di sua propria scelta. Di queste due notizie (precisò il vecchio a Ida) la seconda essa poteva, senz'altro, trasmetterla ai comuni amici di fiducia; mentre che della prima doveva tenersi unica depositaria, fino al giorno della vittoria, quando tutte le bandiere rosse si dispiegherebbero all'aria libera. Detto questo, il partigiano Mosca fece a Ida un ammicchio di complicità politica, e poi volò via dallo stanzone.

Volare è la parola giusta. Difatti, Giuseppe Secondo era, oggi, di umore cosí aereo, che aveva preso un tono esilarato, da scolaro in vacanza, perfino nel prospettare, per se stesso, l'ipotesi estrema. E Ida, che fino dal primo giorno, fra di sé, aveva seguitato a chiamarlo *Il Matto*, ne vide riconfermata la propria opinione. Però, quando lui fu partito, gliene rimase un sentimento di tristezza: come se questo di oggi fosse l'estremo addio del Matto, e non dovessero rivedersi mai piú. E nel séguito della giornata, la vista del materasso arrotolato fra gli altri beni ammucchiati di Giuseppe Secondo le dava uno stringimento al cuore, nonostante i suoi personali interessi di ereditiera: tanto che evitava di guardare verso quell'angolo abbandonato.

Rossella invece, quando rincasò verso l'ora di pranzo, non sembrò nemmeno accorgersi dell'assenza del padrone, che pure, a quell'ora, di solito, era lí affaccendato coi suoi fornellini e le sue scatolette di polpi di mare in salsa, o di fagioli prebolliti. Sfuggendo ombrosamente ogni altro incontro umano, essa corse súbito a testa bassa e coda alta, come un ciclista in velocità, verso la tenda di Carlo Vivaldi; e là si aggiustò secondo il solito accanto a lui sul pagliericcio, lunga distesa per comodità della sua pancetta gravida. Né dette mai segno, nemmeno i giorni seguenti, di ricordare quell'altro che, bene o male, l'aveva raccolta piccola dalla strada, dandole una casa e un nome.

In quella settimana poi il partigiano Mosca, come aveva già annunciato e contrariamente al triste presagio di Ida, si fece rivedere un paio di volte. Veniva a pigliare qualche oggetto che poteva servire *lassú*, per esempio una coperta, o qualche vettovaglia, e ne approfittava per chiudersi nel cesso e darsi una lavata, giacché *lassú*, diceva, mancava l'acqua per lavarsi, però, in compenso, c'era una grande quantità di vino buono dei Castelli. E spiegò che capitava di qua trovandosi di passaggio sulla strada, perché il suo ufficio speciale fra i compagni era di staffetta: «dalla periferia al centro, e dal centro alla periferia».

Traspirava allegria da tutte le rughe e da tutti i pori, e recava notizie riservate entusiasmanti: che Ninnuzzu e Quattro e gli altri compagni compievano imprese sbalorditive e splendevano di valore storico e di salute. Che certe ragazze dei Castelli già cucivano per loro delle eleganti divise di partigiano, da indossare alla sfilata della Liberazione: di colore blu marinaro, con una stella rossa sul berrettino basco. Che i piloti inglesi al passaggio sulla campagna li salutavano dagli aerei, e che due prigionieri inglesi, i quali erano stati ospiti di Ninnuzzu & C. per una notte e un giorno, avevano preannunciato la liberazione di Roma al piú tardi per la fine del mese (correva voce che si riservassero la data fatidica del 28 ottobre). Date queste notizie, il piccolo araldo salutava tutti intorno sventolando le mani, e ripartiva come un folletto.

Adesso che perfino Giuseppe Secondo (già piuttosto scettico in proposito) annunciava prossima la liberazione, i Mille avevano incominciato addirittura a radunare i loro bagagli per tenersi pronti a prendere la via di Napoli non appena gli Alleati fossero entrati a Roma. Era inteso che pure Carlo Vivaldi prenderebbe la stessa via; però il Carlo, dopo la parentesi del banchetto, s'era di nuovo rintanato nel suo isolamento, facendosi, anzi, piú forastico e sospettoso di prima, quasi provasse vergogna del suo breve abbandono. In seguito ai suoi racconti, le donne dei Mille, nelle loro chiacchiere, avevano affacciato fra l'altro anche la supposizione che fosse un ebreo. Ma questa congettura, nello stanzone, circolava con estremo riguardo, e a bassissima voce, per una omertà istintiva di tutti quanti verso il giovane braccato. Sembrava che una tale cosa, perfino a bisbigliarla, rischiasse di segnarlo a fuoco, favorendo l'odiata polizia dei Germani.

Una domenica, Tore, il fratello di Carulí, tornando da certi suoi traffici in città, segnalò a Ida, sul giornale «Il Messaggero», la notizia che le scuole riaprirebbero l'8 novembre. Tore, fra tutti i Mille, era il meno analfabeta, e gli piaceva di ostentare la propria cultura commentando le notizie dei giornali, in ispecie le cronache sportive. Quella domenica, fra gli altri commenti, notò poi che sul «Messaggero» non c'era traccia di una notizia che pure circolava dentro Roma, e che era stata pure trasmessa, dicevano, dalla Radio-Bari: ieri, Sabato (16 ottobre) tutti i giudii di Roma erano stati razziati all'alba, casa per casa, dai Germani, e caricati su camion verso destinazione ignota. Del quartiere del Ghetto, svuotato interamente di tutta la carne giudia, non c'era restato altro che lo scheletro; ma anche in tutti gli altri rioni o quartieri, tutti i giudii di Roma, singoli e famiglie, erano stati scovati dagli SS che erano venuti apposta con una compagnia speciale, fornita di un elenco esatto. Li avevano pigliati tutti: non soltanto i giovani e i sani, ma gli anziani, gli infermi pure gravi, le donne anche incinte, e fino le creature in fasciola. Si diceva che li portassero tutti a bruciare vivi nei forni; ma questo, a detta di Tore, forse era esagerato.

In quel momento, il grammofono suonava un ballabile, e i ragazzini ci saltavano intorno: cosí che i commenti alla notizia si persero nel baccano. E dentro la stessa domenica, poi, la vicenda dei Giudii passò addirittura dimenticata fra i Mille, nel giro delle notizie che arrivavano ogni giorno, per via diretta o traversa, raccolte in città o riportate da conoscenti di ascoltatori di Radio-Bari o Radio-Londra. Attraverso il loro tragitto, anche breve, al solito queste novità pervenivano allo stanzone storpiate, o gonfiate, o scombinate. E Ida aveva imparato a difendersene ignorandole tutte, come fiabe popolari; ma quest'ultima no, per via che lei da tempo se l'aspettava, anche senza dirselo. Dal momento che l'ebbe ascoltata, la paura non tralasciò di percuoterla, simile a un flagello di spini, tanto che fino i capelli, uno a uno, le dolevano alla radice. Essa non osò chiedere a Tore altri schiarimenti, del resto impossibili; né sapeva a chi rivolgersi per conoscere se pure i mezzo-sangue stavano scritti nell'elenco dei *colpevoli* (fu proprio questo il termine usato da lei nel pensiero). E a letto, col buio, il suo terrore aumentò. Allo scoccare del coprifuoco, sentí rientrare Carlo Vivaldi, che in quel periodo girovagava la città piú di prima; e quasi fu tentata di alzarsi e informarsi da lui. Ma lo sentí tossire; e le parve di avvertire, in quella tosse, qualcosa di terribile e di scostante. È vero che qualcuno (... anche Nino?) mormorava di lui che forse era ebreo; ma qualcun altro (riscuotendo, veramente, poco credito) aveva pure insinuato che forse era una spia nazifascista. Di lui, come degli altri, essa sospettava che, al solo udirla pronunciare la parola *ebrei*, súbito dovesse leggerle scritto in fronte il suo segreto; e domani magari denunciarla alla Gestapo.

S'era coricata vestita, e cosí pure vestito aveva lasciato Useppe; e non aveva nemmeno preso il sonnifero, per evitare che i Tedeschi, se venivano a cercarla durante la notte, la sorprendessero impreparata. Si teneva stretta a Useppe, avendo deciso che, non appena da fuori udisse il passo inconfondibile dei militari e il loro picchiare all'uscio, tenterebbe la fuga per i prati calandosi giú dal tetto col figlietto in braccio; e se inseguita, correrebbe e correrebbe fino alla marrana per affogarcisi dentro assieme a lui. Le paure covate da anni, rompendosi nel terrore immediato di stanotte, le crescevano a una fantasia smaniosa e senza sfogo. Pensava di uscire a caso nelle strade, con Useppe addormentato in braccio, incurante del coprifuoco, poiché tanto i vagabondi notturni, a un certo grado dell'orrore terrestre, diventano invisibili... Oppure di correre verso le montagne dei Castelli, in cerca del Matto, per supplicarlo di nascondere Useppe e lei nel suo covo partigiano... Ma piú di tutto le dava riposo l'idea di andarsene con Useppe dentro il Ghetto, a dormire in uno di quegli appartamenti vuoti. Di nuovo, come in passato, le sue paure contraddittorie rincorrevano alla fine una cometa misteriosa, che la invitava in direzione dei Giudii: promettendole, laggiú in fondo, una stalla materna, calda di respiri animali e di grandi occhi non giudicanti, solo pietosi. Perfino questi poveri Giudii di tutta Roma, caricati sui camion dai Tedeschi, stanotte la salutavano come dei Beati che, all'insaputa loro e degli stessi Tedeschi, si avviavano, per una splendida turlupinatura, verso un regno orientale dove tutti sono bambini, senza coscienza né memoria...

«Non guardate ch'io son mora
perché m'ha scurito il sole,
il mio caro è bianco e vermiglio
i suoi riccioli sono dorati.
Ecco la voce del mio caro che picchia all'uscio:
aprimi, colomba mia carina.
Mi sono alzata per aprirgli ma non l'ho trovato
l'ho cercato e non l'ho trovato.
M'incontrarono le ronde di notte che perlustravano la città,
l'avete visto l'amato dell'anima mia?
Io la mia vigna non l'ho sorvegliata
e lui m'ha portato nella casa
e ha schierato contro a me i vessilli dell'amore!
L'ho cercato per le strade e per le piazze e non l'ho trovato
l'ho chiamato e non m'ha risposto.
Prima che finisca il giorno e la notte
torna capretto mio cervo mio caro.
Oh fossi tu mio fratello
che ha succhiato le poppe di mia madre!
allora incontrandoti fuori ti potrei baciare
e nessuno mi disprezzerebbe.
Nel corpo di lui mi son riposata
m'ha assaporata fra le sue labbra e i suoi denti,
vieni fratello mio vediamo se la vite ha fiorito.
Vi supplico se trovate il mio diletto
ditegli che sono malata d'amore...»

Dove aveva imparato questi versi? Forse a scuola, da ragazzina? Non s'era mai ricordata di conoscerli, e adesso, nella sua veglia confusa, le pareva che la sua propria voce di ragazzina glieli recitasse, con un tono di languore, smorfioso e tragico.

Verso le quattro, s'assopí. Le tornò il sogno solito che la visitava spesso, con qualche variazione, dall'ultima estate: di suo padre, che la riparava sotto il mantellaccio. Stavolta, al riparo del mantello, non c'era lei sola. C'era pure Useppe, tutto nudo (ancora piú piccolo del vero), e Alfio suo marito, lui pure nudo e bene in carne. E lei stessa era tutta nuda, ma non se ne vergognava, per quanto fosse già invecchiata come adesso, e cascante. Le strade di Cosenza si confondevano con quelle di Napoli, e di Roma, e di chi sa quali altre metropoli, come al solito in sogno. Diluviava, però il padre aveva in testa un gran cappello a tesa larga, e Useppe si divertiva scalpitando nelle pozzanghere coi piedini.

In sogno diluviava, ma invece, al risveglio, era una mattina assolata. Ida si alzò in fretta, sapendo che per questa mattina di lunedí aveva in programma di comperare a Useppe (coi punti della tessera d'abbigliamento) un paio di scarpette nuove, visto che le cioce erano diventate inservibili, e tanto piú che s'approssimava l'inverno. Useppe e lei furono pronti prestissimo, avendo dormito vestiti. Lí per lí nel cervello di Ida era balenata l'intenzione stravagante di recarsi per l'acquisto da un certo calzolarino del Ghetto... Ma ci ripensò a tempo, rammentandosi che il Ghetto era svuotato, non ne rimaneva che lo scheletro, come aveva detto Salvatore. E allora si decise per una calzoleria del Tiburtino (da lei già frequentata al tempo che abitava nei paraggi) dove contava di trovare ancora, fra le rimanenze di misura piccolissima, delle scarpine di vero cuoio di anteguerra, sulle quali aveva già posto l'occhio fino dalla primavera. Cosí per l'occasione si riprometteva di passare anche dall'oste Remo (diventato ai suoi occhi un'Eminenza grigia attraverso le allusioni del Matto) con l'idea di ricavare, forse, da lui, qualche informazione sulla colpevolezza, o no, dei mezzosangue...

Dopo un percorso a piedi abbastanza lungo, l'autobus diretto al Tiburtino li fece aspettare piú di mezz'ora. In compenso, furono fortunati nell'acquisto delle calzature, riuscendo a scovare, dopo molte ricerche (le scarpette adocchiate da Ida purtroppo erano state vendute in quei giorni), addirittura un paio di stivalini alti alla caviglia, quali Useppe non ne aveva mai posseduti. Parevano proprio di vero cuoio, la suola era di para; e con soddisfazione della madre (che all'atto di tali acquisti eccezionali di vestiario si preoccupava della *crescenza*) sorpassavano di quasi due numeri la misura di Useppe. Ma a lui, in particolare, piacevano i lacci, che erano di un bel colore rosso carminio, in contrasto col marrone chiaro della calzatura. Difatti, spiegò il bottegaio, questi erano *stivaletti fantasia*.

Useppe volle calzarli subito: e fu un vantaggio, perché, appena fuori della calzoleria, verso la stazione, ricomparvero all'intorno i segni rovinosi dei bombardamenti; però lui, troppo intento ai suoi piedi nuovi, non ci badò.

Nell'intenzione di recarsi dall'oste, Ida scelse delle straducole traverse, scansando, come una doppia visione paurosa, la via Tiburtina, con la lunga muraglia del Verano. Incominciava a risentire la stanchezza della sua notte quasi bianca; e nell'inoltrarsi verso i lùoghi familiari di San Lorenzo, affrettò stupidamente il passo, sotto lo stimolo cieco che tira verso la greppia le giumente e le asine. Ma una resistenza della manina di Useppe, imprigionata dentro la sua mano, la frenò. E in un risveglio repentino le mancò il coraggio di procedere su quel percorso che un tempo era stato la sua via di casa. Allora, rinunciando alla sua visita a Remo, tornò indietro.

In realtà, non sapeva piú dove cacciarsi. Il suo dubbio notturno di essere ricercata dai Tedeschi andava crescendo verso una certezza paranoica nel suo cervello indebolito, sbarrandole come un colosso gli àditi del ritorno allo stanzone di Pietralata. Seguiva, tuttavia, i passetti di Useppe che si riavviavano verso la fermata dell'autobus, convinti e infatuati anche se piuttosto irregolari a causa degli stivalini troppo larghi, e ancora duri. All'altezza di Piazzale delle Crociate, furono sorpassati da una donna di mezza età che correva come una pazza nella loro stessa direzione. Ida la riconobbe: era un'ebrea del Ghetto, moglie di un certo Di Segni Settimio che teneva una piccola compravendita di roba usata dietro a Sant'Angelo in Pescheria. In diverse occasioni, negli anni recenti, Ida s'era recata al suo banco per offrirgli in vendita qualche oggettino di casa, o di proprietà personale; e talvolta le era capitato di trattare con la moglie, che gestiva il banco in sostituzione di lui. Certi giorni, nel loro minuscolo deposito, essa aveva incontrato qualcuno dei loro numerosi figli e nipoti: i quali abitavano tutti in comune assieme a loro in un paio di stanze soprastanti al magazzino.

«Signora! Signora Di Segni!»

Ida la chiamò, affrettando il passo alle sue spalle, con una voce di sorpresa quasi esultante. E siccome quella non pareva sentire, immediatamente si prese Useppe in collo e la rincorse, smaniosa di raggiungerla. Senza nessun intento preciso, paventava di perderla, aggrappandosi a quell'incontro estraneo come un terrestre smarrito nei deserti della luna che si fosse imbattuto in un proprio parente prossimo. Colei però non si voltava, né le dava ascolto; e quando Ida le fu accosto la guardò a malapena, con l'occhio ostile e torvo di un'alienata che rifiuti ogni rapporto con la gente normale.

«Signora!... non mi riconosce?! io...» incalzava Ida. Ma quella già non le badava piú, anzi pareva che non la vedesse e non la udisse, per quanto, al tempo stesso, avesse accelerato l'andatura, nell'atto di scansarsi sospettosamente da lei. Sudava (era piuttosto obesa) e i capelli tagliati corti, grigiastri e ingialliti, le si appiccicavano sulla fronte. La sua mano sinistra, recante la fede «patriottica» d'acciaio, s'aggrappava a pugno su un piccolo portamonete miserabile. Con sé non aveva altro.

Ida le correva a lato, sballottando il bambino, in una sorta di panico ansante: «Signora», le disse d'un tratto, facendosi piú che poteva vicino a lei, come a una sua confidente intima, e parlando a voce bassissima, «io pure sono ebrea».

Però la signora Di Segni non parve capirla, né le dette ascolto. In quel punto, scossa da un allarme repentino, essa si staccò di là, gettandosi a correre come una bestia attraverso lo slargo, diretta alla Stazione ferroviaria là di fronte.

La Stazione, dopo i bombardamenti, era stata prontamente restituita al traffico; ma la sua bassa facciata rettangolare, di colore giallastro, si mostrava tuttora bruciacchiata e annerita dal fumo delle esplosioni. Trattandosi di una stazione secondaria di periferia, non c'era mai molta folla, specie il lunedí; però oggi il movimento vi pareva piú scarso del solito. In questi tempi di guerra, e in particolare dopo l'occupazione tedesca, spesso vi si caricavano o scaricavano delle truppe. Ma oggi non vi si notavano militari, e solo pochi borghesi vi si aggiravano senza fretta. In quella tarda mattina di lunedí, l'edificio aveva un'aria abbandonata e provvisoria.

Ma Useppe lo riguardava lo stesso come un monumento, forse anche in una vaga reminiscenza dei giorni che c'era venuto insieme a Ninnuzzu per divertirsi con lo spettacolo dei treni. E se ne stava zitto a osservare intorno con gli occhi curiosi, scordandosi momentaneamente la sua propria impazienza eccezionale: aveva una grande prescia, difatti, di tornare a Pietralata, in luogo di sballottarsi qua in braccio a sua madre; non vedendo l'ora di portare finalmente, a Ulí e tutti quanti, la novità odierna degli stivalini!

E Ida, frattanto, s'era quasi dimenticata di averlo in braccio, tesa unicamente a non perdere di vista la figura isolata della signora Di Segni, che la tirava a sé come una fata morgana. La vide dirigersi all'ingresso dei passeggeri, e poi tornarne indietro, nella sua solitudine grande e furiosa d'intoccabile, che non aspetta aiuto da nessuno. Senza piú correre, arrancando in fretta sulle sue scarpacce estive dalla enorme suola ortopedica, si avviava adesso di qua dalla facciata della stazione, lungo il percorso laterale esterno, e girava a sinistra, in direzione dello scalo, verso il cancello di servizio per le merci. Ida attraversò lo slargo, e prese la stessa direzione.

Il cancello era aperto: non c'era nessuno di guardia all'esterno, e nemmeno dal casotto della polizia, súbito di là dal cancello, nessuno la richiamò. A forse una diecina di passi dall'entrata, si incominciò a udire a qualche distanza un orrendo brusio, che non si capiva, in quel momento, da dove precisamente venisse. Quella zona della stazione appariva, attualmente, deserta e oziosa. Non c'era movimento di treni, né traffico di merci; e le sole presenze che si scorgessero erano, di là dal limite dello scalo, distanti entro la zona della ferrovia principale, due o tre inservienti del personale ordinario, dall'apparenza tranquilla.

Verso la carreggiata obliqua di accesso ai binari, il suono aumentò di volume. Non era, come Ida s'era già indotta a credere, il grido degli animali ammucchiati nei trasporti, che a volte s'udiva echeggiare in questa zona. Era un vocio di folla umana, proveniente, pareva, dal fondo delle rampe, e Ida andò dietro a quel segnale, per quanto nessun assembramento di folla fosse visibile fra le rotaie di smistamento e di manovra che s'incrociavano sulla massicciata intorno a lei. Nel suo tragitto, che a lei parve chilometrico e sudato come una marcia nel deserto (in realtà erano forse una trentina di passi), essa non incontrò nessuno, salvo un macchinista solitario che mangiava da un cartoccio, vicino a una locomotiva spenta, e non le disse nulla. Forse, anche i pochi sorveglianti erano andati a mangiare. Doveva essere mezzogiorno passato da poco.

L'invisibile vocio si andava avvicinando e cresceva, anche se, in qualche modo, suonava inaccessibile quasi venisse da un luogo isolato e contaminato. Richiamava insieme certi clamori degli asili, dei lazzaretti e dei reclusorii: però tutti rimescolati alla rinfusa, come frantumi buttati dentro la stessa macchina. In fondo alla rampa, su un binario morto rettilineo, stazionava un treno che pareva, a Ida, di lunghezza sterminata. Il vocio veniva di là dentro.

Erano forse una ventina di vagoni bestiame, alcuni spalancati e vuoti, altri sprangati con lunghe barre di ferro ai portelli esterni. Secondo il modello comune di quei trasporti, i carri non avevano nessuna finestra, se non una minuscola apertura a grata posta in alto. A qualcuna di quelle grate, si scorgevano due mani aggrappate o un paio d'occhi fissi. In quel momento, non c'era nessuno di guardia al treno.

La signora Di Segni era là, che correva avanti e indietro sulla piattaforma scoperta, con le sue gambucce senza calze, corte e magre, di una bianchezza malaticcia, e il suo spolverino di mezza stagione sventolante dietro al corpo sformato. Correva sguaiatamente urlando lungo tutta la fila dei vagoni con una voce quasi oscena:

«Settimio! Settimio!... Graziella!... Manuele!... Settimio!... Settimio! Esterina!... Manuele!... Angelino!...»

Dall'interno del convoglio, qualche voce ignota la raggiunse per gridarle d'andar via: se no *quelli*, tornando fra poco, avrebbero preso lei pure: «Nooo! No, che nun me ne vado!» essa in risposta inveí minacciosa e inferocita, picchiando i pugni contro i carri, «qua c'è la mia famiglia! chiamàteli! Di Segni! Famiglia Di Segni!»... «Settimioo!!» eruppe d'un tratto, accorrendo protesa verso uno dei vagoni e attaccandosi alla spranga del portello, nel tentativo impossibile di sforzarlo. Dietro la graticciòla in alto, era comparsa una piccola testa di vecchio. Si vedevano i suoi occhiali tralucere fra il buio retrostante, sul suo naso macilento, e le sue mani minute aggrappate ai ferri.

«Settimio!! e gli altri?! sono qua con te?»

«Vattene, Celeste», le disse il marito, «ti dico: vattene subito, che *quelli* stanno per tornare...» Ida riconobbe la sua voce lenta e sentenziosa. Era la stessa che, altre volte, nel suo bugigattolo pieno di roba vecchia, le aveva detto, per esempio, con savio e ponderato criterio: «Questo, Signora, non vale nemmeno il prezzo della riparazione...» oppure: «Di tutto questo, in blocco, posso darle sei lire...» ma oggi suonava atona, estranea, come da un atroce paradiso di là da ogni recapito.

L'interno dei carri, scottati dal sole ancora estivo, rintronava sempre di quel vocio incessante. Nel suo disordine, s'accalcavano dei vagiti, degli alterchi, delle salmodie da processione, dei parlottii senza senso, delle voci senili che chiamavano la madre; delle altre che conversavano appartate, quasi cerimoniose, e delle altre che perfino ridacchiavano. E a tratti su tutto questo si levavano dei gridi sterili agghiaccianti; oppure altri, di una fisicità bestiale, esclamanti parole elementari come «bere!» «aria!» Da uno dei vagoni estremi, sorpassando tutte le altre voci, una donna giovane rompeva a tratti in certe urla convulse e laceranti, tipiche delle doglie del parto.

E Ida riconosceva questo coro confuso. Non meno che le strida quasi indecenti della signora, e che gli accenti sentenziosi del vecchio Di Segni, tutto questo misero vocio dei carri la adescava con una dolcezza struggente, per una memoria continua che non le tornava dai tempi, ma da un altro canale: di là stesso dove la ninnavano le canzoncine calabresi di suo padre, o la poesia anonima della notte avanti, o i bacetti che le bisbigliavano carina carina. Era un punto di riposo che la tirava in basso, nella tana promiscua di un'unica famiglia sterminata.

«È tutta la mattinata che sto a girà...»

La signora Di Segni, protesa verso quel viso occhialuto alla graticciòla, s'era messa a chiacchierare frettolosamente, in una specie di pettegolezzo febbrile, ma pure nella maniera familiare, e quasi corrente, di una sposa che rende conto del proprio tempo allo sposo. Raccontava come stamattina verso le dieci, secondo il previsto, era tornata da Fara Sabina con due fiaschi d'olio d'oliva che ci aveva rimediato. E arrivando aveva trovato il quartiere deserto, le porte sbarrate, nessuno nelle case, nessuno nella via. Nessuno. E s'era informata, aveva chiesto qua, là, al caffettiere ariano, al giornalaio ariano. E domanda qua, e domanda là. Pure il Tempio deserto. «... e corri de qua, e corri de là, e da uno e da un artro... Stanno ar Colleggio Militare... a Termini... alla Tibburtina...»

«Vattene, Celeste».

«No che non me ne vado!! Io puro so' giudia! Vojo montà pur'io su questo treno!!»

«Resciúd, Celeste, in nome di Dio, vattene, prima che *quelli* tornino».

«Noooo! No! Settimio! E dove stanno gli altri? Manuele? Graziella? er pupetto?... Perché nun se fanno véde?» D'un tratto, come una pazza, ruppe di nuovo a urlare: «Angelinoo! Esterinaa! Manuele!! Graziella!!»

Nell'interno del vagone si avvertí un certo sommovimento. Arrampicatisi in qualche modo fino alla grata, s'intravvidero, alle spalle del vecchio, una testolina irsuta, due occhietti neri...

«Esterinaa! Esterinaaa! Graziellaa!! Apritemi! Nun ce sta gnisuno, qua? Io so' giudia! So' giudia! Devo partí pur'io! Aprite! Fascisti! FASCISTI!! aprite!» Gridava *fascisti* non nel senso di un'accusa o di un insulto, ma proprio come una qualificazione interlocutoria naturale, al modo che si direbbe *Signori Giurati* o *Ufficiali*, per appellarsi agli Ordini e Competenze del caso. E si accaniva nel suo tentativo impossibile di sforzare le sbarre di chiusura.

«Vada via! Signora! non resti qui! È meglio per lei! Se ne vada subito!» Dai servizi centrali della Stazione, di là dallo scalo, degli uomini (facchini o impiegati) si agitavano a distanza verso di lei, sollecitandola coi gesti. Però non si avvicinavano al treno. Sembravano, anzi, evitarlo, come una stanza funebre o appestata.

Della presenza di Ida, rimasta un poco indietro al limite della rampa, non s'interessava ancora nessuno; e lei pure s'era quasi smemorata di se stessa. Si sentiva invasa da una debolezza estrema; e per quanto, lí all'aperto sulla piattaforma, il calore non fosse eccessivo, s'era coperta di sudore come avesse la febbre a quaranta gradi. Però, si lasciava a questa debolezza del suo corpo come all'ultima dolcezza possibile, che la faceva smarrire in quella folla, mescolata con gli altri sudori.

Sentí suonare delle campane; e le passò nella testa l'avviso che bisognava correre a concludere il giro della spesa giornaliera, forse le botteghe già chiudevano. Poi sentí dei colpi fondi e ritmati, che rimbombavano da qualche parte vicino a lei; e li credette, lí per lí, i soffi della macchina in movimento, immaginando che forse il treno si preparasse alla partenza. Però subitamente si rese conto che quei colpi l'avevano accompagnata per tutto il tempo ch'era stata qua sulla piattaforma, anche se lei non ci aveva badato prima; e che essi risuonavano vicinissimi a lei, proprio accosto al suo corpo. Difatti, era il cuore di Useppe che batteva a quel modo.

Il bambino stava tranquillo, rannicchiato sul suo braccio, col fianco sinistro contro il suo petto; ma teneva la testa girata a guardare il treno. In realtà, non s'era piú mosso da quella posizione fino dal primo istante. E nello sporgersi a scrutarlo, lei lo vide che seguitava a fissare il treno con la faccina immobile, la bocca semiaperta, e gli occhi spalancati in uno sguardo indescrivibile di orrore.

«Useppe...» lo chiamò a bassa voce.

Useppe si rigirò al suo richiamo, però gli rimaneva negli occhi lo stesso sguardo fisso, che, pure all'incontrarsi col suo, non la interrogava. C'era, nell'orrore sterminato del suo sguardo, anche una paura, o piuttosto uno stupore attonito; ma era uno stupore che non domandava nessuna spiegazione.

«Andiamo via, Useppe! Andiamo via!»

Nel momento che essa si girava per affrettarsi via di là, sui gridi persistenti alle sue spalle si distinse una voce d'uomo che chiamava: «Signora, aspetti! Mi senta! Signora!» Essa si voltò: era proprio a lei, che si dirigevano quei richiami. Da una delle piccole grate, che lasciava scorgere una povera testa calva con occhi intenti che parevano malati, una mano si sporse a gettarle un foglietto.

Nel chinarsi a raccattarlo, Ida si avvide che là, spersi per terra lungo i vagoni (dai quali già emanava un odore greve) c'erano, fra scorie e rifiuti, degli altri simili foglietti accartocciati; ma non ebbe la forza di fermarsi a raccoglierne. E nel correre via, si ripose in tasca, senza guardarlo, quel pezzetto di carta scritta, mentre lo sconosciuto dietro la grata seguitava a gridarle dietro dei grazie, e delle raccomandazioni indistinte.

In tutto, non erano passati piú di dieci minuti dal suo ingresso allo Scalo. Stavolta, i poliziotti italiani di guardia al cancello le si fecero contro vivamente: «Che fa, lei, qui?! Via, presto, presto, se ne vada!» la sollecitarono con una urgenza irosa, che pareva intesa nel tempo stesso a redarguirla e a salvaguardarla da un pericolo.

Mentre essa usciva dal cancello con Useppe in collo, dalla strada arrivava un autofurgone brunastro, che si lasciava dietro, passando, un rumorio confuso, quasi un'eco sommessa di quell'altro coro del treno. Però il suo carico, chiuso nell'interno, era invisibile. Soli suoi occupanti visibili erano, nella cabina di guida, dei giovani militari in divisa di SS. Il loro aspetto era normale, inalterato come quello dei soliti camionisti del Comune che caricavano a questo transito dello Scalo i loro trasporti di carne. Le loro facce pulite, e rosa di salute, erano comuni e stolide.

Ida si dimenticò del tutto che aveva da finire la spesa,

non avvertendo altra fretta che quella di raggiungere la fermata dell'autobus. Portata dal desiderio esclusivo di ritrovarsi dietro la sua tenda di sacchi, aveva ricacciato la stanchezza e preferí non rimettere a terra il bambino. Sentirselo in braccio vicino e stretto la consolava, come avesse un riparo e una protezione; ma per tutto il tragitto le mancò il coraggio di riguardarlo negli occhi.

C'era già molta gente in attesa, alla fermata dell'autobus; e dentro la vettura stracarica non era facile equilibrarsi in piedi. Incapace, nella sua statura piccola, di arrivare ai sostegni, Ida, secondo il solito in tali casi, faceva esercizi da ballerina per bilanciarsi fra la calca, in modo da evitare troppe spinte e sobbalzi a Useppe. S'avvide che la testolina di lui ciondolava, e se la adagiò con riguardo a riposare sulla propria spalla. Useppe s'era addormentato.

Nello stanzone, tutto era uguale al solito. Il grammofono suonava *La gagarella del Biffi-Scala* e intanto le cognate di Carulí altercavano con insulti atroci a motivo di una pignatta; però quel baccano familiare non arrivò a turbare il sonno di Useppe. Ida si distese subito accanto a lui, e chiuse le palpebre, cosí strettamente come se gliele pestassero con un pugno. Poi d'un tratto i suoi muscoli si agitarono appena appena, e repentinamente tutti i rumori e le scene della terra dileguarono da lei.

Uno che si fosse trovato là vicino, l'avrebbe forse creduta morta per la sua immobilità e il suo pallore; ma forse non avrebbe avuto neppure il tempo di accorgersi di quel suo piccolo deliquio, che fu invero di una durata infinitesima. Di lí a un attimo, le sue palpebre si distendevano, riaprendosi adagio sugli occhi schiariti come due piccole ali lente; mentre la sua bocca faceva un sorriso quieto e ingenuo, come di un bambino che sogna.

Quasi subito, essa si lasciò a un sonno fondo, senza sogni e pieno di silenzio, di là dal baccano continuato dello stanzone. Si svegliò dopo parecchie ore. Era quasi sera. E immediatamente cercava accanto a sé nel lettuccio Useppe, quando riconobbe, da dietro la tenda, la musichetta inconfondibile delle sue risate. Useppe s'era svegliato prima di lei, e già stava là seduto per terra, che sbatteva gli occhietti spensierati mostrando in visibilio i suoi stivalini nuovi alla nota società: Peppe Terzo, Impero, Ulí, ecc. Di costoro, la meno convinta pareva Ulí, che aveva prontamente notato la dismisura di quelle calzature *fantasia*; però senz'altro essa provvide a sistemargliele, con due suolette interne ricavate da un feltro per signora (residuo delle Dame Benefiche di luglio)...

Il resto della giornata, Ida lo visse in un trasognamento quasi distratto. Durante la notte, si svegliò di soprassalto udendo accanto a sé nel lettuccio un piccolo lamento acuto, di angoscia lacerante. Si accorse che Useppe sussultava nel sonno e dopo un silenzio riprendeva a gemere in un balbettio spasmodico. Allora lo chiamò; e fatta luce col solito, prezioso mozzicone di candela ormai ridotto agli estremi, lo vide tutto in pianto, che la scacciava da sé con le manine, come a rifiutare ogni conforto. E senza ancora svegliarsi del tutto, perdurava nel suo balbettio incomprensibile, in cui pareva di riconoscere la parola *cavallo*, frammista confusamente a *pupetti* e *signori*. Chiamandolo piú volte per nome, Ida tentò di sottrarlo al sogno che lo invadeva; e da ultimo gli mostrò gli stivalini nuovi dai lacci rossi, dicendogli: «guarda Useppe! guarda che cosa c'è qui!» Finalmente allora le pupille del bambino si illuminarono in mezzo alle lagrime: «So' mii» (sono miei), affermò con un sorrisetto. Quindi aggiunse: «Tivàli!» e in un breve sospiro di soddisfazione si riaddormentò.

Al mattino, allegro come al solito, aveva dimenticato le vicende del giorno e della notte avanti; né Ida gliene riparlò piú (né a lui né a nessuno). Essa aveva ancora nella tasca dello spolverino il messaggio lanciatole alla stazione dall'ebreo del treno; e lo esaminò in disparte, alla luce del giorno. Era un pezzo di carta a quadretti, malridotto e sudaticcio. E c'era scritto a matita, in una scrittura traballante, grande e stentata:

Sivvedete Efrati Pacificho facio sapere che siamo tuti buona salute Irma Reggina Romolo elaltri appartire germagna tuttti familia buona salu quelconto lidasse lazarino altre cientoventi debbito lire perc

Questo era tutto. Non c'era né firma né indirizzo (omessi per prudenza o mancanza di tempo? o piuttosto per semplice ignoranza?). *Efrati* era uno dei cognomi piú comuni nel Ghetto: dove, del resto, a quanto si diceva, non c'era piú nessuno. Tuttavia, Ida ripose il messaggio dentro uno scomparto della sua borsa, pur senza nessuna intenzione precisa di cercarne il destinatario.

Degli Ebrei, e della loro sorte, già non si parlava piú,

nello stanzone. Quasi ogni giorno, se capitava a casa, Salvatore leggeva, compitandole, nuove notizie sul «Messaggero». In città era stato ucciso un fascista, e un comunicato delle forze di polizia della Città Aperta (tale era stata dichiarata Roma fin dall'agosto) minacciava provvedimenti gravi. Si parlava pure dei famosi chiodi a quattro punte, che danneggiavano gli automezzi tedeschi, e di come i tedeschi andassero arrestando fabbri, meccanici, ecc. Si ricostituivano le Squadre d'Azione fasciste, ecc. ecc. Però la notizia predominante, che senza essere scritta sul giornale circolava come una voce sicura, era quella già preannunciata dal partigiano Mosca, e cioè che il giorno 28 ottobre, festa anniversaria del fascismo, le truppe alleate sarebbero entrate a Roma.

Intanto i nazifascisti di Roma cominciavano a darsi pensiero di certi gruppi di *franchi tiratori* che operavano nelle borgate periferiche, fra le quali Pietralata. I segnali a distanza dell'oste si erano fatti piú frequenti, avveniva piú spesso che Carulí, o qualcun altro dei Mille di vedetta alle finestre, avvertisse: «*Appiccia u lampione!*» oppure «*Me scappa da cacà!*» e i giovanotti dello stanzone in quelle giornate, per prudenza, evitavano di trovarsi a casa. Anche Carlo il piú del tempo restava in giro, chi sa dove, rientrando tuttavia regolarmente all'ora del coprifuoco: certo perché non sapeva, altrimenti, dove andare a cacciarsi. E sempre a quell'orario Rossella ricompariva puntualmente nello stanzone un poco avanti a lui, per trovarsi pronta a riceverlo dietro la tenda col suo miagolio speciale.

Il 22 ottobre, ci fu una vera battaglia fra i Tedeschi e la folla al Forte Tiburtino. Piú di una volta fino da settembre la folla affamata del quartiere aveva assalito il Forte, portandone via non solo viveri e medicinali, ma anche armi e munizioni; e i pochi soldati italiani lassú asserragliati avevano lasciato fare. Ma stavolta ci si trovavano delle sentinelle tedesche, le quali avevano dato l'allarme ai loro Comandi. Un reparto di SS in pieno assetto di guerra era stato prontamente spedito sul luogo dei tumulti; e la segnalazione di questa presenza inquietante era corsa in anticipo fin oltre ai margini della borgata.

In quel frattempo, la nonna Dinda era uscita per fare erba da insalata nei dintorni. E al suo frettoloso rientro, essa recò la nuova elettrizzante, raccolta non si sa dove, che l'esercito tedesco stava marciando contro quello americano in arrivo dalle grandi strade; e che la battaglia decisiva si svolgerebbe a minuti, proprio sui prati circonvicini, qua fuori dello stanzone!

All'eco degli spari, che seguí di lí a poco, i presenti sprovveduti si domandavano se dar credito davvero a nonna Dinda. Con qualche speranza, ma con molta paura, le donne si ripararono negli angoli come fossero in trincea, mentre il nonno Giuseppe Primo provvedeva a disporre i sacchetti di sabbia sulle finestre, con fare sussiegoso e lento, come un vecchio generale podagroso. La Carulina, da parte sua, fu sollecita a coprire con uno straccio la gabbia dei canarini affidati alle sue cure; e tutta la faccenda inebriò la pipinara presente dei ragazzini, i quali si scatenarono eroicamente, divertendosi allo spavento delle donne. Allegro piú di tutti, al solito, era Useppe, che balzava su per la catasta dei banchi e correva e si appostava, e si buttava in terra gridando: pim! pum! pam! Per quanto Ida lo avesse esortato a usare, in casa, le vecchie cioce, risparmiandosi le calzature nuove per uscire, lui non aveva voluto saperne; e cosí attualmente il passo, nel suo perpetuo scorrazzare per lo stanzone, gli si distingueva a un nuovo suono caratteristico: plof plof, dovuto alla misura, rimasta un poco eccessiva, degli stivalini, e alla loro grossa suola di para.

La sparatoria non fu lunga, e poco piú tardi lo stanzone fu visitato dai tedeschi. Pare che cercassero il nascondiglio di alcuni *franchi tiratori* del posto, sfuggiti alla cattura dopo lo scontro al Forte. Stupito del loro equipaggiamento grandioso (avevano degli elmi enormi fino sui nasi, e i mitra puntati in fuori) Useppe, il quale di tutta la vicenda, salvo il chiasso, non aveva capito nulla, s'informò a gran voce se fossero i *Lamemicani*. Per fortuna, coloro non potevano sapere che questo termine, nel linguaggio di Useppe, significava *gli Americani*; e del resto, Carulina immediatamente, fece a Useppe segno di tacere.

Essi sospinsero tutti quanti in istrada, e si diedero a perlustrare l'interno in ogni angolo, fin sul tetto e fino al cesso. Per fortuna, oggi nel cesso non c'erano carni in deposito, e anche l'altro deposito di vettovaglie sotto la coperta della Sora Mercedes, coloro non si curarono di esplorarlo, tranquilli perché di sotto la stessa coperta, poco prima, avevano visto venir fuori la grossa signora artritica. Sempre per fortuna, a quell'ora i maschi validi dello stanzone erano tutti assenti. E cosí, dopo avere esclamato degli incomprensibili avvertimenti in tedesco, gli armati se ne riandarono via, senza piú farsi vedere.

Alcuni giorni dopo, anche a Pietralata, si vide affisso il seguente manifesto in tedesco e in italiano:

Il 22 ottobre 1943 civili italiani che facevano parte di una banda di comunisti hanno sparato contro le truppe germaniche. Essi venivano fatti prigionieri dopo rapida scaramuccia.

Il Tribunale militare ha condannato a morte 10 membri di questa banda per aver attaccato a mano armata appartenenti alle forze armate germaniche.

La condanna è stata eseguita.

La condanna era stata eseguita fin dal giorno dopo lo scontro, in un campo nei pressi di Pietralata, dove subito i cadaveri furono sotterrati in una fossa. Ma quando, in seguito, la fossa fu scoperta, di cadaveri invero, ce n'erano undici e non dieci. L'undicesimo era un ciclista innocuo, capitato là di passaggio, e fucilato con gli altri perché ci si trovava.

8.

Il tempo era variabile; e vi furono anche parecchie mattinate di sole; ma Nino ancora non manteneva la promessa fatta a Useppe. È difficile dire se Useppe se ne ricordasse o no. È vero che spesso ancora si metteva sulla soglia a guardare verso la strada assolata, come se aspettasse; però forse nella sua mente, attraverso la distanza (erano passati circa quindici giorni) la promessa di Nino si andava confondendo con le mattine e col sole, in un miraggio impreciso. Frattanto, prima che il miraggio finalmente s'incarnasse, il destino incominciò, con un séguito precipitoso, a ridurre le presenze nello stanzone.

Circa al 25 ottobre, di pomeriggio presto, un frate bussò all'uscio. In quel momento, erano presenti solo Ulí, i ragazzini, la sora Mercedes e le nonne. I nonni erano andati a sedersi all'osteria, Ida stava dietro la sua tenda, e le cognate erano salite sulla piccola terrazza del fabbricato, per raccogliere in gran fretta certi panni che vi avevano steso.

Difatti, incominciava a piovere. Il frate s'era riparata la testa col cappuccio, e aveva quell'aria indaffarata e circospetta che distingue i religiosi. Salutò con la frase abituale *Pace e bene* e domandò di Vivaldi Carlo. Saputo che costui si trovava in giro, si sedette su una cassa per aspettarlo, nel cerchio dei ragazzini che lo osservavano imbambolati, come se assistessero a un film. Ma dopo qualche minuto di attesa si rialzò, dovendo scappare per altre sue faccende. E chiamata in disparte, con un cenno del mignolo, Carulina (che dovette sembrargli, fra i circostanti, la segretaria di maggior fiducia), le disse piano: di avvisare subito subito e in via riservata il sig. Vivaldi Carlo che si recasse al piú presto *dove lui sapeva*, per notizie urgenti. Poi ridisse *Pace e bene* e se ne andò.

Le cognate, sopravvenute in quel punto, fecero in tempo a scorgerlo mentre usciva; però Carulina, sostenendo valorosamente i loro interrogatorii, non volle riferire l'ambasciata. Questo silenzio le costò uno sforzo cosí grosso da farle gonfiare addirittura le vene del collo; ma una tale prova, per sua fortuna, non le fu imposta a lungo. A non piú di un quarto d'ora dalla partenza del frate, Carlo Vivaldi, avvertito forse da un presagio, riapprodò fuori orario nello stanzone. Pronta Carulí gli si fece incontro strillando a gran voce: «È stato qua un cappuccino a chiedere di voi...» e lui visibilmente trasalí. Con la faccia e i capelli bagnati di pioggia, in quel punto somigliava a un passero sbattuto dal maltempo. Senza nessuna parola voltò le spalle, e a precipizio riprese la via di strada.

Seguirono, in sua assenza, varie congetture fra le nonne e le cognate di Carulina. In quell'epoca, ogni romanzo popolare diventava verisimile. Succedeva davvero, per esempio, che alti ufficiali o noti militanti politici si camuffassero in diversi modi per ingannare la caccia dei nemici occupanti. E le donne congetturarono, fra l'altro, che il frate fosse un finto frate, magari un anarchico travestito, o addirittura un qualche generalissimo delle alte sfere.

Invece, si trattava in realtà proprio di un povero semplice frate, emissario di un convento romano dove un cugino minore di Carlo attualmente stava nascosto. A Carlo, per la sua orgogliosa idea, ripugnava di rifugiarsi dentro a un convento. Preferiva restare senza fissa dimora, e cosí la corrispondenza e le notizie dal Nord gli venivano recapitate attraverso il cuginetto. Ora, la notizia odierna che lo aspettava era delle piú atroci. Ma la verità su di lui venne risaputa soltanto in séguito.

Frattanto, l'ora del coprifuoco passò, senza che lui si facesse rivedere. E gli abitanti dello stanzone arguirono che, dopo la visita del frate misterioso, si fosse eclissato per sempre. Ai loro occhi, Carlo Vivaldi rappresentava tuttora un personaggio ambiguo e strano di avventuriero: magari legato a qualche potenza estera? o al Vaticano? La madre di Currado e Impero mise avanti addirittura l'ipotesi che fosse un nobile in incognito, del seguito di Sua Maestà il Re Imperatore, e che a quest'ora eventualmente già fosse volato a Brindisi o a Bari, su un aereo speciale concesso dal Papa...

Invece, Carlo Vivaldi era lí a non molta distanza, forse nel quartiere stesso, o forse in qualche altro imprecisato quartiere della città, che girovagava solo per le vie piovigginose, immerse nel buio dell'oscuramento e infestate dalle pattuglie di guardia. Da quando, nel pomeriggio, il cuginetto gli aveva trasmesso la *notizia urgente riservata*, fino a notte alta, non fece altro che correre le strade senza scegliere la direzione, né sapere che ora fosse, né curarsi del coprifuoco. Non si sa come sia sfuggito ai pericoli di quella passeggiata inconcludente: difeso, forse, dallo sbarramento invalicabile di oltranza e di delirio che a volte circonda i disperati. Si può credere che piú volte le pattuglie armate in perlustrazione l'abbiano incrociato, quella notte, però tutte svicolando e ricacciandosi in gola il *chi va là*, per paura di affrontare la sua ombra.

Lui stesso non avrebbe mai potuto dire dove lo portò quello smisurato cammino di chilometri e di tempo non contato (forse nove o dieci ore). È possibile che abbia percorso da un punto all'altro la città intera, o che abbia seguitato a girare in una superficie ristretta, sempre la medesima, avanti e indietro. A una cert'ora della notte tornò a rintanarsi nell'unico alloggio suo disponibile, a Pietralata dietro la tenda di stracci. Tutti dormivano, la sola a udirlo rientrare fu Ida, che in quelle notti, anche coi calmanti, stentava a prender sonno, e si riscuoteva al minimo fruscio. Prima essa udí il passo di lui nel viottolo; poi, il miagolio prolungato di Rossella che gli dava il benvenuto all'ingresso. E dopo, durante il resto della notte, le sembrò di udirlo tossire di continuo fra un ripetersi di colpi sordi, come battesse i pugni nel muro.

Difatti, alla mattina, le giunture delle sue dita erano tutte scorticate e sanguinolente; ma nessuno, nello stanzone, fece in tempo a osservargliele. Accadde che verso le otto capitò, in una delle sue periodiche scappate, Giuseppe Secondo. Entrò col suo solito piglio ridarello, portando, anche oggi, ottime notizie: Assodicuori stava benissimo, e cosí Quattropunte, e cosí tutti i compagni della gloriosa banda... Per merito loro, qualche altro quintale di infame carnaccia tedesca era andata a concimare il terreno dei Castelli Romani... Una settimana prima, da parte tedesca c'era stato un rastrellamento di partigiani, con perdite; ma loro, della *Libera* (soprannome della banda), erano troppo bravi, per farsi prendere da quei vigliacchi... E in quanto alle previsioni future, senza dubbio la conclusione della guerra era imminente. Non si poteva piú contare, certo, sull'entrata degli Alleati a Roma il 28 ottobre... «Certo, sarebbe stato un gesto spiritoso, cosí je l'avrebbero fatta a questi qua, la meio festa!...» Però, prima di Natale, era cosa sicura, concluse Giuseppe Secondo.

Dopo simili confidenze brillanti, il gaio ometto armeggiò ancora per un paio di minuti nel mucchio delle sue proprietà; e quindi, salutando largamente a destra e a sinistra, si avviò alla porta. In quel punto la tenda di stracci si smosse con irruenza; e Carlo, d'impeto, quasi dovesse sfondarla, se ne levò in una grande risata. «Vengo anch'io con te!... Con voi!» precisò pronto. Aveva già a tracolla la sua borsa, e cioè tutto il suo bagaglio. Alla luce che entrava di sbieco dalla porta semiaperta, i suoi sguardi, nelle occhiaie nere dell'insonnia, apparivano infossati, piú cupi del solito. E a séguito della sua risata, che aveva lasciato nell'aria un'eco quasi sconcia, la oscura forma di corruzione, ritornante a intervalli sulla sua faccia, attualmente addirittura lo trasfigurava, come una maschera storta. Però, da tutto questo, nei muscoli del corpo gli si travasava una specie di allegria scatenata, sportiva. Giuseppe Secondo, rimasto interdetto per un istante, s'illuminò di un sorriso di giubilo, che gli fece le rughe per tutto il viso: «Ah! Era ora!» esclamò, e non aggiunse altro. Nell'uscire con lui, Carlo Vivaldi accennò con la mano un saluto mezzo ironico all'indietro, quasi a dire che pure quello stanzone, con tutti i suoi occupanti, ormai per lui si scioglieva nella schiuma del passato morto. Di Rossella, che lo seguiva coi suoi occhietti dal pagliericcio, non se ne ricordò nemmeno di salutarla.

Le nubi si erano stracciate; ma nel vento fresco che cominciava a levarsi, ancora si avevano brevi scrosci di passaggio, quasi primaverili. Giuseppe Secondo non teneva piú il suo famoso cappello in testa, però si riparava con un ombrello; e di ciò i rimasti risero alle sue spalle (invero, un partigiano con l'ombrello era una cosa piuttosto anormale). E cosí, i due si allontanarono assieme di là dal prato fangoso: il vecchio che camminava svelto, sotto l'ombrello; e il giovane che lo precedeva con la sua andatura dinoccolata e un po' slegata, simile a quella di certi ragazzi negri.

Alla loro partenza, Rossella era accorsa all'uscio. E adesso, ferma sulle sue quattro zampette presso lo scalino della soglia li guardava allontanarsi, col muso teso verso di loro in una espressione di sorpresa già allarmata, quasi presagisse che in quel momento scoccava un segnale del suo destino. Tuttavia, nelle ore seguenti non poté fare a meno di cercare Carlo; però, in qualche modo, doveva sapere fin da principio che non lo avrebbe mai piú rivisto. E tentava di non farsi sorprendere in quella sua ricerca irrisoria, aggirandosi nei pressi della tenda con una camminata obliqua e sfuggente, e guizzando via minacciosa non appena qualcuno le passava vicino. Poi s'andò a riparare sotto la catasta dei banchi, e là rimase per il resto della giornata, appiattita fra due tavole, in un angolo dove nessuno poteva raggiungerla, puntando le sue pupille sospettose verso il movimento dello stanzone.

Sul far della sera, mentre nessuno si ricordava piú di lei, d'un tratto levò uno strano inquieto miagolio, e sortí da sotto la catasta vagolando intorno, con quell'inaudito lamento che implorava: aiuto aiuto. Era assalita da uno stimolo di forza terribile, che non aveva mai provato ancora. E allora s'andò a mettere nel suo buco di paglia dietro la tenda, dove, di lí a poco, partorí un gattino.

Nessuno se l'aspettava, giacché non s'erano accorti che fosse incinta. E si trattava, infatti, d'un figliolino unico e stento, cosí minuscolo da parere d'una razza di topi, piú che di gatti. Sebbene nuova, e ancora piccola d'età, essa s'indaffarò subito a strappargli d'intorno la membrana con dei morsi impazienti e quasi rabbiosi, come tutte le madri gatte già esperte. E poi si dette a leccarlo in fretta in fretta, come tutte le madri gatte, finché il gattino fece udire il suo primo miagolio, talmente fino che parve una zanzara. Essa allora s'accucciò sopra di lui, forse nella fiducia di allattarlo. Ma probabilmente, a motivo dei suoi troppi digiuni, oltre che dell'età immatura, aveva le mammelle secche. D'un colpo, improvvisamente si staccò da lui, riguardandolo soprapensiero con curiosità. E andò a riaccucciarsi per suo conto a una certa distanza, dove rimase ancora un poco in ozio con gli occhi consapevoli pieni di malinconia senza piú rispondere a quel piccolo miagolio solitario. Poi d'improvviso tese gli orecchi, avendo colto le note voci dei fratelli di Carulí che rincasavano; e come udí aprirsi l'uscio d'ingresso, gettato un ultimo sguardo indifferente verso il gattino, fu pronta a saltar fuori dalla tenda nella strada.

Né quella sera, né il giorno dopo, non si fece piú rivedere, mentre il gattino agonizzava in mezzo alla paglia, dalla quale si distingueva a malapena per il colore rossiccio del suo pelo, ereditato dalla madre. Ogni volta che, per un breve intervallo, si abbassava il fracasso nello stanzone, si riudiva il suo fioco miagolio, che continuava quasi ininterrotto. Pareva strano che quel filo di voce (unico segno di presenza – si può dire – dato da lui nel mondo) mantenesse una resistenza simile: come se dentro quell'animalino impercettibile, e già segnato fino dal principio, fosse contenuta una volontà di vita enorme. Useppe non sapeva decidersi a lasciare il gattino abbandonato al suo pianto orfano; accovacciato là in terra, senza osare di toccarlo, andava spiando con gli occhi ansiosi ogni suo minimo movimento. E riaffacciandosi cento volte verso la strada, chiamava disperatamente: «Ossella! Ossellaaa!!» Ma Rossella non dava risposta, e forse oramai, vagabonda chi sa dove, s'era già scordata di aver partorito un figlio. D'ora in ora, frattanto, il miagolio dietro la tenda si faceva sempre piú timido finché tacque, e di lí a poco una cognata di Carulina, venuta a dare un'occhiata, tirò su il gattino per la coda e maledicendone la madre snaturata andò a buttarlo nel cesso.

Useppe, in quel momento, era intento a far chiasso coi suoi amici nell'angolo dei Mille. E quando, tornato a rivedere il gattino dietro la tenda, non ce lo trovò piú, non ne chiese notizia. Restò là dietro silenzioso, a fissare con gli occhi grandi e seri quel piccolo covo di paglia, sporco del sangue di Rossella. E non ne parlò né con Ida, né con nessuno. Un minuto dopo, distratto da qualche futilità, si ributtò a giocare.

Rossella non rincasò per tre giorni; poi, sul pomeriggio del terzo giorno, forse soltanto perché cacciata dalla fame, si ripresentò nello stanzone: «Ah, sporca, brutta, maledetta!» le strillarono le donne, «non ti vergogni a farti rivedere qua, dopo che hai fatto crepare il tuo pupetto solo a quel modo!» Essa entrò di corsa, torva, e senza guardare nessuno. Chi sa quali vicende aveva corso, in quei giorni. Aveva la pelliccetta logora, ingiallita e zozza, come una gatta vecchia; e il corpo cosí macilento che al posto dei fianchi, adesso che non era piú incinta, le restavano due buchi. La sua coda era ridotta a uno spago; e il suo muso era diventato un triangolo acuto, con gli orecchi enormi, gli occhi dilatati e la bocca semiaperta che mostrava i denti. S'era fatta ancora piú piccola di prima; e somigliava, nell'espressione del muso, a certi borsaioli abbrutiti, che invecchiati non fanno che guardarsi da tutti gli altri viventi, non avendo conosciuto che l'odio. Dapprincipio andò ad acquattarsi sotto un banco, ma siccome i ragazzini si sforzavano a stanarla di là sotto, schizzò via, e con un balzo del suo corpo scheletrito raggiunse la cima della catasta, dove rimase appollaiata come un gufo. Stava in guardia, con gli orecchi indietro e gli occhioni iniettati di sangue che fissavano in basso minacciosi. E ogni tanto soffiava, convinta di presentarsi, a quel modo, come un essere terrificante, da fare indietreggiare il mondo intero. In quel momento, il suo istinto fu attratto da qualcosa che si muoveva là in basso a mezz'aria, verso l'angolo dei Mille. Fu lei la prima che se ne accorse, e immediatamente fu già troppo tardi per prevenirla. La sua velocità fu tale, che lí per lí si ebbe l'impressione di un raggio rosso che tagliasse l'aria di sbieco; quando già, in luogo dei due canarini in volo, essa aveva lasciato in terra due straccetti sanguinolenti.

Quasi con la stessa velocità fantastica, súbito, spaventata dalle urla e dagli insulti che la investivano d'intorno, essa riscappò nella strada donde era arrivata. In tre o quattro la inseguirono, indignati, per bastonarla; ma non riuscirono a raggiungerla, arrivando appena a distinguere in lontananza la sua codina smunta che spariva a precipizio giú per una discesa. E da allora nessuno la rivide mai piú. È possibile che, pure cosí secca, in quei giorni di fame essa abbia fatto gola a qualche cacciatore di gatti del quartiere. Avendo perso nel deperimento la sveltezza di prima, forse si lasciò fatalmente acchiappare e finí mangiata, come le aveva già predetto, mettendola in guardia, il suo padrone Giuseppe Secondo.

Della strage dei canarini fu accusata, con rimbrotti, anche Carulí. Era stata lei, difatti, a lasciare casualmente aperto il loro cancelletto, distratta dall'inattesa apparizione di Rossella proprio mentre si trovava intenta a ripulire la gabbia. Peppiniello e Peppiniella, forse per la prima volta nella loro esistenza, e memori forse dei loro nonni liberi alle Canarie, si erano lasciati tentare dall'avventura; ma, disadatti al volo per essere nati in cattività, erano riusciti appena a sbattersi goffamente nell'aria, come fossero due nidiaci.

«E che dirà adesso il sor Giuseppe, che t'aveva pure pagato per badare a loro!» strillavano i presenti contro Ulí, la quale, allo spettacolo della coppietta assassinata, singhiozzava inconsolabile. Frattanto Useppe, dinanzi a quei mazzetti di piume spente e sanguinose, s'era fatto pallido e gli tremava il mento: «A' mà, non volano piú?» ripeteva piano, mentre Ida lo scansava via di là, verso il loro angolo, «non volano piú, a' mà? non volano piú!»

Le donne, per la ripugnanza di toccare il sangue, non ebbero cuore di raccattarli da terra, e li spinsero fuori in istrada con la scopa. La mattina dopo, di là erano spariti, e non è escluso che anche loro fossero mangiati da qualche vivente: forse cane, forse gatto, ma forse cristiano. In quell'epoca, si facevano ogni giorno piú numerosi, nel quartiere, coloro che cercavano il proprio vitto fra l'immondezza: e per chi si tiene contento e fortunato di rimediare delle bucce di patate, o delle mele marce, un paio di canarini cotti può rappresentare una pietanza da arcivescovo.

In ogni modo, Ida disse a Useppe che se n'erano volati via.

Il sole, quella mattina, splendeva cosí caldo che pareva tornata l'estate; e poco dopo l'uscita quotidiana di Ida, si avverò, finalmente, la promessa di Nino.

Era raggiante, non meno elettrizzato di Useppe. «Me porto mi' fratello a fare un giretto con me!» dichiarò ai presenti, «prima di pranzo ristà a casa», poi scrisse con la matita un biglietto, e lo lasciò sul capezzale di Ida:

> *In 4 ore vado e torno*
> *Useppe*
> *Garanzia di Nino*

e sotto la garanzia disegnò il proprio stemma: un asso di cuori su due lame incrociate.

Si caricò Useppe a cavalluccio sulle spalle, e, correndo e saltando giú per certi terreni senza costruzioni, arrivò a uno spiazzo d'erba sui margini d'una carraia, dove lo aspettava un camioncino con un uomo e una donna di mezza età. Useppe li riconobbe subito: erano l'oste Remo e sua moglie (i quali disponevano di un permesso di circolazione per trasporto di derrate alimentari). Nel camioncino c'erano delle damigiane, delle ceste e dei sacchi, alcuni già pieni, altri da riempire.

Il viaggio durò circa tre quarti d'ora, e procedette senza intoppi. Nessuno li fermò. Era la prima volta nella sua vita che Useppe viaggiava in automobile e vedeva la campagna grande aperta. Fino adesso, di tutto il mondo aveva conosciuto soltanto San Lorenzo, il Tiburtino e dintorni (Portonaccío ecc.) e il sobborgo di Pietralata. La sua emozione fu tale, che durante la prima parte del percorso rimase in silenzio; finché, nel tripudio che lo trasportava, incominciò a chiacchierare fra sé o con gli altri, tentando di commentare, in un vocabolario impensato e incomprensibile, la sua scoperta dell'universo.

Se non fosse stato il passaggio, ogni tanto, di automezzi tedeschi, e qualche carcassa di macchina abbandonata sul ciglio della strada, non sembrava che ci fosse la guerra. Gli splendori sontuosi dell'autunno parevano maturati in una quiete leggendaria. Anche dove il terreno era in ombra, il sole traspariva dall'aria in un velo dorato che si stendeva tranquillo per tutto il cielo.

A un piccolo incrocio campestre, Remo e la moglie scaricarono i due passeggeri e proseguirono per conto proprio, con l'intesa di ritrovarsi allo stesso posto piú tardi. Nuovamente Nino si riprese Useppe sulle spalle, e a zompi e balzi attraversò con lui valloncelli, scoscendimenti e sentieri fangosi, in mezzo a filari di vigne e a fossatelli che scintillavano al sole. Circa a due terzi della strada, si fermarono a una casetta, dove una ragazza, arrampicata su un ulivo, ne scuoteva i rami, mentre una donna in basso ne raccattava i frutti dentro un mastello. Questa ragazza era un'amante di Nino, però in presenza della donna, che era sua madre, non voleva lasciarlo vedere. La donna, tuttavia, lo sapeva (né loro ignoravano che lo sapeva) e all'arrivo di Nino gli fece un sorriso estasiato, mentre la ragazza scendeva dall'albero, e, guardandolo appena di sfuggita, con una camminata proterva entrava nella casetta. Ne uscí poco dopo, per consegnargli un involto di carta di giornale: «Buon giorno!» le disse allora pomposamente Ninnuzzu, e lei borbottò: buon giorno, in un'aria imbronciata e di traverso. «Questo è mio fratello!!» le annunciò Nino, e lei rispose: «ah, sí?» con arroganza, quasi a intendere, per tutto complimento: se è tuo fratello, non può essere che un altro malandro uguale a te. Nino, che la conosceva, le rise e poi le disse: «Ciao!» «Ciao», rispose a mezza bocca la ragazza, riavviandosi all'albero, con un passo arcato e di malavoglia.

«Che te ne pare?» domandò, riprendendo la strada, Ninnuzzu a Useppe, come parlasse a un proprio confidente. «Si chiama Maria», seguitò, «sua madre è una vedova, e lei un'orfana. Quando finisce la guerra», concluse scherzando cinicamente, «me la sposo». E rivoltandosi verso l'albero, richiamò: «Mariulina! Mariulinaa!»

La ragazza, che stava appollaiata sull'albero come un'aquiletta fantastica, non si voltò nemmeno. Però la si vide che, stornandosi fra se stessa, col mento nascosto nella gola, faceva un piccolo riso di godimento geloso.

Dopo un altro pezzo di strada, Useppe, impaziente di correre con le sue gambe, incominciò a scalciare sul petto di Nino; e Nino lo mise giú. Anche in quest'ultimo tratto, il terreno era piuttosto scosceso, e Nino ammirava la prodezza sportiva di Useppe, divertendosi non meno di lui nel guidarlo sui campi dell'avventura. A un certo punto si fermarono a pisciare, e anche questa fu un'altra occasione di divertimento, perché Nino, come faceva da piccolo coi suoi amici burinelli, mostrò a Useppe la propria bravura nel mandarla in alto, e Useppe lo imitò col proprio piccolo zampillo. La campagna era deserta: Nino di proposito aveva evitato la mulattiera, dove si potevano incontrare dei tedeschi; e non c'erano nemmeno case, solo qualche capanna di paglia. Poco lontano da una capanna nascosta in una insenatura della collina, un muletto brucava l'erba. «Cavallo!» gridò subito Useppe. «No cavallo», disse dall'interno della capanna una voce nota, «quello è un mulo». «Eppetondo!» gridò allora Useppe con entusiasmo. Nella capanna, bassa e di misura media, il partigiano Mosca stava intento a sbucciare delle patate dentro un catino; e al loro entrare sorrise con la bocca, con gli occhi, con le rughe e anche con gli orecchi. Oltre a lui, seduti in terra, c'erano due giovani che pulivano delle armi arrugginite e fangose con uno straccio imbevuto di petrolio. E intorno a loro per la capanna si vedeva un disordine di coperte militari, mucchi di paglia, pale, picconi, zaini, fiaschi di vino e patate. Di sotto una coperta spuntavano delle canne di fucile; vicino alla porta c'era un mitra appoggiato alla parete; e là presso, in terra, un mucchietto di bombe a mano.

«Questo è mio fratello!». Il piú anziano dei due guerriglieri, un bassetto di forse vent'anni, con la faccia tonda e ispida di barba e addosso pochi stracci sporchi (perfino ai piedi, invece di scarpe, aveva dei cenci arrotolati), levò a malapena gli occhi dal lavoro che lo assorbiva. Ma l'altro fece a Useppe un bel sorriso d'amicizia, ingenuo e festoso. Costui, di corporatura già sviluppata e di statura forse 1,90, denunciava però, nel viso imberbe e roseo, la sua età di sedici anni. Aveva la fronte bassa, e i suoi occhi larghi, di un azzurro latteo, erano sfuggenti allo sguardo, per una sorta di timidezza quasi ancora impubere che contrastava con una certa sua espressione di duro. Portava un trench biancastro e ormai lurido sul torso nudo; pantaloni e scarponi militari di provenienza italiana (i pantaloni gli stavano corti) e al polso un orologio tedesco, del quale pareva estremamente fiero e soddisfatto, tanto che ogni minuto lo portava all'orecchio per constatare che marciava.

«Questo è Decimo, e questo è Tarzan», presentò Asso. «Tiè!» soggiunse, gettando al piú giovane (Tarzan) il cartoccio ricevuto da Mariulina, che conteneva del tabacco in foglie. E Tarzan, tralasciando provvisoriamente la pulitura delle armi, tolto dalla tasca del trench un coltelluccio a scatto cominciò subito a trinciare quelle grosse foglie brune per farne senza ritardo delle sigarette di carta di giornale.

«Tutto in regola?» s'informò Asso che mancava dalla sera prima, avendo passato la notte a Roma con un'altra sua amante dei vecchi tempi. E intanto andava esaminando, in aria di competenza e padronanza, quelle armi in via di restauro, le quali rappresentavano la sua ultima impresa. Era lui difatti che le aveva scoperte, il giorno avanti, al limite di una boscaglia dove s'erano accampati dei tedeschi; e ieri stesso, appena fatto buio, seguíto da due altri compagni, era andato a prelevarle di soppiatto, eludendo le sentinelle del campo. Aveva, però, lui per suo conto, partecipato solo a questa prima parte (invero, la piú pericolosa) della spedizione: lasciando agli altri due la piú faticosa (e cioè il trasporto del carico alla base) per la smania di arrivare in tempo all'ultimo tram, e non mancare il suo appuntamento romano.

«Come vedi...» rispose alla sua domanda Decimo, impegnato tuttavia nel suo lavoro con una applicazione quasi cupa. Decimo era novizio, appena arrivato nella banda, e per questo non s'era ancora conquistato le scarpe. Non conosceva neppure l'uso delle armi, e Asso gli andava insegnando come si smontano i mitragliatori Breda, e si svitano gli otturatori dei fucili, ecc. Le nuove armi appena predate (in tutto, una diecina di pezzi) erano di provenienza italiana, cadute in mano dei tedeschi dopo lo sbandamento dell'esercito nazionale. E Nino manifestava un certo disprezzo per le armi italiane (roba scaduta, a suo dire, e di scarto). Ma per lui, a ogni modo, maneggiare le armi era sempre un divertimento appassionato.

«Il petrolio qua non basta», notò gravemente Decimo, «bisogna procurarne dell'altro». «Credo», disse Tarzan, «che Quattro e Piotr ci abbiano pensato» (Piotr era il pseudonimo guerrigliero di Carlo Vivaldi).

«Dove stanno, loro?» s'informò Asso.

«Sono andati là sopra, per quei viveri. Però sono già in ritardo. A quest'ora dovrebbero essere di ritorno». E Tarzan ne approfittò per consultare il proprio orologio.

«A che ora sono partiti?»

«Alle ore 7,30».

«Che portavano?»

«Quattro ha la P.38, e Piotr ha preso lo Sten di Harry».

«E Harry dove sta?»

«È qua fuori nella vigna, nudo a prendere il sole». «Eh, se sta a riposà», intervenne Mosca a rimproverare (ma per ridere) Asso, «dopo che stanotte ha dovuto fare due turni di guardia. E dopo quell'altra faticata che s'era già preso ieri sera, piantato là solo a mezza strada con tutta quell'artiglieria in braccio...»

«Se no, io perdevo il tram! E mica l'ho lasciato solo. C'era Orchidea Selvaggia. Erano in due».

«Eh Orchidea. Co' quello, ce spari la pórvere. Bella compagnia eh».

«E lui, dove sta, adesso?»

«Chi, l'orchidea? Starà lui pure spaparanzato qua de fora da qualche parte del giardino».

«E il Capo?»

«Ha dormito in paese, torna dopopranzo. A proposito, Asso, tu ancora non sai la novità... Io e lui, ieri a notte, abbiamo sistemato quello della PAI».

Nel comunicare questa notizia, Tarzan piegò le labbra a una smorfia dura e spregiativa. Ma un rossore bambinesco gli salí alla faccia nel medesimo tempo.

«Ah», disse Ninnuzzu, «era ora. Dove?...»

«A pochi metri da casa sua. Stava accendendo una sigaretta. Ci s'è fatto riconoscere alla fiamma dell'accendino. Stava solo. Tutto buio. Nessuno ha visto niente. Noi due stavamo dietro l'angolo. Abbiamo sparato insieme. Roba di due secondi. Ci trovavamo già in salvo quando s'è sentita la moglie che urlava».

«La consorte in gramaglie», commentò Assodicuori.

«Eh però», esclamò con enfasi il partigiano Mosca, «me sa che mica piagneva, la sora sposa, quando c'è stato il rastrellamento tedesco, per i buoni servizi del Compare!!»

«Era una spia schifosa», commentò ancora Asso. «Un panzone», concluse, a giudizio definitivo. Nel frattempo, non cessava di considerare le armi là sparse in terra davanti a lui, con l'aria di un capitalista che scruti la propria consistenza patrimoniale. «Attualmente», constatò per lui Tarzan, nel prepararsi a appiccicare con la saliva la sua sigaretta di carta di giornale, «disponiamo di otto moschetti e di sei '91...»

Anche il partigiano Mosca interveniva ogni tanto nel bilancio degli armamenti col sussiego di un esperto: «Questi so' proiettili de marca tedesca», fece sapere al principiante Decimo, indicando delle granate col piede.

«Sono buone per l'esplosivo», intervenne Asso, «piú tardi, te faccio véde l'uso...»

«Ce se svuota la carica de lancio, e ce se fa la polvere, e mischiandola cor tritolo...»

«Eppetondo! e che cavallo è?» venne a dire in quel punto Useppe, che seguitava a interessarsi al mulo.

«Te l'ho detto che non è un cavallo. È un mulo».

«Tí! mulo! mulo! ma che cavallo è?!»

«E dàie! Mulo non è cavallo. Il mulo è mezzo cavallo e mezzo somaro».

«...? ...»

«Per madre, tiene una cavalla, ma per padre, un somaro».

«O viceversa», azzardò Tarzan, che essendo nato e vissuto in città, ci teneva a denotare, tuttavia, pure su questi generi di montagna, una competenza adeguata.

«No. Se viceversa, non è mulo. È bardotto».

Tarzan fece un sorrisino mortificato. «E dove sta sua madre, adesso?» s'informava frattanto Useppe, insistente, presso Mosca.

«E dove ha da stà? Starà a casa, con lo sposo».

«... è contenta?»

«Artro che! Contentissima. Come una Pasqua».

Useppe rise, rallegrato. «Che fa? gioca?» insisté, con fervore.

«Gioca. Saltà e balla!» gli garantí Mosca. Useppe rise di nuovo, come se tale risposta corrispondesse in pieno a una sua malcerta speranza. «E lui, perché non gioca?» s'informò poi, nell'accennare al mulo, che solitario pascolava sul prato.

«Eh... lui magna! Non lo vedi, che sta a magnà?»

Parve che Useppe, a questo, si contentasse. Ma una domanda gli stava tuttavia sospesa sulle labbra, nel mentre che riguardava il mulo. Infine, domandò:

«E pure li muli, volano?»

Tarzan rise. Mosca si strinse nelle spalle. E Ninnuzzu disse al fratello: «A' scemo!» Certo, lui non era informato delle notizie date a Useppe, nel giorno del bombardamento, da quella grande signora di Mandela. Ma vedendo che Useppe faceva un sorrisetto malsicuro e un po' triste, lo sorprese con questa comunicazione:

«E lo sai, a proposito, che nome tiene, quel mulo? Si chiama Zi' Peppe!!»

«E qua dentro, cosí, facciamo tre Giuseppi: io, tu e il mulo!» osservò Eppetondo gloriosamente. «Anzi, quattro», si corresse, sogguardando furbamente Decimo. Questo arrossí, come alla denuncia di un segreto di stato; e in questo rossore, nonostante la sua faccia irsuta di barbe, tradí la sua mente ancora immatura. Effettivamente, il suo vero nome non era Decimo, ma Giuseppe; e lui però, in particolare, aveva un doppio motivo per nascondersi sotto finto nome. Primo: in quanto partigiano; e secondo, in quanto ricercato dalla polizia romana per furti e contrabbando di sigarette.

Useppe spalancò gli occhi, all'idea di quanti Giuseppi ci stanno al mondo. In quel momento, fuori, nei dintorni della capanna, si udí una esplosione. Tutti si guardarono in faccia. Asso si fece a esplorare sulla porta:

«Niente, niente», annunciò verso l'interno, «è quel solito deficiente di Orchidea che dà la caccia alle galline con le bombe a mano».

«E le pigliasse, almeno!» osservò Mosca, «lui tira alle galline, e nun ce rimedia nemmanco un ovo».

«Quando rientra, lo piamo noi a carci in culo».

Ninnarieddu si armò di un binocolo, e uscí all'aperto. Useppe gli corse dietro.

Di là dalla piccola insenatura boscosa, che nascondeva la capanna alla vista, si apriva una valle di ulivi e di vigne, tutta incrociata di fossatelli scintillanti. L'aria portava voci campestri di gente e di animali; e ogni tanto passavano degli aerei che facevano un ronzio come corde di chitarra. «Sono inglesi», disse Nino osservandoli col suo binocolo. In fondo in fondo alla campagna si intravvedeva il Tirreno. Useppe non aveva mai visto il mare, e quella striscia turchino-violacea non era, per lui, che un colore diverso del cielo.

«Vuoi guardare nel binocolo anche tu?» gli propose Nino. Useppe si tese verso di lui sulle punte dei piedi. Era la prima volta che gli capitava una simile esperienza. Nino, reggendogli lo strumento con la propria mano, glielo appoggiò sugli occhi.

Dapprima, Useppe vide un fantastico deserto rosso-bruno, tutto tramato di ombre che si diramavano verso l'alto, dove stavano sospesi due meravigliosi globi d'oro (era, in realtà, un pàmpino di vite, a non molta distanza). E poi, nello smuoversi del binocolo, vide una zona acquatica celeste, che palpitava trasmutandosi in altri colori, e accendendo e spegnendo delle bolle di luce: finché d'un tratto, festosamente, si rompeva in una fuga di nuvole.

«Che vedi?» gli chiese Ninnuzzu.

«Il mare...» sussurrò Useppe con voce intimidita.

«Sí», confermò Nino, inginocchiandosi accosto a lui, per seguire la sua visuale stessa, «ciài indovinato! quello là è il mare».

«... E... la *navi* dove stà?»

«Mó de navi nun ce ne stanno. Però, a' Usè, un bel giorno, sai che famo, noi due? Ci imbarchiamo su una nave transoceanica e partiamo per l'America».

«La LAMERICA!»

« Sí. Ce stai? E adesso, me lo dai un bacetto? »

Da sotto la collina, comparve Orchidea Selvaggia. Era un ragazzo dal volto angoloso e scavato, dai ciuffi neri sugli occhi, e in testa portava un fez d'avanguardista del Fascio, sul quale aveva applicato stelle rosse, falci e martelli, nastrini multicolori e simili ornamenti. Sotto a un farsetto rosso pieno di buchi, indossava una tuta da meccanico assai malridotta, chiusa alla vita da una cintura con appese delle bombe. Ai piedi calzava delle scarpe dell'esercito italiano di vacchetta chiara, quasi nuove.

Non recava nessuna gallina, né prede di altro genere. Scorrazzò verso la capanna, e Nino, dopo avergli gridato dietro *stronzo*, non si curò piú di lui. Seguíto da Useppe in ogni suo passo, andava perlustrando le campagne circostanti col suo binocolo, quando avvistò, dal lato della montagna, qualcosa che eccitò immediatamente il suo interesse. A non piú di sei o settecento metri di distanza in linea d'aria, tre militari tedeschi, usciti da dietro una macchia di ulivi, si avviavano in quel momento su per una stretta mulattiera che, attraverso alcuni villaggi, si ricongiungeva poi con la strada carrozzabile dall'altra parte della montagna. Uno dei tre, a torso nudo, portava sulle spalle un sacco, dentro il quale, come risultò piú tardi, stava rinchiuso un maialetto vivo, certo requisito a qualche famiglia contadina. I tre salivano senza affrettarsi, come per una passeggiata, e anzi, all'andatura, parevano piuttosto brilli.

Prima ancora che essi sparissero dietro alla svolta della mulattiera, Nino rientrò impaziente nella capanna, per annunciare subito che andava *a dare un'occhiata* là sopra, in cerca dei due compagni ritardatari (Piotr e Quattro) i quali, a quest'ora, dovevano trovarsi sulla via della discesa, anche loro su quella direzione del monte. A Useppe, rimasto sul praticello in compagnia del mulo, gridò di aspettarlo giocando là fuori, che lui sarebbe tornato presto. E agli altri diede in fretta varie istruzioni per il caso di un suo ritardo possibile.

Tarzan decise di accompagnarlo. Prendendo delle scorciatoie su per la macchia (la stessa via, piú o meno, seguíta probabilmente da Piotr e Quattro per la discesa) i due contavano, con la loro sveltezza da capre, di precedere nella salita i tre tedeschi: cosí da trovarsi pronti per aspettarli, da un punto di vedetta nascosto verso la cima; e di là coglierli di sorpresa al gomito della mulattiera.

Mentre i due, con gaiezza febbrile, si accordavano su questo piano (il tempo di un minuto), dal lato della montagna, portati dall'aria quieta, echeggiarono degli spari: all'inizio alcuni colpi distinti, seguíti subito da una serie a raffica, e poi da qualche altro colpo. A una pronta indagine col binocolo in quella direzione, né sulla mulattiera, né là intorno, non si vide piú nessuno. I due si affrettarono. Nell'uscire con Asso dalla capanna, Tarzan si nascose sotto il trench il mitra che stava appoggiato vicino all'uscio.

Frattanto Useppe, ubbidiente, si era disposto all'attesa di Ninnuzzu, perlustrando per suo conto il breve territorio intorno alla capanna. Prima chiacchierò col mulo, il quale, però, sebbene interpellato ripetutamente col suo nome di Zi' Peppe, non gli dette risposta. Poi trovò un uomo nudo, con una quantità di cespugli rossi sulla testa, all'inguine, e sotto le ascelle, il quale russava a braccia spalancate in una radura fra i filari. E dopo, nell'esplorare a quattro zampe il piccolo tratto boschivo alle falde della collina, fra altre curiosità e meraviglie vide pure una specie di topo (dalla pelliccetta vellutata, con una coda minuscola, e i piedi davanti assai piú grossi di quelli di dietro) corrergli d'un tratto all'incontro con velocità vertiginosa; guardarlo con due occhietti sonnacchiosi e piccolissimi; quindi, sempre guardandolo alla stessa maniera, correre con uguale velocità, ma all'indietro; e scomparire dentro la terra!

Questi però furono eventi secondari, in paragone con l'evento precipuo, di straordinaria importanza, che gli capitò in quel punto.

Fra gli alberi d'ulivo, là dietro, c'era un albero differente (forse, un piccolo noce) dalle foglie luminose e allegre che facevano un'ombra screziata, piú buia di quella degli ulivi. Nel passare là vicino, Useppe udí una coppia di uccelli chiacchierare assieme e sbaciucchiarsi. E senz'altro, a prima vista, riconobbe in quella coppia Peppiniello e Peppiniella.

In realtà, questi due, non canarini dovevano essere; ma piuttosto lucherini: genere di uccelletti di bosco piú che di gabbia, che torna in Italia per l'inverno. Ma nella forma e nel colore giallo-verde essi potevano senz'altro confondersi coi due canarini (un po' ibridi invero) di Pietralata; e Useppe non ebbe dubbi su questo punto. Era chiaro che i due cantatori dello stanzone, stamattina, appena guariti dal loro male sanguinoso, erano volati qua, magari seguendo, su per l'alto, il camioncino.

«Ninielli!» li chiamò Useppe. E i due non fuggirono; anzi, in risposta, incominciarono un dialogo musicato. Piú che un dialogo, veramente, la loro era una canzonetta, composta di un'unica frase che i due si rimandavano a vicenda, alternandosi a salti su due rami, uno piú basso e uno piú alto, e segnando ogni ripresa con gesti vivaci della testolina. Essa consisteva in tutto di una dozzina di sillabe, cantate su due o tre note – sempre le stesse salvo impercettibili capricci o variazioni – a tempo di allegretto con brio. E le parole (chiarissime agli orecchi di Useppe) dicevano esattamente cosí:

È uno scherzo uno scherzo tutto uno scherzo!

Le due creature, prima di rivolarsene via nell'aria, replicarono questa loro canzonetta almeno una ventina di volte, certamente con l'intenzione di insegnarla a Useppe: il quale, invero, fino dalla terza replica l'aveva già imparata a memoria, e in séguito la mantenne sempre nel proprio repertorio personale, cosí che poteva cantarla o fischiettarla, se voleva. Però, senza spiegarsene la ragione, lui questa canzonetta famosa, che l'ha accompagnato in tutta la sua vita, non l'ha comunicata a nessuno, né allora né dopo. Solo verso la fine, come si vedrà, l'ha insegnata a due suoi amici: un ragazzetto di cognome Scimó, e una cagna. Ma è probabile che Scimó, a differenza della cagna, se ne sia scordato immediatamente.

Da dentro la capanna, il Mosca chiamò Useppe, volendo offrirgli una patata bollita. E in aggiunta, Orchidea Selvaggia, risalito allora da un suo giro nella vigna, gli fece dono di un grappoletto d'uva da vino: di buccia alquanto dura, cioè da sputarsi, però di uno zucchero dolcissimo. «Ninielli! Ninielli!» si affannava intanto a spiegare Useppe a Eppetondo, tirandolo per la manica in grande animazione; ma siccome il Mosca, preso da altri argomenti, non gli dava retta, lui rinunciò a fargli sapere il recupero dei suoi canarini. E dopo di allora, non parlò mai piú con nessuno del proprio incontro con quella coppietta fortunata.

Nella capanna, i tre rimasti parlamentavano sull'emergenza della situazione, calcolando che Asso non rientrerebbe tanto presto dalla sua gita in montagna. Si trattava di spedire eventualmente qualcuno a consultare Occhiali (era il Capo) perché, nell'evenienza che la battaglia coi tre tedeschi si svolgesse in un tratto prossimo della mulattiera (e nell'attuale incertezza dell'esito), si poteva temere, dicevano, un rastrellamento successivo della zona... E si trattava pure di liberarsi prontamente di Useppe, consegnandolo a qualche persona di fiducia che lo riportasse in tempo al camioncino sulla carrozzabile.

Frattanto, dopo quegli spari di prima, non s'era udito piú nulla.

Nel suo equipaggiamento svariato, anche Mosca disponeva di un binocolo. Non era, però, una preda di guerra, ma un piccolo strumento di sua proprietà, che in passato gli serviva a teatro per godersi dal loggione gli spettacoli, e in particolare la *Tosca*, Petrolini e Lydia Johnson, sue speciali preferenze. Ora, nel corso della discussione, ogni tanto il Mosca usciva a perlustrare col suo binocolo verso il monte. E fu una sorpresa per tutti quando, in anticipo su ogni previsione, si vide la banda degli assenti, al completo, spuntare da una macchia a non piú di cento metri dalla mulattiera, e avanzare su dalla vallata verso la capanna. Davanti, appaiati, venivano Asso e Quattro, affiancati a poca distanza da Tarzan che trascinava per una corda un sacco lacerato e sanguinoso; e piú dietro seguiva Piotr solo. Oltre agli zaini stracolmi, tutti portavano qualche carico supplementare; e al loro arrivo scaricarono ogni cosa nella capanna, fuorché la preda uccisa del maialino che Tarzan s'era incaricato di squartare fuori nel bosco. C'erano petrolio e viveri (polenta, formaggio, sale) e in piú scarponi tedeschi impermeabili, due rivoltelle tedesche coi loro cinturoni, un accendisigari, una Contax. Subito Decimo, quasi febbrilmente, prese a provarsi un paio di scarponi. Intervenne in quel punto, da fuori, anche Harry, che s'era infilato dei pantaloni di fustagno da contadino e ripeteva: «Magh-nifico! Magh-nifico!...» ancora mezzo insonnolito. *Magnifico* era una delle poche parole italiane che sapeva. Era difatti un inglese fuggito di prigionia con una sequenza da film (nel fuggire s'era perfino ripigliato la propria arma!) il quale da poco s'era aggregato alla banda. A lui, della preda, fu offerto un orologio.

A quest'ora, i corpi dei tre tedeschi, coperti di frasche e di terra, giacevano in un fossato sui margini della mulattiera, a circa due terzi di distanza dalla cima. Erano stati Quattro e Piotr a compiere l'impresa da soli. E quando, scendendo giú di traverso per la macchia, s'erano incontrati con Asso e Tarzan, già tutto era compiuto. Però, nessuno dei due vincitori pareva aver voglia di discorrerne. Piotr, con occhi torbidi da morto e i tratti cascanti e abbrutiti da una stanchezza enorme, appena toltosi di dosso lo zaino andò a buttarsi nel boschetto dietro la capanna, dove s'addormentò di peso, respirando con la bocca aperta, come un drogato istupidito dall'oppio. E Quattro si mise giú a sedere in un angolo della capanna e ci si restrinse, lagnandosi di spossatezza e di stordimento. In faccia aveva un insolito pallore di nausea, e negli occhi uno sguardo da febbricitante. Disse che non aveva voglia di mangiare, e neanche di parlare e non aveva neanche sonno. Ma gli bastava di riposare cosí un poco, là da una parte, e il malessere gli sarebbe passato.

Solo piú tardi, si confidò con Asso sui particolari dello scontro, nel quale la parte avuta da Carlo-Piotr era stata terribile, al punto che lo stesso Nino parve scosso alla descrizione dell'amico: «E pensare», osservò con lui, parlandone insieme a voce bassa, «che quella sera a cena, te ne ricordi? a Pietralata... lui diceva di rifiutare la violenza...» Secondo loro, tuttavia, l'azione di Piotr era giustificata. Difatti, come Nino aveva intuito fin da principio, Piotr-Carlo, oltre che ricercato politico, era ebreo (né Vivaldi, e né Carlo, non erano i suoi veri nomi) e si era risolto a entrare nella banda in séguito alla notizia che i suoi genitori, i nonni e la sorellina, nascosti sotto falso nome nel Nord, erano stati scoperti (certo attraverso qualche denuncia) e deportati dai Tedeschi. Ma pure, nonostante tutto questo, Quattro, solo a rievocare la scena dello scontro, ne provava una sensazione di freddo, al punto che si vedeva la sua pelle aggrinzarsi, sull'avambraccio nudo.

La notizia che i tre tedeschi si aggiravano in quella parte del monte aveva raggiunto Quattro e Piotr già dall'inizio della mattinata, durante la loro sosta per il rifornimento dei viveri presso un contadino amico. Le famiglie dei dintorni, passandosi la voce da una all'altra, erano state avvertite di nascondere il bestiame e le provviste e di tenersi in guardia, perché i tre individui andavano «cacciando la roba» per le casupole con la solita brutalità delle truppe naziste, che dovunque passassero le faceva odiare. Non era stato difficile a Quattro e a Piotr di mettersi sulla loro pista, soprattutto grazie alla presenza di Quattro, che era nativo di quelle campagne e ne conosceva ogni luogo e ogni persona: e avevano deciso di tenersi di vedetta, nascosti sul loro passaggio, per coglierli di sorpresa al momento giusto. L'attesa era durata piú del previsto, perché i tre, inaspriti dalla povertà della loro caccia, si erano sviati in successive diversioni, sempre piú alterandosi col vino. Finalmente, dal proprio nascondiglio fra la macchia, Quattro e Piotr li avevano visti apparire sulla mulattiera, preceduti dalle loro voci avvinazzate che cantavano in italiano, mezzo storpiandone le parole, una canzonetta allora in voga:

> Mare, perché
> questa sera m'inviti a sognar...

Cantavano in coro allegri, con le guance rosse e le giacche sbottonate: anzi il piú giovane e il piú grasso, quello che portava il sacco sulle spalle, si era tolto giacca e camicia, restando nudo fino alla cintura. Quattro sparò per primo, da brevissima distanza, colpendo in pieno quello che, apparentemente, era il piú anziano dei tre: uno snello e stempiato, sui trent'anni, che portò le due mani al petto con una esclamazione rauca e stupefatta; e, dopo una strana giravolta nell'aria, si abbatté con la faccia a terra. Subito i suoi camerati, con un gesto convulso e istintivo, misero mano alle rivoltelle; ma non ebbero nemmeno il tempo di estrarle dalle cinture, raggiunti dalle raffiche della pistola mitragliatrice di Piotr, che si teneva appostato poco lontano. Per una durata di tempo impercettibile, i loro occhi si incontrarono con quelli di Quattro. Uno cadde inginocchiato e avanzò per forse mezzo metro sui ginocchi, mormorando sillabe incomprensibili. E il terzo, quello a torso nudo, che assurdamente con la sinistra reggeva ancora il sacco per la corda, lasciò la presa con una curiosa lentezza; e in un grido improvviso di pànico fece un passo laterale, tenendosi una mano al basso ventre. Ma di lí a un istante, sotto un'ultima raffica di colpi, caddero entrambi a poca distanza dal primo.

Dai tre corpi distesi e inerti sulla mulattiera non veniva piú nessuna voce; però, in quella pausa pietrificata, da un cespuglio verso la scarpata lí di contro echeggiò una sorta d'implorazione agghiacciante, di terrore estremo, che somigliava al pianto di un neonato. Era il porcellino prigioniero, che, colpito dall'ultima scarica, era rotolato o si era trascinato nel cespuglio, e di là prorompeva in quelle strida spasmodiche, di suono umano, solite alle bestie della sua specie quando sentono la fine. Poi subito sopravvenne il silenzio e Quattro si fece sulla strada. Dei tedeschi abbattuti, due sembravano già morti; solo il piú anziano, quello colpito da lui, sussultava ancora debolmente; e in quel punto cercò di scostare la faccia da terra sputando una saliva sanguinosa e mormorando «mutter mutter». Quattro lo finí con un colpo di revolver alla testa; poi rivoltò il secondo, e lo trovò con gli occhi spalancati e senza vita; mentre invece l'ultimo, quello a torso nudo, che giaceva supino a occhi chiusi e che lui aveva già creduto morto, al suo avvicinarsi ebbe una contrazione del viso e alzò faticosamente un braccio.

Quattro si apprestava a sparare anche a questo; ma allora Piotr dalla macchia irruppe sulla mulattiera, dicendo con una risata storta: «No, fermo. Questo tocca a me». E Quattro gli allungò la rivoltella, intendendo che volesse esser lui a dare all'uomo il colpo di grazia. Ma Piotr respinse la rivoltella, e in un odio determinato, furente, sferrò un calcio spaventoso, col suo pesante scarpone, sulla faccia rovesciata di colui. Dopo un istante di pausa, ripeté il gesto, uguale, e cosí di nuovo piú volte, sempre con la stessa violenza folle, ma con un ritmo stranamente calcolato. Quattro, che s'era allontanato d'un passo e voltava la testa per non vedere, udiva tuttavia quei colpi, nella loro pesantezza cupa, susseguirsi a intervalli regolari, quasi a segnare un tempo inaudito in uno spazio enorme. Al primo colpo, il tedesco aveva reagito con un urlo soffocato e rantolante, che ancora sapeva di rivolta; ma le sue urla via via s'erano indebolite fino a ridursi a un piccolo gemito femminile, quasi un'interrogazione intrisa di vergogna senza nome. I colpi seguitarono ancora, a intervalli piú rapidi, dopo che il lamento era cessato. D'un tratto Piotr, col suo lungo passo slegato, si fece davanti a Quattro. «È crepato», annunciò, lievemente affannoso, come chi ha compiuto una fatica fisica. Il suo sguardo era tuttora accanito sotto la fronte madida e il suo scarpone chiodato era schizzato di sangue. Ormai, non restava che spogliare i morti delle loro armi e d'ogni altro fornimento servibile – secondo le regole della guerriglia – prima di nascondere i loro corpi. In precedenza, nella loro scelta del luogo, i due avevano tenuto conto che nel campo attiguo, di là dalla mulattiera, c'era un fossato largo, dal fondo ancora fangoso delle piogge recenti. E per primo, trascinandolo per i piedi, ci buttarono quello dal torso nudo. Non aveva piú faccia, altro che un avanzo informe e sanguinoso; e, al contrasto, la bianchezza straordinaria del suo torso carnoso faceva un effetto irreale. Il sangue, perduto in gran copia dalle ferite al basso ventre, gli impregnava i pantaloni della divisa grigio-azzurra. Le sue scarpe invece non si erano sporcate; ma rinunciarono a levargliele. Gli lasciarono pure la pistola e il resto: perfino l'orologio. Con gli altri corpi, invece, si attennero alle regole solite, e poi li buttarono sopra al primo, ricoprendo il fossato con terra e frasche. Alla fine, Quattro provvide a recuperare la preda del maialetto, ora muta e rovesciata dietro il cespuglio. In tutto, dal momento della sparatoria, l'azione aveva richiesto pochi minuti.

Immediatamente dopo il ritorno alla capanna, Asso e gli altri si diedero da fare a caricare il mulo. Di lí a poco apparve la ragazza Maria (detta da Asso Mariulina) che si prese, fra l'altro, l'incarico di riportare Useppe, a dorso di mulo, all'appuntamento sulla carrozzabile. Asso non poteva accompagnarlo, essendo occupato in vari preparativi urgenti, e aspettando, inoltre, l'arrivo di quell'*Occhiali* famoso. Nel salutare, da terra, il fratello, gli promise che si sarebbero rivisti assai presto. Ammiccandogli, in segreto, come a un compagno guerrigliero, gli confidò che una delle prossime notti doveva partecipare a una grande azione sulla Tiburtina; e che dopo, forse, sarebbe andato a dormire da loro a Pietralata.

Il mulo Zi' Peppe partí stracarico. Oltre a Mariulina e Useppe portava sulla groppa un grosso fardello di frasche e fascine, sotto le quali, in realtà, stavano nascoste armi, bombe e munizioni che Mariulina doveva recapitare, sulla via del ritorno, a un paesano complice di altri guerriglieri. Useppe era stato sistemato davanti, addossato al petto di Mariulina, che cavalcava il mulo a gambe larghe, come un cavaliere. Essa aveva un abituccio nero corto, e delle calze nere fatte in casa arrotolate al di sopra dei ginocchi. Nel cavalcare, si vedevano scoperte, di qua e di là, le sue cosce tonde e carine, le quali, come tutto quello che si vedeva della sua carne, avevano un colore di pesca rosa, indorato da una minutissima semola bruna. In faccia, essa aveva la solita espressione imbronciata; e durante tutto il percorso (salita e discesa della mulattiera, e raccordo verso la carrozzabile) parlò solo al mulo, dicendogli secondo i casi: «Haaaa!» oppure «Hiiii!» Alle varie domande di Useppe, rispondeva al massimo *síne* e *nòne*, magari anche a sproposito. Zi' Peppe avanzava con calma, anche per via dello stracarico che portava, e in certi tratti essa scendeva a trascinarlo per la cavezza, gridandogli arrabbiata: «Hiiii!», coi capelli, di colore rossetto, che le cadevano sugli occhi, mentre Useppe si reggeva stretto ai finimenti per non cadere.

A Useppe il viaggio piacque assai. Lui pure teneva le gambe una di qua e una di là, alla pari di un cavaliere anziano. Stava addossato al petto di Mariulina, come a un cuscino tiepido, e sotto il culetto aveva la nuca pelosa di Zi' Peppe, anch'essa tiepida. Davanti agli occhi, aveva la criniera marrone scuro di Zi' Peppe, e i suoi due orecchi dritti, né di cavallo né di somaro, che portavano in mezzo, come ornamento, un pennacchietto verde spennacchiato: e per lui queste, e altre, anche minime, specialità del mulo, erano curiosità del massimo interesse. Intorno, aveva lo spettacolo della campagna, con le sue luci, diverse, adesso, da quelle della mattina. E se si voltava a guardare in su, vedeva gli occhi della Mariulina, di colore arancione, coi cigli e i sopraccigli neri, e la sua faccia che, sotto al sole, si copriva tutta di una lanugine, come avesse in testa un grande cappello velato. Secondo Useppe, la Mariulina era una beltà universale, da sbalordirsi a rimirarla.

Finita la discesa, nella valle si videro passare dei tedeschi, i quali, pure loro, conducevano un mulo affardellato. «Mulo! mulo?!» esclamò Useppe, salutandoli festevolmente. «Nòne...» rispose Mariulina stufa di rispondere. «Inghesi?» esclamò ancora Useppe, riecheggiando l'osservazione che aveva udita da suo fratello al passaggio degli aerei. «Siíne!» rispose lei, con impazienza.

Il camioncino stava già in attesa, all'incrocio della carrozzabile. E dopo aver consegnato Useppe all'oste, che la rimbrottò per il ritardo («Sei rimbambita o tonta?!»), essa, non avendo degnato nessuno d'un saluto né d'una risposta, gridò senz'altro al mulo: «Hiiii!» e si separò da loro, ritornando indietro a piedi, a lato del mulo.

9

Stavolta, Ninnarieddu non mantenne la promessa. Doveva passare quasi un anno, prima che si facesse rivedere. A quella splendida mattinata di Useppe sui campi della guerriglia seguirono giornate fredde e piovose. Il borgo di Pietralata era una marana di fango.

Nello stanzone chiuso, il puzzo era terribile, anche perché le gemelline, a causa del freddo e della poca aria e del nutrimento malsano, s'erano ammalate di diarrea. Si erano sciupate, avevano perso il loro brio, e piangevano e si agitavano, magroline, nella loro sporcizia.

I Mille, infreddoliti, avevano rinunciato del tutto a spogliarsi. Dormivano tutti vestiti, e per di piú, anche di giorno, passavano la massima parte del tempo avvoltolati nelle coperte sulle loro cucce, uno addosso all'altro. Maschi e femmine facevano l'amore a ogni ora della giornata, senza piú curarsi di chi li guardava; e fra loro si sviluppavano intrighi, gelosie e scenate, alle quali prendevano parte anche i vecchi. La promiscuità li rendeva tutti rissosi: ai canti del grammofono si mischiavano di continuo le urla, gli insulti, le botte e i pianti delle donne e dei ragazzini. Vi furono pure dei vetri rotti, che vennero aggiustati alla meglio con carte incollate. La notte scendeva presto; in séguito a disordini nella città, i Tedeschi avevano anticipato il coprifuoco alle sette di sera. Alle biciclette era vietato di circolare dopo le cinque del pomeriggio, e i trasporti pubblici (invero già assai ridotti) cessavano alle sei.

Cosí, la sera, tutti erano incarcerati nello stanzone. Uno dei passatempi di quelle serate, era la caccia agli scarafaggi e ai topi. Una sera, un topo venne finito a calci da Domenico, sotto gli occhi di Useppe che gridava: «No! no!»

I topi, già in antico frequentatori di quello stanzone seminterrato, e incoraggiati a una nuova intraprendenza dopo la fuga di Rossella, adesso accorrevano piú numerosi verso le provviste dei Mille, forse presaghi di un imminente abbandono della nave. Difatti i Mille, stufi di aspettare là dentro la famosa Liberazione che non arrivava mai, incominciarono a emigrare verso altri rifugi. La prima famiglia che se ne andò, fu quella di Salvatore, coi figli Currado,

Impero, ecc. per effetto di una separazione rabbiosa se-guíta a un litigio; ma presto lo stesso Salvatore invitò tutti i rimasti a dividere insieme una abitazione piú bella, vuota e a basso prezzo, ottenuta da certi suoi conoscenti di Al-bano. Cosí anche Domenico e famiglia, con la nonna Dinda, e la sora Mercedes e Carulina e gli altri andarono a raggiun-gere il resto della tribú.

La mattina dell'addio rimane nella memoria sotto il se-gno di un disordine caotico. Carulina era nervosa fino a piangere, e correva di qua e di là, perché le due gemelline, a causa della diarrea peggiorata, si sporcavano di continuo. I loro pochi panni, che essa si ostinava a lavare e rilavare con ogni specie di sapone autarchico e di pessima polvere detersiva, non si asciugavano; e appesi alle corde dello stan-zone, macchiati tuttavia di giallastro, piovevano la loro ac-qua sul pavimento, sulle provviste e sulle materasse arro-tolate. Carulina veniva aggredita da ogni parte con rimbrot-ti e urla, e ricevette pure un manrovescio dalla cognata. Da qualche parte in lontananza arrivavano echi di bombarda-menti; e le nonne, spaventate da quei tuoni, e riottose al-l'idea della partenza, invocavano il Papa, e i morti e i san-toni del cielo con voci altissime, mentre Domenico bestem-miava. Mi risulta che a quel tempo la circolazione delle macchine private era sospesa; però a ogni modo i giova-notti dei Mille, grazie alle loro arti d'intrallazzo, erano riu-sciti a procurarsi un furgoncino Balilla, munito di tutti i permessi necessari, in aggiunta a un altro motoveicolo a tre ruote inviato da Salvatore. Ma purtroppo all'atto pratico questi mezzi di trasporto non bastavano a caricare la com-pagnia dei partenti e le loro proprietà (fra l'altro, i Mille avevano deciso di portarsi via anche le materasse, già pre-state a suo tempo dall'ospedale a uso degli sfollati: giacché, pure nel trasferimento, essi rimanevano sempre, di diritto, sfollati)... E i preparativi d'imballaggio e di carico da ulti-mo si travolsero in un drammatico marasma. L'esasperato Domenico prese a calci i materassi che, usati come involti del pentolame e legati, avevano assunto dimensioni giganti; Peppe Terzo, Attilio e la loro madre proruppero in un coro di strilli. E allora il nonno piú vecchio (sposo della nonna silenziosa) si mise a piangere come un pupo, supplicando che lo lasciassero qua a morire, anzi lo sotterrassero sen-z'altro qua stesso a Pietralata, magari affondandolo in qual-che marana: «Interratemi», ripeteva, «interratemi, cosí stanotte dormo tranquillo in cíelo!» E la nonna sua moglie all'udirlo esclamava con voce acuta: «Gíesú! Gíesú!»

La meno agitata era la sora Mercedes, che fino all'ultimo istante restò seduta sul suo sgabelluccio con sulle ginocchia la coperta (di sotto la quale erano state rimosse le provviste) limitandosi a ripetere, in tono di cantilena: «E stàteve un po' zitti, all'animaccia vostra!» mentre suo marito Giuseppe Primo, seduto vicino a lei con una specie di cuffia di lana in testa, si sfogava scatarrando sul pavimento.

Fu deciso che una parte della compagnia, fra cui Carulina con le figlie, avrebbe raggiunto la nuova sede in tram. Prima dell'addio, Carulina lasciò in ricordo a Useppe il disco delle comiche, il quale, purtroppo, senza il grammofono (già riposto col carico dei bagagli) non poteva piú suonare; ma del resto, per l'uso, già da tempo era ridotto a emettere solo dei raschi e dei singulti. Essa gli lasciò pure in regalo (ammiccandogli di nascosto per non farlo sapere a nessuno) un sacchetto dimenticato dalla parentela, contenente circa un chilo di cicerchi (legume di specie ibrida fra il fagiolo e il cece).

Alla partenza, nel cielo s'affacciava un sole incerto. In coda a tutti stava Carulina, preceduta di poco dalla cognata romana, la quale portava Celestina in braccio e sulla testa una valigia strapiena che non chiudeva; mentre Carulina portava in braccio Rusinella e sulla testa l'involto dei panni bagnati. Se non fosse per i pianti straziati che ne sortivano, difficilmente si poteva riconoscere che quei due fagotti, in braccio alle partenti, erano creature. Difatti Carulina, come rimedio estremo, aveva involtato le pupette in ogni sorta di stracceria disponibile: tenda già di Carlo Vivaldi, residui delle Dame Benefiche, e perfino cartaccia; per la vergogna che, sul tram dei Castelli, tutti i passeggeri potessero giudicare all'odore che le sue figlie erano sporche della diarrea.

Sollecitata dagli altri che la sopravvanzavano, e si voltavano a richiamarla bruscamente, essa si affrettava a stento nella fanghiglia, sulle sue scarpette ancora estive ridotte a ciabatte. Le calze da donna smesse che portava, troppo grandi per il suo piede, le facevano delle borse sui calcagni, e per via del peso che la sbilanciava tutta da una parte, la sua camminata era piú sbandata del solito. Per cappotto, aveva una specie di tre-quarti sbilenco, ricavato da una giacca del fratello Domenico; e sotto l'involto dei panni si vedeva la scrima precisa dei suoi capelli, divisi in due bande uguali fino alla nuca, con le due treccette sui lati tenute basse dal peso.

Prima di passare la curva del viottolo, si girò a salutare Useppe, con un sorriso della sua bocca grande voltata in su. Useppe stava fermo di qua dallo sterro a guardarla partire, e le rispose con quel suo saluto speciale che faceva in certi casi, a cuore contrario, aprendo e richiudendo il pugno lento lento. Era serio, con appena un sorrisino incerto. In testa aveva un berrettino uso ciclista che lei stessa gli aveva rimediato; e addosso i soliti pantaloni alla Charlot, con gli stivali fantasia, e l'impermeabile, lungo fino ai piedi, che gli si apriva nel saluto, mostrando la fodera rossa.

Qualche mese dopo, un terribile bombardamento sui Castelli distrusse in gran parte la città di Albano, e Ida alla notizia ripensò ai Mille, se per caso la loro tribú non fosse tutta sterminata. Invece, erano incolumi. Nell'estate seguente, capitò che Nino, a Napoli, nel corso di certi suoi affari, si rincontrasse con Salvatore, che per l'occasione se lo portò in visita a casa sua. Abitavano in un avanzo di palazzo semidistrutto dalle incursioni, in un locale al piano nobile a cui presentemente – siccome la scala era crollata – si accedeva dalla finestra per una sorta di ponte levatoio fatto di tavole. E ci stava pure Carulina, che, secondo la logica naturale della sorte, s'era messa a fare le marchette con gli alleati. Cresciuta un poco di statura, essa era piú magrolina ancora che a Pietralata, cosí che nella faccia rimpicciolita gli occhi, impiastricciati di rimmel, sembravano assai piú grandi. La bocca poi, già troppo larga per natura, tinta di rossetto si mostrava allargata al doppio. E la camminata delle sue gambe smilze smilze, sui tacchi alti risultava piú scombinata che mai. Però il suo modo di guardare, e il fare, e la parlata, non s'erano cambiati per niente.

Delle gemelle non si scorgeva nessuna traccia, e Ninnuzzu non si curò di chiederne notizia. Nel breve corso della sua visita arrivò un militare afroamericano, amante di Carulina, il quale era tutto contento preparandosi a ripartire per l'America il giorno dopo; e come regalo, su scelta di Carulina stessa, le portava una di quelle arcinote scatolette di Sorrento che suonano a carica, stonandola, un'arietta di canzone. Sul coperchio intarsiato della scatola c'era una bamboletta di celluloide, vestita con un bustino e un tutú di raion lilla: la quale, per via di un bastoncino che teneva infilato nel corpo, ogni volta che si dava la carica alla can-

279

zone faceva un giro in tondo sul coperchio. Carulina s'incantava di quel balletto a suon di musica; e non appena cessava la carica del congegno, immediatamente lo ricaricava, con una importanza ansiosa di proprietaria. Là presente, insieme all'altra nonna e ai due nonni mariti, c'era pure la nonna Dinda, la quale, per giustificare ai visitatori il fanatismo di Carulina, spiegò che questa era la prima bambola da lei posseduta mai nella vita. Frattanto, la medesima nonna Dinda ricantava con le parole l'arietta antica della scatola, accompagnandosi con delle mosse di un genere café-chantant. Come trattamento agli ospiti, furono offerti whisky e patatine fritte.

Però Ninnuzzu non si ricordò mai, dopo, di riferire questo incontro a Ida: la quale, certo, vista la grandezza e la folla smisurata di Napoli, non pensava a chiedergli se avesse incontrato qualcuno dei Mille dentro a quell'enormità. E cosí, Ida rimase per sempre nel dubbio che i Mille fossero tutti sepolti sotto le macerie di Albano.

Dopo che gli ultimi Mille ebbero svoltato la curva, Useppe, rientrando, trovò che lo stanzone era diventato immenso. I suoi passetti ci rimbombavano; e quando lui chiamò «Mà!» e Ida gli rispose «Eh?» le loro due voci avevano altre note da prima. Tutto era immobile, fra le cartacce e i rifiuti sparsi in terra non si affacciava, in quell'ora, nemmeno uno scarafaggio o un topo. In fondo all'angolo ottuso, i vetri del bicchierino dei morti, rotto nel subbuglio, giacevano in terra vicino allo stoppino unto e a un po' d'olio rovesciato. Nel mezzo del locale, c'era rimasta una cassa da imballaggio, servita già da culla alle gemelline, con dentro uno strato di giornali vecchi tutti sporchi delle loro feci. Nell'angolo di Eppetondo, rimaneva tuttora il suo materasso arrotolato; e nell'angolo vicino alla porta, da dove la tenda di stracci era stata strappata via per involtare meglio Rosa e Celeste, c'era sempre il pagliericcio, ancora macchiato di sangue dal parto di Rossella.

Ida s'era distesa sul proprio materasso, per un breve intervallo di riposo. Ma il suo organismo doveva essersi assuefatto al frastuono come a un vizio, giacché il silenzio incredibile, che d'un tratto era sceso sullo stanzone, acuiva la tensione dei suoi nervi invece di calmarla. Aveva ripreso a piovere. Né dalla città né dalla borgata non arrivava nessun segno di altre esistenze. E il fruscio della pioggia, con l'eco ritornante di bombardamenti lontani, ingrandiva il silenzio intorno a quel camerone mezzo interrato nel fango dov'erano rimasti soli lei e Useppe. Ida si domandava se Useppe si rendesse conto che la partenza dei Mille era definitiva. Sentiva i suoi passetti percorrere lentamente il locale, tutto in giro, come per una ispezione; poi d'un tratto quella lentezza del suo passo si trasformò in una fretta eccitata, finché preso da una frenesia si mise a correre. C'era là in terra una pallaccia di pezza che nei giorni di bel tempo era servita agli altri ragazzini piú cresciuti per imitare i giocatori di football sul prato all'aperto. E lui, per imitare a sua volta i ragazzini, si mise a calciarla con accanimento, ma non c'erano squadre, né arbitro, né portiere. Allora si slanciò invasato su per la catasta di banchi, e ne balzò giú con uno dei suoi soliti voli.

Al tonfo leggero dei suoi piedi stivalati seguí un silenzio totale. Di lí a poco, affacciandosi da dietro la tenda, Ida lo vide seduto come un emigrante sopra un sacchetto di sabbia, che esaminava il disco lasciatogli da Carulina sfiorandone col dito i solchi all'intorno. I suoi occhi si levarono, gravi e sperduti, al movimento di Ida. E col suo disco accorse a lei:

« A' mà! sònalo! »

« Non si può suonare, cosí. Per suonarlo, ci vuole il fonografo ».

« Pecché? »

« Perché un disco non suona, senza il fonografo ».

« Senza il nononògafo non sòna... »

La pioggia cadeva piú fitta. Nell'aria, un sibilo, come di sirena, fece sussultare Ida. Ma probabilmente non era che un camion, di passaggio sulla via dei Monti. Súbito cessò. Calava il buio. Lo stanzone abbandonato, freddo, pieno d'immondezza, pareva isolato in uno spazio irreale, di qua da una frontiera assediata.

Nell'attesa che spiovesse un poco, Ida cercò un passatempo da intrattenere Useppe. E per la millesima volta, gli ricantò la storia della *navi*

> « E volta la navi e gira la navi...
> ... Tre leuni e tre barcuni... »

« Ancora », le disse Useppe quando ebbe finito.

Gliela raccontò un'altra volta.

«Ancora», disse Useppe. E intanto con un sorrisetto allusivo, annunciatore di una sorpresa che certo la troverebbe incredula, le svelò:

«A' mà, io l'ho visto, il mare!»

Era la prima volta che, in qualche modo, accennava alla propria avventura nei campi della guerriglia. Per solito, anche interrogato, teneva la bocca chiusa, mantenendo una segretezza doverosa sull'argomento. Però stavolta Ida interpretò la sua frase oscura come una semplice fantasia e non gli domandò altro.

«E volta la navi e gira la navi...»

Per un certo intervallo, in quel mese di novembre, loro due rimasero i soli occupanti dello stanzone. Le scuole, benché con ritardo, s'erano riaperte; però la scuola di Ida era stata requisita dalle truppe, e le sue classi erano state trasferite ad altra sede, ancora piú fuorimano della precedente (con orario di lezioni pomeridiano per via dei turni) e in pratica irraggiungibile per lei nell'attuale scarsità dei trasporti e orario del coprifuoco. Cosí che Ida, in grazia della sua condizione di sinistrata, ottenne licenza temporanea dalle lezioni. Essa era tuttavia costretta a uscire ogni giorno fuori di casa, per la solita caccia ai viveri; e specie nei giorni di maltempo non aveva altro rimedio che lasciare Useppe solo, a guardia di se stesso, chiudendolo a chiave dentro lo stanzone. Fu allora che Useppe imparò a passare il tempo *pensando*. Si metteva i due pugni sulla fronte, e cominciava *a pensare*. A che cosa pensasse, non è dato saperlo; e si trattava, probabilmente, di futilità imponderabili. Ma è un fatto che, mentre lui stava cosí a pensare, il tempo comune degli altri per lui si riduceva quasi a zero. Esiste nell'Asia un piccolo essere detto *panda minore*, di un aspetto fra lo scoiattolo e l'orsacchiotto, il quale vive sugli alberi in boschi di montagna irraggiungibili; e ogni tanto scende in terra in cerca di germogli da mangiare. Di uno di questi panda minori si diceva che trascorresse dei millennii a pensare sul proprio albero: dal quale scendeva in terra ogni 300 anni. Ma in realtà, il calcolo di tali durate era relativo: difatti, nel mentre che in terra erano passati 300 anni, sull'albero di quel panda minore erano passati appena dieci minuti.

Quelle ore solitarie di Useppe furono, seppure raramente, interrotte da qualche visita inaspettata. Un giorno fu un gatto striato, cosí magro da sembrare un fantasma di gatto, il quale tuttavia, con la forza della disperazione, riuscí a sfondare la carta che sostituiva il vetro della finestra, e a penetrare nello stanzone in cerca di cibo. Naturalmente, i topi, al suo arrivo, evitarono d'affacciarsi; e Useppe non aveva altro da offrirgli che un avanzo di cavoli bolliti. Ma colui, per quella particolare superbia aristocratica che i gatti conservano pure decaduti, annusò l'offerta e, senza degnarsi di assaggiarla, se ne andò a coda ritta.

Quello stesso giorno, arrivarono tre militari tedeschi: evidentemente, come già altre volte, semplici soldati qualsiasi (né Polizei, né SS) senza malvage intenzioni. Però, secondo l'usanza comune delle truppe germane, in luogo di bussare picchiarono violentemente all'uscio coi calci dei loro fucili. E siccome Useppe, essendo rinchiuso dentro a chiave, non poteva aprire l'uscio, strapparono del tutto la carta della finestra già sfondata pocanzi dal gatto, esplorando con gli occhi l'interno, in lungo e in largo. Useppe si era fatto incontro a loro sotto la finestra, contento di ricevere una visita, di chiunque fosse; e loro, non vedendo altri che lui nel locale, gli si rivolsero nella loro lingua. Che diavolo cercassero, non si sa: e Useppe, non intendendo le loro parole ostrogote, ma supponendo che pure loro come il gatto cercassero da mangiare, si provò a offrirgli quello stesso resto di cavoli. Però anche loro, come già il gatto, rifiutarono l'offerta; e anzi, a loro volta, ridendo, offersero a Useppe una caramellina. Purtroppo si trattava, però, di una caramella di menta: un sapore che non piaceva a Useppe, il quale subito la sputò; e doverosamente, dopo averla sputata, fece per restituirla al donatore, dicendogli con un sorriso: «Tiè!» Al che coloro, sempre piú ridendo, se ne riandarono via.

Il terzo visitatore inaspettato fu Eppetondo, che disponeva di una chiave, e poté quindi entrare nello stanzone. In luogo del cappello di una volta, si era procurato una scoppoletta del tipo gangster americano per difendersi la testa dal freddo. E sempre era allegro come al solito, per quanto nel braccio, in seguito alla frattura ingessata e guarita l'estate scorsa, gli si fosse sviluppata un'artrosi. Lui però non voleva far sapere a nessuno che il braccio gli faceva male, per timore di venire licenziato dai partigiani come stroppiato e vecchiarello. E se ne confidò con Useppe. Inoltre, gli portò notizie del campo, come se parlasse, oramai, con un compagno guerrigliero. Tutti i compagni stavano bene; e avevano compiuto nuove imprese grandiose. Una notte, la *Libera* e altre squadre avevano sparso di chiodi a quattro punte le vie di accesso a Roma, d'accordo con l'aviazione inglese: la quale, sopravvenendo a tempo sugli automezzi tedeschi bloccati, ne aveva fatto strage con raffiche di mitraglia, bombe e spezzoni incendiari, cosí che le grandi vie romane consolari erano tutta una baldoria sanguinosa. E un'altra notte Asso, con alcuni compagni, dopo varie azioni minori di sabotaggio stradale, avevano fatto saltare con la dinamite un intero treno di militari germanici, che in un attimo era esploso in un finimondo di fiamme e di ferraglie.

La *Libera* aveva lasciato la capanna, trasferendo la base altrove, dentro una casetta in muratura. Asso, e Quattro, e Tarzan ecc. mandavano a Useppe saluti e bacetti. A dispetto del maltempo e del freddo, che facevano assai piú dura la vita alla macchia, tutti stavano di buonumore e in ottima forma, con l'unica eccezione di Piotr, il quale, dopo i primi giorni di partecipazione ardente, era caduto in una specie di abulia, non faceva nulla, e passava il tempo a ubriacarsi. Invero, il compagno Piotr come guerrigliero da qualche tempo si era reso inservibile: tanto che gli altri discutevano fra loro se non fosse il caso di rimandarlo a spasso, o addirittura di liquidarlo sparandogli un colpo alla testa. Ma invece seguitavano a tollerarlo: primo, perché contavano che passato quel periodo brutto ritornerebbe bravo come all'inizio; secondo, per le sue circostanze amare di giudio; e terzo, per l'amicizia di Asso, il quale gli portava sempre grande fiducia e rispetto, e lo difendeva fieramente contro l'ostilità sorda degli altri compagni, stimandolo un prode.

Per quanto poco ne capisse, Useppe stette a sentire tutte queste notizie epiche col medesimo fervore intento di quando ascoltava la cantata della *navi*; e anzi, alla fine del resoconto di Mosca, gli disse: «ancora!», ma senza esito.

Purtroppo, il motivo principale della visita di Eppetondo si risolse, per costui, in una frustrazione acerba. Era venuto, difatti, con l'idea di portare al campo le ultime provviste di scatolette da lui lasciate nello stanzone: sardine, cozze e calamaretti in conserva, ma constatò che tutto era stato portato via, e delle sue proprietà gli erano stati lasciati solo il materasso e la gabbia vuota. Tutto il resto, chiaramente, era partito insieme ai Mille; e avventandosi contro costoro con diversi insulti, dei quali i meno irripetibili erano «fii de mignotta» e «zozzoni», Eppetondo prese l'iniziativa di stendere il proprio materasso su quello di Ida, cosí che almeno qualcuno se lo godesse, dato che lui, come partigiano, dormiva comodissimo sulla paglia. Del resto, lo stanzone era ancora meno comfort della casetta-base della *Libera*, dove almeno qualche fuoco di legna si rimediava sempre. Dentro lo stanzone, invece, non c'era mezzo di riscaldare, si battevano i denti, l'umidità faceva delle macchie sui muri, e Useppe, piuttosto palliduccio e smunto, girava avvolto in tante vecchie lanerie di scarto (già Dame Benefiche) da parere un fagottello ambulante. «Cosí adesso almeno dormirai su due materassi», gli disse Eppetondo al momento di salutarlo, «e bada, non fartelo portare via questo qua, eh! che è di lana, e stà attento pure che non se lo mangino i sorci!» La gabbia vuota, rimase nell'angolo acuto per ricordo.

Una visita frequente, in quei giorni solitari di Useppe, erano i passeri, che venivano a saltellare e chiacchierare sulla finestra inferriata. E siccome la sua specialità di comprendere la lingua degli animali gli capitava solo in certe giornate, Useppe in quelle loro chiacchiere non ci capiva niente altro che il regolare cip cip cip. Tuttavia non gli era difficile capire che anche questi visitatori cercavano una merenda. Ma purtroppo la razione di pane della tessera era cosí scarsa, che difficilmente si poteva rimediare qualche briciola in avanzo da offrire a questi altri mortidefame.

10.

È STATA DIRAMATA A TUTTI I CAPI DELLE PROVINCE, PER L'IMMEDIATA ESECUZIONE, LA SEGUENTE ORDINANZA DI POLIZIA:

I - TUTTI GLI EBREI, ANCHE SE DISCRIMINATI, A QUALUNQUE NAZIONE APPARTENGANO, RESIDENTI NEL TERRITORIO NAZIONALE, DEVONO ESSERE INVIATI IN APPOSITI CAMPI DI CONCENTRAMENTO. TUTTI I LORO BENI, MOBILI ED IMMOBILI DEVONO ESSERE SOTTOPOSTI AD IMMEDIATO SEQUESTRO IN ATTESA DI ESSERE CONFISCATI NELL'INTERESSE DELLA REPUBBLICA SOCIALE ITALIANA, LA QUALE

285

LI DESTINERÀ A BENEFICIO DEGLI INDIGENTI SINISTRATI DALLE INCURSIONI AEREE NEMICHE.

2 - TUTTI COLORO CHE, NATI DA MATRIMONIO MISTO, EBBERO, IN APPLICAZIONE DELLE LEGGI RAZZIALI VIGENTI, IL RICONOSCIMENTO DI APPARTENENZA ALLA RAZZA ARIANA, DEVONO ESSERE SOTTOPOSTI ALLA SPECIALE VIGILANZA DEGLI ORGANI DI POLIZIA.

ROMA, 30 NOVEMBRE 1943

Questa doppia ordinanza, che sanciva dalla parte italiana la *Soluzione Finale* già intrapresa dai tedeschi, si riferiva al caso di Ida Ramundo vedova Mancuso sia nel primo articolo (perché indigente sinistrata) e sia nel secondo (perché mista ariana). Ma tuttavia non risulta che per Iduzza ne sia mai seguíto qualche effetto pratico. Non le fu destinato, difatti, nessun beneficio di proprietà confiscate ai Giudei. E riguardo al secondo articolo, è vero, a quanto pare, che nel corso della stagione seguente, dopo il suo trasferimento a un nuovo domicilio provvisorio, dei poliziotti andarono a informarsi dal portiere sul suo caso. Ma il portiere-spia si tenne la notizia riservata per se stesso, o almeno, se a qualcuno la trasmise, fu sotto il sigillo del segreto istruttorio. Essa non ne seppe mai nulla. E probabilmente la sua pratica finí per perdersi nel precipitare successivo di tutte le sorti.

Però la doppia ordinanza, che le cadde sotto gli occhi ai primi di dicembre, per lei significava che, da quel momento, essa era ufficialmente una vigilata speciale della Polizia. La sua colpa veniva ormai contemplata dalla legge, senza equivoci né compromessi, e denunciata al mondo sui muri: *Si ricerca una tale Ida, detta Iduzza, di razza mista, madre di due figli, il primo disertore partigiano e il secondo bastardo di padre ignoto.* Per Ninnarieddu, essa non aveva troppa paura: appena pensava a lui, lo vedeva, nella sua camminata da balletto, con le gambe lunghe dritte e i piedi sbattuti in fuori, che sfondava qualsiasi intoppo o tumulto, figlio invulnerabile. Ma la perseguitavano orrende paure nei confronti di Useppe. Si sapeva che durante la razzia degli Ebrei, i Tedeschi avevano afferrato le creature, pure quelle in braccio alle madri, buttandole nei loro luttuosi furgoni come stracci da immondezza; e che in certi villaggi, per rappresaglia o ubbriachezza o solo per gusto, avevano ammazzato dei bambini schiacciandoli coi carri armati, o bruciandoli vivi, o sbattendoli contro i muri. A queste notizie (le quali invero – occorre ripeterlo – furono poi confermate dalla Storia, e anzi rappresentavano solo una piccola parte della realtà) poca gente, allora, dava fede, stimandole troppo incredibili. Ma Ida non riusciva a scacciare quelle visioni: cosí che le strade di Roma e del mondo le si mostravano affollate di possibili carnefici del suo Useppetto, piccolo paria senza razza, sottosviluppato, malnutrito, povero campione senza valore. A volte, non solo i tedeschi e i fascisti, ma tutti gli umani adulti le parevano assassini; e correva le strade sbigottita, per approdare esausta e con gli occhi spalancati nello stanzone, cominciando dalla strada a chiamare Useppe! Useppe! e ridendo come una bambina malata alla vocetta che le rispondeva: «A' mà!!»

I nazifascisti, invero, tuttora non osavano di farsi troppo vedere nella borgata. Le fucilazioni dell'ottobre non erano bastate a impaurire la popolazione di quei *lotti* di casupole affogate nel fango e nella fame. Con l'inverno, gli assalti ai forni e ai camion dei viveri si facevano piú frequenti. Si formavano bande di guerriglieri dentro la borgata stessa, e si diceva che nelle grotte, nelle baracche e stanzette dove dormivano famiglie di dieci persone, addirittura sotto i letti, si nascondessero armi già rubate fin dal settembre ai fortini e alle caserme. Perfino i maschi giovani, che nel resto della città si tenevano per lo piú nascosti nel timore delle retate, qua si mostravano oramai, a sfida, con le facce dure e torve, in giro per i cortiletti e le buche e gli immondezzai di questo loro ghetto periferico, fra le madri sfatte e scapigliate, le ragazze patite, e i pupetti pidocchiosi, dalle pancine gonfie per la denutrizione. Ida evitava di allontanarsi troppo dalla borgata, per non lasciare solo Useppe; ma portargli qualcosa da mangiare la sforzava a peripezie disperate. Anche il famoso malloppo di risparmi cucito dentro la calza oramai s'era consumato nelle spese della borsa nera, e pure a lui, come agli altri pupetti, s'era gonfiata un poco la panciuzza. Ogni volta che si recava alla Cassa Stipendi per ritirare il suo mensile, attualmente Ida si sentiva addirittura mancare di sotto le gambe, aspettandosi che l'impiegato le annunciasse con indignazione: «Sospeso ogni diritto di paga agli infami mezzisangue come te».

Solo per pochi giorni lo stanzone era rimasto spopolato. Fino dal principio di dicembre, non appena s'era sparsa la notizia che là, in fondo a quella valanga di fango e immondezza, esisteva un tetto disponibile, vi era cominciato l'approdo di nuovi esseri sperduti, nei quali Ida, coi suoi pregiudizi confusi, vedeva piuttosto una minaccia che una protezione. Aveva piú paura, adesso, a lasciare Useppe in tale compagnia, che prima, a lasciarlo solo.

Fra gli altri numerosi, capitò la famiglia di un piccolo bottegaio di Genzano, istupidita dal terrore dei bombardamenti. Pare che fosse stato qualcuno dei Mille a indirizzarla qua. Il capofamiglia, un uomo rosso e obeso, che soffriva di pressione alta, si era fatto vedere solo all'arrivo, e poi subito era riscappato a Genzano, dove la sua bottega era già stata distrutta dalle incursioni aeree, ma la casa resisteva ancora in piedi. Il fatto era che in qualche parete della casa lui segretamente aveva murato, per salvarli, tutti i soldi e gli oggetti di valore che gli restavano, e per questo voleva tenersi là di guardia. Finché un giorno, sotto un bombardamento, che tuttavia gli lasciò la casa intatta, morí di un colpo per la paura. Un parente venne da Genzano a portare la notizia alla famiglia, tutta di donne. E lo stanzone si empí di urla e pianti. Ma dopo qualche discussione tenuta fra i singhiozzi, le donne, anch'esse vinte dal terrore dei bombardamenti, lasciarono al parente la cura di seppellire il morto e sorvegliare la casa; e rimasero dove stavano, dentro lo stanzone.

Erano anch'esse obese, ma pallide; e la madre aveva le gambe tutte gonfie di varici. Passavano la giornata intorno a un braciere, a consumare il lutto, in una inerzia totale e in un silenzio abbrutito. Aspettavano l'arrivo degli Alleati, che secondo loro stavano alle porte, per ritornare a Genzano, dove però non avevano piú bottega, né uomo, nient'altro che quell'ipotetico tesoro murato. E parlavano della prossima Liberazione con voce spenta, simili a enormi galline appollaiate su un trespolo, intristite nel gonfio delle loro piume, e ridotte a aspettare l'arrivo del padrone che le porti via dentro un sacco.

Se Useppe si accostava al braciere lo scansavano, dicendogli con voce lamentosa: «Va' da mamma, ní'».

Capitò pure una donna di Pietralata, madre di uno dei fucilati del 22 ottobre. Costei, quando il figlio era vivo, lo baccaiava sempre al suo rincasare tardi la notte, cosí che il figlio, esasperato dai suoi continui strilli, arrivava fino a menarla, e lei lo aveva pure, in passato, denunciato per questo alla polizia. Adesso, lei tutte le sere andava errando da una casa all'altra, perché aveva paura di dormire in casa sua, dove diceva che ogni notte il fantasma del figlio tornava a menarla. Questo suo ragazzo si chiamava Armandino, e i Tedeschi lo avevano arrestato sotto i suoi occhi, dopo che lei pure, quel giorno, come altre volte in precedenza, era stata all'assalto del Forte, sperando di rimediarci della farina. Ogni tanto, la notte, la si sentiva dire: «No, Armandino, no. A mamma tua, no!» Spesso, di giorno, essa vantava la bellezza di Armandino, famoso a Pietralata per la sua somiglianza con l'attore Rossano Brazzi. E difatti lei pure da giovane doveva essere stata bella: aveva ancora dei bei capelli lunghissimi, però adesso incanutiti, e coi pidocchi.

Questi nuovi rifugiati dello stanzone si erano portati per conto loro dei materassi; e in piú, lasciato da ospiti di passaggio, c'era sparso in terra del kapok a disposizione di altri erranti provvisorii. Il pagliericcio di Carlo Vivaldi era occupato da un giovane del quale Ida aveva specialmente paura, come di un lupo mannaro. È vero che costui aveva portato un miglioramento nello stanzone, applicando sulle vetrate rotte delle finestre, al posto della carta, dei pezzi di compensato; ma per il resto, somigliava, piuttosto che a un uomo, a un qualche altro mammifero affamato di specie notturna. Era alto e muscoloso, ma curvo, e con un viso cadaverico, dai denti in fuori. Non si sapeva da dove venisse, né di che mestiere, né perché fosse capitato là; ma alla parlata pareva romano. Lui pure, se Useppe si accostava, lo mandava via dicendo: «Lévate de qua intorno, a' maschio».

Passò il tempo dei Mille! La sola che ogni tanto desse retta a Useppe, era la madre del fucilato: quand'era buio, essa, all'occorrenza, lo accompagnava giú al cesso, tenendolo per la mano, come una volta faceva la Carulí. E una sera, nell'aiutarlo a rimettersi su i calzoncini, sentendogli al tasto il costato piccolo e scarnito gli disse: «Pòro ucelletto de mamma, me sa che tu nun ce la fai a crésce, che campi poco. Questa guera è la stragge de le criature».

Essa lo intratteneva pure con un gioco o meglio favoletta accompagnata da una mimica, da lei già usato coi figli suoi quand'erano piccoli. Era sempre uguale, e consisteva in questo: come inizio, essa gli solleticava la palma della mano, dicendo:

> «Piazza bella piazza
> ci passò una lepre pazza»

e poi, tirandogli uno dopo l'altro i diti, dal pollice in su, via via seguitava:

> «Questo l'acchiappò
> questo l'ammazzò
> questo la cucinò
> questo se la mangiò»,

e arrivata al mignolo, terminava:

> «e a questo piccin piccino
> non gli ci restò nemmanco un bocconcino».

«Ancora», le diceva Useppe alla fine della storia; e lei ricominciava da capo, mentre Useppe la guardava intento, sperando che, una volta o l'altra, la lepre pazza riuscisse a svignarsela, lasciando i cacciatori a mani vuote. Ma invariabilmente la favola procedeva e finiva sempre all'identica maniera.

......1944

Gennaio

Nelle città dell'Italia occupata, e in primo luogo a Roma, vengono istituiti *reparti speciali* di polizia che impiegano sadici di professione, tedeschi e italiani, con licenza di arrestare, torturare e uccidere a loro arbitrio, secondo il sistema hitleriano *notte e nebbia*.

A Verona, il tribunale fascista della repubblica di Salò condanna a morte i gerarchi colpevoli di aver votato contro il Duce nella riunione del Gran Consiglio di luglio. Fra i condannati è Ciano, genero del Duce. La condanna viene subito eseguita.

Sbarco alleato presso Anzio bloccato con mezzi ingenti dai Tedeschi. La linea del fronte in Italia si arresta a Cassino.

Febbraio-Aprile

A nuove ordinanze della polizia italiana, segue, da parte dei fascisti coadiuvati da *informatori* locali, la ricerca e l'arresto degli ebrei già sfuggiti alle *razzie* tedesche.

A Roma, in risposta a un attentato partigiano contro una colonna di SS (32 morti) il Comando Tedesco per rappresaglia fa massacrare e gettare in una grotta (Fosse Ardeatine) 335 civili italiani.

In progressivo aumento il potenziale dell'Armata Rossa, per la cresciuta efficienza delle industrie di guerra nell'URSS e l'arrivo di materiale alleato. Impegnate su tutto il fronte in una serie di offensive (i *dieci colpi* di Stalin) le truppe sovietiche avanzano vittoriose verso occidente raggiungendo a sud il confine cecoslovacco.

Giugno-Luglio

Con uno sbarco in Normandia, che apre un nuovo fronte occidentale contro i Tedeschi, gli Alleati dànno inizio alla riconquista della Francia.

In Italia, rotto il fronte di Cassino e ripresa l'avanzata dal sud, gli Alleati entrano a Roma.

Le forze italiane della resistenza, nella parte del paese ancora occupata dai nazisti, si organizzano in un unico esercito (Corpo Volontari della Libertà), mentre alle azioni degli Alleati partecipano direttamente le truppe regolari italiane del Corpo Italiano di Liberazione, istituito dal re e da Badoglio.

Da oriente, le truppe russe proseguono l'avanzata in direzione del Reich.

Nel Reich, fallisce un attentato di alti ufficiali tedeschi contro il Führer. Ne segue la morte dei congiurati, e di altre persone indiziate o sospette (circa cinquemila).

Agosto-Ottobre

Sul fronte occidentale, continua l'avanzata degli Alleati, che entrano a Parigi, e, in Italia, si attestano su una nuova linea a nord di Firenze (Linea Gotica).

Sul fronte orientale, una estrema controffensiva germanica arresta temporaneamente i Sovietici sulla Vistola; mentre che di là dal fiume la città di Varsavia, insorta contro i Nazisti, per rappresaglia viene distrutta e incendiata nei suoi ultimi resti, cessando praticamente di esistere (300 mila polacchi massacrati).

Nel Pacifico, si succedono a ondate gli attacchi dei kamikaze (piloti giapponesi suicidi) nel vano tentativo di distruggere la flotta americana. La battaglia navale di Leyte, alle Filippine, termina con una disastrosa sconfitta della flotta giapponese.

In Germania, per ordine del Führer, mobilitazione generale di tutti gli uomini validi fra i sedici e i sessant'anni.

Novembre-Dicembre

Nell'Italia occupata dai Tedeschi, cade inascoltato un proclama del Comando inglese per la smobilitazione delle forze di resistenza, in vista dell'imminente vittoria alleata. La coordinazione della Resistenza italiana è attualmente còmpito del CLN (Comitato Liberazione Nazionale) composto dei sei partiti di opposizione sopravvissuti clandestinamente al regime fascista. Accompagnate da una viva partecipazione popolare, le formazioni partigiane tengono impegnati i Tedeschi in una lotta sfibrante, riuscendo a respingerli da varie zone, che si dichiarano autonome, formando piccole repubbliche temporanee.

Nell'autunno-inverno, le operazioni alleate sul territorio italiano ristagnano lungo la Linea Gotica.....

1.

I tuoni dei bombardamenti intorno a Roma si andavano facendo piú frequenti, e ravvicinati; e le donne del botte-gaio di Genzano, ogni volta, al sentirli, balzavano in piedi, dando in grida isteriche di terrore. Dopo lo sbarco alleato a Anzio del 22 gennaio, dalla borgata arrivarono canti e grida di gioia, come se ormai la guerra fosse finita. I po-chissimi fascisti della borgata s'andarono tutti a nasconde-re; mentre i giovani uscivano tutti per le strade, e certuni si facevano vedere addirittura armati, come se apertamente si preparassero alla rivoluzione. Si pigliava il pane, la fari-na, e l'altra roba da mangiare, a violenza, nelle botteghe, o dove ancora se ne trovava, e si distribuivano all'aria aperta le copie dell'«Unità» clandestina, edizione straordinaria.

Ida si allontanava dallo stanzone il meno possibile, e si teneva Useppe sempre stretto alle sottane: spaventata che i Tedeschi, per risposta alla provocazione, invadessero la borgata, e uccidessero o deportassero tutti i maschi, senza risparmiare il suo masculillo Useppe. In quei giorni, il Lupo Mannaro sparí; e lei pensò se per caso colui non fosse una spia, corso a denunciare il popolo di Pietralata al Comando tedesco. A ogni modo, quell'estrema festa popolare si risol-se in un'altra amara frustrazione. Di lí a pochi giorni i tede-schi erano riusciti a contenere lo sbarco, inchiodando gli Alleati sulla spiaggia di Anzio. Le donne del bottegaio si tenevano una addosso all'altra senza piú gridare e nemme-no fiatare, con le labbra ingiallite dalla paura: giacché i tuoni dei bombardamenti intorno a Roma adesso erano continui, di giorno e di notte. A questi tuoni, si aggiungeva il fracasso enorme dei carriaggi tedeschi, che percorrevano le grandi strade, non per ritirarsi, ma per attaccare con nuo-vi rinforzi. Lo sbarco di Anzio non era che un episodio va-nificato. Il vero fronte stava sempre fermo a Cassino. La liberazione imminente era ancora la solita balla. La guerra non finiva.

Sulla fine di gennaio, Ida ebbe la visita inaspettata dell'oste Remo, che la chiamò in disparte, di fuori, dovendo comunicarle notizie urgenti da parte di suo figlio Nino. Asso stava benissimo di salute, e le mandava saluti e arrivederci, con tanti bacetti al fratello. Però, le ultime vicende di guerra, con l'avvicinarsi del fronte, le distruzioni dei paesi e i continui rastrellamenti tedeschi avevano costretto la sua banda a interrompere la lotta nella zona. La *Libera* si era sciolta, alcuni dei suoi componenti erano caduti, altri avevano abbandonato il campo. Asso e Piotr (Carlo) erano partiti insieme, decisi a raggiungere Napoli, attraversando la linea del fronte; e si poteva star certi che, svelti e valorosi com'erano, riuscirebbero nell'impresa. Mosca e Quattro erano morti: e in proposito, l'oste portava a Ida un messaggio postumo da parte di Giuseppe Cucchiarelli. Costui difatti, tempo prima, in via di assoluta e universale segretezza, lo aveva incaricato, nel caso di sua morte, di avvertire la Signora Ida che il materasso già lasciatole in eredità conteneva una sorpresa per lei. Fra la lana, nell'angolo segnato all'esterno con un nodo di filo rosso, c'era conservato qualcosa che a lui, da morto, non serviva piú nemmeno per il cesso, mentre che a lei e al pupetto, invece, attualmente poteva far comodo.

Da parte sua, l'oste Remo portava in regalo a Ida un fiasco di vino, mezzo litro d'olio e due candele. Non gli parve necessario raccontarle i particolari della morte del Matto, né lei glieli domandò. Era avvenuta il 21 di gennaio, nella città di Marino, e per piú di due giorni il suo corpo era rimasto esposto in mezzo alla strada, da dove i Tedeschi proibivano di smuoverlo, prendendolo a calci quando passavano di là. Da morto, il suo corpo sembrava ancora piú piccolo e secco che da vivo, e la sua faccia, anche se gonfia dai maltrattamenti, aveva preso una fisionomia caratteristica da nonnetto rionale, a motivo della scucchia che quasi gli toccava il naso. I Tedeschi infatti, prima di fucilarlo, gli avevano strappato i quindici denti che ancora aveva in bocca, come pure le unghie dalle mani e dai piedi: per cui si vedevano i suoi piedi nudi, e le sue manine di vecchio, gonfi e neri di sangue coagulato. Era venuto alla città di Marino nelle sue funzioni di staffetta, per consegnare un messaggio cifrato da parte di Occhiali al comandante di un'altra squadra. E camminava insieme al compagno Tarzan, incaricato di recuperare una radio, quando, intravvedendo una sagoma incerta nelle tenebre della straducola, lui pronto intimò: «Altolà!» con piglio militare. In risposta, di dietro le case vennero delle voci che baccaiavano in tedesco, e Tarzan allora sparò; ma poi, svelto, fra la sparatoria che seguí dall'altra parte, riuscí a scappare via, mentre Mosca fu circondato e preso. Gli fu trovato addosso il messaggio, del quale, in realtà, non poteva rivelare il significato, giacché lui stesso lo ignorava (il testo era: *la biancheria lavata sta nel secchio*). Gli erano note, però, ovviamente, molte altre cose, che i suoi torturatori volevano fargli dire. Ma a quanto è risultato da prove evidenti, quei ragazzi tedeschi, nonostante il loro lavoro, non riuscirono a strappargli che dei pianti rumorosi, come di ragazzino; finché rinunciarono, finendolo con una fucilata nella schiena. Il suo sogno, a questo punto, sarebbe stato di concludere gridando: «Viva Stalin!» ma il fiato gli bastò a malapena a emettere un lamento non piú alto di quello di un passero.

Meno di un mese prima, esattamente il giorno di Natale, aveva compiuto i sessant'anni. Era della stessa classe di Benito Mussolini: 1883.

La fine di Quattro segue a poca distanza quella di Mosca: e fu precisamente nella notte fra il 25 e il 26 gennaio. A tre giorni dallo sbarco alleato, già i Tedeschi avevano avuto il tempo di raccogliere truppe di rinforzo, da nord e da sud; e il traffico dei loro automezzi invadeva le strade in direzione di Anzio. Tuttavia, si credeva ancora che gli Alleati avrebbero prevalso; e i compagni della *Libera* smaniavano di partecipare a questa battaglia finale di Roma. L'avventura su quelle strade li eccitava col suo rischio, come una vera impresa campale. E Quattro (o *Quat* come attualmente veniva piú spesso chiamato), pure nel suo contegno decoroso e laconico, internamente ballava e saltava per l'entusiasmo: infine, si stava sulla linea del fronte, ormai ridotta a un filo. Di qua, c'era il passato infame; e di là, il grande futuro rivoluzionario, quasi presente, oramai, si può dire. È vero che gli Angloamericani erano dei capitalisti: però dietro a loro, alleati, c'erano pure i Russi; e una volta cacciati i fascisti e i tedeschi, ci avrebbero pensato i proletari, tutti insieme, alla vera libertà. La notte del 25, pioveva a rovesci, e Quattro si era coperto la testa di un caschetto coloniale, da lui tinto di nero per mimetizzarlo, e sotto il quale la sua faccia tonda di contadinello scompariva quasi fino al naso. Aveva con sé il suo mitra, predato al nemico; ai piedi, i suoi scarponi impermeabili, predati al nemico; e si portava, naturalmente, la sua solita munizione notturna di chiodi quadripunte, la quale invero, stanotte, era piuttosto magra. Difatti, la rifornitura dei chiodi era diventata difficile, da quando alcuni fabbri amici che li producevano (romani, in prevalenza) erano stati «fermati» e portati all'ammazzatoio. E da ultimo, Quattro aveva preso a fabbricarseli lui stesso in una fucina di paese, in complicità col garzoncello e di nascosto dal padrone.

La prima impresa della *Libera* in quella notte fu dietro ai cavi telefonici, dei quali ne tagliarono e asportarono una lunghezza chilometrica. Poi sulla via di Anzio la squadra si divise in due gruppi: il primo, con Quattro, specialmente addetto al lancio preparatorio dei chiodi, si dispose sul margine di un crocevia; e il secondo, capeggiato da Asso (il comandante, Occhiali, giaceva a letto ferito), si appostò su un rialzo più avanti, a una certa distanza dal primo, coi mitra pronti sul passaggio dei trasporti tedeschi, già *preparati* dai chiodi.

Il crocevia, quella notte, era un punto di azzardo estremo. Ci si incrociava il traffico da Cassino e quello da Roma e dal Nord; e, a regolarlo, ci si trovavano due militi della Feldgendarmerie. Solo un tipo svelto e accorto come Quattro poteva riuscire al gioco: e in tali notti, poi, il suo corpo aveva sviluppato sensi e muscoli di gatto selvatico e ali di falchetto. Coi suoi occhietti accesi, spiava ogni minima distrazione dei due gendarmi, piuttosto grevi e tardivi; e senza sbagliare di un attimo, sgusciava fuori dal suo nascondiglio, quasi sotto il muso delle macchine, lanciando i suoi chiodi in mezzo alla strada con mira precisa e con lo stesso divertimento di quando si gioca a palline sul marciapiede. Poi ribalzava indietro: così svelto da passare invisibile o da farsi prendere, al massimo, per una bestiola nottambula in fuga. Finita la scorta dei chiodi, si ritrasse dietro i margini della carrozzabile insieme ai due del suo gruppo (uno era Decimo, e l'altro un ragazzetto dell'Ariccia detto Negus). E in fila, procedendo curvi e in silenzio, si spinsero in direzione sud, con l'idea di ritrovarsi, eventualmente, col resto della banda per dargli rinforzo, senza però trascurare, durante il tragitto, le qualsiasi proposte tentanti del destino.

Si camminava alla cieca su terreni non battuti, fra fango e acqua. Ogni tanto, dalla strada, nel fruscio della pioggia, si poteva distinguere il rumore di auto tedesche che faticavano con le gomme a terra, e allora Quattro, con un sorrisetto contento, si faceva un segno di croce. Questo movimento, rimastogli attaccato dalle prime istruzioni infantili alla parrocchia, per lui non aveva attualmente nessun valore chiesastico; ma gli valeva per gesto familiare di buona fortuna o di scaramanzia (come uno che facesse le corna, o si desse una tirata ai riccetti sotto i calzoni).

Arrivati al piede di una scarpata, alta poco meno di tre metri, ci si arrampicarono in cima, per sorvegliare dall'alto, riparati da una sterpaglia, il passaggio nemico sulla strada. Prima videro passare una fila di autocarri, che proseguivano il viaggio benché in parte coi cerchioni bucati. Dopo un certo intervallo, una macchina chiusa e di grossa cilindrata, di una classe riservata in genere agli ufficiali di grado alto, filò veloce e senza danno sotto i loro occhi. Ma non era passato mezzo minuto, che a distanza verso sud si udí un ardito crepitio di mitraglia, poi un fragore, e silenzio. Dovevano essere quelli di Asso, che lavoravano. Un grande eccitamento si impadroní dei tre compagni, all'erta sulla scarpata, coi mitra pronti. In quel punto sotto di loro passava una camionetta scoperta, affollata di soldati con gli elmi di metallo che lustravano alla pioggia. Immediatamente i tre fecero fuoco all'unissono, mirando per primo all'uomo al volante. E seguitarono a sparare senza piú staccare il dito dal grilletto, mentre la camionetta bucherellata e sfranta dopo una sbandata sul viscido sbarellava verso il margine opposto della carreggiata, fra urla straziate e scomposte. Si videro due corpi cadere rovesciati sull'asfalto, nel tempo stesso che dal veicolo s'incominciava a sparare confusamente. Come in una balera di carnevale, i fili rossi traccianti dei proiettili s'incrociavano attraverso l'aria striscciata dalla pioggia. D'un tratto dalla camionetta si levarono delle fiamme, che illuminarono i corpi dei tedeschi inanimati sulla strada: anche sfigurati, si riconoscevano dei ragazzetti delle ultime leve. La carcassa della camionetta ballò un poco su un fianco, e poi si arrestò. Ne vennero ancora pochi spari estremi, subito spenti in una raffica definitiva da sopra la scarpata; mentre ancora essa emetteva delle voci deliranti, con qualche mormorio di *mutter mutter* fra altre parole incomprensibili. Nel tempo stesso il fuoco divampava; e infine quella ferraglia rantolante e spasmodica ammutolí. Di qua dal cannoneggiare ininterrotto proveniente dal mare, attualmente si udiva solo il soffio delle fiamme, e un crepitio di materiali che bruciavano; e l'abbaio angoscioso di qualche cane da guardia fra gli uliveti e i vigneti.

Nelle tenebre, i tre sulla scarpata si dettero una voce sommessamente. «Quat?... Decimo?... Negus?...» «Sí... sí... sí...» In quel punto, da nord, uno strepito di cingoli ancora distante segnalava l'arrivo di mezzi blindati sulla strada; e i tre si ritirarono dalla scarpata a precipizio, fuggendo insieme verso i terreni retrostanti, fra i filari delle vigne, e i fossati, e l'acqua che scrosciava dal cielo.

Solo quando si furono addentrati di forse tre o quattrocento metri, Negus e Decimo si accorsero che Quat non era piú vicino a loro. Ma supposero che si fosse sviato da qualche altra parte nella confusione delle ombre, e ormai del resto era troppo tardi per rintracciarlo. L'autocolonna in arrivo aveva fatto alt davanti alla camionetta. Già si udivano passi di scarponi ferrati sulla strada, mentre là d'intorno a loro incominciavano a risuonare richiami e ordini in tedesco, fra i rami annaspati delle vigne secche e madide, e il balenare delle lanterne cieche. Trattenendo il fiato, e strisciando carponi fra la melma, Negus e Decimo riuscirono a insinuarsi in un canneto, e di là, guadato uno stagno, si trovarono in un bosco dove, già, i suoni della caccia che li inseguiva arrivavano smorzati e spersi. Ancora, affannando, a bassa voce, si provarono a richiamare: «Quat... Quat...!» senza nessuna risposta. E ripresero la fuga; finché, grondanti di pioggia e di sudore, lividi e sfiatati, si trovarono in una vallata di poche casette buie, definitivamente al sicuro dalla muta.

Nell'ultima fase del duello con la camionetta, e mentre questa già dava gli ultimi sussulti, Quat era stato trapassato al petto da un proiettile; ma non aveva provato dolore, non piú che se gli avessero dato un pugno; cosí che aveva attribuito l'urto a un frammento di sasso o a un grumo di terriccio sbalzati dalla mitraglia; e questa sensazione non era neanche pervenuta alla sua coscienza, tanto era stata effimera. Non aveva nemmeno lasciato cadere il mitra (se lo era, anzi, riassestato a tracolla) e si era affrettato alla fuga insieme agli altri, scivolando con loro giú per la scarpata. Ma arrivato al fondo, d'un tratto si era sentito mancare, senza poter piú fare un passo. Là stesso, difatti, ai piedi della scarpata, i suoi compagni ritrovarono in seguito il suo caschetto coloniale. E Negus rammentò di avere udito, mentre fuggiva di là, un lamento alle proprie spalle, ma cosí piccolo da non fermarcisi col pensiero.

Quat, rimasto là indietro solo, si era piegato in due, coi ginocchi nell'acqua. E mentre la sua coscienza si perdeva, i suoi muscoli gli avevano però ubbidito, nell'atto istintivo di deporre il mitra sull'erba, all'asciutto (relativamente), prima di stendersi là dove si trovava, come si coricasse nel suo letto. Cosí si era lasciato giú, nel buio, con la testa sull'erba fangosa e il resto del corpo dentro una pozzanghera, mentre gli altri due inconsapevoli seguivano la loro corsa.

Era già in agonia. E non sapeva piú se fosse notte, o mattina, né dove si trovava. Dopo un intervallo di tempo non piú calcolabile per lui, d'un tratto vide una grande luce, e era la lampada portatile di un tedesco che lo illuminava in pieno viso. Dietro al primo tedesco súbito ne apparve un altro; però lui chi sa chi avrà creduto di riconoscere in quelle due forme altissime, con l'elmo di metallo e la tuta mimetica maculata. Fece un sorrisino timido e contento, e disse: «Buon giorno». In risposta, si ebbe uno sputo in faccia, ma è probabile che non l'abbia avvertito. Forse era già morto, o forse agli ultimi respiri. I due militari lo afferrarono uno per le braccia, e l'altro per i piedi, e saliti rapidamente sulla scarpata lo scagliarono di là sopra nel centro della strada sottostante. Poi si affrettarono da un sentierino laterale alla colonna degli automezzi, ove già convenivano, di ritorno, i loro altri camerati usciti inutilmente alla caccia. I corpi dei due tedeschini uccisi erano stati rimossi; dalla carcassa nera della camionetta, storta verso lo strapiombo, ancora balzava qualche fiammella rada, e ne veniva un odore ripugnante e atroce. Si gridò due volte un ordine, e la colonna motorizzata si mosse, avanzando sul piccolo corpo di Quat che stava là con le braccia un po' scostate dal corpo, la testa rovesciata indietro a motivo dello zaino e ancora sulla bocca quel sorrisetto fiducioso e quieto. Il primo degli automezzi ebbe un leggero sobbalzo, che già, al successivo, risultò meno percettibile. La pioggia persisteva, ma piú calma. Quando l'ultimo veicolo fu passato, doveva essere circa mezzanotte.

Di suo vero nome, Quattro si chiamava Oreste Aloisi, e aveva diciannove anni ancora da compiere, nato in un villaggio vicino a Lanuvio. Suo padre vi possedeva un pezzetto di vigna e una casa di due stanze, una sull'altra, con una cantinetta per la botte; però già da anni, presa decisione di emigrare, aveva ceduto in fitto quella sua proprietà.

Un'altra morta di quelle giornate fu Maria, detta da Asso Mariulina, e conosciuta in genere dai compagni come *la roscetta*. Fu presa con sua madre in un rastrellamento, e per la sua paura di morire tradí; però il suo tradimento riuscí inservibile sia per lei che per i Germanici.

Verso sera, tre o quattro militari tedeschi si erano presentati a casa sua. Ci venivano, in realtà, perché quello era un punto segnato; ma sul principio, forse per divertirsi a esibire un pretesto innocuo, nel farsi avanti disinvolti chiesero del vino. E Mariulina, senza nemmeno alzarsi dalla sedia, in risposta spinse avanti il mento con una mossa a dispetto per dire che non ne aveva. Allora, essi esclamarono: *Perquizire perquizire* e senz'altro, fra gli urli della madre, si dettero a buttare tutto all'aria nella casa, la quale poi consisteva in una sola stanza con annessa una stalluccia per il mulo. Rovesciarono con un calcio la credenza, mandandone in cocci tutto il contenuto delle stoviglie (in totale cinque o sei fra piatti e scodelle, due bicchieri, e una bambolina di porcellana). Fracassarono la specchiera; e avendo trovato due fiaschi di vino dietro al letto, stracciarono i lenzuoli, spaccarono il quadro sulla parete; e quindi costrinsero le due donne a bere di quel vino, per compagnia di loro stessi che ne bevevano. Maria, che aveva assistito a tutta la scena ferma in piedi e senza parlare, col volto accigliato, all'intimazione di bere si dette senz'altro a mandare giú il vino a garganella, con un'aria di oltranza impunita, come fosse all'osteria. Ma sua madre, che si strascinava fra le rovine mezza carponi e con moti scomposti delle braccia, come nuotando, non si sentiva stomaco di bere; cosí che ingurgitava e sputava e ingurgitava e sputava, tutta sporca di saliva vino e polvere mescolati. E intanto si sfiatava a spiegare a quelli che lei era una povera vedova, ecc. ecc. Mentre Maria, con un sorriso sdegnoso e gelido la ammoniva: «E azzíttati, mà! che parli a fare? Tanto, questi non ti capiscono».

In realtà, uno di coloro capiva in parte l'italiano, e a stento lo parlava; ma storpiando le parole in un modo cosí comico, che Mariulina, già mezzo alterata, gli rideva in faccia. Invece di *bere*, colui diceva *trínchere*, e Maria gli ribatteva, come se parlasse a un idiota: «E trínchete e trànchete. Trinca te che trinco io».

Intanto s'era fatto buio. La lampada a acetilene s'era sfasciata col resto, e quelli accesero in volto alle donne le loro lampade portatili, grosse come fari, invitandole a guidarli nella stalla e negli altri ripostigli. Trovarono il mulo Zi' Peppe, e l'olio, e altro vino, e decretarono: *requizito! requizito!* Poi, dentro una grotticella mezzo interrata, sotto a un mucchio di fascine e di patate scovarono delle cassette di munizioni e delle bombe a mano. Allora schiamazzando in tedesco risospinsero malamente le due donne dentro la casa e confinandole addosso al muro incominciarono a gridare: «Partizani! Banditi! Dove partizani?! noi trovare! voi parlare, o morte!» Pareva, all'udirli, che proponessero un'alternativa. E la madre, che adesso aveva preso a lagnarsi in una lunga nota flebile e invariata, si volse supplicando a Mariulina: «Parla, fietta mia, parla!!!» Per una sorta di opportunismo sagace, essa si era tenuta all'oscuro delle manovre guerrigliere di sua figlia, benché le subodorasse. E adesso, era ridotta inerte e senza espedienti, in quei pochi centimetri di muro.

«Io niente sapere! Nein! NEIN!!» proclamò la Mariulina, squassando, con una estrema ferocia, la sua testa rossetta («In caso, nega, nega tutto!» l'aveva ammaestrata Assodicuori). Però, appena si vide puntare contro una pistola, le si sbiancarono le labbra, e i suoi occhioni di un colore di spiga chiaro, quasi rosa, si spalancarono atterriti. Non aveva paura delle serpi, né dei pipistrelli, e né dei tedeschi e né della gente. Ma degli scheletri e della morte aveva una paura enorme. Non voleva morire.

In quel punto, avvertí alle reni un piccolo spasmo caldo, che pareva scioglierle con dolcezza le giunture, rilasciandole giú in basso il peso del corpo. E repentinamente arrossí, serrando strette le gambe e sogguardandosi i piedi, che al flusso improvviso e violento già le si imbrattavano di sangue mestruale. All'incidente che la sorprendeva imprevisto in presenza di tutti quei giovanotti, la vergogna le si mescolò con la paura. E sbattuta fra la vergogna e la paura, tentando di nascondere i piedi e insieme di pulire il pavimento bagnato con le suole delle sue scarpacce, tremando tutta come una canna disse tutto quello che sapeva.

In realtà, non sapeva molto. I guerriglieri, sapendola ragazzetta, piccola di nemmeno sedici anni, le avevano confidato solo l'indispensabile, e, per il resto, l'avevano lasciata nell'ignoranza, o magari le avevano raccontato delle balle. Per esempio, il suo «fidanzato» Assodicuori le aveva svelato in segreto di chiamarsi, veramente, Luiz de Villarrica y Perez, con un fratello, José de Villarrica y Perez (detto Useppe): nati in qualche pampa argentina (fra caballeros, caballos ecc.) e altre storie dello stesso genere. In sostanza, essa i suoi vicini guerriglieri, in massima parte, li conosceva solo di vista e di soprannome. Di nome, famiglia e recapito, conosceva solo: 1) il capo Occhiali, residente a Albano e attualmente ferito a una gamba: il quale però, in quei giorni, per la evacuazione forzata della città di Albano in seguito ai bombardamenti, era sfollato in barella chi sa dove; 2) Quat, ossia Aloisi Oreste, il quale era morto in quei giorni (mentre i suoi fratelli stavano spersi in qualche fronte, e i suoi genitori, braccianti agricoli, già emigrati in cerca di lavoro e poi rimpatriati, si baraccavano in qualche località indefinita); 3) e infine un certo Oberdan, di Palestrina, il quale attualmente, rientrato in Palestrina, dormiva come i suoi concittadini in giro per le grotte, fra le macerie della città. Ma di tutti questi rapidi eventi, nessuna notizia, ancora, poteva esser giunta a Mariulina.

Quanto alla informazione che soprattutto interessava i Tedeschi, e cioè il rifugio in cui si nascondevano i compagni, l'ultima sede certa di cui Mariulina avesse conoscenza era il piccolo casale in muratura nel quale il comando della *Libera* si era trasferito con l'inverno, lasciando la capanna dei primi tempi. La *roscetta* però non era informata che, di recente, i ragazzi avevano disertato anche quella sede, spostandosi senza fissa dimora da un colle all'altro, per evitare i rastrellamenti tedeschi; né che del resto a quest'ora si erano interrotti i collegamenti non solo della *sua* banda con lei, Mariulina; ma di tutte, fra loro, le bande già esistenti nei dintorni (le quali invero per lei si erano sempre mantenute come delle bande-fantasma, senza luoghi precisi né distinzione...); che da ultimo i compagni di Asso si erano separati e dispersi; e che, infine, mentre lei ne parlava ignara, il suo Asso già era partito insieme a Piotr per la loro avventura di là dal fronte.

Esaurita la confessione di Mariulina, lei e sua madre furono malmenate e buttate in terra dagli ospiti incagliti, i quali poi le violentarono a turno. Uno solo non partecipò a quest'ultima violenza, per quanto invece si fosse sfogato

peggio degli altri nei maltrattamenti, sembrandovi trasportato quasi da un'estasi all'inverso. Era un graduato di circa
trent'anni, dalla faccia di vecchio, con rughe trasversali che
davano un qualcosa di straziato alla sua fisionomia, e l'occhio fisso e incolore da suicida.

Quell'orgia affrettata e rudimentale fu accompagnata
con altre bevute del vino requisito nella stalla. E a questo
punto Mariulina, che in realtà fino a questa serata non aveva mai bevuto piú di un bicchiere, per la prima volta nella
sua vita si sbronzò. Però in fondo la sua bevuta non era
stata eccessiva: cosí che la sua ubriacatura fu di quelle che
non fanno male, ma anzi hanno effetto magico all'età di
sedici anni, quando i canali del corpo sono sani e freschi.
Appena rimesse in piedi, le due donne furono sospinte di
nuovo fuori, e invitate a guidare la squadra verso il casale
indicato dalla ragazza. Quando la compagnia si mosse, Mariulina percepí la sensazione effettiva che altri uomini armati sorgessero dalla notte esterna, formando una piccola
folla intorno a loro due; ma questo fatto, nel suo presente
umore, non le destò né allarme, né meraviglia. Tutto le
sembrava una scena innocua, come le figure di un ballo.
Quel casale si trovava a cinque o sei chilometri di distanza,
di là dalla vallata che, circa tre mesi avanti, Nino e Useppe
avevano guardato dall'alto col binocolo. La notte non era
molto fredda, non pioveva, e il fango dei giorni precedenti
si era in parte indurito sui viottoli. Le parti alte dei colli
erano coperte da una caligine, ma, sulla valle, poche nubi
in cammino, leggere e sciolte come nastri, lasciavano scoperti larghi spazi stellati. Dalla parte del mare, le artiglierie
rintronavano quasi ininterrotte, fra bagliori lampeggianti e
segnali che si accendevano e si spegnevano nella bruma. Però quello spettacolo fragoroso, che da piú di una settimana
accompagnava di continuo l'esistenza nella vallata, laggiú
stanotte non faceva maggior effetto che una tempesta marina all'orizzonte. Delle due donne, la piú anziana (la sua
età, invero, non arrivava nemmeno ai 35 anni) s'era istupidita, e barcollava come sul punto di sturbarsi, cosí che i militari della scorta la spingevano a forza per le spalle; mentre la ragazzetta, tutta riscaldata dal vino, era portata da
un eccitamento passivo, senza nessun pensiero. Per la sua
funzione di guida, essa camminava in testa alla spedizione,
a qualche passo da sua madre che, messa in mezzo come
una prigioniera, seguiva col resto della scorta. Nel suo ve-

stituccio nero, e di statura piccola, la donna scompariva alla vista fra quei militi colossali; però Mariulina non si voltava nemmeno indietro a ricercarla, tanto ogni cosa d'intorno le appariva inoffensiva e fantastica, straniandola, eppure dandole fiducia. Avvezza com'era a quei cammini, essa procedeva sciatta e incurante come una bestiola, e anzi, in qualche punto, seguendo la sua prontezza naturale, saltava avanti ai soldati. La vergogna, la paura, e anche la noia della sua sporcizia fisica le si scioglievano nell'unico piacere sventato del corpo in movimento, come andasse ballando. E non si accorgeva che i capelli pesti e scarmigliati le cadevano in faccia, né che la maglietta strappata le lasciava il petto mezzo scoperto; perfino la sensazione del sangue fra le gambe o della saliva in bocca le davano un senso affettuoso di calore. Il paesaggio familiare le correva incontro ubbidiente; mentre il punto di arrivo le pareva lontano lontano, lasciato all'infinito come le nuvolette che correvano per il cielo. E frattanto si svagava dietro sensazioni di passaggio, seguendo incuriosita i fumetti degli aliti nell'aria, o i capricci delle ombre sul terreno. A un bel momento, dalla parte fra i Castelli e il mare, si videro dei palloncini luminosi e di tutti i colori salire verso il cielo a centinaia. Dapprima stettero sospesi, disegnando come delle spighe, o dei ciuffi di palma, poi scesero a cascata, sfilati in una lunga collana variopinta attraverso l'aria; e da ultimo si fusero in un grande finale, che abbagliò tutta la campagna col suo unico fulgore bianco. Con gli occhi sgranati in su verso lo spettacolo, Mariulina sbandò inciampando; e le sembrò che il militare al suo fianco, nell'atto di rimetterla al passo, l'avesse abbracciata. A sogguardarlo, lo riconobbe. Era stato l'ultimo a violentarla, strappandola di prepotenza a quello che c'era stato prima; e lei fu convinta, ravvisandolo, che non s'era comportato con la sguaiataggine zozza degli altri. Era un bel ragazzetto dai tratti irregolari, col naso capriccioso, la bocca arricciata in modo che pareva sempre sul punto di sorridere, e gli occhi piccoli e cerulei fra i cigli dorati, corti e duri. «Deve volermi bene», si disse fra di sé Mariulina, «per non essersi preso schifo di me, su a casa, dato come stavo...» (nel periodo mestruale, Asso, il primo e unico amante suo, si stornava da lei). E in atto spontaneo, s'appoggiò con la testa sul petto del ragazzo. Costui la sogguardò con aria insicura e sfuggente, ma quasi gentile. Di lí a poco, giú in basso fra gli avvallamenti della collina, a circa duecento metri di distanza, s'intravvide il casolare che cercavano.

La piccola costruzione biancastra, e senza finestre da quel lato, appariva messa per istorto sul terreno ineguale, col suo tetto malconcio e la porticina chiusa. D'impulso Mariulina fece un balzo in avanti, quasi per correre da Assodicuori, laggiú in attesa di lei secondo l'abitudine, già pronto con la bocca straripante di bacetti sul suo lettuccio che traballava. Ma delle braccia estranee la bloccarono, fra voci minacciose che la interrogavano in tedesco. «Ja, ja, síne, síne...» lei balbettò, spersa; allorché d'un tratto prese a divincolarsi, spalancando gli occhi in uno sguardo agghiacciato e attonito. «Mà! Màààà!» chiamò voltandosi indietro in cerca di sua madre, e rompendo in un pianto di bambina. E solo dopo un tratto intese la voce di sua madre che a sua volta la chiamava: «Maria! Marietta!» da qualche punto prossimo a lei ma impreciso, di fra i militari che le stringevano in mezzo entrambe scendendo giú a capofitto la scarpata verso la casupola. Le loro lampade cieche frugavano per il buio; ma non si scorgeva ombra di vedetta là in giro, né si avvertiva altro suono che quello dei loro propri passi. Tutti in assetto di guerra, coi mitra spianati, essi in parte si appostarono all'esterno fra gli ulivi, mentre due o tre aggiravano la casupola, e altri si piantavano sulla porta. Sul dietro, l'unica finestrella della casa era spalancata; e uno con la lampada ne esplorò circospetto l'interno buio, mettendo mano alle bombe appese alla sua cintura e borbottando un commento in tedesco, mentre, in quello stesso istante, i suoi compagni sul davanti abbattevano la porticina coi piedi e i calci dei fucili. Sotto i fasci abbaglianti delle lampade, l'interno della stamberga si svelò disabitato e in totale abbandono. Sul pavimento era sparsa della paglia, marcia dalle piogge entrate per la finestra aperta: né c'erano altre suppellettili se non un lettuccio metallico, senza materasso né coperte, del quale un piede mancante era sostituito con una pila di mattoni; e una rete di ferro, con sopra un materassetto di crine striminzito e bagnato di pioggia. Sul materasso c'era una gavetta sfondata; in terra il manico rotto di una posata di stagno; e appeso a un chiodo un pezzo di camicia strappato, e imbrattato di nerastro, come fosse servito a fasciare una ferita. Nient'altro: nessuna traccia di armi, né di cibarie. Unico segno di vita recente era, in un angolo, un cumulo di merda non ancora secca, deposta lí da Asso e compagni in isfregio ai probabili rastrellatori, come usano certi malfattori notturni sul posto della cassaforte scassinata.

Inoltre sulle pareti, umide e lerce, si leggevano, ancora fresche, delle enormi scritte a carbone: VIVA STALIN, HITLER KAPUTT, VIA I TEDESCHI BOIA. Cosí come sui muri esterni della casupola, sopra a una precedente scritta fascista VINCEREMO era stato aggiunto di fresco un NOI a lettere assai piú grosse.

Là dentro, un paio di giorni dopo, furono trovati da gente della campagna i corpi di Mariulina e di sua madre: massacrati dai proiettili, e sfranti fino dentro la vagina, con tagli di coltello o baionetta in faccia, alle mammelle e per tutto il corpo. Stavano buttate a distanza una dall'altra, sui lati opposti del locale deserto. Ma furono seppellite assieme dentro la medesima buca, là nel terreno stesso intorno alla casupola, in assenza di parenti o amici che provvedessero ai loro funerali. Nel séguito dei suoi giorni movimentati, Ninnuzzu non doveva mai piú curarsi di tornare su quei luoghi: e, a quanto si suppone, non avrà mai saputo né della morte di Mariulina, né del suo tradimento.

2.

Dopo quella visita dell'oste Remo, la notte stessa mentre tutti dormivano, Ida dietro la sua tenda, a lume di candela, scucí nel punto indicato il materasso, badando a non destare Useppe che ci stava sopra addormentato. Frugando fra la lana, ne scovò fuori un malloppetto di dieci biglietti da mille lire, che per lei, specie in quel momento, rappresentavano una fortuna enorme. E subito se li ripose nella solita vecchia calza, che ricollocò al sicuro, al posto di prima. La notte, per sua tranquillità, essa stendeva il suo prezioso busto fra un materasso e l'altro; ma questo certo non bastava a garantirla contro le mosse dei suoi coabitanti sfollati, i quali tutti le facevano effetto di ladri e assassini, tenendola sotto la loro paura. Adesso, le veniva una certa nostalgia dei Mille, i quali, pure se la tribolavano coi rumori, in compenso volevano bene a Useppe. Ignorandone la sorte in seguito alle recenti distruzioni dei Castelli, essa, però, li rivedeva adesso in un aspetto ambiguo, fra la forma dei vivi e quella dei fantasmi. E un soffio di pànico, piú forte della nostalgia, le tagliava la gola nell'attraversare lo stanzone, tuttora percorso dalle loro larve incerte – e invaso attualmente da maschere mutanti e malfide – e dove, ultimo punto di squallore, l'angolo già del Matto veniva usurpato da estranei, senza piú nessun ricordo di lui fuorché la gabbia dei canarini vuota. Per quanto, lui vivo, essa non gli avesse mai rivolto piú di due o tre parole («scusi tanto»... «non si disturbi»... «grazie»...) adesso la angosciava l'ingiustizia di quel corpicino arzillo impedito di scorrazzare e darsi da fare, col suo cappello in testa. E invero sarebbe stata contenta di vederlo tornare nello stanzone, a dirle che la storia della sua morte era una fandonia, pure se ciò la obbligava, di conseguenza, a restituirgli le diecimila lire.

Queste poi, fra gli altri vantaggi, la aiutarono a scappare dallo stanzone. Erano giorni, evidentemente, che una fortuna la assisteva. Alla Cassa Stipendi, dove si recò, secondo il solito, a ritirare il mensile, s'incontrò stavolta con una sua collega anziana. La quale, al vederla cosí spersa, le propose un trasloco pronto e conveniente. Essa sapeva che la famiglia di un suo alunno della scuola serale, si disponeva, per bisogno, a subaffittare la cameretta di lui, partito nel '42 per il fronte russo. Il prezzo era minimo, perché la madre non voleva sgomberare la stanza del ragazzo, ma lasciargliela intatta, con tutta la sua roba a posto, fino al suo ritorno: cosí che in pratica l'affitto si riduceva al letto. Però la cameretta era assolata, pulita, con aggiunto l'uso di cucina. E di lí a tre giorni Ida e Useppe dettero l'addio a Pietralata. Il loro fu, stavolta, un trasloco vero e proprio, col carretto, perché, in aggiunta al fagottello dell'olio, cicerchi e candele, si portarono dietro anche l'eredità di Eppetondo: materasso di vera lana e gabbia vuota dei Peppinielli.

Un altro vantaggio della nuova abitazione era di trovarsi in via Mastro Giorgio, al Testaccio, a pochi passi dalla scuola di Ida e di quella sua collega anziana. Presentemente, invero, l'edificio della scuola era requisito per usi militari, e le lezioni si davano in altri locali al Gianicolense: però la distanza fino al Gianicolense, dal Testaccio, non era insuperabile come già da Pietralata. E cosí Ida poté ottenere di riprendere il suo lavoro d'insegnante. E per lei fu una grazia speciale, in quei giorni: giacché l'esilio dalla scuola si andava intorcinando, nelle sue paure, con la sua colpa razziale.

E tuttavia le pareva quasi impossibile che il vizio del suo sangue misto, adesso che era pure denunciato sulle ordinanze, e sorvegliato dalle questure, non le si leggesse in viso. Se uno dei suoi scolari alzava la manuccia per fare una domanda, essa sussultava e arrossiva, nel dubbio che la domanda fosse: «È vero, signora maestra, che tu sei mezza ebrea?» Se da fuori bussavano all'uscio dell'aula, essa si sentiva già tramortire, aspettandosi una visita della polizia, o quanto meno una chiamata del direttore per comunicarle che da oggi era dispensata dalle lezioni, ecc. ecc.

Il Testaccio non era un quartiere di periferia come San Lorenzo. Benché abitato anch'esso, in prevalenza, dal ceto operaio e popolare, solo poche strade lo separavano dai quartieri borghesi. E i Tedeschi, che di rado frequentavano Pietralata e il Tiburtino, qua s'incontravano piú numerosi. La loro presenza trasformava, per Ida, il percorso quotidiano in una pista rotante dove lei stessa, bersaglio irrisorio, era segnalata da fari, seguita da passi di ferro, accerchiata da segnali uncinati. Di nuovo, come già una volta, i Tedeschi le parevano tutti uguali. Finalmente aveva rinunciato all'ansia chimerica di riconoscere forse un giorno o l'altro, sotto uno di quegli elmetti o berretti a visiera, i disperati occhi celesti che l'avevano visitata a San Lorenzo nel gennaio del 1941. Oramai questi soldati le si mostravano tutti quanti delle copie invariabili di un meccanismo supremo giudicante e persecutorio. I loro occhi erano dei proiettori, e le loro bocche dei megafoni preparati a gridare ad altissima voce sulle piazze e sulle strade: *Addosso alla meticcia!*

Dal suo nuovo quartiere, una distanza di poche centinaia di metri la separava dal Ghetto. Ma essa, nei suoi ritorni quotidiani, evitava sempre il passaggio di Ponte Garibaldi, oltre al quale si poteva scorgere la forma tozza della Sinagoga, che le faceva torcere lo sguardo, con un senso di peso alle gambe. Riposto nella sua borsa, c'era sempre quel biglietto che essa aveva raccolto dal treno dei deportati alla Stazione Tiburtina, senza piú curarsi di cercarne il destinatario. Si sapeva che gli Ebrei superstiti del Ghetto, sfuggiti per caso alla razzia del 16 ottobre, erano tornati quasi tutti alle loro case di qua dal Tevere, non avendo altro posto dove andare. Un sopravvissuto, parlandone in séguito, li paragonava agli animali segnati, che si affidano docili al recinto del macello, facendosi caldo coi fiati l'uno all'altro. E questa loro fiducia li fa giudicare incoscienti; ma il giudizio degli estranei (notava colui) non è spesso insulso?

Ida aveva paura di quel piccolo quartiere assediato: e tanto piú a motivo di un suo dubbio che fra i superstiti tornati nel quartiere ci si potesse trovare la signora Celeste Di Segni. Essa non sapeva, infatti, se quel lunedí 18 ottobre costei fosse poi stata ammessa alla partenza sul convoglio, o se invece, esclusa, fosse rimasta a Roma. E ripensando che quella mattina, sulla via della Stazione, pazzamente le aveva bisbigliato all'orecchio: *Io pure sono ebrea,* da allora paventava un incontro con lei peggio d'uno spauracchio. Quel piccolo bisbiglio attualmente le tornava addosso in un torvo rimbombo, come un'autoaccusa insana.

In realtà, la testimone che lei temeva aveva invece ottenuto, quel lunedí mattina, di partire assieme agli altri giudii. E solo dopo la fine della guerra si seppe il séguito e la conclusione di quella partenza:

La marcia del treno piombato fu lentissima: i prigionieri stavano là dentro da cinque giorni quando, nell'alba del sabato, sbarcarono al campo di concentramento di Auschwitz-Birkenau, dove erano destinati. Non tutti però arrivarono vivi: e questa fu una prima selezione. Fra i piú deboli, che non avevano resistito alla prova della traversata, c'era una nuora incinta dei Di Segni.

Dei vivi, soltanto una minoranza di circa 200 individui fu valutata idonea per servire nel campo. Tutti gli altri, in numero di circa 850, súbito all'arrivo furono mandati a morte inconsapevoli nelle camere a gas. Oltre ai malati, ai minorati, e ai meno robusti, in questo numero si comprendevano tutti, in totale, i vecchi, i ragazzetti, i bambini e gli infanti. Fra di loro c'erano Settimio e Celeste Di Segni, insieme coi loro nipoti Manuele, Esterina e Angelino. E c'era pure, di nostra conoscenza (insieme con la merciaia Signora Sonnino e con l'autore del messaggio a «Efrati Pacifico»), l'omonima di Iduzza: Ida Di Capua, ossia la levatrice Ezechiele.

Per i rimanenti 200, serbati alla vita del campo in quel sabato dell'arrivo, il viaggio, incominciato il 16 ottobre '43, ebbe durate diverse a seconda della resistenza. Alla fine, dei 1056 partiti in folla dalla Stazione Tiburtina, in totale 15 ne tornarono indietro vivi.

E di tutti quei morti, i piú fortunati furono di certo i

primi 850. La camera a gas è l'unico punto di carità, nel campo di concentramento.

Gli appigionanti di Ida, di nome Marrocco, erano nativi della Ciociaria (venivano dal piccolo villaggio di Sant'Agata), e solo da qualche anno avevano lasciato la loro casupola di montanari, e le loro piantagioni di lino, per trasferirsi a Roma. La moglie, Filomena, lavorava in casa da sarta, camiciaia e rammendatrice, e il marito, Tommaso, era portantino negli ospedali. Il loro figlio Giovannino, del quale Ida attualmente occupava la camera, era della classe 1922. Nell'estate del 1942, dal Nord Italia dove si trovava col suo reparto in attesa di partire verso il fronte russo, il ragazzo aveva sposato per procura Annita, una ciociaretta cresciuta vicino a lui sulle montagne. Ottenere una licenza in quell'occasione gli era stato impossibile; e cosí i due sposetti, in realtà, erano rimasti solo fidanzati. La sposa-ragazza, che adesso aveva vent'anni, era da poco venuta a stare coi suoceri, insieme col vecchio padre di Filomena, rimasto vedovo di recente. Né l'uno né l'altra, prima d'ora, non erano mai stati fuori dalla Ciociaria.

Tutta questa gente si divideva l'appartamento di Via Mastro Giorgio, che consisteva in tutto di due stanze, piú un ingresso piuttosto ampio che Filomena usava come laboratorio, mentre che la sua camera matrimoniale, con l'armadio a specchi, le serviva da stanza di prova per le clienti. La sera, Annita si coricava nel laboratorio, su un lettuccio pieghevole, e il vecchio nonno in cucina su una branda.

La cameretta di Ida e Useppe dava sull'entrata e, per un altro uscio, comunicava direttamente con la cucina. Grazie all'orientamento a sud della finestra, nei giorni di bel tempo era veramente piena di sole. E, pure nelle sue minuscole proporzioni, a confronto dell'angolo dietro la tenda di Pietralata, a Ida pareva quasi un alloggio di lusso.

La mobilia consisteva, in tutto e per tutto, di un lettuccio, di un armadio largo circa un metro, di una sedia, e di un tavolinetto, che faceva da comodino e al tempo stesso da scrittoio. Difatti, l'assente proprietario della stanzetta, che da piccolo era arrivato appena alla seconda classe, prima di venir chiamato alla guerra s'era messo a frequentare le scuole serali (di giorno era lavorante presso un materassaio). E sul tavolinetto c'erano rimasti, disposti in ordine, i suoi pochi libri scolastici e i quaderni dei suoi compiti, dalla scrittura diligente ma incerta e faticata, come quella di un bambino.

Cosí pure, nell'armadio stava tuttora appeso il suo corredo da civile, e cioè, custodito assieme al pullover dentro a un tessilsacco, il suo vestito buono di lana mista blu scuro quasi nero, assai squadrato di spalle, e bene smacchiato e stirato; e su una stampella apposita a lato del tessilsacco, la sua camicia piú fina, di mussola speciale bianca. Le altre sue due camicie, piú ordinarie e di tutti i giorni, stavano invece in un cassetto inferiore dell'armadio, insieme con un paio di pantaloni andanti, quattro mutande, due magliette, qualche fazzoletto, e qualche calzino di colore, rammendato. Inoltre, sul ripiano in basso dell'armadio, c'era un paio di scarpe quasi nuove, imbottite di carta di giornale e con sopra, ripiegati, i calzini della festa, anch'essi quasi nuovi. E su uno spago teso nell'interno dello sportello, c'era una cravatta di raion, a quadretti celesti e bianchi.

Sull'angolo, poi, c'erano riposti due opuscoletti stampati: uno s'intitolava *Nuovo Metodo Pratico per imparare a suonare la CHITARRA senza maestro e senza conoscere la musica*; e l'altro *Metodo Lampo per MANDOLINO*. Di mandolini o chitarre, però, non ce n'erano. L'unico strumento musicale esistente nel luogo, era, dentro al cassetto del comodino-scrittoio, vicino a una penna e a una matita, uno di quei ciufoletti di canna tagliati col coltello, che usano suonare i burinelli dietro alle capre. Difatti, Giovannino (come sempre vantava sua madre Filomena) fino da piccolo teneva la passione di suonare; ma, di suo possesso, fuori da quel genere di ciufoletti, altri strumenti, per ora, non ne aveva avuti.

Per terminare la lista, sotto al letto c'erano le sue scarpe di tutti i giorni, risuolate piú volte ma con la tomaia consumata. E appesa a un piolo dietro la porta ci stava una giacchetta a vento rognosa, uso pelle. Questo era tutto, o quasi, il contenuto della cameretta.

Non c'erano giornaletti, né riviste illustrate, né ritratti di dive del cinema o di calciatori, come nella stanza di Ninnarieddu. Le pareti, rivestite di una carta da parati di basso prezzo, erano del tutto disadorne: salvo che per un calendario gratuito, di quelli a dodici fogli, ancora dell'anno 1942, con foto-propaganda di opere del regime fascista.

Dell'assente proprietario della cameretta, non esisteva,

né qui né altrove, nessuna fotografia singola. La madre ne conservava e ne mostrava, bensí, due in gruppo; ma sia dall'una che dall'altra si capiva poco. La prima, scattata forse da qualche dilettante di villaggio, lo ritraeva ancora ragazzino insieme a una diecina di altri burinelli della sua età, in occasione di una cresima; e nell'insieme, confuso e sfocato, di lui in particolare si distingueva a malapena che era snello, piuttosto biondino, e che teneva una scopoletta in testa e che rideva. E la seconda, portata da un reduce che lo aveva incontrato in Russia, era una piccola istantanea, raffigurante un paesaggio di sterpaglia, con sul fondo una striscia acquosa. In primo piano, si vedeva un grosso palo storto che attraversava tutto il paesaggio dal basso in alto; e a sinistra del palo, abbastanza in primo piano, il didietro di un mulo, vicino a un ometto imbacuccato, con fasce a mollettiera sulle gambe, il quale però non era lui. A destra del palo, invece, ma piú in secondo piano, si vedevano delle sagome scure, tutte in un mucchio e infagottate, cosí che non si riconosceva nemmeno che fossero militari e non civili, né se in testa portassero degli elmetti, o non, piuttosto, delle specie di cappellucci mosci. Fra quelli là, c'era lui; ma veramente, non era possibile individuarlo, e nemmeno indicarlo, dentro al mucchio, in un punto preciso.

Dopo aver preso in consegna la cameretta da Filomena – che in quell'occasione gliene aveva fatto con cura l'inventario – mai piú Ida si permise di riaprire l'armadio, che pure aveva lo sportello malchiuso e senza chiave. E in proposito non cessava di raccomandarsi con Useppe, il quale, ubbidiente, evitava perfino di sfiorare con un dito gli averi dell'assente proprietario, contentandosi di osservarli con rispetto profondo.

Per le loro proprietà personali, Filomena li forní di una scatola di cartone, oltre a riservargli un vano della credenza in cucina. Grazie all'eredità del Matto, Ida, sentendosi ricca, aveva acquistato qualche provvista di riserva, e in piú uno scampolo di lana autarchica rossa, in cui la medesima Filomena ricavò una tutina per Useppe. Con quella tutina addosso, Useppe non pareva piú un indiano, né Charlot, ma uno gnomo dei cartoni animati.

La cameretta non era certo chiassosa quanto lo stanzone di Pietralata; ma i rumori, anche qua, erano quasi incessanti. Di giorno, dalla parte dell'ingresso-laboratorio, c'era il fracasso quasi continuo della macchina da cucire, le voci delle visitatrici e delle clienti, ecc. E di notte, dalla parte della cucina, c'era il nonno arrivato dalla Ciociaria, il quale dormiva poco, nel sonno aveva spesso degli incubi, e, negli intervalli di veglia, non faceva che scatarrare. Il suo corpo lungo, magro e curvo, era un pozzo cavernoso di catarro che non poteva esaurirsi. Il vecchio teneva sempre accanto un grosso catino scrostato, e scatarrando emetteva dei suoni di angoscia estrema, simili ai ragli dei somari, che sembrano accusare al silenzio il dolore totale del cosmo. Per il resto, conversava poco, era debole di mente, e non usciva mai di casa, impaurito dalle vie cittadine come da un assedio. Se per caso s'affacciava dalla finestra, subito se ne ritirava, lagnandosi che, fuori, qua a Roma, non si vedeva il vuoto. Da casa sua, nella montagna, quando si guardava fuori (lui per *guardare* diceva *tr'mintare*) si vedeva tanto vuoto, e qua invece per tutta l'aria c'era pieno di muri. Anche la notte, lo si udiva esclamare, negli incubi, questa sua caparbia querela del pieno e del vuoto («Tr'mint! tr'mint!! è tutto 'nu muro!») E se, come accadeva spesso, dalla via risuonavano degli spari, oppure in cielo passavano degli aerei, o magari tremavano i vetri per qualche bombardamento dei dintorni, ogni volta lui si risvegliava di soprassalto, con una sorta d'uggiolío rauco, disperato, che stava a dire «Rièccomi sveglio nuovamente!» Ogni tanto nella veglia ripeteva: «Oi mà oi mà» e, per conto di sua madre, con la medesima voce orfana, si rispondeva da se stesso: «Fío! fío che vôi?» Oppure si compassionava, chiamandosi «zingarello», e protestandosi «zingarello dint'a pagliarella» (la pagliarella era la sua capanna di paglia, dove da ultimo, in montagna, s'era ridotto a vivere solo). Indi si dava a scatarrare, con un tale strazio, che pareva vomitasse sangue.

Durante il giorno, stava sempre seduto su una seggiola in cucina, col suo catino a lato. Il suo corpo allampanato, tutto d'ossa, terminava con un gran ciuffo di canizie ispida e sporca, sulla quale, anche in casa, usava tenere il cappello, secondo il costume montanaro. Ai piedi, anche qui a Roma, portava le cioce; ma del resto tutto il suo camminare si riduceva al percorso dalla cucina al cesso e ritorno. Il suo supremo, insaziabile desiderio, era il vino, ma la figlia poco gliene concedeva.

La finestra della cucina si prolungava in un balconcello coperto, dove, sui primi giorni, abitava un coniglio. Immediatamente, alla sua entrata nel nuovo alloggio, Useppe lo aveva scorto là, che saltava sulle lunghe zampette posteriori. E da allora, in casa il suo piacere prediletto era di tenersi dietro ai vetri del balconcello in contemplazione del coniglio. Il quale era tutto candido di colore, con un poco di rosa negli orecchi, e gli occhi rosa che sembravano ignorare il mondo. Il solo suo rapporto col mondo era un certo spavento che lo coglieva rapido e imprevisto (anche senza apparente motivo), per cui si rifugiava di corsa, tendendo gli orecchi all'indietro, dentro la sua casetta fatta di una scatola di compensato. Ma per solito se ne stava accucciato da parte, in una calma intenta, come se covasse dei coniglietti; o rosicchiava con fervore i torsoli di cavolo che gli forniva Annita. Un ricoverato dell'ospedale lo aveva regalato a Tommaso; e la famiglia e specie la nuora Annita (per quanto avvezzi, invero, da pastori, al macello delle carni) lo avevano preso, chi sa perché, in affezione, come fosse una specie di parente, cosí che non sapevano decidersi a sacrificarlo dentro a un tegame. Però un giorno Useppe, che ogni mattina, appena svegliato, correva là al balconcello, ci trovò la sola Annita, la quale ne spazzava i residui di torsoli con una faccia mesta. Il coniglio non c'era piú: la famiglia rassegnata, per necessità, lo aveva scambiato con due barattoli di carne in conserva.

«... E il niniglio dove sta?»

«Se n'è ito via...»

«Con chi se n'è ito?!...»

«Con la cipolla, l'oio e i pommodori»... (risponde sospirando la suocera dall'ingresso).

Nel laboratorio, insieme a Filomena e Annita, ci stava sempre una *piccinina*, ossia lavorante apprendista, adibita pure a servizi e a commissioni. Era un'abruzzese sui quattordici anni, già sviluppata, ma cosí magra che al posto del petto aveva una rientranza. Cucendo, rammendando, o alla macchina, essa cantava sempre una canzonetta che diceva:

> «... gioia, *tormendo*
> sei tu...»

Di rado le tre donne stavano sole. Quando non c'erano clienti, non mancavano quasi mai le visite. Tutti i giorni ci passava una donna del quartiere, sui trentacinque anni, di nome Consolata, la quale aveva un fratello partito a suo tempo per il fronte russo con Giovannino, del suo stesso reparto, e di cui pure, da tempo, si ignorava la sorte. Un tale, che la notte tardi ascoltava Radio Mosca, aveva affermato, mesi prima, che in un elenco trasmesso di prigionieri era stato fatto il suo nome; però un altro tale, che ascoltava la medesima trasmissione notturna, diceva che il nome citato dalla radio era sí, il suo: Clemente; ma il cognome era un altro.

Questo, dei parenti in Russia, era quasi l'unico, eterno discorso delle donne: tale da lasciare indietro perfino l'altro argomento della carestia. Di Ninnuzzu, invece, di cui pure non si avevano notizie, errante o guerrigliero chi sa dove, Ida preferiva non parlarne, e nemmeno pensarci, per una specie di esorcismo inconsapevole. Però teneva sempre informato l'oste Remo dei propri spostamenti, per il caso che Nino si ritrovasse a passare da Roma.

Un'altra visitatrice delle Marrocco era una certa Santina, la quale abitava sola dalle parti di Porta Portese. Era sui quarantotto anni, di statura piuttosto alta, e di ossatura eccessivamente grossa, tanto che il suo corpo, nonostante la magrezza estrema, appariva greve e ingombrante. Aveva grandi occhi bruni, dallo sguardo fondo senza luce; e siccome per la fame andava perdendo i denti, e sul davanti le mancava un incisivo, nel sorriso aveva un che di indifeso e di colpevole, come si vergognasse della propria laidezza, e di sé, ogni volta che sorrideva.

Portava i capelli, che in gran parte incanutivano, sciolti giú per le spalle come una ragazza; però non usava cipria né cosmetici, e non cercava di nascondere l'età. La sua faccia rovinata, pallida, dalle larghe ossa sporgenti, esprimeva una semplicità rozza e rassegnata.

Il suo mestiere principale, ancora adesso, era quello della mignotta. Però si ingegnava a guadagnare qualcosa anche lavando i panni, o facendo iniezioni, in giro per le case del quartiere. Ogni tanto, cadeva ammalata e andava all'ospedale, oppure veniva presa dalla polizia; ma non usava, in genere, di esporre le proprie ferite, e al ritorno da ogni assenza accennava d'essere stata *su al paese*. Diceva pure di avere una madre, su al paese, che toccava a lei di mantenere. Ma tutti sapevano che mentiva. Essa non aveva parenti al mondo e quella *madre* in realtà era un suo magnaccia, piú giovane di lei di molti anni, e che stava a Roma, ma con lei si mostrava poco. Pare che abitasse in un altro

317

quartiere, e c'era chi l'aveva intravisto, ma come un'apparizione o un'ombra senza contorni precisi.

L'assiduità di Santina in casa Marrocco si doveva, soprattutto, alla sua capacità di leggere l'ignoto sulle carte. Per questo, essa aveva un sistema personale suo proprio, inedito sui testi della cartomanzia, e imparato non si sa da chi. Le Marrocco non si saziavano mai di consultarla in proposito di Giovannino; e appena essa arrivava, sgombravano in fretta il tavolino da lavoro dei ritagli, forbici, spille e altri impicci, per far posto al mazzo delle carte da gioco. Le loro domande erano sempre le stesse:

«Dicci se sta bene».

«Dicci se penza a noialtri».

«Dicci se torna presto a casa».

«Dicci se sta bene in salute».

«Dicci se tiene penziero della famiglia».

Filomena poneva queste sue interrogazioni con un tono di urgenza incalzante, come sollecitasse la risposta di una Autorità molto occupata e frettolosa; mentre Annita le avanzava piano, secondo i suoi modi abituali di riservatezza e malinconia, con la testa chinata un poco verso la spalla, che era la sua posa consueta. Il suo viso ovale, di carnagione bruna, sembrava piú pallido per il peso nero della crocchia, che le si rilasciava tutta lenta da una parte. E nel commentare assieme alla suocera i responsi di Santina, la sua vocina era peritosa e discreta, quasi temesse di dare disturbo.

Santina non levava mai dalle carte i suoi occhi densi e opachi, e dava i responsi nel tono di una bambina un po' tarda che recita un'orazione astrusa. Le sue risposte, al pari delle domande, non variavano molto, di volta in volta:

«Spade... spade rovesciate. Freddo. Laggiú ci fa freddo», dice Santina.

«Vedi!» Filomena rimbrotta Annita, «ci insistevo sempre, io, di mandargli pure il maglione, nel pacco!»

«Lui ci scrisse che non gli serviva, e di mandargli piuttosto altre calze per i piedi, e le castagne...» si scusa Annita.

«Ma di salute, sta bene? Dicci questo, se sta bene di salute».

«Sí, qua vedo notizie buone. C'è vicino un personaggio potente... buona raccomandazione. Qualcuno importante... Re di moneta... uno coi gradi...»

«Forse è quel tenente... come diceva, mà, il nome di quel tenente, nella lettera...?...» suggerisce sommessamente Annita.

«Mosillo! Tenente Mosillo!»

«No... no...», Santina tentenna la testa, «Re di moneta... no tenente... di piú! è uno che sta piú in alto... Un Capitano... o... Generale!»

«Generale!!!?»

«E adesso qua si vede Donna e Due di coppe... E il Trionfo! Una donna bruna...»

A questo, Annita si girava da una parte, per nascondere la tristezza dei suoi occhi neri che quasi facevano le lagrime. Fra i pericoli della Russia, a quanto si diceva in giro, c'erano le donne di là, che s'innamoravano degli Italiani e se li tenevano stretti senza piú lasciarli andare via. Questa era forse la piú acuta delle diverse fitte che laceravano il cuore della sposina in ansia.

L'ultima lettera di Giovannino, in possesso della famiglia, era di piú di un anno avanti, in data 8 gennaio 1943. Era scritta in un inchiostro annacquato di un colore nero rossastro. Sulla busta, e anche all'inizio della lettera, c'era scritto VINCEREMO perché si diceva che le lettere passavano con un semplice timbro, senza controllo della censura, se portavano quel motto scritto sopra.

VINCEREMO

Rusia 8 gennaio 1943, XXI°

Carisimi Tutti di mia Familia

vengo con questo folio per farvi sapere che io sto bene come spero di Voi Tuti di familia la pifania lo pasata noncemale vi facio sapere cua freddo sidice olodna (... tre parole censurate) il paco non e arivato pero non vi date penziero che il natale il governo ciadato due tubi nelaqua calda e piu una Signora vechia russa ciafato le fritele che vi dico beata la vita borghese che qua il fredo facascare le ungie dei piedi che tante nottti a fare reticolati e per la mitralia che cua si scava stiamo sototera come li topi e magnamo li pidochi cari Genitori alto il morale che vincere e vinceremo unischo valia di lire trecentoventi cara Madre cara Sposa non ci state a chredere se girano brute notizzie che per lalarmismo solito (... cinque parole censurate) che presto siamo di ritorno con alegria che limportante e la salute che

*cua imparo quache parola russa che patate si dice cartoce
cara Madre nonvedo lora dabraciarvi questo lunico penziero giorno e note che non ariva manco la Posta cari Genitori
fatemi sapere se arivato laltro valio e adeso chiudo laletera
che cio pocacarta perche speriamo presto non mi resta che
salutarvi*

Vostro amatisimo filio e Sposo   *Giovannino*

Insieme a questa lettera, ne era arrivata un'altra, di poco
precedente, indirizzata a Annita, e, da allora, di Giovannino
non s'era piú avuta posta né notizie. Nella primavera dello
stesso anno 1943 quel reduce di passaggio, che portava la
fotografia, aveva raccontato di essersi incontrato con lui
qualche mese prima, nel novembre, e che Giovannino allora si portava bene, e avevano diviso insieme una pagnotta
e una scatoletta. Quanto all'altro disperso, Clemente il fratello di Consolata, non l'aveva incontrato né conosciuto e
non ne sapeva nulla.

Filomena e Annita erano, l'una e l'altra, quasi analfabe-
te; però mentre Filomena spesso traeva fuori dallo stipo in
camera sua le lettere di Giovannino per farsele rileggere e
commentarle, Annita invece era gelosa delle proprie e non
le mostrava a nessuno. Una sera, però, che le altre donne
erano uscite, essa bussò all'uscio di Ida, e facendosi rossa
le chiese il favore di rileggerle le ultime lettere di lui dal
fronte. Al tempo che le aveva ricevute, essa stava ancora in
montagna, e dopo di allora qui a Roma non aveva piú avuto
modo di *farsele spiegare*, cosí che rischiava quasi di dimen-
ticarsele... Essa trasse di sotto il pullover il mucchietto di
carta. Non erano tutte lettere, c'era qualche cartolina postale in franchigia, con sopra stampate delle frasi di propaganda, per esempio: IN OGNI ORA DELLA SUA GLO-
RIOSA STORIA ROMA HA ASSOLTO LA SUA MIS-
SIONE DI CIVILTÀ... Al solito sulle buste e sui fogli il
ragazzo, come accorto stratagemma contro la Censura, aveva scritto VINCEREMO. Per via dell'inchiostro autarchico, di polvere e d'acqua, la scrittura era tutta sbiadita, quasi fosse antica di un secolo.

«*Annita amatissima ti prego seposibile farti una fotografia perme che armeno la pozzi guardare presempio diglielo a quelinfermiere santospirito lui teneva la Codacc e
ti prego non tidare penziero di me vedrai che bel ritorno*

perche io non vedolora di darti un miglione di baci e fare-
mo un bel viagio di miele volio farti arivare fino a Venezzia
(... una riga censurata)...» «*moglie cara perme non tela-*
prendere sto di buona salute qua faciamo le gare dela corza
dei pidochi chi i suoi arivano prima guadampia una siga-
retta io cio guadambiato due Africa e una Trestelle e ti pre-
go cara Moglie cuando scrivi unire francobollo duna lira
qua non ce ne» «*ti prego ricordare nel paco meti moltisima*
polvere di pidochi»... «... le donne qqua le dicono catiuce
ma non penzare!! perme di donne ceneuna sola madonina
del mio Cuore! tu sei tuto per me e un miglione di baci...»
«*Stanotte o fato unsognio io titrovavo che non eri crisciuta*
comadesso ma regazeta come nelaltri tempi andichi di pri-
ma e io to detto ma come ti sposo mo? perche sei tropo
picola! e tu mh'ai deto quando tu rivieni da Rusia saro cri-
sciuta e io to deto eccomi sono tornato e to strinto nele bra-
cia e tu ti sei fatta grande nele bracia mie! e thodato un mi-
glione di baci A! mia sposeta adorata qua sono in uniferno
piu mischino di me non ce ne e io mi viene una smania ma
non ti dare penziero di me vedrai saremo presto riuniti per-
me non vedo lora il penziero mio (... una parola censurata)
ma che ci vuoi fare noi siamo la basssa forza ricevi un mi-
glione di baci»...

Rifiutando, per timidezza, di accomodarsi sull'unica sedia, o sull'orlo del letto, Annita durante la lettura si tenne
all'impiedi, appoggiando appena al tavolinetto la sua mano
tozza e arrossata. Però nel seguire con gli occhi una a una
le parole lette da Ida a alta voce, aveva l'espressione di una
sorvegliante, come se quei foglietti fossero un codice pre-
ziosissimo e il decifrarli fosse un'altra specie di cartomanzia
che impegnava, in qualche modo, il destino. Non fece alcun
commento, salvo un brevissimo sospiro nel riprendersi il
pacchetto alla fine. E se ne andò, con l'andatura piuttosto
goffa delle sue gambe robuste, fatte per la gonna lunga e
ampia delle ciociare e che adesso – fuori dal corto abituccio
striminzito, con le calze nere che le arrivavano al ginocchio
lasciando nuda una striscia di carne – apparivano di una
grossezza rustica e animalesca in contrasto col corpo minuto. Dall'inverno 1943, fino a oggi, lei stessa, e i suoi suoceri, avevano seguitato a girare da un ufficio all'altro, per
avere notizie di Giovannino: Ministeri, Municipio, Distret-
to, Croce Rossa, Vaticano... E la risposta era sempre ugua-

le: *Non se ne ha notizia. Disperso*. Questa risposta, da parte di certi funzionari o militari di servizio negli uffici, oramai, certe volte, veniva data con un tono brutale, o annoiato, o ironico, o addirittura beffardo. Ma che significa *disperso*? Può significare prigioniero, portato in Siberia, rimasto in Russia ospite di qualche famiglia o ammogliato con qualche donna di là... E in primo luogo può significare *caduto*. Ma questa ipotesi, fra tutte le altre possibili, veniva ignorata, come impossibile, da Annita e da Filomena. Esse continuavano ad aspettare Giovannino di giorno in giorno, a dare aria ogni tanto al suo vestito buono, e finirono col negare qualsiasi credito alle fonti di notizie ufficiali. Avevano piú fiducia nelle carte di Santina.

La loro amica Consolata le criticava per la loro ignoranza: «Solo delle cafone come loro», sussurrava in disparte a Ida, «possono credere in questi imbrogli delle carte». Difatti, essa era piú letterata delle Marrocco, commessa di merceria, e originaria del Nord; però lei pure, non meno di loro, aspettava con ottimismo il ritorno del proprio fratello dalla Russia. «Disperso, vuol dire che si può ritrovare. E data la quantità, qualche migliaio ne deve tornare di certo. Non può essere che tutti siano spariti. Mio fratello non è tipo che si perde. Prima del fronte russo, aveva già fatto il fronte delle Alpi, e la Grecia e l'Albania. Per l'orientamento portava pure la bussola, e teneva sempre addosso un'immagine miracolosa della Madonna». Essa aveva grande fiducia nella protezione della Madonna, specie in un paese di senza Dio come la Russia; e storceva la bocca ai discorsi di certuni i quali affermavano: «La Russia è la tomba della gioventú d'Italia». «Tutta propaganda», diceva Consolata. C'era chi asseriva crudelmente: «Dicono *dispersi* per non dire *casi disperati*» e prendevano in giro Annita per la sua condizione: «Maritata ma sempre ragazza...» le dicevano; e magari la invitavano ammiccando a farsi un altro sposo. Allora Annita piangeva, e sua suocera s'imbestialiva contro quella gente infame, che offendeva l'onestà di una sposetta e metteva in dubbio la fede di Giovannino.

Tanto la suocera che la nuora erano, per natura, fedeli e caste; ma il loro linguaggio, comune ai contadini delle loro parti, in certi casi suonava osceno alla borghese Ida. Pareva che, per loro, ogni cosa nominata fosse provvista di un sesso, di un culo ecc. e conformata al fine dell'accoppiamento.

Se la porta non si apriva, dicevano: «È questa fregna della serratura che non funziona», e se non trovavano le spille: «Dove cazzo si sono ficcate quelle rotte in culo delle spille?» e cosí via. Ida sbigottiva, a sentire la piccola Annita proferire come niente certe parole che a lei facevano paura e vergogna.

Il padrone di casa si vedeva poco, perché, se faceva il turno di giorno, rincasava tardi; e se faceva il turno di notte, durante il giorno dormiva. In uno dei suoi brevi intervalli di presenza, aveva insegnato a Useppe una canzone del suo paese, che diceva cosí:

> Pecoraro magnaricotta
> va alla chiesa e non s'inginocchia
> non si cava il cappelletto
> pecoraro maledetto.

In genere, a casa Marrocco, come già negli ultimi tempi a Pietralata, non si faceva molta attenzione a Useppe. Ragazzini non ce n'erano; alla *piccinina*, mezzo istupidita dallo stimolo perpetuo della fame, rimaneva a malapena il fiato per canticchiare, sempre piú svogliatamente *gioia tormendo sei tu*; e le donne di casa, come pure le loro visitatrici o clienti, erano troppo affaccendate o preoccupate per interessarsi a lui. Per lo piú, lo tenevano in conto di un gattino, che si tollera finché gioca per conto suo, ma si caccia via quando viene a mettersi fra i piedi. L'epoca dei Mille si allontanava sempre piú nel passato, come una leggenda antica.

Nelle lunghe ore di assenza di Ida, e dopo l'oscura partenza del coniglio, Useppe, quando non *pensava*, stava in compagnia del nonno, il quale, in verità, non sembrava neppure accorgersi della sua presenza. Per quanto trascorresse le intere sue giornate seduto su una seggiola, il vecchio non aveva mai riposo, assillato dalla vita, che tuttora persisteva nel suo organismo, come da uno sciame di tafani che non voleva staccarsi da lui. I suoi occhi vedevano ancora, e i suoi orecchi udivano, ma ogni oggetto dei suoi sensi si riduceva, per lui, a un fastidio tormentoso. Di tanto in tanto si appisolava, ma per poco, riscuotendosi di soprassalto. Oppure, con lo sforzo di chi si appresta a un viaggio faticoso, spostava il peso del suo corpo dalla sedia alla finestra, dove subito lo respingeva il *pieno* dei casamenti e delle mura che lo aggredivano dall'esterno: «Non ci sta 'u *vuoto*! 'u *vuo-*

to!» si disperava, fissando verso l'esterno gli occhi arrossati e spenti. E se vedeva qualcuno guardare a lui da una finestra di fronte, osservava: «Isso tr'minta a me, e io tr'minto a isso!» come constatasse una legge d'insopportabile angoscia. Cosí che si riduceva di nuovo alla sua sedia, riprendendo a scatarrare nel suo solito catino. Useppe lo guardava coi suoi occhi intenti e solleciti, quasi mirasse un paesaggio enorme, tormentato dal gelo:

«Pecché sputi tanto?»

«Uhhuur... uuuuuuuh... rrrruhuhu...»

«Che ciài? vòi béve? eh? vòi béve... ahó! vòi der vino?» (con una vocina smorzata, per non farsi sentire da Filomena).

«Uuuuuh... muuuuurrrhau...»

«Tiè!! VINO! tiè... VINO!! Ma stà zitto, eh? nun te fa' sentí... ahó! Ahó! tiè! bevi!!»

3.

Negli ultimi mesi dell'occupazione tedesca, Roma prese l'aspetto di certe metropoli indiane dòve solo gli avvoltoi si nutrono a sazietà e non esiste nessun censimento dei vivi e dei morti. Una moltitudine di sbandati e di mendicanti, cacciati dai loro paesi distrutti, bivaccava sui gradini delle chiese o sotto i palazzi del papa; e nei grandi parchi pubblici pascolavano pecore e vacche denutrite, sfuggite alle bombe e alle razzie delle campagne. Nonostante la dichiarazione di *città aperta*, le truppe tedesche si accampavano intorno all'abitato, correndo le vie consolari col fracasso dei loro carriaggi; e la nube disastrosa dei bombardamenti, che attraversava di continuo tutto il territorio provinciale, calava sulla città un tendone di pestilenza e di terremoto. I vetri delle case tremavano giorno e notte, le sirene fischiavano, squadre aeree si scontravano in cielo fra razzi giallastri, e ogni tanto in qualche strada di periferia dirompeva con un tuono il polverone della rovina. Certe famiglie impaurite avevano preso dimora nei rifugi antiaerei o nei sotterranei labirintici dei grandi monumenti, dove stagnava un odore di urina e di feci. Negli alberghi di lusso requisiti dai Comandi del Reich e guardati da picchetti armati, si imbandivano cene strepitose, dove lo spreco era ossessivo, fino all'indigestione e al vomito; e là dentro, alle tavole delle cene, si concertavano le stragi per l'indomani. Il Comandante, che si faceva chiamare re di Roma, era un mangione e beone coatto; e l'alcool serviva come eccitante e narcotico usuale agli occupanti, sia nel quartier generale come alla base. In qualche via secondaria e appartata della città, si notava qualche palazzetto o villetta di stile medio-borghese con file di finestre recentemente murate sui vari piani. Erano vecchie sedi di uffici, o pensioni di famiglia, presentemente adibite dalle polizie degli occupanti a camere di tortura. Là dentro, tutti gli sventurati infetti dal vizio della morte trovavano impiego, a somiglianza del loro führer, padroni infine di corpi viventi e inermi per le loro pratiche perverse. Da quegli interni, fuoriusciva spesso, di giorno e di notte, uno strepito assordante di musichette e canzonette di grammofono a pieno volume.

Tutti i giorni, in ogni strada, poteva succedere di vedere un camion della polizia fermarsi davanti a un fabbricato, con l'ordine di perquisirne ogni ambiente fino sui tetti e i terrazzi, alla caccia di qualcuno segnato con nome e cognome su un pezzo di carta. Nessuna norma limitava questa caccia perpetua e senza preavviso, in cui l'arbitrio dei padroni era totale. Spesso un intero isolato o quartiere veniva sbarrato all'improvviso da cordoni di truppe, con l'ordine di razziare, dentro quel circuito, tutti i maschi dai 16 ai 60 anni, per deportarli nel Reich ai lavori forzati. Istantaneamente i trasporti pubblici venivano bloccati e svuotati, una folla inerme e pazza correva in disordine verso fughe senza uscita, inseguita da raffiche di mitraglia.

Già da mesi, invero, tutte le strade erano tappezzate di bandi stampati su carta rosa, che ordinavano agli uomini validi di presentarsi al lavoro obbligatorio sotto pena di morte; però nessuno ubbidiva, nessuno si curava di quei proclami, ormai nemmeno li leggevano piú. Si sapeva che, nel sottosuolo della città, agivano piccole squadre ostinate di guerriglieri; ma sull'apatia della folla l'unico effetto delle loro imprese era l'incubo delle rappresaglie che ne seguivano da parte degli occupanti, rapiti nelle convulsioni della propria paura. La popolazione era ammutolita. Le notizie quotidiane delle retate, delle sevizie e dei macelli circolavano per i rioni come echi rantolanti senza risposta possibile. Si sapeva che, appena fuori dalla cinta delle mura, malamente sepolti in fosse e cave minate, stavano buttati a decomporsi corpi senza numero, talora accumulati a decine e a centinaia, cosí come erano stati massacrati in comune uno sull'altro. Dei comunicati di poche righe, senza spiegazione, partecipavano la data del loro decesso, ma non il luogo della sepoltura. E della loro presenza ubiqua e informe, la folla evitava di parlare, se non con qualche mormorio evasivo. In ogni contatto e in ogni sostanza si fiutava un sapore funebre e carcerario: secco nella polvere, umido nella pioggia. E anche il miraggio famoso della *Liberazione* si andava riducendo a un punto fatuo, materia di sarcasmo e canzonatura. Del resto, si diceva che i Tedeschi, prima di abbandonare la città, l'avrebbero fatta saltare tutta intera dalle fondamenta e che già, per chilometri sottoterra, le fogne erano un deposito di mine. Le architetture della metropoli «di cui non resterà pietra su pietra» sembravano un panorama di fantasmi. E sui muri, frattanto, di giorno in giorno, si moltiplicavano i rosei manifesti dei padroni della città, con nuovi ordini, tabú e divieti persecutorii, minuziosi fino all'ingenuità nel loro delirio burocratico. Ma alla fine, dentro la città isolata, saccheggiata e stretta d'assedio, la vera padrona era la fame. Ormai l'unico cibo distribuito dall'Annona era, nella razione di cento grammi a testa, un pane composto di segale, ceci e segatura. Per gli altri rifornimenti, in pratica, non restava che il mercato nero; dove i prezzi crescevano con una tale sfrenatezza che, verso il mese di maggio, lo stipendio di Ida non bastava piú a comperare nemmeno un fiasco d'olio. Inoltre, gli stipendi, negli ultimi mesi, venivano pagati con irregolarità dal Comune.

L'eredità del Matto, che le era parsa un patrimonio ingente, si era dissipata assai prima del previsto. Anche le provviste comperate con quei soldi stavano sul punto d'esaurirsi: le rimanevano appena poche patate e poca pasta scura. E il piccolo Useppe, che grazie al Matto s'era un po' rimesso in carne, adesso perdeva peso di giorno in giorno. Gli occhi prendevano quasi tutto lo spazio, nella sua faccia piccola come un pugno. D'intorno a quella sua nota frezzolina centrale, sempre ritta in aria esclamativa, i neri ciuffetti dei capelli gli si facevano spioventi e opachi, da sembrare coperti di polvere; e gli orecchi gli sporgevano dalla testa simili a due aletti implumi di nidiace. Ogni volta che i Marrocco mettevano a riscaldare sul fuoco il loro tegame di fagioli, lo si vedeva gironzolare fra le loro gambe, come un povero zingaro mendico.

«Favorite, favorite», usava dire Filomena, secondo le regole della buona creanza, nel sedersi a tavola. E a questa frase cerimoniale dei tempi buoni, adesso i presenti, in generale, bene avvisati si ritiravano discretamente. Ma almeno un paio di volte, capitò che Useppe – a cui, come a pischelluccio, nessuno aveva detto: favorite! – si fece avanti ingenuamente a suggerire: «*Favoriscio?*» di propria iniziativa. E sua madre dovette richiamarlo con rossore.

La misera lotta di Ida contro la fame, che da piú di due anni la teneva armata, adesso era pervenuta al corpo-a-corpo. Quest'unica esigenza quotidiana: dar da mangiare a Useppe, la rese insensibile a ogni altro stimolo, a cominciare da quello della sua propria fame. Durante quel mese di maggio, essa visse, in pratica, di poca erba e d'acqua, ma tanto le bastava, anzi ogni suo boccone le pareva sprecato, perché sottratto a Useppe. A volte, per sottrargli ancora meno, le veniva alla mente di bollire, per se stessa, delle bucce, o foglie comuni, o addirittura mosche o formiche: sempre sostanza, erano... Magari rosicchiarsi qualche torsolo dalle immondezze, o strappare l'erba anche dai muri delle rovine.

All'aspetto, aveva fatto i capelli bianchi e le spalle curve da gobbetta, rimpicciolendosi fino a sopravvanzare di poco la statura di certe sue scolare. Eppure, attualmente la sua resistenza fisica sorpassava nella mole il gigante Golia che era alto sei cubiti e un palmo e indossava una corazza di cinquemila sicli di rame. Era un enigma dove quel corpicino dissanguato attingesse certe riserve colossali. A dispetto della denutrizione, che visibilmente la consumava, Ida non avvertiva né debolezza né appetito. E invero, dall'inconscio, un senso di certezza organica le prometteva una specie d'immortalità temporanea, che immunizzandola da bisogni e da malattie le risparmiava ogni sforzo per la sua sopravvivenza personale. A questa volontà innominata di preservazione, che regolava la chimica del suo corpo, ubbidivano anche i suoi sonni, che in tutto quel periodo, quasi a servirle da nutrimento notturno, furono insolitamente regolari, vuoti di sogni e ininterrotti, nonostante i rumori esterni della guerra. Però all'ora di alzarsi un fragore interno di rintocchi grandiosi la scuoteva. «Useppe! Useppe!» era il grido di quei tumulti. E immediatamente, prima ancora di svegliarsi, con le mani affannose essa cercava il bambino.

A volte, se lo trovava rannicchiato in petto, che dormendo le brancicava le mammelle in un movimento cieco e ansioso. Dall'epoca che lo allattava nei suoi primi mesi di vita, Ida era disavvezza alla sensazione di quelle due manucce che la brancicavano; ma le sue mammelle, già scarse allora, adesso erano prosciugate in eterno. Con una tenerezza bestiale e inservibile, Ida staccava il figlietto da sé. E da quel momento incominciava la sua battuta diurna per le vie di Roma, cacciata avanti dai suoi nervi come da un esercito di armati che la frustassero in doppia fila.

Si era fatta incapace di pensare al futuro. La sua mente si restringeva all'oggi, fra l'ora della levata mattutina e il coprifuoco. E (dalle tante paure che già portava innate) ora non temeva piú niente. I decreti razziali, le ordinanze intimidatorie e le notizie pubbliche le facevano l'effetto di parassiti ronzanti che le svolazzavano d'intorno in un gran vento falotico, senza attaccarla. Che Roma fosse tutta minata, e domani crollasse, la lasciava indifferente, quasi un ricordo già remoto della Storia antica o un'eclisse di luna nello spazio. L'unica minaccia per l'universo si rappresentava, a lei, nella visione recente del figlietto che aveva lasciato a dormire, ridotto a un peso cosí irrisorio da non disegnare quasi rilievo sotto il lenzuolo. Se in istrada casualmente le capitava di specchiarsi, scorgeva nel vetro una cosa estranea e senza identità, con la quale scambiava appena uno sguardo attonito, che poi súbito si scansava. Uno sguardo simile si scambiavano, fra loro, i passanti mattinieri che scantonavano per la via: tutti malandati e terrei, con le occhiaie segnate e i panni cascanti sul corpo.

Di questi adulti, essa non aveva pietà. Sentiva, invece, compassione dei suoi scolaretti, perché bambini simili a Useppe. Ma perfino il piú misero e patito di loro, le pareva meglio nutrito di lui. Pure i loro fratellini minori, piccoli che fossero, comparivano piú cresciuti di lui. Delle fantasie laceranti le riportavano il pensiero a certi putti rosa e grassi degli avvisi pubblicitari; o a certi beati figlietti di famiglia benestante, che ricordava intravisti, nelle loro carrozzine ricamate o in braccio alle balie. Oppure riandava a quando Ninnuzzu era in culla, cosí bello grosso che Alfio suo padre al tirarlo su esclamava: «Issaaa! Sollevamento pesi!!!» levandolo in alto in alto con una risata di vanto trionfale. Useppe invece aveva dovuto arrangiarsi fino da neonato per farsi almeno qualche anelluccio di grasso ai polsi e alle cosce; ma, al confronto dell'oggi, di quel tempo degli anellucci doveva ricordarsene come di un'epoca d'abbondanza. E a lei sembrava incredibile che in tutta l'enorme Roma non si rimediasse da riempire una pancia cosí piccola.

Piú volte, in quel maggio, essa rifece la strada di San Lorenzo (camminando di sbieco e torcendo via gli occhi dalla maceria della sua casa), per elemosinare qualcosa dall'oste Remo. Andava a raccomandarsi per qualche avanzo o ritaglio dal padre di un suo scolaro, che teneva una salumeria, e da un altro che lavorava al Mattatoio. Munita di un pentolino prestato dai Marrocco, faceva la fila per le minestre economiche distribuite dal Vaticano; ma benché dette economiche, quelle minestre, del costo di Lire duecento, erano già un lusso per le sue finanze; e se lo permetteva di rado.

Via via smarrí ogni senso d'onore e di vergogna, oltre che di paura. Una volta, rincasando verso mezzogiorno, incontrò molta gente con pacchetti in mano che veniva dalla piazza di Santa Maria Liberatrice, dove i Tedeschi distribuivano gratuitamente dei viveri. Questa elargizione straordinaria nei quartieri popolari, consigliata in quei giorni dalla paura, mirava alla propaganda e allo spettacolo. Difatti lo stesso generale in capo dei Germanici (il pasciuto *re di Roma*) presiedeva alle distribuzioni, e sulla piazza, intorno ai camion operavano i fotografi e le macchine da presa. Ciò accresceva la ripugnanza degli abitanti del quartiere, e parecchi di loro, sospettando qualche macchinazione dei Tedeschi, disertarono la piazza. Ma Ida, alla vista di quei pacchi, avvertí solo un'avidità impetuosa, che la risucchiava dall'interno. La sua mente si vuotò. Il sangue le corse per tutto il corpo, fino a spargerle sulla pelle delle chiazze infiammate. E facendosi largo a spinte nella calca della piazza, tese le mani verso i camion, a ritirare il suo chilo di farina.

Fino a qualche settimana prima, essa ancora usava all'occasione, per decoro, una cloche di feltro smessa, già ricavata (insieme a un paio di ciabatte, due vecchi reggipetti, calze spaiate e altri ciafrugli) dalla famosa offerta delle Dame Benefiche a Pietralata. Però adesso non portava piú né calze né cappello; e di recente, per praticità, s'era tagliata i capelli, i quali, cosí corti, le incoronavano la testa di un cespuglietto cresputo. Da qualche tempo, invero, ogni volta che se li pettinava, essa ne lasciava molti nel pettine; ma ancora li aveva folti. Tanto che la testa, anche bianca, con questa coroncina piena di ricci le riprendeva involontariamente la prima forma dei suoi anni di bambina, a Cosenza. La faccia, di un pallore cereo, benché impicciolita e pesta le si manteneva stranamente senza rughe, nel suo naturale disegno tondo; e ingrugnata, sempre spinta in avanti alle sue marce febbrili, somigliava al muso di un animale che punta a vuoto.

Già fino dall'inverno, non poche botteghe avevano chiuso. Molte serrande stavano abbassate, e tutte le vetrine erano spoglie. Le poche provviste ancora disponibili venivano requisite, o sequestrate, o predate dagli occupanti, o accaparrate dai trafficanti neri. Dovunque ci fosse uno spaccio legale aperto, si vedevano lunghissime file in attesa di fuori; ma quelle file si allungavano ancora sui marciapiedi, che già la scorta in distribuzione era esaurita. Quando si ritrovava spersa fra gli ultimi, rimasti a mani vuote, Iduzza si allontanava tramortita, col passo di una colpevole che ha meritato una punizione.

Alla vista di qualsiasi sostanza mangiabile, ma purtroppo inaccessibile ai suoi mezzi, essa restava incantata, con una invidia struggente. A lei stessa niente faceva gola, perfino la secrezione della saliva le si era prosciugata: tutti i suoi stimoli vitali si erano trasferiti su Useppe. Si racconta di una tigre che, in una solitudine gelata, si sostenne assieme ai propri nati leccando, per parte sua, la neve; e distribuendo ai piccoli dei brandelli di carne che lei stessa si strappava dal proprio corpo coi denti.

Al Gianicolense, nei pressi della scuola, c'era una villetta modesta con qualche metro d'orto, recinta da un muretto che, per misura di protezione, portava infisse in cima delle schegge taglienti di vetro. Il cancello in origine doveva essere stato di ferro; ma, forse in seguito alla raccolta dei ferrami per l'industria militare, attualmente ce n'era uno di legno, rafforzato all'esterno da una rete di fili spinati. A poca distanza dal cancello, addossata al muricciolo, si vedeva tuttora una baracchetta col tetto di bandone, che in precedenza serviva da pollaio; ma adesso, le poche galline superstiti venivano allevate per prudenza dentro casa.

Le prime settimane che insegnava al Gianicolense, Ida suonava spesso al cancello della villetta, per fare acquisti di uova; ma da ultimo il loro prezzo era salito a venti lire l'una... Si era alla seconda metà di maggio. Un pomeriggio, all'uscita da lezione, costeggiando il recinto della villetta, Ida scorse attraverso il cancello, per terra all'ombra di un cespuglio, deposto su un cencio, un uovo bello e intatto. Chiaramente una gallinella di casa, in una sua breve evasione nell'orto, lo aveva deposto lí da poco, e ancora non se n'era accorto nessuno. Le finestre sul davanti della casa erano chiuse, forse addirittura i proprietari erano assenti. La stradina, quasi campestre, era quieta e solitaria.

L'uovo si trovava lungo la direzione del vecchio pollaio, riparato fra il cespuglio e la base del muretto, a non piú di sessanta centimetri dal cancello. Un calore salí al cervello di Ida. Essa calcolò che, sollevando con la mano sinistra il filo spinato, e infilando l'altro braccio fra le traverse basse del cancello, facilmente poteva arrivarci. Questo calcolo, della durata d'un lampo, non fu propriamente lei stessa a farlo; ma una seconda Ida fantomatica, che si sprigionava dal suo corpo materiale, piegandola in gran fretta giú carponi, e servendosi della sua mano per ghermire. Difatti, il calcolo e l'azione furono simultanei. E già Ida, riposto l'ovetto dentro la borsa, filava via dalla scena di quel crimine impunito e senza precedenti. Nella furia i fili spinati del cancello le avevano graffiato abbastanza profondamente la mano e il polso.

Non c'erano stati testimoni. L'aveva scampata. Ormai già prendeva il largo, al di là del Gianicolense, e una sensazione inaudita di freschezza, col gusto fisico della rapidità, la ringiovaniva dall'età di madre a quella di sorellina maggiore. La sua preda, pari a un enorme diamante ovale, splendeva sul cielo aperto dinanzi a lei, nel crollo delle Tavole della Legge. Questo primo furto fu il piú esaltante, ma non fu l'unico. Il secondo fu ancora piú audace, addirittura temerario.

Fu intorno al venti maggio, di mattina presto. Era appena uscita di casa, lasciando a Useppe, per colazione, un pezzetto di pane della tessera, conservato dal giorno avanti, e un poco di surrogato di cacao da sciogliersi nell'acqua. A quell'ora, in istrada passava solo qualche operaio. Sbucando da una via trasversale sul lungotevere, essa scorse un camioncino fermo, davanti a un deposito di alimentari.

Due fascisti armati, nell'uniforme col basco dei paracadutisti, controllavano l'operazione di un giovanotto in tuta scolorita, il quale andava e veniva dal deposito, scaricandone delle cassette di merce sul marciapiede. Giusto sul punto di affacciarsi dalla svolta, Ida vide i due militi entrare insieme nel deposito. Le giunsero le loro voci che chiacchieravano allegramente.

Difatti, annoiati di quell'operazione tranquilla, i due ragazzi s'erano seduti là dentro su certe casse, a seguitare un discorso già avviato. L'argomento era una tale, di nome Pisanella, e il discorso era d'amore. Ida, però, non colse altro che il suono delle loro voci, che le rintronarono imbrogliate dentro gli orecchi. La percezione, in quell'attimo, le si radunò tutta nella vista, proiettata su due immagini simultanee: l'uomo dalla tuta, che a sua volta si riinfilava nel deposito; e sul marciapiede, a un passo da lei, in cima alle cassette di legno inchiodate, una grossa scatola di cartone aperta in alto e riempita solo per tre quarti. Di qua, conteneva lattine di carne in conserva; e di là, pacchetti di zucchero in polvere (alla forma, e al colore blu della carta, se ne riconosceva il contenuto).

Il cuore di Ida s'era messo a pulsare con tale violenza, da somigliare allo sbattere di due grosse ali. Essa allungò una mano, e s'impadroní d'una lattina, che fece scivolare nella sua borsa, riparandosi prontamente dietro l'angolo della strada. Proprio in quel punto l'uomo in tuta risortiva con un nuovo carico dal deposito: senza però essersi accorto di nulla, Ida credette. Ma invero, in una guardata di scorcio, colui l'aveva sorpresa sul fatto, pur facendo finta di niente, per omertà verso la donnetta. Mentre che due tipi di pezzenti allupati, sbucati sul lungotevere in quell'istante medesimo, nell'incrociare i loro sguardi coi suoi le fecero un ammicchio d'intesa e congratulazione. Di loro, essa fu certa che avevano visto: però anche loro, in omertà con lei, tirarono avanti a camminare disinvolti, come niente.

Tutto si era concluso nel tempo di tre secondi. E già Ida, sgattaiolando, si sviava per le traverse di dietro. Il cuore seguitava a sbatterle, però lei non avvertiva una speciale apprensione, e nessun sentimento di vergogna. La sola voce che le salisse dalla coscienza era un'esclamazione bisbetica che s'accaniva a rampognarla: «Giacché c'eri, con l'altra mano potevi acchiappare pure un pacchetto di zucchero!! Maledetta maledetta, perché non hai pigliato pure lo zucchero?!!»

Il surrogato di cacao, che Useppe beveva alla mattina, era dolcificato dalla fabbrica, con qualche polvere artificiale, e sospetta perfino di nuocere alla salute. Lo zucchero costava piú di mille lire al chilo... Fra tali argomenti, con una faccia imbronciata, Ida si scompigliava quella sua zazzera lanosa, che sembrava la parrucca di un clown.

In quell'ultima decade di maggio, essa commise, di media, un furto al giorno. Stava sempre di guardia, come una borsaiola, pronta alla prima occasione di arraffare. Perfino al Mercato Nero di Tor di Nona, dove i mercanti vigilavano peggio di mastini, con la sua destrezza incredibile riuscí a predare un pacchetto di sale, che a casa poi spartí con Filomena, in cambio di polenta bianca.

D'un tratto, era caduta in una depravazione senza scrupoli. Fosse stata meno vecchia e brutta, si sarebbe magari buttata al marciapiede come Santina. Oppure, fosse stata piú pratica, avrebbe seguíto l'esempio di una pensionata di nome Reginella, cliente di Filomena, che andava ogni tanto a mendicare nei ricchi quartieri di Roma Alta, dove non era conosciuta. Ma quei centri di lusso – oltre che feudo, oramai, dei Comandi tedeschi – a lei si mostravano da sempre situati in una lontananza straniera e irraggiungibile, non meno di Persepoli o Chicago.

E tuttavia, in questa Ida inaspettata, come in un fenomeno doppio, la timidezza naturale del carattere perdurava, anzi cresceva morbosamente. Mentre correva le strade rubando, a casa poi quasi non s'attentava a usare i fornelli, nella cucina comune. Dai cibi (alquanto scarsi) della famiglia, scansava, non dico la mano, ma perfino l'occhio, come i selvaggi dai tabú. E in classe, piuttosto che una maestra, pareva ridotta a una scolaretta spaurita: al punto che i suoi bambinelli, per quanto sfiatati dalla fame, già rischiavano di trasformarsi in una banda senza riguardi. (Per fortuna, la chiusura anticipata delle scuole sopravvenne in tempo a risparmiarle questo affronto, mai subíto finora nella sua carriera).

Ma peggio di tutto la intimidiva dover chiedere aiuto ai conoscenti: i quali poi da ultimo le si erano ridotti a uno: l'oste Remo. Nelle giornate estreme, che non le offrivano altra risorsa, essa si forzava a rifare la solita lunga strada di San Lorenzo, dove al noto orario il cantiniere si teneva puntualmente rintanato dietro al suo banco, sotto il quale già teneva pronto, a sfida, un drappo arrotolato di bandiera rossa. Con la sua faccia scura e prosciugata da taglialegna, gli occhi neri infossati sotto gli zigomi ossuti e duri, appariva sempre chiuso in certe sue preoccupazioni dominanti, e all'entrare di Ida rimaneva seduto dove stava, anzi non la salutava nemmeno. Ida si faceva avanti impacciata, piena di rossore e mezza balbuziente. Né si risolveva a confessare il primario e urgente motivo della sua visita, finché lui la preveniva. E senza nemmeno aprir bocca, con un cenno muto del mento, comandava alla moglie di rimediare ancora oggi, in cucina, una porzioncella gratuita per la madre del compagno Asso. Ora quella piccola cucina sotterra si faceva, invero, sempre piú sfornita, cosí come l'oste Remo si faceva sempre piú laconico; e Ida usciva confusa, portandosi via la sua piccola cartata di roba, vergognandosi perfino di dire grazie...

. . . .

«Weg! Weg da! Weg! Weg!»
Delle esclamazioni tedesche, interrotte e travolte da un vocio di donne, la raggiunsero una di quelle mattine, mentre, dopo un inutile viaggio alla Cassa Stipendi chiusa, s'avviava all'osteria di Remo. S'era appena inoltrata su una traversa della Tiburtina, e le voci provenivano dalla parte di Via Porta Labicana, a poca distanza di là. Nell'arrestarsi incerta, quasi si scontrò con due donne, che arrivavano di corsa da un'altra laterale alla sua destra. Una era anziana, un'altra piú giovane. Ridevano esaltate, la piú giovane teneva in mano le ciabatte dell'altra, che correva a piedi nudi. Questa si reggeva per le due cocche la gonna alzata sul davanti e gonfia di una polvere bianca: farina, sperdendone un poco sul selciato dietro ai suoi passi. L'altra portava una sporta d'incerato nero, anch'essa gonfia di farina. All'incrociarsi con Ida, le gridarono: «Corra, signó, faccia presto. Stasera se magna!» «Aripiàmose la robba nostra!» «Ce la devono da ridà, la robba nostra, 'sti ladri zellosi!» La voce già si spargeva, altre donne uscivano veloci dai portoni. «Tu, torna su 'ccasa» ordinò ferocemente una passante, lasciando la mano di un bambino; e sulla traccia della farina versata, tutte s'imbrancarono di corsa, e Ida con loro. Non

c'erano da fare che pochi metri. A mezza strada fra Via di Porta Labicana e lo Scalo Merci c'era un camion tedesco fermo, giú dal quale un milite del Reich teneva testa, sbraitando, a una folla di donne del popolo. Evidentemente, colui non osava metter mano alla pistola che portava al cinturone, per timore di venire linciato sul posto. Alcune delle donne, con l'ardimento supremo della fame, s'erano arrampicate addirittura sul camion, carico di sacchi di farina. E fatti dei tagli nei sacchi, se ne versavano il pieno dentro le gonne, le sporte e qualsiasi altro recipiente si fossero trovate a portare. Qualcuna se ne riempiva magari il secchio del carbone o la brocca dell'acqua. Un paio di sacchi giacevano in terra già mezzi vuoti, fra l'assedio; una quantità di farina s'era versata in terra, e veniva pestata. Ida si fece largo disperata: «Anch'io! anch'io!» strillava come una bambina. Non riusciva a rompere l'assedio che stringeva i sacchi buttati a terra. Si sforzò a salire sul camion, ma non ce la faceva: «Anche a me! anche a me!!» Dall'alto del camion, una bella ragazza rise sopra di lei. Era scapigliata, con sopracciglia foltissime e more, i denti forti come di bestia. Si reggeva innanzi per le cocche la vesticciola colma, e le sue cosce, scoperte fino alle mutande nere di raion, splendevano di un candore straordinario, come quello delle camelie fresche: «Tiè, signó, ma spícciate!» e accucciandosi verso Ida, con una risata da furia le empí la sporta di farina, versandogliela direttamente dal proprio grembo. Ida a sua volta si era messa a ridere, simile a una bambina mentecatta, cercando di risortire col suo carico, di mezzo alla folla urlante. Le donne parevano tutte sbronze, eccitate dalla farina come da un liquore. Urlavano inebriate contro i Tedeschi gli insulti piú osceni, che nemmeno le puttane di un lupanare. Le parole meno brutali erano: fraciconi! culoni! viiacchi! assassini!! ladriii! Nel sortire di fra la folla, Ida si trovò in un coro di ragazzette, arrivate ultime, che da parte loro strillavano a gran voce, saltando come in un girotondo:

«Zozzoni! Zozzoni! Zozzonii!!!»

E in quella udí la propria voce, stridula, irriconoscibile nel suo eccitamento infantile, gridare nel coro:

«Zozzoni!»

Per lei, questa era già una parolaccia da trivio: mai pronunciata una simile.

La guardia tedesca aveva preso la fuga in direzione dello Scalo Merci. «Gli apai! Gli apai!» sentí Ida gridare alle proprie spalle. Difatti, mentre lei fuggiva verso la Tiburtina, dal lato opposto era riapparso il milite tedesco, con un rinforzo di militi italiani della PAI. Costoro tendevano in alto il braccio armato di pistola; e per intimidazione spararono dei colpi in aria, ma Ida, sentendo gli spari e le urla confuse delle donne, credette in una strage. La prese una terribile paura di cadere colpita a morte, lasciando sulla terra Useppe figlio di nessuno. Urlò correndo alla cieca, mischiata a donne in fuga che quasi la travolsero. Infine si trovò sola, senza sapere dov'era, e si sedette su uno scalino, presso uno sterrato. Non vedeva piú niente, altro che delle bolle immaginarie di sangue rosso-cupo, che scoppiavano nell'aria assolata. Quello stesso frastuono martellante, che sempre la svegliava alla mattina, adesso era tornato a ribatterle dentro le tempie, nel suo solito vocio di sommossa: «Useppe! Useppe!» Ne provò uno spasimo alla testa, cosí acuto che si tastò fra i capelli con le dita, nel sospetto di trovarsele bagnate di sangue. Ma i colpi di prima non l'avevano ferita, era incolume. D'un tratto sobbalzò, non vedendosi piú la sporta al braccio! ma se la ritrovò lí accanto sullo sterrato, con la farina intatta quasi fino all'orlo: ne aveva persa poca, fortunatamente, nella sua fuga. Affannosamente allora si mise alla ricerca del borsellino, ricordando, infine, che doveva esserle rimasto in fondo alla sporta. E lo ripescò febbrilmente, sporcandosi tutto il braccio di farina mista a sudore.

La sporta, troppo colma, non si chiudeva. Da un mucchio di immondezza che stava lí in terra, essa raccolse un pezzo di giornale, per nascondere la farina rapinata, prima di avviarsi verso il tram.

A casa, quella mattina, mancavano, oltre al gas, anche l'elettricità e l'acqua. Però Filomena, grata per un suo piccolo dono di farina, trovò modo di farle la *pèttola* (pasta) e di cuocerla insieme alla propria, con l'aggiunta di un pugnello di fagioli già cotti.

Un'altra dose di farina, Ida se la portò appresso nella sua uscita pomeridiana. Quel giorno (come ogni giovedí da quando s'erano chiuse le scuole) doveva recarsi a una sua ripetizione privata nei pressi della Stazione Trastevere. E intendeva, al ritorno, di spingersi fino a Via Garibaldi, dove conosceva un tale che in cambio farina le avrebbe ceduto della carne per la cena di Useppe.

Questo programma della giornata le si aggrovigliava nella testa come fil di ferro. Era il primo giugno, e, curiosamente, fu come se allo scadere preciso di questa data tutta la fatica accumulata nel mese di maggio le crollasse addosso. Dopo lo spavento di morire che l'aveva presa fuggendo dal camion, si ritrovava di nuovo peggio di prima, spersa e vile come un cane di nessuno perseguitato dall'acchiappacani. Nel portarsi verso Via Garibaldi, sentí che le gambe le si piegavano, e si sedette a riposare su una panchina nel giardinetto di qua dal ponte. La sua mente era distratta, cosí che percepiva appena confusamente delle voci che conversavano là presso, nel giardinetto o alla fermata del tram poco lontano. L'argomento non era nuovo: si parlava di un bombardamento che c'era stato quello stesso giorno, in periferia: chi diceva venti, chi duecento morti. Essa si manteneva conscia di stare là seduta nel giardinetto, e insieme si trovò a correre per il quartiere di San Lorenzo. Portava in braccio qualcosa di valore supremo che doveva essere Useppe; ma sebbene le pesasse come un corpo, quella cosa non aveva forma né colore. E anche il quartiere, che adesso si ravvoltolava in un polverone opaco, non era piú San Lorenzo, ma uno spazio straniero, senza case, anch'esso informe. Lei non sognava, tanto è vero che percepiva nel frattempo lo strepito del tram sulle rotaie, e le voci dei passeggeri alla fermata. Però sapeva, al tempo stesso, di sbagliarsi: e che quello strepito non era il tram, bensí un altro suono. Riavendosi in una scossa, si vergognò al trovarsi con le labbra rilasciate e la saliva giú per il mento. Si alzò irresoluta, e solo giunta a metà di Ponte Garibaldi fu consapevole d'essere incamminata al Ghetto. Riconosceva il richiamo che la tentava laggiú e che stavolta le perveniva come una nenia bassa e sonnolenta, però tale da inghiottire tutti i suoni esterni. I suoi ritmi irresistibili somigliavano a quelli con cui le madri ninnano le creature, o le tribú si chiamano a raccolta per la notte. Nessuno li ha insegnati, stanno già scritti nel seme di tutti i vivi soggetti a morire.

Ida sapeva che il piccolo quartiere adesso, già da mesi, era di nuovo sgombro di tutta la sua popolazione: gli ultimi latitanti dello scorso ottobre, tornati quatti quatti nelle loro stanzette, ne erano stati snidati a febbraio, uno per uno, dalla polizia fascista al servizio della Gestapo; e perfino i senzatetto e i vagabondi se ne scansavano... Però nella sua testa, oggi, queste notizie si smarrivano fra le reminiscenze e abitudini anteriori. Seppure confusamente, lei s'aspettava tuttora d'incontrare, là dentro, la solita pipinara di famigliucce dai capelli ricci e dagli occhi neri nelle strade, sui portoncini e alle finestre. E al primo crocicchio si fermò, perplessa, senza piú riconoscere né le vie né le porte. In realtà si trovava all'imbocco di una via da lei già molto frequentata in passato: stretta nel primo tratto, fra case basse essa si apre in uno slargo e prosegue fra altre piccole diramazioni fino alla piazzetta centrale. Il suo nome, se non sbaglio, è Via Sant'Ambrogio. E qua, piú o meno, Ida usava sempre sbarcare, nei suoi vagabondaggi trascorsi. Qua d'intorno stavano le bottegucce e i cortiletti e i vicoli familiari: dove lei s'era indaffarata per le sue compre-vendite; e dove aveva udito dalla Vilma «un po' disturbata nella testa» le radio-informazioni della Signora e della Monaca; e dove una volta aveva imparato da una vecchietta in cappellino la razza ufficiale dei meticci; e un'altra volta s'era incontrata con la levatrice Ezechiele... Era un circuito piú minuscolo d'ogni minuscolo villaggio, anche se dentro ci si affollavano, a famiglie di dieci per ogni stanzetta, migliaia di giudii. Ma oggi Ida ci si trascinava come in un labirinto enorme senza principio né fine; e per quanto lo girasse, ci si ritrovava sempre allo stesso punto.

Si rendeva conto vagamente d'esser venuta qui per consegnare qualcosa a qualcuno; anzi di costui sapeva il cognome: EFRATI, che andava compitando fra sé a voce bassa per tenerselo a memoria. E cercava a chi rivolgersi per indicazioni. Ma non c'era nessuno, neanche un passante. Non si udiva nessuna voce.

Agli orecchi di Ida, il perpetuo rullo dei cannoni in lontananza si confondeva coi rimbombi dei suoi propri passi solitari. Di qua dal movimento del lungotevere, il silenzio di questi vicoletti assolati le isolava i sensi come una iniezione narcotica, escludendo ogni territorio popolato all'intorno. Attraverso i muri delle case, si avvertiva stranamente la risonanza degli interni vuoti. E lei seguitava a mormorare EFRATI, EFRATI, affidandosi a questo filo incerto per non perdersi del tutto.

Eccola di nuovo allo spiazzo con la fontana. La fontana era secca. Dalle loggette e dai ballatoi decrepiti della viuzza spiovevano le piante morte. Ai piani delle casupole non c'era più il solito imbandieramento di calzoncini, fasciole e altri cenci stesi ad asciugare; qua e là dai ganci esterni ne pendevano tuttora le cordicelle spezzate. E qualche finestra aveva i vetri rotti. Dall'inferriata di un terraneo, già adibito a rivendita, si intravvedeva il locale umido e buio, spogliato del banco e delle merci, e invaso da ragnatele. Dei portoni, qualcuno pareva sbarrato, ma altri, sfondati nei saccheggi, erano appena accostati o semiaperti. Ida spinse un portoncino scassinato a un solo battente, e lo riaccostò alle proprie spalle.

L'ingresso, della misura di un bugigattolo, era quasi al buio, e ci faceva freddo. Invece la scaluccia di pietra, tutta avvallata e viscida, riceveva luce da una finestra all'altezza circa del secondo piano. Sul primo piano c'erano due uscioli chiusi; ma uno dei due non portava nessun nome. L'altro, su un cartoncino incollato portava scritto a penna: Famiglia Astrologo, e sul muro, al di sopra del campanello, ancora altri due nomi a matita: Sara Di Cave – Famiglia Sonnino.

Lungo la parete della scala, scrostata e coperta di chiazze, si leggevano varie scritte murali, per lo più di mano chiaramente infantile: *Arnaldo fallamore con Sara – Ferucio è bello* (e sotto, aggiunto da un'altra manina: *è stronzo*) – *Colomba fallamore con L – W la Roma.*

Corrugando la fronte, Ida scrutava tutte le scritte, nello sforzo di decifrarvi la propria ragione confusa. La casa era in tutto di due piani, ma la scaluccia a lei parve assai lunga. Finalmente, al secondo pianerottolo, scoprí quello che cercava. E in realtà, gli EFRATI non si contano nel Ghetto di Roma. Non c'è scala, si può dire, in cui non se ne trovi qualcuno.

Qui c'erano tre porte. Una, senza nome e scardinata, dava su un bugigattolo privo di finestre, con in terra una rete da letti e un catino malconci. Le altre due porte erano chiuse. Su una, c'era una targhetta col nome: Di Cave, e sopra, scritti sul legno, ancora i nomi: Pavoncello, Calò. E sulla seconda, un largo pezzo di carta incollato diceva: Sonnino, EFRATI, Della Seta.

Dalla stanchezza che provava, Ida non seppe resistere alla tentazione di buttarsi a sedere su quella rete di ferro. Dalla finestra rotta sulla scala arrivò lo strido di una rondine, e lei se ne meravigliò. Incurante dei bombardamenti e degli schianti quella bestiola aveva trasvolato il cielo – nel suo fragile corpicino orientato senza errore – come un sentiero domestico. E invece lei, donna, e anziana di piú di quarant'anni, si trovava persa.

Dovette fare uno sforzo enorme per non cedere alla voglia di stendersi su quella rete e lasciarsi lí fino a tutta la notte. E certo fu simile sforzo che nel suo stato di estrema debolezza le provocò allora un'allucinazione auditiva. Dapprima la sorprese un silenzio irreale del luogo. E in questo i suoi orecchi, ronzanti dai digiuni, incominciarono a percepire delle voci. Non fu, invero, propriamente un'allucinazione, perché Ida si rendeva conto che la fabbrica di quelle voci era dentro il suo cervello, anzi lei stessa non le avvertiva altrove. Però, l'impressione che ne riceveva era che si irradiassero nei suoi canali auditivi da qualche dimensione imprecisata, la quale non apparteneva né allo spazio esterno, né ai suoi ricordi. Erano voci estranee, di timbri diversi ma femminili in prevalenza, slegate una dall'altra senza dialogo né comunicazione fra di loro. E pronunciavano distintamente delle frasi, ora esclamative ora distese, però tutte di ordinaria banalità, quasi spezzoni raccogliticci della vita comune di ogni giorno:

... «Sto su in terazza a riccòie la biancheria!!»... «Si nun fenisci er compito, nun esci!»... «Abbada che stasera lo dico a tu' padre!»... «Oggi distribuiscono le sigarette...» «Vabbè, t'aspetto, ma sbríghete...» «Indó sei stata, tutto 'sto tempo?...» «Mó vengo, a' mà, mó vengo!» «A quanto la fate?» «M'ha detto de buttà giú la pasta...» «Smorza la luce, che la corente costa cara...»...

Questo fenomeno delle voci è abbastanza comune, e a volte lo sperimentano anche i sani, piú di frequente sul punto d'addormentarsi e dopo una giornata di fatica. Per Ida, non era un'esperienza nuova; ma nella sua presente fragilità emotiva lei ne fu coinvolta come da un'invasione. Le voci nei suoi orecchi, prima di spegnersi, presero a riecheggiarsi a vicenda, accavallandosi in un ritmo tumultuante. E in questa loro fretta pareva di avvertire un senso orribile, come se i loro poveri pettegolezzi si esumassero da una eternità confusa in un'altra eternità confusa. Senza sapere quel che diceva, né perché, Ida si trovò a mormorare da sola, col mento che le tremava come ai bambinelli sul punto di piangere:

«Sono tutti morti».

Lo disse con le labbra, però senza voce quasi. E a questo

mormorio, dentro il silenzio avvertí un peso, come il piombare di uno scandaglio acustico nella sua memoria. Le riuscí allora di riconnettere che oggi era venuta qui per consegnare il messaggio raccolto giú dal treno il 18 ottobre alla Stazione Tiburtina; e subito si mise a frugare con le dita inquiete negli scomparti della sua borsa, dove lo teneva riposto da quel giorno. Sul foglietto, consumato e lurido, la scritta a matita s'era scancellata quasi del tutto. Ci si leggeva a stento: ... *vvedete Efrati Pacificho – familia – debbito lire –*. Il resto, era illeggibile.

La prese un'ansia di andarsene da questo luogo. Nel cercare la borsetta, aveva rivisto in fondo alla sporta il cartoccio di farina che ci aveva messo uscendo di casa: esso la richiamava a una qualche faccenda imprecisa ma urgentissima a cui doveva affrettarsi prima di sera... Mezza ubriaca risortí sul pianerottolo. I campanelli elettrici, alle due porte chiuse, non emettevano suono; e allora lei si dette a bussare all'una e all'altra, a caso, di qua e di là dallo stretto pianerottolo. Sapeva di bussare senza effetto né intento; e presto desistette. Però, mentre scendeva verso il portone, quei colpi assurdi nel vuoto invece di cessare le si erano fatti contro, percuotendola fra la gola e lo sterno. L'inservibile messaggio della Stazione Tiburtina era rimasto di sopra nel bugigattolo, dove essa l'aveva lasciato cadere.

Frattanto, le era tornato alla mente che doveva salire senza ritardo a Via Garibaldi, a tentare lo scambio della farina con un pezzo di carne per la cena di Useppe. Ma qui la fortuna le venne in aiuto. Nei pressi di Portico d'Ottavia, ancora sui margini del Ghetto, scorse in un androne, in cima a tre o quattro scalini, un uscio accostato da cui scorreva un filo di sangue. Affacciandosi, trovò una stamberga, male illuminata da un finestrino interno, e adibita per il momento a macello semiclandestino. Un giovanotto in maglietta, muscoloso, dalla faccia ossuta e dalle mani coperte di sangue stava in piedi dietro una panca, presso una enorme valigia imbottita di giornali insanguinati, e rompeva a pezzi con una accetta e con le mani il corpo già scuoiato e spaccato di un capretto. Sia lui che le poche clienti volevano sbrigarsi, anche perché si appressava l'ora del coprifuoco. Su un lato della panca, tutta chiazzata e lorda, c'erano due teste di capretto sanguinose, e un mucchio di biglietti di banca di piccolo taglio dentro una cesta.

Nell'ambiente stagnava un odore dolce e tiepido, che dava la nausea. Ida si avvicinò camminando malsicura, intimidita quasi venisse a rubare. E senza dire parola, con la bocca piegata e i tratti che le tremavano, posò sulla panca il suo cartoccio di farina. Il giovanotto glielo considerò appena, con occhio quasi torvo, e, non perdendo tempo a discutere, in cambio le buttò fra le mani, incartato con un foglio di giornale, l'ultimo pezzo rimasto del capretto: una coscia e parte della spalla.

I passanti svuotavano le strade in fretta, ma Ida non si rendeva conto dell'ora. In realtà, da quando s'era mezzo appisolata nel giardinetto, era passato piú tempo che lei non pensasse. Ormai già scoccava il coprifuoco; e allo sbocco del lungotevere sulla piazza dell'Emporio, essa si trovò, a sua stessa insaputa, unica passante in un mondo spopolato. Già i portoni si chiudevano ma in quel momento nessuna pattuglia perlustrava i dintorni. Il sole, che appena cominciava a abbassarsi, pareva una stella deserta e strana, come i soli di mezzanotte. E mentre lei costeggiava il lungotevere, il fiume, attraversato di sbieco dalla luce, le si mostrò di un colore bianco. Lungo la via di casa, essa non vedeva piú altro che questo bianco liquido e abbacinante per tutta l'aria; e si affrettò, inquietamente sospettosa d'esser caduta in una sorta di pianeta esotico, per quanto familiare ai suoi passi. Nella sua camminata storta e svolazzante, essa badava a stringere gelosamente la sporta con dentro quel pezzo di capretto, come una passera malandata che ritorna all'albero con un ricco verme. E quando, di là dal marciapiede opposto, riconobbe il proprio portone, voltò in su gli occhi pieni di gratitudine a cercare per i piani le finestre di casa. Al suo sguardo, tutte quelle finestre si mostrarono come crepacci neri sul fronte di un iceberg. Il portone stava chiudendo. Nell'accorrere, il corpo, dalla debolezza, le si era fatto senza peso.

Quella notte, dopo tanto che non sognava, ebbe un sogno. I suoi sogni, per solito, erano colorati e vividi, ma questo invece era in bianco e nero, e sfocato come una vecchia foto. Le pareva di trovarsi all'esterno di un recinto, qualcosa come un terreno di rifiuti in abbandono. Altro non c'era che delle scarpe ammucchiate, malridotte e polverose, che parevano smesse da anni. E lei, là sola, andava cercando affannosamente nel mucchio una certa scarpina di misura piccolissima, quasi di bambola, col sentimento, che, per lei, tale ricerca avesse il valore di un verdetto definitivo.

Il sogno non aveva intreccio, nient'altro che quest'unica scena; ma per quanto lasciato senza séguito, né spiegazione, sembrava raccontare una lunga vicenda irrimediabile.

La mattina dopo, per la prima volta dopo tanti mesi, Ida non ce la fece a levarsi presto. Né poté indursi a nessuna impresa, se non, verso le undici, a un secondo inutile pellegrinaggio alla Cassa Stipendi per il caso che oggi lo sportello-pagamenti avesse riaperto.

Al suo ritorno, Filomena la convinse a mangiare una porzione di *pèttola*. Avendo smarrito lo stimolo della fame, essa ne inghiottí i primi bocconi di malavoglia; ma poi ne consumò il resto con tale voracità che poco dopo il suo stomaco disavvezzo le provocò dei conati di vomito. Essa allora si distese supina sul letto, con gli occhi sbarrati per lo sforzo di trattenersi, e di evitare un simile scempio di quella pasta preziosissima.

Faceva un tempo splendido, già estivo, ma lei sentiva un gran freddo, e una sonnolenza continua che ogni tanto la ributtava di prepotenza sul letto. In quei sopori, essa rivedeva, in un al di là remotissimo, quell'altra Ida che fino a ieri trottava e galoppava per le strade come un corridore, e s'acquattava, e rubava... «Una maestra di scuola!! Una insegnante!!!» si diceva rabbrividendo a quest'ultima visione. E addirittura si vedeva già sotto accusa, portata in Tribunale: fra i giudici c'erano la sua Direttrice scolastica, l'Ispettore, il Generale in capo delle Forze Tedesche, e alcune uniformi della PAI. Questo stato le durò anche i due giorni seguenti. Adesso aveva un gran caldo, la gola asciutta. Era febbricitante. Ogni tanto, però, tornava a rinfrescarla un'arietta come di foglie o di piccole ali che le sbattessero vicino al viso:

«A' mà! pecché dormi tanto?!»

«Adesso mi alzo... Hai mangiato?»

«Tí. Filomena m'ha dato la pèttola».

«Devi dire la *Signora* Filomena... Hai ringraziato? eh?»

«Tí».

«Come le hai detto?»

«Io gli ho detto: *favoriscio?* e lei m'ha detto: *tiè!*»

«*Favorisco!!* cosí le hai detto?! questo non bisogna... te l'ho già insegnato che non bisogna chiedere... Però dopo, almeno, l'hai ringraziata per il disturbo?...»

«Tí-tí. *Pima* gli ho detto *favoriscio* e dopo gli ho detto *ciao*».

In quei giorni Filomena e Annita erano contente, perché Santina aveva letto nelle carte che presto verrebbe la pace e si avrebbero notizie di Giovannino. Tommaso il capo di casa invece era pessimista. Raccontava di aver sentito dire, all'ospedale, che i Tedeschi intendevano resistere a oltranza, e comunque prima farebbero saltare tutte quelle famose mine; e che pure il Papa si preparava a fuggire con la «flotta vaticana» su un aereo blindato, verso l'ignoto.

Tutte le strade intorno a Roma rumoreggiavano di carriaggi e di stormi aerei. Dalla parte dei Castelli, non si vedeva altro che un enorme fumo. La sera del 3 giugno, Tommaso, che si appassionava alle partite di calcio, e favoriva la squadra della Lazio, rincasò piú avvilito che mai: quasi non bastasse tutto il resto, era successo un caso dell'altro mondo: la Tirrenia aveva eliminato la Lazio. E cosí, questa era esclusa dalla finale, favorendo la rivale odiata, la Roma.

Da oggi Tommaso si trovava in vacanza, non potendo raggiungere l'ospedale, perché, con immediato provvedimento, era stato proibito il passaggio dei ponti sul Tevere. Cosí, la città era divisa in due territori, che non potevano comunicare fra loro. Alla notizia, nella povera mente febbrosa di Ida, la reale topografia di Roma si confuse e si capovolse. Tutti i suoi già corsi itinerari cittadini: non solo la scuola al Gianicolense e Trastevere, ma anche Tordinona e San Lorenzo e la Cassa Stipendi, le comparivano da oggi irraggiungibili, situati dall'altra parte del fiume. E il piccolo villaggio del Ghetto le si allontanava a una distanza nebulosa, al di là di un qualche ponte lungo miglia e miglia.

Tommaso disse pure di aver visto sfilare, da Piazza Venezia lungo il Corso, una processione sterminata di *camioni* stracarichi di soldati germani tutti neri di fuliggine e sporchi di sangue. La gente li guardava e non diceva niente. Loro non guardavano nessuno.

La sera del 4 giugno, per la mancanza della luce elettrica, tutti si coricarono presto. Il Testaccio era calmo sotto la luce lunare. E nella notte, gli Alleati entrarono a Roma. D'improvviso, si levò un grande clamore per le strade, come fosse Capodanno. Le finestre e i portoni si spalancarono, s'incominciarono a sciogliere le bandiere. Non c'erano piú Tedeschi nella città. Dall'alto e dal basso si sentiva gridare: Viva la pace!! Viva l'America!!

Il nonno, svegliato di soprassalto, cominciò a straziarsi «oi mà oi mà» scatarrando nel catino.

«oi mà oi mà...»

«fío fío... che dici?»

«io me ne vurebbe... rruhuhur... oi mà... fío fío... oi mà... rifiatàteme... rifiatàteme vuie... qua i germanesi... oi mà i tedeschi... i tedeschi ci zòmpano... uuuhrrh... rrrrruhuhu... m'accidono... nudo e zingarello... rrhu...»

Ci fu movimento nella casa. «Gli Americani! Sono arrivati gli Americaniii!!» Useppe, elettrizzato, scorrazzava nel buio coi piedi nudi.

«A' mà! a' màààh!! I Lamemicani! Ci stanno i La...memicani...!» In sogno, Ida si ritrovava a Cosenza, bambina, e sua madre insisteva a chiamarla perché si levasse, era tempo di andare a scuola. Ma fuori faceva freddo, e lei paventava di mettersi le scarpe, perché aveva i geloni ai piedi.

Troppo stanca per alzarsi, borbottò appena, e ripiombò nel sonno.

4.

Dopo l'assalto al carico della farina, Ida non si credeva piú capace di tornare al quartiere San Lorenzo, diventato per lei il centro stesso della paura. Ma, trascorse due settimane dalla riapertura delle strade senza ancora notizie di Ninnarieddu, si avventurò fino all'osteria di Remo.

Qui, apprese la notizia sorprendente che Nino era già stato a Roma sui primi di giugno, poco dopo l'ingresso degli Alleati, passando per una rapida visita dall'oste, che gli aveva naturalmente fornito l'indirizzo di sua madre al Testaccio. Di salute stava benissimo, allegro, e aveva portato buone notizie anche di Carlo-Piotr, il quale era vivo e sano, e attualmente abitava presso dei parenti (si trattava in realtà della sua balia) in un paesino a mezza strada fra Napoli e Salerno. I due, dopo aver superato assieme, incolumi, il passaggio delle linee, avevano conservato, anzi rafforzato la loro amicizia di guerriglieri; e spesso avevano occasione d'incontrarsi a Napoli, dove Nino teneva degli affari importanti.

Queste erano, in tutto e per tutto, le notizie, poche e sbrigative, che l'oste aveva ottenuto da Nino: il quale stava a bordo di una Gip militare, in compagnia di due sottufficiali americani, e aveva molta fretta. Dopo quel giorno, l'oste non lo aveva piú riveduto.

Dopo tale informazione rassicurante, Ida non seppe piú niente di Nino fino all'agosto. In quel mese, arrivò una sua cartolina col timbro *Capri* e la foto a colori di un palazzo lussuoso intitolato *Quisisana Grand Hôtel*. Equivocando, i destinatari favoleggiarono che Nino fosse alloggiato addirittura in quel palazzo. Sul lato della corrispondenza, fra numerose altre firme di sconosciuti, lui, sopra alla sua propria firma: *Nino*, ci aveva scritto soltanto: *See you soon*. Questa scritta ai presenti riusciva indecifrabile: chi la reputava americana, e chi, piuttosto, giapponese o cinese. Però Santina, che adesso faceva il mestiere coi militari alleati, consultò un siculo-statunitense in proposito. E riferí, da parte di costui, che la frase voleva dire, all'incirca, *Arrivederci presto*.

Tuttavia, s'arrivò all'autunno nel silenzio totale di Ninnuzzu. Il quale, invero, durante quei mesi, era stato a Roma piú di una volta, avanti e indietro. Però, capitandoci sempre di passaggio, e troppo occupato in certi suoi traffici frettolosi, finora aveva trascurato d'informarne sia il suo amico oste, che sua madre.

Frattanto, gli eserciti alleati, sbarcati in Normandia, avevano sferrato l'attacco ai Tedeschi in Europa, alla riconquista della Francia, e in Agosto erano entrati a Parigi col generale De Gaulle. In tutti i paesi già assoggettati dai Tedeschi, progrediva la rivolta, mentre le armate russe avanzavano dall'oriente. E in Italia, dopo Roma gli Alleati avevano preso Firenze, arrestandosi sulla *linea gotica* dove attualmente il fronte era fermo.

Altri avvenimenti di quell'estate: non molto tempo dopo la liberazione di Roma, Annita, trovata occasione di un mezzo di trasporto, ne aveva approfittato per una visita su alla montagna, dove la casupola della famiglia, e le altre vicine, stavano a posto senza danno. Però, di tutte le città e i paesi abbasso in pianura o su verso i monti, che una volta s'incontravano lungo il viaggio, non restava piú niente, essa raccontò al ritorno: al loro posto, non ci si vedeva altro che un polverone. I suoceri le nominavano questa o quella località, paese, aranceto; ma lei, scuotendo il capo adagio con gli occhi sconsolati, ripeteva che dovunque era lo stesso: piú niente, solo un polverone. Pareva che la strana veduta di questo polverone avesse invaso tutte le altre impressioni del suo viaggio, al punto che quasi non ricordava altro.

Il secondo avvenimento fu, in agosto, la morte del nonno. In una di quelle notti canicolari, il vecchio, di sua propria iniziativa, calandosi giú dalla sua branda in cucina si era coricato sul pavimento, forse per sentirsi piú fresco. E alla mattina stava tuttora là in terra lungo disteso, che borbottava da solo, senza badare che sul suo corpo seminudo camminava una fila di formiche. Il primo a entrare in cucina, svegliandosi all'alba, era stato Useppe; il quale, stupefatto, rimirando il vecchio, si era provato a offrirgli il catino da sputare, la sedia, il fiasco del vino. Ma il vecchio rispondeva solo borbottando accanitamente, nel tono di chi rifiuta, né voleva piú alzarsi. Dalla cucina il mattino stesso fu trasferito all'ospedale, da dove poco piú tardi, morto, fu portato direttamente al camposanto, e riversato nella fossa comune. Useppe, che domandava dove fosse andato, ebbe in risposta, da Annita, che se n'era tornato sulle montagne; e alla risposta rimase lí perplesso, figurandosi quel vecchio allampanato, nudo, coperto di formiche e senza nemmeno le cioce ai piedi, che s'arrampicava frammezzo al famoso polverone. Però da allora non domandò piú di lui.

A Ida frattanto, dopo le inevitabili confusioni dei servizi, la Cassa aveva ripreso a pagare gli stipendi in biglietti di banca di un tipo nuovo, detti am-lire. Pure con queste am-lire, tuttavia, le era difficile rimediare i pasti ogni giorno; ma rubare, per lei, d'ora in avanti, era escluso. L'edificio della sua vecchia scuola lí al Testaccio, requisito già dalle truppe, in quei giorni era stato occupato da un reparto di sudafricani, che ogni tanto fornivano a Tommaso Marrocco, in cambio di qualche commissione, i sopravanzi della loro mensa. E allora il caso volle che Ida, per mezzo di Tommaso, trovasse là un lavoro: lezioni d'italiano a un tale di quel reparto. Non avendo mai, prima, fatto scuola a un adulto, Ida si sentiva tutta spaurita alla prova; ma da principio, essa credeva che un sud-africano fosse un uomo di color nero, e questo fatto, chi sa perché, le tornava piú rassicurante. Invece, si trovò di fronte a un uomo di pelle bianca, biondo e lentigginoso: il quale parlava pochissimo, in una lingua incomprensibile, e aveva con lei maniere piuttosto rudi, quasi da sergente a recluta. Era di figura grossa e squadrata, e tardo a capire; ma qui la colpa credo, era piuttosto dell'insegnante, che in quell'ora di lezione affannava e tartagliava, piena d'imbarazzo, e pareva una scema. Le lezioni avevano luogo nell'edificio della scuola, in un locale fresco a pianterreno, già adibito a palestra; e Ida ne riceveva in pagamento sacchetti di zuppa in polvere, scatolette di carne congelata, ecc. L'impiego cessò nella tarda estate, con lo spostamento del sudafricano verso Firenze; e questo rimase, da lí in seguito, l'unico rapporto avuto da Ida coi vincitori.

Di Giovannino, ancora non s'era avuta nessuna notizia. E cosí Ida, alla fine dell'estate occupava sempre, con Useppe, la sua stanzuccia in Via Mastro Giorgio. Qui un pomeriggio, sugli ultimi di settembre, ci fu una visita inaspettata: Carlo.

Si presentò in cerca di Nino, asserendo che costui, già da alcuni giorni, stava a Roma, benché senza un recapito preciso. E lui contava di trovare qui, almeno, qualche indicazione per rintracciarlo; ma all'accorgersi che nella casa non erano informati di nulla, non nascose la propria impazienza di andarsene via subito, annunciando in un borbottio che doveva riprendere il treno di Napoli prima di sera.

Tuttavia, davanti all'ansietà di Ida e alle premure dei circostanti, licenziarsi cosí senz'altro dovette sembrargli troppo villano. E sedette impacciato come gli veniva offerto, davanti alla tavola del laboratorio su cui subito gli servirono del vino bianco di Frascati. Accorso dalla stanzuccia, Useppe a riconoscerlo gli aveva gridato contento: Carlo! Carlo! e Ida balbettando per la sorpresa lo aveva presentato agli altri: «Il Signor Carlo Vivaldi». Ma lui, sedutosi, con un fare brusco e severo, quasi che tutti dovessero già saperlo, avvertí:

«Io mi chiamo DAVIDE SEGRE».

Nella stanza, oltre a Ida e Useppe e le donne di casa e la piccinina, c'erano Consolata e ancora due altre conoscenti e in piú un ometto attempato, amico della famiglia, che di professione faceva lo strillone di giornali. Ida avrebbe voluto fare all'ospite cento domande, ma di fronte al suo solito contegno scostante e forastico, se ne tratteneva. E per di piú si vergognava pure d'esser lasciata da Nino all'oscuro e sprovveduta al punto da dovere, lei sua madre, informarsi di lui da un estraneo.

Colui che un tempo s'era nominato Carlo, e poi Piotr, e adesso Davide, sedeva a disagio fra la piccola folla domestica. I presenti, avendone già sentito parlare da Ida, lo avevano subito identificato per quel famoso partigiano compagno del prode Ninnuzzu, che aveva attraversato le linee assieme a lui. E in conseguenza lo trattavano da ospite di pregio supremo, tutti eccitati dalla sua presenza. Ma questi onori sembravano imbarazzarlo peggio, anzi urtarlo e renderlo quasi cupo.

Era sempre magro, piú o meno come allora, però in certo modo sembrava piú ragazzo del tempo che stava a Pietralata. Portava una maglietta bianca di bucato, su dei pantaloni, al contrario, incredibilmente zozzi, di cotone blu tipo marina. E per quanto sbarbato, e coi capelli tagliati belli corti secondo la foggia sua primitiva, aveva, nella faccia e in tutto il corpo, qualcosa di trascurato e di lasciato andare. Le unghie le aveva nere di sporcizia, e i piedi zellosi nei sandali consunti. Sebbene Ida lo avesse presentato col titolo di «Signor» aveva piuttosto un aspetto fra di zingaro e di proletario. E l'intensa tristezza dei suoi occhi mori pareva sprofondarsi in una ostinazione interna quasi disperata, come un'inguaribile idea fissa che gli covava dentro.

Non guardava nessuno; e fra le sorsate del vino, invece di posare il bicchiere, lo stringeva fra le due mani nervose, e ne fissava l'interno, con l'aria d'interessarsi piú al fondo di un bicchiere, che ai propri simili. A chi lo sollecitò per qualche racconto delle sue avventure, rispose solo alzando una spalla, con un sorrisetto storto. Era, chiaramente, assai timido; però il suo silenzio sapeva pure di protervia, quasi che si negasse a ogni conversazione per vendicarsi dell'obbligo di civiltà che lo aveva indotto, di malavoglia, a trattenersi qui in compagnia. Al centro della curiosità e sollecitazione generale, lui si comportava, né piú né meno, come un sordomuto. Solo, quando Consolata e le Marrocco inevitabilmente pervennero a sottoporgli il problema cruciale dei loro dispersi, alzò gli occhi per un attimo, e in uno scatto delle mascelle disse con una assolutezza seria e brutale:

«Non torneranno mai piú».

Tutti ammutolirono. E allora lo strillone di giornali, per distrarre un poco le donne dall'impressione terribile, trasferí il discorso prontamente su Santina, la quale aveva promesso di venire subito dopo pranzo a leggere le carte, ma intanto si faceva aspettare. In proposito l'ometto, pigliando un tono ameno, partí in facili induzioni sugli affari che potevano trattenere Santina motivando il suo ritardo. E non lo fece in termini vaghi, anzi precisi, e arricchiti da allusioni sconce, che miravano all'effetto comico.

Il nominato Davide non mostrò d'interessarsi a questo discorso piú che agli altri precedenti. Però, quando Santina, di lí a due minuti, fece la sua comparsa sull'uscio, lui, che fino adesso non aveva badato a nessuna persona, la accompagnò con gli occhi mentre lei muoveva i suoi passi grevi verso la tavola e seguitò a guardarla, di fra le ciglia un poco basse, anche dopo che lei vi ebbe preso posto, trovandosi quasi di faccia a lui. Grazie alla folla di soldatini e soldatoni di bocca facile che in quei mesi piovevano a Roma da tutti i continenti, Santina adesso godeva di qualche fortuna, relativamente alla sua sorte; e si era fatta ondulare dal parrucchiere i suoi lunghi capelli sciolti, in parte grigi; ma per tutto il resto, non aveva cambiato. Nessuno si prese cura di presentarla a Davide; né lei sembrò avvertire quegli occhi neri, che la soggarardavano con una selvatichezza caparbia. Ma sul punto che le sue mani rovinate di lavandaia, grosse e nodose, si accingevano a rimestare le carte apprestatele da Annita, Davide si levò, deciso, annunciando:

«Io devo andare».

Poi subito rivolto a lei, le propose, o meglio quasi le ordinò di prepotenza, benché fosse arrossito come un ragazzetto:

«Per favore, mi accompagna giú? Manca ancora un'ora e mezza alla partenza del mio treno. *Dopo*, lei può tornare qua per le carte».

Aveva parlato senza ambiguità, però non c'era nessuna mancanza di rispetto nel suo tono; anzi, sulle ultime parole, aveva quasi l'aria di domandare una carità. Gli occhi tardi e docili di Santina si mossero a malapena nella sua direzione; essa fece un piccolo sorriso incerto, mostrando nella gengiva superiore il vuoto dell'incisivo.

«*Vadi, vadi* pure col signore, noi l'aspettiamo», la incoraggiò lo strillone di giornali, con una festevolezza cordiale, e un po' maligna, «noi qua l'aspettiamo, a suo comodo».

Essa seguí il giovane con semplicità. Quando il suono dei loro passi accoppiati svaní giú per la scala, nel laboratorio ci furono commenti svariati, però tutti, piú o meno, insistiti sul tema principale «un cosí bel ragazzo, se ne va con quella zòccola vecchia!!»

Frattanto, la vecchia zòccola guidava questo cliente inaspettato al proprio terraneo sui margini del Portuense, non molto distante da Porta Portese. Stava nel basso di una costruzione isolata in muratura, a due piani oltre al piano terra (i due piani apparivano di aggiunta piú recente, per quanto già malridotti e scaduti) in fondo a un terreno vago e senza selci, di là da certe baracche con gli orti. Ci si entrava direttamente dalla strada, per un usciolo senza targa né campanello, e l'interno, di una sola umida stanzuccia, dava per un lato su una sorta d'immondezzaio, visibile da un finestrino a grata, che peraltro era sempre celato da una tenda. Sullo stesso lato del finestrino, c'era un letto di legno, non molto ampio, vegliato da due stampe sacre: una era la solita e ripetuta immagine del Sacro Cuore, e l'altra la figura di un santo di paese, col pastorale e i paramenti, e l'aureola intorno alla mitra vescovile. Il letto era coperto di un damasco di cotone rossastro, e aveva ai piedi un tappetino a buon mercato di stile orientale, ridotto quasi alla trama.

Il resto della mobilia consisteva in una poltrona con le molle mezze di fuori, e in un tavolinetto con sopra un bambolino di celluloide vestito di tulle, un piccolo tegame e un fornellino elettrico. Sotto al tavolino c'era una grossa valigia di fibra, che faceva anche da armadio, e al di sopra, appesa al muro, c'era una credenzuola.

In un angolo della stanza pendeva una tenda dello stesso tessuto a fiorami e a strisce di quella del finestrino, e altrettanto consunta. Là dietro ci si trovava un piccolo lavabo di ferro stagnato, con brocca, catino e secchio, un asciugamano pulitissimo appeso a un chiodo, e in terra perfino il bidè, anch'esso di ferro stagnato.

Il cesso, in comune con gli altri inquilini dei piani di sopra (al pianoterra, Santina era l'unica abitante) si trovava situato all'esterno, dentro al cortiletto dell'ingresso principale. Per andarci, bisognava uscire dal terraneo sulla strada e aggirare la costruzione fino al portòne d'ingresso. A ogni modo, nella stanzuccia, sotto al letto, c'era un orinale, che si poteva anche svuotare direttamente nella strada.

Santina non volle spogliarsi, togliendosi solo le scarpe prima di stendersi sotto la coperta accanto a lui, che già s'era spogliato nudo. Stettero insieme circa un'ora, e in quell'ora Davide si sfrenò in un'aggressività animalesca, avida e quasi frenetica. Però, al momento dei saluti, riguardò Santina timidamente, con una sorta di gratitudine intenerita, mentre che invece per tutta quell'ora aveva sempre evitato di guardarla, girando altrove i suoi occhi foschi e solitari nella furia del suo corpo. Le dette tutti i soldi che aveva (pochi) pescandoli nella saccoccia dei pantaloni (dove pure teneva il suo biglietto Napoli-Roma e ritorno) e nell'ammucchiarglieli in mano, tutti arraffati come cartaccia, si scusò con lei, vergognandosi, di non poterla pagare meglio. Ma poi, nel constatare che s'era fatto tardi, dovette richiederle indietro qualche spicciolo, necessario per il tram fino alla stazione. E simile richiesta lo fece arrossire mortificato, come una colpa difficile da perdonarsi; mentre Santina, a questo piccolo scambio, pareva quasi scusarsi a sua volta, nello stupore dei suoi occhi ubbidienti, poiché invero i soldi ricevuti da lui (per quanto pochi) erano piú che il doppio della sua tariffa solita.

A ogni modo, lui s'affrettò a farle sapere che, dopo la liberazione del Nord, avrebbe avuto piú soldi di adesso, per cui potrebbe pagarla meglio assai. Frattanto, magari coi pochi soldi che poteva rimediare per adesso, ogni volta che capitava a Roma sarebbe tornato a cercarla.

Essa lo accompagnò alla fermata del tram, nel dubbio che, poco pratico del quartiere, ci si sperdesse. Poi, col peso del suo corpo strapazzato e paziente, tornò su dai Marrocco; mentre lui, sballottato nella calca della vettura, ci si faceva largo a furia di spintoni, irrequieto come un lottatore senza stile.

La riapparizione di Carlo-Davide, come una staffetta, precedette di poco quella di Nino. Appena due giorni dopo, sul primo dopopranzo, Ninnarieddu si presentò a sua volta in casa Marrocco; e la sua visita fu l'opposto di quella di Davide, sebbene altrettanto breve.

Siccome sull'uscio di casa c'era la targhetta MARROCCO, lui, prima ancora di bussare, chiamò con esaltazione: «Useppe! Useppe!!» Volle il caso però che Useppe, vista la giornata bellissima di sole, fosse uscito a spasso con Annita: e al saperlo Nino rimase male, tanto piú che poteva trattenersi poco. Aveva portato al fratelluccio varie tavolette di cioccolata americana, e le mise là sulla mensola con una espressione contrariata. Allora Filomena spedí subito in fretta la *piccinina* a reperire i due, che del resto non dovevano essere andati lontano: probabilmente s'erano fermati ai giardinetti di Piazza Santa Maria Liberatrice. Però, dopo una sparizione velocissima dabbasso, la piccinina ricomparve in volata, cosí di prescia che pareva si mangiasse i respiri: aveva cercato i due ai giardinetti e in piazza, ma senza trovarli. Essa, invero, s'era adattata a malincuore alla commissione, ansiosa di non perdere nemmeno una scintilla di quel nuovo ospite cosí abbagliante. Mai, se non forse fra gli eroi del cinema, aveva veduto un tipo altrettanto strepitoso.

Era riccetto, alto, ben fatto, abbronzato di sole, ardito, elegante, tutto vestito all'americana. Aveva un giubbetto di cuoio all'americana, corto alla vita, con camicia e pantaloni da civile, però di tela militare americana. I pantaloni bene stirati, chiusi da una magnifica cintura di cuoio e stretti di gamba, gli terminavano in certi stivaletti di pelle cruda, di quelli arroganti, del tipo che si vede nei western. E dalla camicia aperta gli si vedeva ballare sul petto una catenina d'oro, con appeso un cuoricino d'oro.

L'epopea delle sue prodezze, ormai leggendaria in famiglia, gli passava e ripassava dentro gli occhi, in figurine mobili e impunite. E perfino nelle mani, gli si indovinava lo sconquasso e lo sbaraglio: tanto che al suo casuale avvicinarsi, la *piccinina* pronta si buttava un po' indietro ridendo con la tremarella, avendo l'aria di invocare: «Aiuto! aiuto! questo mi mena!»

E tuttavia, gli si fece davanti, in aria di impertinenza e perfino di sfida, per farsi mostrare da vicino un grosso anello d'argentone che lui portava alla mano. Sul castone c'erano incise le lettere A. M. (Antonino Mancuso): «Sono», lui le spiegò, «le mie iniziali». Essa si sprofondò nella contemplazione dell'anello, con l'importanza di un conoscitore che esamina il tesoro del Gran Khan. Ma d'un tratto se ne fuggí dall'altra parte della tavola, ridendo all'impazzata per la propria audacia senza nome, che addirittura le spezzava il cuore.

Delle sue grandi azioni di guerra, e delle avventure degli ultimi mesi, lui non ebbe tempo di discorrere. Ma si capiva, del resto, che per lui quelli erano già eventi antichi, ai quali riandava appena di volo, e distrattamente, troppo preso dall'oggi, e impaziente di correre al domani immediato.

Quali fossero le occupazioni importanti che attualmente lo assorbivano, rimaneva un indovinello, anzi lui godeva, in proposito, a fare l'uomo del mistero.

Gli dispiacque sapere che Carlo-Davide era stato a cercarlo inutilmente; ma se ne rassegnò subito, con una scossa dei ricci, dicendo: «Lo rivedo a Napoli». E si spassò a raccontare barzellette, fischiò motivi di canzoni, e ogni momento sbottava a ridere come un fringuello. Tutti erano eccitati dalla sua presenza festosa.

Invero, attualmente, che mangiava e beveva a volontà, e con la libertà di fare quello che gli pareva, Ninnuzzu era proprio in fiore; e in questa presente stagione della sua fioritura il suo gusto più forte era di piacere a tutti. Fosse pure lo spazzaturaio, la suora questuante, la cocomerara, il poliziotto, il postino, il gatto: pure a loro. Una mosca, perfino, se andava a posarsi addosso a lui, forse gli voleva dire: «Mi piaci». E siccome gli piaceva tanto di piacere, era sempre ardente, indiavolato e pazziante come se giocasse con un pallone iridato. Lui lo lanciava, e gli altri lo acchiappavano e glielo rilanciavano; e lui faceva un salto e lo riprendeva. Ora, l'eccesso di esibizionismo, in questa sua partita, era fatale; però ci si affacciava ogni tanto una specie di domanda ingenua, trepida e propiziatoria. La seguente (più o meno): «Insomma, vi piaccio? sí o no? Ah, dite di sí, mi piace troppo di piacervi...» e qui nei suoi occhi, nella sua bocca aggressiva e capricciosa, spuntava l'ombra di una minaccia: «Se mi dite di no, mi straziate. Voglio piacervi. Sarebbe una carognata, straziare un ragazzo a questo modo...»

Questa nota gli faceva perdonare ogni vanità, e nessuno gli resisteva. Perfino lo strillone di giornali (il quale verso quest'ora capitava sempre dai Marrocco, a farsi un bicchiere di vino in compagnia) di punto in bianco batté un pugno sulla tavola, e disse a Ida, con voce quasi tonante: «Sto fío vostro, a' signó, è proprio gaiardo!!» E una cliente vecchietta d'una settantina d'anni, che era venuta in prova della sua nuova giacchetta, si sedette là apposta per godersélo, e sussurrò in un orecchio alla madre: «Io, signora mia, me lo magnerebbe de baci!»

La stessa Ida, che pure ce l'aveva sempre con lui per vari motivi, ogni tanto rompeva in un piccolo riso brillante, che voleva far notare: «l'ho fatto io, costui! son io, che l'ho fatto!»

Lí per lí, raccontando che aveva passato l'estate a ballare, voleva insegnare alle donne presenti certi balli nuovi; tanto che la *piccinina*, dalla gran paura che lui l'abbracciasse, per poco non si buttò sotto la tavola. Senonché lui per fortuna scordandosi di ballare si accese una sigaretta con un accendino americano (o inglese) che lui chiamava *il cannone*. E per l'occasione offerse da fumare a tutti quanti, porgendo all'uno e all'altro, compresa la vecchietta, il proprio pacchetto di americane Lucky Strike. Ma siccome dei presenti il solo che fumasse era lo strillone di giornali, regalò a costui il pacchetto intero, salvo una sigaretta sola che si tenne di riserva, infilandosela ostentatamente sull'orecchio. E qui, per fare il buffo, si mise a imitare le pose d'un mafioso.

Frattanto, ogni due minuti si dava a borbottare per l'assenza di Useppe, finché dichiarò corrucciato che non poteva aspettarlo di piú. Si vedeva chiaro che il motivo piú importante della sua venuta era stato di sorprendere il fratelluccio, e consegnargli la cioccolata americana; e ci s'arrabbiava sul serio e ne spasimava, per questo suo progetto sfumato. «Ritorno giú in piazza a vedere?» gli si offrí presto presto la *piccinina*, nella speranza di trattenerlo ancora. «No, è tardi oramai. Non posso tardare piú», rispose con l'occhio all'orologio.

E dopo aver salutato tutti, si mosse per andarsene; quando gli passò per la testa un ripensamento. Allora sbuffò, mezzo imbronciato, e con due passi di corsa verso sua madre, grandiosamente le mise innanzi in regalo una manata di am-lire. Lei rimase talmente intontita da questo fatto senza precedenti, che nemmeno lo ringraziò. Invece, lo richiamò che già stava sulla porta, avendo prima dimenticato di farsi ridire (allo scopo di evitare malintesi) il nuovo nome e cognome di Carlo Vivaldi, da lei non bene imparato quell'altro giorno.

«DAVIDE SEGRE! So' nomi de giudio», lui spiegò. E aggiunse, in tono fiero e compiaciuto:

«Io ce lo sapevo da un pezzo che lui era giudio».

Qui, in un lampo, qualcosa di buffo e di curioso gli si riaffacciò al pensiero, arrestandolo sulla porta e stuzzicandolo, con l'ansia di una comunicazione indifferibile: al punto che, pur nella sua fretta di partire, corse indietro quasi zompando: «A' mà, te devo dí una cosa», proferí sogguardando Ida con divertimento, «però è riservata. Te la devo dí da solo a solo».

Che cosa mai poteva essere?! Ida non sapeva che diavolo aspettarsi da lui. Se lo portò nella cameretta, richiudendone l'uscio. Lui la trasse in disparte nell'angolo, bollendo d'impazienza strepitosa:

«Lo sai che m'hanno detto, a' mà?!»

«?...»

«Che tu SEI GIUDIA».

«...Chi te l'ha detto!»

«Eh, da mó che ce lo sapevo, a' mà! Quarcheduno qua de Roma, me l'ha detto. Ma io, chi è, non te lo dico».

«Però non è vero! Non è vero!!»

«...A' mà!! che stiamo ancora ai tempi de Ponzio Pilato? Che fa, se sei giudia?»

Ci pensò un istante, e poi soggiunse:

«Pure Carlo Marx era giudio».

«.....» Ida, senza fiato, tremava come una fettuccia al vento.

...«E papà? lui che era?»

«No. Lui no».

Su questo, Ninnarieddu stette un poco a riflettere, tuttavia senza troppa applicazione: «Le femmine», osservò, «nun se vede, quanno so' giudie. E invece ai maschi je se vede, perché da regazzini je sgusciano la punta dell'uccello».

Allora concluse, nel modo di una constatazione indifferente:

«Io, nun so' giudio. E nemmanco Useppe».

E senz'altri ritardi, se ne scappò. Di lí a poco, la vecchietta si congedò a sua volta, mentre lo strillone fumava contento le proprie Lucky Strike. La macchina da cucire, azionata dalla piccinina, riprese a battere con fracasso peggiore del solito; e Filomena si rimise a segnare col gesso una pezza di lana marrone spiegata sulla tavola.

Un quarto d'ora dopo, rincasarono Annita e Useppe. Erano stati a guardare la giostra in Piazza dell'Emporio e sulla via del ritorno Annita aveva fatto acquisto, per Useppe, di un cono gelato, che lui stava leccando ancora quando entrarono. Ida, dopo il dialogo con Ninnarieddu, era rimasta in camera; e la *piccinina*, che oggi non aveva piú voglia nemmeno di cantare *gioia tormendo*, al loro entrare alzò dalla macchina due occhietti lunghi e intristiti, e annunciò subito a Useppe:

«C'è stato tuo fratello».

Perplesso, Useppe seguitò meccanicamente a leccare il suo cono, senza però già piú avvertirne il sapore. «Tuo fratello! Nino! è stato qua!» ripeté la *piccinina*. Useppe smise di leccare il cono:

«...E adesso dov'è andato?!...»

«Teneva prescia. Se n'è ito via...»

Useppe corse alla finestra sulla strada. Ci si vedeva passare solo una camionetta stracarica di gente, poi il carretto del gelataio, un gruppetto di militari alleati con le loro *segnorine*, un gobbetto anziano, tre o quattro ragazzini con un pallone, e nessun altro. Useppe si rivoltò in fretta verso la stanza:

«Ci scegno giú... a chiamarlo... mó... ci *àndo* io...» dichiarò con pretesa disperata. «E dove lo richiami, a' maschié! a quest'ora quello sta già a Napoli!» lo ammoní, fumando, lo strillone di giornali.

Useppe girò intorno un'occhiata persa e irrimediabile. D'un tratto la sua faccina parve tutta acciaccata, e incominciò a tremargli il mento.

«Guarda che t'ha portato! la cioccolata americana!» gli disse lo strillone per consolarlo. E Filomena, pigliate le tavolette di sulla mensola, gliele mise tutte quante in braccio. Lui le strinse a sé con una espressione di gelosia quasi minacciosa, però non le guardò neppure. I suoi occhi, dalla tristezza, s'erano fatti smisurati. Aveva uno sbaffo di crema sul mento, e stringeva tuttora fra le dita sporche il cono gelato, che frattanto gli s'era sciolto in mano.

«Ha detto che torna presto, è vero, mà? ha detto accussí, che presto ritorna?» si rivolse, strizzandole un occhio di nascosto, Annita a Filomena.

«Già già. È sicuro. Ha detto che Sabato questo, o al piú tardi Domenica, lui ristà qua».

E invece lo spensierato Ninnarieddu si fece rivedere, nientemeno, soltanto al mese di marzo dell'anno seguente. In tutto questo intervallo, da lui non si ebbe neppure una cartolina. Il compagno Remo, nuovamente consultato da Ida, disse che dopo il loro famoso incontro del giugno lui non l'aveva rivisto mai piú: secondo lui, si poteva supporre che fosse tornato a combattere coi partigiani del settentrione, forse nelle brigate d'assalto Garibaldi... Però, in seguito, attraverso Davide, che ogni tanto ritornava a visitarla, Santina apprese che Ninnuzzu, invece, s'era mischiato a certi Napoletani, e con loro scorrazzava in camion per tutta l'Italia liberata, facendo il contrabbando delle merci. In diverse occasioni, era stato anche a Roma, però sempre di corsa e, per cosí dire, in incognito. Piú di questo, Santina non seppe riferire da parte di Davide, il quale, adesso, invero, con lei s'era fatto meno taciturno; anzi, talvolta si abbandonava a discorrere, nel loro terraneo, specie se aveva bevuto. E fra i suoi vari soggetti, uno dei piú fervorosi era Nino. Ma Santina non capiva quasi niente dei discorsi di Davide, sebbene, con la sua solita pazienza sottomessa, fosse capace di starlo a sentire in silenzio anche per un'ora intera. Davide, per lei, rimaneva un tipo oscuro, irregolare e inesplicabile: quasi un genere esotico come i marocchini o gli indiani. E riguardo a Nino, lei questo prode famoso non lo aveva mai visto di persona, non essendocisi trovata quel giorno della sua visita in casa Marrocco. Tutti i commentarii che ne sentiva dagli altri, potevano lasciarla meravigliata, ma senza curiosità. E nella sua fantasia povera e tarda, essa arrivava a ritenerne, al massimo, le poche notizie pratiche sostanziali.

Non appena si metteva a parlare di Nino, Davide si schiariva in faccia, come un ragazzetto costretto a una lunga clausura da chi sa quali còmpiti astrusi, quando a un tratto gli aprono l'uscio e può tornare a correre. E come se raccontasse di un Vesuvio o di un torrente, che non vanno giudicati per quello che fanno, mai criticava le azioni di Nino, anzi le vantava col massimo rispetto, mostrando, a volte, una parzialità lampante nei confronti del suo amico. Ma da questa sua propria parzialità, libera e spontanea (come dovuta ai meriti superiori di Asso), pareva sempre venirgli un piacere innocente, e una specie di consolazione.

Secondo Davide, il compagno Remo non capiva affatto Ninnarieddu, se aveva potuto immaginarselo a fare il partigiano nel Nord. I partigiani nel Nord erano organizzati come un esercito, e questa cosa già dal principio (fino dall'estate del '43) aveva fatto arrabbiare Nino, il quale aveva in antipatia gli ufficiali e i galloni, non rispettando né le gerarchie, né le istituzioni, né le leggi; e se adesso s'era dato al contrabbando, non era per il guadagno, ma per l'illegalità! Difatti, Nino, piú cresceva, e meno s'adattava al Potere; e pure se, a momenti (per una qualche sua fatalità interna), gli si metteva addosso un certo fanatismo per il Potere, lui non tardava a rovesciarlo nell'estremo vilipendio: anzi, con doppio gusto. Nino era troppo intelligente per lasciarsi accecare da certe stelle false...

E a questo punto Davide, trascinato dall'argomento, si dava a ragionare a gran voce, con enfasi appassionata... Il Potere, spiegava a Santina, è degradante per chi lo subisce, per chi lo esercita e per chi lo amministra! Il Potere è la lebbra del mondo! E la faccia umana, che guarda in alto e dovrebbe rispecchiare lo splendore dei cieli, tutte le facce umane invece dalla prima all'ultima sono deturpate da una simile fisionomia lebbrosa! Una pietra, un chilo di merda saranno sempre piú rispettabili di un uomo, finché il genere umano sarà impestato dal Potere... Su questi toni si sfogava Davide, nella stanzuccia terranea di Santina, gesticolando con le braccia e con le gambe, in modo da smuovere e sventolare la coperta del letto. E Santina lo stava a sentire, coi suoi occhioni aperti senza luce, come ascoltasse, in sogno, un pastore calmucco o beduino recitarle dei versi in lingua propria. Siccome Davide, coi suoi moti turbolenti, le prendeva quasi tutto il posto nel letto, il suo largo sedere le sporgeva a metà di fuori; e i suoi piedi coperti di geloni erano freddi sotto le calze, però essa evitava di tirare troppo a sé la coperta, per riguardo all'amante. Invero, nella stanzuccia, dove in estate si godeva un certo fresco piacevole, d'inverno l'umidità gocciava dai muri, come in fondo a una cantina.

Ma il freddo e l'acqua diaccia che procurano i geloni, la canicola che affatica e fa sudare, l'ospedale e la prigione, la guerra e i coprifuochi; gli alleati che pagano bene e il magnaccia giovane che la mena e le piglia tutti i guadagni; e questo bel ragazzo che si sbronza volentieri e parla e si sbraccia e dà calci: e nel letto la massacra, però è *bravo*, giacché poi le riversa ogni volta fino agli ultimi soldi delle sue tasche; tutti i beni e tutti i mali: la fame che fa cadere i denti, la bruttezza, lo sfruttamento, la ricchezza e la povertà, l'ignoranza e la stupidità... per Santina non sono né giustizia né ingiustizia. Sono semplici necessità infallibili, delle quali non è data ragione. Essa le accetta perché succedono, e le subisce senza nessun sospetto, come una conseguenza naturale dell'esser nati.

......1945

Gennaio

In Italia, come negli altri paesi occupati, si moltiplicano, da parte dei Nazifascisti, le azioni repressive e di genocidio, con assassinii e distruzioni innumerevoli, stragi di intere popolazioni, e deportazioni verso i lager o verso le industrie del Reich (dove il numero dei lavoratori forzati, provenienti da tutta Europa, supera attualmente i nove milioni).

Sul fronte orientale, i Sovietici riprendono l'offensiva lungo la Vistola, costringendo i Tedeschi a lasciare Varsavia e il resto della Polonia, e raggiungono il confine della Prussia. Il Führer si trasferisce a Berlino nel proprio rifugio antiaereo personale (bunker) situato a una profondità di venti metri sotto i palazzi della Cancelleria.

Febbraio

In Germania, istituzione di tribunali che condannano alla pena capitale chiunque non sia disposto a lottare fino alla morte.

Nei pressi di Yalta (residenza estiva degli Zar) nuova Conferenza dei *Tre Grandi* delle Potenze Alleate (Russia, Gran Bretagna, Stati Uniti) in previsione della prossima vittoria. Si delinea il futuro assetto del mondo, concordato fra i tre secondo l'usato schema dei blocchi o *sfere d'influenza* delle Grandi Potenze, che viene fin d'ora designato sulla carta nelle rispettive porzioni.

Marzo

Dal suo bunker sotterraneo, cui sovrastano le macerie della Cancelleria bombardata, il Führer ordina la distruzione di tutte le installazioni militari e civili, di trasporto e comunicazione, e degli impianti industriali e di approvvigionamento del Reich.

Sotto l'avanzata dei Sovietici, che hanno sfondato ormai tutto il fronte fino al Baltico, la popolazione tedesca, sulle strade devastate e avversate dall'inverno, fugge verso occidente da dove già avanzano gli Alleati vittoriosi sul Reno.

Aprile

Il Führer ordina la difesa a oltranza delle città tedesche, comminando la pena di morte per i trasgressori.

Muore Roosevelt, presidente degli Stati Uniti. Gli succede nelle funzioni Truman, già vicepresidente.

In Italia, gli Alleati, sfondata la linea gotica e occupata Bologna, avanzano rapidamente nel Nord verso Milano, dove le forze tedesche in ritirata abbandonano la città ai partigiani. Capitolazione dei Tedeschi su tutto il fronte. In un suo tentativo di fuga verso la Svizzera travestito da tedesco, Benito Mussolini viene scoperto e catturato dai partigiani, e portato in fretta sul luogo dell'esecuzione, presso Como, insieme con la sua amante Claretta Petacci. I cadaveri dei due giustiziati, con quelli di altri gerarchi fascisti, vengono esposti alla folla, appesi per i piedi, in una piazza di Milano.

In Germania, si sviluppa la grande offensiva sovietica che porta all'accerchiamento di Berlino, in congiungimento con l'avanzata dal Brennero delle forze americane. Dal suo bunker, Hitler (tuttora comandante supremo dell'esercito) séguita a impartire ordini febbrili, che si tradurrebbero, se fossero ancora eseguibili, nell'autodistruzione e autogenocidio totale del Reich tedesco. Mentre già le prime avanguardie sovietiche entrano in Berlino distrutta, Hitler si uccide nel suo bunker insieme con l'amante Eva Braun e coi suoi piú stretti seguaci. Il suo cadavere, bruciato in fretta dai superstiti, viene identificato dai Russi.

In Jugoslavia, i partigiani di Tito liberano definitivamente il paese dai Nazisti, che hanno già evacuato la Grecia.

Maggio

Con la resa incondizionata della Germania, cessano le azioni di guerra sul fronte europeo. Fra le novità dell'industria bellica, le piú recenti, sperimentate in questo settore, sono alcuni prodotti perfezionati della propulsione a razzo, quali il *Lancianebbia* germanico a canne multiple, col suo corrispondente *Organo di Stalin* sovietico, e, da ultimo, le famose armi segrete di Hitler, i missili V.2.

Giugno-Luglio

In Italia, si costituisce il Governo Parri, composto dei sei partiti della Resistenza, sulla direttiva del CLN, che già s'era assunto il controllo dei poteri. Rimane irrisolto – in attesa di un referendum – il problema della istituzione monarchica, della quale il papato e gli invitti mandanti del fascismo – tuttora vivissimi e operanti dietro la scena – auspicherebbero la conservazione, in vista di restaurazioni ulteriori.

A Roma, viene giustiziato, mediante fucilazione alla schiena, il torturatore Koch.

Negli Stati Uniti, esce dalla fabbrica la prima bomba atomica, al cui progetto – già in cantiere dal 1943 – hanno lavorato segretamente migliaia di scienziati e tecnici specializzati.

In Estremo Oriente, il Giappone, che nonostante le disfatte persiste nella continuazione della guerra, riceve dagli Stati Uniti un ultimatum: o la resa, o la distruzione totale.

Agosto

Nessuna risposta del Giappone all'ultimatum degli Stati Uniti. Il giorno 6 del mese gli Stati Uniti sganciano sul Giappone (città di Hiroscima) una prima bomba atomica (energia liberata pari a 20 mila tonnellate di tritolo). Il giorno 8, l'Unione Sovietica dichiara guerra al Giappone, e invade la Manciuria e la Corea. Il giorno 9, gli Stati Uniti sganciano sul Giappone una seconda bomba atomica (città di Nagasaki).

Con la resa incondizionata del Giappone, si conclude la Seconda Guerra Mondiale. Cinquanta milioni di morti (piú trentacinque milioni di feriti, e tre milioni di dispersi).

I tre «Grandi» delle Potenze vittoriose si ritrovano in conferenza a Potsdam, dove calcolano le quote, o *sfere d'influenza*, spettanti a ciascuno di loro nella nuova spartizione del mondo, proporzionandole ai loro corrispettivi mezzi di potere. L'Italia, nel nuovo tracciato della carta d'Europa, viene a trovarsi nella sfera d'influenza angloamericana. E per il resto, un oggetto di discordia rimane la Germania, che viene intanto spaccata dai contendenti in due zone (Est e Ovest) con la capitale Berlino (Zona Est) spartita in settori fra le Potenze interessate. Già, nel corso della disputa, incomincia a calare fra le due sfere opposte d'Europa la *cortina di ferro*, intesa a salvaguardare l'oriente dal contagio occidentale e viceversa, come un off-limits fra due lazzaretti contigui.

Rimangono da spartire, in Asia, i territori coloniali divenuti prede di guerra. Di questi, la Corea (già proprietà dell'Impero Giapponese) viene divisa, al 38° parallelo, in due zone d'occupazione, russa e americana. E l'Indocina (già sotto il dominio francese) viene affidata, a sud, all'occupazione britannica; mentre che a nord del 16° parallelo viene riscattata dal capo comunista del Movimento di Liberazione, Ho Chi-minh, che proclama la libera Repubblica del Vietnam.

In Italia, dove si procede alla pacificazione nazionale, viene decretato il disarmo dei Partigiani, con l'approvazione dei Comunisti.

Settembre

Le banche americane fanno sapere all'Italia che gli aiuti economici degli Stati Uniti (unica risorsa attuale per la penisola stremata e distrutta dalla guerra) sono compromessi dall'azione del Governo Parri, in cui prevalgono le direttive della Sinistra.

Hanno inizio in Indocina le rivendicazioni dei colonialisti francesi, con l'invio di un corpo di spedizione, che da Sud, protetto dagli Inglesi, parte alla riconquista armata del Vietnam.

Ottobre-Dicembre

In Cina, lo sgombero definitivo delle truppe giapponesi ha posto fine alla tregua fra i Comunisti di Mao Tse Tung e il Governo Nazionalista di Ciang Kai Scek, al quale va il favore di tutte le Potenze, compresa l'Unione Sovietica. Le trattative di accordo fra le due parti per un governo di coalizione vengono interrotte dallo scoppio di una violenta battaglia fra i due eserciti contrastanti, la quale termina con la vittoria dell'Armata Rossa e segna la ripresa inarrestabile della guerra civile.

In Italia, fine del Governo Parri. È eletto alla presidenza De Gasperi (democristiano moderato) il quale nella formazione del suo Governo comprende anche i comunisti, con Togliatti al Ministero di Grazia e Giustizia. Uno dei primi atti di questo Ministero è la chiusura definitiva dei processi di epurazione contro i fascisti, secondo la linea della già avviata pacificazione nazionale . . . . .

«È proprio destino che tu non lo incontri mai!» deprecò Filomena quando Santina, alla seconda visita di Ninnarieddu, arrivò dopo un'ora circa che lui se n'era ripartito. Né mai, difatti, s'incontrarono; ma del resto è da credere che l'incontro fra i due non avrebbe avuto grandi effetti né per l'una né per l'altro.

Evidentemente, il tempo era un fenomeno relativo, per Nino. Dopo tanti mesi d'assenza, si ripresentò come fossero passati un paio di giorni. Stavolta, la *piccinina* rimase nel suo cantuccio, traguardandolo incerta come una bestiola scacciata. Useppe tremava, e gli si aggrappò alla blusa per impedirgli di riscappare via.

Era dalla famosa giornata al campo, nell'ottobre del '43, che non si vedevano. Useppe, che allora aveva poco piú di due anni, adesso ne aveva tre e mezzo passati; e anche nell'aspetto di Nino c'era stato, frattanto, qualche mutamento. Però, dal loro immediato e spontaneo riconoscersi pareva che tutti e due, l'uno per l'altro, fossero sempre rimasti alla stessa età. Solo, dopo un po' Nino disse a Useppe:

«Sei cambiato da prima: hai fatto gli occhi piú tristi».

E gli fece il solletico per farlo ridere. Useppe sgranò una risata a cascatella.

Anche stavolta, Nino andava di prescia. E sul punto di accomiatarsi da Useppe, gli ficcò nella tasca della tuta una saccocciata di cartemonete che, a occhio, secondo Useppe, costituivano senz'altro un milione: «Te li regalo tutti», gli disse, già con un piede sulla scala, «cosí ti ci compri la bicicletta». Ma Useppe restò addirittura sordo sul fatto della bicicletta, l'unico suo senso o pensiero in quell'istante era che Nino stava andandosene via. E poco dopo lui stesso, coi suoi ditini, aiutò Ida a cavare il «milione» fuori dalla saccoccia della sua tuta, per impossessarsene lei. Nel concetto di Useppe, i milioni – o anche miliardi – spettavano di competenza alle madri. In mano sua, non avevano altro valore che di carta qualunque.

Negli ultimi giorni di quell'aprile, dai vari punti d'Europa dove ancora i Tedeschi si dibattevano, le sorti della guerra tutte insieme presero una corsa precipitosa verso la chiusa finale. Le famose *armi segrete* del Reich avevano fallito; di qua, la linea gotica aveva ceduto, cosí come, di là, tutte le altre linee, i valli e i fronti. In Italia, l'esercito tedesco, dopo la ritirata da Milano, capitolava; e nella rovina di Berlino, accerchiata da tutti i punti cardinali, già entravano i primi soldati russi. A distanza di poche ore uno dall'altro, Mussolini, che tentava di salvarsi scappando camuffato da tedesco, veniva preso e fucilato verso il confine d'Italia; e Hitler si ammazzava con un colpo di pistola (di sua propria mano o di mano altrui), nell'ultimo domicilio dove già viveva interrato, il proprio bunker antiaereo sotto la Cancelleria di Berlino...

Circa una settimana piú tardi, la resa totale della Germania concludeva, dopo sei anni di strage, la guerra-lampo in Europa.

La visione del sognatore Mussolini (se stesso incoronato trionfatore supremo in groppa a un cavallo bianco) era svanita in fumo; ma quella del sognatore Hitler, invece, s'era avverata su un grandissimo spazio. Territori, città e paesi del Nuovo Ordine ridotti a campo di scheletri, maceria e carnaio. E piú di cinquantamilioni di morti contronatura: fra i quali lui stesso, il führer, e il duce italiano che s'era appaiato a lui, come, nei circhi, il clown s'appaia con l'augusto. I loro piccoli corpi erano mangiati dalla terra come quelli dei *giudei*, dei *comunisti* e dei *banditi*; e di Mosca e Quattropunte e di Esterina e Angelino e della levatrice Ezechiele.

Di là dall'Europa, in oriente, la Seconda Guerra Mondiale seguitava tuttavia a sfogarsi; mentre, di qua, restavano da fare i bilanci e i processi, come succede dopo una truffa o un assassinio in famiglia. Si denudano anche le estreme intimità scandalose, che finora s'era cercato di camuffare, almeno in parte.

Si riaprivano le galere e si riscoprivano le fosse e le foibe. Si tornava sui luoghi, si faceva giustizia. Si ricuperavano i documenti occultati. Si compilavano liste e si segnavano nomi.

Già fino dall'estate avanti, sui manifesti e sui giornali erano apparse a Roma delle strane fotografie: le quali naturalmente circolavano già, coi primi notiziari, anche nel nostro quartiere Testaccio e a Via Mastro Giorgio. Però il piccolo Useppe, a quel tempo, era ancora «protetto da Santa Pupa» come si dice a Roma dei bambinelli: e in questo si vedeva forse un primo esempio di certi suoi ritardi, che contraddicevano le sue altre precocità. Quasi a somiglianza dei lattanti, o addirittura dei cani e dei gatti, lui stentava a riconoscere, nell'unidimensionale della stampa, le forme concrete. E del resto, invero, nei suoi fortuiti giretti per il quartiere Testaccio, sempre tenuto per mano da qualche adulto, era troppo occupato e tirato dalle tante varietà del mondo, per badare a quelle immagini piatte. A casa, i libri della stanzetta gli erano vietati come intoccabili, essendo proprietà personale di Giovannino; e dei pochi giornali che capitavano in famiglia, lui non se ne interessava, essendo analfabeta del tutto.

Le sole figure dipinte o stampate che frequentasse, oltre alle carte da gioco (tenute peraltro sotto chiave) erano quelle di certi fumetti di casa, e di un sillabario, che Ida gli aveva messo a disposizione. Però, sebbene ogni tanto si divertisse a comunicare ai presenti, con l'aria di un grande indovino, i segni da lui decifrati («casa!» «fiori!» «signori!»), simili svaghi cartacei lo annoiavano presto.

Ma in quella primavera del '45, un giorno sua madre, dopo averlo lasciato in attesa per pochi momenti fuori d'una bottega, lo ritrovò che osservava certe riviste illustrate, appese sul fianco di un'edicola, a una certa altezza da lui. Su quella piú bassa, spiegata a doppio, il foglio era occupato quasi per intero da due fotografie d'attualità, entrambe di gente impiccata. Sulla prima si vedeva un viale alberato di città, lungo la spalletta di un ponte semidistrutto. Da ogni albero del viale pendeva un corpo, tutti in fila, nella stessa identica posizione, con la testa inchinata su un orecchio, i piedi un poco divaricati e le due mani legate dietro la schiena. Erano tutti giovani, e tutti malvestiti, dall'aria povera. Su ognuno di loro stava appeso un cartello con la scritta: PARTIGIANO. E tutti erano maschi, salvo un'unica donna, all'inizio della fila, la quale non portava nessuna scritta, e a differenza degli altri non era impiccata con una corda, ma appesa per la gola a un gancio di macelleria. Nella foto, la si vedeva di schiena, però dalle forme, ancora in fiore, pareva giovanissima, sotto i vent'anni. Era ben fatta, in pantaloni scuri, e sul torso insanguinato, biancastro nella foto, da sembrare nudo, le pendevano dei lunghi capelli neri, non si capiva bene se intrecciati, o sciolti. Presso la spalletta del ponte, si vedeva la figura di un uomo, forse una sentinella, in pantaloni da militare chiusi alla caviglia. E sull'altro lato del viale, stava radunato a guardare un gruppetto di persone, dall'aria casuale di passanti, fra le quali due ragazzini piú o meno coetanei di Useppe.

Nella seconda fotografia dello stesso foglio, si vedeva un uomo vecchio, dalla testa grassa e calva, appiccato per i piedi con le braccia spalancate, sopra una folla fitta e imprecisa.

La rivista piú in alto, in copertina, mostrava un'altra fotografia recente, senza impiccati né morti, però misteriosamente atroce. Una donna giovane, dalla testa rasa a nudo come quella di un pupazzo, con in braccio un bambino avvolto in un panno, procedeva in mezzo a una folla di gente d'ogni età, che sghignazzando la segnavano a dito e ridevano sconciamente su di lei. La donna, dai tratti regolari, pareva spaventata, e affrettava il passo, faticando su certe scarpacce da uomo scalcagnate, preceduta e incalzata dalla folla. Tutti all'intorno erano, come lei, gente malmessa e povera. Il bambino, di pochi mesi, con una testina di ricci chiari, teneva un dito in bocca e dormiva tranquillo.

Useppe, con la testa in su, stava lí a scrutare queste scene, in uno stupore titubante, e ancora confuso. Pareva interrogasse un enigma, di natura ambigua e deforme, eppure oscuramente familiare. «Useppe!» lo chiamò Ida; e lui, dopo averle pòrto docilmente la manina, la seguí perplesso, tuttavia senza chiederle nulla. Di lí a poco, attratto da qualche nuova curiosità, s'era già dimenticato dell'edicola.

E nei giorni seguenti, parve che quella sua nuova scoperta della fotografia, tardiva e vagamente percepita, non avesse agito su di lui se non come impressione sfuggente, senza neanche lasciar traccia nella sua memoria. In istrada, Useppe era tornato lo stesso ignorante di prima, che passava in mezzo alle scritte e alle stampe senza vederle, troppo preso dalle altre dimensioni dell'universo, anche minuscolo, che lo attorniava. E in casa, non accennò mai con nessuno allo spettacolo astruso di quell'edicola; solo, se in una pagina sciorinata di giornale gli capitava di intravvedere delle foto, i suoi occhi s'allungavano, per una reminiscenza indefinita, verso quelle che, a distanza, gli si presentavano come macchie d'ombra: cosí che la sua reminiscenza se ne scioglieva, nello stesso istante, senza richiamo.

Una volta, poi, lo strillone di giornali (il quale, invero, da parte sua, definiva se stesso *giornalista*) trovando là sulla tavola un quotidiano, per divertire Useppe ne fabbricò in un momento un cappello tipo carabiniere, e se lo mise in capo. Al vedere il «giornalista», con la sua faccia rotonda e il mento a scucchia come i nani, che si dimenava sotto quella lucerna, Useppe rise rumorosamente. Poi, saltato sulla sedia, fu pronto a togliere il cappello dalla testa dello strillone per provarlo sulla *piccinina*; quindi volle provarlo su Ida, e infine su se stesso. Ora, la sua testolina era cosí piccola da sparire interamente sotto il cappello; e lui, fra tutto questo, rideva e strarideva, come gli fosse entrato in gola uno stornello matto.

Purtroppo, Filomena di lí a poco intervenne a recuperare il giornale, che ripiegò debitamente e mise da parte. Però in quello stesso pomeriggio, piú tardi, vedendo il padrone di casa intento a sfogliare certe sue gazzette antiche (fra cui certune di un bel colore rosa) Useppe senz'altro lo invitò a fargliene, con una, un cappello. Forse, sull'esempio del *giornalista*, aveva inteso che questo fosse l'impiego logico, e il piú interessante per lui, dei fogli stampati. Si rassegnò tuttavia docilmente al rifiuto di Tommaso; il quale poi, vedendo il suo interesse odierno per il giornalismo, ne approfittò per vantargli che questa era una collezione di cronache sportive, con partite storiche di quando ancora la guerra non aveva interrotto i grandi campionati. E in questa figura ci si vedeva un passaggio della famosa partita Italia-Spagna; e questo era Ferraris Secondo, e questo Piola...

Ricordo che quel giorno era domenica; e il mese, mi pare fosse giugno. Seguí, la mattina dopo, un caso, simile a quello antecedente dell'edicola, e che parve, lí per lí, altrettanto insignificante e labile.

Rincasando rapidamente dal mercato fra una commissione e l'altra, Ida aveva lasciato in cucina un cartoccio di frutta mezzo aperto. E di lí a poco Useppe, tentato dalla frutta, si trovò in mano il foglio di carta che la involgeva: già meditava, forse, di farcisi un cappello da carabiniere? Era una pagina di settimanale illustrato, male stampato in una tinta violacea: di quelli a buon mercato, che per solito sono pieni di novellucce sentimentali e di pettegolezzi sulle attrici e sui regnanti; però attualmente, com'era inevitabile, il massimo posto, anche lí, era occupato dalle testimonianze della guerra. La pagina riproduceva qualche scena dei lager nazisti, dei quali, fino all'invasione alleata, si avevano solo notizie sommesse e confuse. Appena adesso s'incominciavano a svelare questi segreti del Reich, e a pubblicarne fotografie che, in parte, erano state riprese dagli Alleati all'apertura dei campi; in parte, erano state recuperate da archivi che i vinti non avevano fatto in tempo a distruggere; e in parte erano state trovate addosso a prigionieri o morti SS i quali le serbavano come prova o ricordo della loro azione personale.

A causa del carattere divulgativo e poco scientifico della rivista, le foto stampate in quella pagina non erano nemmeno delle piú terribili fra quante se ne vedevano allora. Esse ritraevano: 1) un cumulo di prigionieri assassinati, nudi e scomposti, e già in parte disfatti – 2) una grossa quantità di scarpe ammonticchiate, appartenute a quelli o altri prigionieri – 3) un gruppo di internati, ancora vivi, ritratti dietro una rete metallica – 4) la «scala della morte» di 186 gradini altissimi e irregolari, che i forzati erano costretti a percorrere sotto carichi enormi fino alla cima, donde poi spesso venivano precipitati giú nella voragine sottostante per dare spettacolo ai capi del lager – 5) un condannato in ginocchio davanti alla fossa che lui stesso ha dovuto scavarsi, guardato da numerosi soldati tedeschi, uno dei quali è sull'atto di sparargli alla nuca – 6) e una piccola serie di fotogrammi (quattro in tutto) che presentano fasi successive di un esperimento in camera di decompressione, eseguito su una cavia umana. Questo genere di prova (una fra le tante e diverse attuate dai medici nei lager) consisteva nel sottoporre un prigioniero a variazioni subitanee della pressione atmosferica; e si concludeva comunemente nel deliquio e nella morte per emorragia polmonare.

Tutto ciò era spiegato, a quanto io ricordo ancora oggi, da brevi didascalie poste al basso di ciascuna foto. Però a un ignorante che non sapeva nemmeno leggere, lo spettacolo abnorme di quella pagina doveva apparire un'astrusità senza risposta, tanto piú che la cattiva stampa della rivistucola ne rendeva certe immagini ambigue e indistinte. Ci si vede un cumulo caotico di materie biancastre e stecchite, di cui non si discernono le forme, e, altrove, un enorme sfasciume di scarpacce ammonticchiate che, a vista, si lascerebbe scambiare per un cumulo di morti. Una scalinata lunga lunga lunga, che si perde nel quadro, con in basso certe minuscole sagome accartocciate, fra macchie brunastre. Un giovane ossuto, dagli occhi grandi, accosciato sull'orlo di una buca, con a lato una specie di mastello e intorno tanti militari che hanno l'aria di divertirsi (uno di loro fa un gesto confuso col braccio). E dall'altra parte della pagina, delle figure di ometti scheletrici, occhieggianti dietro una rete, con addosso certe casacche a strisce, flosce e cascanti, che li fanno somigliare a burattini. Alcuni di costoro hanno la testa nuda e rapata, altri portano una scopoletta; e le loro facce si atteggiano a un sorrisetto agonizzante, misero come una depravazione definitiva.

Da ultimo, nel basso della pagina, ci si vede, in quattro foto successive, uno stesso uomo dalla faccia inebetita, tutto stretto in grosse cinghie, sotto un soffitto basso. Nel centro del soffitto pare di scorgere una sorta d'apparecchio, somigliante a un imbuto; e l'uomo rovescia in alto gli occhi a quell'oggetto indefinito, come pregasse dio. Si direbbe che le sue diverse espressioni, nelle quattro foto, dipendono dagli atti incomprensibili di quella specie di dio. Da una viltà stuporosa, la faccia ebete trapassa a un'ambascia orrenda; poi, a una gratitudine estatica; e poi di nuovo alla viltà stuporosa.

Resterà per sempre impossibile sapere che cosa il povero analfabeta Useppe avrà potuto capire in quelle fotografie senza senso. Rientrando, pochi secondi appresso, Ida lo trovò che le fissava tutte insieme, come fossero una immagine sola; e credette di riconoscergli nelle pupille lo stesso orrore che gli aveva visto in quel mezzogiorno alla Stazione Tiburtina, circa venti mesi innanzi. All'accostarsi della madre, i suoi occhi si levarono a lei, vuoti e scolorati, come quelli di un ciecolino. E Ida ne risentí un tremito per il corpo, quasi che una grossa mano la scuotesse. Ma con una voce sottile e dolce per non inquietarlo, gli disse, al modo che si usa coi pupi ancora piú piccoli di lui:

«Gettala via, quella cartaccia. È brutta!»

«È *bbutta*», lui ripeté (certe combinazioni di consonanti non ancora imparava a pronunciarle). E senz'altro ubbidí alle parole di Ida; anzi, quasi impaziente, la aiutò a stracciare come cartaccia quel pezzo di giornale.

Di lí a un minuto, si udí sotto le finestre la cantilena di un ambulante che passava in istrada col suo carrettino. E tanto bastò a distrarlo. Corse verso la finestra dell'ingresso, curioso di vedere l'ambulante. «Cipolle! ajo! la rughet-taaa!» gridava costui nella sua cantilena. E Annita, per risparmiarsi le scale, gli fece arrivare giú dalla finestra un canestrello appeso a un filo. In piedi su un panchetto, alla finestra, Useppe seguiva il viaggio del canestrello con lo stesso interessamento che se fosse un'aeronave Terra-Luna e ritorno, o, quanto meno, la prima esperienza di Galileo dalla Torre di Pisa. Anche l'incidente odierno, secondo il solito, pareva trascorso senza lasciare traccia nella sua capoccetta.

Tuttavia, sui primi giorni che seguirono, alla vista di certi giornali o riviste illustrate lui se ne teneva a distanza, come i cuccioli dopo una percossa. E in istrada si mostrava un poco inquieto, tirando via Ida per la vesta in prossimità di qualche affisso murale o della famosa edicola. Ci fu una visita di Nino, il quale stavolta lo invitò fuori a comperare il gelato. E rientrando ne approfittò per fare un salto all'edicola, di là dal marciapiede, dicendo al piccolo: «Tu aspettami qua». Ma Useppe, come lo vide accostarsi all'edicola, incominciò a gridargli di sul marciapiede:

«Viè'! Viè'! Vièèèè'!» con un accento di allarme disperato, quasi a difendere il fratello da chi sa quali minacce stradali. «Tu», lo canzonò allora Ninnuzzu, tornandogli vicino, «piú creschi, e piú me fai ride! Che ciài, mica scappo via!» Poi, con la bocca ridarella, concluse: «Me lo dài, un bacetto?»

... Durante quell'estate, ci furono ancora altre due visite di Ninnuzzu. Alla prima, adocchiò sua madre notando: «Hai fatto li capelli tutti bianchi, a' mà, che pari nonna!!» quasi non l'avesse già vista bianca le altre volte precedenti, e si accorgesse della novità soltanto adesso.

E alla seconda visita, annunciò che presto sarebbe diventato proprietario di una moto di marca estera, come nuova, un'occasione grandiosa!, e che la prossima volta sarebbe venuto a Roma su quella!

Cosí fu che la *piccinina* (la quale attualmente, alla presenza di Assodicuori, si teneva sempre contegnosa da una parte) la stessa notte sognò di venire rincorsa a precipizio da una motocicletta che marciava da sola, senza nessuno in sella. E lei scappava a destra e a sinistra, a tal punto impaurita che lí d'un tratto, per la paura, imparava a volare.

Frattanto, nel mese di Agosto, in séguito al lancio della bomba atomica sulle città di Hiroscima e di Nagasaki, anche il Giappone aveva firmato la resa totale.

Le notizie dello scoppio atomico erano tali che se ne parlava malvolentieri, come di astrazioni ripugnanti. Non si poteva parlare di tempo, giacché la durata (se cosí può dirsi) del fenomeno era di una misura minima al punto da rendersi incalcolabile (si tentava di computarla a ventimillesimi di secondo). Dentro questa *durata*, le due città designate, coi loro abitanti, avevano cessato di esistere fino nelle molecole della loro materia. Non si poteva parlare né di distruzione né di morte. Si parlava di un *fungo* di luce, tale che dei ciechi nati, a distanza, ne avevano percepito il bagliore irreale. E di tutto quanto esisteva prima nel suo circuito, il fungo aveva lasciato solo, qua e là, sul terreno, certe ombre, come immagini di spettri stampate su una lastra. Di là dal circuito del fungo si scatena il *primo tornado*, e poi il *secondo tornado*, e poi una pioggia putrida di strani veleni o braci. Impossibile contare le vittime: perché le conseguenze fisiche del *fungo*, e dei *tornadi* e delle *piogge atomiche* non si valutano solo col numero degli *annientati* e dei morti (a Hiroscima questi, a un primo calcolo, erano ottantamila). Esse continuano a lavorare sui sopravvissuti, attraverso gli anni e le generazioni. Le bombe *dirompenti e incendiarie* e i loro schianti, incendi e *polveroni* sembravano ancora fenomeni terrestri; mentre Hiroscima e Nagasaki non sembravano piú luoghi di questo mondo. Non si poteva nemmeno sentire compassione, per i Giapponesi.

Cosí, la Seconda Guerra Mondiale era conclusa. Nello stesso mese d'agosto i Tre Grandi (Signori Churchill e Truman, e Compagno Stalin) si ritrovavano a Potsdam per definire la pace, ossia per segnare i confini reciproci dei loro Imperi. L'Asse Roma-Berlino e il Tripartito erano scomparsi. Appariva la Cortina di Ferro.

2.

Con l'autunno, la pace portò un seguito di avvenimenti nuovi.

I primi a tornare furono gli ebrei. Dei 1056 passeggeri del convoglio Roma-Auschwitz, partito dalla Stazione Tiburtina, i sopravvissuti erano 15: tutta gente dell'infima classe povera, come la quasi totalità dei deportati di Roma. Uno di loro, all'arrivo, fu ricoverato all'Ospedale di Santo Spirito, dove lavorava da inserviente Tommaso Marrocco, il quale ne portò la prima notizia a casa. L'uomo, di mestiere merciaio ambulante, giovanotto sotto i trent'anni, attualmente pesava quanto un bambino. Aveva un numero marcato sulla carne, e il suo corpo, già un tempo normale e robusto e adesso d'aspetto decrepito, era coperto di profonde cicatrici. Era febbricitante, non faceva che delirare ogni notte, e vomitava della roba nerastra, sebbene fosse incapace di trangugiare qualsiasi cibo. All'arrivo in Italia, i quindici, fra i quali una sola donna, erano stati ricevuti da un comitato di assistenza, il quale li aveva riforniti ciascuno di un biglietto ferroviario di seconda classe, di una saponetta, e (gli uomini) di un pacchetto di lame da barba. Il piú vecchio di loro (di 46 anni), appena arrivato nella sua casa vuota, ci s'era rinchiuso, e là stava ancora buttato a piangere, da diversi giorni. Quando capitava di veder passare qualcuno di questi reduci, era facile che i presenti lo riconoscessero a prima vista, indicandoselo l'un l'altro: «È un giudio». Per il loro peso irrisorio e il loro strano aspetto, la gente li riguardava come fossero scherzi di natura. Anche quelli di statura alta, sembravano piccoli, e camminavano piegati, con un passo lungo e meccanico, come fantocci. Al posto delle guance, tenevano due buchi, molti di loro non avevano quasi piú denti e, sulle teste rase, da poco aveva preso a ricrescergli una peluria piumosa, simile a quella delle creature. Gli orecchi sporgevano dalle loro teste macilente, e nei loro occhi infossati, neri o marrone, non parevano rispecchiarsi le immagini presenti d'intorno, ma una qualche ridda di figure allucinatorie, come una lanterna magica di forme assurde girante in perpetuo. È curioso come certi occhi serbino visibilmente l'ombra di chi sa quali immagini, già impresse, chi sa quando e dove, nella rètina, a modo di una scrittura incancellabile che gli altri non sanno leggere – e spesso non vogliono. Quest'ultimo era il caso per i giudii. Presto essi impararono che nessuno voleva ascoltare i loro racconti: c'era chi se ne distraeva fin dal principio, e chi li interrompeva prontamente con un pretesto, o chi addirittura li scansava ridacchiando, quasi a dirgli: «Fratello, ti compatisco, ma in questo momento ho altro da fare». Difatti i racconti dei giudii non somigliavano a quelli dei capitani di nave, o di Ulisse l'eroe di ritorno alla sua reggia. Erano figure spettrali come i numeri negativi, al di sotto di ogni veduta naturale, e impossibili perfino alla comune simpatia. La gente voleva rimuoverli dalle proprie giornate come dalle famiglie normali si rimuove la presenza dei pazzi, o dei morti. E cosí, assieme alle figure illeggibili brulicanti nelle loro orbite nere, molte voci accompagnavano le solitarie passeggiatine dei giudii, riecheggiando enormi dentro i loro cervelli in una fuga a spirale, al di sotto della soglia comune dell'udibile.

. . . .

USEPPE: «... a' mà, pecché quel signore picchia i muri con la mano?»

IDA: «... per giocare... cosí...»

«... sta male?»

«Non sta male. No».

«No? no, eh? però, ci vede, lui?»

«Si capisce, mica è cieco. Sí che ci vede».

«... mica è cieco...»

Questo tale, Ida lo rivedeva spesso, passando da Piazza Gioacchino Belli, di qua dal fiume. Era frequentatore di un certo bar dei paraggi, dove lei stessa aveva ottenuto di esporre un proprio piccolo avviso personale, scritto da lei stessa a penna, per la ricerca di lezioni private. Quale età avesse, colui, non si capiva. Poteva essere un adolescente, o invece un vecchio sui sessant'anni (ne aveva, in realtà, trentacinque). La sola cosa di lui riconoscibile a prima vista, era che, oltre che giudio, doveva sempre essere stato povero; e il suo mestiere difatti, come Ida seppe dal barista, era già, trasmesso da padre in figlio, il ferrivecchi. Portava sempre un berrettuccio in testa, per quanto facesse caldo, e dentro i suoi grandi occhi marrone, molto accosti al naso lungo e aguzzo, c'era una specie di confidenza dolcissima, quale si vede nell'occhio di certi cani malati. Un giorno (arrossendo tutta come una ragazzetta di campagna al suo primo approccio di prostituta) Ida si mise coraggio e in un balbettio s'informò a parte da lui se fra i reduci dai lager gli risultassero una certa signora Celeste Di Segni e una vecchia levatrice... «No no», lui rispose sorridendo con una goffa innocenza da mentecatto, «regazzini e vecchiarelli niente. Quelli, da mó che sono *saliti al cielo*...»

E lí per lí, frugandosi in tasca, a sua volta chiese a Ida se voleva acquistare un orologino da donna, d'occasione... Poi, come Ida si sottraeva, propose il medesimo affare al barista, magari in cambio d'una bottiglia di cognac, o di grappa, o d'altro.

... Ida non era piú stata dentro il Ghetto, dopo quel pomeriggio del primo giugno dell'anno avanti. Né mai piú, ch'io sappia, ci rimise piede in seguito, finché durò la sua vita.

Verso la fine di novembre, ci fu un altro ritorno, che empí di speranza la famiglia Marrocco: tornò dalla Russia Clemente, il fratello di Consolata.

Il suo ritorno, dopo tanto silenzio e ricerche vane, fu salutato come un miracolo. Però, già meno di una settimana dopo, si udiva Consolata mormorare, con una occhiata sbieca: «Forse, era stato meglio per lui se non tornava...» Era, di fatto, partito da Roma sano e intero, e ci tornava mutilato delle dita di un piede e di tre dita della mano destra, a motivo del congelamento degli arti sofferto nel '43 durante la ritirata. Ora, il suo mestiere, da borghese, era di falegname. E come avrebbe fatto, adesso, a riprendere il lavoro, mezzo monco e invalido? Sarebbe toccato a Consolata lavorare il doppio, per sé e per lui.

All'arrivo, si teneva nascosta con una sciarpetta sporca la mano mutilata, come se ne vergognasse. Poi Filomena gli fece un guanto di maglia nera che gli copriva la mano, lasciandone fuori solo le due dita sane; e da quel momento, nel quartiere, gli si attaccò addosso il soprannome di Manonera.

Di Giovannino, non seppe dir niente di preciso. L'ultima volta che l'aveva visto, era stato durante la ritirata di qua dal fiume Don, nel gennaio 1943, forse il giorno 20, secondo i suoi calcoli – oppure il 24, o il 25 (chi ci capiva piú niente, là, delle notti e dei giorni?) Scappavano insieme, lui e Giovannino, su una strada o palude ghiacciata, in una enorme confusione di autocarrette, di slitte, di buoi, di cavalli, di uomini a piedi. Lui e Giovannino camminavano a piedi, sbandati dalla loro colonna che si era frantumata e dispersa. A un certo punto, Giovannino per lo sfinimento s'era inginocchiato di peso sotto lo zaino. E lui, dopo avergli sfilato lo zaino, lo aveva aiutato a rimettersi su e a proseguire; ma dopo un paio di chilometri Giovannino era di nuovo caduto, e poi ricaduto ancora, due o tre volte. Finché, non resistendo alla troppa stanchezza, s'era messo giú a riposare sull'orlo della pista, in attesa di qualche slitta o carretta che si fermasse a raccoglierlo. Non era ferito, solo si lagnava di aver sete; e lui, prima di riprendere il cammino da solo, gli aveva raccolto da terra una manciata di neve, porgendogliela a bere nel palmo della mano. Da allora, s'erano persi di vista definitivamente. In seguito, poi, lui s'era dato prigioniero ai Russi, ma, fra i suoi compagni di prigionia di quegli anni, in Siberia e in Asia, non aveva incontrato mai nessuno di comune conoscenza, che potesse dargli notizia di Giovannino.

Forse, ne deducevano i Marrocco, anche Giovannino in seguito s'era consegnato ai Russi, capitando in qualche altro campo prigionieri chi sa dove (la Russia è grande). In questo caso, rimpatriato alla fine della guerra con qualche tradotta successiva, poteva essere di ritorno a casa da un momento all'altro.

Il giorno dell'arrivo, Clemente si era presentato a casa aggrappato a una stampella, con addosso un cappotto tedesco, e poche lire in tasca. Alla frontiera italiana, in acconto sulla decima non percepita gli avevano dato lire millecinquecento, che a lui, non informato dei nuovi prezzi italiani, erano parse un capitale. Invece, le aveva spese quasi tutte in viaggio, dal Brennero fino a Roma, per comprarcisi qualche litro di vino, e qualche pane imbottito. «Due etti di affettato, duecento lire!» commentava in aria di sarcasmo. E di tutta la sua vicenda sterminata, questo era l'unico punto su cui tornava a insistere. Su tutto il resto, ne chiacchierava il meno possibile, e di malavoglia.

Era della classe 1916, per cui, presentemente, andava verso i trent'anni; ma siccome tutti, da borghese, lo ricordavano grasso, appariva quasi piú ragazzo adesso di quando era giovane. Il suo peso, che alla partenza per il fronte sorpassava i 90 chili, adesso non raggiungeva i 60. E il suo colorito, già sanguigno, s'era fatto giallastro, a motivo della malaria che l'aveva colpito in Asia al campo prigionieri. Attualmente si sentiva guarito e bene in salute, a quanto lui dichiarava. Affermava pure che la sua minorazione non gli impediva affatto di lavorare, tanto è vero che al campo prigionieri aveva sempre fatto la sua parte: raccolta del cotone, dell'erba da bruciare, tagliare la legna, e al caso anche lavori di falegnameria. Per esempio, lui, da se stesso, s'era fabbricato laggiú per il suo piede rotto e piagato una sorta di supporto di legno, apparecchiato e sistemato con delle stringhe sulla gamba, cosí che ci poteva camminare anche senza bastone, normalmente.

Nel dire tutto questo, prendeva un'espressione cupa; e sebbene non si rivolgesse a nessuno in particolare, si capiva che il suo discorso era diretto specialmente alla sorella, per farle sapere che lui non era ridotto a un povero storpio malaticcio, come lei mostrava di credere, e non aveva bisogno né di lei, né di nessuno. A dire il vero (benché lui non volesse ammetterlo) già nel campo prigionieri in Asia gli ufficiali medici russi, riscontrate le sue febbri intermittenti, per un tempo lo avevano esonerato dal lavoro, ricoverandolo nell'ospedale di laggiú, detto *lazaret*. Però alla fine lo avevano dimesso, come i sani; e la stanchezza continua che attualmente gli pesava addosso dipendeva, secondo lui, dal suo lunghissimo viaggio di ritorno, durato due mesi, e non da altro.

In precedenza, da giovanotto, *Manonera* era sempre stato un temperamento piuttosto pesante e pigro; per esempio, si seccava di non potere (salvo alle domeniche) fare la siesta dopo il pasto di mezzogiorno; e all'ora di andare in officina la mattina presto, per deciderlo a levarsi dal letto bisognava chiamarlo dieci volte. Ma adesso non era piú la stessa faccenda, la volontà non gli bastava piú. Ogni piccolo sforzo lo affaticava, tanto che certi giorni, semplicemente a restare qualche minuto fermo in piedi, d'improvviso gli mancava la vista degli occhi per debolezza; e solo da giú disteso riusciva a vederci di nuovo.

Un altro motivo di umiliazione era, per lui, di non poter bere piú come una volta. Il vino per lui non era mai stato un vizio, ma un piacere. Oltre al gusto del sapore, e al pretesto per trovarsi in compagnia, il vino gli aveva fornito delle vere soddisfazioni di amor proprio, rendendolo vivace, chiacchierone e addirittura eloquente; e in piú, dandogli il vanto della resistenza, giacché ne poteva bere in quantità, senza ubriacarsi. Adesso, invece, mentre tutti, festeggiandolo reduce dalla Russia, specie i primi giorni gareggiavano a offrirgli da bere, a lui qualsiasi vino, fosse Bianco Frascati, oppure Orvieto, o Rosso Chianti, come già il Nebbiolo di prima qualità comprato all'arrivo nel Nord, in bocca gli sapeva sempre dello stesso sapore amaro. E fino dai primi sorsi lui se ne risentiva depresso peggio di prima, con lo stomaco bruciacchiato come avesse inghiottito delle braci. Pure, la nostalgia dell'abitudine lo spingeva tuttora all'osteria, dove con una foglietta di vino era capace di passare allo stesso tavolo giornate intere. Ma nessuno riconosceva piú il tipo gioviale di una volta in questo muto scontroso, dalla pelle gialla.

I suoi conoscenti, al pari di sua sorella, già da tempo non s'aspettavano piú di vederlo tornare vivo; e lo avevano accolto con esclamazioni incredule, quasi vedessero un resuscitato, dandosi la voce l'un l'altro per correre a salutarlo. Però, al centro di tale meraviglia generale lui, per quanto festeggiato, si sentiva, chi sa perché, messo da parte, come uno di troppo; e in compagnia si ritraeva tutto in se stesso, come un Lazzaro dentro il proprio sudario. La presenza degli altri, tuttavia, gli era necessaria: a star solo, foss'anche per pochi minuti, veniva preso da angoscia e spavento.

All'osteria, non solo gli amici del suo tavolo, ma anche gli altri avventori d'intorno, dapprincipio lo assediavano per farsi raccontare i suoi casi. Ma lui sfuggiva al discorso, dicendo a bocca storta e in tono di malavoglia: «Che se ne parla a fare!» «... tanto, chi non c'è stato, non può capirlo...» «... tanto, quello che ho visto io, nessuno lo crede...» Certe volte, rabbioso del suo vino amaro, in luogo di risposta scagliava degli insulti: «Voialtri imboscati», esclamava, «che volete sapere, adesso?! Dovevate trovarvici voi, sul posto!» Oppure, alle insistenze, buttava là, sghignazzando, qualche spezzone di notizia: «Lo volete sapere, che ho visto? Ho visto i morti a centinaia, di qui al soffitto, come cataste di travi, duri e senza gli occhi!...» «Dove?» «Dove! in Siberia! là ci stanno i corvi... e i lupi...» «Ho visto i lupi correre all'odore dei convogli...» «Ho visto i CANNIBALI BIANCHI!»

«... e questo ancora è niente!» aggiungeva ogni volta con

un piacere astioso, e uno sguardo tristo e allusivo a tutto l'altro che non diceva.

Una volta, senza che nessuno gli avesse domandato nulla, d'un tratto allungò sotto gli occhi del vicino la sua mano nera: «Lo vedi questo capolavoro di chirurgia?», gli disse con una strana ilarità negli occhi, come uno che sta per fare una confidenza sconcia: «eseguito da un amico alpino, sotto a un capannone mezzo incendiato, con un paio di cesoie da potare!» «E questo», proseguí (mettendo in mostra il piede mutilato, avvolto in certi stracci e con una piaga tuttora aperta), «non c'è stato bisogno di nessuna operazione! Scappando non si sa dove nell'accerchiamento, sul gelo, mi sono seduto a togliermi la scarpa che s'era fatta dura come una morsa di ferro. E tira tira, il piede incancrenito se n'è venuto via con la scarpa: mi ci rimaneva il tallone, e dei pezzi d'osso».

Allora, un altro dei presenti, offeso perché lui l'aveva chiamato *imboscato*, gli disse: «Beh, e te ne sei ricordato, almeno, di mandare una cartolina di saluti e ringraziamenti al tuo Duce?» E lui lo guardò torvo, ma senza trovare risposta. Difatti, non poteva negare di essere stato, da giovane, favorevole al Fascio. Si fidava del Duce, e anche dei generali, perfino dopo la sua propria esperienza della campagna greco-albanese della quale lui discolpava i capi italiani spiegandola, chi sa perché, con un «tradimento dei Greci». E nell'estate del '42, pronto alla sua nuova partenza per il fronte russo, aveva proclamato, brindando, in questa medesima osteria: «Quelli, i Capi, conoscono il mestiere loro! Se ci spediscono laggiú come siamo, male equipaggiati e indifesi contro il freddo, è perché tanto già sanno che la sorte dei Sovietici, a quest'ora, è piú che decisa! Dentro uno, due mesi, prima che arrivi l'inverno, la Russia è kaputt! E noi italiani dobbiamo figurare presenti, per la vittoria!»

Alle domande incessanti dei Marrocco, specie sulle circostanze della ritirata, si sforzava a qualche cenno di risposta, costretto a malapena, cosí che il volto pareva farglisi quasi tumefatto, per la ripugnanza. «Ma c'erano case, nei dintorni?» «Villaggi, sí, villaggi...» «Con abitazioni, diciamo, famiglie...?» «...sí... burini... gente di campagna...» «Come sono? gente di cuore?...» «Sí, i russi in genere sono brava gente». «...ma perché dargli a bere la neve?! non c'era acqua?!...». Manonera torce lo sguardo in un sorriso di traverso: «Eh», risponde con la voce contratta e incupita, «s'era ancora fortunati, là, a bere la neve. Dentro alla tradotta della Siberia, ci siamo bevuti l'urina... SETE! FA-ME!» si rivolta brusco, elencando sui diti della mano buona con un dito della mano monca, «freddo! epidemia! fame! FAME!» e su tale punto si arresta, rendendosi conto che sta infierendo contro la speranza di questi poveri idioti. Però nei suoi occhi infossati, segnati dalla malattia, piú che la pietà si muove un certo disprezzo: possibile che costoro non si decidano a intendere che quelli che non ce la facevano, e si lasciavano cadere per terra sulla via della fuga, erano tutti buttati alla malora; nessuno poteva addossarseli, bisognava piantarli là; e, già in anticipo, erano tutti morti?

Adesso tentiamo di riferire, qui a distanza, attraverso la memoria, le ultime ore di vita di Giovannino.

Mentre il suo compagno Clemente (meglio conosciuto, lí al fronte, per il cognome, Domizi) prosegue la fuga senza di lui, Giovannino si tiene in ginocchio sul margine della pista, in attesa di qualche mezzo che lo raccolga. È assillato, nella mente confusa, da una reminiscenza di corpi caduti, e già mezzo ricoperti dalla neve, che seminavano il terreno della sua marcia con Clemente, tanto che, a volte, c'è andato a incespicare. E cosí resiste alla voglia di buttarsi giú disteso; ma di rimettersi in piedi non è piú capace. Per farsi vedere dalla folla degli sbandati, si dà a gesticolare con le braccia, chiamando a vuoto: «Paesano! paesano!» La sua voce si perde nei clamori: corrono urla, richiami di battaglioni, numeri di compagnie o cognomi cristiani, incitamenti ai muli; ma sono tutte voci estranee. Il nome del suo battaglione e il cognome Marrocco non si sentono da nessuna parte.

Ecco, passa una slitta, trainata da buoi, con dentro un fagotto che si lamenta, e un fante la segue a piedi: Giovannino gli si fa incontro camminando sui ginocchi, e gesticola e si raccomanda. Ma il fante gli dà un'occhiata incerta, poi si gira di là e tira via con la slitta. Di lí a poco, s'intravvede a qualche distanza una carretta carica di materiali, dove si muovono delle figure imbacuccate: magari, ci si potrebbe rimediare un posto per lui? «Paesani! paesani!», ma anche la carretta s'è allontanata nel trambusto, senza badargli. Smuovendosi sui ginocchi, Giovannino arretra, per non venire travolto; e si sbraccia a spiegarsi in direzione di un graduato, smontato adesso da un cavalluccio cosí magro che le vertebre gli sporgono come denti. Il cavalluccio, che s'è impigliato in qualche oggetto con le zampe, mentre il padrone gliele svincola gira verso Giovannino i suoi occhi grossi che si scusano come quelli di un cristiano. E l'uomo, sogguardando a sua volta Giovannino, fa un gesto sconsolato di diniego, poi con aria di vergogna riparte sul cavalluccio. Comincia la tormenta, il cielo è grigio cupo, alle due del pomeriggio si fa già notte. Un alpino dagli occhi sbarrati passa davanti a lui marciando scalzo, coi piedi gonfi e neri come piombo. «Alpino! alpino! aiutami! pigliami in ispalla!» crede di urlargli Giovannino. Ma l'alpino intanto è già lontano, che arranca coi suoi piedoni neri fra la neve.

Giovannino si tira indietro. La febbre gli è salita. Adesso, fra gli scoppi e le grida che si frantumano, incomincia a farglisi udire uno scampanio, e lui non capisce piú dove si trova. Finalmente vedendo passare un carro altissimo, con ceri dorati grandi come colonne, incomincia a capire di trovarsi al passaggio della processione di Ceprano, e quello lassú, portato in processione sul carro, è il Generale che dà ordini con le braccia incrociate. Ma perché da tutte le finestre gli gettano un'infiorata di neve? Giovannino lo riconosce, e anzi ricorda pure che proprio quello stesso Generale ha detto alle truppe: «Bruciate le macchine, buttate via il carico della roba, ogni cosa, e salvatevi chi può. L'Italia si trova a occidente. Andate avanti avanti sempre occidente e là ci si trova l'Italia».

«Occidente», ragiona Giovannino, «significa dove il sole tramonta». Laggiú sul fondo, da qualche parte attraverso la tormenta, si vede divampare un incendio, e lui capisce che quello è il sole. Cosí, lasciandosi alle spalle la folla che gli si dirada nell'udito, sempre camminando sui ginocchi e aiutandosi con le mani, intraprende il viaggio verso occidente.

I piedi, gonfi e senza scarpe, male involtati in pezzi di coperta, non gli dolgono affatto, anche se gli pesano. Al posto dei piedi e delle gambe, dal ginocchio in giú, gli sembra di portare due sacchi di sabbia. I panni della divisa gli si sono induriti addosso come lamiera, scricchiolando a ogni suo movimento, e il suo corpo, trapassato da migliaia di aghi, è tutto una fitta e un formicolio. Le raffiche lo sbattono e lo schiaffeggiano fischiando, e lui borbotta contro di loro: «va affà inculo a nònneta» «fregna fottuta» e altre simili proteste di casa, familiari a lui fin da bambino... In realtà, come avesse la lingua mozza, di fra i labbri gli esce appena un gorgoglio di sillabe confuse.

Procede ancora qualche metro, fermandosi ogni tanto a raccogliere una crosta di neve ghiacciata, che succhia con avidità; ma poi la preoccupazione di cadere lo convince a resistere all'arsura. Arrivato all'orlo franoso di un crepaccio, s'incontra in uno, tutto imbacuccato, seduto a riposare in terra contro un pietrone. È un soldatuccio piccolo, di statura poco piú d'un bambino, morto; ma Giovannino non si accorge che è morto, e insiste per avere da lui qualche informazione sulla strada. Colui lo guarda con un sorrisetto di canzonatura e non gli dà risposta.

Ma del resto, il cammino da fare non dev'essere piú tanto lungo: queste sono già le *macere* di Sant'Agata in Ciociaria, col lino in erba, e là sul fondo, da quel focherello acceso, ormai la capanna di famiglia si riconosce.

Quand'ecco, dalla capanna è uscito il nonno, che lo minaccia con la cinghia perché ha lasciato indietro la capretta nuova, chiamata Musilla, nome nuovo. «Musilla! Musillaaa!» e viene la risposta di molti belati, però è da oriente, lui non ha proprio voglia di tornare indietro. Per non affrontare le cinghiate del nonno, che lo fissa con due buchi senza gli occhi, risolve di nascondersi qua dietro la macera. E difatti è scivolato dolcemente giú per la frana quasi in fondo al crepaccio, dove almeno si ripara un poco da quel tumulto incomprensibile là sopra.

Che ti pòzzi dannare, nonno! tanto, io fra un po' me ne vado a Roma a fare il carabiniere. Adesso, Giovannino non sa piú se questo assillo che lo brucia è ghiaccio, o è fuoco. Sente il cervello che gli bolle, e dei brividi che gli strizzano il cuore come un limone. Di continuo, fra le gambe gli scivola un tepore vischioso, che subito si congela e gli si incrosta sulla carne. Per la sete incessante, vorrebbe leccare la manica gelata del proprio cappotto, ma il braccio e la testa gli ricadono giú stremati. «Meh! Meeh! Meeh!» Questo è il belato sperso di Musilla; e quest'urlo straziato, lacerante si spiega perché oggi, sul prato qua sopra davanti a casa, ammazzano il maiale. Il maiale, quando lo aguantano per ammazzarlo, pare un cristiano alla voce. E fra poco, su nella capanna, si mangeranno i sanguinacci il cuore e i fegatelli... Però la fame, che i giorni scorsi era il martirio peg-

giore di questa *naia* di Giovannino, non gli si fa piú sentire; anzi, la sola figura del cibo gli produce un rigurgito di
nausea.

Alza gli occhi, e s'accorge che su di lui s'allarga un albero grande di un verde trasparente e luminoso, dal quale,
impiccato a un ramo, pende il suo cane Toma. È noto che
Toma poco fa s'è fatto tentare dalla vescica del maiale appena spaccato, e l'ha inghiottita e è morto; dopodiché lo
zio Nazzareno, il quale non è andato in guerra perché orbo
d'un occhio, ne ha appeso la carogna all'albero come esca
per le volpi. «Toma! Toma!» si lamenta Giovannino, piccolo coi calzoncini corti; ma Toma, benché morto, ringhia
e gli mostra i denti. Allora, pieno di paura, Giovannino
chiama sua madre: e la sillaba «ma ma ma» detta dalla voce
di Giovannino piccolo, si moltiplica per tutte le macere.

Ecco sua madre che esce dalla casa di sopra, con la rocca
sotto il braccio e in mano il fuso, e pure mentre cammina
bada a filare, sfioccando il lino dal pennecchio e lavorandolo
fra i diti. È arrabbiata, e con la bocca aperta sbraita contro
Giovannino, per il tanfo di merda che lui porta addosso:
«Vergognati, a fartela sotto, con l'età che hai! Vattene via,
che mi appesti la casa!» Là, fuori dal crepaccio, dove si
vede sua madre, c'è un bellissimo sole d'estate; e sul fieno
illuminato dal mezzogiorno ci passa la sua fidanzata Annita.
La madre qua alla casa di Sant'Agata porta ancora la gonna
larga e lunga da ciociara, col bustino nero e la camicetta;
ma Annita, invece, ha la vestarella corta, senza cinta, poco
piú di una camicia, coi piedi nudi e puliti. In testa, ha un
fazzolettone bianco, legato con due nodi dietro la nuca, cosí
che i capelli non le si vedono. E torna dal pozzo reggendo
il secchio riempito, con dentro già pronto il mestolo per bere; ai suoi passetti di corsa, dal secchio ricolmo l'acqua fresca trabocca sul fieno caldo.

«Annita! Annita!» chiama Giovannino, con la voglia di
bere dal secchio; però anche Annita fa una smorfia di schifo
e lo caccia via: «Sei pieno di pidocchi!» strilla. E a questo
punto, da dentro la capanna dove sta il nonno una voce rim-
bombante di basso pronuncia con chiarezza: «Buon segno.
I pidocchi scappano via dai morti».

Giovannino non sa che cosa gli prende. Oramai, non ha
voglia piú di nient'altro che di dormire. La luce aperta assolata dura ancora un attimo e immediatamente dopo anche
qui a Sant'Agata si è fatto buio. C'è un'arietta di sera fresca

e riposante, che va e viene col movimento appena d'un ventaglio. E Giovannino per dormire vorrebbe raggomitolarsi, come gli piace da sempre; se non fosse che il suo corpo, a motivo di tutto quel freddo passato, s'è fatto cosí duro da non riuscire a piegarsi piú. Ma contemporaneamente Giovannino si accorge, come un fatto naturale, di avere anche un secondo corpo: il quale, a differenza del primo, è morbido, pulito e nudo. E soddisfatto si piega nella sua posa preferita di quando sta a letto: coi ginocchi che quasi gli toccano la testa, rannicchiato in modo che nel materasso gli si scava sotto una cuccia molto comoda; e mentre lui ci si rannicchia, le foglie dentro il materasso fanno un fruscio come stormissero, d'estate e d'inverno. Questa è la posizione che lui sempre ha preso per dormire, da piccolo, e da ragazzino e da grande; però ogni notte, al momento che si rannicchia in questo modo, gli sembra di tornare piccolo. E invero, piccoli, cresciuti o grandi, giovani, anziani o vecchi, al buio si è tutti uguali.

Buona notte, biondino.

.....1946

Gennaio-Marzo

Hanno inizio movimenti di rivolta fra i popoli delle Colonie. Scontri con la polizia inglese a Calcutta e al Cairo e alto numero di vittime fra i dimostranti.

In Europa, alle conseguenze dei bombardamenti e degli esodi in massa (milioni di senzatetto e di profughi) si aggiungono le espulsioni e i trasferimenti coatti di intere popolazioni (trenta milioni di europei, per la maggioranza tedeschi) in séguito alla definizione postbellica delle frontiere concordata a Potsdam.

In Italia, ai provvedimenti radicali richiesti dalla situazione disastrosa (rovine di guerra, inflazione, disoccupazione ecc.) si oppongono i poteri prevalenti della restaurazione, i quali tuttavia per i propri fini repressivi fomentano i disordini nel paese, e specie nel sud. Alle rivolte dei braccianti e contadini contro le disperate condizioni di vita, seguono scontri sanguinosi con la polizia. Numerose vittime fra i manifestanti in Sicilia.

In URSS, nuovo regime di terrore di Stalin (nominato, dopo la vittoria, Generalissimo e Eroe dell'Unione Sovietica) il quale, nel paese dissanguato e stravolto dalla guerra, ha accentrato in sé tutti i poteri politici e militari attraverso modifiche della Costituzione. Il Capo dispone a proprio arbitrio della libertà e della vita di tutti i cittadini. La sequela dei giustiziati monta a cifre incalcolabili. Ogni minima mancanza degli operai (costretti a un lavoro massacrante e praticamente legati alla macchina) viene punita con la deportazione. I campi di concentramento della Siberia sono attualmente affollati, fra l'altro, di combattenti e civili reduci dai lager o dai lavori forzati in Germania e accusati in conseguenza di tradimento per essersi consegnati vivi ai Nazisti. La *cortina di ferro* nasconde al mondo questa realtà della scena russa, e anche il poco che ne trapela viene respinto, quale *propaganda reazionaria*, dagli innumerevoli «condannati alla speranza» che popolano l'Europa, le Colonie e il resto del mondo, e continuano a guardare all'Unione Sovietica come alla patria ideale del socialismo.

In Cina, continuano gli scontri fra l'Armata Rossa e il Kuomintang.

Giugno-Settembre

In Italia, prime elezioni a suffragio universale per l'Assemblea Costituente e la scelta fra repubblica o monarchia. Vince la repubblica. La famiglia Savoia parte per l'esilio. Si riunisce l'Assemblea Costituente.

Nuove vittime in Sicilia in uno scontro fra polizia e contadini.

In Palestina, impossibile convivenza fra gli Arabi e gli immigrati ebrei. Terrorismo ebraico e controterrorismo arabo.

Guerra civile in Grecia – zona d'influenza britannica – dove i partigiani hanno ripreso le armi contro la reazione monarchica sostenuta dagli Inglesi. Pronta e violenta repressione dei poteri costituiti. L'Unione Sovietica – in conformità con gli accordi di Potsdam – serba un silenzio diplomatico sulla vicenda.

È stato impiantato a Berkeley (Stati Uniti) il sincrociclotrone da 340 Me V.

Ottobre-Dicembre

A Roma, in uno scontro fra polizia e operai, due operai uccisi e molti feriti.

A Norimberga si conclude, con 12 condanne a morte, il processo contro i Capi nazisti. Attraverso le varie fasi del processo, si è svolta in pubblico una specie di autopsia dell'organismo statale del Reich: ossia di una macchina industriale-burocratica della perversione e degradazione promosse a funzione essenziale dello Stato («una pagina di gloria della nostra Storia»).

Nel Vietnam del Nord, la flotta francese bombarda Haifong (seimila morti) e occupa il ministero delle Finanze ad Hanoi. Ho Chiminh chiama il popolo vietnamita alla guerra di liberazione contro i Francesi . . . . .

Sui primi di gennaio del '46, i Marrocco ebbero notizia che un loro parente di Vallecorsa (villaggio non lontano da Sant'Agata) in quei giorni era tornato, lui pure, dalla Russia; e la loro speranza di rivedere Giovannino, già ravvivata dal ritorno di Clemente, si esaltò piú che mai. Ogni mattina, assieme alla luce del giorno, in casa Marrocco spuntava la speranza («forse oggi...») che poi verso sera appassiva, per ugualmente rispuntare il giorno dopo.

Il parente di Vallecorsa, che lui pure, nella sua campagna di Russia, aveva perso la salute, si trovava attualmente, malato di t.b.c., al Sanatorio Forlanini di Roma, dove le Marrocco tornavano assiduamente a visitarlo. Ma per quanto rispondesse con buona volontà alle loro domande instancabili, lui di Giovannino, invero, ne sapeva meno ancora di Clemente. E difatti, Giovannino e lui si erano persi di vista prima ancora dello sbandamento definitivo, quando appena s'iniziava il ripiegamento. Giovannino allora si portava bene, ecc. ecc. Ma da allora in poi, tutti gli ordini s'erano confusi, non c'erano mezzi di difesa né di sopravvivenza, quella non era piú guerra, né ritirata, ma sterminio. Degli italiani accerchiati nella *sacca*, era molto se un dieci su cento ne erano usciti vivi. Lui, da parte sua, sull'inizio s'era rifugiato presso una famiglia russa di contadini (poveracci mortidifame, gente come noialtri su di Vallecorsa) i quali lo avevano accolto e nutrito alla meglio nella loro izba, in un villaggio che poi venne incendiato.

Filomena e Annita si facevano ripetere questi racconti non si sa quante volte, indagandone tutti i particolari. Qualsiasi vicenda riportata dai reduci, anche se negativa o pessimistica, a loro offriva nuovi pretesti di speranza per l'attesa di Giovannino. Il padre invece non divideva la loro aspettazione, anzi pareva guardarle come delle illuse.

A ogni passo che veniva su per le scale, esse insieme alzavano gli occhi dal lavoro, in una interruzione momentanea, trasalendo un poco ogni volta. Poi riabbassavano gli occhi senza dirsi niente.

Un giorno le carte di Santina avevano risposto che Giovannino era *per via*, senz'altre indicazioni piú precise. Un altro giorno la *piccinina* arrivò trafelata, e disse di aver veduto Giovannino fermo in un angolo del pianerottolo, al secondo piano delle scale. Tutti corsero giú a precipizio: sul pianerottolo non c'era nessuno. Però la *piccinina* affermava istericamente di non essersi sbagliata: era uno vestito da militare, con le scarpe chiodate di montagna, e un mantello. Stava rincantucciato nell'angolo fra due porte, e, secondo lei, l'aveva guardata accigliato e fisso, facendole segno di non dire niente. Ma come lo aveva riconosciuto, lei, che non l'aveva incontrato mai prima? «Era un biondino, di statura mezzana!» rispondeva la piccinina, «uguale a lui! era proprio lui!!»

«E perché non gli hai parlato?»

«Ho avuto paura...»

Il padre, che si trovava presente, si strinse nelle spalle; ma Filomena e Annita per tutto il giorno seguitarono a scendere e risalire le scale, e affacciarsi giú dal portone sulla strada, se non vedessero quel soldato. Esse sospettavano che Giovannino, per qualche motivo, fosse arrabbiato con la famiglia: forse per via della sua cameretta, che non si trovava pronta... occupata da estranei...? ...Già fino dal novembre, Ida aveva inteso che era tempo, per lei, di trovarsi un alloggio, quando il caso la aiutò. Una vecchietta cliente di Filomena (quella medesima che, alla prima visita di Nino, aveva detto: «me lo magnerebbe de baci»...) aveva intenzione di lasciare, in febbraio o marzo, il proprio alloggetto personale allo stesso quartiere Testaccio per andare a vivere presso una figlia che stava a Rieti. Contro il pagamento di qualche migliaio di lire, essa era disposta a cedere il suo contratto d'affitto. E Ida, che serbava ancora una parte delle am-lire avute da Nino, riuscí a fargliele accettare come anticipo, promettendole il resto a breve scadenza (contava di riscuotere un qualche risarcimento come *sinistrata*, o al peggio di ottenere dal Ministero un prestito sui propri stipendi futuri...) E cosí, fra poco Ida e Useppe riavrebbero finalmente una casa. Ida ne era ansiosa e contenta, anche perché sperava, fra l'altro, che una sistemazione piú comoda gioverebbe subito all'umore e alla salute di Useppe.

Useppe era palliduccio, stentava a rifiorire, e non era piú capace di starsene tranquillo per proprio conto, come faceva gli inverni avanti, «a pensare» o a guardare il coniglio o il nonno. Specie verso sera, veniva preso da una inquietudine turbolenta, e si dava a correre su e giú per le stanze di casa, brontolando a testa bassa, come se volesse sfondare i muri. Le Marrocco, frastornate, protestavano con le loro solite parolacce, ma per fortuna, in vista del suo trasloco prossimo, da ultimo erano diventate piú tolleranti verso il loro pigionante irrequieto.

La sera, benché assonnato, Useppe non avrebbe mai voluto coricarsi; e Ida credeva di riconoscere in questo suo capriccio un'apprensione spaventata, perché da qualche tempo lui di rado godeva di un sonno sano e ininterrotto. La serie di tali notti abnormi era incominciata fino dall'estate avanti, e una specialmente di quelle notti si era segnata nella memoria di Ida come un punto amaro. Era stato in seguito all'episodio nella cucina, dove lui s'era messo d'impegno a stracciare la rivista illustrata dalle strane figure, ripetendo, dietro alle parole di sua madre: «è *bbutta*! (brutta)». Pareva che anche simile episodio, come già tanti altri in precedenza, si fosse presto scancellato dalla sua mente pazzariella. Ma invece, forse una settimana dopo, Ida fu riscossa, la notte, da uno strano singulto prolungato. E accesa la luce, vide Useppe, seduto accanto a lei, mezzo fuori dal lenzuolo, che agitava le manucce freneticamente, nell'atto che si nota in certi malati detti dai dottori *clastòmani*, quando lacerano smaniando la loro camicia di ospedale. Lui però, nel caldo estivo, era nudo, e in quel suo movimento straziante dava l'impressione di volersi strappare di dosso la pelle. «È *bbutto*... È *bbutto*!...» si lagnò, con gli accenti minacciosi di una bestiola che presume di cacciar via, coi propri mezzi, un cacciatore armato. E non vedeva nemmeno sua madre, alienato da chi sa quali immagini che appartenevano, invero, al suo sonno, mentre lui fissava con gli occhi spalancati il muro della stanza, come le vedesse là. A chiamarlo, restava sordo. E anche le solite lusinghe futili, con le quali Ida lo distraeva in simili occasioni, caddero inascoltate. Per qualche secondo, rimase fisso all'erta; poi, sopraffatto da quella cosa di spavento indefinito che doveva affrontare solo solo, d'un tratto si ributtò giú e si rannicchiò nascondendosi la testa. E quasi immediatamente ripiombò nel sonno.

Questo incidente fu agli inizi di una lunga fila di notti, dove i suoi propri sogni e le inquietudini di Useppe si accavallavano nebbiosamente, a ogni risveglio, nella mente di Ida. Lei stessa, difatti, aveva ripreso a sognare a dismisura; però le sue complicate avventure oniriche le lasciavano, sul passaggio della memoria, solo una striscia dolorosa, senza piú ricordo. Soltanto, aveva la sensazione che sempre la loro trama corresse già preordinata verso una rottura violenta che si traduceva, all'esterno, con qualche turba, anche minima, del bambino. Quello che, in sogno, le si era fatto credere lo schianto d'una bufera o una scossa tellurica, non era stato, nella realtà, che un sussulto, o un lamento di Useppe: e tanto bastava a svegliarla di soprassalto. A volte si trattava di piccole turbe comuni, quali ne càpitano a tutti quanti, bambini o adulti: lo trovava che in sonno sillabava qualcosa, con le labbra tremolanti, la faccia contratta, e i denti che gli battevano. Oppure lo udiva gridare, o chiamare: «Mà! màààà!» chiedendo aiuto. Le accadde pure di trovarlo già sveglio, che singhiozzava come per una sventura enorme, e aveva bagnato il letto. Ma piú spesso si svegliava piangendo senza apparente motivo, o ancora addormentato le si aggrappava addosso, come inseguito da qualche minaccia straordinaria. E tutto in sudore riapriva i suoi occhietti azzurri, ancora invasi da quella paura indicibile. A interrogarlo, non sapeva dare che informazioni sconnesse, o confuse: sempre ripetendo che faceva *tòppi* sogni. «Non *voio* fare tanti sogni», diceva, con una vocina spaurita. «Ma *quali* sogni? che sogni fai?» «*Tòppi* sogni. *Tòppi*», ripeteva. E sembrava che il lavoro stesso di spiegare quei troppi sogni lo agitasse. Da quanto se ne poteva ricostruire, sembrava d'intendere che, per lo piú, sognava degli edifici altissimi, oppure degli sprofondi sotto le case, o delle voragini. Ma il sogno che lamentava con piú frequenza era il fuoco. «Il *foco*!... il *foco*!» piangeva in certi suoi risvegli repentini. Una volta accennò a una «donna *bbutta*, *gossa gossa*» e a «tanta gente che correva» e «tanto *foco*, tanto *foco*» e «i pupetti e gli animali che scappano dal foco».

Una sola volta riferí un sogno intero e preciso, corrugando la fronte per l'impegno di raccontarlo bene. Aveva sognato sua madre «no tutta te, solo la faccia». Questa faccia di Ida teneva gli occhi chiusi: «... però eri sveglia, e mica eri malata!» E sulla sua bocca si posava prima la mano di Ninnuzzu, e dopo, su questa, la mano di Useppe. D'un tratto le due mani si strappavano via di là, e in qualche posto si sentiva un grande urlo «*gande gande gande gande gande!*» Ma la faccia di Ida, sempre con gli occhi chiusi, e con la bocca pure chiusa, intanto s'era messa a sorridere.

Le angosce notturne di Useppe, com'era naturale, allungavano la loro ombra anche sulle sue giornate. Con l'avanzare delle ore diurne, il bambino pareva protendersi in allarme, e indietreggiare, come chi tenta di sfuggire a qualcuno che già lo attende appostato e lo minaccia, senza che lui ne sappia il perché. Ida si decise un giorno a portarlo da una dottoressa, che aveva sentito nominare a scuola, specialista dei bambini. Nell'anticamera di attesa, subito dopo di loro entrò una donna, con in braccio un tipo rubicondo, di forse tre mesi di età, il quale sorrise a Useppe. E quando, venuto il turno di Useppe, quello fu lasciato in attesa dove stava, Useppe si voltò indietro a dirgli: «E tu, non vieni?...» La dottoressa era una donna ancora giovane, trasandata, e quasi sgarbata nei modi, però in fondo coscienziosa e bonaria. Useppe si lasciò visitare serio serio, come assistesse a una qualche cerimonia esotica; e incuriosito dello stetoscopio s'informò: «...sòna?» credendolo una trombetta. Poi di lí a poco, ancora a proposito dell'altro cliente lasciato in anticamera, domandò alla dottoressa:

«E pecché non viene, lui?...»

«Chi lui!»

«Quello!»

«Il suo turno è dopo di te!» rispose la dottoressa. E Useppe si mostrò deluso, ma senza insistere.

La dottoressa dichiarò di non trovare, in Useppe, nessuna malattia organica: «Certo, è minuscolo», osservò con Ida, «lei mi dice che ha finito i quattr'anni già dall'agosto, e alla statura potrebbe averne due e mezzo... è magrolino... si capisce, è un prodotto di guerra... però molto vivo!» Poi, conducendolo per la manuccia, lo osservò alla piena luce della finestra: «Ha gli occhi strani», notò, mezzo fra sé, «...troppo belli», precisò, quasi incantàta, ma insieme insospettita. E s'informò da Ida, nel tono di chi prevede già la risposta, se il bambino si fosse mostrato, per caso, piú precoce della norma.

«Sí sí!» rispose Ida. E soggiunse, titubante: «... come le ho detto, è nato anche prematuro...»

«Questo, già lo sappiamo! e agli effetti dello sviluppo successivo, non sarebbe determinante!» le ribatté, quasi arrabbiata, la dottoressa.

E accigliata e perplessa, con le sue maniere sciatte, seguitò a informarsi da Ida se a volte non lo sentisse discorrere da solo, magari lunghe chiacchiere un po' confuse... «Sí, a volte», rispose Ida, sempre piú timida. E appartandosi con la dottoressa, le mormorò peritosa, come chi va propalando un segreto altrui: «... credo... che si racconti da solo delle storie... o forse poesie... favole... Però non vuole farle conoscere a nessuno».

La dottoressa gli prescrisse un ricostituente, e un leggero calmante per la notte. E finalmente Useppe sbuffò con sollievo, perché l'astrusa cerimonia era terminata. Uscendo, salutò con la mano l'infante nell'anticamera, e gli fece un sorrisetto d'intesa confidenziale, come fra vecchi conoscenti.

Le prescrizioni della brava dottoressa si mostrarono utili. Grazie al calmante, le notti di Useppe trascorrevano piú tranquille. E il ricostituente, dal sapore d'uovo e di sciroppo, era cosí dolce che Useppe, ogni giorno, leccava anche il cucchiaino. Pronta Ida si affrettò a nascondergliene la bottiglia sotto chiave, per paura che se la scolasse tutta quanta in una volta.

2.

Seppure con ritardo, Ninnuzzu mantenne la parola e venne con la motocicletta. Per evitare che, a lasciarla sola nella strada, gliela rubassero, non salí, ma dal basso prima fischiò verso la finestra dei Marrocco, e poi chiamò: «Useppe! Useppeee!» suonando il clacson a volume spiegato. Come lo scorse dall'alto, che guardava in su, accosto alla sua macchina smagliante, Useppe cominciò a fremere per l'impazienza da capo a piedi; e immediatamente, senza dir parola, corse a precipizio verso le scale (quasi timoroso che, nel frattempo, il motociclista dileguasse) cosí che Ida dovette rincorrerlo per dargli il paltoncino e la scopoletta. Gli mise pure al collo una sciarpetta di tanti colori, che Filomena per poco prezzo aveva lavorato apposta per lui.

Frattanto la *piccinina*, che ai primi segnali dell'avvenimento s'era bloccata sulla macchina da cucire, intontita come le avessero dato un pugno, ripigliò a battere i punti in fretta, facendo finta di non avere udito né visto nulla.

Era inverno, ma la giornata, in pieno gennaio, pareva d'aprile. L'aria tiepida, specie al sole, sapeva di pane. Appena fuori dal portone, senza nemmeno aspettare l'invito di Nino, Useppe tutto in fremito s'aggrappò alla macchina per saltare in sella, come su un cavalluccio. Nino aveva una giacca di cuoio, i guantoni e il casco. Già alcuni ragazzini, come tanti innamorati, s'erano raccolti intorno alla motocicletta, e Nino, con superiorità e soddisfazione, spiegava: «È una Triumph!», degnandosi perfino di concedere a quei poveri amanti qualche informazione particolare sulla cilindrata il cambio il tamburo il carter ecc.

La partenza fu strepitosa; e il viaggio, un vero raid fantascientifico per Useppe! Fecero tutto il Centro Storico, da Piazza Venezia a Piazza del Popolo, e poi a Via Veneto, Villa Borghese, e poi di nuovo indietro Piazza Navona, e il Gianicolo, e San Pietro! Si scaraventavano per tutte le strade con un rumore gigantesco, perché Ninnarieddu, per far sentire chi era lui, aveva abolito il sistema della marmitta. E al loro passaggio la gente scappava da tutte le parti sui marciapiedi, e protestavano, e le guardie fischiavano. Useppe non aveva mai conosciuto quei quartieri, che in un ciclone risplendente correvano addosso alla motocicletta di Nino, come a una sonda spaziale lanciata attraverso i pianeti. A voltare gli occhi in alto, si vedevano statue volare con le ali distese fra le cupole e le terrazze, e trascinare i ponti in corsa con le tuniche bianche al vento. E alberi e bandiere giostrare. E personaggi mai visti, sempre di marmo bianco, in forma d'uomo e di donna e d'animale, portare i palazzi, giocare con l'acqua, suonare trombe d'acqua, correre e cavalcare dentro alle fontane e appresso alle colonne. Useppe, proprio ubbriacato dal piacere dell'avventura, accompagnava il tuono del motore con uno scoppiettio continuo di risate. E quando Nino fece per posarlo giú, si acigliò e aggrappandosi alla macchina lo sollecitò: «Ancòa!»... «*Ancòa! ancòa!*» gli rifece il verso, canzonandolo, Ninnuzzu, mentre ripartiva di volata per accontentarlo, «a' maschio, è ora che t'impari a dire l'*erre!*», poi, dopo la terza scarrozzata, dichiarò: «Mó basta!... E me lo dài, un bacetto?» soggiunse per salutarlo, lasciandolo al portone. «Ancòa», rimormorò Useppe, pur senza speranza, levando gli occhi verso di lui. Però Nino stavolta, definitivo, neanche gli rispose, chinandosi senz'altro a dargli il bacetto di saluto.

E lí per lí, nel darglielo, gli ribalenò alla mente la stessa osservazione già fatta un'altra volta: che negli occhi di Useppe c'era qualcosa di diverso da prima. Pure nella sua familiare risatella, invero, oggi c'era stato qualcosa di diverso da prima (un tremolio febbrile, quasi impercettibile, non dovuto alla velocità: piuttosto a un'incrinatura interna, simile allo strappo continuo di un nervo). Ma di questo, Nino non se n'era accorto; mezzo a cavalcioni sulla sua moto, stette a guardare, da dietro, il fratello che risaliva la scala controvoglia, mettendo avanti sempre lo stesso piede a ogni scalino, come fanno i principianti (segno in lui di malumore); e forse con qualche brontolio... Fra la scopoletta e la sciarpetta, si vedevano i suoi capelli lisci e piumosi. E dal cappottino fatto «a crescenza» gli spuntavano i pantaloni lunghi anche troppo, all'uso americano. «Ciao!» gli gridò Nino, ridendo a quello spettacolo comico, «ciarivedemo ar piú presto!!» E Useppe si voltò a risalutarlo aprendo e chiudendo il pugno. «Largo, a' regazzini! Levàteve de mezzo!!» disse Nino ripartendo in un enorme boato, fra la folla degli adoratori.

Dopo la sua riapparizione a Roma liberata, non s'era piú udito da Ninnuzzu nessun accenno alla rivoluzione comunista, né al compagno Stalin. L'argomento si riaffacciò un giorno che Ninnuzzu, scarrozzando l'oste Remo sulla sua potente moto, fece tappa insieme a lui a casa Marrocco. Nel laboratorio di Filomena, oggi, era vuoto il posto della *piccinina*, tenuta a casa dall'influenza; però il distratto Ninnarieddu, di questo vuoto, nemmeno se ne accorse: tanto poco, invero, lui vedeva la *piccinina*, pure quando lei ci si trovava, là, sotto ai suoi occhi!

Stavolta, la moto era stata lasciata in consegna al portiere, il quale, devoto dei motori e degli eroi da corsa, le faceva la guardia come a una principessa dell'harem. L'oste portava in dono a Ida una boccetta d'olio, e Nino un pacco di caffè americano; e si poté capire, da qualche accenno, che attualmente i rapporti, fra i due, erano piuttosto d'affari che di politica. Però già sulla scala s'era avviata fra loro una discussione politica, le loro voci a contrasto li avevano annunciati fino dal pianerottolo sottostante. E arrivati su in casa, quasi subito ripresero la discussione.

Remo pareva amareggiato dell'attuale noncuranza di Nino verso il Partito comunista; recentemente, in quel mese di Gennaio, s'era tenuto a Roma il Congresso del Partito, seguito con fede entusiastica da Remo e da tutti i compagni; ma Ninnarieddu, da parte sua, non se n'era interessato per niente, anzi a malapena ne aveva raccolto la notizia di cronaca. A proporgli di prendere la tessera, sghignazzava perfino, come se gli facessero la proposta di farsi frate... E adesso, fra queste e altre simili deplorazioni di Remo, principiò a canticchiare *Bandiera Rossa* nel tono di uno che cantasse un pezzo d'operetta, tipo *La vedova allegra*!!

«Una volta», si rivolgeva agli astanti Remo amareggiato, «lui parlava da vero compagno... Mentre adesso, che bisognerebbe stare uniti per la lotta...»

«Una volta ero pischello!» sbottò corrusco Nino. «...Ma quale lotta!» gli dette spago, a sua volta, la Consolata là presente, con uno sguardo tristo, «qua si lotta, si lotta, e si sta sempre al *Carissimo amico*. Si sta sempre co' una scarpa e una ciavatta!»

«Io, la lotta, la faccio per ME e per chi mi pare!» proclamò Nino, da parte sua, rabbiosamente, «ma per i Caporioni, NO! Ce lo sai, tu, RIVOLUZIONE che significa? Significa, prima cosa: niente Caporioni! Da pischelletto io lottavo per quello là; e mó l'hai visto, il Magnifico, che non indietreggia mai?! Per la fifa, se la squagliava, travestito da tedesco!! Poco manca, che si travestisse da monaca!! A me, da pischelletto, i vari Caporioni mica me lo dicevano che camicia nera voleva dire camicia sporca! però, quando lasciai le camicie sporche, quei soliti Caporioni, che su al nord facevano gli ufficiali per bene, a me non mi ci vollero fra i partigiani loro, perché di me non se ne fidavano! E adesso, sono io che non me ne fido di loro!!» E Ninnarieddu si batté il braccio sinistro con la mano destra a taglio, che vale per un gesto osceno, notoriamente.

«Ma il Compagno Stalin è un vero Capo! tu pure ci credevi!»

«Ci credevo una volta!... però mica tanto!» ci ripensò

Ninnuzzu, «...beh, ci credevo... e mó se vuoi saperlo non ci credo piú, nemmanco a lui! quello è un Caporione uguale agli altri! e i Caporioni, dove passano loro, c'è sempre la stessa puzza! domandalo a chi c'è stato, là nei regni siberiani! Il popolo sgobba, e lui si lecca i baffi!»

«Prima non parlavi a questo modo...» ripeté amaramente Remo.

«Prima! Prima! PRIMA!» gli gridò Nino, cosí forte da assordarlo, «ma lo sai che te dico, a' Remo? che er tempo strigne!» e con grande voce tenorile si mise a cantare

«sulla balalaica suona Ivana e aspetta ancor!...»

«...a' Remo ahó! questa è la vita mia, mica è la loro! a me i Caporioni non mi fregano piú... a' Remo! io voio víveee!» proruppe Ninnuzzu, con tale violenza, che pareva una sirena degli incendi.

Questo suo concetto, lo sviluppò ancora una seconda volta, nella nuova casa di Ida a Via Bodoni, dov'era capitato con la sua Triumph, dopo una nuova discussione col compagno Remo. Quasi seguitasse la lite con costui, tumultuava marciando a passi grandiosi per la cucina; ma invero parlava da solo, avendo per interlocutori nessun altro che Ida e Useppe, i quali stavano zitti. Ripeté furibondo che Stalin era un caporione come gli altri, e del resto la Storia lo diceva: non aveva, il compagno Stalin, fatto l'occhietto ai nazisti per fregare la Polonia?! e, di recente, non aveva approfittato che il Giappone era già K.O. per zompargli addosso? Stalin e gli altri caporioni, è tutto un sistema: si fanno l'occhietto per fregare gli altri e fregarsi fra di loro. E Nino lui sui Caporioni ci sputa sopra. Nino lui vuole vivere, vuole mangiarsi tutta la vita intera e tutto il mondo tutto l'universo! coi soli le lune e i pianeti!!! Adesso, 1946, è il momento dell'America: e in quanto alla Rivoluzione, per adesso è sicuro che non viene... «Magari quella arriva fra cent'anni. Ma il tempo mio, che ne ho venti, intanto è oggi. Fra cent'anni, quand'io tengo centovent'anni, magari ne riparlamo!»... Nino lui nel frattempo vuole farsi ricco, arcimiliardario, andarsene in America in aereo speciale extralusso. Ci porta pure Useppe: «A' Usè, ce vòi vení, sull'aeroplano, per l'America?» «Sí sí sí». «Allora si parte!»... La rivoluzione per adesso non viene perché qua i padroni sono gli Americani «che nun la vonno». E Stalin nemmanco lui la vuole, perché lui pure è un imperialista come questi altri. La Russia è imperiale come l'America, però l'impero russo sta dall'altra parte, e invece da questa parte ci sta l'impero dell'America. La loro lite è tutta una moina. Intanto loro due si fanno l'occhietto e si spartiscono il malloppo: tu di là e io di qua; e poi se tu sgarri, famo a chi tira meio l'atomica, e cosí dal balcone ci godiamo gli atomi col binocolo. I Caporioni fra di loro se la intendono e sono tutti compari.

«E a me, me fanno ríde! Io sono il re dell'anarchia! Io sono il bandito fuorilegge! Io sbanco le loro banche ahó! e i Caporioni basta! io l'impero glielo sfondo alla faccia loro...

...«A' Usè! che ce stai, mó, a fatte una corsa sulla moto?»

«Tí! Tí! Tííí!»

«Tí tí tí! mó te sei riperso pure la *esse*! Annamo, Useppe, annamo, annamo, annamo!»

E se ne scappano assieme, i due pazzarielli. L'enorme boato del loro motore in partenza fa affacciare tutta la gente sul cortile. Tutti gli inquilini del palazzo di Via Bodoni si sono affacciati alle finestre per guardare la partenza della Triumph.

La nuova casa di Via Bodoni, dove Ida e Useppe si erano trasferiti in primavera, si componeva di due stanze, delle quali una assai piccola, poco meno di un bugigattolo. In piú, c'era l'ingresso, un vano buio senza finestre, a sinistra del quale si apriva il cesso, che era alquanto minuscolo e sfornito di lavandino. La cucina stava, invece, sulla destra, al termine di un breve corridoio, e dava con la finestra sul cortile, al pari della stanzuccia, mentre che dalla stanza piú grande si vedeva la piazza di Santa Maria Liberatrice. In questa piazza si ergeva una chiesa adorna di certi musaici che Ida, secondo il suo gusto, giudicava belli, per il fatto che alla luce s'illuminavano d'oro.

A pochissima distanza dalla casa c'era la famosa scuola di Ida, che, dopo l'occupazione del tempo di guerra, aveva già annunciato la sua riapertura col prossimo anno scolastico; e ciò significava un grande vantaggio e conforto per Ida. L'appartamentuccio si trovava sull'angolo del caseggiato, all'ultimo piano, a fianco del deposito dell'acqua e della terrazza comune per la stenditura dei panni; e questo fatto, come pure la topografia dell'interno, ricordava a Ida la sua vecchia casa di San Lorenzo.

Anche qui, il caseggiato era vasto, piú vasto ancora che a San Lorenzo, con due cortili e numerose scale. Quella di Ida era la Scala Sesta; e nel suo cortile cresceva una palma: anche questo piaceva a Ida. Essa acquistò, parte a rate e parte da un rivendugliolo, la mobilia necessaria: la quale, per il momento, si riduceva a una tavola e credenza per la cucina, a un paio di sedie, a un armadio usato, e a due reti munite di piedi, chiamate dai rivenditori, pomposamente, *sommiers*. Essa dispose il *sommier* piú largo nella camera grande, per sé e per Useppe; e l'altro, a un solo posto, lo mise dentro la stanzuccia, nella speranza che, prima o poi, ci venisse a stare Nino. Ma costui, veramente, non mostrava nessuna intenzione di tornare in famiglia; e anzi i propri recapiti, durante i suoi soggiorni a Roma, li lasciava nel mistero. Si capiva, a ogni modo, che non aveva dimora fissa; e che, occasionalmente, si faceva ospitare da una donna. Questa, però, non era sempre la stessa poiché le relazioni di Nino, come già in passato, erano sempre saltuarie e irregolari.

Per due volte di seguito, in proposito, ai suoi raids con Useppe sulla moto, ci si accompagnò, seduta in canna, una ragazza. Costei di nome si chiamava Patrizia, però di fatto era plebea, operaia alla Manifattura Tabacchi. Era bella, piú ancora della *roscetta* dei guerriglieri; e mostrava una terribile paura della moto, supplicando Nino, a ogni partenza, per pietà, di non correre tanto. Lui prometteva, ma solo per divertirsi meglio, invece, a sferrarsi in eccessi di velocità. E allora la ragazza gli si aggrappava alla vita, furiosa nel terrore, con le vesti e i capelli al vento, gridando: «Assassino! Assassinoo!» Una volta, per una strada di campagna, i suoi gridi allarmarono perfino dei poliziotti motorizzati, che ordinarono l'alt alla Triumph, sospettando un rapimento; però la stessa Patrizia, ravviandosi premurosa fra molte risatine, giustificò Nino, spiegando l'equivoco. E tutti quanti risero, anzi i poliziotti si scusarono e fecero il saluto, aggiungendo qualche commento di galanteria.

C'era da credere che, in realtà, la stessa Patrizia facesse apposta a dire: «non correre», per il gusto poi di spaventarsi e di gridare: «Assassino!» Difatti, anche sul prato, dietro gli alberi, dove Nino e lei, tutte e due le volte, si stesero avvinghiati per terra, lei da principio si dibatteva, gli gridava: *làsciami aiuto aiuto!*, e tentava di ricacciarlo dandogli sberle e sergozzoni e morsi. Ma poi d'un tratto chiudeva gli occhi, con un sorrisetto di santa, e incominciava a dire: «Sí sí sí... Ninuzzo... quanto mi piace... quanto sei bello...» Alla prima gita, sussurrandone con Nino, essa si preoccupò della presenza del pupo, che scorrazzava là dintorno sul prato e la metteva in soggezione; ma Useppe, da parte sua, non badava molto agli amanti, avendo già veduto chi sa quante volte la gente accoppiarsi, nello stanzone di Pietralata, specie alle ultime giornate nervose dei Mille. La sora Mercedes, ai suoi *pecché*, gli aveva spiegato che si trattava di una gara sportiva, quelle erano partite finalissime. E Useppe, contento, non s'era piú preoccupato di coloro, accettandoli nella sua spensieratezza. Si preoccupò, invece, alla prima scampagnata con Patrizia, vedendo costei menare suo fratello a quel modo e, accorso, pronto si buttò a difenderlo; ma Nino ridendo gli disse: «Non vedi che giochiamo? Non lo vedi, lei, vicino a me, quanto è piccola? eh io se volessi la sfragnerei con una botta sola». E con questo, lo rassicurò. Nino poi, conoscendo l'ingenuità del fratelluccio, non si dava nessuna pena a vederlo spuntare da dietro agli alberi, in qualunque momento del suo gioco con Patrizia. Anzi, alla seconda gita, sorprendendolo là nei pressi che faceva una pisciatina, gli disse: «Vieni Useppe, fà vedere a Patrizia che bell'uccelletto ciài tu pure!» E Useppe spontaneo, come niente, s'avanzò e lo fece vedere: «Quando sarai piú grosso», gli disse Nino allegro, «tu pure ci scoperai con questo, e ci farai nascere degli *useppolini*». E Useppe si divertí esilarato all'idea degli useppolini, ma senza ragionarci per niente: né piú né meno che se Nino gli avesse raccontato, in una barzelletta, che quegli useppolini futuri gli sarebbero nati dagli occhi. Useppe in verità, era una vivente smentita (ovvero forse eccezione?) alla scienza del Professor Freud. Per essere maschietto, difatti, lo era senz'altro, né gli mancava nulla; ma per ora (e si può credere alla mia testimonianza giurata) del proprio organo virile non se ne interessava affatto, né piú né meno che dei propri orecchi o del proprio naso. Gli abbracciamenti dei Mille, e, adesso, quelli di Ninnuzzu, gli passavano davanti senza inquietarlo, come le avventure del povero Blitz con le cagnoline altrui, e i complimenti scambievoli dei Peppinielli. Lui non ne risentiva nessuna offesa; però intanto un sentimento misterioso lo avvertiva che essi si svolgevano al di là del suo piccolo spazio presente, in una distanza ancora negata, come i giochi delle nuvole. E nell'accettarli, incurante, senza nemmeno incuriosirsene, li lasciava là. Specie in campagna, su quei prati di primavera, lui, per suo conto, adesso, aveva altro da fare.

Tuttavia, le ragazze gli piacevano, anzi ciascuna di loro gli pareva, a guardarla, una bellezza suprema: cosí la brutta Carulina dei Mille, e la bella *roscetta* Maria, e quest'altra bella Patrizia. Gli piacevano i loro colori, e la loro morbidezza e la loro voce chiara, e il loro tintinno se portavano qualche braccialettino o collana di metallo e di vetro. Patrizia portava pure, fra l'altro, due lunghi orecchini, a forma di grappoletti di vetro, che si urtavano coi loro àcini minuscoli suonando tutto il tempo, e che lei si toglieva con cura, riponendoli nella sua borsa, prima di fare l'amore.

Alla seconda gita Useppe, nel correre per i prati, capitò dentro la radura fra gli alberi, dove in quel momento Nino e Patrizia, appena fatto l'amore, si riposavano distesi per terra. Nino, ancora buttato pesantemente su Patrizia, teneva la faccia tuffata nell'erba, con la propria guancia accostata a quella di Patrizia. E Patrizia, supina con le braccia aperte come in croce, simile a una martire beata, teneva la testa rovesciata indietro, fra i capelli spettinati, cosí neri da mischiarsi di turchino. I suoi occhi, fra i cigli ritoccati col rimmel, somigliavano a due stelle more dai raggetti duri. Nell'angolo di un occhio le si era fermata una goccia di pianto. La sua bocca semiaperta, nell'alone del rossetto sciolto piuttosto scuro, ricordava una piccola prugna mordicchiata che spande il suo liquore. E sotto il fogliame che screziava il terreno a contrasti di luce, essa pareva coricata su un damasco. Useppe la giudicò tanto bella, che, accucciandosi per un momento presso di lei, le posò un bacetto sul gomito. Poi, soddisfatto, se ne riandò.

Gli amanti in quel momento non gli badarono. Ma Patrizia doveva essersi ricordata di quel complimento di Useppe, perché dopo, nel prepararsi tutti e tre insieme al ritorno, disse a Nino: «Mi piace, tuo fratello» (essa invece, come si è poi saputo, ne era gelosa). E soggiunse scherzando: «Me lo regali a me? tanto, tu che te ne fai? non sembrate neanche due fratelli. Non vi assomigliate per niente».

«Difatti», le rispose Nino, «siamo figli di due padri: mio padre era uno sceicco, e il suo, un mandarino cinese».

Anche stavolta Useppe rise rumorosamente di quest'altra barzelletta del fratello. Lui sapeva benissimo, difatti, che i mandarini sono frutta; e logicamente per figli non possono avere che dei fruttini... Fu l'unico punto curioso, del discorso di Nino, che lo colpí. E del resto attualmente era tutto in fremito per rimontare sulla motocicletta. Qualsiasi altro interesse, per lui, era secondario.

Quella spiritosaggine detta per caso a Patrizia rimane l'unico accenno di Nino alla nascita estranea di Useppe: almeno alla presenza di Useppe; o con Ida. Fino dal giorno famoso del suo primo incontro col pupetto a San Lorenzo, Nino non si è mai curato d'indagare sull'ignota avventura di sua madre. Forse, fra le altre sue attrazioni clandestine, gli piaceva di tenersi questo fratello misterioso: arrivato imprevisto non si sa da dove, come se davvero lo avessero raccattato da terra involto dentro un fagotto.

3.

In quell'epoca, Davide Segre si trovava da qualche mese a Mantova, nella sua casa paterna, da dove ogni tanto scriveva a Nino. Oramai, si sapeva senza piú dubbi che di tutta la sua famiglia, deportata nel 1943, nessuno era sopravvissuto. La nonna materna, assai vecchia e già malata, era morta durante il viaggio. Il nonno e i genitori erano stati soppressi nella camera a gas la notte stessa dell'arrivo al lager di Auschwitz-Birkenau. E la sorella, che aveva a quel tempo diciassette anni, si era spenta nello stesso lager a distanza di qualche mese (nel marzo, pare, del 1944).

La casa, tuttavia, nel frattempo, doveva essere stata occupata da qualche estraneo, perché Davide ci aveva trovato, fra l'altro, appese ai muri certe vignette che non c'erano mai state prima. Attualmente le stanze erano abbandonate, polverose e mezze vuote, però non troppo in disordine. Una gran parte dei mobili e degli oggetti di famiglia ne erano stati portati via, non si sapeva dove né da chi; ma certi altri, invece, stranamente, si trovavano tuttora intatti al solito posto dove Davide li aveva sempre veduti. Una bambola leziosa, che sua sorella non toglieva mai da uno scaffale in alto, stava ancora là, nella stessa posa di sempre, coi capelli pieni di polvere e gli occhi di vetro aperti.

Alcuni di quegli oggetti erano stati familiari a Davide fino dalla prima infanzia: e lui, da ragazzo, li aveva presi in antipatia, per la loro presenza mediocre e continua, che somigliava a una sorta di misera eternità. Adesso, provava un senso quasi di ribrezzo a ritrovarseli davanti, sopravvissuti incolumi alla gente morta. Ma non aveva voglia di spostarli, né di toccarli. E li lasciava là dove stavano.

Presentemente nella casa (di cinque stanze) ci stava lui solo. In città, di recente era tornato uno zio (padre di quel cuginetto già nascosto a Roma dai frati) riuscito a salvarsi, a suo tempo, con la propria famiglia. Però Davide non aveva mai frequentato la parentela; e questo zio non gli era altro che un estraneo, al quale lui non aveva nulla da dire, cosí che ne evitava la compagnia.

Già dai loro giorni comuni della guerriglia, Nino aveva inteso, attraverso certe frasi di Carlo-Piotr, che costui fino da ragazzetto si era straniato non solo dalla parentela, ma in parte anche dai genitori e dalla sorella, perché erano dei borghesi. In tutte le loro usanze, che da piccolo gli piacevano, lui, col crescere, aveva imparato a riconoscere sempre peggio il loro comune vizio sociale, deformante e mistificatorio. Perfino le minuzie: che suo padre si facesse stampare sulla carta da lettere *Ing. Comm.*; che sua madre tutta fiera accompagnasse la piccola sorella a una certa festa di bambini importanti e si facessero belle per l'occasione; e le loro chiacchiere a tavola; e le loro conoscenze; e il tono compunto della sorella al citare certi cognomi ricchi; e l'aria di suo padre quando vantava i successi di Daviduccio a scuola; e le maniere di sua madre quando accarezzandolo, anche da grande, gli diceva *il mio putlet, il mio angilin, il mio signorin*; erano tutti motivi, per lui, di un disagio anche fisico, simile a un'anchilosi. E questo fastidio quotidiano via via, nel passaggio dell'età, gli si spiegò piú chiaramente col suo grande rifiuto fondamentale, il quale, d'altra parte, gli si svelava incomunicabile ai suoi, senza speranza, come un codice dell'altro mondo. Difatti, loro vivevano nutriti, in ogni loro atto, della convinzione d'essere onesti e sani; mentre che in ogni loro atto o parola lui sempre avvertiva un altro sintomo degradante della massima perversione che infettava il mondo; e si definiva *borghesia*. Questa sua nuova attenzione sempre in rivolta, per lui era una specie di esercizio negativo, che condannava i suoi, necessariamente, al suo disprezzo. E dello stesso razzismo, ossia fascismo, lui considerava anche loro imputabili, per la loro parte, in quanto borghesi.

Cosí, ancora studente delle medie, Davide cominciò a sfuggire il contagio della famiglia, in attesa di scapparsene via. Quand'era in casa, si chiudeva in camera; e in casa, poi, ci stava appena il tempo necessario. Le vacanze, le passava da solo, in giro per l'Italia, come uno zingaro squattrinato; però dai posti dove capitava scriveva ai suoi lunghe lettere infervorate, che in famiglia venivano lette e rilette come fossero romanzi d'autore. Difatti lui, solo figlio maschio e primogenito, era il prediletto della famiglia, che si adattava alla sua volontà (da tutti era stimato, del resto, molto serio, e non capriccioso o stravagante). Quando le leggi razziali esclusero gli ebrei dalle scuole di stato, lui decise che tanto della scuola non aveva piú bisogno, e avrebbe terminato i propri studii per conto suo. E quando i genitori, a costo di qualunque sacrificio, concertarono di mandarlo in salvo oltre oceano, come altri ragazzi ebrei della sua classe, lui rifiutò con passione, dicendo che era nato in Italia, e che il suo posto, presentemente, era qua! Non ci fu modo di smuoverlo, anzi parve, al tono, che il suo rifiuto gli valesse per una riscossa estrema, anche se piuttosto puerile: come se lui, Daviduccio Segre, avesse chi sa quale gran compito da svolgere nel suo sventurato territorio nativo; e l'esilio, nell'ora attuale, gli sembrasse una diserzione e un tradimento.

Era stato in quel periodo, nel corso dei suoi pellegrinaggi estivi, che Davide aveva incontrato, in Toscana, certi anarchici militanti, iniziando con loro la propaganda clandestina; e qua, sotto falso nome, nel settembre 1943 i Tedeschi lo avevano preso, in seguito alla spiata di un qualche delatore.

Adesso, a quanto pareva, aveva interrotto ogni attività politica e non frequentava nessuno. Delle sue passate conoscenze di Mantova, l'unica che aveva ricercato era stata una ragazza, sua amante dell'adolescenza, che lui nelle sue lettere a Nino indicava con la sola iniziale G. Costei, battezzata e non ebrea, maggiore di lui di un paio d'anni, era stata l'unico vero amore da lui finora avuto; e al tempo che amava Davide era una bella ragazzetta, lavorante in una fabbrica. Ma fino dal 1942, essa aveva tradito Davide con un fascista; poi, sotto l'occupazione, s'era data a far l'amore coi Tedeschi, e aveva lasciato la fabbrica, partendo da Mantova. Si diceva che a Milano, dopo la partenza dei Tedeschi, fosse stata rapata a zero come collaborazionista; ma in realtà non se ne conosceva nulla di preciso. Dei suoi genitori, già da molti anni emigrati per lavoro in Germania, non si aveva piú notizia; e anche di lei, per quanto Davide ne domandasse, nessuno sapeva dire la fine.

Altra società lui non aveva; e l'unico suo corrispondente era Ninnuzzu, al quale scriveva senza regolarità: poteva succedere che gli scrivesse due lettere al giorno, o nessuna per varie settimane. Da parte sua Nino gli rispondeva, al massimo, con qualche cartolina illustrata (mettersi a scrivere a lui pareva una condanna: solo a vedersi davanti un foglio bianco e una penna si ricordava della scuola, e lí per lí lo pigliavano alle dita i crampi dello scrittore e un formicolio). Le cartoline le sceglieva colorate, smaglianti e spiritose; però ci scriveva solo i saluti e la firma, e in piú, se c'era Useppe, gli guidava la manuccia per l'aggiunta: *Useppe*.

Che Davide prolungasse tanto il suo soggiorno lassú (era partito con l'idea di trattenersi poche settimane) lui non se ne capacitava; e si domandava come passasse il tempo, solo in quella casa provinciale: «Forse», supponeva conoscendolo, «se lo passa a sbronzarsi». A volte sbottava: «Mó vado su a pigliarlo», ma le sue corse e razzie misteriose a nord e a sud di Roma, per adesso non lo portavano a Mantova. E del resto Davide insisteva in ogni sua lettera sulla propria intenzione di tornare al piú presto, non appena disponesse di certi soldi: finiti i quali (aggiunse una volta, in proposito) si sarebbe messo a fare il bracciante o l'operaio: un qualsiasi lavoro fisico, che escludesse il pensiero. Voleva darsi alla fatica piú materiale e logorante: cosí almeno la sera, tornando a casa, per la stanchezza avrebbe solo voglia di buttarsi a letto, senza possibilità di pensare... Ma su questo punto Ninnuzzu scosse il capo, incredulo: Davide infatti, la sera stessa del loro arrivo fortunoso a Napoli, alla prima sbronza gli aveva confidato certi progetti suoi futuri, sognati fino da piccoletto. E fra questi il primo, forse il piú urgente, era di scrivere un libro: con la scrittura di un libro, gli aveva dichiarato, si può trasformare la vita di tutta quanta l'umanità. (Poi subito dopo s'era quasi vergognato di avergli fatto simile confidenza; e rabbuiandosi gli aveva affermato che si trattava di una balla; e che lui, se ci si metteva, voleva scrivere solo della pornografia).

Inoltre, poi, Ninnuzzu era informato (per averlo saputo, a suo tempo, dal compagno Piotr) che già in passato, una volta, Davide aveva provato a farsi operaio; ma, in effetti, era fallito alla prova. Era stato circa sei anni prima, quando Davide usciva appena dall'adolescenza. La sua professione ufficiale era di studente disoccupato – escluso, per motivi di razza, dalle scuole pubbliche del Regno –, però in realtà, per lui, proprio da allora, era incominciata l'epoca del fervore massimo, poiché, fuori dalla scuola, gli si apriva una libertà nuova e fresca, per quanto rischiosa. Già da tempo, infatti, Davide s'era impegnato intimamente con la sua scelta rivoluzionaria, meditata, ormai, e definitiva (tanto che lui, piuttosto di tradirla, si sarebbe mozzato le mani!) E adesso, infine, gli si annunciava il tempo di mantenere l'impegno.

Ormai, lui si trovava cresciuto. E intanto, per la propria iniziazione reale, gli parve suo primo dovere di subire direttamente e fisicamente – lui, nato di classe borghese – l'esperienza del lavoro salariato in una fabbrica. Difatti, la sua IDEA, come è noto, escludeva, in assoluto principio – per la vera rivoluzione anarchica – ogni forma di potere e di violenza. E solo a patto di una esperienza personale, lui avrebbe potuto – a suo giudizio – sentirsi *prossimo* di quella parte dell'umanità che, nella società industriale odierna, nasce già soggetta per destino al potere e alla violenza organizzata: ossia, della classe operaia!

Cosí, appunto in quell'anno, gli era riuscito, per mezzo di certe sue conoscenze, di farsi assumere come semplice operaio in una industria del nord (non si sa piú se a Genova, o a Brescia, o a Torino, o altrove). Era il periodo delle totali vittorie naziste; e si può credere che, anche nelle fabbriche, quello non fosse il momento piú fortunato per l'Anarchia. Però Davide Segre delle vittorie dell'Asse se ne rideva: convinto, anzi, che esse fossero dei tranelli preparati dal destino per inviare i nazifascisti (ovvero la borghesia) alla rovina definitiva e inevitabile: di là dalla quale il canto delle rivoluzioni potrebbe sciogliersi aperto attraverso la terra!

Il fatto era che l'adolescente (tale, invero, in realtà) Davide Segre vedeva tutta intera l'umanità come un solo corpo vivente; e allo stesso modo che lui sentiva ogni cellula del suo proprio corpo tendere alla felicità, cosí credeva che a questa l'umanità tutta quanta si tendesse per destino. E in conseguenza, prima o poi, tale felice destino doveva compiersi!

In che modo, poi, quello studentello ebreo latitante se la sia sbrigata, all'assunzione, con le pratiche del caso, io non so dire. Però mi è stato affermato che addirittura (grazie a qualche inghippo clandestino) in fabbrica la sua vera identità non fu conosciuta; né alcuno d'altra parte (nemmeno la sua famiglia) venne mai a sapere di questa sua esperienza operaia, da lui tenuta segreta a tutti, fuorché a pochissimi complici e confidenti suoi. Io, quanto a me, le rare e frammentarie notizie che ho potuto raccoglierne, le ho avute in gran parte da Ninnuzzu; e costui, fra l'altro, ne dava un'interpretazione comica (anche se per Davide quella era stata, invero, una tragedia). E cosí, la mia presente rievocazione del fatto rimane piuttosto vacante, e approssimativa.

Il luogo, a cui lo destinarono fino dal primo giorno, era un capannone dal tetto di lamiera, vasto quanto una piazza e ingombro, per tre quarti del suo volume in basso e in alto, di mostruosi meccanismi in movimento. Davide ne passò la soglia col rispetto dovuto a un recinto sacro, perché quella che per lui era una scelta, per gli altri umani là rinchiusi era una condanna imposta. E anzi, dentro di lui c'era, col senso di rivolta, anche una emozione esaltata, giacché finalmente lui penetrava – non da semplice visitatore ma proprio da partecipe – nell'*occhio del ciclone*, ossia proprio nel cuore lacerato dell'esistenza.

Siccome lo misero súbito alla macchina, non gli si offerse, lí per lí, del luogo, che una visione confusa e turbinante. Anzitutto, il capannone rintronava senza tregua di un tale fragore che dopo un poco già i timpani ne dolevano, e una voce umana, pure a gridare, ci si perdeva. Inoltre, esso non pareva stare fermo, ma ballare, come in un sisma cronico ininterrotto: provocando un leggero mal di mare, che peggiorava sotto l'effetto della polvere e di certi odori caustici e penetranti, provenienti non si sa da dove, ma di cui Davide, nel suo angolo, sentiva il gusto di continuo, nella saliva, dentro le narici, e mischiato a ogni respiro. La luce del giorno, in quell'enorme spazio dalle rare aperture, entrava scarsa e torbida; e l'illuminazione elettrica, in certi punti, era cosí accecante che trafiggeva, come negli interrogatorii di terzo grado. Delle poche e strette finestre – tutte situate in alto, poco al disotto della tettoia – quelle chiuse avevano i vetri coperti da una crosta nerastra; e per quelle aperte entravano correnti umide e ghiacce (si era d'inverno), in urto coi vapori arroventati che all'interno bruciavano l'aria e mettevano nelle ossa una spossatezza da febbre a quaranta. Da un qualche fondo, attraverso il fumo polveroso, si intravvedevano lingue di fiamme e colate incandescenti; e intorno a queste le presenze umane non parevano reali, ma effetti di vaneggiamento notturno. Di qua dentro, il mondo esterno, da dove ogni tanto pervenivano echi semisepolti (voci, scampanellii di tram), diventava una regione inverosimile, come una Tule estrema di là da una rotta transpolare.

Però, a tutto questo, Davide si sentiva preparato, anzi l'affrontava impavido, come un miliziano d'ultima leva impaziente di provarsi al *battesimo del fuoco*. Un fatto, invece, che gli riusciva nuovo (per quanto, invero, fosse una conseguenza necessaria di tutto il resto) era l'assenza di ogni comunicazione possibile fra i soggetti umani del capannone.

Qua dentro, gli uomini (ce n'erano dellè centinaia) non si potevano nemmeno contare a *anime*, come usava ancora ai tempi della gleba. Al servizio delle macchine, le quali, coi propri corpi eccessivi, sequestravano e quasi ingoiavano i loro piccoli corpi, essi si riducevano a frammenti di una materia a buon mercato, che si distingueva dal ferrame del macchinario solo per la sua povera fragilità e capacità di soffrire. L'organismo frenetico e ferreo che li asserviva, non meno che lo stesso fine diretto della funzione loro propria, per essi restava un enigma senza senso. A loro, infatti, non si davano spiegazioni, e loro stessi, d'altra parte, non ne chiedevano, sapendole inutili. Anzi, per il massimo rendimento materiale (che era tutto quanto a loro si domandava, imponendosi come un patto di vita-morte) la loro unica difesa era l'ottusità, fino a inebetirsi. La loro legge quotidiana era la necessità estrema della sopravvivenza. E loro portavano nel mondo il loro corpo come un marchio di questa legge incondizionata, che nega spazio perfino agli istinti animali del piacere, e tanto piú alle domande umane. L'esistenza di simili Stati dentro lo Stato era, si capisce, già arcinota a Davide Segre; ma pure, fino adesso, lui l'aveva percepita fra un vapore caliginoso, quasi confuso in una nuvola...

Quale fosse la sua carica particolare nella fabbrica, non è registrato di preciso fra le mie informazioni: però dalle stesse io posso indurre che, operaietto novizio e senza qualifica, lui venne in partenza applicato a una pressa, con la susseguente alternativa eventuale di una fresatrice o d'altro. Ma dall'una all'altra macchina, per lui, la fortuna mutava poco: anzi, certe variazioni insignificanti, dentro lo stesso ordine di monotonia eterna, lo frastornavano a vuoto, invece di dargli sollievo.

Si trattava in ogni caso, per lui, sempre di ripetere vorticosamente una qualche operazione elementare delle solite (p. es. spingere una barra dentro un incastro, dando nel contempo qualche colpo di pedale...) esatta e identica, a una media minima di cinque o seimila pezzi nella giornata – a un ritmo cronometrico di secondi – e senza arrestarsi mai (se non per andare al cesso, ma anche questa parentesi calcolata a cronometro). Né altra relazione gli si permetteva, in tutto il tempo, se non con quella sua pressa, o fresatrice.

E cosí, là fissato al proprio automa-demiurgo, fino dal primo giorno Davide si trovò piombato in una solitudine totale, che lo isolava non solo da tutti i viventi dell'esterno, ma anche dai suoi compagni del capannone: i quali tutti – assenti, al pari di lui, come sonnambuli, nel loro travaglio rapinoso e nel loro incessante gesticolio coatto – subivano tutti la sua sorte stessa indifferenziata. Era come trovarsi in un reclusorio dove la regola fissa sia la cella di rigore: e dove, inoltre, a ciascuno dei segregati il minimo necessario per la sopravvivenza sia dato a prezzo di ruotare senza riposo, e al numero estremo dei giri, intorno a un punto di supplizio incomprensibile. Sotto l'assillo di questa ventosa, che svuota dal di dentro, ogni altro interesse viene scansato come una insidia avversaria; o come un lusso peccaminoso e disastroso, che poi bisogna pagare con la fame.

Questa solitudine inaspettata era un'esperienza nuova per Davide: troppo diversa da quell'altra solitudine – a lui nota – della contemplazione e meditazione, la quale anzi, al contrario, dà il sentimento di comunicare all'unissono con tutte le creature dell'universo. Qua, incarcerato dentro a un meccanismo che lo stringe a un'obbedienza passiva – e sempre teso a una medesima rincorsa ininterrotta, balorda e sterile – Davide si sentiva sopraffatto dal doppio orrore di una mole schiacciante e di un'astrazione assurda. E la sopraffazione non lo rilasciava nemmeno all'uscita, dove la sua temporanea *libertà* somigliava a quella di un galeotto che facesse la sua ora d'aria col ferro ai piedi. Per un pezzo, fuori dai cancelli della fabbrica, gli restava l'impressione che tutto, intorno a lui, e il terreno sotto di lui, vibrasse disgustosamente, come succede dopo una traversata col mal di mare. E finché non si buttava a letto, l'assedio quotidiano delle macchine seguitava a stringerlo concentrandosi in una sorta di tenaglia invisibile, che gli teneva la testa fra le sue ganasce, con certe fitte lancinanti e un orribile sfrigolio. Se ne sentiva la sostanza cerebrale deformata, e ogni ideazione o pensiero che gli si affacciasse, in quelle ore, lo infastidiva, cosí che gli veniva voglia di schiacciarlo súbito, come un parassita. Fino dalla prima sera, al momento di ritirarsi, l'effetto della sua giornata lavorativa, su Davide Segre, era stato di fargli rivomitare – là, non appena messo piede nella sua stanzuccia – tutto il poco cibo che aveva mangiato e la moltissima acqua che aveva bevuto (ancora, a quell'epoca, lui beveva soltanto acqua, o al caso, aranciate e bevande analcooliche, se glielo permettevano le finanze).

E da allora ogni sera, puntualmente, al suo rientrare, gli ricapitava sempre questo fenomeno del vomito, al quale lui si trovava incapace di resistere, contro ogni sua volontà (fra l'altro, gli faceva rabbia di sprecare a questo modo il pranzo, che s'era guadagnato con tanta pena...) Né gli veniva risparmiata, ogni mattina, una certa lotta, al suono della sveglia che lo chiamava per il suo turno di fabbrica. All'improvviso, difatti, con questo annuncio della sua nuova giornata, le migliaia e migliaia di «operazioni» della sua norma gli si prospettavano come un'immensa avanzata di formiche nere sopra il suo corpo; e ne risentiva dappertutto un prurito, cosí che la sua prima ginnastica, per darsi la sveglia, era di grattarsi disperatamente. Aveva lo strano, duplice sentimento di avviarsi a un dovere sacro che tuttavia gli comportava una sorta di misfatto contro natura, demenziale e perverso. E una simile legge abnorme urtava la sua coscienza, nel momento stesso che la richiamava con fervore assoluto, quasi una voce dall'alto! In realtà, si diceva Davide, proprio nel consegnarsi, lui stesso, a un misfatto cosí aberrante, stava il senso della sua azione attuale. Appunto questo, difatti, era il suo impegno: di scrivere l'infamia dell'esperienza operaia non sulla carta, ma sul proprio corpo, come un testo sanguinoso! nel quale la sua IDEA si renderebbe vivente, per esclamare la Rivoluzione e liberare il mondo!! Ora, una simile fiducia bastava al ragazzetto Davide per farlo correre al galoppo verso il capannone della fabbrica, uguale a un combattente di prima linea innamorato della propria bandiera!

Sui primi giorni, durante il solito lavoro, in certi istanti lui si ristorava dirigendo la sua fantasia – o meglio l'ultimo filo che gliene perdurava intatto – verso qualche visione rinfrescante: ragazzette di sua conoscenza, sentieri di montagna, onde marine... Ma tali sue vacanze momentanee gli risultavano regolarmente, purtroppo, in piccoli disastri e infortunii del mestiere, meritandogli i cicchetti (e le minacce di licenziamento) del caposquadra, il quale non usava affatto maniere complimentose (i complimenti piú comuni che gli usava erano: *pirla* e: *vincenso*, un termine che là significherebbe: scemo). In queste occasioni, lo pigliava immediatamente la voglia di tirar pugni, o al minimo di piantare là tutto, dare un calcio alla cassa dei pezzi, e andarsene a spasso. E naturalmente, con la volontà, riusciva a tenersi la sua voglia: però gliene veniva dentro un rivoltarsi delle viscere, una nausea, e sempre di ritorno quel solito prurito mattutino, quasi avesse sotto i panni dei nidi di formiche, o un'invasione di pidocchi.

A ogni modo, anche quelle sue riserve fantastiche filiformi furono presto consumate. Nel breve corso di una settimana, già per lui non esisteva piú la terra, coi suoi boschi e marine e prati, né il cielo con le sue stelle: perché queste cose non gli facevano piú voglia né piacere, anzi nemmeno le vedeva piú. Perfino le ragazze, all'uscire la sera dal capannone, non lo attiravano. L'universo, per lui, si era ristretto a quel capannone; e lui paventava addirittura di evadere dalle sue spire carcerarie, sospettando che gli sarebbe forse impossibile, poi, di rientrarci, se rivedeva in faccia la felicità di vivere. Anche il suo piacere dell'arte (amava specialmente la pittura e la musica, soprattutto Bach) – e la poesia – e i suoi studi, le sue letture (non esclusi i testi dei suoi maestri politici) – attualmente gli vacillavano in lontananza come figure falotiche, retrocesse a un Eden di là dal tempo. Talvolta gli veniva da sghignazzare pensando a Socrate di Atene, uso a discutere coi suoi amici aristocratici in qualche sala luminosa, o seduto a banchetto... e a Aristotele

che insegnava la logica passeggiando sulle rive dell'Ilisso...
Quaggiú fra i suoi compagni del capannone, comunicare
l'IDEA (oltre all'impossibilità obiettiva) sarebbe stato come parlare di madri in un disperato asilo di figli di nessuno.
Un sentimento cupo, di pudore fraterno, e anche di etica
amara, gliene negava il diritto, quasi un lusso vietato. E
cosí, anche certe sue intenzioni propagandistiche (motivo
non secondario della sua presente impresa) si risolvevano
in un'altra, continua frustrazione per lui, che sempre le ri-
mandava. Solo una delle ultime sere – per quanto mi risulta – s'indusse a rifilare di soppiatto a tre o quattro compagni, appena fuori dai cancelli, un certo opuscoletto clandestino, del quale, tuttavia, da loro non ebbe piú notizia. Forse, in quell'aria (col terrore nazifascista trionfante), da parte loro questo silenzio valeva per l'unico segno possibile di
complicità verso di lui; ma per lui (che nella sua spensieratezza non valutava nemmeno i rischi) esso significò che i
suoi propositi di apostolato anarchico, nella fabbrica, cadevano senza risposta.

D'altra parte, i suoi rapporti coi compagni del capannone
si limitarono, ch'io sappia, a pochi scambi casuali, e cadu-
chi. Ho notizia di un sabato sera che si trovò a cena con alcuni di loro, fra i piú giovani. Stavano in un locale affollato
nei dintorni della fabbrica (ritratti del Duce, scritte belli-
cose, presenze – là in giro – di questurini in borghese, spie
e camicie nere) e a tavola si parlò esclusivamente di sport,
cinema e donne. Il loro linguaggio, o meglio gergo allusivo,
era ristretto a un vocabolario minimo; e, in particolare, sul
soggetto delle donne si riduceva a un divertimento comico-
osceno. Davide si rendeva conto che ai forzati delle macchine simili evasioni miserande sono l'unico riposo consen-
tito; e per un sentimento che a lui pareva di *carità* (ma assai piú, invero, per un suo bisogno di simpatia) si buttò lui
stesso a raccontare una storiella sconcia: la quale poi non
ottenne neppure un gran successo. Era un aneddoto intricato, su un tale che per una festa in costume ha deciso di
travestirsi da cazzo; ma che alla fine, non trovando copri-
capi adatti, si rassegna a travestirsi da culo, ecc. ecc. Ora, i
circostanti (senza che lui, nella sua ingenuità, lo sospettas-
se) si guardavano intorno allarmati, immaginandosi, nel
clima di paura di quei tempi, che sotto il personaggio del-
l'aneddoto si volesse alludere al Duce, o al Führer, o al Ma-
resciallo Goering... Quella sera, Davide aveva un dito fa-

sciato (nel capannone s'era fresato un polpastrello) che andava in suppurazione e gli faceva male. Inoltre, contro le sue abitudini di allora, per simpatia verso i commensali aveva bevuto del vino. E durante la notte – forse, al sopravvenirgli di qualche linea di febbre – ebbe un incubo. Sognava di avere, al posto delle dita, dei grossi bulloni avvitati troppo stretti sul dado; e che intorno a lui, dentro al capannone, non c'erano piú né uomini né macchine; ma solo degli anfibi, mezzi-uomini e mezzi-macchine: con carrelli, dalla vita in giú, al posto delle gambe, trapani o pulegge per braccia, e cosí via. Costoro, e lui fra loro, dovevano correre e correre senza posa in una nebbia diaccia-bollente. E correndo dovevano levare delle urla e delle risate assordanti, poiché anche questo faceva parte della norma. Tutti quanti portavano degli enormi e spessi occhiali verdi, essendo tutti quasi ciechi per certi acidi delle fonderie; e sputavano una saliva scura e densa, come sangue nero... Del resto da qualche tempo Davide, se non proprio incubi, aveva sempre sogni congeneri. Ci si incontravano sempre dei trapani, delle pulegge, delle morse, delle caldaie e delle viti... Oppure si trattava di calcoli complicati di ritmi e di pezzi, che lui doveva fare e rifare di continuo, litigando con uno il quale asseriva che la sua paga, in tutto, ammontava a lire due e quaranta... e via di séguito. Anche nei sogni, si vede, attualmente lui voleva evitare ogni tentazione di felicità.

Quella famosa cena del sabato sera, fu, a mia notizia, l'unica occasione d'incontro fra Davide e i suoi compagni fuori del capannone. E qua bisogna dire che Davide – già scorbutico per sua natura – si faceva piú che mai timido e scontroso con gli operai. E tanto peggio, quanto piú, invero, in cuor suo bramava il contrario. Avrebbe voluto apostrofarli negli spogliatoi, rincorrerli fuori dei cancelli, abbracciarseli, dirgli chi sa quante e quali cose destinate proprio a loro; ma piú che *buon giorno* e *buona sera* non gli usciva di bocca.

Per quanto nessuno, in fabbrica, conoscesse la sua vera classe e identità, lui tuttavia, fra gli altri operai, si sentiva trattato da estraneo. E da parte sua, peggio che estraneo, lui di fronte a loro si sentiva schifoso, sapendo che, per lui, questo lavoro di fabbrica non era che un'esperienza temporanea: in fondo, un'avventura d'intellettuale, mentre che per loro, essa era tutta la vita. Domani, e dopodomani, e fra dieci anni: sempre il capannone, e il fragore, e i ritmi,

e i pezzi, e le strapazzate dei capi, e il terrore del licenziamento... senza mai termine, altro che al momento della malattia definitiva, o della vecchiaia, quando si è buttati via
come robaccia inservibile. Per questa fine le loro madri li
avevano partoriti: uomini interi di mente e di corpo, né
piú né meno di lui! uomini, ossia «sedi elette della coscienza» in tutto e per tutto uguali a lui! Per sottrarsi al peso
di una simile ingiustizia, allora il solo rimedio gli pareva di
farsi operaio come loro per tutta la vita. Cosí, almeno,
avrebbe potuto chiamarli fratelli senza rimorso. E a volte,
pensando, ci si risolveva sul serio. Ma di lí a un momento,
intravvedeva la felicità che gli accennava da centomila finestrelle aperte, dicendogli: ma come! e dunque vuoi tradir-
mi?! Difatti, Davide, come già s'è accennato, era un fedele
della felicità, nella quale, secondo lui, risiedeva il destino
stesso degli uomini. E anche se il suo destino personale gli
si annunciava, a lui, di quei tempi, contrario e minaccioso,
si è visto che su di lui certe minacce non pesavano. La felicità di Davide Segre, invero, nonostante tutto, si poteva
cantare in tre parole: AVEVA DICIOTT'ANNI.

Frattanto, lui si impegnava nel suo mestiere d'operaio
fin oltre i limiti del possibile. Secondo lui, difatti, la cosa
principale che gli mancava era la pratica e l'allenamento;
cosí che, per allenarsi, non solo si affrettava a tutti i suoi
turni, ma ricercava pure gli straordinari, comprese le giornate domenicali: a tal punto diffidava delle parentesi. E
sebbene ogni sera gli si ripetesse quel dannato vomitare e
ogni giorno il suo corpo perdesse di peso e si trovasse sempre piú snervato, era convinto, fisicamente, di farcela (il
morale dipendeva dalla sua volontà). Che forse, lui, era
meno forte degli altri lavoratori del capannone?! là in fabbrica ci si trovavano pure degli uomini di cinquant'anni, e
delle donne, e dei ragazzettucci dall'aria di tisici... Lui era
di corpo sano e forte, in passato aveva vinto perfino delle
gare atletiche, e a braccio di ferro con lui pochi ce la facevano. Per lui, resistere alla prova *fisicamente* almeno fino
al termine da lui stabilito (ossia fino all'estate – si era in
febbraio) rappresentava non solo un impegno, ma un punto d'onore. E invece, fu proprio il fisico che lo tradí. Accadde il lunedí della terza settimana. Il sabato gli era andata male: aveva sbagliato non so quante centinaia di pezzi
(s'era distratto per un ritorno inopinato di gelosia riguardo
a una sua mantovanina) e il caposquadra, uno nuovo, gli

aveva detto, fra l'altro: *balosso, maroc* e *romanso gialo* (tutti termini, per me, invero, incomprensibili; ma si trattava, a quanto pare, di gravi insulti). Alla sera, saltò il pasto; e tuttavia rientrando, vomitò il doppio delle altre sere: un vomito grigio, tutto acquaccia, fuliggini e polvere, e con dentro perfino della segatura e dei trucioli! Nel letto, poi, non gli riusciva di dormire. Sempre quel prurito dappertutto, e quella odiosa tenaglia intorno alla testa, e dentro il cervello, in luogo dei pensieri, nient'altro che bulloni e viti, pezzi e bulloni e viti... D'un tratto, bruciante, come una frustata, gli guizzò nella testa quest'unico pensiero spaventoso:

Finché degli uomini, o anche un solo uomo sulla terra, sia forzato a una simile esistenza, discorrere di libertà, e bellezza, e rivoluzione, è un'impostura.

Ora, un tale pensiero lo faceva indietreggiare, peggio che una tentazione spettrale e demoniaca; giacché ascoltarlo, per lui, avrebbe significato la fine della sua IDEA, e dunque d'ogni speranza vitale.

Il giorno dopo, domenica, rimase a letto, febbricitante, e dormí quasi tutto il giorno. Ebbe pure dei sogni, dei quali poi non ricordava nulla di preciso; ma certo erano stati sogni di felicità, poiché gli lasciavano un senso di guarigione e insieme di estrema debolezza (come nelle convalescenze). Anche quel pensiero della vigilia, che gli era parso cosí terrificante, adesso gli si presentava, invece, con l'aria di una promessa, e di uno stimolo: «Proprio davanti all'*impossibilità* lampante di certe dannazioni umane», si diceva infatti, «piú che mai bisogna affidarsi all'IDEA che potrà, lei sola, agendo misteriosamente, come il miracolo, liberare la terra dai mostri dell'assurdo...» Alla sera, secondo il solito, caricò la sveglia; e alla mattina si levò con urgenza frenetica, per tornare al lavoro. Ma ecco, sul punto di avviarsi, alla visione di se stesso che marciava verso il capannone, veniva messo alla macchina, ecc. ecc., sentí quella fatale tenaglia calargli sulla testa con un rimbombo e dargli una stratta cosí feroce, da arrestarlo in cima alle scale, paralizzato nelle gambe! Era preso da mal di mare, vedeva lampi, udiva fischi – e, peggio di tutto, era percorso, lungo tutti i canali della sua volontà, da intenzioni risolute, ma, d'altra parte, decisamente da respingersi: non solo perché contrarie al suo impegno presente, e – oltre un certo segno – anche alla stessa IDEA; ma perché velleitarie nella prassi, negative nella tattica; e tali, in realtà, che dentro l'attuale situazione politica e sociale, perfino un Bakunin (il quale pure fu tutt'altro che un non-violento) le ripudierebbe con disprezzo! E tuttavia, esse erano le sole figure capaci almeno *fisicamente* stamattina di ridargli un certo slancio delle gambe, e un piccolo fremito, se non proprio di felicità, certo di allegria... Si trattava, invero, di una serie di variazioni sullo stesso tema, quali per esempio: picchiare il caposquadra che gli aveva detto *balosso* (?) e il resto; saltare sul macchinario sventolando un qualsiasi straccio nero e rosso e cantando l'Internazionale; gridare a tutti i presenti: FERMI! con voce di altezza insuperabile, al punto da zittire tutti i fragori notorii del capannone; ancora gridare, a crescente altezza di voce: « Scappiamocene via di qua! Sbaracchiamo tutto!! incendiamo le fabbriche! ammazziamo le macchine! balliamo un girotondo universale intorno ai padroni!!» ecc. ecc. Si capisce che nel suo fondo, senz'altro, lui era deciso a resistere a tali stimoli aleatorii, con la forza *morale* della volontà; però una CERTEZZA fisica, quasi un grido delle sue viscere, lo avvertiva che forse nessuna volontà gli sarebbe servita invece contro un altro stimolo: quello di VOMITARE! Sentiva, insomma, che non appena si ritrovasse al suo posto, intento a contare i pezzi e a rimangiarsi gli altri stimoli, quel famoso dannato vomito, che di solito gli veniva alla sera, gli si sarebbe rovesciato là, in pieno giorno, e nel pieno della sua funzione! svergognandolo, come un pupo, alla presenza di tutti!

Non per questo, a ogni modo, lui si dette per vinto; deciso a marciare lo stesso, come al solito, verso il capannone. Ma purtroppo, di tutta la lunga scala della sua abitazione (cinque piani) non gli riuscí di scendere nemmeno i primi gradini! Alla semplice, imminente prospettiva del capannone, subito gli seguiva l'effetto della paralisi. La sua *volontà morale*, insomma, era di andarci; ma le sue gambe NON vollero piú andarci.

(Era – come lui stesso poi spiegava a Ninnuzzu – la *paralisi dell'infelicità*. Per qualsiasi azione reale, non importa se faticosa o rischiosa, il movimento è un fenomeno di natura; ma davanti all'irrealtà contro natura di una infelicità totale, monotona, logorante, ebete, senza nessuna risposta, anche le costellazioni – secondo lui – si fermerebbero...)

E cosí, l'esperienza operaia di Davide Segre, che secondo lui doveva durare, nell'ipotesi minima, cinque o sei mesi (e

nell'ipotesi somma, addirittura tutta la vita!), si era conclusa miseramente nel giro di diciannove giorni diciannove!
Per fortuna, la sua IDEA non ne era uscita distrutta; piuttosto anzi, illuminata e rafforzata (come già lui s'era ripro-
messo). Ma tuttavia non si può negare che, almeno *fisicamente*, la sua prova fosse risultata in una disfatta; tanto
che in séguito Davide, quando incontrava degli operai, provava un senso di rossore e di colpa che lo rendeva scorbutico al punto da farlo ammutolire.

Si capisce – riconosceva Ninnuzzu – che da allora a oggi
Davide non era piú lo stesso ragazzo: forse a quel tempo
era ancora un poco viziato... Ma tuttavia la sua pretesa
odierna, di ritentare quella fallimentare impresa, faceva ridere l'amico, non meno che se fosse il capriccio di un bambino. Pure ridendo, tuttavia, Ninnuzzu parlava sempre con
supremo rispetto del suo compagno Davide: giacché, fino
dai primi tempi della loro vita comune ai Castelli, lo considerava non solo un prode di natura; ma un pensatore, destinato senz'altro a qualche opera gloriosa: insomma, un
grande, sotto ogni punto di vista.

Delle odierne sue lettere da Mantova, certune erano lunghe, scritte bene (con un vero stile d'Autore!) e ragionavano su argomenti dotti: arte, filosofia, storia, tanto che
Ninnuzzu le ostentava con un certo onore, sebbene fatalmente, alla lettura, ne saltasse almeno la metà. E altre invece erano convulse e confusionarie, scarabocchiate a caratteri grandi, storti e quasi illeggibili. Diceva che lassú non
poteva resistere, e che aveva l'impressione d'essere cascato
dentro una trappola.

Verso la fine d'agosto, annunciò che fra un paio di settimane al massimo sarebbe tornato, con l'intenzione di fermarsi a Roma.

4.

Il giorno di ferragosto, mentre Davide si trovava ancora
nel Nord, quaggiú da noi ci fu un delitto, al Portuense.

Santina, l'anziana passeggiatrice, fu assassinata dal suo magnaccia. Lui stesso, poche ore dopo, si costituí alla polizia.

Davide non ne seppe nulla, poiché nessuno si occupò di farglielo sapere (la sua avventura saltuaria con colei era stata quasi clandestina) e in quel periodo lui non guardava nemmeno i giornali. È probabile, del resto, che i giornali del Nord non riportassero nessun cenno della notizia. Questa apparve sui giornali di Roma, e c'era pure la foto di lei e quella dell'assassino. La foto di Santina era di data non recente; ma, anche se piú fresca e piena, e meno brutta di adesso, già la sua faccia vi mostrava quella rassegnazione opaca, di animale da macello, che oggi, a riguardarla, pareva il segno di una predestinazione. La foto dell'assassino, invece, era stata presa in questura all'atto stesso dell'arresto; però anche lui vi appariva piú giovane della sua età. Aveva, difatti, trentadue anni, ma dalla foto ne mostrava dieci di meno. Scuro, sporco di barba nonostante la data festiva, con la fronte bassa e gli occhi da cane rabbioso, era proprio quello che si dice «una faccia da galera». Non dava a vedere nessuna emozione particolare, se non che, forse, in un suo linguaggio inespresso e torpido, sembrava dichiarasse: «Eccomi qua. Ci sono venuto da me. Non siete voi che m'avete preso. Guardatemi. Guardatemi pure. Tanto, io non vi vedo».

In questa occasione, dai giornali s'imparò anche il suo nome, mai detto a nessuno da Santina. Si chiamava Nello D'Angeli.

Il delitto, non premeditato a quanto pareva, si era compiuto nel terraneo della donna. E le armi erano state piú d'una, quelle che si potevano trovare là in casa: un paio di grosse forbici, il ferro da stiro e perfino il secchio dell'acqua sporca. La morte, tuttavia, risultò dovuta a un colpo di forbici iniziale, che aveva reciso alla donna la carotide; però l'assassino si era ostinato ancora contro quel corpo insensibile, con ogni oggetto che gli capitava fra le mani. In proposito i giornali parlavano di un «raptus omicida».

Di Ferragosto, a quell'ora (fra le tre e le quattro del dopopranzo) il luogo intorno era deserto; e d'altra parte certi vicini, che si trovavano in casa a fare la siesta, non avevano udito né urla né alterchi. Non s'era tardato molto, a ogni modo, a scoprire il delitto, giacché il colpevole non s'era dato nessuna cura di cancellarne le tracce. Aveva lasciato perfino la porta accostata, cosí che una striscia di sangue ne colava dall'interno, intridendo il terriccio polveroso di fuori. Dentro il locale, il sangue formava una grande pozzanghera presso il letto, il tappetino e il materasso ne erano impregnati, ne era schizzato perfino sui muri, e inoltre l'assassino aveva lasciato dovunque le proprie pedate e ditate sanguinose. Il corpo di Santina era sul letto, nudo (forse, col suo unico ragazzo, a differenza che con gli amanti di passaggio, essa acconsentiva a spogliarsi). E per quanto si sapesse, in giro, che tuttora la donna, grazie alla presenza dei militari occupanti, godeva di una fortuna insolita, né fra i suoi panni, né altrove nel suo terraneo, non furono trovati soldi. Dopo la rimozione del suo corpo, si scovò la sua borsetta sotto il materasso, dove lei stessa per solito la teneva; però, oltre alla carta d'identità, alla chiave di casa, e a qualche biglietto usato del tram, c'erano solo pochi spiccioli.

In compenso, a lui, nell'atto dell'arresto, furono trovati addosso parecchi biglietti di banca di media e piccola taglia. Li teneva regolarmente riposti nella tasca posteriore dei pantaloni, dentro il suo portafogli d'imitazione coccodrillo; e per quanto usati e sporchi, non denunciavano tracce di sangue. Alla domanda, tuttavia, se li avesse sottratti alla donna, lui rispose, nel suo modo subdolo e protervo: «Cosí è», mentre invece, nei fatti, li aveva ricevuti, pochi momenti prima di ammazzarla, dalle mani stesse di lei. Ma lui, di chiarire certi particolari secondari, non se ne importava.

A esclusione del portafogli chiuso nella saccoccia abbottonata, tutti i suoi abiti, e anche le mani, fin sotto alle unghie, erano insozzati di sangue, in parte annerito e misto a polvere e a sudore. Difatti lui non s'era curato di lavarsi, e si presentò alla polizia con gli abiti stessi che portava addosso dalla mattina: una camicia aperta piuttosto fina, di lino rosa, con al collo un quadrifoglio di smalto verde appeso a una catenina, dei pantaloni di tela slentati, senza la cintura, e scarpe estive sui piedi nudi. Disse che dopo il delitto non era tornato a casa sua, ma se n'era andato da solo dietro alla Via Portuense, per certi prati in direzione di Fiumicino, dove pure aveva dormito, per un'ora forse. Aveva difatti, fra i capelli, dei frammenti di spiga secca. Erano le sette e mezza di sera.

In questura, conoscevano già il suo presente mestiere di sfruttatore. E non era difficile a quei funzionari la spiegazione del suo delitto, che essi definivano *classico* per la sua tipicità: la vecchia zòccola da lui sfruttata gli aveva forse rifiutato, e forse nascosto (o questo almeno lui sospettava) una parte dei propri guadagni, che, invece, toccavano tutti a lui, secondo la legge sua propria. E lui, definito, nell'istruttoria, *amorale, incapace, d'intelligenza sotto il normale* e *privo di freni inibenti*, cosí l'aveva punita... Lui stesso agevolò, da parte sua, il lavoro degli inquirenti addetti. Alle loro domande, ormai scontate e ovvie, rispondeva, come già dal principio a proposito delle banconote, nient'altro che: «Cosí è» «eh già» «cosí è stato» «è stato come dite voi»... o addirittura con una muta alzata dei sopraccigli, che significa semplicemente una conferma, secondo la maniera meridionale. Mostrava, anzi, nel dare quelle sue risposte, una pigrizia indifferente e torva, come chi, assoggettato a una fatica superflua, trova comodo di venirne scaricato, almeno in parte, dalla logica induttiva degli inquirenti... E fu con una sorta di rilassatezza, fra cinica e idiota, che senza discutere firmò in fondo al verbale: *D'Angeli Nello.* La sua firma, adorna di svolazzi, era di una tale dismisura da occupare in larghezza tutto il foglio, tipo le firme di Benito Mussolini e di Gabriele D'Annunzio.

«Omicidio aggravato dal movente abietto». *Movente abietto* nel suo caso, secondo le autorità, voleva dire *sfruttamento e interesse monetario*; ma Nello D'Angeli si sarebbe vergognato assai peggio del suo movente vero, seppure ne fosse stato consapevole.

Da parte di un giovane, sfruttare una vecchia zòccola, a lui risultava normale; ma non cosí amarla. E invece, la realtà inammissibile era questa: che, a suo modo, lui era innamorato di Santina.

In tutta la sua precedente vita, lui non aveva mai posseduto nulla di suo. Era cresciuto negli istituti pubblici per gli infanti abbandonati e i minori. Nella sua infanzia, le suore dell'istituto, una volta all'anno, e cioè per Natale, gli davano un orso di stoffa, che dopo Natale gli veniva ritolto e conservato in certi armadi fino all'anno seguente. Una volta, nel corso dell'anno, preso da una nostalgia dell'orso, lui se n'era impadronito di nascosto dopo avere scassato la serratura dell'armadio. Scoperto dopo pochi minuti, per punizione era stato picchiato con una spazzola, e privato, nel seguente Natale, dell'orso, che era rimasto chiuso.

Fino da quell'epoca, aveva preso l'abitudine di rubacchiare. Le punizioni erano varie e anche strane: oltre alle botte, lo si faceva stare in ginocchio per molte ore, al pasto gli si davano tutte le vivande mischiate insieme in una scodella, lo si rincorreva agitandogli dietro fogli di giornale incendiati, con la minaccia di appiccargli il fuoco nel culo, e perfino, in una occasione, gli si fece leccare la sua propria merda. Siccome il suo vizio dei furti era notorio, gli capitava di venire punito anche per furti non suoi. Non era un bambino simpatico, né sveglio: nessuno prendeva le sue difese; e a nessuno, mai, veniva voglia di coccolarlo. Da ragazzetto, accadde a volte che un qualche suo compagno dell'istituto, figlio abbandonato suo pari, gli si infilò vicino dentro al letto, facendogli carezze e anche bacetti, o tentò di appartarsi con lui. Ma lui aveva saputo che ciò non era normale; e siccome ci teneva a essere un maschio normale, furibondo respinse quelle carezze coi pugni. I suoi pugni erano già duri come il ferro, e gli altri ne avevano paura. In seguito, lui sempre diffidava dei presunti amici, sospettandoli anormali.

Rilasciato dagli istituti verso i vent'anni, era andato di sua propria iniziativa a trovare sua madre. Costei, che in origine era stata figlia di pastori (veniva dall'interno della Sicilia – albanese da parte dei nonni), s'era data da giovane allo stesso mestiere di Santina; però adesso conviveva con un tale, e con tre figli ancora piccoli avuti da lui: «Ti tengo qui a dormire e a mangiare», gli disse, «a patto che tu lavori per aiutare la famiglia». Lui si mise a certi lavori di sterro, ma la madre non gli lasciava nemmeno i soldi per le sigarette, e in piú gli rinfacciava tutto il giorno di guadagnare troppo poco per quello che mangiava. Un giorno lui, benché madre, la menò coi pugni, e non si fece vedere piú. Di lí a qualche mese era venuto a finire a Roma.

Fu in quegli anni, che entrò in possesso di un cagnetto, il quale forse poteva essere di colore bianco pezzato, però, dalle spelacchiature e dalla sporcizia, risultava nerastro e verdolino. Lo aveva scovato in una buca, tutto pesto di sassate e legnate e, non si sa come, con le sue proprie cure personali lo aveva rimesso in vita: cosí che lo possedeva doppiamente. Gli aveva dato nome Fido; e se lo tirava sempre dietro. Però, non pagava la tassa legale per lui. E in conseguenza, un giorno venne un incaricato del Comune che con una specie di arpione tirò su Fido direttamente dentro una camionetta dove già stavano caricati parecchi altri cani: i

quali tutti, compreso Fido, di là partirono per l'ammazzatoio.

In seguito, ogni volta che si scontrava da solo in un cane
o in un gatto randagio, Nello D'Angeli si prendeva il gusto
di torturarlo, finché non lo vedeva crepare.

Di lavorare non se la sentiva. Viveva alla giornata di
furti casuali, senza mai far lega con altri ladri. Vegetava,
cosí, al margine anche di questa società; e non essendo per
sua natura furbo, assai spesso veniva cacciato al carcere di
Regina Coeli dove passava, entrando e uscendo, parecchi
mesi dell'anno. Poi, da quando incontrò Santina, negli intervalli campava in parte su costei.

Non era veramente brutto, ma neanche bello. Era un
tipo burino, di statura bassa, cupo, scostante, e in genere
non piaceva alle ragazze. Tuttavia, se voleva, poteva trovare qualcuna piú adatta alla sua età, e meno brutta di Santina; ma lui stesso, d'istinto, si scansava dalla gioventú e
dalla bellezza, come un idrofobo che teme di mordere. La
sola donna sua, era Santina.

Il loro legame stava nei soldi. Ma siccome, in realtà, lui
l'amava, l'interesse dei soldi, a sua propria insaputa, gli serviva piuttosto di pretesto per trovarsi vicino a lei. Lui non
aveva che lei sulla terra, cosí come Santina, fuori di lui, non
aveva nient'altro. Solo che essa, pure nella sua poca intelligenza, era capace di riconoscere il proprio amore; mentre
che lui non lo riconosceva.

Ogni volta, nel presentarsi a lei, per prima cosa le diceva, torvo e minaccioso: «Dove stanno i soldi?» E lei gli
consegnava senz'altro tutti quelli che aveva, con l'unico
rimpianto di non averne di piú, da dargliene. Se essa glieli
avesse rifiutati, o magari lo avesse insultato, l'affare, a lui,
sarebbe parso piú normale. Ma come poteva lei, nella sua
semplicità, negargli qualsiasi cosa? Se essa faceva ancora il
suo mestiere di mignotta, era per lui; e lo stesso era per lui
che nei periodi magri correva qua e là, ingegnandosi come
lavandaia, infermiera e faticante. Fosse stato per sé sola, si
sarebbe lasciata morire, come certi animali senza padrone,
quando si trovano alla vecchiaia.

E lui, con la scusa dei soldi, era attaccato invero alla persona di lei: proprio al suo corpo vecchio e sgraziato, che gli
si dava in quel suo modo rozzo, mansueto, e – stranamente – inesperto, come se da tanti anni di mestiere non avesse
ancora imparato la pratica; al suo sorriso malinconico; al

427

suo odore di miseria. Quand'essa stava all'ospedale, andò a portarle delle arance; e quando la presero e la tennero alle Mantellate, lui si rinchiuse nella propria baracca di affitto, al buio, sentendo nausea perfino dei colori del giorno. Quando poi la rivide libera, il suo primo sentimento fu di rabbia; e la accolse a male parole.

Certe volte, lasciandola bruscamente dopo averle preso i soldi, seguitava a girellare nei paraggi del terraneo, come un povero cane altrui che non sa dove andare. La casa sua era quel terraneo. Lui conservava sempre il suo proprio alloggio in affitto, dentro una baracca al Trionfale: però da ultimo, quando Santina guadagnava un po' meglio, sempre più spesso la sera andava a dormire da lei. Se essa aveva clienti, lui restava di fuori, buttato su quei terreni d'immondezza, in attesa che avessero finito. Non provava nessuna gelosia, ben sapendo che gli altri uomini, per lei, non contavano. Essa apparteneva a lui, suo unico padrone. Le sole spese che lei faceva, erano per lui. Per se stessa, non spendeva niente, al di fuori delle necessità del suo mestiere, quali ogni tanto la vasca al bagno pubblico o l'ondulazione dei capelli. E in questi tempi di fortuna, l'unico lusso che si permetteva era di fare dei regali a lui: per esempio il portafogli di coccodrillo, o qualche camicia di lino scelta, o altra simile roba fine. Anche il quadrifoglio di smalto con la catenina, glielo aveva regalato lei.

E gli lavava e stirava la biancheria, i pantaloni, gli cucinava la pasta e la carne sul suo fornelletto, gli faceva trovare per sorpresa le sigarette americane.

... Ecco un'ombra d'uomo sconosciuto esce dalla porta del terraneo. Si sente da dentro uno sciacquettare... Lui si stira, e si alza, e si avvia verso la porta:

«Dove stanno i soldi?!»

E, dopo presi i soldi, se vuole, potrebbe pure andarsene: essa non gli chiede nulla, in cambio. Ma invece, uguale ai pupi dopo che la madre gli ha dato il latte, eccolo che si dà a sbadigliare, e si butta sul lettuccio, come aspettasse la ninna nanna.

Essa frattanto si muove indaffarata coi suoi preparativi, tira fuori dalla credenzuccia i maccheroni, le cipolle, le patate... Lui sdraiato si appoggia su un gomito e la squadra con delle occhiate di traverso:

«Cristo Madonna, quanto sei brutta! Tieni due gambe e

due braccia che pàreno quattro stanghe, e un culo che pare due quarti di bove infrollato!»

Essa non ribatte nessuna parola, si fa un po' da parte, col suo sorriso passivo e incerto di colpevole...

«Che vai facendo? che intrugli?! M'hai già stomacato, Cristo Madonna, co 'st'odore di cipolla. Allúngate qua sulla coperta, cosí armeno nun te vedo...»

Cosí ricomincia quasi ogni sera. Non si capacita della nostalgia struggente che lo richiama da lei. E intanto, dovunque si trovi, risente il bisogno del suo corpo. Certe sere, per odio, non le si fa vedere; ma essa, il giorno dopo, non gli rimprovera niente. Nei tramonti d'estate, a volte lo aspetta seduta sul gradino della soglia; e quando lo vede arrivare, una gratitudine spontanea, quasi estatica, le si posa sui tardi occhi ingenui. Fa il suo timido sorrisetto, e gli dice:

«Nello!»

Non gli volge altro saluto. Si leva, e coi suoi grossi piedi lo precede nella stanzuccia buia e fresca.

«Dove stanno i soldi?!»

Se essa, una volta o l'altra, lo scacciasse, lui la odierebbe di meno. La presenza di Santina, nella sua vita, è come una macchia rossiccia di malattia che si allarga.

L'umanità, per propria natura, tende a darsi una spiegazione del mondo, nel quale è nata. E questa è la sua distinzione dalle altre specie. Ogni individuo, pure il meno intelligente e l'infimo dei paria, fino da bambino si dà una qualche spiegazione del mondo. E in quella si adatta a vivere. E senza di quella, cadrebbe nella pazzia. Prima d'incontrare Santina, Nello D'Angeli s'era dato la sua propria spiegazione: il mondo è un ambiente, dove tutti sono nemici di Nello D'Angeli. La sola riscossa di lui contro di loro, la sua normalità per adattarsi, è l'odio. Adesso l'esistenza di Santina è un frammento di materiale estraneo, che gli stravolge il mondo e fa girare in folle la sua mente ottusa.

Certe volte, nel sonno, era invaso da incubi, nei quali sempre Santina gli veniva portata via. Sognava che una squadra di tedeschi, circondato il terraneo, la trascinavano verso un camion puntandole addosso le maschinenpistole; oppure che degli infermieri in càmice, preceduti da un commissario, venivano con una cassa, alzavano il vestito di Santina, dicevano: «è appestata» e se la portavano via dentro la cassa. Allora lui gridava e smaniava nel sonno, e si svegliava carico d'odio contro Santina, come se la colpa fosse di lei. Una notte, a uno di quei risvegli, trovandosela vicina nel letto che dormiva, le fu addosso con gli occhi iniettati di sangue, gridàndole: «àlzati, maledetta!» E nel menarla, gli pareva di trovarsi a una rissa enorme, dove lui stesso, a pugni, veniva linciato.

Non c'era volta che lui dormisse, anche per poco, senza sognare: e i suoi sogni, che ci apparisse o no Santina, erano irrimediabilmente torbidi e inquieti. Il giorno di Ferragosto, quando s'assopí sul prato dopo il delitto, sognò che s'incamminava, su quello stesso prato, verso uno sterro. Non era né giorno né notte, faceva un chiarore opaco che non s'è mai visto; e in fondo a quello sterro c'era Santina caduta che non si muoveva piú, con gli occhi sbarrati aperti. Lui scendeva giú verso di lei, e se la pigliava in braccio, riportandola su dallo sterro, e per farla riavere la spogliava nuda. E lei stava là stesa nel prato sotto di lui, col suo corpo tutto ossa, candido e slombato, e le sue piccole mammelle di vecchia magre e cascanti. Piano piano, le si chiudevano gli occhi, nella faccia che riprendeva colore, e intanto essa sollevava una mano, muovendo il dito come quando si scherza. E gli ripeteva col suo solito sorrisetto, cercando di nascondere il buco del dente nella gengiva:

«Non è niente... Non è niente...»

E lui, per la prima volta nella vita sua, si sentiva contento e fiducioso. Svegliandosi, nel sole che scendeva, si rivide le macchie di sangue sulla camicia rosa, e immediatamente si ricordò di tutto. Non c'era piú casa, oramai, dove lui potesse andare.

Una delle tante cose che s'era messo a odiare, ormai da tempo, era la libertà. Lui non era mai stato libero. Prima gli istituti, e poi la breve sosta da sua madre con quei lavori forzati di tutti i giorni, e infine quell'andirivieni con Regina Coeli. Come già da piccolo all'ospizio delle suore, anche dopo, non sempre i reati, che gli si imputavano, erano reati suoi. Noto come ladro abituale, veniva spesso arrestato senza aver fatto niente, per via che era sospetto. E a questo modo, anche quando circolava si sentiva uguale a un topo di chiavica, che appena si mostra sulla strada si aspetta d'essere cacciato dal primo che lo vede. La libertà provvisoria è peggio di tutto. E lui, senza starci piú a pensare, andò dritto a denunciarsi. Col suo delitto di omicidio, avendo adesso trentadue anni, era certo di farsi vecchio dentro la galera. La sola casa sua, era questa.

In anticipo sulle date che aveva scritto a Nino, Davide ridiscese a Roma i primi giorni di settembre. Arrivò al solito senza preavviso, e peregrinò inutilmente dall'uno all'altro dei possibili recapiti di Nino, senza trovarlo. Si spinse da ultimo in Via Bodoni; ma prima ancora d'essersi affacciato, per notizie, alla portineria, sentí una vocina chiamare: «Carlo! Carloo!» S'era già disabituato a questo nome; però non tardò a riconoscere Useppe, che gli si faceva incontro dal primo cortile, in compagnia d'un grosso cane bianco. Stava in attesa di sua madre, che doveva scendere di lí a poco. E pure con qualche rammarico di doverlo disilludere, gli annunciò vivace: «Carlo! Nino ieri è partito! È andato con l'*alioplano* e ha detto che torna presto, con un altro *lioplano*!» Nonostante avesse oramai compiuto i cinque anni, ancora adesso, e specie quando un eccesso di vivacità o d'emozione lo dominava, Useppe storpiava ancora le parole e le consonanti, come i bimbi piccoli.

Davide trasse uno sbadiglio, o sospiro, al sapere della partenza di Nino, però senza commentare la notizia. Invece, a mezza bocca fece notare: «Io non mi chiamo Carlo. Mi chiamo Davide...» «*Vàvide*... sí!» ripeté Useppe, riprendendosi, un po' mortificato dell'errore di prima. E ricominciò doverosamente: «Vàvide! Nino ieri è partito. È andato con l'alioplano...» ecc. ecc.

Frattanto, il cane balzava a festeggiare l'ignoto visitatore di passaggio con simpatia e confidenza. E ancora si protese abbaiando a salutarlo, mentre lui, non avendo piú motivo di trattenersi, se ne ritornava indietro verso il portone. «Ciao, Vavideee!», gli gridava Useppe contemporaneamente, agitandosi in allegria con le mani e coi piedi. E lui, nel girarsi a fare un cenno di saluto, vide il bambino che tirava a sé il bestione per il collare, come trattenesse un cavalluccio per la briglia; e il cane che ogni istante, fra le sue turbolenze, si voltava a leccarlo sulle guance e sul naso, e il bambino che saltando gli abbracciava il testone bianco. Era chiaro che fra i due c'era un accordo perfetto e meraviglioso. Davide svoltò all'angolo di Via Bodoni.

Aveva viaggiato tutta la notte su una vecchia vettura di terza classe, dai sedili di legno; e in piú, a motivo della folla, non aveva potuto stendersi, cosí che aveva dormicchiato alla meglio seduto nel suo posto d'angolo, con la faccia mezzo nascosta contro un guanciale preso a nolo. Sentí suonare mezzogiorno; però, benché digiuno dal giorno avanti, lui non aveva appetito. E attraversato Ponte Sublicio, si avviò quasi correndo di là da Porta Portese, per andarsene da Santina. In assenza di Nino, a Roma, lui non aveva nessun'altra conoscenza.

L'uscio del terraneo era accostato; e fuori, presso lo scalino, c'era un paio di ciabatte. Una donna sudata e scalza, dai piedi difettosi, armeggiava con certi secchi nell'interno; e voltandosi appena, con aria reticente e poco socievole gli disse che Santina non abitava piú là. Faceva un tempo di scirocco, afoso e coperto. Davide fu preso da una gran sete e da una voglia disperata di rintanarsi all'ombra in qualche posto; però l'unico locale di sua conoscenza, in quei pressi, era un'osteriola dalla quale usciva uno strepito di radio. Trasmettevano un disco di samba con voci e ritmo fragoroso di batteria. A uno dei due tavoli sedevano due clienti, l'altro era libero; e il giovane, che serviva ai tavoli, doveva essere nuovo nel locale, Davide non si ricordava d'avercelo mai visto, le poche altre volte che era capitato là dentro. Tuttavia, provò a domandargli notizie della *Signora Santina*. Il giovane rimase perplesso, tanto piú che Santina, là intorno, meglio che per nome era conosciuta per un soprannome lievemente derisorio, dovuto alla grossezza dei suoi piedi. «Ma sí, *la Fettona*», intervenne difatti un cliente dell'altro tavolo, «quella di Ferragosto...» «L'hanno stampato sul giornale», osservò l'altro cliente, traguardando Davide. «Ah! quella!» disse il garzone. E pigramente, con parole scarse, ma espressive, fece sapere a Davide la brutta fine di Santina. Da ultimo, si passò una mano a taglio contro la gola per indicare meglio col gesto com'era morta scannata.

Alle notizie, Davide non risentí nessuna emozione particolare. Gli parve, anzi, di avere udito in quel momento un annuncio naturale e risaputo, come davanti a un caso già corso in qualche sua esistenza precedente, oppure a un libro di cui, prima di leggerne gli altri capitoli, si siano già scorse le ultime pagine. Aveva ormai bevuto piú di metà del suo litro; e macchinalmente morsicò la pagnottella che aveva chiesto assieme al vino. Era piombato in una impassibilità totale; ma i suoi sensi dalla stanchezza erano confusi, cosí che, sebbene non ci fossero alberi all'ingiro, udiva un frinire enorme di cicale o di insetti. Il fracasso della radio lo frastornava, e smaniava di uscire di là dentro. Domandò ai presenti se sapessero di una camera da affittare nelle vicinanze, al piú presto... E quelli si stringevano nelle spalle, quando il giovane, dopo averci pensato, disse: «Riaffittano... là.., Dalla *stroppia*... dove stava quella...» precisò dopo una pausa, con lo scrupolo di nominare il terraneo di Santina. Però il suo modo di avanzare la proposta era scettico, obliquo e titubante. E difatti, benché a Roma ci fossero scarse occasioni d'alloggio, specie a buon mercato, non era facile trovare chi si adattasse a una stanza segnata a quel modo, e appena da ieri.

Davide uscí dall'osteriola. All'esterno, ritrovò ancora lo stesso cielo coperto, lo stesso vento di scirocco, e la stessa afa di prima, insieme con quel frinire assurdo... E prese una corsa verso il terraneo, quasi nel panico che frattanto pure quell'ultimo possibile rifugio fosse sparito. L'uscio stavolta era chiuso, ma certi ragazzi, che girandolavano là intorno, e seguivano i suoi movimenti con una indifferenza lievemente incuriosita, gli vennero in aiuto chiamando dal basso la padrona. Era la stessa donna *stroppia* nei piedi, da lui vista poco prima là dentro col secchio. E Davide con una fretta rabbiosa la pagò, ritirò la chiave e si rintanò nel proprio alloggio, buttandosi di peso sul letto. La nota cameruccia, che ancora serbava il povero odore di Santina, lo accoglieva, in quella giornata, come un nido familiare e quasi affettuoso. C'era fresco, e ombra. E Davide non aveva paura dei fantasmi. Aveva imparato, anzi, per suo conto, che i morti non rispondono, nemmeno se uno li chiama. Qualsiasi mezzo è inutile, finanche a pregarli che si mostrino almeno sotto apparenze finte e vuote, magari come solo effetto di allucinazione.

Le proprietà personali di Santina, non reclamate da nessuno, erano rimaste in eredità alla padrona di casa; cosí che l'arredamento del locale era piú o meno uguale a prima. Il letto, ripassato con una tinta piú scura, era lo stesso, salvo la sostituzione del materasso e della coperta, la quale adesso era una di quelle a fili ritorti, dure, con arabeschi di stampo turco, che si comprano dagli ambulanti. Al posto del vecchio scendiletto ce n'era un altro, ancora piú usato e logoro. Il tavolino, la credenzuccia, la poltrona e le immagini sacre erano rimaste le stesse, e cosí pure le tende, che lavate di fresco s'erano fatte ancora piú stinte. Sulle pareti, le tracce del sangue erano nascoste sotto macchie bianche di calcina; mentre che sulla poltrona, sciacquate alla meglio, si confondevano nello sporco.

Di sera, quando l'aria si rinfrescò un poco, Davide uscí a ritirare la propria valigia, che aveva depositato alla Stazione Termini. E mandò una lettera a Nino (indirizzandola, al solito: Fermo Posta Roma) per fargli sapere il proprio indirizzo romano e dirgli che lui stava qua, in attesa di rivederlo subito al suo prossimo ritorno.

5.

Durante tutta la trascorsa estate del 1946, pure fra le sue molte gite e partenze, e traffici misteriosi, Ninnuzzu era stato insolitamente assiduo, in Via Bodoni.

Adesso, non gli occorreva piú chiamare, né fischiare motivi, per annunciare la propria venuta a Useppe: bastava la tromba del suo clacson, o il frastuono del suo motore, per annunciargliela! Useppe avrebbe riconosciuto il suono particolare di quel motore e di quella tromba pure fra un immenso raduno di motociclisti in marcia!

Ma un giorno, sulla metà di luglio, invece di questi suoni abituali si udí dal basso del cortile la voce di Nino chiamare: «Useppee! Useppeee!» accompagnata da un grande abbaio espansivo. Invaso dal presentimento di una sorpresa ineguagliabile, Useppe dette un'occhiata dalla finestra di cucina; e sgranando le pupille, senza nemmeno affibbiarsi i sandali infilò le scale in una discesa febbrile. Fatti i primi scalini, perse un sandalo; e invece di sprecare tempo a raccattarlo si sfilò anche l'altro e li lasciò là tutti e due. Per far piú presto, anzi, fece parte della discesa a scivolo sulla ringhiera; ma all'altezza del terzo pianerottolo si scontrò in un gigante bianco, il quale, come se lo conoscesse già da secoli, lo rapiva in una festa enorme. A quel punto Nino accorreva dal basso tutto ridente e frattanto Useppe si sentí leccare i piedi nudi. «Beh, e le scarpe, te le sei scordate?» notò da parte sua Nino, arrivando. E alle spiegazioni irrequiete di Useppe, senz'altro disse al cane: «Va', e pigliale, su, su!»

Immediatamente, il cane volò su per la scala, e ne riportò giú un sandalo; poi rivolò, e ne riportò giú l'altro, con l'aria contenta di chi capisce tutto. Tale fu il primo incontro di Useppe con Bella.

Quel cane, difatti, era, in realtà, una femmina; e portava già il suo nome di Bella, da prima ancora d'incontrarsi con Nino: chi glielo avesse messo da principio, non si sa. Ninnuzzu l'aveva veduta la prima volta, appena cucciola, a Napoli, nel '44, in braccio a un suo socio d'affari col quale aveva un appuntamento al porto. Il socio, che faceva il contrabbandiere di sigarette americane, l'aveva acquistata poco prima per caso da un ragazzetto di passaggio, in cambio di alcuni pacchetti sfusi di *Camel* e *Chesterfield* (dette da colui, nel suo linguaggio, le *Camelle* e le *Cesso o fieto*); e garantiva di aver fatto un affare, trattandosi di una canuccia di razza, che valeva almeno quattro o cinquemila lire! Ma per quanto Nino, invidiandogli l'acquisto, gliene offrisse subito di piú per proprio conto, quello non aveva voluto cederla a nessun prezzo, dichiarando che, in quei dieci minuti da che la teneva in braccio, le si era già affezionato come a una parente. Ora, all'atto dell'acquisto, già essa si chiamava Bella: con questo nome, infatti, il venditore l'aveva presentata all'acquirente, e già essa rispondeva pronta al nome.

Ninnarieddu, da quel giorno, non se l'era piú levata dal cuore; e quando gli capitava d'incontrarsi con quel tale (che di nome faceva Antonio) ogni volta gli rinnovava la proposta di rivendergliela a lui; ma Antonio, regolarmente, per quanto Nino aumentasse le offerte, gliela negava. E Nino aveva meditato perfino di rubarsela; ma ci aveva rinunciato per un sentimento d'onore, dato che Antonio gli era stato socio, e all'occasione lavoravano in società ancora adesso.

Finché, in questo luglio del 1946, Antonio fu sorpreso in una rapina a mano armata e messo dentro. E immediatamente, tormentato dal pensiero di Bella, trovò modo di far sapere a Ninnuzzu che da oggi Bella era sua: purché lui si affrettasse a recuperarla dovunque stava, per evitarle una probabile orrenda fine al Canile dei cani spersi.

Nino accorse; ma non trovando Bella alla casa di Antonio, intuí che il prossimo luogo dove cercarla era d'intorno agli edifici delle Carceri. E difatti, arrivato a Poggioreale, già a distanza di una ventina di metri vide, nel buio che scendeva, una specie d'orso bianco che vagolava d'intorno a quei muri esterni, e ogni tanto s'accucciava, e aspettava non si sa che, e mugolava ininterrottamente. Né a chiamarla, né a insistere, né a tirarla, essa non voleva staccarsi di là. E nemmeno dava risposta, seguitando il suo mugolio sconsolato e sempre uguale, nel quale un orecchio piú sensibile dell'umano comune poteva intendere la parola: «Antonio... Antonio... Antonio...»

Finalmente Nino fu capace di persuaderla con un ragionamento di questo genere:

«Pure io mi chiamo Antonio (detto Antonino e Antonuzzo e ridetto Nino, Ninuzzo e Ninnarieddu) e mó, l'unico Antonio, nella vita tua, sono io, perché quell'altro Antonio si prevede che da là dentro a questi muri, non uscirà prima che tu sei vecchia. E intanto a te, se resti qua vagante, verranno quelli del Canile per ammazzarti coi gassacci loro. Io tu lo sai t'ho amata a prima vista. Dopo l'unico cane mio che ho avuto, non volevo piú nessun altro cane; ma nel momento stesso che t'ho vista ho pensato: o questa, o nessuno. Cosí mó se tu non vieni via con me lascerai soli senza cane due Antonii. E ti faccio sapere che pure mio nonno di Messina si chiamava Antonio. Annàmo, viè'. È il destino, che ci ha uniti».

Ecco dunque spiegato chi fosse l'ignoto cane visto da Davide in compagnia di Useppe. Subito, al primo incontro con lei sul pianerottolo, Useppe le riconobbe una straordinaria parentela con Blitz, per quanto invero, a guardarli, sembrassero due contrarii. Eppure, anche lei, come Blitz, salutando, ballava; e, per baciare, leccava con la sua lingua rasposa; e rideva con la faccia e con la coda, allo stesso modo di Blitz. Una differenza, invece, si notava fin da principio nei loro sguardi. Infatti, Bella aveva a volte, nei suoi occhi di color nocciòla, una dolcezza e malinconia speciale, forse perché era femmina.

La sua stirpe, detta dei pastori maremmani o abruzzesi, è venuta dall'Asia, dove gli antenati di Bella, fino dalla preistoria, seguirono le greggi dei primi pecorai terrestri. Dunque Bella era, come pastora, quasi una sorella delle pecore, che doveva però anche difendere con bravura dai lupi. E difatti la sua natura, sempre paziente e sottomessa, in certe occasioni sviluppava una ferocia di belva.

Essa aveva un aspetto campagnolo pieno di maestà; il pelo tutto bianco, folto, e a volte un po' arruffato; e una faccia buona e allegra, dal naso moro.

Attualmente, essendo in età di due anni, corrispondeva, secondo la specie umana, a una ragazzetta di quindici anni circa. Però, a momenti pareva una cucciola di pochi mesi, tanto che bastava una palletta, della misura di una mela, per farla ammattire in un divertimento fantastico; e a momenti, pareva una vecchia di migliaia d'anni, di memorie antiche e sapienza superiore.

Nella sua convivenza col precedente Antonio, essa, per quanto tenesse un padrone, aveva fatto vita di strada, e s'era accoppiata due volte con cani ignoti. La prima volta, evidentemente, s'era messa con un cane nero o mezzo nero, perché, dei sette cagnolini che aveva partorito, certi erano neri a macchie bianche, certi bianchi a macchie nere, e uno tutto nero con un orecchiuccio bianco. Un ultimo infine, pure lui tutto nero, aveva un ciuffo bianco in cima alla coda e un collaretto bianco. Essa li aveva accuditi e allattati con passione in un sottoscala; ma dopo alcuni giorni Antonio, non sapendo che fare di quei sette miseri bastardi, benché con rimorso glieli aveva sottratti e mandati segretamente a morire.

Tuttavia, passato qualche mese, di nuovo essa era rimasta incinta, chi sa con quale cane. Ma stavolta il parto le era andato a male, lei stessa era stata in punto di morte, e aveva dovuto subire una operazione per cui d'ora in avanti non potrebbe essere madre mai piú.

Forse anche a tali suoi ricordi si doveva quella mestizia, che a volte si vedeva nel suo sguardo.

Da quando possedeva Bella, Nino, per non lasciarla, rinunciava ai cinema, spettacoli, balere, dancings e a tutti quei posti dove i cani non potevano entrare. Se poi gli capitava, in qualche caso dubbio, di vedersi respinto assieme a Bella, con la frase: «Spiacenti, tante scuse, non si ammettono cani...» si rivoltava, pronto, con una grinta torva e sprezzante, e a volte rispondeva con parolacce d'inferno e litigava. Un giorno, entrati in un bar, Bella non soltanto leccò certe paste là tenute in mostra; ma in un boccone ne inghiottí una, e avendoci trovato dentro del pistacchio o altro ingrediente che non le andava, disgustata vomitò per terra tutto quello che teneva dentro lo stomaco. Allora, il barista protestò per il locale lordato, ecc. e il suo protestare urtò i nervi a Nino: «Il vomito del cane mio», dichiarò arrabbiato, «è meglio assai delle tue paste e del tuo caffè!» «Uh, che schifo!» soggiunse ostentatamente, appena bagnati i labbri nella tazza (stava consumando un espresso). E rifiutò la bevanda con una smorfia di nausea, come se pure lui volesse vomitare. Quindi, buttate sul banco grandiosamente cinquecento lire per pagare i danni, disse: «Viè, Bella!» e uscí di là per sempre, avendo l'aria di uno che scuote via dalle proprie suole la polvere del luogo. Né Bella, da parte sua, dava segno di disonore o di rimorso: al contrario, essa seguiva Nino a un piccolo trotto allegro e festivo, tendendo come uno stendardo la propria coda pelosa (invero degna di un destriero per la magnificenza).

Ma il massimo sacrificio di Ninnuzzu in onore di Bella fu che dovette rinunciare all'uso della moto. Anzi, dopo un po' si decise a vendere la Triumph, meditando di acquistare in sua vece, alla prima occasione, un'auto da poterci viaggiare assieme a lei. Siccome, però, il prezzo della moto gli venne pagato in tre rate, e ogni rata, invece di mettersela da parte, lui se la spendeva, per quell'estate la nuova macchina rimaneva un'utopia. E frattanto, si poteva spesso vedere Nino piantarsi affascinato e intento davanti a qualche autovettura, in compagnia di Bella e talora anche di Useppe, tutti a consulto in previsione dell'acquisto, discutendo di sprint, chilometri e cilindrate...

Tanto era fanatico Nino della compagnia di Bella, che in certi casi la anteponeva perfino alle ragazze! E Bella, da parte sua, lo ricambiava al massimo, pur senza scordarsi, tuttavia, di quell'altro Antonio di Poggioreale. Se appena le succedeva di udire, anche per caso in un discorso fra estranei, la comune parola «Antonio», subito essa alzava i suoi bianchi orecchi pendenti, con uno sguardo consapevole e ansioso. Per proprio conto, essa aveva capito che quell'Antonio, benché vivente a Napoli, oramai, purtroppo, s'era fatto irraggiungibile. E Nino, che con lei si mostrava molto riguardoso, evitava di nominare Antonio in sua presenza per non riaprirle la ferita in cuore.

Su Bella, come in genere sulle creature primordiali, i nomi avevano un'azione pronta e concreta. Per esempio, a pronunciarle la parola *gatto*, essa muoveva un poco la coda, con gli orecchi mezzo su e mezzo giú, e gli occhi accesi da un'intenzione provocatoria, però quasi esilarata (difatti, a somiglianza dello stesso Nino, essa non pareva prendere molto sul serio il popolo dei gatti in generale. Quando accadeva che uno di loro, all'incontrarla, la minacciasse biecamente, lei da principio accettava la sfida, forse per non offenderlo. Ma dopo uno o due balzi animosi verso di lui, se ne andava ridendo, con l'idea sottintesa: *che pretendi, tu! ti credi forse un lupo?!*)

E adesso, da quando aveva fatto la conoscenza di Useppe, subito a dirgliene il nome essa si scatenava in salti festanti e smaniosi: tanto che Nino, divertito dal gioco, allorquando capitavano assieme a Roma, non resisteva al gusto di tentarla proponendo: «Annamo da Useppe?» e poi, per non deluderla, spesso finiva col portarcela veramente. In tale modo, Bella era intervenuta fra gli altri possibili motivi, anche inconsci, che spiegano i ritorni di Nino verso la famiglia, in quei due mesi di luglio e agosto.

Eppure, le tentazioni dell'estate piú che mai lo chiamavano. E lui non faceva che correre, a ogni occasione, da una marina all'altra, tornandone sempre piú nero, con gli occhi radiosi, lievemente arrossati dal sole e dall'acqua, e i capelli intrisi di salino. Pure Bella odorava di salsedine, e si grattava spesso, per la sabbia che le restava fra il pelo. Ma Nino aveva cura di condurla, ogni tanto, a farsi il bagno a una toletta pubblica per cani da dove essa usciva alquanto stranita, però candida, pettinata e nuova, come una signora dal salone di bellezza.

Ogni tanto, Nino prometteva a Useppe di portare in gita lui pure, uno di quei giorni, al mare, e insegnargli il nuoto. Ma le sue giornate romane si inseguivano cosí febbrili, da non lasciare nessuno spazio per la gita famosa. E anche le loro passeggiate a tre (Nino Useppe e Bella), per quanto abbastanza frequenti, si riducevano, fatalmente, a brevi scappate. Non arrivarono mai piú in là della Piramide, o dell'Aventino.

Ninnuzzu, quell'estate, portava delle camicie con disegni a fiorami e a molti colori, venute dall'America, e acquistate a Livorno. E tre camicettine simili le portò in regalo pure a Useppe. Non si scordò nemmeno di Ida, recandole in dono degli asciugamani con sopra stampato R.A.F. e delle pantofole di paglia africane. Inoltre, le regalò un portacenere-réclame, di metallo che pareva oro, rubato da un albergo.

Fu verso la fine d'agosto che Nino, tornato a Roma per fermarvisi alcuni giorni, a causa di Bella ebbe un grave diverbio con le innominate persone che lo ospitavano. E lí per lí, nella furia, senza starci a pensare, arrivò con la valigia e il cane a Via Bodoni, dove Ida si affrettò a sistemargli alla meglio la stanzetta del sommier piccolo.

Bella non era un cagnetto da città, al pari di Blitz; e al suo ingresso nel minuscolo appartamento, questo parve rimpicciolirsi ancora, come a un'invasione smisurata. Ma Ida presentemente avrebbe accolto volentieri perfino un vero orso polare, tanto era contenta che Ninnuzzu fosse di nuovo a casa, sia pure soltanto di passaggio. Bella dormiva con lui nella stanzuccia, ai piedi del letto, aspettando quieta e paziente, alla mattina, che lui si destasse. Però, stava pronta a cogliere il primo segno, anche minimo, del suo risveglio: cosí che appena lui cominciava un poco a stirarsi, o dava uno sbadiglio, o semplicemente socchiudeva le palpebre, immediatamente essa balzava in un fracasso entusiasmato, all'uso di certe tribú quando sorge il sole. E cosí, la casa era avvertita del risveglio di Nino.

Ciò succedeva in genere verso l'ora di mezzogiorno. Fino a quell'ora Ida, nel suo solito affaccendarsi per la cucina, badava a far piano per non disturbare il suo primogenito di cui poteva udire il fresco russare da dietro l'uscio. Questo suono le dava un senso di orgoglio. E se Useppe, svegliandosi per primo, chiassava un poco, lo ammoniva a far piano, proprio come se là dietro quell'uscio dormisse il Capo di casa, e un gran lavoratore. Di fatto, che Nino lavorasse, era cosa certa, poiché guadagnava soldi (non molti, invero); ma quale fosse esattamente il suo lavoro, restava un punto confuso (che si trattasse di contrabbando o borsa nera di merci, lo si sapeva piú o meno; ma un tale genere di lavoro significava solo un altro enigma allarmante, per Ida).

Due minuti dopo lo sfrenarsi di Bella, Nino stesso erompeva dalla cameruccia, coperto solo da uno slip, e si lavava in cucina con una spugna, allagando tutto il pavimento. Poco dopo mezzogiorno, qualcuno lo chiamava a gran voce giú dal cortile (per lo piú era un giovanotto in tuta da meccanico) e lui si scagliava giú insieme a Bella, ricomparendo solo casualmente, a intervalli, nel corso della giornata. Il massimo sacrificio, da parte di Ida, era stato di cedergli le chiavi di casa, per le quali essa, al solito, provava una enorme gelosia, nemmeno fossero state le chiavi di San Pietro. La notte, lui rincasava assai tardi: e non solo Ida si svegliava al suo ritorno, ma anche Useppe, il quale subito mormorava, mezzo sognando: «Nino... Nino...» Un paio di volte

Bella, tornata assieme a lui nel dopopranzo, era rimasta in casa la sera a aspettarlo; e quelle due volte si sentí lei che lo festeggiava al suo ritorno, e lui che le brontolava: «Scc... scc...»

Tutto ciò ebbe appena la durata di cinque giorni; ma tanto bastò a Ida per caricarsi la fantasia. Specie al mattino, quando lei stava in cucina a pulire le verdure, e di qua dormiva Ninnarieddu, e di là Useppe, le pareva di avere ricostituito una vera famiglia: come se la guerra non ci fosse mai stata, e il mondo fosse di nuovo una abitazione normale. Il terzo giorno, poiché Nino, sveglio prima del solito, si attardava nella stanzetta, essa andò là a trovarlo. E infine si indusse, benché peritosamente, a proporgli addirittura di riprendere gli studi, cosí da «assicurarsi un avvenire». Lei stessa poteva sforzarsi a mantenere tutti e tre loro, ancora per il tempo necessario: magari avrebbe cercato nuove lezioni private... Difatti l'attuale occupazione di Nino a lei pareva senz'altro provvisoria, non tale, certo, da offrirgli una carriera sicura e di fiducia!

Da parecchio, invero, nella sua semplicità, essa covava la sua proposta odierna. Però Nino, invece di rivoltarsi, come avrebbe fatto in passato, oggi la stava a sentire con una specie di tolleranza umoristica, quasi impietosito di lei. Siccome, al suo ingresso, si trovava nudo, per non darle scandalo fu sollecito a coprirsi il bassoventre con la propria camicia tutta a fiori colorati. A quell'orario antelucano per lui (non erano ancora le dieci) stava lí impigrito a stirarsi e a sbadigliare; ma ogni tanto rispondeva alle turbolenze festose di Bella con una pari turbolenza, cosí che gli capitava, nonostante la sua buona volontà riguardosa, di rimettere in mostra allegramente i nudi che si era coperto, ora davanti, ora di dietro. E fra tutta questa cagnara, tuttavia prestava un orecchio alla madre, con l'aria di chi sente per la millesima volta una barzelletta buffa, ma anche scema, che oggi poi gli viene rifilata da un burino. «A' mà, te rendi conto?!» emise finalmente «...Bella, piàntala... A' mà! a' mà!! che me stai a dí?! mó ciarisemo con le lauree!!! Io...» (sbadigliò) «io sono plurilaureato, a' mà!!»

«Non dico la laurea, ma almeno il diploma... Un diploma conta sempre, nella vita... volevo dire... la licenza liceale... il diploma di maturità... quello... come base...»

«Io so' maturo! a' mà! So' maturo!!»

«...Ma ti costerebbe poco o niente... Oramai stavi quasi

al punto dell'arrivo... al liceo, quando smettesti... Basterebbe un piccolo sforzo... l'intelligenza non ti manca... e dopo tanti sacrifici... eh! adesso che la guerra è finita!»

D'un tratto Nino si accigliò: «Bella, fuori! stànate!» gridò, rabbioso perfino contro Bella. E levandosi a sedere sul materasso, noncurante che, ormai, mostrava all'aperto tutti i suoi nudi, esclamò:

«La guerra è stata una commedia, a' mà!» E si alzò in piedi. Cosí denudato, moro, dentro la stanzuccia accaldata e misera, pareva un eroe: «Ma la commedia non è finita!» aggiunse, minacciosamente.

Pareva gli fosse tornata la sua faccia di bambino, proterva e quasi tragica nei propri capricci. E intanto, s'andava infilando lo slip, per cui, simile a un ballerino, saltava su un piede.

«... Questi se credono de ricomincià tutto come prima, nun te n'accorgi? Embè, se sbaieno a' mà! Ci hanno messo in mano le armi vere, quann'eravamo pischelli! E mó noi ce divertimo a faie la pace! Noi, mà, JE SFASCIAMO TUTTO!»

D'un tratto si esilarò. Quest'idea di sfasciare pareva mettergli addosso un'allegria straordinaria: «E vi credete pure di farci tornare alla scuola!» riprese, parlando italiano civile apposta con l'intenzione di sfottere sua madre, «il latino scritto il latino orale la storia e la matematica... la geografia... La geografia, io me la vado a studià sur posto. La Storia, è una commedia loro, che ha da finí! NOI gliela famo finí! E la matematica... Lo sai qual è il numero che piú mi piace a' mà? È lo ZERO!...

... «Bella, stà buona là fuori... mó vengo...

«Noi siamo la generazione della violenza! Quanno s'è imparato er gioco delle armi, ce se rigioca! *Loro* s'illudono de fregacce un'artra vorta... I soliti trucchi, il lavoro, i trattati,... le direttive... i piani centenari... le scuole... le galere... il regio esercito... E tutto ricomincia come prima! Síííí...?! Pum! pum! pum!» A questo punto, Ida gli rivide negli occhi quello sguardo di lampo fotografico che gli aveva veduto per la prima volta la notte famosa della sua visita con Quattro allo stanzone. E nel dire pum pum pum l'intero suo corpo faceva mostra di puntare a un bersaglio il quale in sostanza era il pianeta Terra, tondo al completo coi suoi regni imperi e repubbliche nazionali. «Noi siamo la prima generazione dell'inizio!» ripigliò, al colmo dell'enfasi, «noi siamo la rivoluzione atomica! Noi le armi non le deponiamo a' mà! LORO... loro... loro...

«LORO nun lo sanno, a' mà, quant'è bella la vita!»

Aveva alzato un braccio, per asciugarsi con la sua camicia a fiori il sudore che gli gocciolava fra i riccetti neri delle ascelle. Tutt'a un botto, rise felice, e corse in cucina. E di lí a un attimo la cucina, nell'allegro rumore degli scrosci, s'è già tutta allagata.

«Beuh! beuh! beeeehuh!» Dalla camera, si sente Bella che fa la matta, correndo intorno al sommier doppio.

«Nino! ahó! Nino!! Ninooo!» Svegliato alla buon'ora dall'impaziente Bella, che lo segue in un tripudio supremo, ecco dalla camera è arrivato Useppe.

Di tutta la grande invettiva di Nino, un punto aveva spaventato Ida: là dove si era parlato di armi. Invero, di fronte a Ninnuzzu, da tempo Ida ormai si teneva per una subalterna o un'inferiore, al modo di una povera provinciale davanti a una superstar. E alle ragioni di lui si rimetteva quasi con fiducia, rassegnata a un'abdicazione totale, come davanti a una macchina di fantascienza. Fra tutte le ipotesi possibili, poteva anche darsi che l'attuale professione di Ninnarieddu fosse quella del brigante! Però nessuna ipotesi può variare i moti delle costellazioni! e Iduzza non si permetteva neppure di tentare certe ipotesi. Quello, che essa aveva sotto gli occhi a Via Bodoni, era un figlio pieno di salute, il quale non aveva bisogno di nessuno, e tanto meno di lei.

Quand'ecco, nel discorso odierno di Ninnuzzu, le si era dato un punto di preoccupazione assai preciso. Difatti, dopo la liberazione di Roma, era stato emanato l'ordine di consegna delle armi alle autorità; e di quest'ordine, Ida era a conoscenza, fino dai giorni che dava lezione al sudafricano. Il sospetto di una illegalità flagrante la assalí e la invase, tanto che, piú tardi nella giornata, mentre Nino era fuori, essa, tremando per la propria azione inaudita, chiuso l'uscio della stanzetta si mise a frugare nel bagaglio dell'assente, se non ci si trovassero delle armi nascoste... Ma per fortuna non c'erano che le note camicie, alcune sporche e altre pulite, degli slip, alcuni sporchi e altri puliti, un paio di sandali e uno di pantaloni di ricambio, e qua e là della sabbia. C'erano poi due o tre cartoline illustrate, e una let-

443

tera su carta violacea, della quale Ida scorse solo la firma (Lydia) e l'inizio (Oh indimenticabile mio sogno d'amore) rimettendo in fretta il foglio al suo posto per guardarsi dall'indiscrezione di leggerlo. Inoltre c'era un libro: *Come allevare il mio cane.*

Unica arma (se cosí può chiamarsi) era, in fondo alla valigia, un coltelluccio a scatto un po' arrugginito (era servito a Nino per cacciare i ricci di scoglio). Ida respirò.

Il quinto giorno, Nino annunciò che l'indomani doveva partire; e siccome viaggerebbe in aereo, dove i cani non venivano ammessi, durante l'assenza lasciava Bella a pensione in Via Bodoni. Per il suo vitto, consegnò a Ida un mucchio di soldi, dandole in proposito delle disposizioni totalitarie, con tono importante e precisione scientifica: era obbligatorio che Bella mangiasse ogni giorno tanto di latte, tanto di riso, una mela grattugiata, e non meno di mezzo chilo di carne scelta! Ida era sbigottita dai lussi di quella sua pensionante carnivora, che spendeva, da sola, nella bottega del macellaio, assai piú di lei stessa con Useppe insieme. Ricordava le sbobbie fetenti di cui si contentava il misero Blitz, e ne avvertiva un risentimento d'ingiustizia contro questa gigantessa delle praterie. Però in compenso, imitandone l'esempio, Useppe s'induceva adesso a mangiare, lui pure, qualche pietanza di carne senza la solita ripugnanza morbosa; e questo bastava perché Ida perdonasse a Bella i suoi banchetti da milionaria.

Dopo quasi due settimane, Nino tornò a riprenderla. Annunciò che disponeva, sia pure provvisoriamente, di un alloggio periferico quasi campestre dove Bella poteva abitare assieme a lui: però secondo il solito ne tenne segreto l'indirizzo. Alla notizia che, l'indomani della sua partenza, Davide era passato a cercarlo, disse che lo sapeva, Davide gli aveva scritto e si erano già incontrati. Quindi comunicò a Useppe d'essere in trattative per l'acquisto di una jeep d'occasione, di cui gli mostrò la foto, illustrandone i meriti e i demeriti. Come velocità, purtroppo, la jeep andava scarsa; ma in compenso, trattandosi di una macchina militare, essa era brava a traversare gli avvallamenti, i terreni impervi, i corsi d'acqua e le sabbie marittime e desertiche. Al caso, poi, ci si potevano pure sistemare delle cuccette per la notte.

Questa visita di Ninnuzzu fu una delle sue piú brevi, anzi non si potrebbe, invero, nemmeno chiamare una vi-

444

sita. Qualcuno infatti (forse Remo) lo aspettava in istrada con un camioncino, per accompagnarlo assieme a Bella al suo nuovo alloggio, e lui, per la fretta, non volle nemmeno sedersi. Ai suoi primi passi di corsa giú per la scala, tuttavia, dovette rivoltarsi indietro. Nella camiciolina a fiori che lui stesso gli aveva regalato, le mani aggrappate alla ringhiera, là in alto c'era Useppe, con un'aria impavida, ma tutto tremante nei muscoli, come un coniglio:

«Nino! Ninoo! Ninooo!»

Subito Bella rivolò su incontro a Useppe, ma senza nemmeno fermarsi ribalzò giú verso Nino, quasi non sapesse piú da che parte andare.

Ninnuzzu, pur senza fermarsi, aveva levato il capo, rallentando. Sulla bocca di Useppe c'era già la tensione di una domanda, e intanto lo si vedeva impallidire all'estremo, come se in tale domanda si concentrasse tutta l'energia del suo corpo:

«*Pecché*» (ma serio si corresse) «pe*R*ché ve ne andate via?!»

«Ci rivedremo presto», garantí il fratello, arrestandosi un istante sullo scalino, e tenendo fermo per il collare il cane smanioso. «E quest'altra volta», promise, «ti vengo a pigliare con la Gip». Poi fece con la mano il cenno dell'addio, ma Useppe restò con le dita aggrappate alla ringhiera, nell'evidente rifiuto di salutare a sua volta. Allora Ninnuzzu rifece in su due o tre passi di corsa, per salutarlo meglio da vicino:

«Me lo dài un bacetto?»

Era il 22, o 23, di settembre.

6.

Al mese di ottobre, col nuovo inizio dei corsi, fu riaperta l'antica scuola di Ida, a pochi passi da Via Bodoni. A Ida quest'anno toccava la prima classe, e, non sapendo a chi lasciare Useppe, essa decise di portarselo appresso ogni giorno. Per iscriversi ufficialmente alla scuola, Useppe, invero, non aveva ancora l'età (gli mancava un anno); però Ida, stimandolo, con fiera certezza, piú maturo del norma-

445

le, contava sull'esempio e la compagnia degli altri bambini per invogliarlo, frattanto, a imparare almeno l'alfabeto.

Invece, fino dai primi giorni dovette ricredersi. Dinanzi agli esercizi delle lettere e dei numeri, Useppe adesso, a cinque anni compiuti, si mostrava perfino piú immaturo che non fosse stato da piccoletto. Si vedeva che il libro e il quaderno rimanevano, per lui, degli oggetti estranei; e forzarlo pareva un'azione contro natura, come pretendere che un uccellino studiasse le note sul pentagramma. Tutt'al piú, se gli si fornivano delle matite colorate, poteva mettersi a tracciare sul foglio delle figure curiose, simili a fiamme, fiori e arabeschi combinati insieme; ma anche di questo gioco si stancava prestissimo. E allora, piantava là il foglio e spargeva in terra le matite con una impazienza capricciosa, intinta di angoscia. Oppure s'interrompeva, come estenuato per lo sforzo, cadendo in una disattenzione trasognata, che lo straniava dalla classe.

Però simili momenti quieti erano rari. Il piú del tempo, con grave imbarazzo di sua madre, Useppe teneva una condotta pessima e perfino la sua socievolezza di sempre, qua a scuola, era scomparsa. Tutte le norme della scuola: la clausura, il banco, la disciplina, parevano prove impossibili per lui; e lo spettacolo della scolaresca seduta in fila doveva sembrargli un fenomeno incredibile, poiché non faceva che disturbare i compagni, chiacchierando con loro a gran voce, saltandogli al collo, o colpendoli con qualche pugnetto come per dargli la sveglia da un letargo. Era capace di saltare sui banchi, forse confondendoli con quegli altri banchi famosi dello stanzone di Pietralata; e correva per l'aula con voci selvagge, come se ancora si trovasse fra i Mille a giocare al football o agli Indiani. Ma ogni momento poi s'aggrappava a sua madre, ripetendole: «A' mà, ce n'annàmo? eh? è ora? *quando* è ora?» Finalmente, alla campanella dell'uscita, si precipitava smanioso, e nel breve percorso a casa non faceva che sollecitare sua madre con urgenza, quasi che là a casa ci fosse qualcuno che aspettava.

Ida credette di indovinare in lui l'apprensione inconfessata che, durante la loro assenza, Nino fosse passato da casa senza trovarci nessuno. Si accorgeva difatti che ogni volta, prima ancora di oltrepassare il portone, lui percorreva con gli occhi ansiosi i due lati della strada, forse in cerca della famosa Gip ammirata già in fotografia; e poi si precipitava ansioso di là dal primo cortile, forse sperando di trovare, in attesa sotto le finestre, la festosa coppia di Nino e Bella. Dopo l'ultimo arrivederci del settembre, i due non avevano piú dato loro notizie. E certo Useppe ne risentiva l'assenza piú che mai, dopo quegli ultimi tempi fortunati di vita insieme; però, non diceva niente.

Vedendo che l'età di studiare, per lui, non era arrivata, Ida rinunciò a portarselo in classe, e decise di affidarlo, invece, a un asilo infantile, situato nello stesso edificio della sua scuola. Ogni giorno, al suono della campanella d'uscita, essa correva a riprenderselo, ricevendolo, si può dire, dalle braccia stesse della maestra giardiniera. Ma questa nuova prova riuscí anche piú disastrosa dell'altra; anzi, all'udire le referenze quotidiane che le dava di lui la maestra, sua madre non riconosceva piú, in questo nuovo Useppe, la stessa creatura di prima. Era una mutazione progressiva e rapida, che, dopo i primi segni, andava accelerando il suo ritmo, di giorno in giorno.

Inaspettatamente, adesso, Useppe rifuggiva dalla compagnia degli altri bambini. Quando loro cantavano in coro, lui taceva, e, invitato a cantare come gli altri, perdeva presto il filo della canzone, distraendosi di continuo a ogni futilità, anche impercettibile. Durante i loro giochi comuni, lui si teneva da parte con una espressione di solitudine inquieta e spersa, come in punizione. Si sarebbe detto che qualcuno, per punizione, avesse interposto fra lui e gli altri un tramezzo semi-opaco, dietro al quale lui pretendeva, quasi per un'ultima difesa, di tenersi nascosto. E se i compagni allora lo invitavano a giocare, si ritraeva con subitanea violenza. Ma di lí a poco lo si poteva trovare accucciato per terra in qualche angolo, che piagnucolava, al modo di un gattuccio di strada abbandonato.

Non c'era modo di seguirlo nei suoi umori, contraddittorii e imprevedibili. Sembrava negarsi caparbiamente alla società e alla compagnia; però, nell'ora della merenda, se un altro qualsiasi bambino adocchiava il suo biscotto, lui glielo regalava con impeto, facendogli un sorrisetto amico e contento. A volte, mentre se ne stava zitto, lo si sorprendeva col viso lagrimoso, senza nessun motivo. E poi d'un tratto si scatenava in allegrie turbolente e disperate: da sembrare un piccolo africano trascinato via dalla sua foresta nella stiva di una nave negriera.

Non di rado, per la noia sonnecchiava; e se la maestra si provava a sollecitarlo (pure piano piano, con la sua voce piú dolce) lui si ridestava in una scossa eccessiva e brutale, come caduto di schianto da un letto alto. Un giorno, a uno di questi risvegli, levandosi trasognato si sbottonò i calzoncini e pisciò nel mezzo della classe: lui, ragazzetto di oltre cinque anni, fra i piú anziani della scolaresca.

A dargli da fare dei giochi d'attenzione, quali le costruzioni o simili, da principio ci si metteva con qualche interesse; però, assai prima d'arrivare alla conclusione, d'improvviso buttava tutto all'aria. Un giorno, nel mezzo di un tale gioco, ruppe in singulti, però muti e faticosi, che tentavano di sfogarsi in un suono e parevano soffocarlo; finché, sciogliendosi, gli si sfogarono in un pianto urlato, di rivolta dolorosa intollerabile.

Mentre la maestra cosí discorreva di lui con Ida, Useppe stava là vicino con gli occhi grandi e meravigliati, come se lui stesso non riconoscesse quel bambino strano; e tuttavia sembrava dire: «non so perché mi succede questo, non è mia colpa, e nessuno può darmi aiuto...» Frattanto si dava a tirare la veste di Ida, per sollecitarla a rincasare. E appena finito il colloquio, balzava via, secondo il solito, in una corsa impaziente verso Via Bodoni, tenuto a fatica per mano da sua madre: quasi che in loro assenza, là a Via Bodoni, potesse avverarsi la minaccia di un evento misterioso, e inconcepibile.

Da principio, la maestra assicurava Ida che il suo bambino si abituerebbe meglio alla scuola, col passare dei giorni; ma invece, il suo stato di ansietà peggiorava. Alla mattina, in realtà, usciva con Ida spensierato, forse non ricordando la sua prova quotidiana, e convinto di andare a spasso! Ma all'apparizione della scuola, Ida sentiva la sua manina contrarsi, in una resistenza ancora confusa, mentre i suoi occhi cercavano in lei qualche difesa contro l'oppressione incerta che lo scacciava di là. Era uno strazio, per lei, lasciarlo solo in quel modo. E lui restava là annuvolato, senza ribellarsi, anzi facendole il suo solito addio con la manuccia. Però non era trascorsa nemmeno una settimana dal suo primo ingresso nell'asilo, quando incominciò la serie delle sue fughe.

Nell'ora di ricreazione in cortile, bastava una minima distrazione della maestra perché lui tentasse di scapparsene via. La maestra era una ragazza sui trent'anni, che portava gli occhiali e i capelli lunghi a treccia. Nel suo compito, era molto seria e impegnata, non perdeva mai d'occhio i suoi

diciotto allievi, e durante l'uscita in cortile li contava e ri-
contava, badando a tenerseli intorno come una chioccia. A
questo, si aggiunga la presenza del portiere, il quale stava
sempre di guardia nell'atrio d'ingresso, che dal cortile portava sul cancello di strada. La maestra non si capacitava
che Useppe con tutto ciò riuscisse a svignarsela, pronto al-
l'occasione quasi non aspettasse nient'altro. Ci si voltava
un attimo, e lui era dileguato.

Il piú delle volte, almeno da principio, non era arrivato
lontano: lo si trovava appena di là dall'ingresso verso l'interno, nascosto in un sottoscala o dietro una colonna. E alle
domande non mentiva né tentava pretesti, ma diceva sen-
z'altro, con una amara espressione di pànico: «Me ne voio
annà!» Però una mattina non si riusciva a scovarlo; e dopo
una lunga caccia fu riportato alla maestra da una bidella
che lo aveva trovato errante per i corridoi di un altro piano, in cerca di un passaggio non sorvegliato verso l'uscita.
Per lui l'edificio della scuola, con tutte quelle porte chiuse
e quelle scale e quei piani, doveva essere un labirinto sterminato; ma venne un giorno che lui ne trovò il filo. E Ida
se lo vide arrivare in classe; nel suo grembiuletto turchino
e cravattino a fiocco, che accorreva a lei piangendo e le si
aggrappava addosso in un gran tremito. E là volle restare
vicino a lei per il resto della mattina (essa agitata ne mandò
pronto avviso alla maestra) seguitando a tremare come una
rondine migrante sorpresa dall'inverno.

Ma la sua peggiore impresa fu il giorno successivo. Stavolta, malgrado la vigilanza del guardiano d'ingresso, non
si sa come era riuscito a prendere la via di strada (era forse
la prima volta nella sua vita che scorrazzava per le vie di
città da solo) e fu riportato indietro dalla portinaia di Via
Bodoni. Costei era una vedova di oltre settant'anni, nonna
di molti nipoti ormai grandi, la quale attualmente viveva
sola nella sua portineria-abitazione (composta in tutto e
per tutto della guardiòla e di un annesso stambugio senza
finestre, col letto per dormire). Essa aveva visto Useppe
passare davanti alla guardiola, solo e senza il cappotto, col
grembiule dell'asilo; e insospettita era uscita nell'atrio a
richiamarlo. Per solito Useppe si fermava sempre con interesse davanti al vetro della guardiola perché di là, nello
stambugio, la vecchia teneva una radio, un fornelletto «come Eppetondo» e un uovo di vetro con dentro la Madonna
di Lourdes su un prato di neve (a scuotere l'uovo, la neve

449

si alzava in tanti fiocchi bianchi). Ma oggi, aveva tirato via senza fermarsi. Era trafelato, smarrito, e alle insistenze della donna borbottò che «andava su a casa» (però non aveva le chiavi) aggiungendo un discorso sballato e confusionario riguardo a «qualcosa» «che l'acchiappava» «e agli altri bambini no»... Frattanto inquieto si portava le mani alla testa, come se quella «cosa» innominata fosse là dentro... «Che forse tieni male alla testa?» «No no male...» «E se non è male, che altro è? dei pensieri?!» «No no pensieri...» Useppe seguitava a fare di no affannosamente, e senza spiegarsi; però piano piano, dopo il grande affanno, andava riprendendo il suo colore naturale: «Lo sai che ci tieni tu, qua in testa?» aveva concluso allora la portinaia, «te lo dico io! Un grillo! ecco che cosa ci tieni!» E lui d'un tratto, dimenticandosi il grande affanno, aveva incominciato a ridere, per quella buffa idea della vecchiarella: di un grillo dentro una testa. Poi docilmente s'era lasciato riaccompagnare all'asilo.

La sua fuga non era durata piú di un quarto d'ora; ma frattanto, già un paio di bidelli erano stati sguinzagliati alla sua ricerca, mentre la maestra badava agli altri alunni, tuttora in ricreazione nel cortile. Ogni momento, innervosita, essa si affacciava a riguardare verso l'interno dell'edificio, o di là dall'atrio d'ingresso, verso il cancello di strada. E fu da questa parte che vide rispuntare il fuggitivo, tenuto per mano da una vecchietta, la quale frattanto si adoperava a distrarlo fornendogli notizie sui grilli canterini.

Per quanto esasperata, la maestrina non aveva certo la volontà di maltrattarlo (né alcuno invero, da quando era nato, lo aveva maltrattato mai). Lo accolse anzi abbastanza calma, e con piglio appena risentito, aggrottandosi, gli disse:

«Ci risiamo! che hai fatto?! dovresti vergognarti, di dare agli altri questi brutti esempi. Però adesso basta. Da oggi, la scuola è chiusa, per te».

La reazione di Useppe a queste sue parole fu inaspettata, e quasi tragica. Senza rispondere si scolorò in faccia, mentre si rivolgeva a lei con gli occhi interroganti, tutto agitato da una strana paura: non di lei, ma piuttosto (pareva) di se stesso. «No! via! via!» gridò poi con una vocina straniata, come scacciasse delle ombre. E improvvisamente ruppe in una scenata non diversa, in apparenza, da un *capriccio* comune: buttandosi in terra congestionato dalla collera, a inveire e rotolarsi come un lottatore, con calci e pugni all'aria. Però, usualmente, certi capricci infantili tendono, in fondo, a dare spettacolo; mentre che qui si avvertiva un isolamento totale. Si aveva l'impressione che quel bambinello, nella sua piccolezza, davvero consumasse una zuffa immensa contro nemici presenti a lui solo, e a nessun altro.

«Useppe Useppe! ma perché fai cosí? Sei tanto bravo e bello! e noi tutti qua ti vogliamo bene...» Piano piano, Useppe andava placandosi, fra queste lusinghe della maestra, finché le fece un sorrisetto consolato; e da quel punto, fino all'ora dell'uscita, non si staccò piú dalle sue sottane. Però all'uscita la maestrina informò Ida, in disparte, che il bambino era *troppo nervoso* e, per adesso almeno, disadatto alla scuola: cosí che lei non poteva piú assumersi la responsabilità di tenerlo. Il suo consiglio era di lasciarlo a casa, affidato a qualche persona di fiducia, finché non raggiungesse l'età scolastica, di qui a un anno.

E Useppe la mattina dopo non andò a scuola. In contraddizione con se stesso, fino all'ultimo momento seguiva Ida per casa e la interrogava con occhi parlanti, nella speranza malsicura di uscire assieme, come le altre mattine. Però non fece domande, né disse nulla.

Secondo l'opinione della portinaia, il caso di Useppe era quello semplicemente di un ragazzino troppo vispo, con sempre addosso la voglia di *combinare qualche guaio* senza farsene accorgere dalla scuola. Però Ida non era d'accordo: che Useppe si tenesse per sé certi segreti suoi (come, per esempio, dopo quella sua famosa mattinata coi banditi) essa lo sapeva; ma erano, secondo lei, segreti di un altro ordine, chi sa quali. A ogni modo, le pareva inutile d'interrogarlo (o tanto meno di accusarlo).

Sprovveduta com'era di ogni risorsa, essa non trovò altro rimedio che di lasciarlo solo dentro casa, chiudendo con doppia chiave l'uscio d'ingresso. E nell'affidare un duplicato delle chiavi alla portinaia, la pregò di salire a vederlo almeno una volta sul tardi ogni mattina. In cambio di questo suo servizio, essa darebbe lezioni private a una sua nipote, che visitava la nonna quasi tutti i giorni.

Cosí di nuovo Useppe doveva passare le sue mattinate in carcere, come già da neonato a San Lorenzo. Timorosa che, affacciandosi, cadesse di sotto, sua madre provvide perfino a sbarrare con dei ganci le finestre in alto (dove lui non arrivava, invero, nemmeno montando in piedi su un tavolino). Per fortuna, veniva ormai l'inverno, quando le tentazioni d'uscire o d'affacciarsi calano di peso.

Ida, alla nuova occorrenza, affrontò pure varie spese straordinarie. Anzitutto, fece domanda di un telefono che però, a motivo di «difficoltà tecniche» le fu promesso per il febbraio-marzo del '47, non prima. E inoltre, ricordando quanto Useppe godeva le musiche a Pietralata, per distrarlo dalla solitudine gli comperò al mercato un fonografo a manovella quasi nuovo. Dapprincipio aveva pensato a una radio, ma poi ne fece a meno, presa dal dubbio che, andando sui programmi adulti, lui ne imparasse delle brutture.

Il fonografo glielo corredò di un disco, scelto da lei stessa in una serie per bambini. Era di quelli allora in uso, a 78 giri. E portava incise due filastrocche musicate, di tipo famiglia: *La bella lavanderina* e *Quant'è bella la bambola mia*. Questa seconda, una sorta di madrigale in onore di una bambola, ne concludeva le lodi coi versi:

> Pare proprio la nostra regina
> quando passa in carrozza col re.

La vecchia portinaia, per quanto vispa, si affaticava troppo alla salita dell'ultimo piano, cosí che inviava su a preferenza la nipote, la quale spesso si trovava in Via Bodoni per aiutarla. Il nome di costei era Maddalena, però da Useppe veniva chiamata Lena-Lena. Non di rado, alla mattina presto, la si incontrava per le scale, intenta a dare una lavata frettolosa ai gradini con uno straccio bagnato; oppure la si vedeva seduta nella guardiola, in sostituzione momentanea della nonna. Però lo stare lí ferma era un sacrificio per lei, che preferiva il movimento; e non le dispiaceva affatto, alla mattina, di correre su da Useppe. Era una ragazzetta sui quattordici anni, la quale in famiglia veniva tenuta per solito assai rinchiusa; e abitava non lontano, a San Saba, arrivata dall'interno della Sardegna. Aveva una forma tondetta, con le gambe assai corte, anch'esse tonde; e una chioma nera, crespa e smisurata, che le cresceva tutta in su, compensando la sua statura piccolissima, e facendola somigliare a un riccio di campagna (ossia porcospino). Essa parlava un linguaggio incomprensibile, tutto a *u*, che pareva estero; tuttavia, con Useppe, riuscivano a intendersi alla meglio. Lui le faceva ascoltare il suo disco, e in cambio lei gli cantava con una voce agra e acutissima delle nenie di Sardegna, tutte a *u*, delle quali lui non capiva nessuna parola;

ma pure appena finite le diceva «ancora!» come alle canzoni calabresi di Ida.

Certi giorni, Lena-Lena, comandata per altri servizi, non poteva venire; e al suo posto veniva la vecchia portinaia, la quale, dopo avere arrancato su su per tutte quelle scale, doveva presto ritornare dabbasso, per non lasciare abbandonata la portineria. Essa capitava a preferenza la mattina piuttosto presto, quando Useppe dormiva ancora, e dopo avergli dato un'occhiata se ne andava via senza svegliarlo. Succedeva allora che Useppe, alla sua levata, aspettasse invano qualche visita; e in questi casi durante la mattinata, dal basso del cortile, si poteva scorgere lassú dietro i vetri la sua sagoma intenta a spiare se finalmente apparisse dal cortile Lena-Lena. Se poi seguitasse tuttora a sperare anche nell'arrivo di *qualcun altro*, non si sa. D'abitudine poi, suonato mezzogiorno, lo si scorgeva di nuovo al suo posto di vedetta, in attesa di Ida.

In generale, i giorni che poteva, Lena-Lena saliva a trovarlo fra le dieci e le undici, quando lui s'era alzato da poco. Da qualche tempo, si svegliava piú tardi, perché Ida, dopo un'interruzione di molti mesi, aveva ricominciato a dargli, alla sera, il calmante già prescritto dalla dottoressa. Difatti, dopo la parentesi della buona stagione, le sue notti erano di nuovo inquiete; anzi attualmente, fra le sue turbe notturne, ce n'era una in particolare che resisteva anche all'effetto della medicina. Era una convulsione di poca durata, ma di una certa violenza, che lo sorprendeva di regola non appena addormentato: quasi che l'oggetto indefinito della sua ambascia lo aspettasse immediatamente di là dalla barriera del sonno. Anche i suoi tratti manifestavano lo stupore, e il rifiuto, di chi si ritrova a un incontro pauroso: durante il quale tuttavia lui seguitava a dormire senza poi serbarne ricordo. E Ida ogni sera, all'erta accanto a lui, lo vegliava a quella sorta di appuntamento, che lo attendeva all'insaputa di lui stesso, con una puntualità fissa e meccanica.

La dottoressa, consultata nuovamente, gli prescrisse una cura di calcio, uova, latte e passeggiate all'aria aperta: «Questo ragazzo», osservò, «cresce poco». E difatti, nel corso dell'estate, Useppe s'era alzato di qualche centimetro nella statura, ma non era aumentato di peso. La dottoressa, per visitarlo, lo aveva fatto spogliare, e nella nudità il suo piccolo corpo bruno mostrava l'ossatura dello sterno e delle spallucce fragili, su cui la sua testolina si ergeva tuttavia con quella spavalderia speciale di maschietto che di natura gli era propria. Fra l'altro, la dottoressa lo invitò a mostrarle i denti, opinando che i suoi presenti disturbi nervosi preludessero, forse, alla seconda dentizione, che in certi casi, disse, provoca una vera crisi dell'età. E lui pronto spalancò la bocca, pulita e rosea come quella dei gattini di un mese, fra la dentatura minuta in cui si riconosceva il nitore azzurrognolo che è proprio ai denti di latte. Ida, mirandoli, ripensò a quanto lui era stato valoroso a farseli spuntare tutti regolari, in piena guerra, senza dar noia a nessuno.

«Il primo dente che ti cascherà», gli disse seria la dottoressa, «ricordati di nasconderlo in qualche ripostiglio di casa, per quando passerà la Sora Pasquetta, che è una parente della Befana, e al posto del dente ti ci lascerà un regalo». Per lui, da quando era nato, non c'erano state mai né Befane, né Babbi Natali, né maghi o fate o simili; però aveva qualche sentore della loro esistenza. «E come farà, per entrarci?» s'informò, attento. «Entrarci, dove?» «Eh dove! a casa nostra!» «Non preoccuparti, essa fa come la Befana, entra per il camino!» «Eh... ma il camino nostro è stretto... però lei ci passa, eh? lei si fa piccola!» «Certo!» confermò la dottoressa, «lei si restringe, si allarga, passa dove vuole!» «Pure da un tubo cosí?» (Useppe, con le dita allargate a cerchio, mostrò piú o meno la misura del camino di Via Bodoni). «Garantito! Ci puoi contare!» E Useppe sorrise, rassicurato e trionfante a una garanzia tanto autorevole.

Il giorno che riscosse lo stipendio di Novembre, Ida andò a comperargli un altro disco per il fonografo. Ricordandosi del suo gusto per i ballabili a Pietralata, si consigliò peritosa col venditore, che le forní una produzione swing, ultramoderna. E questa novità lí per lí ebbe un grande successo a casa, dove la *Lavanderina* e la *Bambola mia* furono senz'altro relegate fra i rifiuti. Il fonografo da oggi serviva solo per la nuova musica; e Useppe, com'era da aspettarsi, subito alle prime note ci si mise a ballare.

Però, anche questo ballo doveva segnarsi come un sintomo nel processo di quei giorni. Non c'erano piú gli zompi, le capriole e le improvvisazioni diverse con le quali il nostro ballerino si esibiva a Pietralata fra gli amici. Adesso, il suo corpo eseguiva un unico movimento di rotazione intorno a se stesso, al quale partiva con le braccia aperte, fino a un ritmo invasato e quasi spasmodico che pareva annientarlo. In certi casi, non cessava da questa ridda se non al punto dell'accecamento e della vertigine; e allora ricascava a riposarsi addosso a sua madre, ripetendo esausto ma beato: «tutto gira, tutto gira, a' mà...» Oppure, in altri casi, a un certo punto, senza rompere la ruota del suo ballo, ne rallentava il ritmo; e allora il suo corpo, girando, s'inclinava su un lato, con le due braccia buttate dallo stesso lato in abbandono, e sulla faccetta un'espressione buffa, fra di divertimento e di sogno.

Questi suoni e balli si svolgevano nella cucina – che era l'unico *soggiorno* della casa – e piú volentieri nell'ora che Ida cucinava («per farle compagnia»). Ma il successo del nuovo passatempo fu invero effimero. Il terzo giorno (era domenica mattina) Useppe, caricato energicamente il fonografo, sul punto di mettere in moto il disco ci rinunciò. Era rimasto lí bloccato in un'aria assorta o perplessa, e faceva certi piccoli movimenti con la mandibola, come masticasse qualcosa di amaro. Quasi in cerca di una scappatoia, si ritrasse nell'angolo presso l'acquaio, e là in disparte si fuorviò in un balbettio confuso, nel quale Ida, non senza stupore, distinse tuttavia chiaro il nome CARULINA. Dai giorni del loro addio, quando ancora la chiamava *Ulí*, Useppe non aveva piú rammentato colei nei discorsi, e forse, da sempre, era questa la prima volta che ne articolava il nome preciso e intero (anzi arrotandone con forza la R, nell'impegno di pronunciarla giusta). Però simile reminiscenza, appena balenata, sembrò cadergli. E con voce diversa e gridata si rivolse a Ida:

«Mà? Mààà.?...»

Era un'interrogazione stupefatta, ma anche una protesta di aiuto contro qualche astrusa aggressione. Allora una brusca impulsione lo agitò; e inaspettatamente andò a strappare dal grammofono il suo prezioso disco swing e lo scagliò a terra. Era congestionato in volto, e fremeva; e dopo che il disco si fu spaccato sul pavimento, si mise perfino a pestarlo coi piedi. Ma rapidamente, in quest'atto, si scaricò della sua rabbia informe: e riguardò in terra, con lo sbigottimento di chi scopre un delitto commesso da altri. S'accucciò davanti ai rottami del suo disco, e in un pianto lamentevole e tenero, che pareva un vagito, tentava di riattaccarli insieme!

Ida si fece subito a offrirgli un disco nuovo per domani stesso (fosse stata milionaria, era pronta a pagargli un'orchestra intera); ma lui la respinse da sé, quasi picchiandola: «No! no! non voio!» gridò. Poi, levandosi, nello stesso amaro atto di rifiuto allontanò i rottami col piede; e mentre lei li raccattava, e li versava nella spazzatura, per non guardare più si portò i pugni sugli occhi.

Sua madre era stretta dal sentimento penoso che in fondo a questo disordine stravagante, che lo sbatteva senza oggetto da una parte all'altra, dentro di lui si attorcigliasse un qualche nodo cruciale, che nessuno poteva sciogliere, né trovarne i capi, e lui meno di tutti. Senza pace, adesso era andato alla finestra, a scrutare dalla sua consueta vedetta nel cortile; e anche da dietro, a guardargli la fossetta della nuca magra fra i ciuffetti in disordine, sembrava di scorgere l'espressione preoccupata del suo viso. Che in lui covasse l'eterna aspettazione del fratello, era indubbio per Ida (né era un fatto nuovo davvero). Ma poiché, nel suo nuovo stato morboso, lui taceva questo punto delusorio, Ida evitava di richiamarglielo, come fosse tabú.

«...Che, non viene, oggi, Lena-Lena?»

«Eh no, oggi è domenica. Ci sto io, qui a casa. Non sei contento?»

«Sí».

In uno dei suoi mutamenti d'umore imprevisti, le corse vicino, e le baciò il vestito. Però nei suoi festanti occhi levati, già spuntava la prossima domanda inquieta:

«Tu... mica parti, a' mà?»

«Io! Partire! MAI! MAI, MAI lo lascio, io, il mio Useppe!» L'ommettino trasse un sospiro, fra di soddisfazione e di dubbio irrisolto. E le sue pupille si stornavano, frattanto, dietro al fumo della pentola che saliva su verso il camino:

«E quando arriva, *quella*?» s'informò accigliato.

«Chi quella?» (essa immaginò che intendesse ancora Lena-Lena, o forse Carulina).

«Quella signora che scegne dal camino, a' mà! la parente della befana! non hai sentito che la dottoressa lo diceva?»

«...ah già... Ma non ricordi come ti disse? bisogna aspettare che ti spunti il primo dente nuovo. Quando ti accorgi

456

che uno di questi due qua incomincia a dondolare, è segno che fra poco cade, e quella viene a pigliarselo».

Useppe si toccava gli incisivi col dito, curioso se, per caso, non dondolassero. «Eh, ancora è presto», fu pronta a spiegargli sua madre, «ancora non hai l'età. Forse, fra un anno».

«. . . . .»

Si sentí nell'alto uno scampanio che preannunciava mezzogiorno. La mattina domenicale era nuvolosa, ma tiepida. Attraverso la finestra chiusa, arrivava dal cortile il vocio dei ragazzini del caseggiato che pazziavano, in attesa d'essere chiamati dalle loro madri per il pranzo. Ida sarebbe stata contenta di riconoscere, fra le altre voci, quella del suo Useppe, come le succedeva al tempo che stava dietro la tenda nello stanzone. E piú di una volta aveva ripetuto il tentativo di mandarlo giú in cortile, a giocare assieme agli altri. Ma sempre, a spiarlo, un poco piú tardi, dalla finestra, lo aveva scorto laggiú in qualche angolo di muro che se ne stava solo solo in disparte, cosí che, dall'alto, le dava l'impressione proprio di un misero trovatello, escluso dalla società. «Useppe!» lo aveva chiamato allora, impulsivamente, spalancando la finestra. E lui, levato il viso verso di lei, s'era staccato in un volo dal cortile, per correre da lei su a casa. Come già coi suoi compagni di scuola, invero, cosí pure adesso era lui medesimo che si segregava dagli altri (e a qualche suo gesto di mettere avanti la mano quasi a scansarli, o di trarsi indietro guardandoli con grandi occhi amari, suggeriva addirittura l'immagine d'un essere elementare che sentendosi nel sangue un qualche germe virulento voglia preservare gli altri dal contagio).

Dopo il consiglio della dottoressa, di tenerlo all'aria aperta, nelle giornate di tempo buono Ida attualmente lo portava sempre a passeggio, o verso Monte Testaccio, o verso l'Aventino, oppure, evitando di affaticarlo troppo, in qualche giardinetto pubblico nei dintorni di casa. E anche qui, dovunque si trovasse, Useppe si teneva lontano dagli altri ragazzetti e dai loro divertimenti. Se uno di loro gli diceva: «vuoi giocare?» lui scappava via senza nessuna spiegazione, riparandosi presso sua madre come un selvaggio nella propria capanna.

Eppure, a certe occhiate che dava, non aveva l'aria di un misantropo. E mentre si appartava dalle compagnie, volgeva ogni tanto, in direzione degli altri, un sorrisetto istintivo, che involontariamente offriva e chiedeva amicizia. Di sotto ai calzoncini corti, i ginocchi gli sporgevano piú grossi del dovuto in confronto alla magrezza delle gambe; ma lui con quelle sue gambucce faceva per proprio conto dei grandi salti sportivi, che mostravano quant'era bravo. C'era, nella sua persona, qualcosa di umoristico che faceva sorridere la gente, rendendolo abbastanza popolare fra quel piccolo pubblico dei giardini. Le donne e donnette lo complimentavano per il contrasto degli occhi celesti con la pelle moretta e i capelli neri, che a Roma è considerato una bellezza di prima qualità; però, attribuendogli un'età massima di tre o quattro anni, all'udire che ne aveva cinque compiuti commentavano in coro la sua piccolezza, fino a che Ida, angustiata e trepidante, si faceva a ripararlo dai loro giudizi indiscreti.

Ma a questi, invero, cosí come alle lodi, Useppe rimaneva del tutto estraneo, e inconsapevole, come un cucciolo ingabbiato in una fiera. Forse, anzi, nemmeno li ascoltava; e difatti, anche se stava zitto, i suoi due orecchi sporgenti, affacciati di qua e di là dalla scopoletta, erano sempre tesi ai rumori svariati del mondo, che a momenti lo travolgevano in un unico inno febbrile. Ogni minimo evento distraeva i suoi sguardi; o altrimenti se ne stava quieto, con gli occhi assorti, come se la sua mente si allontanasse. Ma non di rado uno speciale tripudio gli faceva fremere tutti i muscoli, accendendogli le pupille d'un'allegria avventata, confusa di nostalgie... Era quando vedeva un cane: di qualsiasi classe, padronale o di nessuno, e fosse anche bruttissimo, storto o rognoso.

Per quanto, in verità, poco disposta all'idea d'aumentarsi la famiglia, Ida non seppe resistere allo spettacolo; e un bel giorno, di ritorno da una passeggiata, finí a chiedergli se non volesse un cagnolino tutto per sé. Ma Useppe le si volse con la faccia rimescolata dall'amarezza, facendo no e no con furioso accanimento. La sua recusazione si manifestava irreparabile ma faticosa; come se gliela impigliasse quel misterioso nodo cruciale, che da piú settimane ormai lo travagliava senza spiegarsi. Alla fine, in una specie di grido senza fiato, che somigliava a un singulto, gli uscirono le parole:

«Pure Bella... come *Biz*!»

E questo lasciò capire a Ida che il suo ragazzino si negava addirittura a un bene promesso, per terrore di perderlo!

458

Essa ne risentí un urto eccessivo, con la sensazione strana, avvertita oggi per la prima volta, di una presenza fisica: come se là nella loro stanza si fosse insediato un Orco, a minacciare Useppe con tante bocche e tante mani. Ma ancora piú strano le fu riudire da lui, dopo anni di silenzio, il nome di quel Blitz che essa credeva scancellato dalla sua memoria, come càpita ai diversi eroi delle preistorie infantili, che rimangono fuori del tempo. Sembrava invero che in questo autunno del '46 tutti i ricordi della sua piccolissima vita rincorressero lo smemorato Useppe, fiutando il punto nascosto del suo male. «Ma che, Bella come Blitz!» lo canzonò Ida. E senza esitare, stavolta, a rompere il tabú, lo accertò che Bella si trovava sana e salva, in compagnia di Ninnuzzu, né avrebbero tardato molto a farsi rivedere a casa, secondo la loro abitudine! A simile notizia, garante Iduzza, Useppe rise rincuorato. E i due, ridendo assieme come innamorati, per il momento cacciarono via l'Orco dalla stanza.

Ma non bastava. Per compensare Useppe del cagnolino respinto, la mattina seguente (Domenica) Ida se lo portò al nuovo mercato di Porta Portese, dove gli comperò un mongòmeri: ossia uno speciale cappotto (per chi non lo sapesse) lanciato allora di moda dal Generale Montgòmery che lo portava in battaglia. Quello di Useppe ne era una imitazione italiana, anzi romana; e sebbene di misura minima, gli stava piuttosto largo di spalle e lungo di manica. Però lui fu subito smanioso di metterselo addosso, e senz'altro ci prese un passo ardito, come se dentro a quel mongòmeri ci si sentisse un fusto, per non dire un Generale.

7.

Le sue notti, frattanto, erano turbate e inquiete. Dopo l'ultima visita alla dottoressa, lui prendeva docile tutte le medicine prescritte; anzi, all'atto di riceverle da sua madre, protendeva la bocca in su col gesto degli uccelletti, quasi avido di guarigione. Ma la loro efficacia, su di lui, rimaneva scarsa. Quasi ogni sera, nonostante i sedativi, lo attendeva quel solito agguato puntuale, che lo minacciava sul primo sonno chi sa con quali forme gigantesche. Sulla seconda settimana di novembre, per due notti di séguito balzò dritto sul letto in pieno sonno, coi respiri accelerati e gli occhi sbarrati ma dormienti, cosí da non reagire nemmeno all'accendersi della lampada centrale. Nell'adagiarlo e ricoprirlo, si sentivano le sue membra irrigidite (quasi ancora tese verso uno scontro impari) e tutte in sudore; e nel prendergli la mano si avvertiva il battito precipitoso del suo polso, che poi via via calava al proprio ritmo naturale, nel tempo stesso che le palpebre gli si richiudevano. L'episodio era durato meno di un minuto, e si sottraeva, come sempre, alla sua coscienza. Ma invece la notte dal 15 al 16 novembre fu segnata da un episodio lucido. Semidesta nel cuore della notte, Ida aveva acceso la lampada di sopra al capezzale, avvertendo il passaggio, nella stanza, di uno scalpiccio minimo, non piú che di zampette d'animale vagante. E difatti Useppe era là in piedi, sveglio, che in questo momento s'appoggiava al muro. Sul suo pigiamino di fustagno, s'era messo il mongòmeri, perché nella camera faceva freddo; però s'era lasciato i piedi nudi, forse per un riguardo di non fare rumore mentre sua madre dormiva. La stessa inquietudine, che sempre da ultimo disturbava i suoi sonni, doveva stanotte averlo tirato fuori dal letto, pedinandolo nella sua piccola escursione insonne dentro la stanza murata dal buio. Guardò fieramente Ida e le disse: «Dormi, mà!» Era un ordine; però questo suo tono perentorio gli serviva in realtà come un'arma spianata contro il dubbio indistinto che popolava di angosce il suo corpo senza mai formularglisi in un pensiero. D'un tratto, uscí in un debole pianto straziato:

«A' mà, dov'è ito Nino?!»

E poi, come cedesse di schianto a una sirena orribile, che lo tentava chi sa da quando coi suoi spaventi, riprese:

«... mica è ito in America, senza di me?!...»

A Ida non fu difficile riconnettere questa domanda con la promessa che effettivamente, anche in sua presenza, Ninnuzzu aveva ripetuto a Useppe piú di una volta: di portarlo con sé in America. (Anzi, l'ultima volta aveva aggiunto: «E ci portiamo anche Davide. Cosí, magari lui là si trova una bella giudiòla americana...») Né le fu difficile di trovare, in proposito, argomenti indiscutibili da rassicurare Useppe. Il quale, consolato, di lí a poco si riaddormentò accanto a lei.

Dopo il suo rapido saluto di settembre, Ninnuzzu, all'uso solito, non aveva piú dato notizie a casa. Erano arrivate, invece, due cartoline indirizzate a lui, donde si capiva che lui dava ai conoscenti, come proprio recapito, quello di Via Bodoni. Una su cartone lucido, raffigurante un mazzo di viole del pensiero e rose rosse, era di Antonio l'ex proprietario di Bella e portava il timbro della censura di Poggioreale. C'era scritto: *Un caro Ricordo con distinti Saluti e sinceri Auguri*. E l'altra, spedita da Roma, col monumento a Re Vittorio Emanuele in bianco e nero, diceva, in una scrittura grande, da seconda elementare, però senza errori: *Si può sapere almeno dove te la spassi? Non dico altro –. P.* L'una e l'altra giacevano in casa fino dall'ottobre.

Verso la fine dello stesso mese di ottobre, una mattina, per istrada, Ida s'era imbattuta in Annita Marrocco, la quale attualmente, per aiutare la famiglia, andava a servizio a ore presso certi signori a Via Ostiense. Difatti il lavoro di sarta di Filomena rendeva sempre piú poco (le sue clienti, per la maggioranza donne anziane, una parte si ricoveravano e una parte se ne morivano) e anche la cameretta di Giovannino veniva tuttora lasciata sfitta, sempre nella speranza di vedere il ritorno del suo proprietario. Ancora, di costui nessuna notizia, né in bene né in male: se n'era interessato pure un Cappellano, e un ufficiale medico, e attualmente in famiglia aspettavano risposta da un altro reduce dell'Alta Italia, un alpino della Julia, al quale avevano chiesto per lettera se per caso lui, o qualche suo conoscente, lo avessero incontrato, sui campi di Russia, o avessero inteso dire di un Marrocco.

Fra le altre notizie, Annita riferí poi che sua suocera uno di quei giorni aveva incontrato Davide Segre, il quale, interpellato dalla vecchia, le aveva risposto che s'era visto col nostro Nino qui a Roma anche di recente e piú d'una volta, però sempre di passaggio. Di salute, Nino stava benissimo, e altro Annita non sapeva dire. Della casa suburbana da lui affittata (o avuta in prestito) d'intorno a Roma, della quale lui stesso aveva accennato a Ida, né Annita, né sua suocera, non seppero che dirle. Forse, pensò Ida, questa casa era stata una balla di Nino, o forse a quest'ora lui ne aveva già traslocato. Del resto, disse Annita, Davide al suo solito aveva risposto alle domande di Filomena bruscamente, in poche parole, e non vedendo l'ora di svignarsela da lei. Se lui stesso attualmente abitasse a Roma, e dove, naturalmente non lo aveva detto. Anche la vecchia Filomena, incontrata a sua volta da Ida al mercato di Piazza Testaccio, confermò le notizie della nuora, e niente piú. Ogni volta che s'incontravano con lei, i Marrocco invitavano Ida a farsi rivedere col pupo su a Via Mastro Giorgio. Ma Ida, dopo un paio di visite sul principio, in séguito, sia per trasandatezza che per timidezza, non si fece vedere piú.

In realtà, fuori dei suoi scolari e di Useppe, Ida non frequentava nessuna persona al mondo. Talora, pensava di andare da Remo a chiedere altre possibili nuove di Ninnuzzu; ma il pensiero di tornare al quartiere di San Lorenzo le produceva una ripugnanza cosí forte, da farla desistere.

Del resto, non erano passati neppure due mesi, ancora, dall'ultima apparizione di Nino. A ben piú lunghe assenze e silenzi totali, lui, durante tutti questi anni, ci aveva abituati. Che Useppe, stavolta, spasimasse piú del comune per l'attesa del fratello, era un altro segno manifesto, agli occhi di Ida, del suo stato di salute anormale: non altrimenti che i suoi *capricci*, solitudini e ire inconsulte, dove il nostro vero Useppe non era quasi piú riconoscibile.

E d'altra parte, a Ida non veniva neppure in mente di ricercare Ninnarieddu allo scopo d'invitarlo a visite piú frequenti in favore del fratelluccio. Aspettarsi una prova simile da Ninnuzzu Mancuso sarebbe stato come pretendere che il vento soffiasse un poco piú in qua, o un poco piú in là, per far piacere a una bandierina. A capire questo, pure Ida, benché sprovveduta, con la sua poca esperienza ci arrivava senz'altro.

Alla mattina del 16 novembre, Useppe ebbe il primo, grave accesso della malattia che lo minava. Dopo il suo piccolo dialogo rassicurante con la madre (era circa l'una e mezza) il bambino, ripreso sonno, aveva dormito tranquillo il resto della notte. E dormiva ancora quando, di mattina presto, Ida si alzò e passò a preparare il caffè in cucina. Fu qui, mentre accendeva i fornelli, che essa inaspettatamente se lo vide comparire davanti, nel suo pigiamino da notte di fustagno, a piedi nudi e con una espressione attonita; le gettò appena un'occhiata interrogativa (o cosí le parve) ma súbito di corsa tornò indietro. E lei stava per richiamarlo, quando le arrivò, dalla stanza da letto, un urlo di orrore e devastazione inaudita, che non assomigliava a nessuna voce umana: tale da lasciarla paralizzata per qualche istante, a chiedersi da dove uscisse quella voce.

Nei manuali di medicina, questi accessi tipici, noti sotto la denominazione di *grande male*, vengono descritti, approssimativamente, cosí:

Violenta crisi convulsiva con perdita totale della coscienza. All'inizio della prima fase (tonico-clonica) l'arresto della respirazione determina un grido, mentre il corpo cade all'indietro senza fare gesto alcuno per proteggersi, e la cute assume tinta cianotica. Si ha forte aumento della tensione arteriosa e accelerazione del ritmo cardiaco fino a limiti parossistici. La lingua può rimanere ferita in conseguenza delle contrazioni mascellari.

Alla fase convulsiva, caratterizzata da scosse spasmodiche, segue il coma, che può durare da uno a tre minuti, con estinzione dell'attività corticale e totale inerzia motoria. Durante questa fase sopravviene in genere emissione di urina, causata da rilassamento degli sfinteri. Nel corso dell'accesso, la ripresa dell'attività respiratoria, laboriosa e rantolante, è accompagnata da intensa salivazione.

Sindrome conosciuta fino dalla piú remota antichità. Le cause, e la fisiopatologia, ne permangono tuttora ignote.

Allorché Ida, accorsa, entrò nella stanza, Useppe giaceva per terra supino, a occhi chiusi e braccia spalancate, come una rondine fulminata in aria. Però la fase iniziale della sua crisi, durata solo pochi secondi, s'era già compiuta, e come Ida gli si inginocchiò vicino, il brutto colore della morte s'andava ormai sciogliendo dalla sua faccia, con la ripresa dei respiri. Grata che quello straniero urlante di passaggio, udito pocanzi, non glielo avesse rubato da casa e fatto sparire, essa lo chiamò sottovoce. E Useppe, quasi calmato dal mormorio del proprio nome, ebbe un grande sospiro e si rilasciò in tutto il corpo. Anche i suoi tratti si riposarono nella faccetta illesa, formando, con gli occhi ancora chiusi, un sorrisetto incantato di guarigione; e allora quietamente, simili a un miracolo, i due occhi gli si riaprirono piú belli di ieri, come lavati in un bagno celeste. «Useppe!» «... A' mà...»

Dopo averlo ridisteso nel letto, Ida gli asciugava sull'angolo dei labbri una piccola schiuma sanguinosa; e lui, lasciandola fare, trasognato si toccò i capellucci madidi: «Ch'ho avuto, a' mà?» Già tuttavia questa domanda gli uscí confusa in uno sbadiglio, e le palpebre gli si riabbassarono quasi di colpo. La sua prima, grande voglia era il sonno.

Dormí quasi l'intera giornata, ma verso mezzogiorno per un breve intervallo si ridestò. Della propria crisi non ricordava né sapeva niente (queste crisi – spiegheranno a Ida i dottori – *non vengono vissute dal soggetto*) però doveva avvertire in qualche modo d'aver subíto un insulto, di cui si vergognava. S'era messo tutto rannicchiato di traverso sul *sommier*. E per prima cosa, nascondendosi la faccia nel guanciale, si raccomandò: «Quando torna, a' mà, non dirglielo, a Nino...»

Ida lo rassicurò, scuotendo la testa, con la promessa di mantenere il segreto: ancora del tutto ignara che la raccomandazione di Useppe già scadeva inutile. Ormai, non ci sarebbe piú tempo di parlare al fratello. Di lí a poche ore difatti (a malapena un'altra giornata e una notte scarsa) doveva sopravvenire una cosa incredibile: tale che ancora oggi, da questa distanza che pareggia i vivi e i morti, io séguito a dubitarne come di un'impostura. Ma invece capitò. Uguale a tanti altri suoi compagni della «generazione della violenza» anche Ninnuzzu Mancuso - Assodicuori di schianto fu buttato via dalla vita. Nel maggio dell'anno seguente avrebbe dovuto compiere 21 anni.

Sebbene, dalla nascita, fosse incline ai presagi, Ida stavolta non ne aveva avuto nessuno. Tanto è vero che quando, alla mattina presto, le si presentò in casa un agente a dirle: «Siete una parente di Mancuso Antonino?» la prima domanda che le venne fu: «Perché? forse ha commesso qualcosa di male?» Si accorse subito dell'imbarazzo dell'agente. «Io sono la madre...» dichiarò in un balbettio. Ma già le informazioni riguardose di colui le provenivano di là da un fragore abnorme e vacuo. Si trattava di un infortunio stradale (anzi, quello disse di un *sinistro*) sull'Appia. Un camion andato fuori strada. «Vostro figlio è rimasto ferito... gravemente». L'avevano portato al Pronto Soccorso di San Giovanni.

Da Via Bodoni all'Ospedale di San Giovanni c'è da attraversare mezza città. Iduzza avrà dovuto raggiungere la fermata, salire sul tram, acquistare il biglietto, scendere all'altra fermata, informarsi; e qualcuno avrà dovuto guidarla fino là davanti. Ma di tutto questo percorso la sua coscienza non ha registrato nulla, segnalandole solo il punto d'arrivo, come un fotogramma spezzato. È un locale imbiancato a calcina: questo Ida lo sa, perché anzi ha avvertito curiosamente, al primo entrare, il sapore polveroso di quella calcina, come se l'avesse in bocca. Se sia una stanza isolata, o un luogo di passaggio, se con finestre, o senza, questo le è incerto: come pure le è confusa la presenza di accompagnatori dell'ospedale. Davanti a lei ci sono due barelle con le forme di due corpi, ricoperti interamente da lenzuoli. Una mano ha sollevato il primo lenzuolo. Non è lui: una testa sanguinosa di giovane dai capelli biondicci, ridotto a una metà della faccia, l'altra metà è sfigurata. Hanno sollevato il secondo lenzuolo, e questo è Nino, visibile fino all'attaccatura del collo. Non gli si scorge nessuna ferita, solo un filo di sangue sotto il naso. E forse per un effetto della luce non appare nemmeno tanto pallido. Le sue guance intatte e i suoi ricci sono qua e là sporchi di fango. Il suo labbro superiore si sporge socchiuso, le sue palpebre dai lunghi cigli ricurvi non sembrano abbassate naturalmente, ma quasi schiacciate sugli occhi per una sorta di sopraffazione amara. L'ultima espressione rimasta sulla sua faccia è una ingenuità animalesca, incerta, che sembra chiedersi piena di stupore: «Che mi succede?! Sento qualcosa che non avevo mai provato prima. Qualcosa di strano, che proprio non capisco».

All'atto di riconoscerlo, la sensazione immediata di Ida fu una feroce lacerazione della vagina, come se di nuovo glielo strappassero di là. Diversamente da quello di Useppe, il parto di Nino era stato terribile per lei, seguíto a un travaglio lungo e difficile, e quasi l'aveva dissanguata. Il pupo alla nascita pesava circa quattro chili, era troppo grosso per una madre piccoletta e primipara e avevano dovuto strapparglielo a forza dal corpo. Però allora la piccola partoriente aveva emesso urla cosí selvagge da sembrare una belva grande e poderosa, a quanto le diceva in séguito, canzonandola, suo marito Alfio; mentre che oggi, invece, dalla gola di Ida non poté uscire nessun suono, come se le ci avessero colato del cemento.

Ecco, dopo la scena dell'obitorio, la seconda sensazione semicosciente che le resterà di quella mattina: lei non poteva urlare, era diventata muta, e transitava per certe strade irriconoscibili, dove la luce era uno zenith accecante, che dava a tutti gli oggetti un rilievo osceno. Le foto esposte nelle edicole ridevano oscenamente, la folla si contorceva, e le statue numerose in cima alla basilica si avventavano verso il basso in atteggiamenti mostruosi. Quelle statue erano le stesse ch'essa aveva vedute nei giorni che era nato Useppe, dalla finestra della levatrice Ezechiele: però oggi la basilica s'era fatta storta, e cosí pure tutte le altre case e costruzioni all'intorno, come da specchi convessi. Le strade si deformavano e si allargavano per ogni parte, fino a una dimensione smisurata contro natura. E a questo modo anche casa sua s'allontanava: però essa doveva correrci d'urgenza, perché ci aveva lasciato Useppe solo, che ancora non s'era svegliato.

Dove si trovava, essa, ora? *Porta Metronia*, doveva essere il nome di questo luogo. Ida Ida dove vai, hai sbagliato direzione. Il fatto è che questi paesi sono fatti di calce, tutta roba di calce che si può spaccare e sbriciolare da un momento all'altro. Lei stessa è un pezzo di calce, e rischia di cascare in frantumi e venire spazzata via prima d'arrivare a casa. Nessuno per accompagnarla e sorreggerla, nessuno a cui chiedere aiuto. A ogni modo, chi sa mai come, ce l'ha fatta. È arrivata a Via Bodoni, è salita fino all'uscio, è dentro casa. Qui finalmente, almeno per un poco, può buttarsi giú, lasciarsi cadere in polvere.

Useppe s'era alzato, e anche vestito da solo. Ida udí forse la sua voce domandarle: «Che fai, mà? dormi?» e la propria voce rispondere: «Sí, ho un po' di sonno. Fra poco mi alzo», nel mentre stesso che il corpo le si rompeva in polvere e calcinacci, come un muro. Dall'infanzia, forse udite dalla bocca di sua madre, le ritornavano le parole *muro del pianto*. Non sapeva, in realtà, che cosa fosse esattamente questo famoso *muro del pianto*, ma il nome le rieccheggiava dalle pareti, anche se lei non poteva piangere né urlare. Non solo il suo proprio corpo, ma le pareti stesse frusciavano e sibilavano riducendosi in polvere. Ma essa non aveva, tuttavia, perduto i sensi, giacché, fra quell'enorme caduta di polvere, sentiva un continuo: tic tic tic. Erano gli scarponcini di Useppe, il quale per tutto il tempo non fece che camminare senza sosta, su e giú per le stanze di casa. Tic tic tic tic. Camminava avanti e indietro, per chilometri, sui suoi scarponcini.

Piú tardi, dopo l'uscita dei giornali, incominciarono delle scampanellate all'uscio. Oltre alla portiera e a sua nipote, vennero Filomena e Annita Marrocco, la maestrina del Giardino d'infanzia, la vecchia collega già maestra di Giovannino, Consolata la sorella di Clemente. A tutti si presentò alla porta Ida, con la faccia irrigidita e bianca come un calco di gesso, per bisbigliare: «Non bisogna parlarne davanti al bambino. Lui non deve sapere niente». Cosí che le visitatrici ammutolite si tenevano in piedi in cucina, attorno a Ida rannicchiata su una sedia vicino ai fornelli. Ogni tanto si affacciava Useppe, col suo mongòmeri addosso perché la casa era fredda, simile a un nanetto domestico. Dava un'occhiata e poi si ritraeva. Le Marrocco proposero di portarselo via per distrarlo un po', ma Ida non volle. In realtà, dopo la crisi di due giorni prima, segretamente essa temeva che potesse capitargliene un'altra in presenza d'estranei; e che la gente, in conseguenza, cominciasse a trattarlo da infermo e da minorato.

Verso sera, arrivò un telegramma di condoglianze della direttrice di scuola. Non c'erano parenti da avvertire. Dopo la morte dei nonni in Calabria, Ida non aveva piú alcuna relazione coi propri zii e cugini rimasti laggiú. In pratica, al mondo, di congiunti o amici, essa non aveva nessuno.

Annita e Consolata la soccorsero per le formalità necessarie, aiutate dall'oste Remo il quale prestò la somma per i funerali e provvide pure a una corona di garofani rossi con la scritta I compagni. A Ida mancò la forza per qualsiasi pratica. Fu convocata in questura per certe informazioni, ma il commissario, al vederla, ne ebbe pietà, e la lasciò andare senza insistere. Del resto, era chiaro che lei, del suo proprio figlio, ne sapeva meno dello stesso commissario.

Essa non voleva conoscere troppi particolari dell'infortunio. A chi gliene faceva cenno, balbettava: «No, ancora no. Non ditemi niente, per adesso». Risultò che viaggiavano in tre, sul camion. Uno, il conducente, era già morto all'arrivo dei soccorsi. Nino era spirato sulla soglia dell'ospedale. Il terzo, ferito all'addome, con le gambe spezzate, giaceva in una corsia di San Giovanni, piantonato dalla polizia.

C'era infatti, nell'episodio, qualche elemento losco, a quanto la stessa Ida poté intendere durante il suo colloquio stuporoso in questura. Pare che quel camion fosse sospetto, per via di una targa rubata, e che, sotto un carico di legname, ci si trasportasse in realtà della merce abusiva, con in piú nascoste delle armi non autorizzate, del tipo già in dotazione dell'esercito germanico. Si davano tuttora infatti (dovette spiegare il commissario a Ida) casi residui di ex partigiani che tramavano in combutta non si sa quali future azioni eversive o pseudorivoluzionarie le quali invero si riducevano per ora a illeciti penali nel giro del contrabbando o a bravate di brigantaggio spicciolo... Tutto ciò era attualmente sotto inchiesta. L'unico sopravvissuto dei tre, prima di perdere coscienza, aveva fatto in tempo a scribacchiare su un pezzo di carta il nome e l'indirizzo degli altri due. Già mezzo delirante, aveva anche domandato insistentemente notizie di un cane che, a quel che pare, li accompagnava sul camion; ma di questo famoso cane si ignorava la sorte.

L'infortunio era avvenuto poco prima dell'alba. Pare che la polizia stradale avesse dapprima intimato l'alt, ma il conducente, invece di fermarsi, aveva premuto sull'acceleratore, deviando su una strada laterale, non si sa con quale intenzione precisa. Allora senz'altro s'era dato inizio all'inseguimento, al quale gli occupanti del camion (cosí gli agenti attestavano) avevano reagito sparando alcuni colpi da dentro la cabina di guida. Da parte loro gli agenti avevano risposto ai colpi, però solo a scopo intimidatorio o mirando alle gomme (sul posto s'erano ritrovati in séguito dei bossoli, di cui l'esatta provenienza rimaneva tuttora in discussione). E nel corso della brevissima sparatoria, forse per una manovra errata del conducente, o forse perché la strada era sdrucciolevole (aveva piovuto durante la notte), alla prima curva il camion aveva sbandato, precipitando giú per una scarpata di fianco. Faceva ancora buio.

Di lí a tre giorni anche l'ultimo superstite dei tre, di professione meccanico, dopo un lungo deliquio ininterrotto, si spense. Da lui nel suo stato non s'era potuta ottenere nessuna informazione sull'attività sua propria e dei suoi compagni e sui loro complici eventuali, e nemmeno le indagini ulteriori (che confermarono la versione dei fatti data dagli agenti) su questo punto non approdarono a nulla. Furono interrogati fra gli altri anche Proietti Remo, titolare di un'osteria del Tiburtino e iscritto al Partito Comunista fino dai tempi della clandestinità; e Segre Davide, studente, israelita: entrambi già appartenenti alla medesima formazione partigiana di cui faceva parte il Mancuso. Ma l'uno e l'altro risultarono del tutto estranei ai fatti. Alla fine, il caso passò in archivio.

8.

La madre non aveva assistito ai funerali; e anche dopo, mai piú trovò la forza di portarsi al Verano, dove Ninnarieddu era stato messo, a poca distanza dal vecchio domicilio di San Lorenzo, dov'era cresciuto. Le si piegavano le gambe alla sola idea di cercarlo dentro quella brutta muraglia che lui tante volte, fino da bambino, aveva costeggiato pazziando, come una frontiera stramba che non lo riguardava. Ormai, la corona di garofani rossi dei *Compagni* s'era essiccata su quella piccola buca, non visitata dalla madre. E certi mazzetti di fiori freschi a buon mercato, che ogni tanto ritornavano a decorarla, non era lei che ce li portava.

Essa non aveva nemmeno pianto. Di fronte a Useppe, infatti, doveva forzarsi a nascondere; e fra gli estranei, la tratteneva un sospetto. Aveva la sensazione, cioè, che solo a emettere un lamento, dietro a questo, come alla rottura di un argine, le proromperebbero delle urla incontenibili, e che urlando sarebbe impazzita. Allora la gente l'avrebbe fatta internare, e il povero bastardello Useppe sarebbe rimasto senza nessuno.

Urlava soltanto in sogno. Quando le riusciva di assopirsi, ascoltava dei gridi terribili, che erano i suoi propri. Ma questi gridi risuonavano solo dentro il suo cervello. Nella casa, tutto era silenzio.

I suoi sonni erano piuttosto dei sopori, fragili, e spesso interrotti. E le succedeva nella notte, riscuotendosi, di trovare Useppe sveglio, che aveva l'aria d'interrogarla, con gli occhi aperti. Tuttavia, lui non le fece mai nessuna domanda; né piú le chiese notizie di Nino.

Durante gli ultimi anni, Ida s'era incantata nella magica fiducia che suo figlio Ninnuzzu fosse invulnerabile. E adesso, le era difficile convincersi all'improvviso che la terra viveva, senza Ninnuzzu. La morte di lui, che a lui stesso fu cosí rapida, fu invece lunga per Ida, che incominciò a sentirla crescere dopo l'ora della sepoltura, alla quale essa non aveva assistito. Da quel punto, fu come se lui le si fosse diviso in tanti sosia di se stesso, ciascuno dei quali la seviziava in diverso modo.

Il primo, era ancora quel Ninnarieddu allegro e impunito che s'era visto a Via Bodoni l'ultima volta mentre con Bella scappava via dal cortile. Costui, per Ida, scorrazzava ancora sulla terra. Anzi, essa si diceva che, camminando e camminando lungo tutta la curva terrestre, e attraverso tutte le frontiere, forse avrebbe finito con l'incontrarlo. Per questo, in certe ore, come un pellegrino che si butta alla perdizione, essa sortiva alla sua ricerca. Ogni volta che usciva, sempre ritrovava quella terribile luce meridiana stralunata e fissa, quelle dimensioni irreali e quelle forme stravolte e indecenti che costituivano, per lei, la città, fino dalla mattina del «riconoscimento» a San Giovanni. Già da parecchi mesi, a motivo della sua vista indebolita, essa aveva dovuto fornirsi di occhiali, e adesso, nell'uscire, s'infilava, sopra le lenti, un secondo paio di occhiali scuri, per accecarsi, almeno in parte, contro quell'abbagliante spettacolo. E cosí, in un'altra luce falsa da eclisse inseguiva senza speranza il suo fuggitivo. A momenti le pareva di riconoscerlo, in un qualche ragazzetto strafottente che salutava ridendo da una porta, o in un altro a cavallo di una motocicletta con un piede in terra, o in uno che svoltava rapido, riccetto, con un giaccone a vento... E si dava affannosamente alla rincorsa, già in precedenza sapendo che rincorreva un miraggio.

A questo modo procedeva fino a estasiarsi di stanchezza, e a smarrire il senso dei fatti, i nomi, e anche la sua stessa identità. Non ricordava piú di essere Ida, e nemmeno il proprio indirizzo; e per un poco si spostava titubante da un muro all'altro, attraverso il passaggio della folla e dei veicoli, senza nessuna informazione, come fosse capitata in un mondo di maschere. Il primo segnale di reminiscenza glielo davano due occhietti azzurri, che le si riaccendevano dal fondo della sua caligine morbosa come un paio di lampaducce, prontamente richiamandola a casa, dove aveva lasciato Useppe solo.

Per quanto la stagione autunnale fosse mite, in quelle giornate Useppe viveva da recluso, perché Ida non ritrovava ancora il coraggio di condurlo ai giardini, o verso la campagna. Peggio ancora che della città, essa provava ribrezzo della natura, perché negli alberi e nelle piante vedeva una crescita abnorme di mostri tropicali che si nutrivano del corpo di Nino. Non era piú, qui, lo stesso Ninnuzzu che ancora scappava per il mondo, facendosi inseguire da lei senza nessuna traccia; ma il Nino appena sepolto, che stava incarcerato sotto la terra, allo stretto e al buio. Quest'altro Nino le si presentava come fosse tornato una creatura piccola, che piangeva e le si attaccava chiedendole nutrimento e vicinanza; e fra i vari sosia di Ninnuzzu, era l'unico che le apparteneva come carne sua, però al tempo stesso intoccabile, perso in una impossibilità vertiginosa. La sua misera tana di San Lorenzo si era ridotta a un punto piú lontano dei Poli e delle Indie, e irraggiungibile per vie comuni. A volte, Ida vaneggiava di raggiungerlo attraverso camminamenti e canali sotterranei; a volte si buttava carponi in terra, ascoltando all'infinito se gli sentisse battere il cuore.

Ma c'era un altro Nino peggiore di tutti gli altri: giacché, di questo, Ida aveva paura. Le si ripresentava uguale al giorno che lei lo aveva visto nella barella, per il riconoscimento a San Giovanni: coi ricci e la faccia sporchi di fango, e un filo di sangue che gli usciva dal naso, come tornasse dall'aver fatto a pugni, dopo una serataccia normale passata fuori. Le sue palpebre parevano abbassate come se nemmeno si avvedesse di lei; ma invece, frammezzo ai cigli lunghi, le sue pupille la sogguardavano con odio. E con la bocca semichiusa in una smorfia d'odio, le diceva:

«Vàttene via da me. La colpa è tua. Perché m'hai fatto nascere?!»

Ida sapeva che questo Nino, al pari degli altri, esisteva ormai solo nella sua propria mente alterata. Eppure, essa ne temeva la persecuzione al punto che, specie la notte, tremava di vederlo prender corpo, e di trovarlo appostato dietro un uscio, o in qualche angolo di casa, a rinfacciarle: «Perché m'hai partorito? La colpevole, sei tu». Allora, essa si metteva spavento, come un'assassina, di attraversare il corridoio scuro; o perfino di giacere a letto con la luce spenta. Aveva coperto la lampada del capezzale con uno straccio, per non disturbare il sonno di Useppe, e la teneva girata cosí da proiettarsene la luce in pieno viso, spesso attraversando a questo modo l'intera notte. Era una sorta d'interrogatorio di terzo grado, invero, che lei stessa s'imponeva inconsciamente, per farsi perdonare da Nino; e nel quale poi, simile a una delatrice di se stessa, non faceva che denunciarsi, invece di tentare una discolpa. Era lei, che aveva ucciso Ninnuzzu; e adesso, riesumava una per una le prove innumerevoli del proprio delitto: dai primi respiri al latte che gli aveva dato, fino all'ultima infamia: non avergli impedito, con qualsiasi mezzo (magari con l'intervento della forza pubblica), di andare a morire... D'un tratto, da accusata Ida si faceva accusatrice; e se la rifaceva con Ninnarieddu, dicendogli delinquente e farabutto, come al tempo che abitavano assieme. Questo la confortava per un attimo, quasi che davvero lui fosse qua a sentirla; ma subito le tornava, con un brivido, la conoscenza che lui non abitava piú nessun luogo.

Durante la giornata, per la stanchezza delle veglie notturne, ogni tanto le succedeva di assopirsi. E fra l'assopimento avvertiva tuttavia quegli incessanti, piccoli passi di Useppe nei suoi stivalucci d'inverno:

tic tic tic tic tic.

«La colpa è tua, mà. La colpa è tua. La colpa è tua».

Però i conflitti quotidiani di Ida coi varii sosia di Ninnuzzu cessarono dopo le prime settimane; finché, via via, quei sosia diversi le si fusero in un'unica, povera creatura sola. Questo Ninnuzzu estremo non era piú vivo, ma non era ancora morto; e correva smaniando sulla terra, senza piú un punto dove stare. Voleva succhiare l'aria, l'ossigeno delle piante, ma non aveva polmoni da respirare. Voleva rincorrere le ragazze, chiamare gli amici, i cani, i gatti, ma non riusciva a farsi vedere né udire da nessuno. Voleva mettersi addosso quella bella camicia di moda americana esposta nella vetrina, impadronirsi di quella macchina e fare una corsa, addentare quella pagnottella, ma non aveva corpo, e né mani e né piedi. Non era piú vivo, ma perdurava ridotto alla miseria carceraria piú atroce: la voglia di vivere. In questa forma impossibile Ida lo sentiva girare per l'aria di continuo, e tentare disperato di abbracciarsi a qualsiasi oggetto, foss'anche il bidone dell'immondezza, pure di riattaccarsi alla terra dei viventi. Allora Ida bramava di rivederlo, anche la durata di un attimo, appena il tempo di dirgli: «Ninnuzzu!» e di sentirsi rispondere: «a' mà», e magari solo per un effetto di allucinazione. Essa cominciava a rimuoversi su e giú dentro la cucina, chiamando (a bassa voce per non farsi udire in camera da Useppe): «Dove sei, Ninnarieddu?» e sbattendo per i muri. Sentiva con certezza fisica irrimediabile che lui c'era, non solo qua ma dovunque in giro, sempre a torcersi inchiodato al proprio desiderio di vivere peggio che su una croce, e invidiando perfino il minimo insetto, o l'esistenza di un filo che riesce a entrare in una cruna. Ormai senza piú voglia di accusarla: «è colpa tua!», questo Nino si riduceva all'unica parola: «aiútami, mà».

Iduzza non aveva mai creduto alla sopraesistenza di un qualche dio, anzi non le succedeva mai di pensare a Dio, né tanto meno di pregarlo. E questa fu la prima e credo unica preghiera che le uscí di bocca durante tutta la sua vita, uno di quei pomeriggi sul tardi, nella cucina di Via Bodoni:

«Dio! se non altro, adesso dàgli riposo. Almeno, fa' che muoia del tutto».

Il tempo di stagione persisteva indeciso, e sempre variabile, da somigliare piuttosto a un marzo che al novembre. E Ida, ogni mattina, paventava le riapparizioni del sole, il quale sciorinava all'aria l'orrenda sfrontatezza degli oggetti e dei viventi, senza curarsi dell'assenza impossibile di Ninnarieddu. Essa si sentiva un poco alleviata, come da una medicina, se all'alzarsi dalle notti vedeva sopra la città un cielo di piombo, coperto fino all'orizzonte, senza neppure una striscia di chiaro.

Fu in una di queste mattine piovigginose di vero autunno (erano passati forse quattro o cinque giorni dal funerale, e ancora Ida non aveva ripreso il suo lavoro scolastico) che verso le ore undici si sentí qualcuno grattare all'uscio di casa. Useppe balzò, proteso a quel piccolo segno ancora incerto, quasi che inconsciamente se lo aspettasse, e corse verso l'ingresso senza dir parola, con la bocca trepidante e impallidita. Ai suoi passetti rispose, da dietro l'uscio, un uggiolio. Il battente aveva appena incominciato a girare sui cardini, quando una spinta, dall'esterno, lo spalancò. E immediatamente Useppe si trovò investito in pieno da un abbraccio di zampe canine, che gli eseguivano intorno un ballo impazzito, mentre una lingua rasposa gli lavava tutta la faccia.

Anche se Bella si fosse trasformata, per ipotesi, in un orso baribal, o addirittura in un animale preistorico o chimerico, lui l'avrebbe lo stesso riconosciuta. Però, all'infuori di lui, nessun altro forse avrebbe oggi saputo riconoscere

473

in questo lurido cagnaccio di nessuno la lussuosa pastora di prima. Da signora ben nutrita e ben lavata, in pochi giorni essa s'era ridotta nell'aspetto all'infimo strato sociale dei pezzenti. Smagrita, con le ossa di fuori, il suo bel pelo diventato tutto una crosta di fango e sporcizia (cosí che la sua pomposa coda pareva una cordicella nerastra), essa faceva quasi spavento, peggio di una strega. E solo nei suoi occhi, per quanto velati dal lutto, dalla fatica e dalla fame, si riconosceva tuttora immediatamente la sua anima pulita e bianchissima. Si vedeva che, estenuata, essa ritrovava in questo momento tutte le sue energie di ragazza per salutare il ritrovamento di Useppe; né mai sarà dato sapere quali e quante traversie passò prima di tornare all'unica, estrema sua famiglia. Forse, aveva assistito al disastro del camion? sfuggita, per grazia d'intúito, alle mani infide delle guardie e dei barellieri, aveva seguito l'autoambulanza galoppando invisibile fino a San Giovanni, e poi s'era aggirata intorno a quelle mura, intoccabile come un paria, per accompagnare il carro del suo Ninnuzzu? Forse, da allora, era sempre rimasta seduta a vegliare sulla sua tomba, quasi in forma di statua? o forse, al pari di Ida, se n'era andata alla ricerca di lui per le strade di Roma o anche magari di Napoli e di chi sa dove, seguendo gli odori già lasciati da lui nei suoi passaggi, e ancora vivi e freschi sulla terra? Nessuno potrà mai dirlo. La storia di quella sua latitanza restò sempre un segreto suo proprio, su cui lo stesso Useppe mai le fece domanda, nemmeno in séguito. Intanto, là nell'ingresso, con una vocina che sapeva di pànico, lui non faceva che ripeterle: «Bella... Bella...» e nient'altro, mentre lei gli andava tenendo un discorso d'amore che all'orecchio degli zotici suonerebbe appena: «Ggrui grrruii hump hump hump» ma del quale la traduzione (superflua per Useppe) sarebbe: «Adesso, al mondo mi rimani tu solo. E nessuno potrà mai separarci».

Cosí, da oggi furono in tre nella casa di Via Bodoni; e, da questo medesimo giorno, Useppe ebbe due madri. Bella difatti – a differenza di Blitz – fino dal primo giorno s'era presa, per Useppe, d'un amore diverso che per Nino. Verso il grande Nino, essa si portava come una compagna schiava; e verso il piccolo Useppe, invece, come una protettrice e una sorvegliante. Ora, l'arrivo della sua nuova madre Bella fu una fortuna per Useppe: giacché attualmente la sua madre Iduzza non solo era vecchia (tanto che certi

474

estranei, vedendola assieme a lui, la presumevano sua nonna) ma anche, nella condotta, strana e rimbambita.

Dopo un breve periodo di assenza, essa aveva ripreso le proprie lezioni quotidiane. E i suoi scolaretti, informati che la povera signora, nel frattempo, aveva perduto un figlio, le mostrarono sul principio, a modo loro, una certa partecipazione riguardosa. Alcuni di loro venivano a deporre sulla cattedra, in omaggio, dei mazzetti di fiori (che essa evitava perfino di toccare, e guardava con occhioni spaventati, come vedesse delle sanguisughe). E, se non tutti, almeno la maggior parte, si sforzarono a tenere, in classe, una condotta gentile e tranquilla. Ma non si può pretendere l'impossibile da circa quaranta miseri coscritti della prima classe, i quali, fra l'altro, conoscevano la loro insegnante da meno di due mesi. L'inverno del '46 segnò una decadenza inarrestabile nella qualità professionale di Ida.

Finora, pure attraverso le varie peripezie dei tempi, essa era sempre rimasta una maestra brava. È ovvio che il suo insegnamento non era mai stato un modello d'avanguardia! al contrario, essa non sapeva fare di meglio che consegnare ai suoi scolaretti elementari quelle nozioni ordinarie che a lei scolaretta elementare erano state già consegnate dalle sue maestre, le quali a loro turno le avevano ricevute dalle maestre loro, ecc. All'occasione, secondo gli ordini delle Autorità, essa introduceva nei temi e nei dettati i re, duci, patrie, glorie e battaglie che la Storia imponeva; però lo faceva in tutta purezza mentale e senza nessun sospetto, perché la Storia, non meno di Dio, non era mai stata argomento dei suoi pensieri. Si dice che era una maestra brava, solo per dire che l'infanzia era l'unica sua vocazione predestinata (difatti lei stessa, come s'è già riferito e ripetuto, non era mai riuscita a crescere del tutto). Anche il suo rispetto dell'Autorità corrispondeva a quello che si ritrova nei bambini, e non a quello concepito, in corpo, dalle stesse Autorità superiori. Da ciò misteriosamente le fioriva, nel minimo territorio della sua classe, e là soltanto, perfino una certa autorità naturale: forse anche perché i bambini sentivano di proteggerla dalle enormi Paure esterne che loro stessi dividevano con lei. E la rispettavano al modo che i bambini rispettano chi si affida alla loro protezione: fosse anche costui un asinello. Simile relazione spontanea, non voluta né ragionata, si era mantenuta quasi intatta per poco meno di un quarto di secolo nell'esistenza di Iduzza: sopravvivendo alla perdita di Alfio suo marito, e di suo padre e di sua madre, e a razzismi, rovine di guerra, fami e stragi. Era una specie di piccolo calice miracoloso che si riapriva ogni mattina in cima al sùo stelo corporeo, pure se questo barcollava, malmenato dai venti australi o artici. Ma in quell'inverno del 1946, la sua fioritura, che sembrava perpetua, si esaurí.

Il deterioramento era cominciato, in realtà, fino dal principio dell'autunno, con l'esilio di Useppe dalla scuola. Benché fosse stato lo stesso Useppe a esiliarsi (per quell'istinto che caccia gli animali feriti nei nascondigli), Ida a quel colpo, magari senza accorgersene, s'era sentita offesa carnalmente dall'intero mondo degli altri: quasi che costoro avessero buttato Useppe nell'ultima zona dei paria. E in questa zona, lei stessa, con lui, scelse di stare definitivamente: il suo vero posto era là. Forse, di questa sua scelta, lei non se ne accorse nemmeno; ma ormai l'ultima infanzia della terra per lei significava Useppe. E allora i soli altri nei quali aveva già trovato confidenza (i bambini), pure loro, come tutto il mondo adulto, cominciarono a farle paura. La tale Iduzza Mancuso che fu restituita ai suoi scolaretti analfabeti dopo il periodo del lutto non sembrava piú una maestra. Somigliava a un povero forzato novizio che approda alla fabbrica dei forzati già anziani, abbagliato dalla sua lunga marcia nella Siberia.

Dopo le prime notti di veglia, adesso, alla sera, la prendeva una sonnolenza che quasi la faceva dormire in piedi. E tale era la sua smania di rintracciare Ninnuzzu che essa sperava, almeno, d'incontrarlo in sogno. Ma nei suoi sogni, invece, Ninnuzzu non si faceva mai vedere; anzi, il piú delle volte, ogni forma vivente ne era esclusa. Le si apre davanti, a esempio, una smisurata pianura di sabbia, forse un antico regno interrato dell'Egitto o delle Indie, tutto piantato all'infinito, senza segno d'orizzonte, di lastre di pietra perpendicolari, recanti delle iscrizioni esotiche indecifrabili. Pare che quelle iscrizioni spieghino qualcosa d'importante (o fondamentale) per chi sa leggere. Ma l'unica persona presente è lei stessa, che non sa leggere.

Poi le si presenta, altro infinito, un oceano sporco, appena mosso, dove galleggiano in quantità innumerevole delle cose informi, che potranno essere state indumenti, sacchi, suppellettili o altri oggetti d'uso, però adesso tutti flosci, incolori e irriconoscibili. Di forme organiche, neppure morte, non si vede traccia; ma stranamente, queste materie da sempre inanimate esprimono la morte piú che se vi fossero, al loro posto, delle qualsiasi spoglie corporee. Nemmeno qui non si mostra nessun segno d'orizzonte. E di sopra all'acqua, in luogo del cielo, si stende una sorta di specchio concavo senza luce, che rimanda la visione dello stesso oceano, caotica e indistinta, come una memoria sul punto di scancellarsi.

Altrove, la dormiente solitaria va errando nell'interno di un recinto, fra uno sfasciume di ferraglie rugginose che giganteggiano come dinosauri d'intorno a lei cosí piccola. Lei si tende ansiosamente nella speranza di una qualsiasi voce umana, fosse pure un lamento di agonizzante. Ma l'unico suono nello spazio è il fischio di una sirena, che del resto è anch'esso un'eco, rimandata da chi sa quale infinito millenario...

Balzando su da questi sogni alla chiamata della sveglia, Iduzza si ritrovava cosí spaesata e impacciata che non era piú buona nemmeno a vestirsi. Una mattina in classe, tòltasi il cappotto, mentre scriveva qualcosa sulla lavagna udí molte risatine correre alle sue spalle per i banchi. Difatti sul dietro un lembo della gonna le stava impigliato nel busto, cosí da metterle in mostra una piccola striscia nuda della coscia, sopra al legaccio della calza tutto intorcigliato e consunto. All'avvedersi di questa cosa, lei s'imporporò dalla vergogna, peggio di un'anima che mostrasse i propri peccati esposti al Giudizio Universale.

Frequentemente, in quella stagione, le capitava di produrre degli effetti comici sui suoi allievi. Una mattina, poco dopo che s'era installata in cattedra, le accadde di riassopirsi (forse per via dei sonniferi che prendeva alla sera) e riscuotendosi al baccano si figurò, chi sa perché, di trovarsi in tram, per cui disse rivolta a un banco: «Presto, presto, che scendiamo alla prossima fermata!» Ogni tanto inciampava nella pedana; oppure, credendo di andare alla lavagna, si dirigeva dal lato della porta; o si confondeva nelle parole (a esempio invece di dire a un alunno: «Prendi il tuo quaderno» gli disse: «Prendi il tuo caffè»). La sua voce, nell'impartire le solite nozioni al piccolo uditorio, suonava come un organetto meccanico alquanto stonato; e a volte d'un tratto s'interrompeva, mentre la sua faccia prendeva un'espressione imbambolata e ottusa, non ricordando piú l'argomento che trattava un attimo prima. Tuttora essa si sforzava, secondo l'uso, a guidare sul foglio le dita dei bambini piú tardivi; ma le sue proprie mani le tremavano al punto che i caratteri ne uscivano storti fino alla ridicolaggine. Certi giorni le sue lezioni, per i bambini, riuscivano come uno spettacolo di Pulcinella.

La relativa disciplina, da lei mantenuta in passato familiarmente e senza sforzo, si slentava di giorno in giorno e si sfasciava. Anche un nuovo venuto avrebbe potuto riconoscere prontamente fra tutti gli altri l'uscio della sua classe, all'incessante vocio, disordine e scalpitio che se ne udiva. Certe volte, di là dentro si scatenavano clamori cosí assordanti che il bidello ci si affacciava dalla soglia preoccupato. E un paio di volte ci si presentò perfino la Direttrice, la quale tuttavia si ritirò discreta, senza dir nulla. Purtroppo, nelle loro facce Iduzza credeva di leggere minacce impietose: rapporti di *scarso rendimento* al Ministero, e magari perdita del posto... Ma in realtà le veniva usata una speciale indulgenza, sia pure temporanea, per considerazione dei suoi meriti trascorsi e delle sue prove recenti: sinistrata di guerra, la scomparsa del figlio già eroico partigiano, e adesso la sua solitudine con l'altro figlietto senza un nome... (Nella scuola, chi sa mai perché, correva voce che, dopo la sua vedovanza, essa avesse fornicato casualmente con un proprio parente stretto, e a questo modo si spiegava la natura nevropatica del bambino).

I genitori degli scolaretti, avvertiti per qualche via della cattiva condotta di costoro, s'impietosivano per Ida, e le suggerivano magari di picchiarli. Ma in tutta la sua vita essa non aveva picchiato mai nessuno, nemmeno ai tempi del suo piccolo indiavolato primogenito, e nemmeno ai tempi di Blitz, il quale, essendo cresciuto in istrada zotico e senza nessuna educazione, specie sul principio le andava pisciando per casa! La sola idea di punire, o anche di spaventare, spaventava lei stessa per prima. E dunque nel tumulto puerile della sua classe le succedeva di dibattersi stupefatta e senza difesa, come in un linciaggio. Tutto quello che sapeva fare, era di raccomandarsi: «Ssss... sssss... silenzio, silenzio...» con le mani giunte come in una orazione, trotterellando e traballando fra i banchi agitati. Quei poveri quaranta pischelletti non le apparivano piú bambini, ma una sorta di nani maligni, e non distingueva piú le loro facce singole, confondendoli in un'unica massa ostile dalle fattezze adulte e persecutorie. «Ssss... ssss...» La sola sua consolazione, durante quelle ore di purgatorio, era che prima o poi sarebbe tornato a liberarla il suono della campanella d'uscita. E allora, smaniosa al pari degli ultimi somari della scuola, essa si precipitava a Via Bodoni da Useppe.

Era obbligata tuttavia, secondo il solito, prima di rincasare, a deviare qua e là per le sue spese giornaliere e altri servizi. E non di rado le succedeva, in quei giorni, di sbagliare strada, cosí che piú volte doveva tornare sui propri passi, cacciata in quel noto periplo del rione come una forestiera in un paese ostile. Fu in una di tali occasioni che una mattina, di là da una strada ingombra di rotaie in riparazione, vide farlesi incontro una creatura anziana, informe e ridente, la quale avanzava a grandi passi sbalestrati, agitando le braccia e salutandola con gridi gutturali di esultanza, e di orgasmo al tempo stesso. Ida arretrò come alla vista di un fantasma, avendo súbito ravvisato in costei (benché mutata) Vilma, la «profetessa» del Ghetto, che essa non aveva mai piú veduto, e che da tempo credeva deportata e morta in un lager, insieme agli altri ebrei del quartiere. Vilma invece era sfuggita alla cattura (trovando rifugio nel convento della sua famosa Monaca) e anzi di lei si racconta un episodio, del quale ho udito invero diverse varianti, e che risale alla data della grande «razzia» tedesca, Sabato 16 ottobre 1943. Dicono che alla vigilia di quel giorno, Venerdí 15 ottobre sul far della sera, Vilma fosse accorsa piangente e trafelata nel piccolo quartiere giudio, chiamando a gran voce dal basso le famiglie, che a quell'ora stavano raccolte in casa per le preghiere del Sabato. Come un'aralda stracciona, correndo in pianto per le straducole, essa scongiurava tutti quanti di fuggire, portandosi dietro pure i vecchi e le creature e salvando quanto avevano di meglio, perché l'ora della strage (da lei già preannunciata tante volte) era venuta, e sull'alba i tedeschi arriverebbero coi camion: e la sua *Signora* aveva perfino veduto le liste dei nomi... Non pochi si affacciarono dalle finestrelle, ai suoi gridi, e alcuni scesero giú dabbasso ai portoni; ma nessuno le credette. Non molti giorni prima i tedeschi (da essi giudicati magari feroci ma «gente d'onore») avevano firmato il patto della salvezza col popolo ebreo di Roma, ottenendone pure il riscatto voluto: cinquanta chili d'oro! messo insieme miracolosamente, con l'aiuto di tutta la città. Vilma fu trattata, al solito, come una povera visionaria dalla mente disturbata, e gli abitanti del Ghetto risalirono in casa a terminare le loro preghiere, lasciandola sola. Quella sera pioveva a dirotto, e Vilma, tornando al convento tutta sudata e fradicia d'acqua, era stata colta da una febbre eccessiva, quali di solito attaccano gli animali, piuttosto che gli uomini: d'onde poi s'era rialzata, alla guarigione, nel suo stato attuale di caos forse immemore e felice. Il suo linguaggio non era piú intelligibile; ma essa non faceva male a nessuno, e lavorava tuttora quanto una mula, cosí che meritava sempre la sua doppia protezione: della Signora e della Monaca. E quest'ultima, anzi, l'aveva pure fatta battezzare, una domenica, nella chiesa di Santa Cecilia; senonché in séguito s'era venuti alla scoperta che già nell'infanzia, per l'intervento di una certa madrina, essa era stata battezzata. E cosí Vilma, nella sua esistenza, aveva ricevuto il battesimo due volte.

Presentemente, essa aveva l'aspetto di una creatura senza sesso, e anche senza età, sebbene, da molti segni, le si riconoscesse la vecchiaia. I suoi capelli erano bianchi, e le erano caduti a chiazze, lasciandole qua e là sulla testa delle zone nude, di colore roseo. Essa li teneva legati con un nastrino azzurrognolo, annodato al di sopra della fronte. E sebbene si fosse ormai nell'inverno, indossava solo un abituccio estivo (pulito e decente) di cotone, con le gambe ignude senza calze; ma pure sembrava accaldata. Rideva clamorosamente, con entusiasmo, quasi che da gran tempo attendesse questo incontro con Ida; e le faceva dei grandi gesti febbrili e scoordinati, che assumevano l'aria, di volta in volta, di danze ieratiche, o bacchiche. Sembrava smaniosa di comunicarle qualche notizia o annuncio gaudioso; ma dalla bocca non le uscivano che certi suoni grossi e inarticolati, dei quali essa stessa si giustificava ridendo e toccandosi la gola, come per accusare un qualche male che avesse là. La sua bocca era sdentata, ma lo splendore dei suoi occhi, già da sempre anormale, si era fatto quasi insostenibile.

Sempre sotto la sua prima impressione, di trovarsi dinanzi a un fantasma, Ida tentava di scansarsi da lei; però di lí a poco lei, cosí come era venuta, con la medesima fretta incalzante riattraversò le rotaie, quasi accorresse a un qualche incontro non ritardabile dalla parte opposta del cammino.

Ida non la rivide piú; ma io ho motivo di supporre che sia sopravvissuta a lungo. Mi sembra infatti di averla riconosciuta, non molto tempo fa, in mezzo a quel piccolo popolo di vecchie che si recano ogni giorno a nutrire i gatti randagi del Teatro di Marcello e delle altre rovine romane. Portava sempre il suo nastrino intorno alla testa, sebbene i suoi capelli fossero ridotti a pochi ciuffi lanosi; e indossava, anche stavolta, un vestituccio leggero, povero ma decente, sulle gambe ignude, le quali adesso apparivano sparse – a causa forse di qualche malattia del sangue – di piccole macchie brune. Stava seduta in terra fra i gatti, e parlava con essi sempre in quel suo linguaggio rotto e inarticolato, che oggi però somigliava, nel timbro, a una voce di bambina. Da come le si accostavano e le rispondevano, era chiaro, a ogni modo, che i gatti comprendevano benissimo il suo linguaggio; e lei fra loro stava obliosa e beata, come chi è immerso in una conversazione celeste.

Frattanto, nel corso di quell'anno postbellico, i «Grandi della terra», coi vari «incontri al vertice», i processi ai criminali piú vistosi, gli interventi e i non-interventi, si industriavano a ristabilire un qualche ordine opportuno. Però la grande metamorfosi sociale, già attesa con impazienza da certi amici nostri (quali Eppetondo e Quattropunte), dovunque, a est e a ovest, si disfaceva al momento di toccarla, oppure si allontanava di là da ogni pista, come una morgana. In Italia, instaurata la repubblica, anche i partiti operai partecipavano al governo. E questa, dopo tanti anni meschini, era certo una novità di lusso, la quale rivestiva, tuttavia, ancora un vecchio scheletro inconsumabile. Il Duce e i suoi comprimari erano stati sepolti, e la Famiglia Reale aveva fatto le valige; ma chi teneva i fili stava sempre dietro alla scena, pure mentre le quinte giravano. Agli agrari spettava sempre la proprietà della terra, agli industriali quella dei macchinari e delle fabbriche, i gradi agli ufficiali, ai vescovi le diocesi. E i ricchi si nutrivano a spese dei poveri, i quali poi tendevano, a loro volta, a pigliare il posto dei ricchi, secondo la regola generale. Ma né fra tali ricchi, né fra tali poveri, aveva posto Iduzza Ramundo, la quale apparteneva, invero, a una terza specie. È una specie che esiste (forse, in via di estinzione?) e passa, né se ne dà notizia, se non a volte, eventualmente, nella cronaca nera. E in questo autunno-inverno, poi, la nostra Iduzza viveva circoscritta da un alone, che le impediva perfino la sua solita – e corta – visione del pianeta terrestre.

Dei fatti di quell'anno – lotte politiche, mutamenti di governi – essa sapeva poco o nulla. E il solo suo problema sociale (aggiunto all'insufficienza del suo stipendio nel caro-vita) adesso era il terrore di venire cacciata via dal posto per lo *scarso rendimento*. Già si sa che d'abitudine essa non leggeva i giornali. E da quando la guerra mondiale s'era conclusa, e i tedeschi erano andati via, il mondo degli adulti si era di nuovo ritirato da lei, ributtandola sulle sabbie al suo destino come un detrito infinitesimo dopo una tempesta oceanica.

Al mese di giugno, per la prima volta nella sua vita, essa era stata chiamata a dare il proprio voto alle elezioni. E siccome giravano voci che l'astensione verrebbe registrata a titolo di colpa dalle Autorità, s'era presentata alle urne, fra i piú solleciti elettori mattinieri: votando *repubblica* e *comunismo*, perché cosí l'aveva consigliata l'oste Remo. Di sua propria scelta personale, invero, essa avrebbe voluto votare *anarchia* per ricordo di suo padre; ma Remo, contrariato, l'aveva disapprovata gravemente, informandola nel contempo – d'altronde – che un tale partito non figurava sulle liste.

Prima che finisse l'anno, l'oste Remo si fece vedere a Via Bodoni ancora un paio di volte: stimando un proprio dovere di non lasciare sempre sola la madre del compagno Assodicuori. Durante quelle visite, lei se ne stava là seduta piena d'imbarazzo, non sapendo come sdebitarsi verso l'ospite né che cosa dirgli; e affannandosi di continuo a raccomandare a Useppe e Bella di star buoni e non fare chiasso. Remo, da parte sua, capiva che forse era meglio di non menzionare affatto Ninnuzzu con la povera signora; e allora la intratteneva con gli argomenti politici, che erano sempre la sua passione principale. In proposito, a differenza di Ninnuzzu, lui si mostrava ottimista e fidente nel futuro: citando questa o quella vicenda in corso sulla terra (rivolte nelle Colonie, guerra civile in Cina e in Grecia, lotta di Ho Chi-minh in Indocina, e in Italia scioperi e scontri fra polizia, contadini e operai, ecc.) come segni propizi che il mondo era in movimento. E stavolta il movimento dei popoli nessuno poteva fermarlo. Non si era piú nel 1918. Stavolta il Comunismo aveva vinto la guerra! Non era stata l'Armata Rossa a distruggere gli eserciti hitleriani? E qua in Italia, non erano state le Garibaldi (Falce e Martello) a organizzare la Resistenza? E una volta partita la marcia, chi l'arresta piú?! Gli apparenti ripieghi, tradimenti e ritardi (che avevano già stufato Ninnarieddu) al dire di Remo non erano altro che una tattica, la quale in politica va sempre messa in conto; e il segreto di questa tattica, come ogni altro segreto di vittoria e redenzione finale, stava riposto in un unico punto di certezza assoluta: ossia nella mente del Compagno Togliatti. Non c'erano mali, problemi della società – sembrava d'intendere dai discorsi di Remo – per i quali il compagno Togliatti, istruito dal suo genio interno, non conoscesse già il rimedio e la soluzione, prossima o futura. Nella sua mente, tutto era predisposto: e lo stesso Compagno Stalin – secondo l'opinione di Remo –, non prendeva nessuna decisione importante senza prima consultarsi col compagno Togliatti. L'uno e l'altro, poi, fra loro due, sapevano meglio di tutti qual'era la linea: sempre quella indicata dal compagno Lenin, e fissata dalla scienza di Carlo Marx. Si trattava di verità scientifiche, ormai provate e mature: tanto è vero che i popoli ormai s'erano messi in movimento, lungo le direttive dei grandi Compagni del presente e del passato. Da tutti i segni, oggi s'era alla vigilia del Mondo Nuovo: «Noi due, signora, qua seduti oggi a discorrere, domani vedremo il Mondo Nuovo!»

Cosí garantiva il compagno Remo, bruciante di fiducia nei suoi occhi seri e infossati e nella sua faccia magra e scura da boscaiolo o spaccapietre. E Ida, seduta di fronte a lui nella fredda cucinetta di Via Bodoni, si domandava se in quel grandioso Mondo Nuovo ci sarebbe posto, almeno, per i piccoli come Useppe.

La notte del 31 dicembre 1946, a Roma, la fine dell'anno fu salutata nelle strade con un fracasso generale di petardi e di bombe carta.

......1947

Gennaio-Giugno

In Sicilia, i proprietari terrieri rispondono ai contadini e braccianti (in lotta per il diritto di sopravvivere) organizzando una serie di assassinii di dirigenti sindacali.

A Roma, l'Assemblea Costituente conferma (col voto favorevole dei Comunisti) il Concordato fra lo Stato e la Chiesa già stipulato dal Regime fascista col Vaticano.

Col perdurare della guerra civile in Grecia, l'Inghilterra chiede l'intervento degli Stati Uniti a sostegno della reazione monarchica contro la resistenza partigiana. Per l'occasione il Presidente Truman, tenendo un discorso al Congresso, dà lettura di un suo messaggio, nel quale impegna gli Stati Uniti a intervenire non solo in Grecia, ma in qualsiasi paese minacciato dal comunismo, e invita tutte le nazioni a difendersi dal pericolo rosso (dottrina Truman). Questo nuovo indirizzo degli Stati Uniti determina il rovesciamento delle alleanze della Seconda Guerra Mondiale, e l'inizio della *guerra fredda* fra i due blocchi di qua e di là dalla *cortina di ferro*.

Per le esigenze immediate e future della guerra fredda, che richiede in primo luogo il controllo sulle nazioni minori, le due Massime Potenze (Stati Uniti e URSS) ricorrono senza indugio ai mezzi di potere piú propri di ciascuna: finanziari da parte degli Stati Uniti, e direttamente coercitivi da parte della Russia staliniana. Attraverso il *Piano Marshall* gli Stati Uniti intervengono con aiuti economici massicci nelle crisi interne dei paesi del proprio blocco rovinati dalla guerra (compresi l'Italia e la Germania Occidentale); mentre ha inizio, da parte dell'URSS, la sovietizzazione imposta dall'alto ai paesi satelliti, e l'utilizzazione delle loro risorse materiali – già stremate – che vengono trasferite nell'Unione Sovietica.

Urgente ripresa della *corsa agli armamenti* e, in particolare, corsa all'arrembaggio del segreto atomico, rimasto finora monopolio degli Stati Uniti.

Nei paesi del blocco occidentale, si inaspriscono, all'interno, le tensioni fra i partiti di destra e di centro, e quelli di sinistra.

In Grecia, perdura la guerra civile.

In Cina, controffensiva vittoriosa dell'Armata Rossa. Nel Vietnam, Ho Chi-minh respinge le condizioni di armistizio presentate dai Francesi.

In Sicilia, una pacifica manifestazione contadina si spegne in una strage eseguita proditoriamente da un bandito locale per conto dei proprietari terrieri.

Formazione, in Italia, di un nuovo governo, presieduto da De Gasperi (partito di centro) con l'esclusione dei Comunisti.

Luglio-Settembre

Dopo trent'anni di lotta contro l'Impero Inglese, condotta dal Mahatma Gandhi coi mezzi non violenti della resistenza passiva, l'India ottiene l'indipendenza. Il territorio è diviso in due Stati: India (con prevalenza religiosa degli Indú) e Pakistan (con prevalenza dei Maomettani). Migliaia di profughi delle opposte minoranze religiose cercano rifugio oltre i confini dell'una o dell'altra parte. Ne segue fra Indú e Maomettani un conflitto sanguinoso, che costerà un milione di morti.

Il processo di autoliberazione dei popoli colonizzati (già in corso dai primi decenni del secolo e accelerato dai rivolgimenti politici nel mondo attuale) si trova ormai nella fase decisiva. La disgregazione degli Imperi coloniali è già avvertita dalle Potenze interessate, delle quali alcune (non tutte) si inducono alla resa. Al colonialismo subentrerà allora il *neocolonialismo*, ossia l'assoggettamento economico delle antiche colonie, mantenuto dalle Potenze con l'acquisizione delle loro fonti di materie prime, la proprietà delle loro industrie, e la trasformazione dei loro territori (necessariamente sottosviluppati) in immensi mercati per i propri prodotti industriali (comprese le armi).

Ottobre-Dicembre

Dalla parte del blocco orientale, fondazione del *Cominform* (Centro informazioni dei partiti comunisti europei).

Rottura delle trattative di pace fra le Potenze dei blocchi riguardo al problema insoluto della Germania.

Febbrile la corsa all'arrembaggio del segreto atomico statunitense, con attività spionistica fra i due blocchi, caccia alle spie, condanne capitali, ecc.

In Italia, scioperi, scontri e uccisioni nelle varie province.

Negli Stati Uniti, fabbricazione dei primi missili già inaugurati dalla Germania nella Seconda Guerra Mondiale . . . . .

... imponderabile in un mondo di pesi...
. . . .
... dismisura in un mondo di misure...

MARINA CVETAEVA

1

«Pronto! Chi parla? Qua parla Useppe. Chi parla?»

«Sí, sono io! Qua c'è mamma, che parla, sí. Che mi vuoi dire, Useppe?»

«Pronto! Chi parla? Qui parla Useppe! Chi parla? Pronto!»

«Scusa scusa *segnora*» (è intervenuta la voce di Lena-Lena) «m'ha fatto chiamare il numero, e adesso non è buono a dire niente!!»

Si sente la risata malrepressa di Lena-Lena, accompagnata da un giulivo abbaiamento di Bella. Poi, dopo un brevissimo borbottio di discussioni di là dal filo, in fretta il microfono viene rimesso a posto.

Sul finire dell'inverno, a casa di Ida era stato impiantato il telefono, e questa era la prima chiamata che essa ne riceveva (aveva confidato il numero telefonico della sua scuola alla portinaia, e a Lena-Lena, raccomandando, però, di chiamare solo per comunicazioni urgenti...). Useppe, specie sul principio, non resisteva alla tentazione di quell'oggetto parlante appeso al muro, anche se poi, nel trattarlo, era maldestro come un selvaggio. Al suo squillo quotidiano (Ida telefonava ogni giorno alle dieci e mezza, durante l'intervallo della lezione) si precipitava, seguíto in corsa da Bella; ma invero, ai saluti di Ida, non sapeva rispondere, al solito, che: «Pronto! Chi parla? Qui parla Useppe! Chi parla?...» ecc. ecc. L'unica che chiamasse quel numero era Ida, e Useppe, da parte sua, non aveva nessun altro da chiamare a Roma. Una volta, lui fece a caso un numero, di due cifre sole, e gli rispose l'Ora Esatta. Era la voce di una signora, e lui seguitava a insistere: «Pronto chi parla?» mentre quella, intignata, si accaniva a ripetergli: «Ore undici e quarantuno!» Un'altra volta, ci fu una chiamata fuori orario, la mattina presto, ma era un tale che aveva sbagliato: e costui, dall'altra parte del filo, dopo avere lui sbagliato, se la prese, chi sa perché, contro Useppe! Finché, col passare dei giorni, Useppe non s'interessò piú a quell'oggetto sgraziato e inconcludente. Alla solita chiamata quotidiana, Ida si sentiva rispondere da una vocina, timida, impaziente e quasi svogliata che diceva «síí...» («Hai mangiato?» «tí... síí!» «Stai bene?» «Síí...») per poi rapidamente concludere: «addio! addio!»

Nel corso dell'inverno, Useppe era stato sempre risparmiato dal grande male. Il giorno dopo quella sua prima caduta del novembre, sua madre, stavolta sola, era corsa a confidarsi dalla dottoressa; e in tale occasione le aveva palesato anche il segreto dei propri malori infantili, da lei finora mai svelato a nessuno, neppure a suo marito: rivedendo e riudendo, al parlarne, in ogni particolare, la gita di sé bambina sull'asinello in compagnia del padre, a Montalto, e la visita del compare medico, che l'aveva fatta ridere col solletico... Ma la dottoressa, con la solita bruscheria, tagliò corto alle sue confessioni intricate dichiarandole autorevolmente: «Nonsignora! Nonsignora! È provato che certe malattie non sono ereditarie! tutt'al piú, si eredita una predisposizione, FORSE; ma questo non è provato. E mi pare chiarissimo, per quanto ne capisco io, che il vostro caso personale era diverso. Là si trattava di comune isteria; mentre qua siamo di fronte a fenomeni d'altra natura» («io l'avevo súbito visto», mormorò, mezzo fra sé, a questo punto, «un elemento strano, negli occhi del ragazzo»). In conclusione, la Signorina scrisse per Ida, su un foglietto strappato dal ricettario, l'indirizzo di un Professore specialista, il quale eventualmente avrebbe potuto sottoporre il malatino all'*elettroencefalogramma*. E súbito l'astrusa parola spaventò Iduzza. Già è noto che tutto quanto apparteneva agli invisibili dominii dell'elettricità le ispirava una diffidenza barbara. Da piccoletta, allo scoppio dei lampi e dei tuoni si nascondeva impaurita (se possibile, correva sotto il mantello di suo padre); e ancora adesso, da vecchia, trepidava a toccare i fili e perfino a girare una lampadina nell'attacco di corrente. Alla lunga parola minacciante, mai sentita prima, i suoi occhi s'ingrandirono, levandosi peritosi sulla laureata, quasi che costei le avesse nominato la sedia elettrica. Ma, intimidita dai modi perentorii della Signorina, non osò dichiararle la propria ignoranza.

Subito dopo, i fatti sopravvenuti di Ninnuzzu la alienarono da ogni altra cura; e in séguito, la progettata visita allo specialista si ritrasse dal campo della sua mente. In realtà, essa paventava la diagnosi di questo Professore sconosciuto come una sentenza di condanna senza appello.

Il deflusso illusorio della malattia di Useppe la incoraggiò in tale inerzia difensiva. Difatti, la sopraffazione innominata che usurpava le forze del pischelletto fino dall'autunno, sembrò trarsi in disparte, quasi esaurita, dopo averlo atterrato una volta: accompagnandolo appena di soppiatto, e a momenti facendosi dimenticare, come avesse deciso che bastava. Quando, alla sera, venuta l'ora di coricarsi, Ida gli porgeva da bere il solito calmante, lui protendeva ghiotto le labbra come un lattante verso la mammella; e presto cadeva in un sonno greve e indisturbato, al quale si abbandonava supino, i pugni stretti e le braccia aperte sul guanciale, immobile per dieci ore e piú. Guarito della piccola morsicatura sulla lingua, non serbava piú nessuna traccia visibile dell'*insulto* del 16 novembre. Solo, chi lo aveva conosciuto prima, poteva forse notare nei suoi occhi (già *troppo belli* a detta della Dottoressa) una nuova diversità favolosa, quale forse restava nell'occhio dei primi marinai, dopo la traversata di mari incommensurabili ancora senza nome sulle carte. Useppe, a differenza di costoro, non sapeva niente, né prima né dopo, del proprio viaggio. Ma forse, a sua stessa insaputa, gliene rimaneva nella rètina una immagine capovolta, come si racconta di certi uccellini migranti, i quali di giorno, insieme alla luce solare, vedrebbero tuttora, nella loro ignoranza, anche lo stellato nascosto.

A Ida, simile testimonianza degli occhi di Useppe si manifestava soltanto nel colore. La loro mescolanza di turchino scuro e azzurro chiaro s'era fatta, se possibile, ancora piú innocente, e quasi inesplorabile nella sua doppia profondità. Un giorno, entrata in cucina all'improvviso, essa lo trovò là zitto sullo scalino del fornello, e i loro due sguardi s'incontrarono. Allora, essa vide, all'incontro, negli occhi di Useppe una sorta di cognizione impossibile, puerile, e indicibilmente straziata, che le diceva: «Tu lo sai!» e nient'altro, di là da ogni scambio di domande e risposte logiche.

Al mese di febbraio, Lena-Lena fu messa a lavorare da una riammagliatrice di calze, per cui dovette rinunciare alle sue visite e scappate in Via Bodoni. Ma per guardare Useppe, oramai, c'era Bella, la quale bastava.

Era finito, per Bella, il tempo delle bistecche quotidiane, e dei bagni all'istituto di bellezza, e di tutte le altre distinte comodità già da lei godute all'epoca di Ninnarieddu: il quale usava perfino di spazzolarla e pettinarla, e anche massaggiarla con le proprie mani, di lavarle gli occhi e le orecchie delicatamente con bambagia umida, eccetera. Adesso, per mangiare essa doveva contentarsi, in genere, di pasta e di legumi, con le sole aggiunte di qualche bocconcino extra che Useppe si toglieva per lei dal piatto (senza troppo farsi vedere da Ida). E in quanto alla sua toletta, questa consisteva esclusivamente in una specie di bagni secchi che lei faceva durante le passeggiate secondo un metodo suo proprio, e cioè: rotolandosi dentro al polverone, e poi dandosi delle scrollate spaventose, imitanti una nuvola ciclonica. Però essa preferiva, invero, questo metodo suo personale a quegli altri bagni di lusso, coi saponi di Marsiglia e l'acqua calda, che le erano stati sempre antipatici.

Smaniava invece, e non poco, per doversi adattare dentro il minimo spazio di una o due stanzette, lei che era stata avvezza ai viaggi, alle gite e alla vita di strada, e prima ancora (nella sua esperienza atavica) ai pascoli immensi dell'Asia! Nel corso di quell'inverno carcerario in Via Bodoni, certe giornate addirittura doveva arrangiarsi a fare i propri bisogni su cartacce e pezzi di giornale. Tuttavia, si rassegnava a qualsiasi sacrificio, pur di restare vicino a Useppe notte e giorno.

Anche nel suo nuovo regime di minestre, con la buona volontà essa prestissimo aveva ripreso le sue forme robuste, e la sua muscolatura sana. Il suo candido manto, adesso, appariva piuttosto nericcio, arruffato e pieno di nodi. E sebbene portasse, tuttora, il suo collare argentato con sopra scritto: Bella, da certi ragazzini del vicinato veniva nominata Pelozozzo. La si vedeva spesso indaffarata a grattarsi le pulci, e puzzava assai di cane. Anzi, questa sua puzza s'era attaccata pure a Useppe; tanto che a volte diversi cani gli giravano intorno annusandolo, forse nell'incertezza che lui pure fosse una specie di cucciolo canino.

Costoro (i cani) erano si può dire i soli frequentatori di Useppe. Amici o compagni della sua specie, lui non ne aveva piú nessuno. Col primo ritorno della buona stagione, Bella e Useppe stavano in giro gran parte della giornata; e da principio, nelle sue ore libere, Ida si era sforzata di accompagnarli. Però si era subito accorta dell'impossibilità, con le sue gambine secche e indebolite, di tener dietro a quei due. Al primo minuto di strada, già li aveva persi di vista, trovandosi con uno svantaggio di almeno mezzo chilometro. Non appena sbucati dal portone all'aria aperta, súbito se li vedeva partire in corsa, scorribandando, zompando e scapriolando verso l'ignoto; e ai suoi richiami vociferanti, da lontano Bella in risposta premurosamente le abbaiava: «Tutto bene. Non t'affannare e tòrnatene a casa. A Useppe ci penso io! Sono brava a tenere delle greggi di cento, duecento, trecento quadrupedi! E non mi credi capace di badare a un omettino?»

Per forza, Ida finí con l'affidare del tutto Useppe a Bella. Essa sentiva con certezza che la propria fiducia non era sbagliata: e del resto, che altro avrebbe potuto fare? Le uscite con Bella erano il solo svago del ragazzino. Anche il grammofono, dopo lo scempio famoso del disco swing, era stato messo per sempre da parte a consumarsi nella polvere. Oramai, nel chiuso delle stanzucce, anche Useppe, a somiglianza di Bella, si straniava inquieto come un'anima in pena, tanto che nemmeno alla mattina Ida non osava piú di incarcerarlo dentro casa come soleva già nell'inverno. Per solito, dopo la telefonata quotidiana della madre, i due pronti sortivano: tanto che Bella aveva presto imparato a riconoscere lo squillo dell'apparecchio come un pre-segnale di libera uscita: e all'udirlo si dava a fare dei balzi immensi, accompagnati da evviva fragorosi e da piccoli starnuti di soddisfazione.

Però, puntualmente (quasi tenesse un orologio di precisione dentro il suo testone d'orsa) essa alle ore dei pasti riconduceva Useppe a casa.

Sui primi tempi, i due non si allontanavano troppo da Via Bodoni. Le loro colonne d'Ercole erano da una parte il Lungotevere, poi le pendici dell'Aventino, e piú in là Porta San Paolo (né va taciuto qui che, in ogni caso, Bella scansava i passi di Useppe dal sinistro edificio del Mattatoio, sito là sui nostri paraggi...) Forse, ancora oggi qualche abitante del quartiere Testaccio ricorda di aver visto passare quella coppia: un cane grosso e un ragazzino piccolo, sempre soli e inseparabili. In certi punti d'importanza speciale, per esempio a Piazza dell'Emporio quando ci s'era impiantata una giostra, oppure a Monte Testaccio dove a volte s'accampava una famiglia di zingari, i due si arrestavano, in un doppio palpito irresistibile, per cui si vedeva il ragazzino dondolarsi sulle gambette e il cane agitare febbrilmente la coda. Ma bastava che, dall'altra parte, qualcuno mostrasse d'accorgersi di loro, perché il bambino si ritraesse in fretta, seguíto docilmente dal cane. La primavera già riversava all'aperto una folla di rumori, voci, movimenti. Dalle strade e dalle finestre si chiamavano nomi: «Ettore! Marisa! Umbè!...» e talora anche: «Nino!...» A questo nome, Useppe accorreva trasfigurato e con gli occhi tremanti, staccandosi da Bella di qualche passo verso una direzione imprecisa. E Bella a sua volta alzava un poco le orecchie, quasi a condividere almeno per un attimo quell'allarme favoloso, per quanto sapesse, invero, la sua assurdità. Difatti essa rinunciava a seguire il bambino, accompagnandolo, ferma in attesa, dal proprio posto, con uno sguardo di perdono e d'esperienza superiore. Poi, come Useppe, quasi immediatamente, ritornava indietro svergognato, lo accoglieva con questo medesimo sguardo. Non erano pochi i Nini e Ninetti viventi nel quartiere; e anche Useppe, in verità, non lo ignorava.

Il bel clima primaverile, assai precoce quell'anno, per tre giorni fu guastato dallo scirocco, che portò ammassi di nubi e acquate polverose, in un'aria sporca e calda che sapeva di deserto. Uno di quei giorni, Useppe ebbe una seconda caduta. La famiglia aveva appena terminato il pasto, e lui, che aveva mangiato poco e di malavoglia, era rimasto in cucina in compagnia di Bella, mentre Ida andava a stendersi sul letto. Di lí a poco Bella incominciò a manifestare un umore agitato e incoerente, come càpita a certi animali quando preavvertono un sisma o altro sovvertimento terrestre. Essa correva incessantemente dalla cucina alla stanza da letto, tanto che Ida, snervata, la cacciò via strillando. Erano le tre del dopopranzo. Dal cortile salivano pochi rumori (una radio e qualche voce dalla parte del deposito biciclette) poi si udí un tuono senza pioggia dal cielo gonfio e sporco, e dalla strada il fischio di una sirena di passaggio. Ma, appena spenti questi suoni, dalla cucina pervenne a Ida un piccolo dialogo sommesso, dove Useppe pareva canterellare delle frasi spezzate, con una vocetta spaurita e balbuziente, e Bella emetteva dei guaiti teneri, fra la sollecitudine e il pànico. Succedeva spesso che i due chiacchierassero insieme, però oggi all'udirli Ida fu scossa da un allarme indefinito, che la fece accorrere in cucina. Useppe, tuttora dritto in piedi, camminava con passi incerti, come si aggirasse in una penombra semicieca, e Bella gli stava intorno, con l'aria di una povera balia ignorante in cerca di un rimedio. All'ingresso di Ida, essa le si fece incontro, quasi invocandola. E stavolta Ida assisté coi propri occhi all'intera vicenda dell'insulto, fino dal momento che il *Grande Male* gettò il suo grido, calando come un predatore omicida sul piccolo Useppe.

La successione delle varie fasi, tuttavia, seguí cosí rapida, che Ida non ebbe quasi tempo di accorgersi dei propri movimenti, ritrovandosi, come la prima volta, inginocchiata presso Useppe, che già pareva riaversi ai suoi richiami. E seppure, in quel momento preciso, da un punto ultimo del suo proprio interno, una notizia definitiva le dichiarò che il figlietto era segnato, essa non la percepí. L'unica sua certezza sensibile, che presentemente le bastava, era che il brutto invasore della sua casa, tornato per la seconda volta a rubarle il bambino, seguendo le proprie leggi oscure non tarderebbe a rilasciarglielo.

Questa volta, al momento che, dato un grande sospiro, Useppe riaperse gli occhi nel suo sorrisetto incantato, ci si trovavano, a riaccoglierlo, in due: di qua sua madre, e di là Bella Pelozozzo. Costei gli dette una leccatina sulla mano e un'altra sul naso, però delicatissime per non disturbarlo. E per tutta la durata del suo profondo sonno successivo, rimase distesa ai piedi del suo letto.

Anche al suo primo risveglio, la sera tardi, Useppe si ritrovò accanto queste due: Bella e sua madre, una per lato. «Useppe!» lo salutò Ida, e Bella lo salutò con un abbaio cosí discreto e tremulo da potersi confondere per un belato. Lui sollevò un poco la testa e disse: «La luna!» Difatti lo scirocco s'era allontanato, lasciando il posto a una tramontana primaverile che aveva già pulito quasi tutto il cielo, dove in alto si vedeva passare la luna, fresca e nuda, come dopo un bagno. Era la stessa luna che si vedeva passare dalla casa di San Lorenzo fino dai tempi quando Useppe la chiamava ancora la *ttella* oppure la *dóndine*, cosí come chiamava *ttelle* o *dóndini* (secondo i casi) le lampade accese, i palloncini colorati, o perfino i barattoli di latta o gli sputi in terra, se appena appena la luce li faceva brillare.

(A quel tempo lui camminava ancora a quattro zampe e gli succedeva di confondere la terra col cielo).

Ida non poteva permettersi nuove assenze dalla scuola; però la mattina dopo, nell'uscire, provvide a chiudere l'uscio di casa con la serratura doppia, come usava già nell'inverno. Le pesava la mano nel compiere un tale gesto, che le pareva un segno di minorazione per Useppe. Lo aveva lasciato che ancora dormiva, raggomitolato intorno al guanciale, e con Bella sonnecchiante ai piedi del *sommier*. Udendola uscire la cagna aveva sollevato un poco la testa, con un piccolo sventolio rassicurante della coda («Va' va' pure. A Useppe bado io»). Prima delle undici, secondo il solito, gli telefonò.

Tre o quattro squilli, poi la nota vocetta di tutti i giorni:

«Pronto chi parla! Qui parla Useppe! Chi parla?»

«Sono io: mamma! Stai bene?»

«Sí» (sullo sfondo il consueto abbaiare di Bella).

«Hai preso il caffellatte?»

«Sí...»

Il dialogo è lo stesso di sempre, ma oggi Ida crede di udirgli nella voce un tremolio. Deve súbito scagionarsi, rassicurante:

«Ho chiuso l'uscio», si affretta a spiegargli, «perché ieri tu avesti un po' di febbre. Ma appena guarito, potrai di nuovo uscire insieme a Bella!»

«Sí... sí...»

«Allora stai bene? Mi raccomando... Io prima dell'una sono a casa!...»

«Sí... Addio. Addio».

Tutto pareva normale, come se quella cosa non fosse accaduta, né ieri, né mai. Solo, a Ida rimaneva il sospetto di avergli udito quel certo tremolio nella voce... Sulla via del ritorno a casa, essa acquistò, per il pranzo, anche un dessert: due paste alla crema, una per lui e una per Bella. E lo vide accendersi con una espressione contenta per via che s'era pensato anche a Bella.

Della sua *febbre* di ieri non gli rimaneva nessun segno apparente, se non l'aspetto ancora palliduccio e svigorito: con un residuo di svogliatezza e di riposo, che bastava a distrarlo, per fortuna, anche dal tradimento di Ida, di avergli chiuso la porta. Nel corso della mattinata, evidentemente s'era svagato disegnando: sul tavolo di cucina c'erano sparse tutte le sue matite colorate, e un foglio interamente coperto di disegni fino ai margini... Però un guaio era capitato in assenza di Ida, e lui glielo annunciò coraggiosamente, con un buffo sorrisetto peritoso:

«... a' mà, Bella ha cacato sullo straccio per asciugare i piatti».

Alla mattina, invero, Ida aveva lasciato cadere in terra lo strofinaccio, e Bella, ragionevolmente, se n'era servita, forse supponendolo messo là per il suo comodo... Un puzzo notevole saliva tuttora da dentro l'acquaio, dove Useppe aveva provveduto a immergere lo strofinaccio, dopo averne doverosamente riversato il troppo nel cesso. E Bella, in questa scena, si teneva un poco in disparte, con l'aria attristata di una peccatrice, pur senza intendere quale fosse il suo peccato... Ma Ida non osò neppure di fare a Useppe la solita osservazione, ossia che si dice: *fare i bisogni*! *cacare* è una parolaccia! (lui l'aveva ereditata, con altre, da suo fratello Nino). Piuttosto, credette di riconoscere, nelle sue parole, un'accusa, per averlo chiuso prigioniero insieme a Bella. «Non importa!» si affrettò a dirgli, «era già sporco, lo straccio». E Useppe, che temeva dei rimbrotti per Bella, fu súbito consolato.

Il disegno rimasto sulla tavola era tutto un arabesco di anelli, sprazzi e spirali rossi, verdi, turchini e gialli; e lui stesso fieramente spiegò a Ida: «Sono le rondini!» indicando con la mano, di là dalla finestra, i suoi modelli che scavallavano per l'aria. Ida lodò il disegno, che difatti le pareva bellissimo, per quanto a lei stessa incomprensibile. Ma lui, dopo avergliene insegnato il soggetto, strizzò il foglio nel pugno e lo buttò nella spazzatura. Questa era la fine a cui sempre destinava i propri disegni. E se Ida protestava, lui alzava le spalle e s'ingrugnava, con un'aria sprezzante e triste (se possibile a volte essa di nascosto recuperava quei fogli dalle immondezze e li riponeva in salvo dentro a un proprio cassetto privato).

Tutto procedeva regolarmente. Ma, su una cert'ora del primo dopopranzo, mentre Bella faceva la siesta, Ida sorprese Useppe rincantucciato in terra poco piú in là, addosso al muro del corridoio. Sul principio, a sogguardarlo, le parve soltanto ingrugnato; ma come gli si accostò, si accorse che piangeva, con la faccetta chiusa come un pugno, contratta e raggrinzata in tante rughe. Al guardare in su verso di lei, subitaneamente proruppe in singhiozzi asciutti. E con lo stupore di una bestiola, disse in una voce disperata:

«A' mà... *pecché?*»

In realtà, questa sua domanda non pareva rivolgersi proprio a Ida là presente: piuttosto a una qualche volontà assente, immane, e inspiegabile. Ida invece di nuovo s'immaginò che lui la accusasse per averlo rinchiuso dentro casa a
tradimento; ma presto nei seguenti giorni dovette convincersi che tale spiegazione non bastava. Quella domanda:
pecché? era diventata in Useppe una sorta di ritornello,
che gli tornava alle labbra fuori tempo e fuori luogo, forse
per un movimento involontario (se no, si sarebbe preoccupato di pronunciarla bene con la *erre*). Lo si sentiva a volte
ripeterla fra sé in una sequela monotona: «pecché? pecché pecché pecché pecché??» Ma per quanto sapesse d'automatismo, questa piccola domanda aveva un suono testardo e lacerante, piuttosto animalesco che umano. Ricordava
difatti le voci dei gattini buttati via, degli asini bendati alla
macina, dei caprettini caricati sul carro per la festa di Pasqua. Non si è mai saputo se tutti questi pecché innominati
e senza risposta arrivino a una qualche destinazione, forse a
un orecchio invulnerabile di là dai luoghi.

2.

Dopo il secondo attacco di Useppe, Ida era tornata affannosamente dalla dottoressa, la quale, di lí a due giorni, le
ottenne una visita speciale da parte del Professore neurologo già da lei suggerito a Ida. In questa occasione, non
senza impazienza, essa accertò Ida che il temuto EEG (elettroencefalogramma) non era altro che una registrazione, innocua e senza dolore, delle tensioni elettriche cerebrali,
tracciata da una macchina su una carta. A Useppe, Ida, da
parte sua, dette a intendere che la legge aveva decretato
certe analisi obbligatorie per tutti i ragazzini, contro il pericolo delle febbri. Lui non fece nessun commento, contentandosi di una sbuffata, però cosí lieve da somigliare a un
sospiro.

Per l'occasione, Ida gli fece un bagno completo nella

tinozza della biancheria, e gli mise il suo vestito piú elegante, cioè pantaloni lunghi uso americano, e una maglietta nuova a strisce bianche e rosse. Presero il tram fino alla Stazione Termini, ma da qui, fino a destinazione, Ida si permise il lusso di un tassí. Non solo per non affaticare Useppe, ma perché il Professore aveva dato un indirizzo al quartiere Nomentano, poco distante dal Tiburtino. A Ida non bastava piú la volontà per inoltrarsi in quei paraggi con le sue proprie forze.

In passato, Ida era già stata su un tassí un paio di volte almeno (ai tempi di Alfio), ma Useppe ci saliva oggi per la prima volta nella sua vita, e l'improvvisata lo eccitò. Senza incertezza si accomodò pronto accanto al guidatore; e dal sedile di dietro Ida lo udí chiedere all'uomo, in tono di competenza: «Che cilindrata tiene, questa macchina?» «È una millecento Fiat!» gli rispose il tassista con soddisfazione; e ancora Ida lo vide, ingranata la marcia, soddisfare a qualche altra domanda imprecisata del suo cliente, accennando col dito al contachilometri: evidentemente, Useppe gli aveva chiesto informazioni sulla velocità... Con ciò, il brevissimo dialogo ebbe fine. Useppe si azzittí, e Ida si accorse che dondolava il capo al modo che usava per accompagnare quella sua cantilena curiosa: pecché pecché pecché pecché? Di lí a poco, volendo sfuggire alla vista delle strade, essa chiuse gli occhi fino all'arrivo.

Furono introdotti nell'ala laterale di un edificio ospedaliero, dove si teneva pure ambulatorio; però, grazie alla raccomandazione della Dottoressa, il Professore aveva fissato il loro appuntamento con qualche anticipo sull'orario comune. Li ricevette in fondo in fondo al corridoio, in una saletta che sull'uscio portava il suo nome: Prof. Dr. G. A. Marchionni. Era un signore di mezza età, alto e pasciuto, con gli occhiali sulle guance spesse, e i baffetti grigi spioventi. Ogni tanto si toglieva le lenti per pulirle, e il suo volto di miope, senza gli occhiali, scadeva dalla gravità e decenza professionale a una pesantezza gonfia e ottusa. Parlava in un tono sempre uguale, fiacco e accademico; però si esprimeva con proprietà e riguardo, e sempre con buone maniere, al contrario della Dottoressa. Non era, insomma, che un distinto signore ordinario; ma Iduzza, al vederlo, ne ebbe súbito paura.

Sbirciava certi appunti su un foglio, e disse che era in parte a conoscenza dell'anamnesi (certo la Dottoressa doveva averlo informato), però, prima di procedere, desiderava ancora qualche informazione dalla madre: «Frattanto, Giuseppe può dare un'occhiata in giardino... Ti chiami Giuseppe eh già?...»

«No. Useppe».

«Bravo. Dunque, Giuseppe, tu scendi a dare un'occhiata per tuo conto in giardino. C'è là un animaletto che può interessarti». E sospinse Useppe verso una porta-finestra sull'esterno.

Il giardino era piuttosto un'aiola, chiusa fra i muri dell'ospedale, con appena qualche pianticella stenta. Ma in un angolo, dentro una gabbietta, ci si trovava, effettivamente, un animaluccio assai grazioso, che fissò l'attenzione di Useppe al punto da fargli addirittura trattenere i respiri. Somigliava, in piccolo, a uno scoiattolo, però senza coda. Aveva pelliccia marrone, maculata di giallo e arancio, zampette assai corte, e minuscoli orecchi dall'interno rosa. E altro non faceva che correre vertiginosamente intorno a una ruota sospesa dentro la sua gabbia, senza badare a nient'altro. La gabbia era poco piú ampia di una scatola da scarpe; e la ruota aveva forse 15 centimetri di diametro: però lui, a furia di rifarne il giro con quell'affanno senza mai fermarsi, forse oramai, con le sue gambucce nane, aveva già coperto in chilometri una distanza pari al circolo dell'Equatore! Tanto era indaffarato nella sua estrema urgenza, da non accorgersi nemmeno dei piccoli richiami di Useppe. E i suoi begli occhiettini color oliva rilucevano fermi come quelli dei matti.

Da principio Useppe rimase lí in piedi davanti alla gabbia, a ruminare delle idee sue proprie. Ma di lí a non molto, il Professore, affacciandosi a richiamarlo dalla porta-finestra, lo sorprese che armeggiava con una mano dentro la gabbia, in pieno reato di effrazione. Aveva deciso invero di portarsi via l'animaluccio, nascondendoselo sotto la maglia; e poi, d'accordo con Bella, condurlo a scorrazzare in un luogo maraviglioso di loro conoscenza, da dove con le sue zampe veloci quello se ne poteva scappare dove gli piaceva, magari fino ai Castelli Romani, e in America, e in tutti i posti.

Il Professore sopravvenne giusto in tempo per evitare il furto: «No... no... vediamo!» ammoní, con la sua voce lenta. Ma siccome il ragazzetto non desisteva, e anzi lo guardava con occhi di sfida, s'obbligò a sforzargli il braccio fuori dalla gabbia, che immediatamente si richiuse con uno

scatto. Poi, sempre tenendogli il polso, lo trasse con sé, riluttante, verso l'ingresso della saletta, dove Ida li aspettava.

A questo punto, l'animaluccio, che pareva muto, fece
udire una voce, una sorta di grugnito impercettibile. E allora Useppe, girandosi a riguardare indietro, diede uno
strattone al Professore, e puntò i piedi sul gradino. Ma il
Professore, con uno sforzo minimo, lo ebbe presto riso-
spinto su nell'interno, chiudendo alle loro spalle la porta-
finestra.

Useppe s'era messo a tremare in faccia, fino dentro gli
occhi: «Non voio! non voio!» esclamò d'un tratto con
grande strepito, come chi si strappa da una contingenza
inaccettabile. E in una vampa d'ira, che lo bruciò di un rossore cupo, senz'altro tirò un pugno al Professore, all'altezza
della pancia. Ida si faceva avanti circospetta... «Niente
niente. Incerti della professione», le disse il Professore,
ridacchiando nella sua maniera triste, «ora si provvede... si
provvede...» e calmo convocò al telefono una signorina, la
quale comparve di lí a pochi istanti, porgendo a Useppe, in
un cucchiaio, *una buona cosa zuccherata*. Nel porgerla essa
aveva certe maniere insinuanti e soavi, che si sarebbero dette irresistibili; però la *buona cosa zuccherata* le fu violentemente ributtata addosso – bruttandole il camice bianco –
da due manine febbrili che scansavano tutti.

Difatti, Useppe attualmente si voltolava in terra, scalciando contro il Professore, e contro la Signorina, e contro
sua madre, in una rivoluzione totale. Nell'acquietarsi un
poco, dava delle occhiate sfuggenti alla porta-finestra, quasi
che là dietro, nel giardinetto, si nascondesse un punto di
tenebra; e Iduzza lo vide, al tempo stesso, fare il gesto
di stracciarsi addosso la sua magliettina nuova, al modo che
certi febbricitanti si strappano le bende dalle ferite. Essa
rammentò di averlo sorpreso nel medesimo gesto una notte
d'estate di due anni prima, nella cameretta di Via Mastro
Giorgio, quando il suo male aveva dato i primi segni. E
tutta l'evoluzione di questo male fino a oggi riapparve alla
nostra donnetta in una sorta di cavalcata sanguinaria, che
galoppava attraverso i giorni e i mesi per devastare il suo
bastarduccio.

Lí per lí, essa temette che una nuova *grande* crisi lo minacciasse in questo momento. E contro ogni criterio logico,
provò una ripugnanza estrema all'idea che proprio un dot-

tore, in particolare, dovesse assistervi! Il cuore le si rovesciò come una tasca vuota alla rapida sensazione che la scienza dei dottori non solo era inservibile per il male di Useppe, ma lo offendeva.

Essa respirò al vedere che per fortuna Useppe si andava calmando; anzi, aveva preso un'aria timida, quasi d'imputato in contumacia, e subí con rassegnazione tutti gli ulteriori esami cui venne sottoposto. Però, fino alla fine della visita, oppose un silenzio caparbio alle domande del Professore; e, invero, è da credere che non le udisse nemmeno. Io suppongo che i suoi pensieri si tendessero ancora esclusivamente verso quell'animaluccio senza coda (ma del suo brevissimo incontro con costui non parlò piú a nessuno mai, ch'io sappia).

Usciti finalmente dalla saletta, i due passarono in mezzo a un gruppetto di persone in attesa, quasi tutte in piedi: c'era un ragazzo biondiccio, con le braccia lunghissime e le labbra cascanti, il quale sussultava di continuo; e un vecchietto dalle guance rossastre, assai pulito, che non cessava di grattarsi febbrilmente le spalle, con una espressione stravolta, come fosse assillato da insetti ripugnanti che non si saziavano mai. Da una stanza s'affacciò un infermiere, e per l'uscio semiaperto si scorse un interno con le grate alle finestre, e un ingombro di lettucci senza coperte su cui della gente tutta vestita stava buttata in disordine. Nello spazio fra i lettucci, un uomo in maniche di camicia, dalla barba lunga, passeggiava in fretta e furia con delle risa da ubriaco, e d'un tratto s'era messo a barcollare. Dopo una breve sosta, Ida e Useppe furono chiamati di là da una porta a vetri, che dava su una scala.

Il laboratorio dell'EEG si trovava in certi locali sotterranei, muniti di macchinari astrusi sotto luci artificiali; però Useppe, all'entrarvi, non mostrò né curiosità né stupore, e anche quando gli applicarono gli elettrodi sulla testolina, lasciò fare con una sorta di noncuranza disincantata. Pareva attualmente, a guardarlo, che lui, chi sa quando e dove, avesse già percorso questi sotterranei e subíto queste prove medesime; e già sapesse che a lui, tanto, non servivano proprio a nulla.

Tuttavia, rincasando, annunciò alla portinaia, con una certa importanza ma in tono di segretezza: «Ho fatto il *fafogramma*». Però colei, che fra l'altro andava riducendosi sempre piú sorda, non si curò di capire quel discorso.

Di lí a qualche giorno, Ida tornò sola dal Professore, per un giudizio.

Le analisi e gli esami clinici non avevano svelato nulla di allarmante. Anche se gracile, e di crescita stentata, il bambino non denunciava né lesioni, né postumi di infezioni, né malattie organiche di nessuna specie. Quanto al reperto dell'EEG, esso equivaleva, agli occhi di Iduzza, a un oracolo di geomanzia imperscrutabile. Era un tracciato multiplo di linee oscillanti, su grandi strisce di carta oblunga. E il Professore le chiarí alla meglio che le oscillazioni attestavano l'attività ritmica delle cellule viventi: nella cessazione dell'attività, le linee inscritte si mostrano piatte.

L'incartamento era accompagnato da una relazione di poche righe, le quali concludevano: *Il tracciato non risulta significativo*. E difatti, spiegò il Professore, non vi si registra nessuna alterazione specifica del cervello. Da questo reperto, come pure dagli esami clinici precedenti, la salute del soggetto risulterebbe normale. Però, aggiunse, data l'anamnesi, il valore pratico di un simile risultato permane incerto, ossia relativo e transitorio. Casi consimili non permettono di formulare né una diagnosi precisa, né una prognosi attendibile. Si tratta di una sindrome morbosa generalmente inspiegata circa alle cause e imprevedibile circa al decorso... La medicina a tutt'oggi può offrire solo rimedi sintomatici (il Professore prescrisse del Gardenal). S'intende che la terapia va seguíta sistematicamente e regolarmente. Il malato va tenuto sotto costante sorveglianza...

Il Professore s'era tolto gli occhiali per asciugarli, e in quel momento Iduzza credette di avere udito, da qualche reparto non lontano dei fabbricati ospedalieri, un grido di bambino. In fretta in fretta, con voce atona, essa domandò se fra le cause potesse darsi una disposizione ereditaria, la nascita prematura... «Non si esclude non si esclude», rispose il Professore in accento neutrale, giocherellando coi propri occhiali sulla tavola. Poi levando gli occhi direttamente su Ida, la apostrofò: «Ma questo ragazzo si nutre a sufficienza?!»

«Sí! Síí! Io... il meglio!» rispose Ida in tumulto, quasi dovesse difendersi da un'accusa: «Certo», si giustificò, «in tempo di guerra, è stato difficile per tutti...» Temette, con questo *tutti*, d'avere offeso il Professore, includendolo nel mucchio dei disgraziati. E addirittura le parve di vedergli, nello sguardo, un'ironia... Non era altro, invero, che l'obliquità particolare di certi occhi miopi. Però Iduzza ne ebbe paura. Adesso, era un grido di donna che le si faceva udire, da qualche altro reparto dell'ospedale (forse immaginario). E il volto del Professore, senza gli occhiali, le appariva nudo fino all'indecenza, sordido e minaccioso. Le venne il sospetto che in questo luogo intricato di sotterranei, corridoi, scale e macchine, sotto il comando di costui, si ordisse un complotto contro Useppe!

In realtà, il personaggio che le stava davanti era un Professore senza troppe qualità, che le porgeva le proprie nozioni scientifiche con imparzialità doverosa (e quasi gratuitamente, inoltre, per la raccomandazione della Dottoressa). Ma Ida in quel punto lo vide sotto forma di Autorità terribile, come se tutta quanta la paura che le incuteva, da sempre, la gente adulta, oggi le si condensasse in questa maschera. La Dottoressa, pure con le sue cattive maniere (essa trattava Ida, in verità, come una mezza scema), non le era mai sembrata proprio adulta; e neanche il compare Dottore che le aveva fatto il solletico. Però, da oggi, lei si mise paura di tutti i Dottori. La parola *malato* usata dal Professore per definire Useppe, all'improvviso la aveva percossa come una calunnia, che essa rifiutava e che la cacciava via di schianto dalle mura dell'Ospedale. Lei non voleva che Useppe fosse un malato: Useppe doveva essere un bambino *come gli altri*.

Non trascurò, a ogni modo, di recarsi alla farmacia quel giorno stesso per farsi spedire la ricetta del Prof. Marchionni. E per contro le venne in mente, piú tardi, che aveva trascurato di chiedergli se al bambino fosse permesso di uscire in libertà, nelle ore di luce, sotto la sorveglianza di una pastora... Ma il fatto è che su tale questione, invero, Ida aveva già deciso. Solo per quell'unica mattina dopo l'attacco la sua mano aveva osato chiudere a doppia mandata l'uscio d'ingresso; poi súbito, fino dal giorno seguente, Useppe s'era ritrovato libero assieme a Bella.

S'era in Aprile. E poi Maggio Giugno Luglio Agosto tutta una grande estate solare si spalancava ai pupetti ai bambini ai ragazzini ai cani ai gatti. Useppe doveva scorrazzare e pazziare alla luce, *come gli altri*: lei non poteva incarcerarlo dentro a un muro. (Forse, quella voce non percepita, ma che pure batteva in lei da qualche punto, di là dalle soglie del suono, già la avvertiva che al suo pazzariello non resterebbero piú tante altre estati?)

3.

Resta dunque da raccontare per ultima quella primavera-estate del '47, coi vagabondaggi di Useppe e della sua compagna Bella, in libera uscita nel quartiere Testaccio e dintorni. Senza la guardia di Bella, certo, una simile libertà sarebbe stata negata a Useppe. Lui non di rado era ripreso da voglie avventate di fuga, ossia di camminare avanti avanti senza saper dove; e non c'è dubbio che si sarebbe sperduto, se non ci fosse stata Bella a frenarlo, e a riportarlo a casa all'ora solita. Inoltre, ogni tanto, inopinatamente, lo scuotevano delle paure: bastava il movimento d'un'ombra, o d'una foglia, per metterlo all'erta o dargli dei sussulti. Ma per fortuna, non appena girava le pupille inquiete, la prima cosa che vedeva era la faccia di Bella, coi suoi occhi marrone contenti della bella giornata e i suoi respiri a bocca aperta, che applaudivano l'aria.

Nel corso della stagione, ai due, per quanto solitari, non mancarono incontri e avventure. La prima avventura fu la scoperta di un luogo maraviglioso. Era questo, appunto, il luogo «di sua conoscenza» dove Useppe aveva progettato di portare l'animaluccio senza coda. E la scoperta, difatti, era stata di poco antecedente alla visita del Professor Marchionni. Fu di domenica mattina; dopo il breve intervallo della loro clausura, Useppe e Bella avevano di nuovo via libera per uscire. E tanto erano smaniosi che alle nove, salutata Ida, erano già fuori di casa.

La tramontana, nel suo passaggio veloce dopo le piogge, aveva lasciato l'infinito cosí limpido che perfino i muri vecchi ringiovanivano a respirarlo. Il sole era asciutto e ardente, e l'ombra era fresca. Nel piccolo soffio dell'aria, si camminava senza peso, come portati da una barca a vela. E oggi, per la prima volta, Useppe e Bella valicarono i loro confini soliti. Senza nemmeno accorgersene, cammina e cammina, superarono Via Marmorata, seguendo tutta la lunghezza del Viale Ostiense; e raggiunta la Basilica di San Paolo, presero a destra, dove Bella, chiamata da un odore inebriante, incominciò a correre, seguíta da Useppe.

Bella correva al grido: «Uhrrr! uhrrr!» che significa: «Il mare! il mare!», mentre invece, si capisce, quello laggiú non era altro che il fiume Tevere. Ma non piú, invero, lo stesso Tevere di Roma: qua esso correva fra i prati, senza muraglie né parapetti, e rifletteva i colori naturali della campagna.

(Bella possedeva una specie di memoria matta, errante e millenaria, che d'un tratto le faceva fiutare in un fiume l'Oceano Indiano, e la maremma in una pozzanghera di pioggia. Era capace di riannusare un carro tartaro in una bicicletta e una nave fenicia in un tranvai. E ciò si spiega perché si slanciasse fuor di proposito in certi zompi monumentali; o perché a ogni tratto si fermasse a frugare con tale interesse frammezzo ai rifiuti o a salutare con mille cerimonie certi odori di minima importanza).

Qui la città era finita. Di là, sull'altra riva, si scorgevano ancora fra il verde poche baracche e casupole, che via via si diradavano; ma da questa parte, non c'erano che prati e canneti, senza nessuna costruzione umana. E nonostante la domenica, il luogo era deserto. Con la primavera appena agli inizi, specie di mattina, nessuno ancora, difatti, frequentava queste rive. C'erano solo Useppe e Bella: i quali correvano avanti un tratto, poi si buttavano a scapriolare nell'erba, poi zompavano su e correvano avanti un altro tratto.

In fondo ai prati, il terreno si avvallava, e incominciava una piccola zona boscosa. Fu lí che Useppe e Bella a un certo punto rallentarono i passi, e smisero di chiacchierare.

Erano entrati in una radura circolare, chiusa da un giro di alberi che in alto mischiavano i rami, cosí da trasformarla in una specie di stanza col tetto di foglie. Il pavimento era un cerchio d'erba appena nata con le piogge, forse ancora non calpestata da nessuno, e fiorita solo di un'unica specie di margherite minuscole, le quali avevano l'aria d'essersi aperte tutte quante insieme in quel momento. Di là dai tronchi, dalla parte del fiume, una palizzata naturale di canne lasciava intravedere l'acqua; e il passaggio della corrente, insieme all'aria che smuoveva le foglie e i nastri delle canne, variava le ombre colorate dell'interno, in un continuo tremolio. All'entrare, Bella fiutò in alto, forse credendo di ritrovarsi in qualche tenda persiana; poi levò appena gli orecchi, al suono di un belato dalla campagna, ma súbito li riabbassò. Anche lei, come Useppe, si era fatta attenta al grande silenzio che seguí la voce singola di quel belato. S'accucciò vicino a Useppe, e nei suoi occhi marrone comparve la malinconia. Forse, si ricordava dei suoi cuccioli, e del suo primo Antonio a Poggioreale, e del suo secondo Antonio sottoterra. Pareva proprio di trovarsi in una tenda esotica, lontanissima da Roma e da ogni altra città: chi sa dove, arrivati dopo un grande viaggio; e che fuori all'intorno si stendesse un enorme spazio, senz'altro rumore che il movimento quieto dell'acqua e dell'aria.

Un frullo corse nell'alto del fogliame, e poi, da un ramo mezzo nascosto, si udí cinguettare una canzonetta che Useppe riconobbe senza indugio, avendola imparata a memoria un certo mattino, ai tempi che era piccolo. Rivide anzi la scena dove gli era capitato di ascoltarla: dietro la capanna dei guerriglieri, sul monte dei Castelli, mentre Eppetondo cuoceva le patate e si aspettava Ninnuzzu-Assodicuori... Il ricordo gli si presentò un poco indistinto, in un tremolio luminoso, simile all'ombra di questa tenda d'alberi; e non gli portò tristezza, ma anzi il contrario, come un piccolo saluto ammiccante. Anche Bella parve gustare la canzonetta, perché alzò la testa di sotto in su, tenendosi in ascolto accucciata, invece di slanciarsi in uno zompo come avrebbe fatto in altra occasione. «La sai?» le bisbigliò Useppe pianissimo. E in risposta essa agitò la lingua e alzò mezzo orecchio, per intendere: «Altro che! e come no?!» Stavolta, i cantanti non erano due, ma uno solo; e a quanto se ne distingueva giú da sotto, non era né un canarino né un lucherino, ma forse uno storno, o piuttosto un passero comune. Era un uccellino insignificante, di colore castano-grigio. A scrutare in alto, badando a non fare movimento né rumore, si poteva scorgere meglio la sua testolina vivace e perfino la sua minuscola gola rosea che palpitava nei gorgheggi. A quanto pare, la canzonetta s'era diffusa, nel giro degli uccelli, diventando un'aria di moda, visto che la sapevano anche i passeri. E forse, costui non ne conosceva nessun'altra, visto che seguitava a ripetere questa sola, sempre con le stesse note e le stesse parole, salvo variazioni impercettibili:

> «È uno scherzo
> uno scherzo
> tutto uno scherzo!»

oppure:

> «Uno scherzo uno scherzo
> è tutto uno scherzo!»

509

oppure:

> « È uno scherzo
> è uno scherzo
> è tutto uno scherzo uno scherzo
> uno scherzo ohoooo! »

Dopo averla replicata una ventina di volte, fece un altro frullo e se ne rivolò via. Allora Bella soddisfatta si allungò meglio sull'erba, con la testa riposata sulle due zampe davanti, e si mise a sonnecchiare. Il silenzio, finito l'intervallo della canzonetta, s'era ingrandito a una misura fantastica, tale che non solo gli orecchi, ma il corpo intero lo ascoltava. E Useppe, nell'ascoltarlo, ebbe una sorpresa che forse avrebbe spaventato un uomo adulto, soggetto a un codice mentale della natura. Ma il suo piccolo organismo, invece, la ricevette come un fenomeno naturale, anche se mai prima scoperto fino a oggi.

Il silenzio, in realtà, era parlante! anzi, era fatto di voci, le quali da principio arrivarono piuttosto confuse, mescolandosi col tremolio dei colori e delle ombre, fino a che poi la doppia sensazione diventò una sola: e allora s'intese che quelle luci tremanti, pure loro, in realtà, erano tutte voci del silenzio. Era proprio il silenzio, e non altro, che faceva tremare lo spazio, serpeggiando a radice più in fondo del centro infocato della terra, e montando in una tempesta enorme oltre il sereno. Il sereno restava sereno, anzi più abbagliante, e la tempesta era una moltitudine cantante una sola nota (o forse un solo accordo di tre note) uguale a un urlo! Però dentro ci si distinguevano chi sa come, una per una, tutte le voci e le frasi e i discorsi, a migliaia, e a migliaia di migliaia: e le canzonette, e i belati, e il mare, e le sirene d'allarme, e gli spari, e le tossi, e i motori, e i convogli per Auschwitz, e i grilli, e le bombe dirompenti, e il grugnito minimo dell'animaluccio senza coda... e «che me lo dài, un bacetto, a' Usè?...»

Questa multipla sensazione di Useppe, non facile né breve a descriversi, fu in se stessa, invece, semplice, rapida, quanto una figura di tarantella. E l'effetto che ebbe su di lui, fu di farlo ridere. Si trattava, invero, anche oggi, a detta dei medici, di uno dei diversi segni del suo morbo: certe sensazioni allucinatorie sono «sempre possibili in soggetti epilettici». Ma chi si fosse trovato a passare, in quel momento, nella tenda d'alberi, non avrebbe visto altro che uno spensierato morettino dagli occhi azzurri, il quale rideva di niente, con lo sguardo in aria, come se una piuma invisibile gli vellicasse la nuca.

4.

«Carloo!...?... Vàvide... Ddàvide!»

Il giovane che li precedeva, a distanza di qualche passo, lungo Via Marmorata, si voltò appena di traverso. Dopo quel suo rapido passaggio a Via Bodoni l'estate precedente, Useppe non aveva piú rivisto Davide Segre (già Carlo Vivaldi e Piotr); ma Bella, invece, aveva avuto nuove occasioni d'incontrarlo, nella tarda estate e nell'autunno successivo, le volte che Ninnuzzu era capitato a Roma senza trovare il tempo di farsi rivedere a casa. Riconoscendolo immediatamente, essa si slanciò verso di lui con tale gioia impetuosa, che Useppe si lasciò sfuggire il suo guinzaglio dalle mani. (S'era sparsa la voce, da qualche tempo, che gli acchiappacani del Comune davano la caccia ai cani sciolti, e Ida, spaventata, aveva fatto acquisto di un guinzaglio e perfino di una museruola, raccomandandone l'uso a Bella, e a Useppe insieme. E dopo di allora, convinti, i due, finché non uscivano dal quartiere abitato, si tenevano sempre cosí legati l'uno all'altro: con l'effetto naturale che Useppe, piú piccolo, veniva portato al guinzaglio da Bella).

La vocina, che aveva fatto voltare quel giovane gridando i suoi nomi, lo aveva però lasciato disattento, non meno che se avesse chiamato un altro; né fu pronto a riconoscere la Bella di Ninnuzzu in quel cagnaccio puzzoso e festante che lo investiva in mezzo alla strada: «Passa via!» fu la sua prima risposta a questo cane ignoto. Però frattanto qualcun altro sopravveniva di corsa: «Sono Useppe!» gli annunciò quest'altro con un piglio spavaldo; e lui scorse, abbassandosi, due occhi azzurri che gli sorridevano in un tremolio di saluto.

A riconoscerli, Davide fu sul punto di spaventarsi. L'unica sua volontà, in quel momento, era di starsene solo. «Ciao ciao, me ne vado a casa», tagliò corto. E voltando le spalle, proseguí nel suo passo sbandato in direzione di

Ponte Sublicio. Però, al passaggio del ponte, fu preso da qualche rimorso e si voltò indietro. Vide quei due che, dopo essergli andati dietro per qualche passo, s'erano fermati interdetti sull'inizio del ponte, la cagna agitando la coda, e il bambino che si dondolava con una espressione incerta, stringendosi al guinzaglio con tutte e due le mani. Allora, per rimediare alla meglio, Davide fece con la mano un gesto frettoloso di saluto, e accennò un sorriso impacciato, vagamente allusivo. Tanto bastò perché i due gli rivolassero incontro, come due pulcini. «Dove vai?» lo affrontò Useppe arrossendo. «A casa a casa ciao», rispose Davide. E tanto per liberarsi dalla coppia, soggiunse, quasi fuggendo verso la Porta Portese:

«Ci rivediamo eh? piú tardi!»

Useppe a questo punto, rassegnato, gli fece il suo familiare cenno d'addio con la mano a pugno. Ma Bella, invece, si fissò in testa quelle parole «ci rivediamo piú tardi» quasi valessero per un vero e proprio appuntamento. Frattanto (era quasi l'una dopo mezzogiorno) essa tirò Useppe per il guinzaglio verso Via Bodoni, per il pranzo; mentre Davide svicolando s'internava di là da Porta Portese.

In realtà, lui, per conto proprio, correva a un altro appuntamento, che lo aspettava a casa, mettendogli addosso la smania, come un richiamo di donna. Non era, invece, che una medicina, alla quale lui ricorreva da qualche tempo, in certe ore difficili, come già all'alcool. Però, mentre l'alcool lo riscaldava, magari eccitandolo fino alla collera, quest'altro rimedio aveva per lui la grazia opposta, promettendogli uno stato di quiete.

In séguito alla morte di Ninnuzzu, lui, sul principio, era caduto in una irrequietezza febbrile, che ogni poco lo cacciava dal suo piccolo domicilio romano, verso quei punti che tuttora, dal suo breve passato, potevano rappresentargli una specie di famiglia. Prima si era ripresentato al paese della sua balia, da dove subito era ripartito per Roma in fretta. Poi dopo un giorno era tornato su a Mantova, ma di qua presto aveva ripreso il treno per il sud. Qualcuno dei suoi vecchi compagni anarchici lo aveva visto ricomparire in un caffè di Pisa o di Livorno, dove già si ritrovavano insieme ai tempi della sua adolescenza. Alle loro domande aveva risposto di malavoglia, a monosillabi, o con qualche sorriso sforzato; e poi s'era messo lí ingrugnato, taciturno, e senza mai star fermo con le gambe, come se la sedia gli desse una sensazione di prurito, o di anchilosi. Dopo circa trenta minuti, nel mezzo dei loro discorsi, era saltato su, con l'impazienza di uno che gli scappi un bisogno; ma invece lí per lí aveva salutato tutti quanti, annunciando in un borbottio che doveva affrettarsi per non perdere la coincidenza di Roma alla stazione. E cosí, senza preavviso com'era ricomparso, allo stesso modo era sparito di nuovo.

Un giorno a Roma era montato sul trenino dei Castelli; ma ne era sceso alla prima fermata per tornare indietro a precipizio. E piú d'una volta era ricapitato a Napoli... Però in tutti i posti dove andava, ci ritrovava sempre e soltanto una persuasione definitiva che lui, cosí come a Roma, lo stesso in qualsiasi altra città o paese, non aveva nessun amico. E allora non gli era restato alla fine che rimbucarsi nel suo terraneo d'affitto al Portuense, dove almeno ritrovava un letto familiare per buttarci il suo corpo.

Però, a rifarne il conto, quei suoi viaggi e corse scombinate non erano stati tutti vani. Un profitto, almeno, lui ne aveva riportato, che poteva servirgli, d'ora in poi, nella sua solitudine. E lui, nel calcolarlo, senza nemmeno ironia se lo valutava per una amicizia, anche se era un'amicizia non umana, artificiale e, a suo giudizio, schifosa.

Era incominciato per caso pochi mesi prima, durante una delle sue corse a Napoli. Sulla sera tardi, un dottoruccio di medicina appena laureato (da lui conosciuto studente fino dai giorni che aveva passato il fronte assieme a Ninnuzzu) se lo era visto arrivare in casa all'improvviso. «Piotr!» aveva gridato riconoscendolo (a lui s'era presentato, in altri tempi, con questo nome), e prima ancora di ascoltarlo aveva capito che il ragazzo veniva in cerca di soccorso. Piú tardi, ebbe a ricordare che la sua impressione istantanea, solo a guardarlo in faccia, era stata di ricevere la visita di un suicida. Nei suoi occhi a mandorla, infossati, c'era un buio senza nome, straziato ma pure timido; e i muscoli gli sussultavano, non solo in faccia ma per tutto il corpo, sotto una carica di energia selvaggia che non riusciva a consumarsi altro che in forma di dolore. Appena entrato, senza nemmeno salutare l'ospite (che pure non aveva piú rivisto da forse due anni), con la veemenza brutale di un rapinatore d'appartamenti che minacci a mano armata, disse che aveva bisogno di una medicina qualsiasi, ma forte, un rimedio di azione pronta, immediata, altrimenti impazzirebbe. Che non ce la faceva piú, da vari giorni non dormiva, vedeva dovunque delle fiamme, cercava una medicina *fredda, fredda* che gli impedisse di pensare. Perché lui non faceva che pensare... Voleva che i pensieri si staccassero da lui... che la vita si staccasse da lui! Cosí esclamando s'era buttato su un divanetto, non a sedere, ma aggrovigliato, mezzo in ginocchio contro lo schienale, e dava nel muro dei pugni terribili, da fracassarsi le giunture delle dita. E singhiozzava, o meglio i singulti si formavano nel suo petto, squassandogli il corpo da dentro, ma non riuscivano a trovare sfogo dalla sua bocca, sortendone appena in certi rantoli informi e faticosi. L'appartamento, dove stavano, del dottorino, non era uno studio medico, ma ancora la sua abitazione di studente, piú che altro una garçonnière. C'erano, applicate al muro con le puntine, certe vignette umoristiche, ritagliate dai settimanali... E lui si mise a strappare quelle vignette, urlando insulti e bestemmie. L'ospite, che lo aveva sempre rispettato e ammirato per le sue gesta partigiane, si adoperava a placarlo, e a rendersi utile. Là in casa, non aveva una farmacia molto fornita; però nella borsa, portata dall'ospedale dove praticava, aveva una fiala di *Pantopon*. Gli iniettò quella, e di lí a poco lo vide quietarsi, anzi rasserenarsi, come un bambino digiuno che succhia il latte della madre. Rilassandosi, commentò dolcemente, nel suo dialetto settentrionale: «L'è bona... l'è bona... l'è rinfrescante...» e intanto volgeva al dottorino dei piccoli sorrisi di gratitudine, mentre gli occhi, intrisi di nebbia radiosa, già gli si chiudevano. «Scusami il disturbo, eh, scusami il disturbo», non cessava di ripetere, mentre l'ospite, vedendolo sonnecchiare, lo aiutava a stendersi sul letto nella stanzetta attigua. Lí dormí pesantemente tutta la notte, circa dieci ore; e alla mattina si svegliò calmato, serio; si lavò, si pettinò, e si fece perfino la barba. Volle essere informato della cura avuta, e l'ospite lealmente gli spiegò che era stata una iniezione di Pantopon, farmaco a base di morfina. «Morfina... è una droga!» notò Piotr, soprapensiero. E commentò, accigliandosi: «Allora, è una merda». «Difatti», gli rispose il dottorino, con severità e scrupolo professionale, «d'abitudine, non è consigliabile. Però, in certi casi eccezionali, può essere consigliabile». Tuttavia Piotr aveva preso un'aria intristita, come di un ragazzetto che ha commesso una vigliaccheria, e seguitava a battere piano piano, l'uno contro l'altro, i propri pugni tutti ammaccati alle giunture: «Non dire a nessuno eh che mi sono messo in corpo questa roba», fu l'ultima frase che mormorò, vergognandosi, all'ospite, prima di ripartire.

Fino dalla fanciullezza, Davide aveva concepito schifo e disprezzo per i narcotici e le droghe in generale. C'era, fra i ricordi della famiglia Segre, quello di una prozia, tramandata, fra i discendenti della parentela, col semplice nome di *zia Tildina*, la quale era morta all'ospedale, si diceva, per abuso vizioso di cloralio. Essa era morta nubile, sui cinquant'anni d'età, e nell'album dei ritratti, in casa, esisteva una sua fotografia dell'epoca. Ci si vedeva una figuretta intisichita e un poco rattratta, ridotta quasi calva – però coi pochi capelli sistemati in una acconciatura di nastro nero e perline – stretta in un giacchetto a righe, e con una stola di pelliccia sulle spalle. Per lui ragazzo, quella creatura senile, con le sue labbra stirate, il naso secco, e gli occhi sporgenti, tristi e un poco esaltati di zitella, aveva rappresentato il modello della bruttezza e dello squallore borghese. E la droga, da lui sempre identificata, per tradizione, nella zia Tildina, gli pareva un vizio proprio della borghesia degradata e repressa, che cerca un'evasione dalla colpa e dalla noia. Il vino è uno sfogo naturale, virile e plebeo; mentre la droga è un surrogato irreale e perverso, da zitelle. La vergogna, che già lo aveva avvilito alla sua esperienza iniziale e quasi involontaria a Napoli, tornava a umiliarlo, piú disastrosa, in séguito, a ogni nuova sua ricaduta volontaria. E questa vergogna gli dava la forza di resistere, fino a un certo punto, alla propria voglia, trattenendolo dal cadere in una totale dipendenza dalla medicina incantata. C'erano, però, dei giorni, in cui lo strano eccesso di energia che lo lacerava, tutta deviata verso un dolore senza soluzione, lo portava a un punto di angoscia e orrore insopportabile. Era il punto di rottura della sua resistenza. Da questo punto estremo, la promessa della sua medicina gli si apriva come, dal fondo di una galleria rovinosa, un grande spacco arioso da cui si piglia il volo!

Durante questi mesi (pure accusandosi, a suo proprio giudizio, di ricchezze abusive) Davide viveva di rendita. In occasione del suo ultimo passaggio a Mantova, aveva dato a quel suo zio sopravvissuto, a lui poco simpatico, una piena procura per la liquidazione della sua eredità personale: la quale poi si riduceva, in tutto, a quell'appartamento di cinque stanze dove lui stesso, fin da bambino, aveva abitato con la famiglia. E, in anticipo sulla vendita dell'appartamento, lo zio gli spediva un vaglia postale a ogni fine mese.

Era una somma quasi miserabile, ma a lui bastava intanto per sopravvivere, con l'esistenza da zingarello che faceva. Non c'era, nella presente sua vita, nessuna amante, fuori di qualche povera avventura mercenaria, che lui raccattava in certe sue cacce notturne da masnadiero, e consumava là sul posto (sotto un rudere, o giú per la scaletta d'un ponte) senza nemmeno guardare la donna in faccia. Gli pareva, difatti, di riconoscere, in ciascuna di simili ragazze sperse, la sua G. di Mantova, che altri (i padroni di allora) avevano usata allo stesso modo che lui presentemente usava questa! E un tale uso equivaleva a un lenocinio, lui si sentiva schifoso non meno di quelli là, indegno di mostrare gli occhi! Allora sfogava il suo bisogno con la fretta rabbiosa di chi commette uno sfregio; e strapagava la propria avventura, come fosse un americano sfondato, ritrovandosi poi, magari, senza una lira, nemmeno per le sigarette.

Talvolta, si dava a qualche bevuta, ma piú di rado che per l'innanzi. Per il nutrimento, quando se ne ricordava, mangiava in piedi, senza piatto né posate, alla pizzeria. E queste, oltre all'affitto del terraneo, erano le massime sue spese abituali, alle quali si aggiungeva, adesso, il solo lusso delle nuove medicine. Però l'uso di certe droghe, a quell'epoca, non era molto diffuso in Italia, e non era difficile procurarsene, anche a basso prezzo.

Dopo le prime settimane, il timore di una fatale assuefazione fisica (che per lui rappresentava il disonore definitivo) lo aveva consigliato a sostituire, in qualche caso, gli oppiacei con sostanze di composizione diversa, e diversi nell'effetto. Si trattava, per lo piú, di ipnotici, liberamente venduti in farmacia, che Davide ingeriva non solo contro le insonnie notturne, ma di mattina e di pomeriggio e in qualsiasi momento, allorché la sua propria presenza gli diventava impossibile. Col loro aiuto, rapidamente piombava in un letargo, dentro il quale poteva giacere sprofondato le giornate intere. Ma quando ne riemergeva, era lo stesso, per lui, che se fosse passato un attimo dal punto che si era addormentato. L'intervallo era zero. E il peso del tempo indistruttibile lo aspettava sulla soglia del terraneo, simile a un pietrone che lui doveva trascinarsi dietro. Allora, bravamente se lo caricava addosso, cercando di reagire. Usciva, rientrava, tornava a battere i ponti, si affacciava nei cinema e nelle osterie, sfogliava libri... Che fare, del suo corpo?

L'unico suo conforto, in tali giorni, era di sapere, che, ultima risorsa, gli restava sempre la sua prima medicina, quella di Napoli, della quale lui teneva sempre una scorta disponibile. Nessun'altra delle varie medicine da lui tentate sapeva dargli, specie sul principio, una consolazione tale, come di una mano che lo accarezzasse: «non è niente, non è niente» sgombrandogli le cose del loro peso, e sfollandogli anche la memoria. Perfino la solitudine gli si rivelava, in quei momenti, un episodio leggero, casuale e provvisorio: esistevano, in verità, sulla terra, degli esseri straordinari, futuri amici suoi, che già gli muovevano incontro... «Non c'è fretta, non c'è nessuna fretta. Uscendo, forse domani, li incontrerò».

E ogni tanto, dall'uno all'altro rimedio che usava in via di alibi o di alternativa, lui tornava a quell'unico, affascinato come un libertino che torna al suo primo amore. Lui chiamava queste le sue giornate *di gala*. Erano il suo nutrimento, ma effimero, purtroppo. I conforti chimici si comportano come certe lampadine elettriche in uso nei piccoli alberghi: le quali sono regolate per durare accese giusto il tempo di salire la scala dal pianterreno al piano di sopra. Ma succede a volte che si spengono a metà scala, e uno si trova là come un balordo, che annaspa allo scuro.

Quel giorno del loro incontro con lui, Bella e Useppe, dopo aver mangiato in gran prescia, súbito riscapparono di casa, seguendo il loro uso di quando faceva bel tempo. E infatti era una giornata di maggio estivo, di quelle che, a Roma, tutti i quartieri paiono fatti d'aria, e la città intera, terrazze finestre e balconi, si direbbe dovunque imbandierata. La direzione naturale della coppia, in un clima tale, e vista la lunga durata della luce, sarebbe stata verso Viale Ostiense, e di là cammina cammina e cammina fino al famoso luogo di loro recente scoperta (la tenda d'alberi in riva all'acqua). Ma oggi invece Bella infilò la direzione contraria, verso Ponte Sublicio; e Useppe fu pronto a indovinare che, avendo preso in parola Davide, essa correva dietro alle sue tracce, per trovarsi all'appuntamento con lui. A dire il vero, Useppe non s'era lasciato illudere dalla parola di Davide, chiaramente lanciata a caso, tanto per dire «ciao», anzi con lo scopo visibile di svignarsela presto da loro. E adesso, questo dubbio ansioso gli metteva un certo affanno. Però, siccome Bella lo tirava al guinzaglio, contenta e risoluta, lui la seguí all'appuntamento ipotetico senza discutere, anzi col fiato ardente.

Lui non aveva mai saputo l'indirizzo di Davide; ma Bella, per conto suo, lo conosceva, essendoci stata già, in compagnia di Ninnuzzu. E la prospettiva di questa visita imminente la faceva galoppare per l'entusiasmo. Bisogna qua ricordare che Davide, a dispetto dei suoi modi scorbutici per cui tutti gli altri, piú o meno, lo prendevano in antipatia, spesse volte non mancava di successo con gli animali e coi ragazzini piccoli. Che forse emanasse da lui qualche odore misterioso, specialmente simpatico ai pischelletti, gatti, cani e tipi consimili? È un fatto che certe ragazze, dopo aver dormito con lui, dicevano che il suo petto, piuttosto peloso, la notte sapeva d'erba.

Arrivati sulla Piazza di Porta Portese, Bella levò il capo e abbaiò verso le finestre del Riformatorio Gabelli, che subitamente le evocarono Poggioreale, dove il suo primo Antonio stava rinchiuso. Poi, di là dalla Porta, abbassò la coda e gli orecchi svicolando di soppiatto verso destra: era perché là sulla sinistra si levavano i muri del Canile Municipale, da cui si poteva anche udire qualche grido sperduto; però, a Useppe essa preferí non farlo sapere.

Ecco l'osteria, dalla quale sortono i soliti fragori della radio; e le baracche, e l'informe area da costruzione sparsa d'immondezza e di detriti. A quell'ora, non s'incontrava molta gente là d'intorno. Ci si vedevano, invece, parecchi cani che frugavano fra i rifiuti o meriggiavano allungati nella polvere; e Bella, nonostante la sua foga di arrivare all'appuntamento, tuttavia si attardò con costoro, per lo scambio delle solite cerimonie. Uno di quei cani era uno zoppetto minuscolo, simile a una scimmia nana; un altro, grosso e piuttosto gonfio, somigliava a un vitello. Ma Bella, che da parte sua sembrava un orso, li riconosceva lo stesso per suoi propri parenti; e festeggiava la loro identità canina, salutandoli pacifica e soddisfatta. Con uno solo, un tipo robusto ma slanciato, di colore pezzato e con gli orecchi dritti, l'incontro non fu cordiale; sia lui che Bella ringhiarono e si mostrarono i denti, pronti a saltarsi addosso. «Bella! Bellaaa!» invocò Useppe, preoccupato. E al suo grido, per fortuna, un giovane da una baracca chiamò con voce padronale: «Lupo! Lupo!» riuscendo con l'autorità a evitare lo scontro. Quel tale cane rientrò ubbidiente nella baracca, e

Bella, scordandosi in un attimo e di colui, e di tutti quegli altri cani, si diresse allegra verso la porticina del terraneo, da lei subito riconosciuta, e grattò sul legno, come una di famiglia.

«Avanti!» esclamò dall'interno la voce di Davide. Senz'altro era la sua voce, ma accogliente, timbrata di leggerezza e contenta, quale non s'era udita mai. «L'uscio sta chiuso!» lo informò Useppe di rimando, con gran trepidazione. E allora Davide, incurante perfino di domandare chi era, si mosse all'uscio, alzandosi per un momento dal letto, dove stava disteso; ma prima di aprire spinse con una pedata sotto al letto, dal tappetino in terra dove erano rimasti, una fiala rotta e un batuffolo di ovatta, macchiato di qualche gocciolina di sangue.

«Chi c'è? Ah, sei tu!» disse, con quella sua voce inaudita, chiara e distesa, come se la visita di Useppe fosse un fenomeno del tutto naturale: «È curioso: stavo pensando a te!» soggiunse, illuminandosi di una tenerezza indovina, appena intinta di meraviglia, «non lo sapevo, *de pensar a ti*, ma adesso lo capisco: era a te, che pensavo».

E si sdraiò di nuovo sul letto, che non veniva rifatto chi sa da quanto tempo. Sul materasso a righe non c'era che, da capo, un guanciale grigio di sporcizia e, da piedi, un lenzuolo intorcigliato, anch'esso grigiastro. La coperta stava ammucchiata in terra, presso alla poltrona, con sopra buttati i pantaloni e dei giornali. La maglietta stava in terra piú lontano, da un'altra parte della stanza.

«C'è pure Bella!» annunciò Useppe, come se non bastasse l'evidenza, giacché Bella lo aveva addirittura preceduto nell'interno, tuttora attaccata a lui per il guinzaglio. Essa festeggiava l'incontro sventolando la coda, ma si trattenne però da certe sue dimostrazioni eccessive e matte, certo per un riguardo all'ospitalità. Lí per lí, adocchiato il mucchio della coperta e presumendola una cuccia approntata qua apposta per lei, ci si accomodò sopra come una baiadera, sempre sventolando la coda.

Il corpo di Davide, allungato sul letto quasi supino, e con nient'altro addosso che uno slip, mostrava il suo dimagrimento terribile, tale che gli sporgevano tutte le ossa del costato; ma la sua faccia aveva un'animazione infantile, piena di sorpresa ma anche di confidenza, come a un incontro fra coetanei che si ritrovano insieme.

«Ho riconosciuto i tuoi passi», dichiarò, sempre con

quella sua semplicità di pocanzi, che trattava l'inverosimile come una faccenda normale, «dei passetti piccoli... piccoli piccoli... E pensavo: *eccolo che arriva; ma chi è?* Non riconoscevo il nome, eppure lo so benissimo: Useppe! e chi non lo sa? E mica era la prima volta, oggi, che pensavo a te: tante altre volte, ci ripensavo...»

Useppe s'illuminò, in un balbettio fiducioso. Ogni tanto, a riguardarlo, Davide faceva un risolino.

«Tu e tuo fratello», osservò, cambiando posizione, in un respiro, «siete cosí differenti, che non sembrate nemmeno fratelli. Ma vi rassomigliate per una cosa: la felicità. Sono due felicità differenti: la sua, è la felicità di esistere. E la tua è la felicità... di... di tutto. Tu sei la creatura piú felice del mondo. Sempre, ogni volta che ti ho visto, l'ho pensato, fino dai primi giorni che ti ho conosciuto, là nel *camerón*... Io sempre evitavo di guardarti, per quanta pietà mi facevi! E da allora, ci credi? me ne sono sempre ricordato, di te...»

«Anch'io!!»

«...eh, tu allora eri un *putín*, e pure adesso sei un *putín* uguale. Non far caso a quello che dico: oggi è la mia giornata di gran gala, do un ballo! Ma tu, quando m'incontri, dovresti scappare via: specialmente quando ballo! Tu sei troppo carino per questo mondo, non sei di qua. Come si dice: *la felicità non è di questo mondo*».

Si storcinò quello sporco lenzuolo di fra i piedi, e se lo riportò addosso fin sul petto, preso da un buffo sentimento di pudore, ma anche di freddo (fra l'altro, era digiuno). A differenza che in testa, dove i capelli gli crescevano duri e quasi dritti, sul petto e nelle ascelle aveva dei riccioli lanosi, somiglianti all'astrakan. E il loro nero esuberante contrastava con l'attuale, estremo pallore del suo corpo bruno che nella magrezza pareva tornato a una prima adolescenza. S'era ributtato con la testa indietro, e i suoi occhi svariavano verso il soffitto, in una meditazione ingenua, seria e incantata. Nella sua faccia, pure smunta e sporca di barba, oggi si riconosceva quello studentello della fototessera su cui le donne dei Mille avevano scuriosato in cerchio, la sera del suo primo arrivo.

«Io, la felicità l'ho sempre amata!» confessò, «certi giorni, da ragazzo, ne ero invaso a un punto tale, che mi mettevo a correre a braccia aperte, con la voglia di urlare:

"è troppa è troppa! Non posso tenermela tutta per me. Devo darla a qualcun altro"».

Ma Useppe, intanto, era lí che tuttora smaniava di chiarirgli un punto fondamentale del loro dialogo di prima: «... Anch'io», ripigliò da quel punto, in una specie di frullo, «mica ti devi credere che me ne sono scordato, di te, quando stavi là assieme a noi, che dormivi là! Ciavevi gli occhiali da sole, e una borsa...»

A riguardarlo, Davide rise con gli occhi:

«D'ora in poi», gli propose, «saremo amici? Saremo SEMPRE amici?»

«Tí – tí... Síííí!»

«Hai sempre quel tuo solito ciuffetto dritto in mezzo alla testa!» notò Davide, al guardarlo, con una risatella.

Nel terraneo, richiusa la porta, la luce meridiana filtrava appena attraverso la tenda della finestruola; e vi stagnava una penombra quasi fredda. Chiaramente nessuno mai spazzava o rassettava, là dentro: per terra ci si vedevano sparse delle cicche, qualche pacchetto vuoto e strizzato di Nazionali, e qua e là dei noccioli di ciliegia. Su una sedia che faceva da comodino c'era restata una siringa vuota, accanto a uno sfilatino imbottito di mortadella, sbocconcellato appena sulla punta. Per l'arredamento, tutto era rimasto, piú o meno, come al tempo di Santina. Solo che sul tavolino c'era qualche libro, mentre la bambola ne era stata eliminata o riposta altrove; e i due quadri sacri sul muro erano coperti con fogli di giornale.

Il luogo ricordava a Useppe, in qualche modo, lo stanzone dei Mille, e senz'altro gli piaceva. Girava all'intorno i suoi occhietti contenti, e fece pure qualche passetto esplorativo.

«E dove te ne vai, solo per Roma?» domandò Davide, sollevandosi su un braccio.

«Andiamo al mare!» intervenne Bella. Però Useppe, consapevole che Davide non intendeva forse i discorsi della pastora, gli tradusse, correggendo:

«Andiamo al fiume! No questo fiume qua», fece sapere prontamente, «ma piú là, passato San Paolo! appresso ancora! piú lontano ancora!!» Fu sul punto di informare Davide sul loro incontro con quel tale tipo di cantante alato che sapeva la canzone: «è uno scherzo... ecc.» ma ci ripensò, e dopo una pausa gli chiese, invece:

«Tu l'hai vista mai, una bestiola piccola» (con le due

mani ne accennò la misura) «senza coda, marrone a macchie gialle... con le zampe corte?...»

«Come chi altra, per esempio?...»

«Come un topo... però senza la coda... però ha gli orecchi piú piccoli!» s'affannò a descrivere Useppe.

«Potrebbe essere... un pica nano... un porcellino d'India... un criceto...» Useppe avrebbe voluto dare e chiedere altre informazioni, ma Davide, seguendo un suo proprio pensiero, osservò, con un sorriso futile:

«*Mi*, quand'ero un *putlet* come te, volevo fare l'esploratore, *de tuto*, volevo far... Ma adesso», aggiunse con una mossa di debolezza e inappetenza quasi nauseata, «non ho piú voglia di muovere una mano, di andare in nessun posto... Però uno di questi giorni dovrò mettermi a lavorare! Voglio fare un lavoro manuale, di fatica, cosí la sera quando torno a casa sarò cosí fiacco che non potrò pensare piú!... Tu pensi spesso?»

«Io... penso sí».

«A che pensi?»

Qui Bella fece una voce, per incoraggiare Useppe. Costui si agitò sulle gambucce, la guardò, poi riguardò Davide:

«Io faccio le poesie!» gli comunicò arrossendo di segretezza e di confidenza.

«Ah! L'avevo già sentito dire, che sei poeta!»

«Da chi?!» Useppe sogguardò Bella, l'unica che sapeva... (Ma in realtà era stato Nino che, vantando con l'amico il suo famoso fratelluccio spurio, gli aveva detto, fra l'altro: «quello, secondo me, farà il poeta, o il campione! Hai da véde che zompi fa! e come parla!»)

«E che, già le scrivi, le poesie?» riprese Davide, trascurando la domanda di Useppe.

«Nnnoo... Io non voio *scívere*... io... no...» (al solito, nei momenti di emozione o confusione, Useppe ricascava nella pronuncia spropositata e monca dei pupi) «...le poesie io le penso... e le dico...»

«E a chi le dici?»

«A lei!» Useppe accennò a Bella, la quale sventolò la coda.

«Dimmele anche a me, se te le ricordi».

«No, *nun* me ne ricordo... Io le penso, e súbito me ne scordo. Sono tante... però piccole! Però TANTE!! Io le penso quando sto solo, e pure quando non sto solo, certe volte le penso!»

«Pensane una adesso!»

«*Ti*».

Senz'altro Useppe corrugò la fronte, incominciando a pensare. «... Però una sola è troppo piccola...» osservò scuotendo la testa, «... mó ne penserò tante diverse, e te le dico!» Per meglio concentrarsi, chiuse gli occhi, cosí forte che le palpebre gli si raggrinzarono. Poi quando, di lí a un momento, li riaprí, il suo sguardo, tuttavia, come quello degli uccelli cantori, pareva continuasse a seguire un punto mobile e luminoso fuori della vista. Nel tempo stesso, accompagnata da un dondolio delle gambe, la sua vocetta ariosa e timida prese a cantilenare:

«Le stelle come gli alberi e fruscolano come gli alberi.
«Il sole per terra come una manata di catenelle e anelli.
«Il sole tutto come tante piume cento piume mila piume.
«Il sole su per l'aria come tante scale di palazzi.
«La luna come una scala e su in cima s'affaccia Bella che s'annisconne.
«Dormite canarini arinchiusi come due rose.
«Le 'ttelle come tante rondini che si salutano. E negli alberi.
«Il fiume come i belli capelli. E i belli capelli.
«I pesci come canarini. E volano via.
«E le foie come ali. E volano via.
«E il cavallo come una bandiera.
«E vola via».

Siccome ciascuna di queste righe gli rappresentava una poesia intera, fra l'una e l'altra lui ne aveva segnato le pause con un respiro; finché, detta l'ultima, fece sentire un respiro piú forte, e smise di dondolarsi, correndo verso il suo pubblico. Bella lo accolse con un piccolo balzo festante; e Davide, che lo aveva ascoltato con molta serietà e rispetto, gli sentenziò, convinto: «Le tue poesie parlano tutte di DIO!»

Poi, rovesciando la testa indietro sul guanciale, con impegno si mise a spiegare il proprio giudizio: «Tutte le tue poesie», disse pensieroso, ragionando, «sono centrate su un COME... E questi COME, uniti in un coro, vogliono dire: DIO! L'unico Dio reale si riconosce attraverso le somiglianze di tutte le cose. Dovunque si guardi, si scopre un'unica impronta comune. E cosí, di somiglianza in somiglianza, lungo la scalinata si risale a uno solo. Per una mente religiosa, l'universo rappresenta un processo dove, di testimonianza in testimonianza, tutte concordi, si arriva al punto della verità... E i testimoni piú certi, si capisce, non sono i chierici, ma gli atei. Né con le istituzioni, né con la metafisica, non si testimonia. *Dio, ossia la natura...* Per una mente religiosa», concluse, con gravità, «non c'è oggetto, foss'anche un verme o una paglia, che non renda l'identica testimonianza di DIO! »

Useppe s'era seduto confidenzialmente sulla poltrona, da cui pendevano sospese le sue magre gambucce e i piedi nudi nei sandali; mentre Bella, accucciata comoda fra il letto e la poltrona, rimirava beata ora Useppe ora Davide. E Davide, frattanto, rincorreva le sue proprie meditazioni a voce alta, quasi ragionasse in sogno con qualche gran Dottore, senza piú accorgersi di parlare a due poveri analfabeti. Quasi non rammentava piú, anzi, chi fra i tre, là dentro, fosse lo studente colto, e chi il pischelletto e chi il cane... Tuttavia d'un tratto le pupille gli si fissarono con attenzione su un punto del suo proprio braccio nudo, dove una vena, leggermente tumefatta, mostrava in superficie un grumo sanguigno, simile alla morsicatura di un insetto. Ogni volta che ricorreva alla sua medicina, Davide tornava sempre a iniettarsela nello stesso punto preciso di quella vena, sempre la stessa, per una sua fissazione misteriosa che forse gli nascondeva l'intento di procurarsi apposta un segno visibile della propria viltà recidiva. Però l'intossicazione, che presentemente lo cullava come una madre, lo distrasse súbito da quel suo marchio infamante. Lui stesso era preso dal piacere musicale della sua propria voce, mentre i suoi occhi si erano fatti limpidi, nel loro nero, come un'acqua pura e fresca che rispecchia il buio.

«Pure io, prima», disse, sorridendo con la fronte mezzo nascosta dal braccio, «anni fa, scrivevo le poesie: tutte poesie di politica, oppure d'amore. Non avevo ancora nessuna fidanzata, non avevo nemmeno la barba, ma ogni giorno incontravo una media di, almeno, cinque o sei ragazze nuove, per lo piú sconosciute, con le quali avrei voluto fidanzarmi, giudicandole una piú bella dell'altra. Le poesie, però, le rivolgevo a una sola, detta *Amata*, la quale non esisteva, era una mia invenzione, e senza paragone era la piú bella di tutte. Io non riuscivo nemmeno a immaginarmela: sapevo solo che doveva essere vergine, e, a preferenza, bionda...

«E le poesie di politica, invece, le rivolgevo a ogni sorta

di destinatari, presenti, passati e futuri. Scrivevo a Bruto Primo e Secondo, allo Zar, a Carlo Marx: sempre in poesia. Certune di quelle poesie, specie le prime, ogni tanto mi tornano alla memoria, vengono a ribattermi nella testa, piú che altro nei giorni di gala... Sono roba di scuola, versi da principiante... me ne ricordo una intitolata:

> Ai compagni
> La Rivoluzione, compagni, non si legge nei testi
> dei filosofi serviti a banchetto dagli schiavi
> né dei professori che trattano a tavolino
> le lotte sudate dagli altri.
> La grande Rivoluzione è insegnata dall'aria
> che si dà a tutti i respiri, e li riceve tutti.
> È cantata dal mare, nostro sangue infinito,
> che in ogni goccia riflette tutto il sole!
> Cosí ogni pupilla umana riflette la luce intera.
> Compagni, uomini di tutta la terra!
> Leggiamo la parola della rivoluzione
> nei miei-tuoi-nostri occhi, tutti nati alla luce
> del pensiero e delle stelle!
> C'è scritto:
> Uomo: cosciente e libero!»...

... «Ancora!» disse Useppe, allorché la recita di questa poesia fu terminata.

Davide sorrise, compiacente: «Adesso», annunciò, «ne dico una d'amore. Credo d'averla scritta circa dieci anni fa! il titolo è:

> Primavera
> Tu sei come le primule ancora chiuse che s'aprono
> al primo sole di marzo...
> ... Apriti, amata mia!
> È ora! Io sono Marzo!
> Io sono Aprile!! Io sono Maggio!!!
> O conchiglia del prato, primuletta del mare,
> è qui la primavera, e tu
> sei mia...»

«... Ancora!» pretese Useppe, anche stavolta.

«Ancora che?» replicò ridendo Davide, «qui la poesia finisce. Ne avrò scritte forse cinquecento, forse mille, di poesie, ma la mia memoria è vuota...» Cosí parlando, ci ripensò: «Forse», disse, corrugando i cigli, «ce n'è una, che posso ricordare, l'ultima che ho fatto! Non l'ho nemmeno scritta, è tanto tempo che non ne scrivo. L'ho solo pensata, è recentissima. Mi s'è presentata alla mente da sola non molti giorni fa, anche quello un giorno *di gala,* e mi pare fosse di domenica, come oggi. Dico *l'ho pensata* ma nemmeno questo non è proprio esatto. Mi pareva di leggerla scritta non so dove, come a ideogrammi, figure colorate... E non capisco nemmeno che cosa significhi, anzi direi che non significa niente. S'intitola OMBRE LUMINOSE».

I piedini di Useppe si agitarono, nell'impazienza di ascoltare la poesia. Bella alzò leggermente un'orecchia. E Davide si lasciò andare alla sua recitazione con una voce passiva e quasi distratta, come se quei versi irregolari, brevi e lunghi, gli si riaffacciassero alla memoria da una scena riflessa in movimento, la stessa dove li aveva già inventati la prima volta:

«Ombre luminose
"E come riconoscerlo?" ho domandato.
E m'hanno risposto: "Il suo segno
è l'OMBRA LUMINOSA.
Si può ancora incontrare chi porta questo segno
che raggia dal suo corpo ma insieme lo reclude
e perciò si dice LUMINOSA
ma anche OMBRA.
A percepirlo non basta il senso comune.
Ma come spiegare un senso? Non esiste un codice.
Si potrebbe paragonare al desiderio
che chiama gli innamorati intorno a una ragazza
scontrosa, bruttina, sciatta, ma rivestita
delle proprie ignare visioni erotiche.
Forse, potrebbe darsene un esempio
nel favore tribale, che consacra
i nati diversi dagli altri, visitati dai sogni.
Ma gli esempi non servono.
Forse lo si vede forse lo si ode forse lo si indovina
quel segno.
C'è chi lo aspetta chi lo precede chi lo rifiuta
qualcuno crede di scorgerlo sul punto di morire.
È certo è per quel segno che sul fiume Giordano
fra tutta la folla anonima confusa
a *uno* il Battista ha detto: 'Sei tu
che devi battezzarmi, e chiedi a me il battesimo!'"
Ombre ombre ombre luminose
luminose lu-mi-no-se...»

... «Ancora!» disse Useppe.

«E *ancora!*» protestò Davide, che già cominciava a in-

526

torpidirsi: «Ma tu», domandò poi, vagamente incuriosito, a Useppe, «le capisci, queste poesie?»

«No», rispose Useppe sinceramente.

«E allora, lo stesso ti piace ascoltarle?»

«Sí», esclamò Useppe con semplicità, dal profondo del cuore.

Davide ebbe un piccolo riso fantastico: «Ancora un'altra, e poi basta», decise, «però di qualche altro Autore... Pensiamo: una, magari, uguale alle tue, col COME...»

«Come!... Come!... COME...» incominciò a declamare, con l'aria d'ispirarsi, e con la voce scherzante, ma ormai quasi sfiatata, e impigrita.

«... Come... Ecco, la so! Questa si chiama COMMEDIA, e parla del Paradiso!!»

Useppe si mise in ascolto, a bocca aperta. Quasi non credeva che fosse permesso trattare un argomento simile!

> «... COME a raggio di sol che puro mei
> per fratta nube già prato di fiori
> vider coperti d'ombra gli occhi miei
> vid'io cosí piú turbe di splendori
> folgorate di su da raggi ardenti
> senza veder principio di fulgori!
> . . . .»

«... ancora!» azzardò Useppe.

> «... E vidi lume in forma di rivera
> fluvido di fulgore intra due rive
> dipinte di mirabil primavera.
> Di tal fiumana uscian faville vive!»

«... ancora...»

Davide ebbe un grande sbadiglio di stanchezza: «No», protestò, definitivo, «adesso, basta!... E tu», s'informò, girandosi col capo verso Useppe, «ci credi, al Paradiso?»

«... A... chi?»

«Al PARADISO!»

«... io... mica lo so...»

«Per me», dichiarò d'un tratto Davide, «paradiso o inferno, mi fa lo stesso. Io desidero che Dio NON esista. Desidero che *di là* non ci sia piú niente, e basta. Qualsiasi cosa ci fosse, mi darebbe do-lo-re. Tutte le cose che ci sono, o di qua, o *di là*, mi dànno dolore: tutto quello che io sono, tutto quello che gli altri sono... Io desidero di non essere piú».

«Ma che, mó, tu stai malato?» lo interrogò a questo

punto, impensierito, Useppe. Difatti, il pallore di Davide si era fatto terreo, e lo sguardo torbido, come di uno che sia sull'orlo di un malore, o ne rinvenga appena.

«No no, mi è solo venuto sonno... è regolare!». Useppe era sceso dalla poltrona, e Davide ne intravide gli occhietti azzurri che lo scrutavano premurosi, e di qua e di là le ciocche disordinate della testolina, cosí lisce e nere che parevano umide.

«Nun vòi che ci restiamo, qua, a farti compagnia...?»

«No no... ho bisogno di stare solo», rispose Davide con voce smaniosa, «ci rivediamo presto... un'altra volta!» Imitando Useppe, pure Bella si era levata sulle sue quattro zampe, già pronta a seguirlo, o meglio a portarselo dietro. Dopo un silenzio incerto, Davide udí lo scricchiolio della serratura, che Useppe s'ingegnava a tirare con le sue manucce, poi l'uscio richiuso con pochissimo rumore per riguardo al suo sonno; e qualche piccolo mormorio di commento, insieme a un fruscio di sandaletti che s'allontanavano. Davide già si assopiva.

Frattanto, al piano di sopra avevano aperto una radio, a cui rifacevano eco, da altre parti, altre radio, con le identiche note. Si udivano pure dei nomi gridati, abbaiare di cani, lo strepito attutito di qualche tram, a distanza... Piú che un sonno, quello di Davide era un'estenuazione, coinvolta, in un impasto ibrido, con la veglia. Sognava di trovarsi dov'era effettivamente, sul suo lettuccio nel terraneo, e al tempo stesso di trovarsi in istrada. Ma la strada del suo dormiveglia gli si mostrava un'area vasta e irriconoscibile, battuta da un sole abbagliante di mezzogiorno che pareva, nell'eccesso del suo fulgore, piú cieco e luttuoso di una mezzanotte. Forse il luogo era una stazione, l'invadeva un fragore di arrivi e partenze, ma non si vedeva nessuno. Davide era accorso là come facevano gli altri che aspettavano il ritorno di qualcuno, o almeno avevano qualcuno da salutare... Ma lui già sapeva che questo, nel suo caso, era un vaneggiare a vuoto. D'un tratto gli pare che una mano da un finestrino gli sventoli un fazzoletto... e tanto basta a dargli una commozione infinita. Si agita per rispondere, ma si accorge che quel fazzoletto laggiú è un brutto straccio insanguinato, e intuisce che dietro mezzo nascosto c'è un sorriso orribile, d'incriminazione e d'ironia. «È un sogno», si ricorda, per consolarsi; ma pure non gli importa di affrettare il risveglio, perché sa che, tanto, esso non sarà altro che una continuazione lunga lunga di questo sogno.

Il giorno dopo, alla medesima ora del dopopranzo, quasi che l'*appuntamento* con Davide fosse inteso per tutti i giorni della settimana, la nota coppia Useppe-Bella rifece impaziente la medesima via fino al terraneo; ma oggi Davide non si trovava in casa. Non essendoci risposta al grattare di Bella e al suo proprio bussare, Useppe, nel dubbio che Davide stesse lí malato, si arrampicò su per certe sporgenze del muro fino alla bassa finestrella a grata. E dopo avere chiamato invano, di là «Vàvide... Vàvide!...», siccome i vetri della finestrella erano aperti, ne scostò la tenda da fuori e gettò un'occhiata nella stanzetta. Tutto era come il giorno prima: il materasso scoperto, il lenzuolo arrotolato, le cicche sparse in terra, ecc.; ma il padrone di casa era assente. In quel punto stesso, dal portoncino sul cortile uscí la proprietaria del terraneo, la sciancata, la quale forse sul momento prese Useppe per un ladro!? però senz'altro, constatando la sua piccolezza, dovette ricredersi:

«Che ci fai, qua, maschietto?» gli domandò.

«... Vv... Dàvide!» spiegò, tutto rosso in faccia, nel discendere, Useppe.

«Davide? l'ho visto uscire un paio d'ore fa. Non sarà rientrato ancora».

«E quando ritorna?...»

«E che ne so io? quello entra, esce; mica lo sta a dí a me, quanno torna».

Bella e Useppe rigirarono intorno alla casa, e si trattennero lí alquanto, per il caso che Davide, prima o poi, si facesse vedere. Da varie parti, sbucarono i soliti cani di svariate qualità, tutti smaniosi di salutare Bella; ma per fortuna, Lupo oggi non era fra loro. Alla fine, i due, rassegnati, tornarono indietro.

L'indomani, alla stessa ora, Bella con saggezza presaga tirò il guinzaglio in direzione di Viale Ostiense; ma Useppe lo tirò all'incontrario, suggerendo: «Vàvide!» e lei, docile, di nuovo si portò con lui verso il terraneo. Stavolta, Davide si trovava in casa, ma evidentemente non era solo, giacché attraverso l'uscio lo si sentiva parlottare. Useppe, tuttavia, si fece audace e bussò.

«...Chi è?» fece dall'interno la voce di Davide, quasi spaventata, dopo un silenzio.

«Sono io... Useppe!»

Un altro silenzio.

«Siamo noi... Useppe!... e Bella!»

«Ciao...» fece allora la voce di Davide, «però oggi non posso aprirvi... Ho da fare. Tornate un'altra volta».

«Quando? domani?»

«No... domani no... Un'altra volta...»

«E allora quando?»

«Te lo dirò io, quando... Verrò a chiamarti io, quando... Verrò a chiamarti a casa tua... Hai capito? non tornateci piú qua, finché non sarò venuto io a chiamarvi a casa vostra».

«Ci verrai tu a chiamarci?»

«Sí... sí!... sí!...»

La voce di Davide suonava rauca, frammentaria e faticosa, però amichevole e tenera.

«Te l'aricordi, l'*indidizzo*?» s'informò Useppe per assicurarsi meglio.

«Me lo ricordo, sí... Me lo ricordo».

Ogni volta che si riudiva la voce di Davide, Bella faceva dei salti e poi guaiva, con le due zampe davanti appoggiate contro il legno dell'uscio, contestando quell'ingresso precluso. E Useppe, lui pure, da parte sua, là ritto in piedi a dondolarsi, non si decideva a concludere quel dialogo. Qualcosa, ancora, ci mancava... A un bel momento, un'idea nuova e seducente lo animò, e dopo un'ultima bussatina si fece a dire:

«... Vàvide! Pecché non ci vieni a mangiare da noi, quando ci vieni a cercare a casa nostra?! Noi ci abbiamo i pomidori... e il fornello... e la pasta... e i pomidori... e... e... il vino!»

«... sí grazie. Ci verrò. Va bene. Grazie».

«Quando ci vieni?... domani?...»

«Sí domani... o dopo... un altro giorno... Grazie!»

«Te l'aricordi?... eh?!»

«Sí... Ma adesso andate... Andate».

«Sí. Annàmo, Bella». E già Useppe correva in direzione di Via Bodoni, nell'urgenza di annunciare a sua madre che domani c'era a pranzo quell'invitato! e che si doveva in tutta fretta comperare del vino (acquisto straordinario in casa loro dove l'unico bevitore era stato Ninnuzzu). Ma né l'indomani, né i giorni successivi, per quanto un intero fia-sco di vino si tenesse pronto in mezzo alla tavola per l'invi-tato eccezionale, e lo stesso Useppe s'indaffarasse a dispor-re al posto di lui piatto, posate, ecc. l'invitato non si fece vedere per niente. Anche dopo finito il pasto, Bella e Usep-pe ritardavano la loro sortita quotidiana, per il caso che lui capitasse a contr'ora. E indugiavano a lungo presso il por-tone di casa, prima di avviarsi, spiando sui lati di Via Bo-doni e anche verso le adiacenze... Ma Davide Segre non si decideva a passare di là.

Piú di una volta, invero, Useppe, in quelle circostanze, fu tentato di arrischiarsi verso il terraneo vietato... Ma Bel-la, con uno sguardo e una tirata del guinzaglio, lo ammoni-va: «Non ci ha dato appuntamento!» finché entrambi in-sieme si risolvevano alla rinuncia. E riprendevano invece la lunga strada già imparata prima, che portava alla bellissima tenda d'alberi. Questo era diventato, per loro, un itinerario abituale. E proprio in quei giorni ebbero, laggiú, il secondo incontro straordinario della stagione, dopo quello con Da-vide Segre.

5.

Le loro recenti scorribande nella zona del Portuense li avevano tenuti lontani di là per tre giorni. E non appena ci tornarono, dopo questa assenza, ci trovarono una novità misteriosa. Di quest'epoca (fine di maggio) tuttora il luogo era frequentato da loro due soli. Sui prati piú prossimi alla città, lungo la riva già s'incominciava a vedere, specie alla festa, qualche romanetto bagnante. Ma quella zona boscosa dietro le montagnole e i canneti rimaneva distante e ine-splorata, come una foresta vergine. Una volta, arrivato dal mare, ci volò sopra un gabbiano, che Useppe credette una grandissima rondine bianca. E anche, spesso, dopo quel fa-moso passero o stornello del primo giorno, capitarono fin sotto la tenda altri simili stornelli e passeri, i quali, invero, non facevano udire niente di piú che il solito *tit tit* comune, e normalmente venivano cacciati via dalle feste di Bella. La loro ignoranza della canzone *Tutto uno scherzo* era indubbia; però già prevista, a quanto pareva, da parte di Useppe. Esisteva, in ogni caso, una prova certa che nel loro giro la bellissima canzone era ormai nota; e dunque, secondo lui, si poteva senz'altro presumere che qualcuno di loro, presto o tardi, tornerebbe a ricantarla.

In quanto, poi, all'effimera e gioiosa allucinazione avuta quel primo giorno laggiú, Useppe, lo si è visto, l'aveva presa per naturale, al punto che, passata, la dimenticò quasi del tutto. Gliene restava soltanto, sospesa in quel minuscolo territorio, una reminiscenza incantata, somigliante a un arcobaleno dove i colori e le voci facevano tutt'uno e che s'indovinava grandissimo di là dai rami frammezzo ai quali faceva scendere un pulviscolo o mormorio luminoso. Anche dentro la città, succedeva a volte che per la durata di un istante intorno a Useppe tutti i rumori e le figure si componessero, salendo in un baleno, con un volo inaudito, verso l'ultimo urlo del silenzio. Quando lo si vedeva coprirsi la faccia con le due mani, nel sorriso di un ciecolino intento a un suono bellissimo, significava che il suo piccolo organismo tutto intero ascoltava quel coro montante, il quale nel linguaggio della musica (del tutto ignoto a lui) s'intitolerebbe una *fuga*. Era di nuovo la stessa reminiscenza che gli tornava, sotto diversa forma. Forse, in qualche altra forma impercettibile, essa lo accompagnava dovunque: riportandolo sempre alla tenda d'alberi come a una casa felice.

Tuttavia quella casa, per lui, rimaneva troppo solitaria. Il suo istinto nativo inestinguibile era di dividere con altri il proprio piacere e finora solo Bella divideva con lui la tenda d'alberi. Lui s'era provato a convogliarci, almeno per una sola gita, sua madre, sbracciandosi a descriverle il sito con entusiasmo, oltre che con esattezza geografica; ma Ida penava troppo a spostarsi sulle proprie gambucce mezze rotte, dove per ossi attualmente le pareva di averci delle corde slentate... In compenso, Useppe aveva concepito, da ultimo, un'ambizione suprema: di ricevere là, sotto la tenda, Davide Segre! ma finora, purtroppo, non aveva trovato il coraggio, né l'occasione, d'invitarlo... E in quanto agli altri – a tutta l'altra gente della terra – lui da tempo se ne sentiva messo al bando. Anzi, proprio l'abbandono desertico di quella valletta sul fiume gli aveva permesso di abitarla con Bella.

Dietro il cerchio d'alberi, sprofondata piú in basso nel pendio, c'era una seconda valletta dove il bosco si riduceva a pochi arbusti, cosí che là il terreno era piú asciutto e assolato e ci spuntavano pure dei papaveri. Useppe e Bella la conoscevano a memoria (non meno di tutti gli altri valloncelli e scoscese circostanti) e proprio là Bella usava asciugarsi al sole dopo il suo bagno quotidiano.

Difatti Bella adesso faceva ogni giorno una nuotata nel fiume, guardata con rimpianto da Useppe il quale non sapeva nuotare. Una volta, invero, preso dalla voglia, senza piú pensare a niente lui s'era levato in fretta i sandali e i calzoni, e aveva fatto per buttarsi in acqua a giocare dietro a lei. Ma essa, avvertita dal suo senso indovino di pastora, immediatamente era tornata indietro, arrivando a terra in tempo per trattenere Useppe afferrandogli la maglia coi denti. E poi s'era rivoltata abbaiando furiosamente contro il fiume, come se questo fosse il lupo. «Se fai cosí», aveva detto súbito a Useppe, con un lamento straziante, «mi condanni a rinunciare anch'io per sempre a questo bagno, il quale per me fra l'altro è igienico, sulla prova del mio cognome Pelozozzo». E Useppe, in séguito a ciò, aveva vinto la propria tentazione del nuoto, aspettando al sole, sulla riva, il ritorno di Bella dal suo bagno, che del resto durava appena il tempo di una rifiatata.

Ora, quel dopopranzo che si diceva, affacciandosi al loro arrivo sul valloncello assolato, i due ci trovarono una capanna di frasche, costruita benissimo, che non c'era prima. Presentemente, come ogni altro luogo all'intorno, essa era deserta; però senz'altro doveva essere abitata, a quanto essi constatarono súbito, a una loro pronta e curiosa esplorazione. Ci si trovavano, difatti: un materassetto (o meglio una fodera di materasso, scucita da un lato e imbottita, a quanto pareva, di stracci) con sopra una coperta militare; vicino, incollata su una pietra con la sua cera stessa, una candela, già consumata in parte; e sul terreno, parecchi giornalini illustrati, con avventure a fumetti. Inoltre, in una buca scavata, ci si trovavano pure due scatole di sardine e una di carne Simmenthal, insieme con una medaglia indorata da sembrare d'oro, della misura circa di una fetta di sfilatino, fregiata di due scritte, una in giro e una al centro, e avvolta accuratamente dentro un cellofan: il tutto nascosto sotto un mucchio di foglie ancora fresche. Per terra, fuori della buca, c'era un cartoccio aperto, con un avanzo di fusaie. E all'esterno del locale, steso per asciugarsi su una pietra, e fermato da un paio di sassi, c'era uno slippino di misura bassissima. Dopo avere considerato tutti questi elementi, Useppe rimise ogni cosa a posto come stava prima.

Però qua, invero, sul punto che, terminata l'esplorazione, Useppe precedeva Bella fuori della capanna, alle sue spalle accadde un fatto che non si può lasciare ignorato. Bella insomma ripensandoci tornò indietro di due passi e in un attimo si mangiò tutte le fusaie del cartoccetto. Quindi nella sua zotica ignoranza, senza nemmeno sospettare d'essere in colpa, gaia e soddisfatta trottò dietro a Useppe, il quale di niente s'era accorto.

Per tutta quella giornata, l'ignoto abitatore della capanna non si fece vedere; e cosí pure il giorno dopo, al loro arrivo, non c'era nessuno. Però, nell'intervallo qualcuno doveva esserci stato, perché alle suppellettili già elencate s'erano aggiunti: una sveglia caricata, di latta; un fiasco d'acqua dimezzato; e una bottiglia vuota di Cocacola.

Mentre Bella, fatto il bagno, s'asciugava al sole, Useppe si ritirò nella loro tenda dove, di lí a poco, essa lo raggiunse, stendendosi a meriggiare sotto un albero. E Useppe, che non aveva sonno, si arrampicò sull'albero stesso, fino a un certo incavo dentro il quale usava starsene appollaiato, quand'era stanco di giochi, a canterellare poesie che sempre inventava sul momento, e súbito dimenticava. Su certi rami piú alti, lassú, batteva il sole; e, oltre alle visite frettolose di qualche uccelletto, c'era una popolazione di esseri infinitesimi dagli aspetti strani e, a bene osservarli, maravigliosamente colorati, che abitavano i tronchi e frequentavano le foglie. Pure queste, al sole, mostravano a Useppe tutti i colori dell'iride, e anche altri sconosciuti: con disegni di una geometria fiabesca, in cui gli occhi di Useppe erravano come viaggiatori in un quartiere arabo. Inoltre, da quel posto di vedetta, si spaziava con la vista lungo un tratto del fiume, e sulla proda assolata.

Useppe se ne stava lí da forse mezz'ora quando scorse, nell'acqua smossa del fiume sottostante, avanzare una testolina pigmea; quindi emergere due braccini, e un ragazzettino intero sortire starnazzando dall'acqua. Certo credendosi non visto da nessuno, appena arrivato a terra colui si sfilò da dosso lo slippino da bagno. E tutto nudo corse verso la discesa del pendio, dove scomparve.

Senz'altro, era lui l'abitatore della capanna misteriosa!

Alla scoperta, Useppe dall'alto dette una voce a Bella; ma costei, sonnolenta, gli rispose appena con un cenno dell'orecchio sinistro, senza neanche aprire gli occhi. E Useppe decise di aspettare, solo traslocando verso rami piú alti, a sbirciare se di là si scorgesse qualche altro segno di vita dello sconosciuto. Ma anche di lassú, la capanna gli restava invisibile; tutto all'intorno era deserto; e si udiva solo il fruscio della corrente, fra i ronzii della luce pomeridiana.

D'un tratto, Bella alzò gli orecchi e balzò su, avvertita, forse dal suo naso, di qualche novità in vista. E sventolando freneticamente la coda, pur mantenendosi in attesa levò un abbaio, grandioso ma cordiale.

L'effetto di questo abbaio non fu immediato, ma quasi. Di lí a mezzo minuto, un passo si avvicinò. E con la stessa circospezione di un esploratore che procedesse per una giungla feroce, il ragazzettino di pocanzi, però adesso non piú nudo, si presentò sotto la tenda d'alberi. Alla sua vista Useppe, come davanti a un'apparizione sensazionale, preso da grandissima concitazione di spiriti calò giú lungo il suo tronco in fretta e furia. In colui difatti, al vederlo da vicino, gli si faceva riconoscere immediatamente una rassomiglianza indiscutibile col non dimenticato animaluccio senza coda.

Aveva, infatti, gambe e braccia magroline e assai corte nelle proporzioni (per quanto scarsa fosse la sua statura). La sua faccia, specie a guardarla di profilo, sporgeva in avanti alla maniera dei musi. Gli occhi erano tondi e distanziati, di un vivace color oliva; il naso, piccolo e inquieto, e quasi privo di radice. E la bocca, di un taglio stretto da parere senza labbri, gli si slargava però fino verso gli orecchi quando si degnava di sorridere.

Sulla testa, rapata di recente, gli andava ricrescendo una lanugine fitta, simile a una pelliccetta marrone; e dei minimi ciuffettini di pelo gli spuntavano pure dagli orecchi, i quali erano assai minuscoli, e alquanto protesi in fuori. Infine, sulla sua maglietta bianca e calzoncini grigio-scuro questo tale portava infilato, al momento, un buffo indumento stramiciato, nemmeno cucito e con due buchi per maniche: ricavato, a quanto pareva, da un pezzo di telone cachi, e qua e là tinto alla meglio con chiazze di vernice marrone-verdastro!

All'altezza, gli si potevano dare otto anni, o al massimo nove; mentre in realtà ne aveva dodici (né trascurava, all'occasione, di vantare questa sua anzianità, attestante un lungo passato di vita vissuta).

Arrivato in presenza dei due, li adocchiò sempre circospetto e guardingo, però con una certa superiorità ovvia. E invincibilmente il suo sguardo, nell'espressione fiera, tradiva un gaio compiacimento nel posarsi su Bella. Anzi la sua mano (ossia zampetta) si allungò a toccarla:

«Ci sta qualcun altro, assieme a voi?» s'informò quindi, tenebrosamente.

«Nooo!... *Nissuno*, ci sta!»

«Siete soli?»

«*Ti*».

«E chi siete?»

«Io so' Useppe. E questa è Bella».

«E che ci siete venuti a fare, qua?»

«... A giocare...»

«È la prima volta oggi, che ci venite?»

«Nooo... Ce semo stati mille volte!... PIÚ di mille!» dichiarò Useppe.

Pareva un interrogatorio vero e proprio. Il misterioso essere guardò Useppe dritto in faccia, con un'aria d'intesa complice, ma anche d'autorità:

«Ti avverto di non dire a nessuno al mondo che m'avete visto. Ci capiamo? A NESSUNO al mondo!»

Useppe in risposta scrollò il capo a fare no, e no, e no, con tale ardore, che nemmeno un giuramento col sangue poteva garantire meglio il segreto dovuto a colui.

L'ignoto allora si sedette su un sasso; e nell'accendere, con grinta mondana, una sigaretta che aveva pescato nei calzoncini, spiegò:

«Io sono ricercato».

Si poteva arguire, dal suo tono, che tutte le polizie d'Italia, e forse d'Europa, andavano correndo alla sua ricerca. Seguí un silenzio. A Useppe batteva il cuore. Fatalmente, alla sua fantasia, gli inseguitori dello sconosciuto, tutti, come una folla di sosia, si presentavano in aspetto di Professori Marchionni, grossi, occhialuti, anziani e con baffi spioventi.

Ma il cuore di colui, frattanto, s'involava irresistibile verso Bella, con tale sentimento che sulla faccetta, o muso che fosse, gli si irradiava un sorriso a labbri chiusi, però largo, fino agli orecchi, e moltiplicato in tante rugoline, mentre i suoi occhi s'illuminavano vispi, e intenti come quelli di un innamorato.

«Pure tu, vuoi fumà?» le domandò (mentre lei, ricambiando i suoi sentimenti, lo festeggiava da vicino, quasi naso a naso). E per ischerzo, le soffiò un pochetto di fumo nel naso. Al che lei, sempre per ischerzo, reagí con una sorta di starnuto allegro.

«Si chiama BELLA proprio di nome?»

«Sí, di nome. Bella».

«È vecchia?»

«Noooo...» rispose Useppe. E poi dichiarò, con una certa enfasi personale:

«È piú piccola di me!»

«Tu, quant'anni tieni?»

Calcolando, Useppe mostrò prima una mano con tutti i diti aperti, indi l'altra mano con un solo dito alzato, che, nel ripensarci, ripiegò appena alle falangi.

«Cinque, e vai per i sei!» capí a volo quell'altro. E da parte sua dichiarò, con molto onore:

«Io vado per i TREDICI!» Quindi, assumendo una posa lenta di degnazione, ripigliò a dire:

«Giú a casa nostra, al paese, pure noi teniamo un cane, però non tanto grosso, mezzano, con la faccia nera e le orecchie a punta. Di orecchie, ne tiene una e mezza, perché l'altra mezza gliela mangiò suo patri.

«È di proprietà di mio zio, fratello di mea matri, che ci va a caccia».

Fece una pausa, e poi terminò:

«Si chiama Tòto».

Dopo questo, rimasero muti. L'ignoto, consumata la sua sigaretta, ne succhiò dal rimasuglio le ultime fiatate con frettolosa e vistosa voluttà. Poi, ne sotterrò l'infima cicca rimasta, in atto assai decoroso, quasi le rendesse le onoranze funebri, e s'allungò giú sull'erba, appoggiato al sasso con la testa. Bella gli s'era seduta vicina, e Useppe, a sua volta, s'era accovacciato in terra, di fronte a lui. Restavano in silenzio, a sogguardarsi l'un l'altro, senza trovare piú niente da dirsi. D'un tratto Bella in uno scatto levò in alto il capo, ma non abbaiò, né si mosse da dove stava.

Un uccellino si era posato su un ramo alto, proprio sopra a loro. Tacque un istante, poi fece due o tre salti sullo stesso ramo, poi fece qualche mossa con la testa (quasi per accordare fra sé il proprio canto) e poi cantò. Un'allegrezza meravigliosa inondò le vene di Useppe. Anche Bella aveva

537

immediatamente riconosciuto la canzone, poiché guardava in su, contenta, a bocca aperta, con la lingua che un poco le tremolava. Da parte sua il terzo ascoltatore rimaneva zitto, sbirciando in su con un solo occhio, non si capiva se distratto, o sopra pensiero.

Al frullo di partenza dell'uccellino, Useppe si mise a ridere, accorrendo verso colui. «Ahó!» lo interpellò impetuoso, con una vocina esultante. E senza esitare gli chiese:

«Tu ce la sai, quella canzone?»

«Quala canzona?»

«Quella che cantava lui! adesso!»

«Chi lui! l'*acedduzzo*?» domandò il ricercato, dubitoso, accennando con una delle sue zampette verso il ramo.

«Sí!» E palpitando di segretezza, però impaziente di partecipargli la novità, Useppe gli svelò, in un fiato: «Dice cosí:

È uno scherzo uno scherzo tutto uno scherzo!»

«Chi te l'ha detto, che dice cosí?!»

A questo, Useppe non sapeva che rispondere: tuttavia, rapito dalla canzoncina, invincibilmente tornò a ripeterla, e stavolta senza trascurarne le note.

Lo sconosciuto ebbe un sorrisetto futile e luminoso, pure alzando una spalla al tempo stesso: «L'*aceddi*», sentenziò, «tengono la lingua sua di loro. Chi può sapere?...» Fece una smorfia scettica, ma di lí a poco, in tono d'importanza, disse:

«Al paese mio, ci sta un vinaio ch'è pure barbiere, e tiene un vero aceddu parlante, che parla con la voce tale e quale a un cristiano! Però quell'aceddu non si trova su per gli alberi. Non è nazionale. È turco. E saluta e dice Buona Pasca e Santu Natali, e male parole, e ride. È pappagallu. Colorato. E imparò una canzona conosciuta al paese mio, e la cantava!»

«Come dice, la canzone?» domandò Useppe.

«Dice cosí:

> Io sugnu re e cardinale
> posso ridere e posso parlare.
> Per amore della compagnia
> staiu zitto pure io!»

Al suono di tante canzoni, Bella s'era data a zompare, come a un festival. Useppe invece s'era rimesso giú sull'erba, in contemplazione dell'essere misterioso.

«E qual è il paese tuo?» gli domandò.

«Tiriolo».

Nel pronunciare questo nome, l'interrogato aveva preso un'aria di sufficienza, come uno che citasse, in una compagnia d'illetterati, un sito di rinomanza eccezionale: «L'anno scorso al Giro d'Italia ci passau pure Bartali, campione del Giro!» dichiarò, «... io conservo pure una medaglia, che gliel'ho fregata a una Pompa Shell! Una medaglia fatta per omaggio a Gino Bartali in certe grandi fabbriche d'industria del Regno della Montagna, vicino Milano...»

Qua Useppe arrossí, ricordandosi della medaglia nel cellofan già notata, effettivamente, da lui e da Bella nella capanna di frasche. Di sicuro, sarebbe stato un dispiacere, per colui, sapere che la sua casa era stata scoperta... Ma quello non si accorse del rossore di Useppe avendo in quel momento abbassato gli occhi, nascosti da due fitte frangette di ciglia. D'un tratto, un assalto di tosse, brutale nel confronto con la sua piccolezza, lo sbatté come una serie di sventole. Non appena riprese fiato, lui fece notare, con orgoglio:

«È la tosse dei fumatori!»

E pescando nella tasca dei calzoncini, ne trasse un pacchetto ancora quasi intatto di Lucky Strike: «Americane!» vantò, mostrandole a Useppe, «mi sono state regalate!»

«Chi te l'ha regalate?»

«Un frocio».

Useppe ignorava il significato di questo titolo, ma per non mostrarsi troppo ignorante si ritenne dal domandarlo.

Insieme al pacchetto, colui dalla tasca aveva ripescato un frammento di giornale, che esaminò con ostentazione ufficiosa, come un documento riservato. C'era una notiziola di poche righe, dal titolo: *Tre corrigendi evasi dal Gabelli. Due riacciuffati, uno latitante*, e sotto, fra l'altro, c'era citato un certo *Scimó Pietro*, da Tiriolo (Catanzaro). Dopo avere ancora a lungo esaminato il documento, quasi non lo sapesse da un pezzo a memoria, il ricercato si decise, e, sottoponendolo a Useppe, con la sua unghietta nera gli indicò in particolare le parole *Scimó Pietro*. Ma per Useppe, che non sapeva leggere, quelle due parole, non meno dell'intero documento, erano un enigma indecifrabile. Allora l'altro gli svelò gloriosamente: «È il nome mio, questo. Sono io, Scimó!»

(Il suo nome completo, invero, come pure risultava dal

documento, era Scimó Pietro. Scimó era soltanto il cognome. Ma lui s'era avvezzo a venir chiamato col solo cognome).

«Adesso il nome mio lo sai. Però, t'avviso, nessun altro lo deve sapere. Non dire a nessuno né il nome mio, né che m'hai visto qua!»

Useppe garantí il segreto con nuovi e ripetuti scrolli della testa, ancora piú appassionati, se possibile, di quelli di prima.

Allora, in totale comparanza e fiducia, a voce bassa il nominato Scimó lo informò di essere evaso dal Riformatorio, dove i suoi parenti, e in particolare suo fratello, volevano tenerlo rinchiuso. Ma lui rinchiuso là dentro non ci voleva stare. Durante una passeggiata al Gianicolo con la sua squadra al completo, se l'era svignata insieme a altri due. L'impresa era stata da lui progettata con costoro in ogni particolare. Anzitutto, avevano approfittato che in quei giorni l'istitutore di turno, Signor Patazzi, soffriva di un disturbo viscerale che lo forzava ogni tanto a ritirarsi, lasciando momentaneamente la sorveglianza al caposquadra. Con accorgimenti adatti erano riusciti a distrarre l'attenzione di costui, scomparendo. E mentre gli altri due compagni suoi nella fuga erano rimasti uniti (e questa certo era stata la loro prima fregatura, perché, cosí in coppia, era stato piú facile scovarli), lui, secondo la vera scienza della latitanza, li aveva salutati fin da principio per andarsene da solo. Subito dopo s'era spogliato in fretta della giacca e berrettino d'uniforme; e per diverse ore aveva soggiornato dentro un bidone pieno di foglie, erbe secche, bisogni di cavallo, ecc. sortendone solo col favore delle tenebre. Accortamente in precedenza s'era munito di certe figurine della cioccolata trovate nei pacchi-dono (le quali attualmente valevano parecchio sul Mercato Scambi), portandole con sé nascoste nelle scarpe, insieme con la sua preziosa medaglia del Giro. E la sera stessa, cambio figurine, un tale di Trastevere gli aveva ceduto questi calzoni borghesi che aveva addosso. Lui, poi, s'era confezionato da se stesso questa tenuta mimetica (si trattava del già descritto indumento a chiazze fondo cachi) per meglio nascondersi vivendo alla macchia. E adesso, se quegli altri due s'erano lasciati riacchiappare, lui non si lascerebbe catturare mai, garantito, né vivo né morto.

La narrazione di Scimó era stata seguíta da Useppe (e

anche da Bella) con una partecipazione di attualità frementa, specie nei punti cruciali. Non solo i loro occhi, ma tutto il loro corpo ne era trascinato. E in quanto a Scimó stesso, aveva accompagnato il suo parlare con un tale gesticolío di gambe, testa, bracci e diti, che al termine dovette riposarsi e restare zitto. Ma dopo un po', quasi a suggellare, fra i presenti, un triplice patto esclusivo con lo svelare, dopo il suo passato, anche il suo futuro, disse, in uno sfolgorio spavaldo:

«Io farò il ciclista».

Successe un grande silenzio. Col sole già verso ponente, quell'invisibile arcobaleno, che sempre stava aperto e inchinato sulla tenda d'alberi, vi sparpagliava tutte le sue luci come alucce senza peso, mutevoli e ronzanti, in cui fra i centomila colori predominavano l'arancione dorato, il viola e il verde acqua. E il loro ronzio somigliava a una risonanza mischiata, come di voci e musiche innumerevoli che arrivassero da lontano; ma vi predominavano, anche qui, certe voci speciali: e queste erano piccole, come di grilli, d'acqua e di femminucce.

Useppe, rallegrato, si mise a ridere. Aveva voglia di contraccambiare le grandi confidenze di Scimó rivelandogli lui pure qualche altro segreto suo proprio, unico e straordinario; ma non sapeva che dirgli, pur trovandosi già proteso, impaziente, verso di lui. Cosí che, a capriccio e senza averci pensato, gli soffiò nell'orecchio, accennando intorno, con la mano, alla tenda d'alberi:

«Qua ci sta Dio».

Scimó fece una smorfia da uomo esperto e scettico, la quale tuttavia non preludeva (come forse poteva sembrare) a una professione di ateismo. Sentenziò invece, con una certa importanza:

«Dio sta dentro alla chiesa».

A questo punto, considerando che s'era fatto tardi, disse che fra poco doveva andare: «A quest'ora, lo spettacolo delle quattro dev'essere un pezzo avanti!» opinò, col tono di un affarista che ha grandi e improrogabili incombenze. E spiegò che doveva trovarsi alla Stazione Ostiense con un amico suo della Garbatella (il quale teneva i biglietti gratuiti); e, dopo, andare con quello al cinema.

«Del film», aggiunse, «non me ne importa tanto, perché l'ho visto già due volte. Però voglio arrivare in orario almeno per la fine della prima proiezione, perché è quella dove ci si trovano i froci, che poi mi portano a mangiare la pizza».

E riecco questi Froci! personaggi, evidentemente, famosi e munifici, dei quali Useppe non aveva nessuna idea! Tuttavia, neanche stavolta, non volle confessare a Scimó la propria ignoranza. Fece soltanto un breve sospiro (del quale nessuno si accorse): anche perché, fra l'altro, lui, ancora, al cinema non c'era stato mai nella sua vita.

Nell'alzarsi da terra, Scimó mise in mostra, con una certa negligente ostentazione, la canottiera bianca che portava sotto alla sua casacca mimetica. Era una canottiera elegantissima (a differenza dei calzoncini, che parevano usciti dal carretto di uno stracciarolo): nuova, pulita, e decorata su un lato dal disegno di un'àncora di colore blu. Si trattava, disse Scimó, di una canottiera australiana: e risultò che pure questa gli era stata regalata da un FROCIO! Anzi, uno – se lo stesso, oppure un altro, non si capiva – sempre di questi Froci, gli aveva promesso anche un paio di scarpe estive tipo tennis, e forse pure, in un domani, un orologio da polso e un cuscino! Useppe rimase convinto definitivamente che quei misteriosi personaggi menzionati da Scimó dovevano essere senz'altro creature spettacolari, di una magnificenza eccelsa! e se li figurò nel pensiero come qualcosa di mezzo fra la Befana, i Sette Nani, e i Re delle carte.

Scimó disse che adesso, prima d'andare in città, doveva passare «da casa sua» per togliersi la «tuta mimetica» (cosí lui la chiamava) la quale, nella città, disse, riuscirebbe «controproducente». Qui, avendo pronunciato per intero questa parola difficilissima, dovette interrompersi un momento a rifiatare; ma súbito dopo, riguardandosi intorno con estrema segretezza, si fece a dire che per oggi ormai non c'era tempo; ma domani, se loro capitavano qua, gli avrebbe fatto vedere la «casa sua»: una capanna fabbricata da lui medesimo, completa, dove si ritirava e abitava clandestino: e che si trovava in un luogo nascosto dei paraggi.

A questo discorso, come già prima a quell'altro della medaglia, il viso di Useppe riavvampò di un rossore immediato che stavolta non poté sfuggire a Scimó. Costui lo guatò, perplesso e insospettito: finché, nell'incontrare le sue pupille parlanti, fra il silenzio generale ebbe una specie d'illuminazione; e senza piú esitare proruppe, in accento terribile di denuncia:

«Chi si mangiò le mie fusaie?!»

A questo, Useppe rimase sconcertato piú che mai: giacché, del fatto delle fusaie, lui niente sapeva. Né la stessa Bella, da parte sua, seppe comprendere la questione. Fra l'altro, nel dizionario umano a lei noto, mancava la parola *fusaie*: le stesse venivano dette *lupini*. E quella sua azione indebita nella capanna non aveva lasciato neanche un minimo ricordo nel suo testone di pastora. La sola cosa da lei compresa insomma fu che Scimó attualmente, per qualche oscuro motivo, s'andava riscaldando contro Useppe; e allora, nell'urgenza di rabbonirlo, piena d'innocenza gli si buttò al collo, dandogli una leccata amorosa su tutta la faccia, con in piú qualche morsetto indolore all'una e all'altra orecchia.

E capitò che questo atto di pace fu interpretato da Scimó come un'autodenuncia di Bella! Cosí che lui per proprio conto, e sia pure attraverso un equivoco, intese il fatto com'era andato veramente. Davanti alla confessione della pastora non gli restava che perdonarle senz'altro. Anzi, fece súbito un sorriso, mettendo in luce, stavolta, anche i denti, che aveva piccoli piccoli, radi, e già malandati e scuri. E Useppe, di rimando, sorrise consolato (mostrando, a sua volta, i propri dentini ancora di latte). Allora Scimó decise di fare il grandioso:

«Beh che fa! per quattro fusaie!» disse con una smorfia signorile, «e già me l'avevo pensato, io da solo, che se le fosse mangiate qualche animale passato per di là... L'essenziale», soggiunse abbassando la voce, «è che non ci siano passati i Pirati!!» E prese a spiegare che, sulla riva opposta del fiume, notoriamente esisteva una banda di pirati, capeggiata da un certo Agusto, il quale aveva piú di sedici anni, e un tempo era stato rivale perfino del famosissimo Gobbo del Quarticciòlo! Questi tali Pirati disponevano di una barca, e ci andavano scorrendo di sotto e di sopra per tutta la riviera, a pigliarsi la roba! a incendiare le capanne! e ammazzare gli animali! e assaltare la gente! Ancora, quest'anno, da queste parti non s'erano visti; ma lo scorso anno, in luglio e agosto, si sapeva che c'erano stati. E avevano buttato a fiume una macchina con la gente dentro! distrutto le capanne! menato a un sordomuto! e fatto l'amore con una vitella!

Dopo questo, Scimó prese commiato. Ma nell'andarsene, disse a Useppe e Bella che se ricapitavano domani dopopranzo, potevano cercare di lui direttamente nella sua capanna, visto che già sapevano il posto: però, nessun altro doveva saperlo! Raccomandò poi di trovarcisi in tempo, perché domani lui doveva andarsene via piú presto, dato che al cinema si cambiava film, e quest'altro film lui ci teneva a vederlo dal principio.

«Domani», annunciò, «quando venite, vi faccio vedere un punto, vicino a casa mia, dove ci fanno il nido le cicale».

L'indomani, tutti e tre si trovarono puntualissimi al convegno. E in piú Bella e Useppe, lungo la via, fecero un altro incontro inaspettato. Evidentemente, questa era l'epoca degli incontri per loro. Percorrevano l'ultimo tratto del Viale Ostiense, già in vista della Basilica, quando una voce fresca di donna chiamò dietro a loro: Useppe! Useppe! Là in attesa alla fermata dell'autobus c'era una ragazza, con in braccio una creatura piccola, e a tracolla una borsa di paglia. «Useppe! non mi riconosci?» essa continuò, sorridendo dolcemente. Bella già la stava annusando con una certa familiarità, ma Useppe, invece, sul momento, non seppe ravvisarla: piuttosto, la creatura piccola, benché sconosciuta, alla faccia pareva ricordargli qualcun altro... Era una pupetta appena lattante, chiaramente una femminella, poiché portava gli orecchini. Le sue guance erano tonde e vermiglie, con occhi neri neri, già ridarelli e vispi. E i suoi capelli scuri, umidi e fini, già lunghetti di parecchi centimetri, erano tutti ben allisciati, salvo un unico boccolo, arrotolato con gran cura, che le attraversava per lungo il colmo della testa.

«Non mi riconosci? Sono Patrizia! Ti ricordi di me?»

«.....»

«Non te ne ricordi piú?... eh?... de quando semo iti assieme, sulla motocicletta!... non te ne ricordi?»

«... ti...»

«E questa, nun è Bella?... o me sbaio? Sei Bella, no? M'hai riconosciuto, a' Bella!?...»

Patrizia appariva invero ingrassata, e al tempo stesso con qualcosa di patito e affaticato nella faccia. Adesso, portava i neri capelli legati da un nastrino in cima alla testa, e lasciati pendere all'indietro in una grande coda ondulante. In luogo di tutti quei monili vari che prima le tintinnavano addosso, attualmente portava un solo braccialetto di rame

544

e altri metalli, il quale tuttavia tintinnava anch'esso con frequenza perché composto di piú fili che si urtavano fra loro ai suoi gesti. E ogni volta, a quel tintinno, la pupetta esilarata agitava i piedi e le mani. Essa indossava una camiciolina bianca con un piccolo orlo di merletto, e il resto della sua persona era avvolto in una tela stampata a colori, con disegni dei cartoni animati, dalla quale sortivano le sue braccia e parte delle sue gambette, in grande movimento. Ai piedi aveva delle scarpucce lavorate a maglia, bianche, e chiuse da un nastro di tinta rosa vivace. I suoi orecchini piccolissimi, simili a bottoncini, erano d'oro.

Patrizia tentennava il capo, riguardando Useppe, il quale si volgeva in su con un piccolo sorriso. «Io t'ho riconosciuto súbito, a' Useppe!» gli disse. «E questa», aggiunse, «è tua nipote!»

Useppe si mostrò perplesso: «Sí, ti è nipote! tu sei suo zio!» confermò Patrizia, ridendo con la faccia tremante. E preso il polso alla figlietta, e muovendoglielo come a salutare, incominciò a dirle: «Ninuccia, saluta Useppe! Fagli addio, a Useppe...» D'un tratto la risata le si ruppe in un pianto convulso. Cercava di asciugarsi le lagrime alla meglio col pugnetto della pupa, sospeso nel saluto, portandoselo agli occhi.

«Ah, non ci posso ancora credere!... Sono passati tanti mesi, e ancora non mi sembra vero! tutto m'ero aspettata, ma questa cosa, non me l'ero aspettata! Che m'avesse piantata sola con la panza, e che se ne sarebbe ito via, già me l'aspettavo! Ma no questa cosa! questa cosa, no!»

Poi, di nuovo sorrise a Useppe, nella sua faccia gonfia di pianto, e dondolando la testa gli disse, con una voce un po' materna, e un po' infantile:

«A' Useppe, quanto te voleva bene, a te! Io c'ero pure gelosa, perché voleva bene piú a te, che a me! m'ha pure menato, una vorta, perché j'ho detto male de te!»

«...Ecco arriva l'autobus», osservò in fretta, asciugandosi le lagrime con un fazzoletto pescato a stento nella borsa, «...eh, annàmo... Te saluto, a' Useppe».

Si videro, da dietro, i suoi fianchi ingrossati ondeggiarle sui tacchi alti, poi si mostrarono le sue gambe nude mentre montava sull'autobus, aiutata dal fattorino che s'era affacciato a darle appoggio per un riguardo al carico della pupa. A quell'orario, il pubblico sull'autobus era scarso. Essa trovò súbito posto a sedere vicino al finestrino aperto, e di là fece ancora con la mano un gesto vago di saluto, che pareva amaro, e già lontano. Useppe continuava a salutare aprendo e richiudendo il pugno lentamente, mentre l'autobus riprendeva la corsa, e Bella, seduta sul marciapiede, ne seguiva il moto con un ànsito delle narici e della lingua. L'ultima vista che si ebbe di quelle loro parenti fu l'immenso ciuffo nerolucente di Patrizia; e, di sotto al volto chinato di questa, il boccolo civettuolo di Ninuccia, nel mezzo della sua liscia capoccetta bruna.

Arrivati al luogo del convegno, trovarono Scimó davanti alla soglia della sua capanna, come se li aspettasse. Prima ancora di averlo salutato, Useppe quasi affannando gli annunció di avere incontrato, poco fa, una, la quale era sua nipote, e lui stesso le era zio! Ma Scimó ricevette questa notizia sbalorditiva senza troppo stupirsene. Lui stesso, disse, era zio di diversi nipoti (figli di suoi fratelli maggiori) fra i quali una di età anni 14! «E mia mamma», fece sapere ancora, «giú al paese *havi* una nipote, che le è pure zia!»

E di qui, corrugando la fronte nell'esercizio mentale, non senza aiutarsi nel conto con tutti e dieci i diti, si mise a spiegare che suo nonno Serafino, patri di sua matri, aveva una diecina di fratelli minori, chi morto e chi vivente: e fra questi il piú giovane era un Americano (ossia emigrato in America). Passa il tempo, e costui rimase vedovo.

Ora, sempre il suo nonno Serafino, aveva in proprio nove figli: sei femmine e tre maschi, che facevano cinque sorelle e tre fratelli di sua madre. E tutti erano spusati con famiglia (meno che tre: una sorella monaca, e un'altra *soricella* morta piccola e un altro fratello morto *schioppato*). E tutti avevano chi quattro, chi sette, tre, sei, figghi e figghie, certi grandi e certi piccoli, i quali tutti venivano a essere i nipoti di sua madre: e fra costoro ce n'era una, già grande e signorina, di nome Crucifera.

Passa il tempo, e quell'americano vedovo (Ignazio di nome) mezzo anziano e mezzo vecchio se ne rivenne al paese a aprirci una bottega. E un bel giorno disse: «Qua, senza donna, che faccio?» e si pigliau quella giovane Crucifera: la quale cosí, essendo già nipote della madre di Scimó, d'un tratto, avendone sposato lo zio, le diventò pure zia! La stessa poi, fra l'altro, già cugina di Scimó, viene pure a essergli una mezza nonna, perché si fece cognata del suo nonno Serafino, il quale poi sarebbe il nonno pure di lei e di tutti quanti!

«E lui dove sta, adesso?» s'informò Useppe.

«Il mio nonno sta a Tiriolo».

«E che fa?»

«Pesta l'uva».

Useppe non chiese altre informazioni: tanto piú che Scimó ardeva oramai di mostrare ai suoi ospiti la cosa principale: ossia la famosa medaglia del Giro. Non la teneva piú dentro la buca, dove era minacciata dall'umidità, ma in fondo a quella fodera di materasso che a lui serviva, come si vide, anche da deposito per vestiario e altro; e l'aveva avvolta, in aggiunta al cellofan, anche in una seconda protezione di stagnola.

Si trattava, da quanto a me risulta, di una targhetta-réclame per una marca di gomme, di metallo leggerissimo color giallo-oro e di forma circolare: portante al centro la dichiarazione *BARTALI il RE DELLA MONTAGNA* usa i copertoni taldeitali, ecc. ecc. e, all'intorno, la scritta decorata *Giro d'Italia 1946* – con altre indicazioni del caso (tutte scritture, ovviamente, geroglifiche per Useppe). Non appena, svolto il doppio involucro, la medaglia apparve, Bella cantò, festeggiandola: «Questa, la conosco già!» nel mentre che Useppe inevitabilmente arrossiva; ma Scimó, per fortuna, né comprendeva i discorsi di Bella, né in questo momento osservava Useppe, essendo occupato a esaminare la medaglia da dritto e da rovescio, per verificare se l'umidità non l'avesse troppo danneggiata. Anzi, non ne distolse gli occhi neppure nell'atto di sottoporla a Useppe (giusto il tempo di una rapida visione); e súbito si affrettò a riincartarla e riporla dove stava prima. Seguitò tuttavia a rovistare fra i vecchi giornali e gli stracci che imbottivano il suo materasso, certamente avendo da mostrare ancora qualche altra cosa interessante. E difatti estrasse prima un pettinino variegato di vari colori, di quelli che si trovano sulle bancarelle di merci americane; poi una fibbia da scarpe con brillantini di vetro, raccattata in istrada; e poi mezzo tergicristallo d'automobile. Mostrò quindi la sveglia che marciava davvero, anzi a vero dire correva troppo (ma per gli orari lui sapeva regolarsi col sole); e inoltre, novità ultima arrivata, una torcia elettrica a pile, simile a quelle che Useppe aveva vedute ai partigiani. Disse che questa aveva una durata di 200 ore! e invero attualmente mancava della pila, ma quello che gliel'aveva regalata aveva promesso di rifornirgliela al piú presto.

« E chi te l'ha regalata? » domandò Useppe.

« Un FROCIO ».

Il nido di cicale si rivelò un caso attraente, però arcano. A una sessantina di metri dalla capanna, dietro la collinetta, cresceva un albero, dal tronco piuttosto corto rispetto all'altezza grandiosa della chioma. Uno dei suoi rami era segnato da un lungo taglio, e Scimó disse che quello era un deposito delle uova di cicala. Poi, mostrando, alla radice dell'albero, una buchetta nella terra smossa, spiegò che là sotto c'era un nido dove le uova andavano a covarsi. Affermò pure di avere sorpreso, il giorno prima, una cicaletta giovane appena risalita dal nido, proprio nel mentre che, attaccata alla corteccia dell'albero, s'ingegnava con fatica a sortire dal proprio guscio. Siccome lui doveva andare in città, l'aveva lasciata lí, che ancora intontita e mezza stupida aspettava il momento di saper volare. Però attualmente, insieme con la cicala, anche il guscio era sparito: forse qualche animale l'aveva rubato come preda, o forse il vento se l'era portato via. E la cicala, a quest'ora, avendo imparato a volare, forse abitava di sopra, nell'albero stesso, o in qualche altro albero vicino; e presto la si sentirebbe cantare, se era una cicala maschio. Perché solo i maschi cantano: le femmine non cantano.

Useppe aveva udito, in passato, il canto delle cicale, ma non ne aveva mai visto nessuna. Tanto lui che Scimó si trovarono, però, d'accordo a non rimuovere il terriccio dal nido, per non interrompere la cova di altre piccole cicale novelle. Difatti, a detta di Scimó, quella da lui vista era una cicala staffetta, venuta su in anticipo, e certo le sarebbe venuta dietro una parentela numerosa di femmine mute e di maschi cantanti.

E se ne andarono sulle rive del fiume, dove Scimó voleva prendere un bagno, prima di recarsi al cinema. Qui Useppe dovette confessare, con rimpianto, di non saper nuotare ancora. E rimase addolorato sulla riva, mentre Bella e Scimó scorrazzavano dentro l'acqua.

Uscito dall'acqua, Scimó, tutto nudo, fece notare a Useppe i propri genitali, vantandosi di essere già maschio: virile al completo, tanto che, se pensava a certe cose, per esempio ai baci nei film oppure alla sua mezzo cugina - mezza non-

548

na Crucifera, era pure capace di gonfiarsi. E Useppe incuriosito volle fargli vedere, a sua volta, il proprio uccelletto, per sapere a che punto fosse lui. Scimó gli disse che lui pure, senz'altro, era maschio al completo, però doveva ancora crescere. E Useppe allora pensò che, non appena cresciuto, fra l'altro sarebbe stato forse capace di cantare a piena voce, come avviene ai maschi-cicala.

Il corpo di Scimó, magrolino e scorfaniello, era segnato da diverse cicatrici, delle quali lui fornì súbito a Useppe la spiegazione. Una, piú recente, sulla gamba, gliel'aveva fatta un istitutore del riformatorio con una legnata. Un'altra piú antica sul braccio, quasi all'altezza della spalla, gliel'aveva fatta un suo fratello grande, di ventun anni, picchiandolo con un finimento del mulo. Questo fratello cattivo, a detta di Scimó, era, di tutta la famiglia, il piú accanito a volerlo tenere rinchiuso coi corrigendi.

La terza cicatrice, che gli segnava la fronte in alto, presso l'attaccatura dei capelli, se l'era procurata lui stesso sbattendo la testa contro la porta e contro i muri, quando al riformatorio lo avevano rinchiuso nella cella di punizione. Al ricordo di questa cella, Scimó ebbe una specie di mugolio; la sua faccetta sembrò farsi ancora piú piccola, con gli occhi fissi e stralunati. E lo si vide d'un tratto, invasato da una subitanea disperazione, buttarsi giú carponi e sbattere la testa in terra, con furore, per tre volte di séguito.

Useppe accorse con la faccia tramortita, non meno che se quelle capate in fronte le avesse prese lui. Ma Scimó, quasi già consolato dallo sfogo, si rilevò su pronto, con un sorrisino che pareva dicesse: «Poco male!» E dopo un momento sembrò essersi scordato d'ogni cosa, fuorché del film nuovo che andava a vedere e della pizza che avrebbe mangiato dopo.

Era venuta l'ora, per lui, di andarsene. E Useppe, con un rimpianto nell'anima, già lo vedeva arrivare al fastigioso palazzo del Cinema, e là incontrare quei tali esseri di splendore misteriosissimo, regalanti doni, dei quali lui stesso ignorava la persona, il titolo e insomma tutto. Infine, pur senza ammettere questa sua ignoranza, si fece davanti a Scimó, e, dondolandosi, azzardò con una voce timida:

«Perché non mi ci porti pure a me, al Cinema, a trovare *li froci*?»

E gli fece vedere che, in una tasca dei suoi calzoncini a bretelle, chiusa con un bottone, teneva pure disponibile qualche soldo (che Ida gli aveva dato prima d'uscire per comperarsi il gelato).

Ma Scimó scosse il capo, protettivamente; e guardandolo con occhio paterno, gli disse:

«No. Tu ancora sei troppo piccolo». Quindi, forse a rendere piú plausibile il proprio rifiuto, aggiunse:

«E poi i cani, al cinema, mica ce li lasciano entrare».

Dopo di che, vedendo l'espressione delusa di Useppe, si trattenne ancora qualche momento assieme a lui. Però infine gli disse: «Devo correre!» e, per consolarlo, gli promise solennemente:

«Oggi non c'è piú tempo; ma la prossima volta che venite qua, io t'insegno a nuotare».

«Domani noi ci torniamo!» s'affrettò a rispondere Useppe.

«Domani è domenica: il primo spettacolo comincia alle tre. Però, se ci venite in tempo, principio a insegnarti gli esercizi a rana e stare a galla».

Mentre correva verso la capanna, lasciando sulla riva gli altri due, si udí nella distanza la sua frequente «tosse di fumatore» che lo faceva traballare sulle corte zampette. La sua partenza mise addosso a Useppe una tristezza buia, che cresceva col passare dei minuti. La stessa compagnia di Bella, che gli ammiccava affabilmente coi suoi occhi simpatici, non bastava a consolarlo. Ripensava a Davide, che non aveva affatto dimenticato, nonostante la nuova amicizia di Scimó; e non avendo piú voglia, oggi, di restare sul fiume fino a sera, tirò un poco il collare di Bella, tentandola con la proposta: «Vvàvide...» Ma Bella scosse la testa, a fargli notare che Davide non aveva dato nessun appuntamento; e che se andavano da lui senza appuntamento ne sarebbero stati cacciati via, come l'altra volta.

Dopo la partenza di Scimó, anche la mancata promessa di Davide ritornava a contristare la solitudine di Useppe. Una nuvola di passaggio coperse il sole, e a lui parve una enorme nube di tempesta. D'un tratto, si vide salpare dalla riva opposta una barca su cui si scorgevano parecchie sagome di ragazzi. Con un sussulto, Useppe si disse: «I PIRATI!» e si levò in piedi, in posizione di battaglia. Era deciso, a qualsiasi costo, a difendere da coloro la tenda d'alberi e la capanna di Scimó. Però la barca si allontanò invece nella direzione sud, costeggiando la riva donde era partita; e di lí a poco scomparve alla vista.

Useppe si risedette sull'erba, col batticuore. Le sue tristezze di poco prima andavano confondendosi in una sorta di presentimento informe che a lui non era nuovo, sebbene gli tornasse ogni volta irriconoscibile. Ciascun ritorno del suo *grande male* era un punto di violenza che lui subiva senza esserne testimone. Solo, ne avvertiva in anticipo un segnale ambiguo, come l'arrivo, alle sue spalle, di una maschera senza lineamenti, dietro alla quale, per lui, c'era un buco vuoto. E allora lo sorprendeva un orrore nebuloso, dove lui già mezzo cieco tentava una partenza senza direzione, per venire abbattuto dopo due o tre passi. Però questa esecuzione oscura lo trovava già incosciente. E anche di quel primo segnale non gliene rimaneva, in séguito, nient'altro che una traccia indefinita, simile a un tema frammentario udito non si sa piú quando, né dove. Le sue note riemergono da *qualcosa* che somiglia a una lacerazione... ma non dicono quale sia la *cosa*.

Seduto sull'erba del fiume, col cuore che ancora gli batteva, Useppe ebbe il senso di aver già vissuto, in passato, un altro momento identico a questo. Non si sa quando, forse in un'altra esistenza, si era già trovato su una spiaggetta radiosa, lungo prati sparsi di tende allegre, nell'attesa di un orrore imminente che voleva inghiottirlo. La sua faccia si contrasse in una ripulsa smisurata; «Non voio! non voio!» esclamò. E si drizzò in piedi, allo stesso modo di poco prima, quando s'era disposto allo scontro coi Pirati. Contro quest'altra *cosa*, invero, non gli si dava nessuno scampo, se non un'assurda fuga. E l'unica estrema via di fuga che gli si offerse, lí all'istante, fu l'acqua del fiume, che scorreva sotto ai suoi piedi. Con la vista già annebbiata, Useppe ci si buttò a precipizio. In quel punto, la corrente era piuttosto tranquilla, però l'acqua era di parecchio piú alta di lui.

Un abbaio disperato echeggiò dalla riva; e in un attimo Bella fu addosso a lui, che starnazzava in un disordine incoerente, sballottato dall'acqua come una povera bestiola, d'aria o di terra, ferita nella schiena. «Aggràppati, aggràppati a cavalluccio», lo supplicò Bella, scivolando pronta sotto la sua pancia e cosí sorreggendolo a galla, nel nuotare verso terra. Dentro il tempo di due respiri, il salvataggio era compiuto: di nuovo, nei suoi pannucci grondanti, Useppe stava al sicuro sul margine del prato.

Può darsi che la scossa fredda e brusca dell'acqua gli

bloccasse la crisi al suo primo insorgere. Stavolta non ci fu l'urlo, né la perdita di coscienza, né quell'orrenda cianosi che lo sfigurava. Unica manifestazione di questa sua crisi (parziale o irrisolta) fu un tremito di tutti i muscoli che lo agitò convulsamente, appena fu a terra, misto a un pianto straziato: «No! no! non voio! non voio!» seguitava a ripetere, mentre Bella lo leccava in fretta, come avesse là una covata di cagnolini. Useppe tramutò infine il pianto in una risatina spaurita; e si abbracciò stretto a Bella, quasi fosse nel suo letto di casa, vicino a Ida. Si addormentarono assieme, nel mentre che il sole li asciugava.

Non sempre questi sonni stremati dopo le crisi portavano sogni; o si trattava, piuttosto, di sogni che Useppe dimenticava del tutto al risveglio. Stavolta, invece, ebbe un sogno di cui nella memoria gli si conservò durevolmente, in séguito, non proprio un ricordo, ma un'ombra palpitante e colorata. Sognava di trovarsi precisamente nel luogo dove stava in realtà: solo che il fiume aveva preso la forma di un grande lago circolare, e le collinette all'intorno erano assai piú alte del vero, tutte travolte da una nevicata. A suo tempo, trascurai di dire che nell'inverno del 1945 a Roma era caduta la neve: che aveva rappresentato uno spettacolo insolito per Roma, e straordinario per Useppe.

Allora Useppe aveva poco piú di tre anni; e da allora fino adesso, quello spettacolo della neve s'era ritratto indietro nella sua memoria, al punto da nascondersi in una caligine; quand'ecco, oggi esso tornava avanti in questo sogno. Senonché, quella neve romana era stata una visione placida, di quiete incredibile e di candore; e invece questa del sogno era una tormenta, quale Useppe, invero, non aveva mai veduta nella vita. Il cielo era nerastro, un vento fischiante torceva gli alberi della valletta e di tutte le altre rive intorno, e la neve turbinava, simile a una mitraglia di ghiacci puntuti e micidiali. Dalle vette all'ingiro, gli alberi si tendevano nudi e neri come corpi scarnificati, forse già morti. E per tutta la catena delle colline il solo suono era il fischio delle raffiche: non c'erano voci, non si vedeva nessuno.

Useppe, nel sogno, non si trovava a riva, ma nell'acqua del fiume-lago. E quest'acqua, sebbene chiusa in cerchio dalle colline, appariva di una grandezza infinita. Era tutta di un colore iridato, quieta e luminosa, e di un dolce, meraviglioso tepore, come fosse attraversata di continuo da sorgenti non viste, che il sole riscaldava. Useppe nuotava in quest'acqua naturalmente, come un pesciolino; e intorno a lui per tutto il tiepido lago emergevano innumeri testoline di altri nuotatori compagni a lui. Costoro, gli erano tutti sconosciuti; ma lui li riconosceva lo stesso. E invero, non pareva difficile capire che là erano presenti tutti i numerosissimi nipoti di Scimó, súbito ravvisabili per i loro musetti protesi, a imitazione del famoso animaluccio senza coda; come inoltre vi era una gran folla di capoccette tonde, dalla guancia colorita, con vivi e neri occhietti: tutte gemelle, o strette parenti, della Ninuccia nipote.

Ma la cosa piú straordinaria di questo lago festantissimo era che il cerchio delle colline, massacrato dalla tetra bufera, là dentro si rispecchiava, invece, intatto e beato, nella piena serenità di un'estate al suo principio. Gli alberi torturati vi si raddoppiavano incolumi, nella salute viva delle loro foglie: cosí che i loro riflessi diramati per tutto il lago vi disegnavano una specie di pergola verde sotto l'acqua azzurra, da sembrare un giardino sospeso in cielo. E il movimento dell'acqua li accompagnava come un soffio di vento estivo, con un suono di canzoncina e di mormorio.

Né si dava alcun dubbio che il lago era vero e autentico; mentre il panorama soprastante era un trucco, qualcosa come le ombre cinesi su un telone. Ciò nel sogno era ovvio, anzi, nell'insieme, buffo. E il dormiente ne avvertiva un piacere delizioso, tanto che dava, fra il sonno, delle piccole esclamazioni giulive. Accanto a lui Bella, invece, emetteva frattanto dei borbottii, forse rivivendo in sogno le emozioni di quel suo pomeriggio eroico.

È probabile che Useppe, lasciato a se stesso, avrebbe cosí dormito per almeno dodici ore ininterrotte. Ma passate circa tre ore, quando il sole declinava, Bella si svegliò dandosi una grande scrollata alla pelliccia, e lo ridestò con l'avviso:

«È l'ora di tornare a casa. Mamma ci aspetta per cena».

Il viaggio di Useppe verso casa fu strano, perché, sebbene muovesse i piedi dietro al guinzaglio di Bella, non era del tutto uscito dal suo sogno. Passarono sotto la tenda d'alberi e le voci che fanno gli uccelli raccogliendosi verso il tramonto a lui sembravano ancora i dondolii di quel lago, dove i suoni e i riflessi giocavano insieme. Alzò gli occhi, e nel tetto di rami credette di rivedere la meravigliosa pergola verde rispecchiata nel lago, nella quale i suoi compagni nuotatori scherzavano sporgendo le testoline. Anche i frastuoni cittadini del sabato sera gli arrivavano attutiti, come uno sterminato bisbiglio in fondo all'acqua, e questo rumore subacqueo gli si confondeva col battito delle prime stelle.

Era cosí assonnato che a cena la testa gli ciondolava. E il giorno dopo seguitò a dormire fino oltre l'ora di pranzo, resistendo ai richiami di Ida. Quando finalmente si alzò, gli ci volle un poco per ritrovare il senso del tempo. D'un tratto si ricordò che Bella e lui dovevano incontrarsi con Scimó alla capanna.

Ci arrivarono verso le quattro: troppo tardi per l'appuntamento con Scimó. E difatti, Scimó non c'era. Essendo oggi domenica, e la stagione oramai già estiva, qualche bagnante nella mattinata doveva aver sostato sulla spiaggetta. Ci si trovavano dei tappi di Birra Peroni e delle bucce di banana; ma per fortuna, nessuna traccia di pirati, né qui né all'intorno. La capanna era come loro l'avevano lasciata il giorno avanti. Buttato sul materasso, c'era lo slip da bagno di Scimó, tuttora umidiccio; e la lampada a pila stava in terra, vicino al sasso con la candela, come ieri. Useppe non si accorse del fatto che la candela non era calata d'altezza da ieri. Unica novità: la sveglia era ferma. Useppe suppose che Scimó, per la fretta, avesse trascurato di caricarla. E siccome aveva imparato a riconoscere le ore sugli orologi, vide che essa segnava le due.

Quel *due* per lui significava senz'altro le due del pomeriggio; mentre la sveglia, invero, al momento che s'era fermata senza carica, faceva le due di notte. Useppe non sapeva, né seppe mai, che Scimó da quando li aveva salutati, ieri, non era piú tornato a dormire nella capanna, e aveva passato la notte al riformatorio. Qualche sua conoscenza di città, ubbidendo forse a scrupoli legali, lo aveva denunciato, e fatto cadere in un tranello. Ieri stesso, dentro Roma, Scimó era stato riacchiappato; e oggi, forse, passava la sua domenica chiuso in cella, per punizione della fuga.

Useppe non ebbe nessun sospetto di un evento simile. Si disse, amareggiato, che certamente Scimó, dopo avere atteso invano lui e Bella all'appuntamento, se n'era andato senza piú aspettarli, per trovarsi in orario al primo spettacolo domenicale. E certo a quest'ora si trovava già al cinema, né sarebbe tornato alla capanna prima di notte. Cosí, per oggi, non si sarebbero riveduti.

Questa idea già bastava a dargli dolore. Per un dovuto

rispetto al domicilio di Scimó, uscí dalla capanna, e si sedette in terra, a un passo dall'entrata. Bella, vedendolo triste, gli si sedette accanto senza disturbarlo, tutta quieta, solo ogni tanto divertendosi a dare una testata nell'aria, per mettere paura a un moscerino di passaggio. A dispetto della sua età, e pure nelle situazioni piú serie, essa si lasciava sempre tentare dal suo passato di cucciola.

In quanto alla sua nuotata quotidiana, dopo l'avvenimento di ieri essa si era indotta a rinunciarci, non fidandosi di lasciare Useppe sulla riva neppure per brevi momenti. Anzi, perfino si sforzava a mantenere una certa distanza fra lui e la spiaggetta, quasi che l'acqua davvero le rappresentasse il lupo.

Oggi il sole cuoceva, come di piena estate; però essi sedevano al fresco, nel quadrato d'ombra della capanna. Di là dal valloncello, si affacciavano degli alberi, e da uno di questi si udí il suono solitario e precoce di una cicala maschio. Senz'altro doveva essere una cicala ancora piccola, intenta a esercizi da principiante, perché, nonostante il suo testardo impegno, produceva un rumore da violino infinitesimo, appena appena grattato con un filo. E cosí, al suono, Useppe la riconobbe immediatamente per quella stessa cicala appena salita dal nido che Scimó aveva veduto nascere un paio di giorni fa.

Una certa stanchezza, da ieri, durava ancora nel corpo di Useppe, che non aveva voglia di rotolarsi, correre e arrampicarsi come gli altri giorni. Ma nel tempo stesso lo prese un'irrequietudine che lo tentava a spostarsi e cambiare luogo, pur senza indicargli dove andare. Perfino nella tenda d'alberi gli durava questa impazienza. Il tetto di rami gli riportò una vaga reminiscenza del sogno di ieri, che però oggi, in gran parte, s'era già scancellato dalla sua memoria. Non ne ricordava piú i particolari del paesaggio, né la tormenta, né le testoline, né i riflessi. Quello che ne rivedeva, era una distesa acquatica in un dolce movimento di colori, con insieme un bisbiglio canoro che ne accompagnava il dondolio. E gliene tornava un desiderio di lettuccio e di riposo, contrastato da una paura di rimettersi a dormire, mentre tutti erano svegli.

Vedendolo bisognoso di conforto e di svago, Bella, seduta accanto a lui, risolse di raccontargli una storia. E sbattendo un poco gli occhi, in un modo favoloso e pieno di malinconia, cominciò a dire:

«Io, una volta, avevo dei cagnolini...»

Ancora mai gliene aveva parlato: «Non so quanti fossero, di numero», seguitò, «io non so contare. È certo che all'ora del latte mi trovavo le sise tutte occupate, al completo!!! Insomma, erano tanti, e uno piú bello dell'altro. Ce n'era uno bianco e nero, uno tutto nero con un'orecchia bianca e una nera, e uno pure quello tutto nero con la barbetta bianca... Quando ne guardavo uno, il piú bello era lui; ma ne guardavo un altro, e il piú bello era questo qua; poi ne leccavo un altro, e frattanto un altro ancora spuntava di mezzo col muso, e indubbiamente ognuno era il piú bello. La loro bellezza era infinita, ecco il fatto. Le bellezze infinite non si possono confrontare».

«E come si chiamavano?»

«Non ebbero nome».

«Non ebbero nome».

«No».

«E dove so' iti?»

«Dove?... su questo, io non so che pensare. Da un momento all'altro, li cercai, e non c'erano piú. Di solito, quando se ne vanno, piú tardi ritornano, almeno cosí succedeva alle mie amiche...» (Bella, come pure le sue amiche, era convinta che ogni successiva cucciolata fosse un altro ritorno sempre dei medesimi cagnolini) «...ma i miei non tornarono piú. Li ricercai, li aspettai chi sa quanto, ma non hanno fatto ritorno».

Useppe tacque: «Uno piú bello dell'altro!» ripeté Bella, persuasa, con le pupille sognanti. Poi, ripensandoci, aggiunse: «È regolare. Lo stesso càpita pure con gli altri... con tutti i nostri eh. Guardiamo a esempio Antonio mio, quello di Napoli... Senz'altro, il piú bello di tutti è lui! Però Ninnuzzu mio, lui pure, basta vederlo: uno piú bello di lui non esiste!!»

Era la prima volta che il nome di Ninnuzzu veniva pronunciato fra loro due. Al sentirlo, la faccia di Useppe fu corsa da un tremolio, che tuttavia si risolse in un sorrisetto attento. Il discorso di Bella, invero, abbaiato con accenti canini, lo cullava come un'aria di soprano melodiosa.

«E tu», essa qua riprese, mirandolo convinta, «sei sempre il piú bello di tutti al mondo. È positivo».

«E mamma mia?» s'informò Useppe.

«Lei! S'è mai vista un'altra ragazza piú bella?! Eh a Roma lo sanno tutti! È una bellezza infinita. Infinita!»

Useppe rise. Su questo, senz'altro era d'accordo. Quindi ansioso chiese:

« E Scimó? »

« Che domanda! Ognuno lo vede, che lui è il piú bello! »

« Il piú bello di tutti? »

« Di tutti ».

« E Davide? »

« Aaaah! La bellezza di Davide è la piú grande. Assolutamente. La massima ».

« Infinita? »

« Infinita ».

Useppe rise soddisfatto, perché invero su questo argomento delle bellezze l'accordo fra la pastora e lui era completo. Giganti o nani, straccioni o paíni, decrepitudine o gioventú, per lui non faceva differenza. E né gli storti, né i gobbi, né i panzoni, né le scòrfane, per lui non erano meno carini di Settebellezze, solo che fossero tutti amici pari e sorridessero (lui, se avesse dovuto inventare un cielo, avrebbe fabbricato un locale sul tipo « stanzone dei Mille »). Però da qualche tempo lui veniva scansato e si capisce: era perché teneva questo brutto male.

« Annàmo via », disse a Bella.

Le strade erano animate dalla folla dei pomeriggi domenicali. Di là da certe case in costruzione, su un terreno aperto s'era attendato un grande lunapark. Non solo c'erano le giostre, le bancarelle, i tiri a segno, le autopiste ecc., ma perfino le Montagne Russe, e un carosello volante dove si girava appesi in cerchio su altalene multiple a una velocità turbinosa. Useppe, che s'era spinto irresistibilmente con Bella fino sul margine del lunapark, ebbe una involontaria risatina di gioia, alla presenza di questi macchinari fantastici. Ma súbito si ritrasse, con un sentimento di nostalgia mista di delirio, come davanti a una ebbrezza negata. È un fatto che, dall'inizio del suo male, la notte aveva certi sogni di paura (sebbene poi li dimenticasse) nei quali precipitava dall'alto in voragini cieche, oppure veniva mulinato su orbite incommensurabili in un vuoto rutilante e senza principio né fine.

Il possesso, nella tasca abbottonata, dei soliti quattrini da spendere, lo invogliava a farsi avanti, verso le bancarelle dove si vendevano i mostaccioli, i croccanti, e in ispecie lo zucchero filato, di colore rosa e giallo. Ma anche qui, la calca festante lo respinse solitario indietro. Poi, sulla via Marmorata verso il Testaccio, s'incontrarono col carrettino isolato di un gelataio. E allora Useppe si decise a tendere la manuccia coi soldi, nell'acquisto di due coni: uno per sé e uno per Bella. Anzi, incoraggiato dalla faccia del gelataio, il quale era un ometto sguercio, dal sorriso simpatico, vedendogli l'orologio gli domandò: «Tu, che ora fai?» «Le cinque e mezza», rispose il gelataio.

Era ancora presto per rincasare. E d'un tratto Useppe prese la risoluzione impulsiva di far visita a Davide Segre. «Vvàvide!» annunciò a Bella sul muso, in un tono cosí irrevocabile, benché di preghiera, che stavolta Bella, senza affatto obiettare, trotterellò verso Ponte Sublicio. Qui però Useppe, ripensandoci, ebbe l'idea di portare in offerta al suo amico quel fiasco di vino che giorni prima era stato acquistato da Ida apposta per lui. C'era speranza che Davide, al vederli presentarsi con quel regalo, oggi non li caccerebbe di casa.

Per tornare sui loro passi verso Via Bodoni, stavolta, invece che Via Marmorata, presero le strade interne del quartiere. Dalle finestre, dai caffè e dalle osterie, li accompagnavano le voci uniformi delle radio, che trasmettevano i punteggi delle squadre di calcio; ma incrociando Via Mastro Giorgio udirono, da dentro un'osteria, qualcuno gridare: «guerra... storia...» e altre parole coperte dalla radio. Era la voce di Davide. Useppe conosceva l'osteria, per averci talvolta accompagnato Annita Marrocco, la quale ci si recava a prendere il vino. Agitato dalla sorpresa, istantaneamente si fece sulla soglia del locale; e scorto Davide, gli disse forte: «Ahó!» facendogli con la mano il suo familiare gesto di saluto.

6.

C'era una sola tavolata di avventori, tutti povera gente del quartiere, e tutti uomini piuttosto anziani, dei quali un gruppetto di quattro giocava alle carte, e gli altri, piú numerosi, seduti all'intorno accanto ai primi, o un poco piú indietro, assistevano al gioco senza parteciparvi. Davide era nel numero di costoro, per quanto non mostrasse alcun interesse alla partita. Il suo posto, invero, fino a un momento prima, era stato a un tavolinetto là prossimo, dove lui sedeva a bere da solo, e sul quale rimanevano tuttora, lasciate da lui, un paio di *foiette*, una vuota, e l'altra a metà. Lui stesso, d'un tratto, aveva girato la sua sedia, prendendo posto alla tavola vicina, senza che nessuno ce lo invitasse. Qua aveva fatto venire ancora un doppiolitro, che offriva agli altri, mescendone ogni tanto nel proprio bicchiere. Non appariva, tuttavia, ubriaco, ma fanaticamente espansivo. Alla vista di Useppe e di Bella, una luminosità subitanea, dolce e fanciullesca, gli accarezzò la faccia per un momento: «Useppe!» esclamò nel tono di chi incontra un amico. E Useppe, insieme a Bella, gli fu vicino in un balzo. «Méttiti qui», lo invitò Davide, accostando a sé una sedia libera. Però non appena Useppe, raggiante di contentezza, ci si fu seduto, non s'occupò piú di lui. Dopo quel suo fugace movimento di benvenuto, la sua faccia riprese la stessa espressione tesa e bruciante di poco prima.

Di Useppe e di Bella, invero, non s'occupava nessuno là intorno. Ma cosí soddisfatti erano i due della loro presente situazione, da non chiedere niente di piú. Anzi, per non compromettere la loro fortuna, evitavano qualsiasi minima azione disturbatrice. Bella s'era allungata sul pavimento, fra la sedia di Useppe e quella di Davide; e (non fosse stato un irresistibile, piccolo sventolio della coda) s'obbligava a una immobilità perfetta, da sembrare il monumento d'un cane. Ogni tanto, rivolgeva in su un'occhiatina futile e beata, per dire: «Beh, che ve ne pare? Eccoci tutti e tre qua». E Useppe, dalla sedia su cui stava accomodato, guardava zitto all'intorno, con gli occhi grandi e fiduciosi, badando perfino a non dondolare le sue gambette penzolanti. La vicinanza di Davide, pure incutendogli rispetto, lo liberava da ogni disagio. E inoltre, fra i presenti (in aggiunta a un paio d'altri personaggi del quartiere già da lui conosciuti di vista) aveva scorto súbito una sua vecchia conoscenza: Clemente, il fratello di Consolata.

Gli fece un timido cenno d'intesa, ma quello non lo riconobbe. Non giocava, e stava seduto fra i giocatori, quasi dietro alle loro spalle, sul lato opposto a quello di Davide. Rimpicciolito dalla magrezza estrema, di un pallore verdastro, con gli occhi infossati e torbidi da morto, se ne stava tutto raggricciato dentro un soprabituccio autunnale, nonostante la stagione calda, e anche in testa era coperto da una scopoletta. Sulla mano mutilata, al posto del guanto di maglia nera di Filomena, attualmente ne portava un altro, assai consunto, di pelle tinta marrone-rossiccio. Però veniva sempre inteso col suo nomignolo di Manonera. La sua condizione era d'invalido e disoccupato senza rimedio; e la sua dipendenza definitiva dalla sorella lo aveva ridotto a odiarla, e a farsene odiare. Specie i giorni festivi, che lei non si assentava per il suo lavoro, quest'odio lo cacciava di casa fino dalla mattina; e trascorreva le intere sue domeniche seduto in questo luogo. Di tanto in tanto, lo si vedeva allungare il braccio a prendere il proprio bicchiere di vino, sempre rimasto intatto; ma dopo averci guardato dentro con uno sguardo fisso e nauseato, quasi ci scorgesse dei vermi, senza berne nulla lo riponeva sulla tavola.

Sebbene sedesse fra gli altri, restava confinato in un suo cupo torpore, quasi senza piú reazione agli stimoli esterni. Non s'interessava né delle carte, né delle notizie trasmesse dalla radio. Porgeva orecchio tuttavia, seppure in un modo obliquo e saltuario, ai discorsi di Davide; e solo allora i suoi tratti deperiti avevano una certa vibrazione, che esprimeva animosità, rancore, e quasi disprezzo.

Lui solo, a quella tavolata, apparteneva a una generazione ancora giovane (per quanto all'aspetto non avesse piú nessuna età). Era difatti maggiore a Davide di poco piú che dieci anni. Gli altri (tutti, all'apparenza, piú in là o poco al di sotto dei sessant'anni) trattavano Davide con distacco e pazienza, come un ragazzetto strano, mostrandogli sopportazione anche se la sua invadenza, era chiaro, infastidiva la loro partita tranquilla. Non pochi, fra i presenti nel locale, avevano l'aria di conoscerlo già, almeno di vista; ma non c'era piú alcuno che lo salutasse da eroe, come la volta che s'era presentato a casa Marrocco. Piuttosto, a motivo della sua classe sociale differente, sembravano considerarlo disceso da una sorta di nobiltà decaduta, se non addirittura da un pianeta oscuro.

La partita si giocava a coppie. Il giocatore piú vicino a Davide era un vecchio sui settant'anni, però di figura atletica e pieno di salute. Una canottiera bigia lasciava in mostra le sue braccia muscolose e abbronzate e la carne, piú bianca, delle ascelle. Aveva una grande capigliatura brizzolata, e sulla canottiera, da una catenina argentata, gli pendeva una medagliuccia battesimale. Il suo socio nella partita, seduto sul lato opposto della tavola, era un uomo calvo, dalla faccia schiacciata, in divisa di fattorino. E dei due della seconda coppia, uno, evidentemente di fuori Roma (come si capiva dalla parlata diversa), era un tipo burinesco, atticciato e assai rosso in faccia, forse un sensale di campagna; e l'altro era un tale che Useppe già conosceva di vista, poiché andava in giro per il quartiere vendendo, da una cassettina a tracolla, il castagnaccio, i mostaccioli e le noci americane (aveva anzi deposto là sul davanzale di una finestrella la cassettina con le sue mercanzie, verso la quale Bella ogni tanto allungava occhiate nostalgiche). Costui aveva un viso tondo coperto di rughe, il naso e gli orecchi assai piccoli, e i compagni di gioco lo pungevano, perché tardo.

Vicino al grande vecchio dalla medagliuccia, ma un po' dietro a lui, come spettatore, sedeva un ometto sui sessant'anni, d'aspetto sofferente, con un collo sottile e tendinoso che gli usciva da una giacchetta domenicale rimediata, di estrema povertà. I suoi occhi malaticci, dall'iride azzurrina, erano tutti venati di sangue, ma il loro sguardo era rassegnato, semplice, e seguiva con piacere vivace le sorti del gioco. Questa, della domenica pomeriggio, era, difatti, l'unica occasione mondana in tutta la sua settimana solitaria di pensionato che si arrangiava, tuttora, con altri piccoli mestieri. Ogni tanto, l'ometto plaudiva, quasi gongolante, alle mosse del giocatore con la medagliuccia.

Degli altri, che assistevano al gioco, alcuni ne seguivano la vicenda con interesse, altri invece sembravano semplicemente riposare sonnecchiando, quasi continuassero la loro siesta festiva qui all'osteria. C'era qualcuno che, di tanto in tanto, s'alzava per raccogliere notizie dalla radio, e poi tornava a riportarle agli amici. Oppure taluno di passaggio si tratteneva un poco a osservare, o altri si ritiravano lasciando la sedia ai nuovi venuti... Ma in mezzo a questo discreto andirivieni, Davide non si muoveva mai dal suo posto, tenuto là da una pesantezza delle gambe, che contrastava con la sua smania interna.

Quasi che lui pure celebrasse le domeniche, oggi s'era lavato e sbarbato alla perfezione. I capelli, che per incuria gli crescevano in disordine, se li era però ravviati, lisciandoli con l'acqua, e separandoli con la riga da una parte. E così, nell'insolito aspetto decente e nello sguardo pensieroso e (a momenti) quasi rapito, più che mai somigliava a quello studentino imberbe della vecchia fototessera, nonostante le guance scarnite e il pallore. S'era messo un paio di pantaloni non proprio stirati, ma abbastanza nuovi, e una maglietta bianca, fresca e pulita, con le maniche corte. Lí per lí Useppe, che il piú del tempo volgeva gli occhi a lui, gli notò una piccola piaga gonfia e suppurata sul braccio nudo, nell'incavo del gomito; e impietosito avrebbe voluto domandargliene la causa, ma non osava interromperlo, nel discorrere incalzante che lui faceva.

Perché, o di che cosa, parlasse tanto, Davide non lo sapeva nemmeno lui. Difatti, quelli che metteva avanti non erano degli argomenti, ma piuttosto dei pretesti, tali da coinvolgere gli altri, ma se stesso in primo luogo, in un qualche problema generale – o forse personale? A simili domande non c'è risposta, poiché lui stesso, nella sua loquacità inconsueta e morbosa, aveva l'aria di andar cercando – prima ancora che una soluzione – proprio il problema! E se tento di ricapitolare i suoi discorsi di quel pomeriggio all'osteria, io me li rivedo nell'immagine di tanti cavalli che si rincorrono intorno a una pista circolare, ripassando sempre sugli stessi punti. Presentemente, si udiva la sua voce (dal timbro caratteristico di basso giovanile) ribattere su una questione che i circostanti non si decidevano a raccogliere, per quanto lui si intestasse a reiterarla: accusava, cioè, tutti quanti – non solo gli astanti, ma tutti i viventi in generale – di reticenza volontaria a proposito dell'ultima guerra e dei suoi milioni di morti. Come si trattasse di un affare liquidato, nessuno piú voleva parlarne: questo era il chiodo sul quale lui ribatteva. E seguitava a ripetere, in toni di protesta accanita, ma insieme di richiamo quasi patetico: «*Nisún... nisún...*» Fino a che il vecchio dalla medagliuccia gli disse di rimando, pur senza molta convinzione, e badando a non distrarsi dalle carte:

«E pàrlane tu, allora. Noi te stamo a sentí...» Poi, buttando deciso una carta sulla tavola, esclamò: «Carico!» mentre Clemente, ridacchiando, a sua volta sogguardava Davide, con l'aria di confermargli: «Già. Che aspetti a farcela sapere, la tua filosofia?»

Il locale, piuttosto ampio, aveva due entrate. Nell'angolo presso la seconda entrata, di là dalla ghiacciaia, e dal banco, e dalla tavolata dei giocatori, una piccola folla si accalcava in piedi intorno alla radio accesa, a raccogliere i risultati delle partite di calcio. A differenza degli avventori seduti, questi altri, in maggioranza, erano giovani; e non bevevano, né occupavano nessuna tavola, trattenendosi qui di passaggio, solo per il notiziario. Altri si avvicendavano a loro dalla strada; e attraverso quell'ingresso, fra chi ne entrava, e chi ne usciva, c'era un continuo movimento e un vocio di discussioni sportive, al quale anche l'oste, dal suo banco, si univa volentieri. Di qua, frattanto, altri clienti anziani avevano disposto una seconda tavolata, con le loro carte. E da una parte all'altra si udiva esclamare: «Liscio!» «Spara!» e simili frasi usuali del gioco, che s'incrociavano con le altre voci e coi rumori della strada, in una confusione assurda e rintronante. Ma Davide non si sentiva disturbato dai rumori: anzi, un silenzio improvviso lo avrebbe forse gettato nel pànico. Godeva una chiarezza di coscienza cosí acuta, da sentirsene eccitato, come da uno stimolo fisico situato dentro il suo cervello; eppure gli pareva di andare a tentoni, uguale a un pischello smarrito che non osa chiedere aiuto ai passanti. Però su tutto, in lui, prevaleva una sorta di entusiasmo: tale che via via tutti i suoni di fuori gli si coinvolgevano nel suo proprio clamore e fervore interno, quasi un'unica avventura estrema!

Si trovava – facile capirlo – in una delle sue *giornate di gala*; però oggi, diversamente dal solito, questa sua gala domenicale gli aveva reso intollerabile la solitudine nel suo terraneo, spingendolo fuori, per le strade, con la foga, un poco apprensiva, di un debutto. Aveva voglia di incontrarsi coi passi degli altri, con le voci degli altri; i suoi polmoni volevano respirare l'aria degli altri.

E non si faceva guidare da una scelta, solo dal caso. Però, trovandosi a passare di qua, s'era infilato in questo locale, da lui già frequentato saltuariamente, e che gli prometteva, in certo modo, un'aria di famiglia.

Non aveva voglia di vino; ché anzi l'alcool, chimicamente, non combinava troppo bene con certi suoi stati *di gala*. Se si era indotto a bere un poco, lo aveva fatto solo per darsi un contegno, ossia per giustificare, cosí, la sua presenza di cliente, e non di intruso. Ora, col vino, gli si era attaccata la medesima irrequietudine di quando, entrati in una balera, si ha smania di ballare; senonché il ballo non si accordava con la greve stanchezza delle gambe, che pure gli era sopravvenuta nel tempo stesso. E questa poi non era una balera... Era un posto... qualsiasi... del mondo... Appunto! Appunto! Un qualsiasi posto del mondo!

Non sapeva nemmeno lui che cosa lo avesse spinto, d'un

tratto, a voltare la propria sedia verso la tavola vicina (l'unica occupata, ancora a quel momento, nell'osteria) mettendo in tale iniziativa normale e semplice uno slancio cosí eccessivo da somigliare a un'aggressione. Forse, dovunque si fosse trovato e con chiunque (in un tribunale, o in un ospizio, o magari alla corte d'Inghilterra) il suo moto sarebbe stato identico. Aveva ubbidito a una di quelle volontà incongrue per cui d'un tratto uno, mentre va in giro per una piazza, si spoglia nudo.

Senz'altro gli era parso, nel voltare in qua la sedia, di prendere chi sa quale risoluzione importante, pure se imprevedibile a lui stesso, e molto confusa. E solo al momento di aprir bocca, si rese conto che la sua vera voglia, oggi, era di *parlare*. Lui stesso – cosí gli parve – era un nodo terribile, e tutti quanti gli altri si ingarbugliavano e inciampavano in questo nodo. Solo dialogando con gli altri, il nodo forse poteva sciogliersi. Era una battaglia, da affrontarsi oggi, senza ritardo; e allora, dopo la vittoria, lui si sarebbe riposato. Se poi dovesse tenere un colloquio, o una conferenza piuttosto, non gli importava di saperlo prima. Di una sola cosa era certo: che si trattava di *comunicazioni urgenti*!

Troppi sarebbero gli argomenti, invero: tanti, che lui se ne sentiva frastornato. E sebbene del tutto in sé, riconosceva pure che la sua mente non era accesa dalla salute, ma da una sorta di febbre lucida, che lui voleva sforzarsi di frenare, per quanto, in certo modo, intendesse approfittarne. *Parlare*, sí; ma incominciando da dove? da quando? Era partito con le sue frasi sulla guerra, come se questo punto fosse una stella polare, o una cometa errante, che doveva indicargli la direzione; ma intanto (anche dopo l'invito del vecchio dalla medagliuccia) non faceva che blaterare le sue proteste oziose, con una pretesa bullesca che gli provocava dei sogghigni da parte di Manonera.

«La guerra è finita», intervenne, sbirciandolo per un istante, il giocatore dall'aspetto di sensale, «si deve pensare alla pace, adesso...» Poi súbito trascurando l'argomento puntò gli occhi verso il proprio compare di partita, il tardo ambulante di mercanzia varia, e lo esortò:

«Forza *co' le denara*!»

«Ah già, la guerra è finita!» ripeté Davide, in tono polemico, «è tempo di pace, già...» E cosí detto rise sguaiatamente. Questa risata ebbe un certo effetto di sorpresa su

Bella, che alzò entrambi gli orecchi; ma intanto Davide, cedendo – a suo proprio dispetto – a un impeto di malumore, si agitava sulla sedia con aria torva: «Di queste paci», inveí verso il sensale, il quale invero non si curava piú di lui, «se ne sono fatte centomila! E se ne faranno altre centomila, e la guerra non è mai finita! Usare la parola PACE per certi intrallazzi, è... è pornografia! È sputare sui morti! Ma già, i morti, se ne fa un conto approssimativo, e poi vanno in archivio: pratiche estinte! Per le ricorrenze, dei signori in tight portano una corona al milite ignoto...»

«Chi è morto giace e chi è vivo si dà pace», proverbiò il piccolo pensionato, ammiccando coi suoi occhietti sanguinolenti, in un modo che non voleva essere ironico, ma anzi compiacente verso Davide. «Pratiche archiviate!» rinforzò Davide storcendosi, in rivolta. Ma qui lo rattenne il pensiero che se incominciava a questo modo, arrabbiandosi, avrebbe perso la strada fino dal principio. E in un grande sforzo della volontà, fece una specie di salto mentale, che lo portò a uno stato di sdoppiamento ragionante. C'era un Davide Super-Io, che segnava la marcia, e un altro Davide che ubbidiva, anche se perplesso, al caso, sui mezzi e sugli scopi. Quel tale Davide Super-Io doveva poi riaffacciarglisi, nel séguito dei suoi discorsi odierni, sotto forme variabili: talora come una spada fiammeggiante, talora come una parodia... Stavolta, nel dargli il via, prese una forma da Professore di Storia. E Davide si costrinse, coi sopraccigli riuniti, a raccogliere nella mente in proposito le proprie cognizioni precipue, fino a quelle primarie già indotte dai suoi studi ginnasiali: impegnandosi alla calma, alla chiarezza, e anzitutto a un ordine metodico, se voleva predisporre il campo in vista della battaglia prossima. Decise dunque di procedere attraverso tesi successive, stabilendo, in primo luogo, dei punti-base di certezza ovvia, anzi già risaputa, come nei teoremi. E, partito a tale còmpito con la stessa serietà di quando, scolaro, veniva chiamato alla cattedra, esordí, con una parlata cosí diligente e puntuale che pareva leggesse da un breviario:

1) La parola *fascismo* è di conio recente, ma corrisponde a un sistema sociale di decrepitudine preistorica, assolutamente rudimentale, e anzi meno evoluto di quello in uso fra gli antropoidi (come può confermare chiunque abbia nozioni di zoologia); – 2) simile sistema si fonda infatti sulla sopraffazione degli indifesi (popoli o classi o indivi-

dui) da parte di chi tiene i mezzi per esercitare la violenza. – 3) In realtà, fino dalle origini primitive, universalmente, e lungo tutto il corso della Storia umana, non sussiste altro sistema fuori di questo. Recentemente, si è dato il nome di *fascismo* o *nazismo* a certe sue eruzioni estreme d'ignominia, demenza e imbecillità, proprie della degenerazione borghese: però il sistema in quanto tale è in atto sempre e dovunque (sotto aspetti e nomi diversi, e magari contrarii...) *sèmpar e departút* dall'*inissio* della Storia umana...

In questa fase preparatoria della sua problematica impresa, Davide muoveva il capo, alternativamente, in qua e in là, come chiamasse a testimoni dei propri postulati tutti i presenti del luogo. E sebbene, in realtà, del suo discorso (tenuto, fra l'altro, con voce alquanto moderata) emergessero soltanto degli spezzoni, tosto risommersi nella confusione generale, tuttavia, con una specie di sorda fiducia, lui seguitò ancora, per un tratto abbastanza lungo, a parlare secondo l'ordine predisposto: «... che insomma *tuta* la Storia *l'è* una storia di fascismi piú o meno larvati... nella Grecia di Pericle... e nella Roma dei Cesari e dei Papi... e nella steppa degli Unni... e nell'Impero Azteco... e nell'America dei pionieri... e nell'Italia del Risorgimento... e nella Russia degli Zar e dei Soviet... *sèmpar e departút* i liberi e gli schiavi... i ricchi e i poveri... i compratori e i venduti... i superiori e gli inferiori... i capi e i gregari... Il sistema non cambia mai... *se ciamàva religion*, diritto divino, gloria, onore, spirito, avvenire... *tuti* pseudonimi... *tute* maschere... Però con l'epoca industriale, certe maschere non reggono... il sistema mostra i denti, e ce lo stampa ogni giorno, nella carne delle masse, il suo vero nome e titolo... e non per niente, nella sua lingua, l'umanità viene nominata MASSA, che vuol dir *materia inerte*... E cosí, ormai ci siamo... questa povera materia de servissio e de fatica, se rende una pasta de sterminio e disintegrassione... *Campi di sterminio*... il nuovo nome della terra l'hanno già trovato... *Industria dello sterminio*, questo è il vero nome odierno del sistema! E bisognerebbe mettercelo per insegna sui cancelli delle fabbriche... e sui portoni delle scuole, e delle chiese, e dei ministeri, e degli uffici, e sui grattacieli al neon... e sulle testate dei giornali... e sui frontispizi dei libri... anche dei testi COSIDDETTI rivoluzionari... *Quieren carne de hombres!!*»

Non sapeva più dove avesse letto quest'ultima frase; ma nel punto stesso che la citava, se ne rimproverò, come di uno sbaglio, per via che di certo, là intorno, nessuno conosceva lo spagnolo! Avrebbe potuto parlare, invero, anche in greco antico, o in sanscrito, dato che le sue frasi, là in giro, venivano ricevute al più come un fenomeno acustico. Di tale circostanza, attualmente, lui si rendeva consapevole solo in parte; ma già la calma voluta dal suo Super-Io gli s'era persa; e incominciò a muovere con impazienza i piedi e le mani, prorompendo in una risata scomposta: «C'è chi ha creduto», esclamò, alzando la voce di prepotenza, «che quest'ultima fosse una guerra... di rivoluzione mondiale!»

Il notiziario sportivo della radio si concludeva; alcuni degli ascoltatori si attardavano a discutere, mentre altri se ne andavano alla spicciolata. «E falla tu, la rivoluzione, se sei bravo!» intervenne un giovane scamiciato, che alle parole di Davide s'era appressato alla tavola. A costui Davide si rivoltò con una grinta rissosa: «*Mí* non son di quelli che ci hanno creduto!» gli spiegò animosamente, «*mí* a quelle *rivolussioni* non ci credo!... una rivolussione vera non c'è stata mai! mí non ho più speransa nella vera rivoluzione!...»

Ma il giovane scamiciato, con un'alzata di spalle, già ritornava verso il gruppo degli appassionati sportivi. «E quale sarebbe, questa rivoluzione buona?» s'informò dal suo banco l'oste, allungando a Davide un'occhiata pigra. Però senza aspettare la risposta, ripreso dalla discussione già iniziata con gli sportivi, rivoltandosi a costoro esclamò, con una certa foga:

«Secondo me, là il pasticcio l'aveva combinato l'arbitro».

L'apparecchio adesso trasmetteva musiche varie, e l'oste ne abbassò il volume per seguire meglio le argomentazioni sulle partite. Dai vari punteggi del giorno, i discorsi erano risaliti alle vittorie più recenti della Nazionale contro squadre estere. C'era chi esaltava sopra a tutti un campione, e chi un altro. Il giovanotto scamiciato di poco prima, vociando, sosteneva la supremazia di Mazzola. E a questo punto, irresistibilmente, l'ometto dagli occhi malati si levò dalla sedia per contestarlo: «Intanto la vittoria di Torino», gli strillò fiero della propria competenza, «è stata merito di Gabetto, altro che Mazzola! Due goal gli ha fatto, Gabetto! DUE!» ribadí, agitando trionfalmente due dita sotto il naso del giovanotto.

Siccome la radio andava trasmettendo una canzone nuova di successo (che non so ricordare) uno dei giovani, di propria iniziativa, rialzò piú forte il volume dell'apparecchio; e per accompagnare il ritmo della canzone prese a fare certi studiati movimenti coi fianchi e coi piedi. Un altro, vantandosi piú aggiornato nel ballo, s'interpose a insegnargli le figure giuste; e questo nuovo argomento distrasse dallo sport una parte del gruppetto circostante. Un animato, giovanile trapestio si aggiunse cosí alle musiche e alle voci diverse. Ma, al solito, la generale confusione non toccava Davide, o almeno lo sfiorava solo in superficie. Il centro delle sue energie si teneva fisso a quel presunto impegno che oggi, inopinatamente, con urgenza tragica, gli s'era imposto: e sotto un tale assillo imprecisato, tutto il resto, intorno a lui, si disperdeva in frantumi. Persuaso che la domanda dell'oste esigesse una risposta doverosa, con accigliata pazienza si riportò indietro alla propria lezione schematica di prima. E riconcentrandosi sul punto dove l'aveva interrotta, tornato a quel precedente suo tono di buona volontà, quasi catechistico, s'industriò a testificare: che quel famoso sistema istituito eterno universale della sopraffazione ecc. per *definissione* si tiene sempre incollato al patrimonio, di proprietà privata o statale che sia... E per definizione è razzista... E per definizione deve *produrse e consumarse e riprodurse* attraverso le oppressioni e le aggressioni e le invasioni e le guerre varie... non può sortire da questo giro... E le sue pretese «rivoluzioni» si possono intendere solo nel senso astronomico della parola che significa: moto dei corpi intorno a un centro di gravità. Il quale centro di gravità, sempre lo stesso, qua è: il Potere. Sempre uno: il POTERE...

Ma a questo punto il parlatore dovette rendersi conto che le sue brave parole non venivano raccolte da nessuno se non per isbaglio, come fossero dei pezzi di carta straccia mulinanti al vento... E difatti per un istante ammutolí, con la faccia turbata e perplessa di un bambino al centro di un sogno vociferante... Ma súbito si aggrottò, stringendo le mascelle; e all'improvviso, levandosi in piedi, gridò in aria di sfida:

«Io sono ebreo!»

Frastornati dalla sua uscita, i tavolanti d'intorno staccarono per poco gli occhi dalle carte, mentre Clemente lo sogguardava storcendo le labbra. «E che male c'è a essere ebrei?» disse con dolcezza l'ometto dagli occhi sanguinosi, che frattanto s'era riseduto al proprio posto. «Gli ebrei», dichiarò con gravità quasi ufficiale l'uomo in divisa di fattorino, «sono cristiani uguali agli altri. Gli ebrei sono cittadini italiani come gli altri».

«Non era questo, che volevo dire», protestò Davide arrossendo. Si sentiva, difatti, in colpa, quasi sotto l'accusa di aver messo avanti delle questioni sue proprie personali; però in fondo era contento, semplicemente, che almeno qualcuno gli avesse risposto. «Per chi mi avete preso?!» protestò ancora, con un certo impaccio, ricercando il filo che gli sfuggiva, «razze, classi, cittadinanze, sono balle: spettacoli d'illusionismo montati dal Potere. È il Potere che ha bisogno della Colonna Infame: "quello è ebreo, è negro, è operaio, è schiavo... è diverso... quello è il Nemico!" tuti trucchi, per coprire il vero nemico, che è lui, il Potere! È lui, la *pestilensia* che stravolge il mondo nel delirio... Si nasce ebrei per caso, e negri, e bianchi per caso...» (qua gli parve d'un tratto di ritrovare il filo) «*ma non si nasce creature umane per caso!*», annunciò, con un sorrisetto ispirato, quasi di gratitudine.

Quest'ultima frase, difatti, era l'esordio di una poesia, composta da lui stesso parecchi anni prima, sotto il titolo *La coscienza totale*, e che adesso gli veniva a proposito. Sconsigliandolo, però, il suo Super-Io, dal mettersi qua a declamare versi propri, gli parve meglio, per l'occasione, di voltare quei versi in prosa; ma gliene uscí lo stesso una voce cantata, enfatica e insieme timida, proprio da poeta che recitasse un suo poema:

«Dall'alga all'ameba, attraverso tutte le forme successive della vita, lungo le epoche incalcolabili il movimento multiplo e continuo della natura si è teso a questa manifestazione dell'unica volontà universale: la creatura umana! La creatura umana significa: la coscienza. Questa è la Genesi. La coscienza è il miracolo di Dio. È Dio! Quel giorno Dio dice: *Ecco l'uomo!* E poi dice: *Io sono il figlio dell'uomo!* E cosí infine riposa, e fa festa...

«Ma la coscienza, nella propria festa, è una, totale: non esistono individui separati, nella coscienza. E nessuna differenza esiste, nella realtà, fra l'una e l'altra creatura umana. Bianchi neri rossi o gialli, femmine o maschi, nascere creatura umana significa essere cresciuti al grado piú alto dell'evoluzione terrestre! È questo il segno di Dio, l'unico stemma reale dell'uomo: tutti gli altri stemmi, onori e galloni sono dei brutti scherzi, un *delirio de pestilensia*: chiacchiere e patacche...»

«Ma tu, in Dio ci credi?» lo interruppe Clemente, con una mezza bocca storta, che denotava, già dentro l'interrogazione, un giudizio dispregiativo sull'interrogato. «Eh, beato chi ci crede!» sospirò, in proposito, l'ometto dagli occhi sanguinosi... «Che domanda è questa?! eppure, ritenevo di essermi spiegato», borbottò Davide, «...se CREDO IN DIO?... questa è una domanda sballata in se stessa, uno dei soliti trucchi di parole. Un trucco, come tanti altri».

«Ah. Un trucco».

«Un trucco un trucco. Roba da preti e da fascisti. Parlano di fede in Dio nella patria nella libertà nel popolo nella rivoluzione, e tutte queste loro fedi non sono altro che patacche, truccate per i loro comodi, come le medaglie e le monete. A ogni modo, io sono ATEO, se è questo che volevi sapere».

«Allora, ché sta a parlare tanto di Dio, se nemmanco ci crede!» sbottò per proprio conto il sensale, gonfiando un poco la gota con aria di fastidio. Frattanto, siccome il suo comparuccio di partita, l'ambulante, grattandosi un orecchio secondo il loro gergo, lo consultava a distanza su una mossa del gioco, lo autorizzò col termine: «Mena!», e l'ambulante prontissimo buttò sul tavolo la sua carta.

«Credere in Dio... E che Dio sarebbe un Dio che ci si può credere e non credere?! Anch'io, da ragazzino, la intendevo a questo modo, piú o meno... Ma non è questo, Dio!... Aspettate! mi viene in mente una volta, poco tempo fa, che un amico mio mi domandò: "Tu credi che Dio esista?" "Io credo", gli risposi pensandoci, "che soltanto Dio esiste". "E invece", disse lui senza pensarci, "io credo che tutte le cose esistono, fuorché Dio!!" "Allora", abbiamo concluso, "è chiaro che non siamo d'accordo..." E invece io dopo ho scoperto che io e lui dicevamo la stessa cosa...»

Simile spiegazione dovette suonare agli ascoltatori (seppure alcuno veramente era stato a sentirla) come un quiz indecifrabile. Forse, avranno presunto che si trattasse di una teologia ebraica... A ogni modo, il solo commento che ne seguí furono certi colpi di tosse di Manonera, pari a note di sarcasmo emesse, per lui, dai suoi polmoni malandati; oltre a un «Ahó, Davide!» discreto, ma abbastanza spavaldo, dalla parte di Useppe. Era già la terza o quarta volta, nel corso della riunione, invero, che Useppe si faceva presente con quella chiamata all'amico; ma era solo per vantarglisi: «noi pure ci stiamo, qua!» senza nessuna pretesa di risposta. E difatti, Davide, al solito, come già le altre volte, non dette cenno nemmeno di avere inteso.

Era ricascato a sedere, quasi senza accorgersene, e teneva dietro, ostinato, al corso dei propri argomenti, con l'espressione di chi, da sveglio, tentasse di ricostruire un'avventura sognata: «Difatti si dice: *Dio è immortale*, proprio perché l'esistenza è una, la stessa, in tutte le cose viventi. E il giorno che la coscienza lo sa, che cosa rimane, allora, alla morte? Nel tutti-uno la morte non è niente: forse che la luce soffre se tu, o io, chiudiamo le palpebre?! Unità della coscienza: questa è la vittoria della rivoluzione sulla morte, la fine della Storia, e la nascita di Dio! Che Dio abbia creato l'uomo, è un'altra delle tante favole, perché invece, al contrario, è dall'uomo che Dio deve nascere. E ancora si aspetta la sua nascita; ma forse Dio non sarà mai nato. Non c'è piú *speransa* nella vera rivoluzione...»

«Ma tu, saresti rivoluzionario?» parlò di nuovo Clemente, sempre con quella sua maniera subdola e di malavoglia, che deprezzava la risposta dell'altro già prima di averla udita: «Questa», disse Davide con un risolino amaro, «è un'altra domanda-trucco. Gente come Bonaparte, o Hitler, o Stalin, risponderebbero *sí*... A ogni modo, io sono ANARCHICO se è questo che volete sapere!»

Adesso, parlava rissoso, ma non contro Manonera: piuttosto, contro un qualche interlocutore invisibile. A momenti, confondeva la voce rauca e agra di Manonera con quella del proprio Super-Io!

«E la sola rivoluzione autentica è l'ANARCHIA! A-NAR-CHIA, che significa: NESSUN potere, di NESSUN tipo, a NESSUNO, su NESSUNO! Chiunque parla di rivoluzione e, insieme, di Potere, è un baro! e un falsario! E chiunque desidera il Potere, per sé o per chiunque altro, è un reazionario; e, pure se nasce proletario, è un borghese! Già, un borghese, perché, oramai, *Potere* e *Borghesia* sono inseparabili! La simbiosi è stabilita! Dovunque si trovino i Poteri, là ci cresce la borghesia, come i parassiti nelle cloache...»

«Eh, quelli tengono i soldi», fece l'oste, in uno sbadiglio, stropicciandosi il pollice contro l'indice della mano destra. «Con la moneta», sopravvenne una voce spensierata, dalla parte dei radioascoltanti, «ci si compra pure la Madonna...» «... e pure il Padreterno», ribadí una seconda voce, piú sorniona, dalla stessa parte.

«La moneta...» rise Davide. E in una confusa intenzione di spettacolo, con l'aria di un terrorista che scaglia una bomba, si cavò di tasca i due bigliettucci di banca che ci teneva, buttandoli di lato con disprezzo. Però, malgrado il suo slancio, quei pezzetti di carta senza peso cascarono a un passo da lui, poco oltre la coda di Bella; e Useppe si fece bravamente a raccattarli, riconsegnandoli premuroso all'amico, non senza approfittare dell'occasione per dirgli: «Ahó, Davide!» Quindi tornò disciplinato sulla sua sedia ancora calda, accolto da Bella con uno scossone drammatico di benvenuto, nemmeno rincasasse da una grande spedizione.

Davide s'era lasciato restituire i propri averi docilmente, rificcandoli in tasca senza piú farci caso: forse già dimentico del proprio gesto impulsivo, col quale, tuttavia, non s'era scaricato della sua invadenza: «La moneta», gridò, «è stata la prima buggeratura della Storia!» Ma intanto l'interlocutore dalla voce spensierata non lo stava piú a sentire. Era un giovane vispo, dai denti luminosi, il quale, applicato alla radio con un orecchio, si riparava l'altro con la palma, per cogliere senza troppe interferenze le novità dei programmi musicali.

«Fu uno dei primi trucchi di *quelli là*!» incalzava, tuttavia, Davide, «e *loro*, con questo trucco della moneta, ci hanno comprato la nostra vita! Tutte le monete sono false! È forse commestibile, la moneta? Loro vendono a caro prezzo delle mistificazioni da immondezzaio. A venderlo a peso, un milione vale meno di un chilo di merda...»

«Eppure, a me un milioncino mi farebbe comodo», suonò qua, inattesa, in un sospiro, la voce del venditore ambulante. E nei suoi occhi, scialbi e piccoli come due centesimi, spaziò una grande visione di leggenda: forse uno stupendo supermercato, suo di proprietà, stripante a quintali di mostaccioli e noccioline... La sua visione gli fece scordare momentaneamente la partita in corso; e ne fu tosto redarguito dal suo compare, che lo apostrofò: «Svéia!» con una occhiata storta verso Davide.

Costui, per contro, all'intervento dell'ambulante, mutò di umore; e fece un sorriso pacificato, da ragazzino. Poi, con questo viso nuovo, rischiarato e promettente (quasi lo toccasse in fronte, d'un tratto, un araldo favoloso) annunciò:

«Nella Comune Anarchica, la moneta non esiste».

E qua, senz'altro, partí a descrivere la Comune Anarchica: dove la terra è di tutti, e tutti la lavorano assieme, spartendosene i prodotti alla pari secondo la legge di natura. Difatti il guadagno, la proprietà, le gerarchie, sono tutte depravazioni contro natura, che di là sono escluse. E il lavoro è una festa dell'amicizia come il riposo. E l'amore è un abbandono incolpevole, libero di ogni egoismo possessivo. I figli – tutti nati dall'amore – là sono figli di tutti. Non ci esistono le famiglie, che in realtà sono il primo nodo dell'imbroglio ossia della società istituita, la quale è sempre un'associazione a delinquere... Là si ignora l'uso dei cognomi, ci si chiama per nome; e in quanto ai titoli e ai gradi, là ci farebbero un effetto tanto ridicolo quanto mettersi un naso finto o una coda di carta. Là i sentimenti sono spontanei, perché il movimento naturale reciproco è la simpatia. E i sensi, guariti del *delirio de pestilensia* del Potere, ritornano alla comunione con la natura, in una salute inebriante! Là il palato, la vista, l'udito, l'intelletto, sono tutti gradi verso la vera felicità unitaria...

Da come ne parlava lui, contento e persuaso, con un sorriso limpido nei suoi occhi di beduino, pareva che la Comune Anarchica fosse effettivamente una stazione reperibile sulle carte geografiche (latitudine tale, longitudine tale) e bastasse pigliare il treno per andarci. Questa ipotesi illusoria provocò soltanto qualche risolino (piuttosto di futilità che di scetticismo) nel gruppo dei vecchi inattivi seduti a fare da tappezzeria; mentre, di là dalla tavolata, la radio trasmetteva, sul finale d'una musica d'orchestrina, un fragore registrato di battimani che a Davide parve canzonatorio. Ma la peggiore canzonatura gli sopraggiunse, in realtà, dal suo proprio interno, per parte del solito Super-Io: «Qua mi pare che marciamo all'incontrario», gli insinuò costui, dandogli un pizzico nello stomaco, «ti lanci a profeta dell'Avvenire, e intanto è del trapassato remoto che fai vanto: cioè del giardino dell'Eden da dove eravamo emigrati, non te ne ricordi?, per *crescere e moltiplicarci*, verso la Città della Coscienza!» «Già», riparlò Davide, in-

573

ghiottendo e ridendo, con disagio, «si racconta che l'uomo, nel principio, rinunciò all'innocenza dell'Eden per la coscienza. E questa scelta richiedeva la prova della Storia, ossia della lotta fra la Rivoluzione e il fantoccio del Potere... finché, da ultimo, il fantoccio ha vinto! respingendo l'uomo ancora piú indietro degli animali inferiori!! È a questo, oramai, che si assiste! difatti tutte le altre specie viventi, almeno, non hanno regredito: sono rimaste dov'erano il primo giorno: nell'Eden, allo stato di natura! mentre l'umanità lei sola ha regredito! e si è retrocessa non solo dal suo grado storico di coscienza, ma anche dal grado della natura animale. Basta ricapitolare la biologia, e la Storia... Mai, prima, nessuna specie vivente aveva prodotto un mostro al di sotto della natura come quello partorito nell'epoca moderna dalla società umana...»

«... e qual è?» s'informò, tratto da curiosità spontanea, l'ometto dagli occhi sanguinosi.

Davide dovette sforzare le labbra e le mandibole per dare la sua risposta, tanto questa gli pareva ovvia: «È la borghesia!» pronunciò, con la svogliataggine di chi mastica un boccone trito. E l'ometto si ritrasse da ogni confutazione in proposito con un sorriso mite e spaesato, intinto di una certa delusione: di sicuro, s'aspettava una risposta piú sensazionale.

A Davide pareva intanto, nella sua loquacità compulsiva, di correre una gincana gratuita, forzosa e ineluttabile attraverso ostacoli predisposti. La polemica contro il nemico di classe, difatti, era cresciuta con lui fino dalla sua prima pubertà («come il fiore della virilità e della ragione» aveva scritto lui stesso in una poesia), e adesso, provava un senso di malessere a dovere affrontare ancora quel vieto, squallido nemico! Ma pure, già solo a menzionarlo, gli montava dall'interno un fermento di sommossa; e il Super-Io gli ordinava di non retrocedere!

«Almeno, i Poteri preborghesi», attaccò, avventandosi, con una smorfia, «togati e imparruccati, in trono, sugli altari e a cavallo, per quanto impestati, forse mantenevano ancora una nostalgia postuma, *disémo*, della *coscienza totale*. E per riscattarsi (in parte almeno) della loro vergogna, lasciavano qualche opera vitale, da valercene (in parte almeno) per una restituzione, o una speransa de salute... Insomma, qualche traccia luminosa, prima di putrefarsi, la lasciavano... Ma il Potere borghese, sul suo passaggio, non lascia che una striscia bavosa repulsiva, un pus d'infezione. Dove attacca, riduce ogni sostanza vitale – anzi, perfino ogni sostanza inanimata – a necrosi e marciume, come fa la lebbra... e non se ne vergogna! Difatti la vergogna è ancora un segnale della coscienza – e i borghesi, la coscienza, che è l'onore dell'uomo, l'hanno amputata. Si credono degli esseri interi, mentre sono dei monconi. E la loro massima sventura è questa ignoranza ottusa, impenetrabile...»

Era salito a un tono di esibizione irosa, da Pubblico Ministero! né questa certo era la prima volta che lui sosteneva la parte dell'accusa in un simile giudizio; anzi, le sue proposizioni odierne erano tutte echi e ritornelli di un inno da lui cantato e ricantato non si sa quante volte, o da sé solo, o coi suoi compagni di lotta, quando, occasionalmente, si sentiva in vena... Solo che la sua nota contestazione di classe oggi gli si raddoppiava di una passione viscerale e disordinata, che minacciava d'ingolfarlo; e poiché lui tentò di sfogarne l'eccesso con una delle sue solite risate selvagge, questa medesima risata parve ricascargli addosso come una scarica di pugni, rinvigorendo i suoi muscoli per la vendetta.

I termini della requisitoria che andava pronunciando non gli sembravano bastanti per inchiodare definitivamente l'imputato: abusati, risaputi... E frugava nella propria inventiva a cercarne dei nuovi, risolutivi per questo scontro estremo; quando la strana invadenza della sua passione lo oltrepassò; e non trovando altro di meglio, la lingua gli si scatenò in una serie di oscenità atroci (di quelle comunemente dette *da caserma*) piuttosto inconsuete nella sua parlata. Lui stesso, nel proferirle, ne provava stupore, insieme col piacere vorace di violentarsi. E aveva la sensazione stravagante di celebrare una sorta di messa nera.

«E vabbè, t'avemo capito!» sopravvenne la solita voce spensierata dalla parte dei radioascoltanti, «a te i borghesi te stanno sui coglioni». E Davide, in risposta, caricò di maggior enfasi la serie ininterrotta delle sue *parolacce*, le quali, peraltro, scoppiavano innocue come petardi fra il suo presente uditorio. Lo stesso Useppe, difatti, fino da piccolo, aveva frequentato dei veri maestri di tale gergo (e non certo ultime, fra costoro, le signore Marrocco).

Ma a Davide sembrava, nel suo parossismo, d'essere il centro esatto di uno scandalo universale, né piú né meno che se lo venissero lapidando. Barcollava sulle gambe, e dalla fronte gli colava un sudore febbroso. Allora strinse i pugni, rincorrendo il filo della propria arringa: «La natura è di tutti i viventi», si affannò di nuovo a spiegare, con la voce arrochita, «era nata libera, aperta, e LORO l'hanno compressa e anchilosata per farsela entrare nelle loro tasche. Hanno trasformato il lavoro degli altri in titoli di borsa, e i campi della terra in rendite, e tutti i valori reali della vita umana, l'arte, l'amore, l'amicizia, in merci da comprare e intascare. I loro Stati sono delle banche di strozzinaggio, che investono il prezzo del lavoro e della coscienza altrui nei loro sporchi affari: fabbriche d'armi e di immondezza, intrallazzi rapine guerre omicide! Le loro fabbriche di *beni* sono dei lager maledetti di schiavi, a servizio dei loro profitti... Tutti i loro valori sono falsi, essi campano di surrogati... E gli Altri... Ma si può ancora credere in *altri* da contrapporre a LORO? Forse le LORO falsificazioni resteranno l'unico materiale della Storia futura. È qui forse il punto cruciale d'inversione senza rimedio, dove i calcolatori scientifici della Storia, anche i migliori, purtroppo, hanno sbagliato il conto (la prognosi infausta del Potere, si capisce, viene rimossa da chi, dentro il pugno chiuso della rivoluzione, nasconde la stessa piaga infetta del Potere, negandone la malignità)! Si diagnosticava il male borghese come sintomatico di una classe (e dunque, soppressa la classe, guarito il male)! mentre invece il male borghese è la degenerazione cruciale, eruttiva, dell'eterna piaga maligna che infetta la Storia... è un'epidemia de pestilensia... E la borghesia segue la tattica della terra bruciata. Prima di cedere il potere, avrà impestato tutta la terra, corrotto la coscienza totale fino al midollo. E cosí, per la felicità non c'è piú speransa. Ogni rivoluzione è già persa! »

Fino dal primo inizio della sua invettiva, s'era rilevato in piedi (anzi, aveva respinto indietro la sedia con un calcio). E si ostinava, intrepido, nella sua posizione eretta, per quanto la plumbea stanchezza di questa *giornata di gala*, respinta dal suo cervello in ebollizione, sempre piú gli si accumulasse nei muscoli, sfidandolo col suo peso. Inutilmente, poi, la sua voce rauca tentava di farsi posto nel baccano. E in piú, ascoltando la propria voce, a ogni passo lui riconosceva nelle sue presunte *comunicazioni urgenti*, come in un radiodramma registrato, nient'altro che dei plagi di se stesso.

Anzi, erano varii sestessi: Davide Segre ginnasiale in

calzoncini corti, e liceale in giacca sportiva e cravatta rossa, e disoccupato errante in maglione da ciclista, e apprendista operaio in tuta, e Vivaldi Carlo con la borsa a tracolla, e Piotr bandito in armi, barbuto (nell'inverno della macchia '43-'44, s'era lasciato crescere un bel barbone nero)... I quali tutti porgevano al presente oratore i loro famosi prodotti ideali, accorrendo a lui da ogni parte, e scappando via nel tempo stesso, come fantasmi... Con l'aria di scatenare da qui, e da questo medesimo istante, l'ultima rivoluzione ancora possibile, Davide riprese a inveire, sforzando al massimo la sua voce sfiatata:

«Bisogna smascherare il nemico! svergognarlo! riconoscere le sue dannate patacche, e svalutarle, senza ritardo! Dipende dagli ALTRI, la salvezza! Il giorno che sulla piazza i falsi valori scadessero a merda, eh, mi spiego...» Nel locale frattanto era aumentato il baccano. Alla radio si produceva un'orchestrina assai popolare in quei tempi, e il gruppetto degli amatori, d'accordo, aveva regolato l'apparecchio a un volume altissimo. Si eseguiva una musichetta sincopata, di cui non rammento altro se non che i musicanti la accompagnavano, a intervalli, con parole di canto tartagliate sullo stesso ritmo (Guà-guà-guàrdami, bà-bà-bàciami, ecc.) raddoppiandone cosí l'effetto comico-brillante, che eccitava i piú giovani a un chiasso imitativo. D'un tratto Davide si adombrò, e desistendo dalla propria arringa, ammutolito riaccostò dietro di sé la sedia. Ma prima di ributtarcisi sopra, in una risoluzione subitanea si sporse in avanti col busto verso la compagnia seduta intorno. E in tono di autoaccusa (però con una brutalità provocatoria che valeva quanto un gran pugno picchiato sulla tavola) esclamò:

«Io sono nato borghese!»

«E io», gli ribatté il vecchio dalla medagliuccia, senza guardarlo, però con una risata franca e benevola, «sono nato scaricatore ai Mercati Generali».

«Mica tutti i borghesi fanno schifo», osservò a sua volta, in tono conciliante e assai giudizioso, l'ometto dagli occhi malati, «ci stanno i borghesi cattivi, e i borghesi buoni, e i borghesi cosí cosí... Dipende». Frattanto, non perdeva d'occhio le carte, visibilmente ansioso di tener dietro alla giocata: «Dàje sopra!», soffiò premurosamente, da intenditore, al suo vicino (il vecchio dalla medagliuccia); mentre già costui, quasi contemporaneamente, aveva steso la sua grossa mano sopra le carte nel mezzo della tavola, annunciando, con una indifferenza vittoriosa:

«Pijo».

L'ometto dagli occhi sanguinosi, tutto gongolante, si ristrinse nella sua giacchettina. Si verificava il conteggio dei punti, ma la vittoria del vecchio dalla medagliuccia e consocio era scontata. Il vincente adesso ricomponeva il mazzo per ricominciare i giri.

Ripiombato di peso sulla sua sedia, Davide accennava ora il sorriso incerto di chi vuol farsi perdonare. Nell'atto di quel suo «pugno picchiato sulla tavola» ogni ultima virulenza gli era caduta. Anzi, allo sguardo protervo di poco prima, succedeva, nei suoi occhi mutevoli, un altro suo sguardo speciale, del tutto opposto: da far pensare che dentro di lui convivessero insieme un lupo, un cerbiatto, e chi sa quali altre dissimili creature di deserto, di casa e di boscaglia. A momenti, aveva l'aria di un pischello contento di venir lasciato in compagnia dei grandi invece che mandato a letto come ai giorni feriali.

Si era piegato sulla tavola, oltremodo stanco nelle ossa, ma nondimeno sempre voglioso di discorrere, quasi che oggi, avendo rotto il lungo incantesimo del silenzio, dovesse approfittare dell'occasione, a ogni costo. Gli tornò una frase letta da bambino in una favola, a proposito di una principessa liberata da un principe: *erano sette ore che essi conversavano, e non s'erano detti nemmeno la settima parte delle cose che avevano da dirsi.*

Le partite a carte, a questo e nell'altro tavolo, continuavano coi loro giri. Volavano e rivolavano attraverso le tavolate le solite frasi del gioco: «dammi un carico» «io gli do tre punti» «liscio» «ammazza» «gioco denari» ecc. L'oste da parte sua s'era incantato, e mezzo imbambolato, nell'ascolto del numeroso programma radio, che offriva adesso un'altra canzone di moda, non so piú quale. E i pochi giovanotti rimasti canticchiavano quella medesima canzone, echeggiata da altre radio fuori, dalle finestre aperte al ponentino. Ma Davide sembrava grato perché, magari senza dargli troppo ascolto, tuttavia lo lasciavano parlare ancora. Girava intorno uno sguardo affettuoso, che domandava simpatia, e in cui trapelava dall'interno (il Super-Io gli s'era staccato dalle costole, rimpiattato chi sa dove) qualcosa di terribilmente vulnerabile, una sorta di latitanza rischiosa, nella sua caparbietà: «Io», rimasticò a voce bassa, «sono nato di famiglia borghese... Mio padre era ingegnere, lavorava per una società di costruzioni... alto stipendio... In tempi *normali*, oltre alla casa dove si abitava, noi si aveva, di proprietà di famiglia, una villa in campagna, col podere tenuto da un colono – un paio di appartamenti dati in affitto (che rendevano) – l'automobile, si capisce (una Lancia) – piú in banca non so che *azioni*...» Terminato, con ciò, il proprio rendiconto finanziario, si arrestò, come dopo una fatica materiale. E poi, ripigliando, fece sapere che proprio là, in famiglia, lui fino da piccolo, aveva principiato a intendere i sintomi del male borghese: il quale sempre piú lo rivoltava, al punto che talora, da ragazzo, allo spettacolo dei suoi parenti, lui veniva sorpreso da attacchi d'odio: «E non avevo torto!» precisò, riprendendo, nel passaggio di un attimo, la grinta del duro.

Quindi, ripiegato in avanti e con la voce ridotta a poco piú che un mormorio, da sembrare una chiacchiera futile e spersa diretta al legno della tavola, si diede a varie sue riesumazioni di famiglia. Che suo padre, per esempio, aveva tutta una scala di maniere diverse, anzi addirittura di voci diverse, a seconda che parlasse coi padroni, o coi colleghi, o con gli operai... Che suo padre e sua madre, senza nessun sospetto di offendere, chiamavano *inferiori* i dipendenti; e anche la loro usuale cordialità verso costoro pareva sempre concessa come un'elargizione dall'alto... Le loro occasionali beneficenze o elemosine, in sostanza sempre insultanti, essi le chiamavano *carità*... E parlavano di *doveri* a proposito di ogni sorta di quisquilie mondane: quali restituire un pranzo, o una visita noiosa, o mettersi in tale occasione la tale giacca, o *farsi vedere* alla tale mostra, o cerimonia insulsa... I soggetti delle loro conversazioni e discussioni erano, piú o meno, sempre i medesimi: pettegolezzi di città o di parentela, speranze di successi carrieristici dei figli, acquisti opportuni o indispensabili, spese, redditi, cali o rialzi... Però se al caso toccavano soggetti ELEVATI come la Nona di Beethoven, o Tristano e Isotta o la Cappella Sistina, assumevano una posa di sublimità speciale, quasi che pure simili ELEVAZIONI fossero privilegi di classe... L'automobile, i vestiti, i mobili di casa, essi non li guardavano per oggetti d'uso, ma per bandiere di un ordine sociale...

Uno dei suoi primi urti – o il primo, forse? – lui non ha mai potuto scordarlo... «Dovevo avere, dieci anni, undici...

Mio padre mi accompagna con la macchina, probabilmente a scuola (è mattina presto), quando sulla strada è costretto a una frenata brusca. Un tale ci ha bloccato, non di prepotenza, anzi con l'aria di scusarsi. A quanto si è capito, si tratta di un operaio, licenziato, il giorno prima, da un cantiere, per diretto intervento – sembra – di mio padre. I motivi, non li ho mai saputi... È un uomo non ancora vecchio (sulla quarantina), ma con qualche filo grigio nei sopraccigli; di statura media, non grosso, ma forte, cosí che pare piú alto... Ha una faccia larga, e i tratti solidi, però rimasti un po' infantili come in certi tipi delle nostre parti... Porta una giacchetta d'incerato e un berrettino basco, con qualche macchia di calcina, si vede che è muratore. Dalla bocca a ogni parola gli escono i vapori del fiato (dunque il fatto dev'essere capitato di pieno inverno)... E stà lí che si sbraccia a voler dire le sue ragioni, cercando di sorridere, perfino, per ingraziarsi mio padre. Ma invece mio padre non lo lascia neanche parlare, urlandogli contro, gonfio di collera: "Come ti permetti! Non una parola! Fatti da parte! Via! via!" Sul momento, mi sembra di scorgere un sussulto sulla faccia di quell'uomo; mentre già, di dentro, tutto il sangue ha preso a martellarmi in un desiderio, anzi volontà sfrenata: che quell'uomo reagisca coi pugni, magari col coltello, contro mio padre! Ma invece colui si scansa verso l'orlo della strada, anzi addirittura porta la mano al baschetto per un saluto, mentre già mio padre, furente, a rischio d'investirlo, ha premuto l'acceleratore... "Dovrebbe nascondersi! Gentaglia! Teppa!" inveisce ancora mio padre; e io noto che, nella rabbia, la carne, fra il mento e il colletto, gli fa delle pieghe rossastre, volgari... In quell'uomo, invece, rimasto sulla strada, non ho visto nessun segno di volgarità. Allora mi ha preso uno schifo, di trovarmi dentro alla Lancia con mio padre, peggio che se fossi sul carretto della gogna; e ho avuto la percezione che in realtà noi, e tutti i nostri pari borghesi, eravamo la teppa del mondo, e che quell'uomo rimasto sulla strada, e i suoi pari, erano l'aristocrazia. E chi, difatti, se non un essere nobile, di reale dignità, e immune d'ogni bassezza e frode, potrebbe trovarsi ancora, all'età di quell'uomo, a dover pregare umilmente un suo coetaneo per offrirgli la propria fatica in cambio di... Mi ricordo che sull'ultimo tratto della strada, bramavo d'essere già diventato un campione dei pesi massimi, per fare io le vendette di quel muratore divino contro mio padre... E per tutta la giornata non rivolsi la parola né a costui, né a mia madre, e né a mia sorella, tanto li odiavo... Di lí, mi pare, è cominciato... Non li vedevo piú con gli stessi occhi: era come se li guardassi sempre con una lente... fissa... esatta...»

«E dove si trova, adesso, la tua famiglia?» s'interessò, a questo punto, l'ometto dagli occhi sanguinosi. Ma Davide non rispose alla sua domanda, né mostrò di reagire all'interruzione altro che con uno sguardo vacuo, tornando poi súbito, e quasi di rincorsa, a sgranare il suo rosario d'imputazioni. Che non c'era niente, nell'esistenza della sua famiglia, niente che non fosse contraffatto e inquinato: né i loro gesti, né il loro vocabolario, né i loro pensieri. E tutte le loro scelte quotidiane, fino alle piú spicciole, erano già prestabilite, in base a certi Credi filistei che essi onoravano come massime di un'etica superiore: si invita il tale perché è un Conte; non si entra nel tale Caffè perché è di bassa categoria... Ma riguardo alle leggi reali dell'etica, la loro confusione era tale da far credere davvero che essi fossero gli zimbelli inconsapevoli di una burla. A giudizio di suo padre, un dipendente del cantiere, che si appropriasse di un rotolo di filo di rame, senz'altro era un ladro; ma se qualcuno a suo padre gli avesse detto, a lui, che le sue famose *azioni* erano rubate sulla paga dei lavoratori, lui questa l'avrebbe presa per un'assurdità. Se un rapinatore armato fosse entrato con la forza in casa loro devastando e ammazzando, suo padre e sua madre lo avrebbero giudicato naturalmente un criminale infame, degno dell'ergastolo; però quando i rapinatori fascisti agirono allo stesso modo contro il territorio etiopico, essi offrirono il proprio oro per favorirli. Un sistema, nel quale essi stessi dimoravano comodi, a loro non dava motivo di sospetto. Per ignavia rifuggivano dalla politica, e il governo li esonerava dall'occuparsene, e da ogni responsabilità. Erano dei ciechi, guidati da ciechi e alla guida di altri ciechi, e non se ne accorgevano... Si ritenevano dei giusti – in perfetta buona fede! – e nessuno li smentiva in questo loro abbaglio. Suo padre veniva stimato da tutti un galantuomo, sua madre una signora senza macchia, sua sorella una *putèla* bene allevata... Già, e difatti essa è stata allevata conforme al codice dei due *veci* (i genitori) e lo ricopia con tanta naturalezza che a volte lo si direbbe una scrittura congenita, trasmessa a lei, dai veci, nel gene ereditario... Si vedono riprodotti in lei

– sia pure in embrione – gli stessi ordinamenti loro di giustizia! Le riesce naturale a esempio lasciarsi servire (e perfino allacciare le scarpe!), lei putèla, da una cameriera che sta in casa da mezzo secolo e per l'età potrebbe esserle bisnonna... E non le pare illogico di insistere coi due *veci* per farsi comprare una certa mantelluccia scozzese vista in vetrina (lei che già tiene dentro l'armadio un paio di cappotti nuovi) portando il motivo che lo scozzese è proprio la vera novità, e altre sue compagne ce l'hanno! Se al caso, poi, fra costoro, ce ne sono alcune, magari, sprovviste addirittura di un cappotto, e anche di scarpe da inverno, queste essa non le conta: come fossero di un altro pianeta...

«È una bella ragazza, tua sorella?» lo interpellò qua, direttamente, il vecchio dalla medagliuccia.

«... Sí...» rispose Davide, interdetto, dopo un istante, «è *belina*...» E, in questa risposta, attraverso la sua voce imbronciata emerse involontario un compiacimento fraterno in cui tutte le sue durezze precedenti si scioglievano; mentre un vapore colorato gli fluiva nelle iridi, per súbito rifluirne indietro, senza rimedio. Si trovava sospeso, a un tratto, in uno stato di fanciullezza vaneggiante, che lo trastullava con la sua consolazione impossibile, come rincorresse una nube: «... però, è stupida...» aggiunse, col tono di certi fratelli quindicenni che, per pudore, fanno mostra di canzonare. E argomentò, buffo e malcontento: «Puoi sballarle qualsiasi frottola, che lei ci crede. Uno, di prima mattina, le grida: "che ti succede, o cielo?! stanotte, ti s'è allungato il naso di mezzo metro!!", e lei, tutta impaurita, si precipita allo specchio. A farla ridere, qualsiasi stupidaggine è buona: basta borbottarle in un orecchio, fingendo un gran segreto, una parola improvvisata lí a caso che non significa nulla, come *perepè* o *bomborombò*, che lei sbotta senz'altro in una risata fenomenale!... E cosí allo stesso modo, per un altro niente, è capace di mettersi a piangere. "Quando Davide era piccolo", rammenta qualcuno in casa, "è passato di qua il Circo francese, e lui tutte le sere voleva tornarci, a tutte le repliche!" "E io", domanda lei súbito, "io no?" "Tu non c'eri", le spiegano, "ancora non eri nata". E lei scoppia in un pianto enorme, a simile notizia!... Crede che, a seminare una perlina, nasca una collana, o magari che il somaro sia stato partorito dal carretto; e se le amiche sue la contestano in queste sue opinioni, lei dice che sono ignoranti... Carezza le bambole come fossero gatti che fusano, e agghinda di fiocchi il cagnolino, convinta di fargli un piacere... Però, dei cani grossi ha paura... Si spaventa perfino del tuono...»

Tali notizie sulla innominata sorella vennero accolte, dalla parte di Useppe, con una fila di risate, nelle quali si poteva avvertire, oltre allo spasso, un sapore di vanto. Difatti, fra le materie oggi trattate da Davide, a lui tutte, piú o meno, astruse o inaccessibili, per lui era un titolo di soddisfazione personale d'incontrarne una che appartenesse, alfine, anche alla sua competenza.

Purtroppo, una sirena del fuoco, o di altro servizio di passaggio in quel momento nella via, coprí in parte all'orecchio teso del pischello le ultime battute del suo amico: «... quando ha ricevuto un regalo che le piace, la sera se lo porta a letto... se a scuola ha preso bei voti, dorme con la pagella vicino... all'ora di dormire, non vuole mai decidersi a spegnere la luce in camera sua... una rottura di scatole... col pretesto di dare la buona notte a questo e a quello... rompe...»

«E dove si trova, adesso, tua sorella?» tornò a interessarsi l'ometto dagli occhi sanguinosi.

Stavolta, Davide non lasciò la sua domanda senza risposta. Lí per lí, si ristrinse nel corpo, stralunato, come sotto un'ingiuria o un'intimidazione. Poi fece un sorriso miserabile e rispose bruscamente: «Si trova nel mucchio».

L'ometto, non comprendendo, rimase inespressivo. «E pure mio padre e mia madre», ripigliò Davide, con uno strano accento neutro e meccanico, quasi recitasse una litania, «e... e gli altri. Tutti nel mucchio. Nel mucchio! Nel mucchio!» Di nuovo, dalle pupille dilatate gli si riaffacciava l'anima del cerbiatto; ma era stavolta una bestiola impaurita all'estremo, cacciata e bloccata da tutte le parti, in chi sa quale landa, che non sa dove correre e tenta di spiegarsi: *qua dev'esserci uno sbaglio... tutto questo inseguire, queste canne puntate... sarà per qualche belva pericolosa che vanno cercando nei dintorni... però non sono io quella... io sono un altro animale... non carnivoro...* D'un tratto, a questo tumulto visibile gli subentrò il vuoto, i suoi occhi si agghiacciarono. E volgendosi ai vicini, s'informò con una piccola risata fredda: «Non ne avete sentito parlare, voi, dello ZYKLON B?»

Nessuno dei vicini aveva udito menzionare un tale oggetto; ma dedussero che dovesse trattarsi di qualcosa di grottesco, dal modo come lui se ne esilarava.

«Ahó, Vvàvide!» si fece udire a questo punto la voce di Useppe. Ma stavolta essa aveva un suono spezzato, inservibile e distante, quasi l'agitarsi di una manina invisibile dietro una palizzata fitta. Del resto Davide meno che mai sembrava in vena di risponderle: forse anzi nemmeno la percepí.

La faccia gli si era murata dentro una fissità senza direzione, in una specie di estasi vuota e bianca simile a quella di un individuo indiziato e non confesso quando gli si presenta il macchinario delle sevizie. Pareva invecchiato da un momento all'altro; e anche il suo ardore sessuale sempre latente (da cui gli proveniva la grazia tragica di una stimmata che bruci di continuo) sembrava essersi prosciugato e appassito sotto il calco di vecchiaia che lo schiacciava: «Questi ultimi anni», ragionò con voce opaca, ridacchiando, «sono stati la peggiore oscenità di tutta la Storia. La Storia, si capisce, è tutta un'oscenità fino dal principio, però anni osceni come questi non ce n'erano mai stati. *Lo scandalo – cosí dice il proclama – è necessario, però infelice chi ne è la causa!* Già difatti: è solo all'evidenza della colpa, che si accusa il colpevole. ...E dunque il proclama significa: che di fronte a questa oscenità decisiva della Storia, ai testimoni si aprivano due scelte: o la malattia definitiva, ossia farsi complici definitivi dello scandalo, oppure la salute definitiva – perché proprio dallo spettacolo dell'estrema oscenità si poteva ancora imparare l'amore puro... E la scelta è stata: la complicità!»

Nel trarre questa conclusione, prese l'aria quasi trionfante di chi denuncia un misfatto appena scoperto, e irreparabile: «E allora», rincrudí, ridendo con dispregio, «come pretendi, tu, di dar fuoco al lazzaretto, quando tu, tu stesso sei portatore del contagio e ne spargi il puzzo d'intorno?!» Questo *tu* senza nome, che lui bollava d'infamia, non sembrava indirizzarsi a nessuno degli astanti, ma piuttosto a un qualche spione invisibile, acquattato alle sue spalle.

Per un effetto abbastanza frequente in certi stati *di gala*, attualmente, nella sua acustica interna, ogni sua parola all'emetterla gli dilatava la propria durata, cosí che, nell'ultimo tratto di due minuti, gli era parso di svolgere un lungo teorema, che lui riteneva abbagliante, in qualche modo.

Inoltre, mentre la voce gli si faceva sempre piú bassa (fino a ridursi, fra la cagnara, a un rumore indistinto) a lui sembrava invece adesso, bizzarramente, di parlare a voce altissima, cosí come la piccola folla dell'osteria gli faceva l'effetto di una moltitudine. Era una moltitudine, però, alquanto distratta (di ciò lui se ne rendeva conto) o addirittura straniata da lui: chi giocava alle carte, chi ascoltava le canzoni; e seppure qualche vecchio, dalle seconde file, a certe sue frasi tentennava il capo, lui sapeva vedere (con una curiosa lucidità) che quelli erano moti quasi meccanici, piuttosto di vacuo sbalordimento che di partecipazione. «Ma che diavolo andrò dicendo?» si domandò con bruschezza.

Sul piú bello, dinanzi a questo suo insuccesso totale, venivano a turbarlo dei sospetti incresciosi sulla propria oratoria; e, peggiore di tutti, in proposito, gli tornò alla mente un certo sogno da lui avuto in passato, precisamente al tempo che si chiamava Piotr e si era dato partigiano nei Castelli. Era stato nell'ultimo periodo, quando i viveri piú scarseggiavano, una notte che lui faceva il suo turno di vedetta alla base, davanti alla casupola. Fra la stanchezza della veglia, e la debolezza per il vitto scarso, a una cert'ora di quella notte lo aveva preso una sonnolenza terribile. E lui, per vincerla, non faceva che camminare su e giú, evitando di fermarsi, o, tanto meno, di sedersi; ma pure, in un punto, gli era capitato invincibilmente di assopirsi addossato al muro, in piedi come i cavalli. Per quanto, certo, di durata brevissima, la sua dormita era bastata a portargli un sogno. E questo era il sogno:

lui si trova in una cella bianca, stretta appena a misura d'uomo, ma dal soffitto vertiginoso, cosí alto che si perde alla vista. E i suoi occhi si protendono verso l'alto, in attesa, poiché si sa di certo che fra poco, giú da quel soffitto invisibile, un Essere ultraterreno scenderà fino a lui per una Rivelazione. Si tratterà (questo è già previsto) di una sola e breve frase: la quale però conterrà in sé la somma delle verità universali, unica soluzione definitiva che libererà l'intelletto umano da ogni ricerca... L'attesa del sognatore non è lunga. L'Essere non tarda a scendere, fin quasi alla sua altezza. È una figura superumana, in tunica e barba bianca, dall'aspetto maestoso dei profeti di Gerusalemme o dei sapienti di Atene. Si arresta sospeso nell'aria di fronte al sognatore, e gli dice con voce tonante: *Per una zuppa*

calda, è buono pure bollire i pezzi delle suole vecchie! Poi
dilegua.

Ora il ricordo, appunto, di un tale sogno gli si accompagnò a un sospetto subitaneo: *forse, io credo di tenere chi
sa quali discorsi importanti, e invece, da quando ho aperto
bocca, non faccio che sbraitare delle insulsaggini ridicole,
senza logica né connessione...* Questo non fu, tuttavia, per
lui, che un obnubilamento passeggero, di là dal quale ritrovò, lucida, la propria fissazione odierna di dovere svolgere un certo gomitolo, come nelle leggende, per arrivare
– invero non sapeva dove: forse a salvare qualcuno, o almeno qualcosa... Ma chi, salvare? i clienti dell'osteria? O
quale cosa? un attestato? un anello? una lettera? O a meno che non si trattasse, invece, di... stroncare.. di giusti-
ziare... Non ne aveva idea. Sapeva solo che oggi era il giorno. Come dovesse attraversare un ponte, che poi verrebbe
vietato al passaggio.

Si gettò, allora, alla ripresa con un nuovo respiro, dopo
l'ultimo salto dell'ostacolo: «Volevo dire, insomma», proferí a voce ancora piú alta di prima (almeno cosí a lui parve), «che solo un uomo puro può scacciare i mercanti e
dirgli: *la terra era il tempio della coscienza totale, e voi ne
avete fatto una spelonca di ladri!*»

Aveva enunciato questa idea con ferma sicurezza, e addirittura compitando, quasi leggesse una scritta sulla parete. Ma un intervento ironico del Super-Io lo indusse a tra-
durla in termini piú spicci, per garantirsene la chiarezza.
«Già. È solo un buffone», precisò, smaniando, «chi dice
a un altro: *boia*, quando poi lui pure, venuto il suo turno,
è pronto a manovrare la stessa macchina... del linciaggio...
Ecco. Questa è una definizione chiara!» La stanchezza dei
suoi muscoli era tale, che gli si vedeva perfino nel moto
fisico delle labbra.

Per quanto chiara, tuttavia, la sua *definizione* non trovò
un'eco sensibile fra il suo pubblico. «Il fatto è», lui si rimproverò, fra se stesso, «che io sono un pessimo tribuno.
Alla folla bisogna parlare di partiti... di bandiere... Io li
annoio. Bisognerebbe aver l'arte di intrattenerli... di diver-
tirli...» Qua gli balenò a proposito una trovata brillante, e
ci si mise a ridere in anticipo, con una dolcezza inerme e fiduciosa: «Non mi ricordo in che libro», raccontò, «ho letto l'aneddoto di uno scrittore che visita un manicomio. Un
malato gli si avvicina e gli sussurra, indicandogli un altro

malato: *Occorre guardarsi da quello, che è matto, si crede d'essere un bottone. Ma fidatevi di me, se lui davvero lo fosse, il primo a saperlo sarei io, che sono un'asola!!*»

Anche questa gag di Davide fallí l'effetto sperato, tanto piú che arrivò, io credo, assai confusa agli orecchi dell'uditorio. Il solo a riderne, di fatto, fu Useppe, il quale, del resto, là dentro, era l'unico attento ascoltatore di Davide; e non importa se dei suoi discorsi, invero, non capiva quasi niente, ché anzi proprio per questo essi gli suonavano piú venerabili, come oracoli. Avvertiva tuttavia, fin da principio, nella condotta del suo amico, qualcosa d'inquietante, peggio d'una tristezza o di una malattia, cosí che spesso era tentato di dirgli: «Annàmo via, Davide?» ma non osava. Era entrata, frattanto, nell'osteria, un'altra sua vecchia conoscenza, lo strillone di giornali amico dei Marrocco, che lui riconobbe súbito, per quanto lo vedesse mutato. Ma sebbene in passato gli si mostrasse cordiale, colui rispose al suo saluto festoso con un gesto vago, e alquanto scostante. Qualche mese prima, lo aveva colpito una trombosi, che lo aveva tenuto a lungo all'ospedale, lasciandolo mezzo paralizzato. S'appoggiava a un bastone, tutto sbandato, con la faccia avvilita e gonfia in cui si leggeva una continua paura di morire. E non poteva piú strillare i giornali né bere vino. Dall'ospedale, s'era trasferito in casa d'una nuora, un appartamento al primo piano, rumoroso e ristretto, sopraffollato di nipoti ragazzini. E presentemente vedeva tutti i ragazzini viventi come un disastro. È assai probabile, inoltre, che non abbia neppure riconosciuto quel pischelletto che gesticolava verso di lui dall'altro lato della tavola. E in quanto a Davide, non sembrava averlo piú rivisto dopo il primo incontro a casa Marrocco. I due non si salutarono, a ogni modo, né mostrarono di conoscersi; né Davide avrebbe potuto, da parte sua, prestarsi a saluti o simili convenienze, ormai travolto dal suo flusso verbale come certi infermi dimenticati nelle corsie.

Ogni tanto, è vero, i suoi occhi giravano intorno per la tavolata, interroganti e sperduti, arrestandosi un poco ora su questo ora su quel viso, con l'aria di mendicare una risposta; ma il solo interlocutore (se tale poteva dirsi) che gli restasse tuttora disponibile, era Clemente Manonera. Costui da ultimo anzi non cessava di guardarlo, un poco di sbieco e con la sola parte inferiore dell'occhio, sempre in una medesima espressione astiosa, di tedio e di sarcasmo.

Sembrava avesse condannato, già in anticipo, come chiacchiere sballate e stantie, tutto quanto poteva esser detto da lui.

Al momento di raccontare la sua barzelletta, Davide aveva fatto un nuovo tentativo di mettersi in piedi, ma presto era ripiombato giú, rotto dalla spossatezza che quasi lo riduceva al deliquio, nel tempo stesso che lo eccitava a discorrere, come in certe insonnie morbose. La voce gli si faceva sempre piú bassa e roca; mentre in lui ritornava, frequente ma discontinua, la sensazione di gridare, come a un comizio. Simili altezze esagerate e involontarie della sua voce attualmente lo imbarazzavano: anche perché il filo faticoso, che lui tentava di districare, nel metterlo allo scoperto adesso gli sanguinava fra le mani, come fosse un nervo nudo:

«Io», borbottò, sudando, «sono un assassino! In guerra, c'è chi ammazza spensierato, come andare a caccia. Ma io, invece, ogni volta assassinavo! Un giorno, ho assassinato un tedesco: un individuo odioso, repulsivo! E mentre agonizzava, mi sono tolto il gusto di finirlo a calci, pestandogli la faccia a morte coi miei scarponi. Allora, preciso in quell'atto, m'ha invaso il pensiero: *Eccomi diventato tale e quale a lui: un SS che massacra un altro SS...* E intanto seguitavo a pestare...»

Dalla parte opposta della tavola, i polmoni di Manonera fecero udire le loro solite note cavernose, che Davide percepí come risate di scherno. E subito si sentí, là nel mezzo, mostrato a dito e oggetto d'indecenza schiacciante. Uguale a uno che stando al confessionale, d'un tratto si accorgesse di avere alzato la voce, tanto che i suoi propri segreti rimbombano su per le volte e attraverso le navate gremite di gente. Gli pareva difatti, per il suo solito fenomeno illusorio, di aver gridato le ultime frasi con voce di altezza eccessiva: «Tutti quanti», proruppe allora disperato, a sua propria difesa o riscatto, «ci portiamo dentro nascosto un SS! e un borghese! e un capitalista! e forse anche un monsignore! e... e... un Generalissimo addobbato di frange e patacche come Martedí grasso! Tutti quanti noi! borghesi e proletari e... anarchici e comunisti! Tutti quanti... Ecco perché la nostra lotta è sempre un'azione monca... un equivoco... un alibi... false rivoluzioni, per evadere dalla rivoluzione vera, e conservare il reazionario che sta dentro a noi! *Non indurci in tentazione* significa: *aiutaci a eliminare il fascista che sta dentro a noi!*»

Si teneva rivolto a Manonera, quasi aspettasse da costui l'indulgenza plenaria, o, almeno, un'assoluzione parziale. Ma Clemente Manonera se ne stava di nuovo ritirato a tossire dentro il proprio bavero, nel suo soprabituccio di miseria, con l'atteggiamento intenzionale di chi volta le spalle al discorso. Cosí, per lo meno, parve a Davide. Il quale tuttavia, figgendogli addosso lo sguardo, fu sicuro di leggergli dentro, come attraverso una radiografia, la seguente risposta sottaciuta: «Le tue massime morali, tiéntele per te. Se tu ti porti dentro un Generalissimo, sono affari tuoi. Chi se ne frega? Io, quanto a me, come si vede a occhio nudo, non mi porto dentro nient'altro che un semplice soldato di truppa dell'ex-ARMIR, in congedo assoluto, disoccupato, coi polmoni marci e minorato». Tanto bastò per fare arrossire Davide, come un ragazzetto in punizione. Inopinatamente, a questo punto, il vecchio dalla medagliuccia a sua volta levò un occhio dalle carte verso di lui:

«In conclusione», gli domandò, «tu saresti cristiano?»

«... io?!... di che cristo parli? di quello di Galilea, crocifisso...»

«... morto e seppellito il terzo dí...» recitò il vecchio dalla medagliuccia, in tono di canzonatura bonaria. I vicini risero, anche loro bonariamente.

«Quello, non si discute, fu un vero cristo, se è proprio di quello là, che voi parlate», asserí Davide, tuttora confuso di rossore. Usava il *voi* per senso di rispetto, rivolgendosi al vecchio dalla medagliuccia. E intanto gli si faceva sotto col viso (poiché l'interlocutore teneva pur sempre d'occhio le sue carte) nella premura affannosa di un pischello che rivendica le proprie ragioni a un adulto: «Perché qua bisogna intendersi», incalzò, pieno d'ansia, «*quello là* non va confuso con lo spettro omonimo che la Storia mette sugli altari, e in cattedra e sul trono... e... e lo incolla sulle insegne pubblicitarie dei suoi soliti bordelli... e... e mattatoi... e banche di ladri... sempre per nasconderci sotto il suo solo, vero idolo: il fantoccio del Potere! Il Cristo non è uno spettro; è l'unica sostanza reale in movimento... E quel cristo là storicamente fu un vero Cristo: ossia un uomo (ANARCHICO!) che non ha mai rinnegato la coscienza totale, a nessun patto! Si capisce dunque e non si discute: che lui, chi lo guardava, vedeva il cielo! e chi lo ascoltava, udiva Dio! DIO non è una parola! è LA parola!!» Nell'osteria arrivava altra gente. Era l'ora, verso il tramonto, che molti abitanti del quartiere, tornando dal cinema e da fuoriporta, passavano di qua un momento, prima di rientrare in casa, dove le mogli li precedevano, intanto, a preparare la cena. Ricordo con precisione particolare la canzone trasmessa nel frattempo dalla radio (era una, difatti, ch'io tenevo già nell'orecchio, forse perché uscita nell'immediato dopoguerra o, comunque, ancora in tempo per essere cantata da Ninnuzzu: era da lui, credo, che l'avevo imparata). Ne rammento ancora a memoria qualche strofa...

> bugi vugi san ballar
> da farti strabiliar
> sette vischi qua venti scèrri là
> e gli okkèi si sprecheran...

Si videro le mani e le ginocchia di Davide oscillare per un poco a un ritmo distratto, ozioso e insignificante, accompagnandosi al motivo della canzonetta. Però senza dubbio lui ne raccoglieva le note inconsapevolmente, soltanto attraverso un udito subliminale, teso com'era a procedere, col fiato faticoso, lungo la pista rotante della sua gincana: «Il termine *cristo*», fece sapere agli astanti, sforzando la voce, «non è un nome o cognome personale: è un titolo comune, per designare l'uomo che trasmette agli altri la parola di Dio, o della coscienza totale che significa proprio lo stesso. *Quel Cristo là* si nominava, secondo i documenti, Gesú di Nazaret, però altre volte, attraverso i tempi, il cristo si è presentato sotto diversi nomi, di maschio, o di femmina – lui non bada al genere – e di pelle chiara o scura – lui si mette il primo colore che càpita – e in oriente e in occidente e in tutti i climi – e ha parlato in tutte le lingue di Babele – sempre tornando a ripetere la stessa parola! Difatti, solo da quella si riconosce il cristo: dalla parola! che è solo una sempre la stessa: *quella là!* E lui l'ha detta e ridetta e tornata a ridire, oralmente e per iscritto, e da sopra la montagna e da dentro le gattabuie e... e dai manicomii... e *departút*... Il cristo non bada alla località, né all'ora storica, e né alle tecniche del massacro... Già. Siccome lo scandalo era necessario, lui si è fatto massacrare oscenamente, con tutti i mezzi disponibili – quando si tratta di massacrare i cristi, non si risparmia sui mezzi... Ma l'offesa supre-

ma, che gli hanno fatta, è stata la parodia del pi[ù]
nerazioni di *cristiani* e di *rivoluzionari* – tutti qua[nti] so
plici! – hanno seguitato a frignare sul suo corpo – e [in nome]
della sua parola, ne facevano merda!»

La noia cruciale di Davide, in questa fase tarda della sua
gincana, era l'usura delle sue forze fisiche, tale che il fiato
quasi gli veniva meno. Ma lui si tendeva tuttavia lungo il
proprio giro, come se fra la sua pista faticosa, e le sue membra rotte e drogate – là buttate sulla sedia – non ci fosse
piú che un rapporto fantomatico: «E cosí, d'ora in poi»,
continuò, intoppandosi, e tossicchiando a ogni frase, e facendo smorfie «lui, se torna, non dirà piú parole, perché
tanto, quelle che aveva da dire, le ha gridate ai quattro venti. Quando è apparso in Giudea, il popolo non l'ha creduto
il vero Dio parlante, perché si presentava come un poverac-
cio, non con l'uniforme delle autorità. Però se torna, si pre-
senterà ancora piú miserabile, nella persona di un lebbroso,
di una accattoncella deforme, di un sordomuto, di un bambino idiota. Si nasconde in una vecchia puttana: *trovàte-
mi!*, e tu, dopo esserti servito della vecchia puttana per una
scopata, la lasci là, e uscito all'aria aperta, cerchi in cielo:
"*ah, Cristo, sono duemila anni che aspettiamo il tuo ritorno!*" "*Io*", risponde lui dalle sue tane, "*non sono MAI partito da voi. Siete voi che ogni giorno mi linciate, o peggio
ancora, tirate via senza vedermi, come s'io fossi l'ombra di
un cadavere putrefatto sotto terra. Io tutti i giorni vi passo
vicino mille volte, mi moltiplico per tutti quanti siete, i
miei segni riempiono ogni millimetro dell'universo, e voialtri non li riconoscete, pretendete di aspettare chi sa quali
altri segni volgari...*" Si racconta che un cristo (non importa
quale, era un cristo) una volta camminando per una via di
campagna ebbe fame e andò per cogliere un frutto da un
albero di fico. Ma siccome non era stagione, l'albero non
aveva frutti: nient'altro che foglie incommestibili... E allora Cristo lo maledisse, dannandolo alla sterilità perpetua... Il senso è chiaro: per chi riconosce Cristo al suo passaggio, è sempre stagione. E chi non riconoscendolo gli nega la propria frutta col pretesto del tempo e della stagione,
è maledetto. Non si discute. Non c'è pretesto, per rimandare, perché Cristo non deve scendere dalle stelle, o da un
passato e futuro chi sa dove, ma sta qua, adesso, dentro a
noi. Pure questa, non è una novità, è cosa risaputa, gridata
ai quattro venti: che dentro a ciascuno di noi c'è un Cristo.

E dunque, che ci vorrebbe, per la Rivoluzione totale? niente, un movimento elementare di due secondi, come ridere o stirarsi appena svegli! basterebbe riconoscere il Cristo in tutti quanti: io, te, gli altri... Già, si tratta di notizie cosí elementari, che fa perfino schifo doverle ripetere. Basterebbe... E allora il frutto della rivoluzione nascerebbe bello e spontaneo su tutti gli alberi, tutti ce lo scambiamo allegramente, non esiste piú né fame, né ricchezza, né potere, né differenza... tutta la Storia passata si scopre per quello che era: un Granguignol grottesco, demenziale, un deposito d'immondezze dove per secoli ci siamo intignati a frugare con le unghie sporche... E si vedrebbe la mattezza di certe domande: *sei rivoluzionario? credi in Dio?* come chiedere a uno se è nato!! Sei rivoluzionario... credi in Dio? sei rivoluzionario... credi...»

In tono di filastrocca, ridacchiando, Davide seguitò a ripetere queste due domande piú volte, fino a farne una sorta di scioglilingua senza senso. Ma oramai la sua parlata era finita necessariamente in un monologo, poiché la sua voce s'era ridotta cosí bassa che nemmeno i suoi prossimi vicini, anche a volerlo, potevano distinguere le sue parole. Aveva preso un'aria imbronciata, come se minacciasse o accusasse chi sa chi, e guardava dentro al proprio bicchiere, allo stesso modo di Clemente, senza berne piú una goccia, come vinto dal disgusto: «Vi devo ancora», andava borbottando, «una rettifica, a proposito di quel tedesco, lassú a quell'incrocio, ai Castelli: io, che lo massacravo, sí ero diventato un SS. Ma lui, che crepava, non era piú né un SS né un militare di nessuna arma! Faceva certi occhi: *dove mi trovo? che mi fanno? perché?*, chiari chiari e stupidi, come si aprissero appena nati, invece di morire. Io, un SS; ma lui era ritornato un bambino...»

«Diciamo: un marmocchio», si rifece qua vivo, a soffiargli nell'orecchio, come una piccola frustata beffarda, il Super-Io. Davide rise:

«Già! meglio: un marmocchio», corresse ubbidiente. E questo fu, a mia memoria, l'ultimo punto segnato, nella loro partita di doppio, dal Super-Io: il quale senz'altro, da quel medesimo istante, come uno svolazzo vittorioso si allontanò da lui verso una latitanza definitiva, lasciandolo alla sua disastrosa debolezza.

a un bambino!» gli gridò dietro Davide. Aveva in adesso, quell'espressione da ragazzetto capriccioso che gli veniva, a volte, quand'era proprio esausto. Ma si protendeva tuttavia, con ostinazione incredibile, nell'ultima rincorsa... anche se il suo palio gli si svelava ormai, senza rimedio, per quello che poteva essere: nient'altro, al massimo, che uno stendarduccio di carta, molto usato, e per di piú, lacero... «Chi ammazza un altro, ammazza sempre un bambino!», insisté trafelato, torcendosi le mani: «E adesso», confidò, pieno di perplessità, al proprio bicchiere, «io me lo rivedo, quello, buttato là nel mucchio. Nel mucchio!», ripeté spaventato, «nello stesso mucchio coi *veci*, e la *putèla*... Insieme: né tedeschi né italiani, né pagani né ebrei, né borghesi né proletari: tutti uguali, tutti cristi nudi, senza né differenza... e né colpa, come quando si nasce... Io», proferí, con uno di quei respiri tirati e monchi propri dei ragazzetti nel mezzo di un capriccio, «non posso piú dividere il mondo in bianchi e neri, fascisti e comunisti, ricchi e poveri, tedeschi e americani... Questa farsaccia porno... porno... lurida è da troppo che dura... basta!... io... ne sono... stufo...»

Nemmeno Clemente Manonera, ormai, si prendeva piú la pena di badare a Davide Segre, il quale infatti sembrava perso, a quest'ora, fatalmente, in un vaneggiamento d'ubriaco. Si dilungò ancora non so quanto nella sua parlantina ossessiva, con una voce impastata e balbettante, alludendo a oggetti e faccende varie, senza connessione fra loro. Diceva che prima di Galileo la gente credeva che il sole girasse; dopo si credeva che girasse la terra, e in seguito era venuto fuori che i moti sono relativi l'uno all'altro, per cui si può dire che terra e sole girano entrambi, o che stanno entrambi fermi, indifferentemente. Poi ripeteva di essere lui l'albero maledetto, e che aveva insultato Cristo dopo averlo assassinato. E se la sua famiglia era morta, la colpa era sua, che non aveva conosciuto carità per loro, in fondo semplici fanciulli inesperti e illusi. E se la sua ragazza era finita in quel modo, la colpa era sua, che per correre dietro alle sue fantapolitiche aveva trascurato il suo solo amore. E se il suo piú caro amico era morto, la colpa pure qua era sua, giacché il ragazzo difatti era un bambino in cerca di un padre – era un orfanello, senza saperlo – e senza saperlo gli chiedeva di fargli da padre. E se la vecchia puttana era morta, la colpa era sempre sua, perché essa era una bambina dal cuore puro, nata per l'amore puro... E la colpa di tutti i morti era sua... E in realtà il borghese era lui... e la puttana era lui... e la canaglia era lui... e l'origine di tutta l'oscenità era lui... Bisogna dire che Davide non era certo il solo, attualmente, nel locale dell'osteria, che parlasse a vanvera... A quest'ora, le bocce di vino vuote, sui tavolini, non si contavano piú. Si era alla consumazione dell'intervallo festivo. E intorno si sentivano voci di vecchi baccaiare senza senso, vantare sconcezze, tossire e scatarrare. La radio aveva trasmesso nel frattempo non so quali messaggi papali dal Vaticano... adesso riprendeva, in sunto, il notiziario sportivo del pomeriggio. Di nuovo qualche giovanotto si attruppava intorno all'apparecchio, mentre l'oste, che ormai già sapeva i risultati sportivi del giorno, sbadigliava, oppure dava ordini alla moglie, presente adesso in giro a servire per i tavolini. Nel mezzo di tutto questo, Davide appariva un caso di sbronza normale; mentre, in realtà, lui si sentiva perfino troppo lucido. La sua lucidità gli batteva dentro il cervello come tante schegge scintillanti. D'un tratto disse sorridendo, con voce piú sonora:

«Non so dove ho letto di uno che visitando un lager scorse qualcosa di vivo muoversi in una catasta di morti. E ne vide uscire una bambina: "Perché stai qua in mezzo ai morti?" E lei gli ha risposto: "Coi vivi non posso starci piú"».

«È un fatto vero di cronaca!» garantí in conclusione, con uno strano sussiego didattico, assai sforzato; e in cosí dire si abbatté con le braccia sulla tavola singhiozzando. Non si capiva, invero, se fossero singhiozzi, o risate. «Ce semo, va', te sei preso una bella sbronza», gli disse il vecchio dalla medagliuccia, battendolo paternamente sulla spalla. Fu qui che Useppe, timido, spaventato, gli si fece vicino, e gli disse, tirandolo per la maglietta:

«Annàmo via, Vàvide... Viè, viè, annàmo via...»

Da un pezzo, e cioè dal momento che Davide si era riseduto, parlando sempre piú smanioso e con voce piú bassa, Useppe era scivolato giú dalla propria sedia, accucciandosi stretto accanto a Bella sul pavimento. Non osava interrompere il suo grande amico, temendo di farlo arrabbiare; ma gli cresceva la paura di non sapeva quale pericolo che si preparasse contro di lui. Perfino la parola DIO che tornava di continuo sulle sue labbra, andava diventando, per Useppe, un soggetto di paura: come se questo famoso Dio potesse farsi avanti all'improvviso, affrontando Davide corpo a corpo. Fra tutti, Useppe era il solo che non ritenesse Davide ubriaco: lo sospettava, invece, ammalato, forse per poco mangiare. E si domandava se, dopo, non potrebbe convincerlo a cenare tutti assieme a casa, a Via Bodoni... Frattanto, nel tentativo di respingere la paura, si distraeva con Bella. Senza chiasso, giocavano a zampe e mani, oppure lei gli faceva il solletico leccandogli le orecchie e la gola, fino a provocargli delle risatine, súbito attutite per riguardo al luogo.

«... Viè! Viè!! Vàvide! Annàmo via!»

Useppe era pallido in faccia, e tremava, spaurito; ma aveva, pure, una buffa aria indomita, quasi intendesse, lui, proteggere Davide da una qualche numerosa aggressione. «Ha ragione, il maschietto», disse ancora, esortando Davide, il vecchio dalla medagliuccia, «va' a casa, che ti sentirai meglio». Davide si alzò: non piangeva e non rideva, aveva, invece, nei tratti, una fissità opaca e gli occhi vitrei. Non prese la via dell'uscita, ma si avviò, traballando, alla latrina. Useppe lo seguiva con gli occhi, timoroso di vederlo cadere; e non si accorse che frattanto, sulla porta, si era affacciata per un momento Annita Marrocco. Nemmeno lei non vide Useppe, nascosto, nella sua piccolezza, fra le stature degli adulti. Salutò appena da lontano la padrona col suo sorriso malinconico, la nera testolina piegata languidamente su una spalla come se i capelli le facessero peso; e visto il locale troppo affollato, si ritirò. «Quella», commentò Clemente ridacchiando, «ancora aspetta il ritorno dello sposo dalla Russia...» E seguitò a ridacchiare, come avesse raccontato una storiella di spiriti, di quelle che poi la notte non fanno dormire gli ospiti del castello. Ma invero il solo a udirlo era stato l'ex strillone di giornali, il quale borbottò, in risposta, qualcosa d'incomprensibile.

Quando ritornò dalla latrina, Davide non pareva piú lo stesso; o meglio, era passato a una nuova fase della sua esaltazione. Useppe fu il solo a notargli una macchiolina di sangue sulla maglietta; e suppose, nella sua ignoranza, semplicemente che quella piaga del braccio avesse ripreso a sanguinargli. Io, da parte mia, non so quale altro *medicinale* si fosse messo in corpo durante la sua breve assenza; so che da ultimo ricorreva non piú soltanto a quelli già preferiti nei trascorsi mesi, ma tentava ogni sorta di sostanze, spesso di azione opposta, mescolando o alternando eccitanti e narcotici in una rincorsa senza fiato. Specie durante l'ultima settimana, questo era diventato, si può dire, il suo principale nutrimento: forse anche perché i primi caldi della stagione gli riagitavano nel sangue i suoi istinti nativi di vita e di salute, ossia quelle tali energie che in lui si convertivano tuttora, inesorabilmente, in forme dolorose. Niente ormai lo impauriva quanto il ritorno di certi suoi stati di assoluta presenza o di miseria totale, che gli si accompagnavano ora col sogno, ora con la veglia troppo lucida. E per non venirne sorpreso alla sprovvista, non trascurava di portarsi appresso, uscendo di casa, una qualche scorta dei suoi rimedii... Al tempo di allora, simili casi passavano inosservati, specie nei quartieri poveri.

Riattraversò il locale rumoreggiante camminando sbandato, ma ilare, come certi animali balzani sforzati con la frusta nei circhi. Il suo pallore innaturale lo tradiva. Ma peggio del pallore era la stranezza dei suoi occhi, nei quali era riaffiorata improvvisamente quella specie di depravazione che già lo deturpava, dopo la cattura e la fuga dai Tedeschi, al suo arrivo a Pietralata; e che da tempo pareva scancellata da lui. Pure nel suo breve percorso dalla radio alla tavolata, trovò modo di esibirsi in un campionario d'avanspettacolo: sebbene, in questa sua libertà sorprendente, non lo lasciasse quella particolare goffaggine di ragazzo timido e forastico, che era attaccata inguaribilmente alla sua natura. Inoltre, chiunque poteva accorgersi che sotto all'eccitazione artificiosa il suo fisico era esausto da chi sa quali eccessi e dalla denutrizione. Però Useppe non era scontento di vedere l'amico risuscitato e gaio.

Cominciò, nello spazio intorno alla radio, a tentare una parodia di danza, per quanto l'apparecchio attualmente non trasmettesse programmi musicali, ma una conversazione assai seria, di sapore ufficioso o forse ecclesiastico. Poi sbottò a cantare l'inno anarchico:

> Rivoluzione si farà
> bandiera nera sventolerà...

interrompendolo con una pernacchia: un verso, questo, cosí innaturale sulle sue labbra, che il piccolo Useppe (il quale rideva, solo fra tutti, per simpatia puerile verso lo spettacolo dell'amico) ne provò un istinto di pena. Pervenuto alla tavola, si dette a battere sulle spalle i varii commensali, chiamandoli tutti *compagno*; al che l'uomo in divisa di commesso, che era anticomunista dichiarato, gli si risentí ruvidamente. I giocatori, ormai, smesse le carte, si preparavano a lasciare il locale; il vecchio dalla medagliuccia se n'era già andato via, e il venditore ambulante si rimetteva a tracolla la sua cassettina. Ma Davide s'era intestato di prepotenza a trattenerli; e con gesti da milionario acquistò tutte le merci dell'ambulante, lanciando a tutti ciambelle, mostaccioli e cartocci di noccioline, e insistentemente offrendo da bere a tutti. Lui stesso si empí il bicchiere, quindi presentandosi davanti a Clemente gli fece il saluto militare, con l'invito, fra altre bestemmie: «Brindiamo al dio porco», e bevve difatti, per suo conto, una sorsata, ma súbito nauseato la risputò. Si spostava in giro con urtoni e passi storpiati, come un marinaio su una tolda in pieno rullio: divertendosi a propalare (seppure qualcuno stava a sentirlo) certi fatti suoi privati, ora a voce alta ora in confidenza, però sempre in tono da pettegolezzo dozzinale. Faceva sapere, a esempio, di essere un cliente assiduo dei bordelli (e difatti, in queste prime settimane di giugno – piuttosto che tornare a battere lungo quei tristi ponti – ci era ricascato dentro un paio di volte: riportandone a casa un furore d'indecenza e di rimorso, giacché considerava i bordelli un'abiezione sociale, poco meno dei lager)... Oppure esumava sbeffeggiando la sua famosa esperienza volontaria di operaio, terminante alla fine di ogni giornata con attacchi di vomito... E insisteva a rivelare a tutti, come un segreto molto importante, che l'assassino principale era lui, lo sfruttatore era lui, il fascista era lui... Parlava di cadaveri e di concorsi di bellezza, di Norimberga e del Papa, e di Betty Grable e di Portella della Ginestra, e di guerra fredda e calda, e di banchetti e di bombe, ecc.; mescolando, nelle sue chiacchiere, allusioni tragiche e comiche e indecenti, ma sempre con delle risa sguaiate, come se tutto ciò che diceva fosse comico. E in questi suoi svariati *numeri* lo accompagnavano di quando in quando le risatine fresche e irrequiete di Useppe: il quale non capiva niente di quanto lui diceva; ma si sentiva incoraggiato alla baldoria dalle sue buffonate. Non parliamo poi di Bella, che finalmente si sfogava a zompare, dimenarsi e sventolare la coda, come di Carnevale. Al culmine della festa, Davide aveva intonato una canzonetta volgare del tempo di sua nonna:

> Seneghin senegaia
> mi s'è rotta la pataia...

invitando i presenti a una specie di coro. Ma i presenti, invero, non gli davano retta, divertendosi di lui e delle sue bravate poco e distrattamente, anzi mezzi stufi, come a un normale spettacolo di ubriachi. Il locale del resto si andava svuotando. Pure Clemente se n'era andato, solo solo, trascinando il suo corpo mutilato, che rabbrividiva al venticello tiepido nel suo cappotto fuori stagione. Davide uscí senza salutare nessuno. Useppe e Bella gli si affrettarono dietro.

Erano le giornate piú lunghe dell'anno. Il sole ancora non tramontava, benché fosse già l'ora del Giornale Radio. Lungo la via, dalle finestre, arrivavano a spezzoni le ultime notizie:

... una circolare di polizia, a nome del ministro degli Interni, ordina a tutti i questori di vietare comizi e assembramenti nelle fabbriche...

... l'armata rossa avanza verso il Sin Kiang...

... il governo greco decide una vasta operazione di rastrellamento...

... in USA la Camera dei Rappresentanti...

... il ministro Pella annuncia che il Governo... i tributi straordinari... le imposte indirette...

«Facciamo una corsa a chi arriva prima a passare il ponte?» propose Davide, arrivati all'inizio di Ponte Sublicio.

La sfida fu accettata. Vinse Bella. Davide, per quanto sfiatato, con le sue gambe lunghe arrivò secondo; e Useppe, sebbene bravo a correre, per causa della sua piccolezza rimase indietro. Al traguardo, tuttavia, l'uno e l'altro furono ugualmente festeggiati da Bella. Useppe, inebriato del gioco, benché perdente arrivò ridendo come un matto; e Davide, nell'appoggiarsi ansimante contro il parapetto, anche lui rideva, in una spensieratezza totale. È un fatto che, dopo essersi slanciato per ischerzo attraverso il ponte, lui d'un tratto, senza volerlo, s'era impegnato sul serio alla corsa (specie in competizione con Bella) come un pischelletto che, a una gara, si dimentichi dei compiti di scuola e di ogni altra faccenda terrestre. E un soffio di quella ventata illogica gli dilatò ancora i polmoni per la durata, forse, di dieci secondi. A lungo seguitò a ridere, ma già una incredulità lacerante si mescolava, con certe scosse nervose, al suo riso smemorato.

«Giochiamo a morra cinese?» propose a Useppe.

«Tííííí!»

Useppe, invero, non conosceva il gioco, e Davide s'indugiò a spiegarglielo. Però Useppe, all'atto pratico, non faceva che imbrogliarsi con le sue manucce allegre, confondendo la figura della *carta* con quella del *sasso*, o sporgendo tre diti invece di due per fare le *forbici*... Questa sua somaraggine lo faceva ridere a cascatella, mostrando i suoi 20 dentini simili a chicchi di riso... Anche Davide rideva, e il suo viso, nel guardare Useppe, si riapriva a quel sollievo luminoso e pieno d'amicizia con cui già prima aveva salutato il suo ingresso all'osteria. D'un tratto gli acchiappò una mano e rimirandola vi posò un bacetto, con la semplicità e il candore puerile di chi baciasse una immagine beata. E Useppe senz'altro lo baciò lui pure; ma il suo bacetto, a un movimento di Davide, capitò a costui sul naso. Il futile incidente bastò a scatenare l'ilarità di tutti, compresa Bella. Il primo a tornare serio fu Davide: «Tu», disse a Useppe con una serietà quasi amara, «sei cosí carino che il solo fatto che esisti, in certi momenti mi rende felice. Tu mi faresti credere a... a tutto! a TUTTO! Sei troppo carino per questo mondo».

Però Useppe, da parte sua, piuttosto che apprezzare il complimento di Davide aveva notato il mutamento del suo umore, che da ridente, all'improvviso, era tornato scuro. «E mó, che gioco famo?» lo sollecitò.

«Adesso basta».

«... No... Ancora!» protestò Useppe, in un tono fra supplice e brontolante. Davide intanto si staccava dal parapetto: «Qua», dichiarò, «ci separiamo. Io vado da una parte e voi dall'altra».

Useppe si dondolava: «*Pecché*», propose con audacia, «non vieni a cenare a casa nostra, assieme a noi? Mamma per cena ha fatto le polpette... e... e il vino pure ci sta!»

«No no, un'altra volta. Non ho fame stasera».

«E mó, dove vai? a dormire?»

«A dormire, sí». Davide s'avviò, col suo passo dinoccolato e ormai stracco. Sugli occhi gli s'era stesa una opacità inespressiva.

«Noi t'accompagnamo fino all'uscio di casa tua», decise Useppe. La pastora, benché perplessa, non si oppose. E Davide, piú che altro per un senso d'ignavia, li lasciò fare. Per i due vagabondi, invero, scoccava ormai l'orario di cena e anzi, fra di loro, dietro ai passi di Davide, si svolgeva attualmente una sorta di dibattito, che a lui pervenne soltanto in forma di uggiolio canino. Di fatto Bella, anche per un rispetto agli orari, insisteva ancora nell'invitarlo a cena; e, fra gli altri argomenti, voleva fargli sapere che a casa loro, in piú del piatto di carne già promesso, del contorno ecc. c'era anche la zuppa. Essa si riferiva, di fatto, alla propria zuppa serale (composta di spaghetti avanzati, croste di formaggio, acqua, pomodori a pezzi e altri ingredienti). Ma alla fine Useppe, con segnali eloquenti anche se muti, la scoraggiò dall'insistere. Che specie di vantaggio poteva rappresentare, a un grande invitato come Davide, l'attrazione di una zuppa per cani?

Su Davide era piombata una tale spossatezza, che il suo alloggio, distante forse ancora un cinquecento metri, gli appariva una meta remota, e quasi sospirata. Ma, insieme, lo mordeva dentro una specie di nostalgia: come a un ragazzino (lo stesso che già s'impegnava pocanzi nella gara sul ponte?) costretto a rincasare quando la giornata di luce, fuori, ancora non finiva. Ma chi lo costringeva a questo? a simili domande lui non trovava nessun'altra risposta che una negazione minacciosa, irrimediabile.

Anche dalla nota osteria di qua dalle baracche fuoriusciva, al solito, la voce della radio. Adesso trasmettevano dei nomi di città, e dei numeri: suppongo che fossero le estrazioni del lotto. Degli abitanti delle baracche, i piú non erano ancora rincasati, c'era solo un gruppetto di donne con tre o quattro bambinelli piccoli; e da qualche punto accorsero a salutare Bella, appaiati, due cani. Uno, già incontrato in precedenza, era quello dall'aspetto di scimmietta; e l'altro, uno nuovo, pareva un composto di animali diversi, risultante, nell'insieme, abbastanza simpatico. (Non senza sollievo di Useppe, il famoso Lupo, anche stavolta, era assente: certo andato a spasso col suo padrone). Bella restituí il saluto dei due, benché in fretta e furia, sviandosi là d'intorno nello studio degli odori serali; ma presto, con piglio sollecito, ritornò vicino a Useppe, col guinzaglio che le si strascinava appresso nella polvere.

L'irrequietudine interna di Davide, battendosi col suo corpo esaurito, lo teneva in quello stato snervante che sopravviene in certe intossicazioni o a volte nei digiuni: una specie di bassa terra di nessuno, fra le periferie della ragione e quelle del sogno, dove ci si arrabatta in un'angustia miserabile. In vista delle prime baracche, gli venne fatto di chiudere gli occhi, con la voglia di non vedere altro che nero; poi, riaprendoli, non riconosceva, lí per lí, il paesaggio usuale, e si domandava: «dove son capitato?» Lo assillavano certi motivi insulsi di canzonette, alternati a una poesia sentimentale scritta da lui stesso al tempo del ginnasio, la quale cominciava col verso: «T'ho amato, felicità!» E a questi assilli si frammischiavano titoli di film o altre frasi avventizie, attualmente vacue, per lui, come palloncini scoppiati: *la linea Maginot, Gilda, al crollo dei prezzi, simun il vento dei deserti, squadrista antemarcia*... Nell'ultimo tratto verso il terraneo, meccanicamente affrettò l'andatura, sebbene l'idea di rinchiudersi nella propria stanzuccia presentemente gli ripugnasse. Useppe, con gli occhi in su verso di lui, gli si affrettava dietro.

«*Pecché* vai cosí presto a dormire?»

«Perché sono malato», spiegò Davide ridendo. E affaticato, nell'atto di cercarsi in tasca la chiave, si sedette in terra, con la schiena contro l'uscio chiuso.

«Sei malato...» disse Useppe, pensieroso ma senza chiedergli nessuna spiegazione. Fu sul punto, piuttosto, di dirgli (quasi per vantarglisi collega) che lui pure era *malato*; ma se ne rattenne in tempo. Gli balenò, infatti, la paura che, pure Davide, se avesse saputo del suo brutto male, pure lui come l'altra gente l'avrebbe scansato, forse.

Si decise, invece, a domandargli:

«Che hai fatto, al braccio?»

«Mi ci ha punto una zanzara».

Con difficoltà, Davide aveva ripescato la chiave nella tasca dei pantaloni; ma una estrema pesantezza dei muscoli lo teneva, tuttavia, là buttato in terra a indugiare davanti alla propria porta, come un mendicante. E senza ancora decidersi a levarsi in piedi, prese a picchiare col pugno contro l'uscio chiuso. Poi, fingendo un timbro di basso cavernoso, come se qualcuno parlasse dall'interno, fece: – Chi è? – per súbito, riprendendo la sua voce normale, annunciarsi, in risposta: – Sono io! – *Io, chi?* – Davide Segre. E tu, chi sei? – *Io!! Segre Davide!* – E che ci fai, là dentro? – *Dormo...*

A questo nuovo gioco, Useppe rise, pure accompagnando con qualche palpitazione l'aprirsi dell'uscio. Nella deserta stanzuccia, anche i vetri della piccola finestra erano chiusi: cosí che vi stagnava un tanfo di sonno, come se davvero qualcuno vi giacesse addormentato da piú ore. Per il resto, la sporcizia e il disordine vi apparivano ancora piú tumultuosi dell'altra volta: come dopo un'invasione. Davide si buttò a sedere sul lettuccio disfatto: «Adesso», annunciò a Useppe, «è ora di darci la buona notte».

«Ancora è giorno...» osservò Useppe esitando sulla soglia della stanzuccia. Aveva raccolto da terra il guinzaglio di Bella, mentre costei s'era seduta fuori, presso l'uscio aperto, aspettando pazientemente. Solo, ogni tanto essa dava una piccola strappata al guinzaglio, per sollecitare: *È tardi. Dobbiamo andarcene*, e Useppe, scontento, in risposta tirava il guinzaglio dalla parte propria. Non poteva decidersi a lasciare Davide qua solo, malato e senza cena; però non sapeva che dirgli, e si dondolava.

Davide frattanto s'era disteso lungo sul letto, tutto vestito, e senza nemmeno togliersi le scarpe. Sentiva negli orecchi dei rombi e dei ronzii, che tuttavia non gli davano noia, anzi parevano cullarlo come un racconto favoloso. Ma tuttavia gli perdurava, dentro il cervello, un punto di veglia fissa, quasi agghiacciante, che gli faceva presagire una notte difficile. Da qualche tempo, infatti, nel suo corpo si svolgeva una chimica imprevedibile, per cui non sempre i farmaci agivano, con lui, secondo la loro propria natura; ma piuttosto a capriccio, in una sorta di scommessa coi suoi nervi: tanto che perfino i sonniferi, a volte, lo eccitavano peggio, invece di placarlo. E una simile ambigua scommessa lo impauriva stasera, come un arbitrio. Sul momento, aveva perfino dimenticato la presenza del bambino e del cane; ma un sentore di freschezza selvatica e carezzevole, quasi scherzante, da quel punto della stanzuccia gli ricordava che i due stavano ancora là.

«Che fate, qua? è tardi!» esclamò verso di loro, alzando un poco la testa, senza girare gli occhi. «Mó ce n'annàmo, mó», brontolò Useppe, «mica è notte, ancora».

«Nei paesi delle notti bianche», prese a dire Davide, con una voce musicale e disorientata, «in certe stagioni fa sempre giorno. E altrove fa sempre notte. A scelta. Troppe forme troppi colori. E tanti meridiani e paralleli! Su un parallelo ci sono case fatte di neve, e torri e palazzi di ghiaccio grandi grandi che camminano sulle correnti, e si sciolgono. Su un altro, cementi e vetri, marmi cattedrali moschee pagode... E quante foreste! Pluviali, *nebulose*, no, nebulari... e semisommerse, con le radici aeree... La geografia mi piaceva, a scuola, in vista di itinerari per il futuro. E adesso, che il futuro è venuto, ogni tanto mi dico: perché no? Ma poi, se immagino ME che ci vado camminando, qualsiasi strada o paese della terra mi pare un cesso, né meglio né peggio di questa camera. Nient'altro dovunque che una brutta stanza schifosa, dove è sempre giorno e sempre notte, non appena mi ci vedo passare io...»

Dalla parte di Useppe venne un mormorio indistinto. La sua risposta vera (se lui avesse saputo formularla) sarebbe stata che a lui capitava l'effetto opposto: cioè qualunque sito, fino all'infima stamberga, gli diventava una magnificenza, se ci si trovava Davide o insomma un amico suo. «Questa stanza, non è brutta...» borbottò, quasi offeso.

«Già, è incantata!» rise Davide, «in certi casi, ci hanno luogo delle visioni... No, delle visioni proprio no! sarebbe troppo onore! solo delle trasformazioni, esagerazioni... Per esempio, tu», si torse un poco a guardare Useppe, «adesso ti vedo come in un telescopio: grande grande grande che non potrai piú passare dalla porta. E adesso invece ti vedo che ti sei fatto piccolo piccolo piccolo, come in un cannocchiale rivoltato. E con tanti occhietti azzurri, che si affacciano da tutte le parti della stanza».

«E mó, come mi vedi?» domandò Useppe, facendosi avanti incerto.

Davide rise: «Piccolo ti vedo. Piccolo piccolo...»

A Useppe rivennero in mente i responsi dei dottori:

«Io», confessò, «*crescio* poco».

«Beh, adesso ci salutiamo. Buona notte», stabilí ridendo Davide. Però soggiunse:

«Vuoi che ti racconti una storia?»

Gli era tornato, lí per lí, un ricordo infantile di sua sorella, la quale spesso, come succede ai bambini, la sera non voleva decidersi a dormire. Di sotto la fessura dell'uscio, essa vedeva la luce ancora accesa nella contigua cameretta del fratello (il quale a letto leggeva fino a tardi) e allora girava pian piano la maniglia, e gli si presentava, in camicia da notte, sulla porta, chiedendogli di raccontarle una storia, o una favola, prima di prendere sonno. Si sapeva, difatti, in famiglia, che Davide era fantastico, anzi era quasi deciso a diventare, da grande, uno scrittore; e la sorella, ancora piccola che non sapeva leggere, s'approfittava delle sue fantasie. Normalmente, il fratello si arrabbiava di quelle intrusioni serali; ma alle insistenze della sorella, per levarsela di torno finiva a buttarle lí a caso un inizio qualsiasi, in via di canzonatura: «C'era una volta un cavolo...» «C'era una volta una pentola rotta...» «C'era una volta un tamburo...» però di qui immediatamente e irresistibilmente gli veniva da improvvisare il séguito. Cosí che in conclusione, quasi senza volerlo e per una specie di fatalità, finiva a contentare la sorella con una storia nata per caso, ma in sé completa, e che a lei bastava. Una sera a esempio, deciso al rifiuto, per liquidare la faccenda aveva gridato alla richiedente, in tono addirittura d'improperio: «C'era una volta una merda di gallina!!» Ma súbito gli venne fatto di aggiungere che questa gallina faceva le uova d'oro. E ne seguí naturalmente che le sue uova erano infrangibili, essendo d'oro; finché un gallo pieno di valore con una beccata le spaccò. Ne uscirono allora dei pulcini d'oro, i quali si scoprirono per tanti principini travestiti, tutti figli del gallo e della gallina e proprietari della formula magica per distruggere il maleficio. Difatti la gallina e il gallo erano in realtà i sovrani dell'India, vittime di un incantesimo del loro nemico, il re di non so dove... Niente di eccezionale, come si vede, nelle storie del piccolo Davide; però, storie lo erano, con un principio, un intreccio e una fine, secondo la regola ordinaria.

Allo stesso modo, quella sera, nel promettere a Useppe una storia, Davide non aveva nella testa nessuna idea, soltanto una confusione vuota. Per cominciare, emise a caso le prime parole che gli vennero alle labbra: «*C'era una volta un Esse Esse*»... e da questo inizio, quasi automaticamente, gli scaturí una storiella. Non certo una grande creazione, neanche in questo caso; però senz'altro una storiella vera e propria, anzi una sorta di favoletta o di parabola, con una sua logica interna e un significato conclusivo.

«... C'era un Esse Esse che, per i suoi delitti orrendi, un giorno, sul far dell'alba, veniva portato al patibolo. Gli restavano ancora una cinquantina di passi fino al punto dell'esecuzione, che aveva luogo nello stesso cortile del carcere. E in questa traversata, l'occhio per caso gli si posò sul muro sbrecciato del cortile, dove era spuntato uno di quei fiori seminati dal vento, che nascono dove càpita e si nutrono, sembrerebbe, d'aria e di calcinaccio. Era un fiorelluccio misero, composto di quattro petali violacei e di un paio di pallide foglioline; ma, in quella prima luce nascente, l'Esse Esse ci vide, con suo stupore, tutta la bellezza e la felicità dell'universo. E pensò: *Se potessi tornare indietro, e fermare il tempo, sarei pronto a passare l'intera mia vita nell'adorazione di quel fiorelluccio*. Allora, come sdoppiandosi, sentí dentro di sé la sua propria voce, ma gioiosa, limpida eppure lontana, venuta da chi sa dove, che gli gridava: *In verità ti dico: per questo ultimo pensiero che hai fatto sul punto della morte, tu sarai salvo dall'inferno!* Tutto ciò, a raccontartelo, mi ha preso un certo intervallo di tempo; ma là, ebbe la durata di mezzo secondo. Fra l'Esse Esse che passava in mezzo alle guardie, e il fiore che s'affacciava al muro, c'era tuttora, piú o meno, la stessa distanza iniziale: appena un passo. "No!" gridò fra sé l'Esse Esse, voltandosi indietro con furia, "non ci ricasco, no, in certi trucchi!" E siccome aveva le due mani impedite, stroncò quel *fiorelin* coi denti. Poi lo buttò in terra, lo pestò sotto i piedi. E ci sputò sopra. Ecco, il racconto è finito».

«Ma l'inferno, mica ci sta!» commentò, alla fine del racconto, risolutamente, Useppe. *Mica ci sta*, nel suo linguaggio misto di romano, vale *non esiste*. Davide mosse le pupille, quasi divertito, sulla sua minuscola persona, che emanava, in quel momento, un'aria buffa di spavalderia.

«Non esiste, l'inferno?» gli fece di rimando.

Useppe ribadí la propria opinione dichiarata, non a voce, stavolta, ma facendo *no* all'uso siciliano, cioè levando il mento in su e sporgendo i labbri in fuori: una mossa ereditata da suo fratello Ninnuzzu, il quale a sua volta l'aveva ereditata dal proprio padre, Alfio il messinese.

«E *perché* non esisterebbe?»

«*Pecché...*» fece Useppe senza sapere che cosa rispondere. Da parte di Bella gli venne un piccolo abbaio incoraggiante. E finalmente la sua risposta fu:

«*Perché* la gente vola via...»

Simile spiegazione, invero, gli venne alquanto dubitativa, e appena bisbigliata. Ma il *perché*, in compenso, stavolta gli riuscí benissimo: con una *erre* magistrale. «E pure li cavalli», si affrettò ad aggiungere, «se ne volano... e li cani... e le gatte... e le cicale... insomma, la gente!»

«Ma tu lo sai che vuol dire *Esse Esse*?»

Questo Useppe lo sapeva da un pezzo: almeno fin dall'epoca dei Mille. Anzi, nella sua pronta risposta, usò i ter-

605

mini già imparati forse da Carulina medesima, o forse da qualche altro membro di quella numerosa tribú:

«*Puliziotto germanese!*»

«Bravo!» gli disse, ridendo, Davide, «e adesso, buona notte. Va', andate, io voglio dormire...» Difatti, gli occhi gli si chiudevano da soli, e la sua voce suonava già impastata, e bassa.

«Bona notte...» rispose Useppe, docilmente. Ma una esitazione, tuttavia, lo tratteneva:

«Quando ci vediamo?» proferí.

«Presto...»

«Ma quando?!»

«Presto, presto...»

«Domani?»

«Domani sí sí».

«Domani ci veniamo qui noi da te, come quell'altra volta? Dopopranzo, come quell'altra volta!»

«Sí...»

«Questo è appuntamento eh! Teniamo appuntamento!»

«... ssí...»

«Io ti porto il vino!» annunciò Useppe, voltandosi per partire. Ma a questo punto, lasciato per un attimo il guinzaglio di Bella, tornò indietro di corsa. E, come per un rituale fraterno ormai permesso, anzi consacrato, lasciò a Davide un bacetto di saluto, che gli capitò, stavolta, vicino a un'orecchia. Nel suo dormiveglia incerto, Davide rimase col dubbio che quel bacetto non fosse reale, piuttosto il frammento di un sogno. E nemmeno avvertí il piccolo colpo dell'uscio, che si richiudeva, con molto riguardo, dietro ai due visitatori.

Ormai, scendeva il crepuscolo, e la coppia ritardataria marciava in gran fretta verso casa, già tuttavia concertando, lungo la strada, un piano completo per la giornata di domani. L'appuntamento con Davide, infatti, non poteva tuttavia far dimenticare a Useppe l'altro amico suo: Scimó. Per cui venne stabilito, d'accordo fra lui e Bella, di recarsi sul fiume, a trovare Scimó, la mattina (alzandosi domani piú presto del solito), e dedicare, invece, il dopopranzo a Davide. Nella testolina di Useppe, attualmente, si muoveva un'aria cosí festosa, da escludere ogni sospetto di disinganno; mentre che proprio in quello stesso minuto lui costeggiava con Bella la piazza di Porta Portese dominata, sul fondo, dall'edificio del Riformatorio. Nessuno dei due sa-

peva che Scimó si trovava adesso rinchiuso proprio là, dietro a quei muri; ma Bella, chi sa perché, in vista della piazza abbassò gli orecchi, e tirò via quasi di soppiatto verso il
ponte.

7.

Durante tutta quella notte il sonno, che pareva promesso a Davide fino dal crepuscolo, invece lo tradí. Lui già dormiva, invero, all'uscita di Useppe dalla stanza; e cosí come
Useppe lo aveva lasciato, tutto vestito e con le scarpe ai
piedi, seguitò a dormire sul suo letto fino al mattino. Ma
il suo fu una specie di finto sonno, morboso e interrotto, e
spossante peggio dell'insonnia. Sembrava che quel punto di
veglia che gli s'era fissato nel cervello già da ieri, ormai re-
frattario agli ipnotici e indipendente dall'inerzia letargica
del suo corpo, si tenesse pronto a percuoterlo, come una
frusta addetta alla sua guardia, per impedirgli ogni evasione. Se appena cominciava a calare in fondo all'incoscienza,
d'un tratto lo riscuotevano lampi o campanelli immaginarii
nel pieno della notte. E di continuo, nella veglia e nel so-
pore, si trovava coinvolto in un ridicolo teatrino, quasi un
surrogato derisorio delle visioni che ancora di recente s'era
augurato dalle droghe, e che da ultimo non s'aspettava piú.
Aveva, infatti, ormai salutato per sempre la speranza di
rivedere i suoi guariti dalla lebbra dei lager, o Ninnuzzu
incolume, almeno sotto forma di ovvie allucinazioni; oppure di assistere a uno spiegamento di apparizioni celesti,
che lo illudessero, provvisoriamente, di chi sa quale rivelazione o grazia speciale. Quello che a lui toccava, invece, erano dei prodotti inferiori, che lo infastidivano con la loro
falsità evidente, e la loro stupidità. Stanotte, però, queste
falsificazioni non si fermarono alle solite distorsioni acces-
sorie dei mobili o delle ombre, che gli bastava spegnere la
lampada per cacciarle via; né ai soliti colori di saponetta
che gli balenavano, abbastanza innocui, nella stanza buia,
dileguandosi al primo sonno. Alla luce o al buio, la macchina, che s'era impiantata fin dalla sera nel suo cervello,
non cessava mai di lavorare, ora in folle ora guidata, si

sarebbe detto, da un intendimento preciso, anche se oscuro. Per un lungo tratto della notte, essa s'accaní a fabbricargli degli scherzi in serie, cosí dozzinali che lui stesso non si spiegava perché mai dovessero suppliziarlo tanto. Non appena, a esempio, spegneva la lampada, lo aspettava nel vuoto un'invasione unidimensionale di comuni astrazioni geometriche: rombi, triangoli e quadrati, che si moltiplicavano a miriadi, in un tumulto di colori assurdi. E se riaccendeva la lampada, ritrovava la nota stanzuccia stravolta, al contrario, da concretezze abnormi: il pavimento era una sostanza molliccia e agitata, e le pareti si gonfiavano, coprendosi di croste e di tumori, oppure si spaccavano in crepe. Ora gli succedeva (qui stava la bizzarria) di cadere succubo di simili scherzi, nel tempo stesso che ne riconosceva la fatuità. Vedeva che erano, in se stessi, piccoli effetti gratuiti e insignificanti, ma intanto li guardava come orrori senza nome: al punto che nemmeno i peggiori mostri dell'apocalisse non potrebbero riuscirgli piú repulsivi. Non sapendo a chi rivolgersi, nel panico mormorava «Dio Dio» come un bambino, coprendosi gli occhi con le mani... E Dio gli si mostrava secondo le oleografie del Sacro Cuore e del Santo Vescovo, che lui, per non offendere Santina, lasciava appese sul letto contentandosi di coprirle con dei giornali. Al suo richiamo, le due oleografie saltavano via dai loro posti. E quello era Dio: un giovanotto melenso, roseo, con una barbetta bionda, e un pezzo di corata fra le mani; e un vecchio balordo, con tutte le bardature del potere istituito e dell'autorità. «Se tu fossi davvero un santo», si rivolge Davide a costui, «non ti vestiresti da gran sacerdote, non porteresti i gradi e il bastone...» E qui, per la ventesima volta in questa notte, si riaddormenta. E sogna: però, al solito, anche in sogno gli resta tuttavia la coscienza di giacere sul letto, nella propria stanzuccia. S'è incamminato, frattanto, per esaudire un suo desiderio di scolaretto, verso una città meravigliosa, imparata sui libri di storia, di geografia e d'arte. Nel sogno, questa città ha un nome imprecisato, e parrebbe rappresentargli un emblema: una sorta di sintesi sociale e ugualitaria del lavoro, della fratellanza, della poesia... Lui già ne conosce l'immagine, contemplata sui testi... Ma, cammina e cammina, in luogo di quelle famose architetture non trova altro che degli enormi e sordidi casamenti ammassati fino all'orizzonte, non ancora terminati di costruire eppure già segnati da crepe a zig zag, come scariche elettriche... Fra questa accozzaglia, le strade sono un reticolo, ingombro di rottami e di pietre, e corso da file interminabili di vagoni senza aperture, simili a carcasse di rettili. Lui s'inoltra a stento attraverso le vie principali, in cerca del re. Orientarsi gli è difficile, anche per il denso fumo nerastro che fuoriesce dai vagoni e dai casamenti, accompagnato da continui fischi di sirene. È chiaro che i casamenti della città sono tutti adibiti a officine, e a bordelli. Difatti, se ne vedono, dalla via, gli interni, illuminati da proiettori; ma lo spettacolo è monotono, dovunque lo stesso. Da una parte, ci sono lunghe file di uomini in uniformi biancastre, incatenati gli uni agli altri, e intenti a saldare in catene, con le mani insanguinate, dei grossi anelli di ferro; e dall'altra, delle donne mezze nude, che fanno mosse oscene, e, tutte, hanno le gambe sporche di sangue: «Solo la vista del sangue può eccitare i clienti», gli spiega ridendo qualcuno. E lui riconosce senz'altro il re, il quale, come adesso gli sembra d'aver già saputo, non è altri che l'albero maledetto. Davide se lo trova davanti: un tipetto in divisa d'ufficiale, che si dimena su una piattaforma di cemento (una sorta di pista da ballo) e ride di continuo. Davide avrebbe varie informazioni da chiedergli: «Che avete fatto della rivoluzione? perché avete degradato il lavoro? perché avete scelto la bruttezza?» ecc. ecc. ma pieno di vergogna si rende conto d'essere tornato un piccolo scolaro, in calzoncini corti, cosí che le domande gli rimangono in tronco, e gli riesce solo di dire «Perché?...» con voce eccessivamente gridata. «Perché», gli risponde tuttavia l'altro, ridendo, «la bellezza era un trucco, per farci credere al paradiso, quando si sa che tutti noi siamo condannati fino dalla nascita. Non ci ricaschiamo piú, in certi trucchi. La conoscenza è l'onore dell'uomo». E séguita a ridere in faccia a Davide, sempre dimenandosi istericamente: «Questa», gli spiega, «è la Upa-upa, la danza piatta». E in cosí dire, di fatto, si appiattisce, finché è scomparso. Davide si ritrova grande, com'è in realtà, coi pantaloni lunghi e la maglietta d'estate; e intorno a lui c'è un colonnato d'architettura stupenda. In luogo della pista, sotto di lui c'è un prato freschissimo, e proprio nel centro, davanti a lui, si leva un albero umido di rugiada, pieno di frutti e di foglie. Si sente poco lontano un rumore d'acqua e voci di uccelli. «Ecco», dice Davide fra sé, «tutto il resto, l'avevo sognato. Questo, invece, è vero». E decide, in prova, di lasciare sotto l'albero una delle sue scarpe: cosí, al risveglio, trovandosi con un piede nudo, avrà la certezza che, qui, non sognava. A questo punto, ha udito delle voci allegre e familiari di ragazzetti o ragazzette in coro, di là dal colonnato meraviglioso, chiamare: Davide! Davide! e s'è risvegliato di soprassalto. Le voci erano immaginarie; nessuno, in realtà, lo chiamava. La lampada era rimasta accesa, e lui si ritrovava disteso nel letto disfatto, come prima. Ai piedi aveva tutte e due le scarpe. Faceva sempre notte fonda, ma lui non poteva sapere che ora precisamente fosse, avendo dimenticato, alla sera, di caricare l'orologio. In realtà, mentre la sua avventura onirica gli risultava, al ricordo, piuttosto lunga e vasta, questo suo intervallo di sonno era durato non piú di tre minuti.

Da qui, ha inizio un'altra fase di quella sua notte interminabile. Non vedeva piú né astrazioni né concretezze, i suoi sensi giacevano inattivi; ma il suo cervello lavorava ininterrottamente e febbrilmente a certe elucubrazioni o discussioni complicate. Non capiva se il suo stato fosse di veglia o di sonno, o se, piuttosto, i due stati gli si alternassero. Gli pareva di ragionare intorno a problemi universali di alta filosofia, e d'un tratto si accorgeva, invece, che si trattava di conti della spesa, elenchi di biancheria, calcoli sulle date o sulle distanze ecc. Si rimordeva di non avere risposto al re della città, e la propria risposta gli si presentava, in ritardo, chiara: «È falso quello che tu dici, anzi la verità è proprio l'opposto. Dio è la reale intimità di tutte le cose esistenti, che ce ne confidano il segreto attraverso la bellezza. La bellezza è il pudore di Dio...» quand'ecco, per dimostrare questo principio, il suo cervello entrava in una faticosa disquisizione sugli ottani della benzina e sulla gradazione delle bevande alcooliche... La questione, che adesso gli si poneva, era la *superiorità* umana, consistente nell'intelletto; e lui doveva dimostrare al suo compagno Ninnuzzu le varie specie di violenza, e che la peggiore violenza contro l'uomo era la *degradazione* dell'intelletto. Da qui, si passava alla distinzione fra intelletto e sostanza, ovvero Dio e natura, che il cervello di Davide, stanotte, attribuiva a Hegel e a Marx, dichiarandola una distinzione manichea, vale a dire empia, come del resto anche la scienza ormai conferma. E a questo punto chi sa mai da dove interveniva Bakunin secondo il quale (cosí asseriva il cervello di Davide) l'arma atomica disintegrerebbe anche l'intelletto...

Onde la discussione riprendeva con Ninnuzzu, senonché essa attualmente concerneva i vari tipi di mitra e di rivoltelle, e questioni di calibro, e calcoli di tiro. D'un tratto Davide rimproverava a Ninnuzzu di aver affrettato la propria morte: *tanto*, pareva ribattergli Ninnuzzu, *se non si crepa fast, si crepa slow. Per me, lo slow è una stronzata.* E ne veniva una disputa confusa sui balli, con una quantità di termini americani, spagnoli, portoghesi, afrocubani... commisti a pettegolezzi sul sesso delle creole... Simili argomenti e altri d'ogni sorta si affollavano e si scontravano senza requie nel cervello di Davide, in un'attività macchinosa e sconnessa: ora girando come ruote, ora scoppiando come bolle. E questo affaccendamento insulso, al quale non gli riusciva di sottrarsi, gli pareva una umiliazione scandalosa. Rammentava di aver letto da qualche parte che in futuro gli scienziati riusciranno a far sopravvivere indeterminatamente un cervello umano separato dal resto del corpo... E si figurava che il lavorio di quella massa nervosa, isolata e senza piú relazioni possibili, dovesse appunto somigliare a questo: un febbrile macinio di residui e di rifiuti, attraversato ogni tanto da qualche reminiscenza illuminante, la quale splendeva tanto piú dolorosa perché súbito macinata col resto. La peggiore angoscia di una tale condanna gli si faceva sentire come umiliazione. E qui ricordava di aver sentito dire che in un istituto di Torino si conservava in vita una *creatura* femmina, in cui tutti gli organi e le membra erano allo stato di embrione, salvo la parte inferiore del tronco e l'apparato sessuale... La parola *umiliazione* d'un tratto gli ricordava il suono piú orribile fra quanti ne avesse udito: il pianto del giovane tedesco mentre lui gli pestava la faccia con lo stivale. Quel suono tornava spesso a perseguitarlo di giorno e di notte: una voce miserabile, femminea, quasi l'orgasmo implorante della materia che si discioglie. *La peggiore violenza contro l'uomo è la degradazione dell'intelletto...* Adesso nel suo cervello, in un fascio di luce, si è presentata la G., senza capelli, nel suo càmice di operaietta tirato su fino alle cosce, che si dibatte a terra con le gambe aperte. Poi, nuovo quadro, si vede passare una carriola traballante, carica di braccia e gambe di gesso simili a ex-voto, di una bianchezza livida repulsiva; e a questa succede il vecchio dalla medagliuccia, con due corni in testa come Mosè, che gettando una carta dice: *Qua non c'è niente da fare, giovanotto. Non c'è azione che a commetterla non ti rivolti la coscienza.* Ora ecco rispunta il compagno Ninnuzzu che ride e spara da tutte le parti... Ma di lí a poco, inaspettata, compare la foto della zia Tildina, la quale poi si storce, assumendo la fisionomia di Clemente... *Voglio dormire voglio dormire*, dice Davide. L'impossibilità di un sonno vero, vuoto, ricreante, lo assilla come una nuova legge odierna, promulgata contro di lui con decreto speciale. Gli balenano insegne e cartelloni pubblicitari: *Coca Cola – La pausa che rinfresca*, oppure: *Dormi Piuma – dormirai come un angelo.* Si accorge di invocare tutte le divinità conosciute: Cristo, Brahma, Budda, e perfino Geova, che pure gli è antipatico. E nella sua smania s'intromette di continuo il solito bazar di frasi e parole alla rinfusa: *non voglio pensare, voglio dormire, l'albero maledetto, buona notte, la siringa, l'orinale, il coprifuoco, in vena o per bocca*, e sempre piú spesso la parola ORDALIA. Pare impossibile, ma in tali vaniloqui del suo cervello Davide ha attraversato almeno un quarto della rotazione terrestre. E alla fine è ricaduto in un altro di quei sogni senza evasione, che lo invischiano come in una pania, appena oltrepassata la prima soglia dell'incoscienza. In questo sogno, l'albero maledetto (che stavolta è chiaramente lui stesso, Davide) non è solo un traditore della rivoluzione vera, un violento nato e un assassino, ma anche uno stupratore. Nel suo letto c'è una ragazzina vergine, magra magra, come una tisica, con le mammelle della pubertà che appena le spuntano e i capelli lunghi già canuti, con gambine bianche infantili e grossi piedi plebei, e un grosso sedere: e lui la stupra. Poi, nell'atto di pagarla, s'accorge di avere solo dei soldini inservibili, probabilmente monete marocchine. Essa non lo rimprovera, solo gli osserva, con un sorrisetto mite: «Questi, mica si possono spendere...» e allora lui la imbroglia, dicendole che sono pezzi da collezione, di grande valore sul mercato. E glieli butta addosso, e le monetine fanno un rumore come di mitragliatrice.

Al loro frastuono irreale s'è svegliato (già s'affaccia la luce del giorno) e si è masturbato ripetutamente, fino al sangue. Spera che questo almeno lo aiuti a dormire; ma invece, per quanto spossato all'estremo, rimane tuttora semidesto, in uno stato di stupore e di vergogna bruciante. Nel suo cervello, unica, chi sa perché, ritorna a battere, come da un orologio, la parola ORDALIA. Lui si sforza di rammentarne il significato: e si tratta, a quanto gli sembra, di una specie di giudizio divino, rivelato attraverso una prova. A questo punto, crede di intendere che la sua *ordalia* sarebbe di rinunciare alle droghe di ogni qualità, compreso anche l'alcool, accettando il privilegio terribile della ragione. Fare qualsiasi mestiere: l'operaio, il bracciante, lo scrittore, l'esploratore... assumendo nella propria carne l'esperienza che materia e intelletto sono una sola cosa, la quale è Dio... Allora rivede se stesso camminare di nuovo sulla terra: senza piú né compagno Ninnuzzu, né G., né parenti, né amici. E tutta la terra, dai Caraibi alla Siberia all'India all'America, gli si presenta uguale al paesaggio del suo primo sogno di stanotte: catene insanguinate, e lui che va informandosi della rivoluzione, e la gente che gli ride in faccia («Qua non c'è piú azione, fra quante puoi commetterne, che non debba rivoltarti la coscienza»). Decide a ogni modo che da oggi comincia la sua ORDALIA definitiva (*Non rimandare a domani!*), ma tuttavia si alza barcollando e va alla valigetta dove conserva una certa provvista di droghe. Ci sono le capsule di sonnifero rosse e nere che ormai da tempo lo tradiscono (dandogli al massimo una caduta di sonno abnorme simile a un deliquio e lasciandogli in bocca un brutto sapore indecente). Ci sono polveri, o pastiglie eccitanti da iniettarsi in vena dopo averle ridotte in polvere (a una tale operazione presumibilmente si è sottoposto per ridarsi sprint nella latrina dell'osteria). C'è un avanzo di kif acquistato da un Marocchino, il quale gli ha anche fornito una pipetta speciale. C'è, della stessa origine, un campione d'oppio grezzo, di un colore d'ambra scura, grosso quanto una noce, ecc. ecc. Negli ultimi tempi, invero, gli era venuto il capriccio di trasformarsi in una specie di cavia umana; e adesso ride, chino sulla valigetta, pensando che, per darsi una qualche giustificazione, aveva forse presunto, perfino, che proprio queste esperienze *in corpo vile* fossero la sua ORDALIA.

Nella valigia c'è pure un quadernetto con alcune sue poesie relativamente recenti, recuperate nella sua casa di Mantova. Si prova a rileggerle, ma le lettere gli ballano davanti agli occhi, le frasi si storcono, si allungano e si contraggono, triturandosi nel suo cervello, senza piú significato. «Ecco», si dice, «la *degradazione dell'intelletto*. Forse sono già impazzito, mi riduco da me stesso alla condizione demenziale... CAPIRE, invece! Bisogna CAPIRE! Il fine vitale dell'uomo è: capire. La via diretta della rivoluzione è: capire». Davide si dispone a una bravata suprema. Preparerà sulla solita sedia accanto al letto tutto l'armamentario familiare della sua *Medicina* prediletta (la vera amica sua, quella della sua iniziazione a Napoli: la quiete, la notte fantastica) e inizierà una gara di resistenza: essa è là pronta, e lui non la toccherà. Solo a vederla, invero, ne risente una fame impaziente: come di un cucciolo davanti alla mammella della cagna. Ma questa appunto è l'ORDALIA.

Sulla sedia, con le mani tremanti, ha disposto ogni cosa: medicina, ovatta, fiammiferi, siringa, cinturino per il braccio. E non li toccherà. La gara è cominciata. «Scriveremo poesie, scriveremo ancora poesie, stamperemo, pubblicheremo. Adesso c'è la libertà di stampa (magari "libertà" borghese...) e anche gli ebrei sono *cittadini uguali agli altri*»... Di colpo ha deciso che, piú tardi, uscirà e andrà a mangiare; ma solo a questo pensiero, avverte immediatamente una sensazione di nausea, che dallo stomaco gli sale alla gola. Si è ridisteso, e gli pare che il materasso brulichi d'insetti. In realtà, nella stanzuccia non vi sono insetti, nonostante il disordine e la sporcizia: lui se ne difende, infatti, con una profusione quotidiana addirittura selvaggia di DDT, il potentissimo insetticida portato con la fine della guerra dalle truppe alleate... Ma si direbbe che i suoi sensi e il suo cervello inventano ogni sorta di scherzi per impedirgli il riposo. Il sole è già altissimo, la giornata è molto calda, e difatti lui s'è tutto coperto di sudore, però il sudore sulla sua pelle si raggela dandogli dei brividi che, frammisti a quel formicolio d'insetti immaginario, lo riempiono di ribrezzo. Il folle lavoro del suo cervello s'è rallentato, ma al primo intravedere le soglie aperte della coscienza lui si ritrae, pieno di sospetto e di angoscia; e non fa che rivoltolarsi e sbadigliare, con lo sgomento della nuova giornata che invade il mondo. Nella sua stanzuccia, la lampada elettrica rimane tuttora accesa; né è molta, invero, la luce diurna che penetra per i vetri sporchi della finestrella, riparati dalla tenda. Ma pure quella poca luce del di fuori, segnale del giorno pieno, gli è di troppo e lo esaspera. Adesso, rimpiange la notte, che, almeno, sospende i commerci, e sfolla le strade: qualsiasi notte. E le voci familiari di ogni mattina, dall'esterno, gli battono contro le tempie come una minaccia anonima. «Mama mia, mama mia...» comincia a dire; ma perfino queste due sillabe primordiali *ma-ma*, il destino, a lui, gliele ha devastate, in uno strappo cosí aberrante che nessun oracolo, mai, poteva presagirne il simile, a nessuna nascita d'uomo. D'un tratto nella stanzuccia corre una notizia tumultuosa e delirante, come se ormai tutta l'infanzia del mondo sia stata devastata in eterno, e tutte le creature stuprate nei loro nidi, per ciò che è stato fatto alla madre di Davide. Lui, come un orfanello, vorrebbe almeno un fantasma che lo ninnasse, per farlo dormire: mentre la sua smania, puerilmente, s'è fissata su un ricordo preciso, di piú che un decennio prima.

A tredici anni, Davide s'era fatto già alto, piú dei suoi coetanei, tanto da meritare, in anticipo, di vestirsi *da uomo*. E in tale occasione sua madre, molto fiera, tornò da certe compere portandogli in regalo un proprio acquisto personale: una cravatta! L'aveva scelta lei stessa nella bottega piú elegante di Mantova, dove si servivano i giovanotti della migliore società... E da parte sua Davide, ancora, a quel tempo, non aveva ripudiato l'uso borghese della cravatta (ne ebbe anzi in séguito diverse, di suo proprio acquisto, portandole come un simbolo spavaldo...) Senonché questa, in particolare, non piacque affatto al suo gusto: per cui la guardò di traverso; e sprezzandola, senza complimenti disse a sua madre: «Regàlala a qualcun altro! a chi ti pare!» Essa ebbe un tremolio nelle ciglia, fece un sorrisetto sforzato, e se la riprese.

Tutto qua! Ma oggi, da chi sa quale anfratto della memoria, quella insipida cravattina gli è risuscitata davanti. La riconosce: di fondo cilestrino, con certi capricciosi disegni *cachemire*... E la vede sventolare per tutto il globo, fra i Fasci e le Croci Uncinate! Da ogni parte della terra delle linee aguzze convergono verso un punto: l'assassinio di sua madre. E una di quelle linee innumerevoli proviene dalla malcapitata cravattina. Chi sa dove sarà finita? e come scancellarla dallo spazio e dal tempo? Se lui potesse dormire, fare un vero lungo sonno di dieci ore almeno, gli pare che anche questa perversa bandierina si scancellerebbe, con gli altri incubi: e lui si sentirebbe capace di affrontare una nuova giornata.

Ma il sonno ora non viene piú a lui, sotto nessuna forma. Lui ne incolpa la luce diurna e le voci altrui, e si sfoga, emettendo bestemmie e trivialità che ricadono sordamente nella stanzuccia, o picchiando la sponda del letto coi pugni indeboliti. Tutta la popolazione del mondo è fascista,

tutti hanno assassinato sua madre, e uno di loro è lui. Finalmente, in se stesso Davide odia tutti, e questo è un male
nuovo, da lui mai provato prima. Il suo sentimento piú
fondo verso gli altri è stata sempre la pietà (era essa invero
a renderlo, per pudore, cosí scontroso), ma oggi, d'un tratto, gli cresce un'avversione vendicativa contro tutti quanti.
Le voci di fuori sono di fascisti e di nemici, e a lui l'hanno
chiuso dentro un bunker: da un momento all'altro potrebbero spalancargli l'uscio con un calcio, e irrompere nella
sua tana, per caricarlo sui loro camion. Lui sa benissimo
che il suo è un delirio, che le voci e la cagnara di fuori sono
soltanto i soliti ragazzini con le loro partite di pallone, i
passi strascinati della padrona di casa, lo sbattere delle persiane e dei bidoni d'immondezza... Ma è come se non lo sapesse, non vorrebbe né finestra né porta, vuole interrompere ogni comunicazione... Un mezzo ancora possibile forse ci sarebbe, là pronto sul ripiano della sedia: solo per
questa volta, almeno... Davide allungava uno sguardo in
quella direzione, e súbito lo ritraeva, rifiutandosi alla resa
vigliacca. Ma, chiaramente, era troppo difficile l'ORDA-
LIA che il ragazzo aveva preteso d'imporre a se stesso.

Cosí, dallo scoppio del nuovo giorno, è passato
ancora un altro quarto della rotazione terrestre. Erano le
due del dopopranzo di lunedí, e lo stato di Davide peggiorava. In quanto all'appuntamento con Useppe, lui non ne
serbava piú traccia nella sua memoria, seppure mai ne aveva saputo nulla (era, difatti, già quasi assente nel momento
che disse: domani sí). Può anche darsi che nel corso della
notte due occhietti azzurri fossero balenati talvolta qua o
là, nella sua stanza; ma erano troppo piccoli per contare
qualcosa.

Quel lunedí, fino dalla mattina, fu una giornata di grandissimo da fare per Useppe e Bella. Secondo il programma
già stabilito fino da ieri, si alzarono piú presto del solito, e
súbito intrapresero la nota camminata verso il fiume, nel-
l'ansia di ritrovarsi con Scimó. Fra l'altro, Useppe voleva
sottoporre a costui la propria idea d'invitare un suo amico
(Davide) alla spiaggetta, facendolo partecipe esclusivo del
loro segreto comune: con la garanzia che Davide, di sicuro,
non li avrebbe traditi!

Entrati nella capanna, la ritrovarono nell'identico stato

di ieri. La sveglia era sempre ferma alle due. E lo slip tuttora buttato allo stesso posto sul giaciglio lasciava intendere che Scimó non si trovava attualmente (per ipotesi) là nei paraggi a fare il bagno. Anzi, era quasi evidente, oramai, che non si era ritirato a dormire nella capanna, né stanotte, né la notte prima. Però Useppe, per istinto di difesa, rifuggiva anche dal sospetto della sua possibile cattura; e preferiva credere che il fuggiasco si fosse attardato le sere in qualche cinema mirabolante o fantasmagorica pizzeria, rifugiandosi per la notte in altri quartieri nascosti... e che senz'altro oggi stesso, o domani, sarebbe tornato alla capanna.

Bella gli si dichiarò dello stesso avviso: dopo avere annusato un poco là d'intorno, essa si sedette in terra, con un'aria grave e rassegnata, che diceva chiaro: «Inutile ogni ricerca. Non è da queste parti». Anche oggi, essa rinunciò a fare il bagno, per non lasciare Useppe solo. La giornata era afosa, e i prati già cominciavano a ingiallirsi; ma sotto la tenda d'alberi l'erba rimaneva ancora fresca, come nella primavera. Passarono molti uccelletti, ma Bella, insonnolita dal caldo, non se ne curò. Sulla tarda mattina, su per gli alberi, incominciò un frinio: alla prima cicala di ieri già se ne accompagnavano altre nuove, formando un concertino. Si poteva prevedere prossimo l'arrivo di una grande orchestra.

Dopo avere aspettato quasi due ore, rinunciarono, per oggi, a rivedere Scimó, decidendo di tornare a cercarlo domani. E allo scampanio di mezzogiorno, si riavviarono verso casa. Lungo le rive calme, distese e senza vento, si udivano pochissime voci sperse: di lunedí (e con le scuole non ancora chiuse) i fiumaroli erano rari, e quasi tutti pischelletti piccoli.

Alle due dopo mezzogiorno, mentre Ida, secondo il suo costume, si stendeva a riposare sul letto, Useppe partí di nuovo insieme a Bella, per l'*appuntamento* con Davide. Aveva preso con sé il famoso fiasco di vino (che ogni tanto, lungo il percorso, deponeva in terra un istante, per riposarsi del carico). E in aggiunta, lungo la strada, disponendo dei soliti soldini che Ida gli dava ogni giorno, ebbe idea di portare all'amico anche qualcosa da mangiare, assieme al vino. E comperò certi biscotti grossi e scuri, che ancora oggi si vendono, se non mi sbaglio, col nome di *brutti-buoni*. Purtroppo, quei biscotti, di un genere economico, e incartati alla meglio, per lui, dal bottegaio, a metà strada gli caddero sparsi per terra, riducendosi, oltre che *brutti*, anche rotti: «però sempre *buoni*», abbaiò pronta Bella per consolare Useppe, il quale se li andava raccattando, piuttosto preoccupato.

Si era alla vigilia del solstizio; ma l'estate, abbastanza dolce fino a ieri, d'un tratto oggi pareva esplosa nella sua piena maturità: e questa era l'ora piú torrida del giorno. I vapori letargici della siesta avevano svuotato le vie, tutte le finestre mostravano le persiane chiuse e gli stuoini abbassati, pure le radio tacevano. E l'angusto aggruppamento di baracche, presso la casa di Davide, pareva un villaggio d'Africa spopolato. Le scarse erbe che vi spuntavano, di primavera, fra i sassi e le immondezze, erano ormai bruciate e mangiate dalla polvere; e dalle immondezze saliva l'odore dolciastro della decomposizione. L'unica voce che si udiva, già da una certa distanza, erano i latrati ferini e solitari del famoso *Lupo* che oggi, forse in assenza dei padroni, stava legato al recinto della sua baracca, senz'altro conforto che l'ombra smilza dei pali.

Useppe era tutto in sudore e trafelato; ma preso da tale animazione che stavolta, nonostante il suo carico, precedette Bella verso il terraneo. Súbito, ai primi colpi dati all'uscio, dall'interno si udí Davide esclamare: «Chi è?!» con una voce roca, minacciosa e quasi impaurita. «Siamo noi!» fu pronto a rispondere Useppe. Ma a questo, non vi fu nessuna risposta, se non forse una sorta di brontolio febbroso; però cosí sordo e incerto che Useppe rimase nel dubbio di averlo udito veramente.

«Sono io! Useppe! Useppe e Bella!» Nessuna risposta. Useppe azzardò un'altra piccola bussata:

«Vvàvide...? che, dormi? Siamo venuti... all'appuntamento...»

«Chi è?! chi è?! chi è?!!!»

«Siamo noi, Vàvide... T'abbiamo portato il vino...»

Stavolta si udí nella stanzuccia una sorta di esclamazione confusa, interrotta da una tosse spasmodica. Davide, forse, era assai malato... Lasciando il fiasco del vino in terra, davanti all'uscio, Useppe girò dalla parte della finestrella, seguito da Bella che ansimava accaldata, a testa bassa.

«Vvàvide!... Vvàvide!... ahoó!! Vvàvide!...»

Dall'interno si udí un movimento e un fracasso di oggetti rovesciati al passaggio. La finestrella si spalancò. Dietro l'inferriata era apparso Davide, come una visione irriconoscibile. Era torvo, stravolto, coi capelli sugli occhi, di un pallore livido macchiato sugli zigomi. Gettò a Useppe un'occhiata senza luce, resa cieca dal furore, e gli gridò con una voce brutale, estranea, addirittura trasfigurata:

«Vattene, brutto idiota, col tuo cagnaccio!»

Useppe non udí altro. La finestrella si era richiusa. Di certo in quel momento la terra non ha tremato; ma Useppe ebbe la medesima esatta sensazione di un terremoto che erompeva dal centro dell'universo. I *brutti-buoni* gli caddero dal pugno e incominciarono a svolazzare d'intorno a lui, dentro un turbine di polverone nero, insieme alle immondezze, e ai recinti crollati, e ai muri, in un tuono di latrati che si rincorrevano senza fine. Di lí a un momento si mise a correre, cercando scampo sulla via di casa. «Attento!» lo supplicava Bella, che gli galoppava dappresso, trascinandosi dietro il guinzaglio, «aspetta a traversare! Non vedi il tram?! passa un camion!! bada! qui ci sono dei travi! qui sbatti contro il muro...» Arrivati in cima alla scala di casa, il bambino grondava da capo a piedi, come emergesse dalla piena di un torrente; e non riuscendo a tirarsi su fino al campanello, prese a lagnarsi chiamando: «A' mà... a' mà...» con una voce cosí povera da somigliare a un guaito. Bella gli venne in aiuto, levando alti richiami; e come Ida, allarmata, accorse all'uscio, Useppe le si riparò in petto continuando a lagnarsi: «a' mà... a' mà...», però senza darle spiegazione, e incapace di trovare risposta alle sue domande ansiose. Evitava di voltarsi indietro, e i suoi occhi inquieti e attoniti non guardavano nulla. Alle carezze, tuttavia, si rasserenò un pocò, e Ida preferí non insistere troppo con le domande. Per buona parte del pomeriggio, il bambino le si tenne appeso alle sottane, sussultando a qualche rumore piú forte dalla strada o dai cortili. Infine Ida, con estrema dolcezza, ancora una volta lo interrogò sulla causa del suo spavento, e lui dapprima borbottò qualche frase convulsa, e quasi pretestuosa, su un certo camion «grosso grosso» che ha schiacciato un bambino, e «va a foco» e su certa acqua «grossa, scura»; ma poi d'un tratto rabbiosamente proruppe: «Tu ce lo sai, a' mà! tu ce lo sai!...» e le tirò un pugno, uscendo in un pianto straziato.

Verso le cinque, il ponentino recò un poco di respiro. Useppe si era accantucciato sul pavimento della cucina addosso a Bella, e Ida lo udí ridere per via che costei gli faceva il solletico, leccandolo sugli orecchi e sul collo. Il suono delle note risatine alleviò alquanto l'angoscia di Ida; ma poi la serata non somigliò alle altre solite di questa bella stagione, quando Useppe tornava dalle sue grandi gite con Bella pieno di fame e di chiacchiere, vantando la famosa *foresta* laggiú sul fiume, e certi *amichi* suoi... Stasera non diceva nulla, quasi straniato o istupidito, e ogni tanto girava gli occhi da sua madre a Bella come se cercasse aiuto o dovesse farsi perdonare non si sa quale vergogna... Con fatica, e imboccandolo come una creatura piccola, Ida riuscí a fargli inghiottire qualche biscotto bagnato nel latte. Ma d'un tratto, con un gesto furente, lui rovesciò la tazza del cibo sulla tavola.

Col buio, era tornata l'afa. Durante la notte, Useppe ebbe un accesso. Svegliatasi a un lieve trapestio nella camera, Ida trovò accanto a sé il letto vuoto, e alla luce della lampada vide il bambino che camminava, incantato e sbigottito, in direzione del muro. Un attimo prima del suo urlo, Bella (che talvolta Ida, per i suoi vecchi pregiudizi domestici, bandiva dalla stanza la notte) irruppe dentro, quasi sfondando l'uscio col peso del corpo. E come impazzita, si dette a leccare le gambucce nude di Useppe, distese immobili dopo la convulsione. Stavolta, la durata dell'accesso fu assai piú lunga del solito. Passarono alcuni minuti (e si sa che ogni frazione del tempo, in certi casi, si estende a enormità non piú misurabili) prima che il piccolo, celeste sorriso del ritorno si aprisse nel volto di Useppe. Cosí pure, il sonno, che sempre seguiva alle sue crisi, stavolta si prolungò oltre la norma. Salvo brevi intervalli, Useppe trascorse dormendo tutta la restante notte di quel feroce lunedí, e ancora la giornata e la notte dell'indomani, fino al mercoledí mattina. Frattanto, laggiú al Portuense, si era compiuta la sorte di Davide Segre.

In realtà, quando Useppe lunedí dopopranzo l'aveva visto apparire alla finestrella, si può dire che Davide era già entrato in agonia. Ormai difatti la sua presunta *ordalia* stava sul punto di risolversi all'ultima resa vergognosa. Verso sera, qualcuno avvertí dei lamenti nella stanzuccia, ma senza farvi gran caso, perché non era una novità udire, là dentro, quel forastico ragazzo dare voci, o improperii, o magari risate, anche quand'era solo. I primi sospetti incominciarono alla mattina dopo, quando si osservò che la lampadina, nell'interno, era rimasta accesa, e che lui non rispondeva alle chiamate, mentre un fiasco di vino, senza dubbio di sua appartenenza, si trovava sempre là fuori in terra dietro all'uscio chiuso, dove era stato notato fino da ieri (anzi, qualche pischello della banda locale aveva proposto di impadronirsene, ma ne erano stati rattenuti dalla fifa, giacché Davide, là fra i vicini, veniva considerato un tipo di *duro*). Verso una cert'ora, il figlio della padrona di casa s'indusse a forzare con un ferro, dall'esterno, la chiusura della finestra, impresa molto facile. E allora, scostando la tenda, si scorse Davide addormentato sul letto, abbracciato a un cuscino, e mezzo riverso in una posa indifesa, che stranamente lo faceva sembrare più fragile, e perfino diminuito di statura. La faccia non gli si vedeva. E siccome, chiamato e richiamato, non dava risposta, si risolsero a sfondare l'uscio.

Lo trovarono che respirava ancora, seppure impercettibilmente. Ma appena fecero per sollevarlo, emise un piccolo sospiro puerile, quasi tenero, e la sua respirazione cessò.

A ucciderlo era stata, evidentemente, una *iperdose*; ma forse la sua volontà, nell'iniettarsela, non era stata, propriamente, di morire. Il ragazzo aveva preso troppa paura e troppo freddo; e aveva voglia soltanto di una dormita che lo guarisse. Una dormita fonda, fonda, sotto l'infima soglia del freddo, e della paura, e d'ogni rimorso o vergogna: simile al letargo di un riccio o alla ninna prenatale di una creatura dentro l'utero della madre... Al di là di una tale voglia di dormire può esserci ancora una voglia di risvegliarsi, magari, più tardi. Ma il risveglio, in questi casi, uno lo lascia allo sbaraglio e alla ventura: un punto ipotetico stellare, che intanto nella prospettiva si allontana dalla terra per una distanza di secoli-luce...

La mia opinione sarebbe che Davide Segre, di sua natura, amava troppo la vita per disfarsene consapevolmente da un giorno all'altro. A ogni modo, lui «del suo gesto non ha lasciato nessuna spiegazione».

8.

Di questa impresa finale di Davide, né Useppe, né Ida e
né Bella non ebbero mai notizia. Dopo il suo risveglio dal-
l'accesso di lunedí notte, Useppe, come già soleva da sempre in certi casi, non fece piú il nome di Davide (salvo forse una volta con Bella?) e Ida rispettò questo silenzio, pur
senza conoscerne affatto i motivi. Essa non si avvide nemmeno che il famoso fiasco di vino, già tenuto in serbo per
il grande Davide, era scomparso in quei giorni dal suo ripostiglio.

Dopo la canicola dei giorni precedenti, il cielo si era coperto, e dal mercoledí fino alla domenica il tempo si mantenne scuro e piovigginoso; ma Useppe, d'altra parte, non
mostrò nessuna volontà di uscire. In seguito a quest'ultimo
accesso, non sembrava piú lo stesso di prima. Anche i suoi
occhi s'erano velati, dietro una sorta di nebbia che pareva
avvolgerlo tutto intorno confondendogli il tempo e lo spazio: cosí che chiamava il domani, *ieri*, e viceversa, e si aggirava nelle stanzette di casa come se andasse per una pianura grande senza pareti, o camminasse sull'acqua. Queste,
forse, almeno in parte, erano le conseguenze del Gardenal
che Ida, negli ultimi giorni, aveva ripreso a somministrargli di nascosto. Da qualche mese, infatti, Useppe, che in
altri tempi si era mostrato cosí docile ai rimedii, aveva incominciato a respingerli con furore, cosí che Ida si era costretta a farglieli mandar giú proditoriamente, camuffati e
mescolati con dolci e bevande buone. Però ogni volta le
pareva, con questo inganno, di offendere il figlietto e di mi-
norarlo, né piú né meno di quando lo incarcerava dentro
casa. E siccome Useppe, quasi sempre dopo le sue scorribande con Bella, a sera godeva di un bel sonno naturale e
si svegliava pronto e vispo, lei, di nuovo illusa, gli aveva
diradato e quasi interrotto la cura: cosí che attualmente
accusava se stessa della sua ricaduta, per non aver seguíto
le prescrizioni del Professore.

Tornare al policlinico da costui le faceva troppo spavento; anzi, al solo pensarci, la invadeva una ripugnanza super-
stiziosa. Ma quello stesso giovedí, appena Useppe le parve
in condizione di muoversi, andarono a ripresentarsi insie-

me dalla dottoressa. Questa, com'era da aspettarsi, rimbrottò Ida per non avere ubbidito puntualmente alle istruzioni del Prof. Marchionni. Ma al notare che Useppe, le altre volte cosí vivace, oggi se ne stava immobile e rispondeva a sproposito alle domande, come sotto l'effetto di un filtro stuporoso, si aggrondò peggio di prima. E consigliò Ida di somministrargli sí, regolarmente, il Gardenal, però diminuendone le dosi, per evitargli i rischi di astenia e di depressione: in séguito, poi, sarebbe opportuno di sottoporlo nuovamente all'EEG... Questa sigla, pronunciata dalla dottoressa, fece trasalire contemporaneamente la madre e il bambino; e la signorina, guardandoli l'una e l'altro, scosse la testa con un'espressione quasi truce: «Del resto», osservò in tono scettico, «l'EEG, nel "periodo intercritico", veramente spiega poco o nulla...» Essa in realtà pensava che forse nessuna scienza poteva servire al male di Useppe, e aveva quasi il sentimento di truffare la madre e il bambino, coi propri suggerimenti terapeutici. Quello che soprattutto la inquietava, nel bambino, era l'espressione degli occhi.

A questo punto, vedendolo, pure nel pallore, alquanto abbronzato, essa domandò alla madre se lo avesse mandato al mare; e allora Ida, arrossendo tutta, le confidò in segreto che gli preparava una sorpresa per quest'anno: già da vario tempo, cioè, andava mettendo da parte i soldi, per portarlo al mare o in campagna, nei prossimi mesi di luglio e agosto. La dottoressa le consigliò piuttosto la campagna, anzi la collina, perché il mare potrebbe rendere il bambino piú nervoso, dato il suo stato. Poi d'un tratto lei pure, come la madre, chi sa perché si fece tutta rossa, e principiò a dire che forse le turbe attuali di Useppe si dovevano al probabile inizio della seconda dentizione... passato questo periodo, il bambino sarebbe tornato naturalmente normale... ecc. ecc.

In conclusione, malgrado le solite manieracce bisbetiche della dottoressa, Ida uscí dalla visita col cuore aperto alla speranza. Già nel mentre che scendevano in ascensore, essa, animandosi, non seppe tenersi dallo svelare finalmente a Useppe la sorpresa che gli preparava per la piena estate; ma Useppe, che pure aveva sempre sognato le «villeggiature» come un mito fantastico riservato ad altri, la guardò coi suoi occhi smisurati senza dir niente, quasi nemmeno avesse capito il discorso. Ida credette, tuttavia, di sentire palpitare la sua manina nella propria: e questo bastò a darle fiducia.

Frattanto, la dottoressa, affacciandosi dalla finestra del suo studio, scorse la piccola coppia che spuntava dal portone. E la vista di quella donnetta tremante e quasi saltellante, che mostrava vent'anni di piú della sua età; e di quel bambinello che, al contrario, a circa sei anni ne mostrava meno di quattro, la fece pensare all'improvviso, con una sorta di certezza cruda: «Ecco due creature, alle quali resta poco da vivere...» Ma su una delle due, in realtà, essa si sbagliava.

Il sabato, la nostra dottoressa ricevette ancora una telefonata di Ida. Con la sua vocina già di vecchia, timida, e che pareva sempre peritosa di disturbare, la madre la informava che, da ieri, la dose anche ridotta del solito medicinale, invece di calmare il bambino, stranamente sembrava inquietarlo. Poco dopo averlo preso, il bambino cominciava a innervosirsi, e anche la notte il suo sonno era stato piuttosto agitato, spesso interrotto, e sensibile a ogni minimo rumore. Parve a Ida che la voce della signorina, nel risponderle, suonasse turbata, e piuttosto incerta. Le consigliava di frazionare ancor piú la dose quotidiana necessaria, riducendo anche questa al minimo; e di farle avere a ogni modo altre notizie entro lunedí. Anzi, qui la dottoressa propose bruscamente a Ida di consultare insieme il Professore, se il caso lo consigliasse: lei stessa li avrebbe accompagnati al policlinico, madre e bambino, appena il Professore fosse libero di riceverli... ma al piú presto, sui primi della settimana... Tale proposta fu accolta da Ida con una gratitudine incredibile. Chi sa perché mai, le pareva che la presenza di quella vecchia ragazza bastasse a spogliare il Professore del gelo ufficiale e subdolo che lo vestiva ai suoi occhi come un'uniforme, e che a lei faceva tanta paura... Ma nel tempo stesso, mentre la signorina le proponeva questa visita urgente, d'un tratto essa ebbe la sensazione proprio fisica di vederla, di là dal telefono: col suo camice bianco non tutto abbottonato, i suoi capelli lisci dalla crocchia sbandata in disordine, e i suoi occhioni cerchiati, franchi e impetuosi, che attualmente sembravano covare non si sa quale diagnosi oscura... Non osò chiederle nessuna spiegazione su questo punto, ma le sembrò tuttavia che la signorina, da parte sua, tacesse per pietà. E, ancora piú curiosamente, qua le parve di riconoscere in lei, chi sa perché, una doppia parentela con sua madre Nora e, insieme, con Rossella la gatta. Avrebbe voluto abbracciarsi stretta a quella zitella come a una propria madre o nonna, e dirle: «aiuto! sono sola!» Invece balbettò: «grazie... grazie...» «Prego! prego! d'accordo, dunque!» la licenziò rabbiosamente la dottoressa. E la rapida comunicazione fu conclusa.

Ora la dottoressa, in realtà, non avrebbe saputo lei medesima spiegarsi che cosa avesse letto, quel giovedí, nello sguardo di Useppe. Era stata come la lettura di una parola esotica, e che tuttavia le significava qualcosa di irrimediabile e di già lontano. Il fatto è che quegli occhietti (consapevoli senza saperlo) dicevano a tutti quanti, semplicemente, *addio*.

E allora a qualcuno adesso parrà inutile raccontare la restante vita di Useppe, durata ancora poco piú di due giorni, e già sapendone la fine. Ma a me non pare inutile. Tutte le vite, invero, hanno la medesima fine: e due giorni, nella piccola passione di un pischelluccio come Useppe, non valgono meno di anni. Che mi si lasci, dunque, restare ancora un poco in compagnia del mio pischelluccio, prima di tornarmene sola al secolo degli altri.

L'anno scolastico era alla fine, però ai maestri restavano varie incombenze da svolgere anche dopo la chiusura delle classi. E Ida, sempre assillata dal sospetto di perdere il posto per inabilità, pure in quelle giornate si recava puntualmente a scuola ogni mattina, dopo aver fatto la spesa alla prima apertura delle botteghe. Per lo piú la riduzione stagionale del lavoro la lasciava libera prima del solito (cosí che al suo ritorno Useppe s'era da poco svegliato); o altrimenti, essa correva al telefono in segreteria, per udire almeno la sua voce che diceva: «Pronto chi parla?»

In quelle mattine, essa era quasi grata al maltempo che, unito alla svogliatezza di Useppe, le evitava l'atto odioso di chiudere l'uscio a doppio giro. Si capiva che, per Useppe, nel suo stato presente, le solite libere uscite non erano permesse; però lei non osava di formulargli a parole un tale divieto, che certo doveva suonargli come una condanna. Cosí che fra loro, in quei giorni, esisteva una intesa muta; e del resto Useppe, per suo conto, sembrava addirittura impaurito di affacciarsi fuori della porta: tanto che, nel percorso non lungo fino allo studio della dottoressa, essa aveva dovuto tenerselo stretto stretto e lo aveva sentito tremare.

Circa tre volte al giorno, Bella usciva da sola, per deporre i suoi bisogni nella strada. E Useppe ansioso si metteva di guardia alla finestra di cucina per aspettarla. Ora, la sua attesa non durava molto, perché la pastora si sbrigava bravamente, resistendo alle varie tentazioni stradaiole; ma nell'attimo stesso che la vedeva rispuntare giú nel cortile, lui correva all'uscio d'ingresso, pallido per l'emozione, come se quella tornasse da chi sa quale spedizione immensa.

Già dal venerdí, dopo che Ida gli aveva ridotto le dosi del sedativo, il suo piccolo corpo aveva ripreso un poco di colore e di movimento, sciogliendosi dalla caligine che lo opprimeva fino a ieri. Anzi, nei suoi lineamenti e nella sua pelle adesso palpitava una sensibilità continua, tale che quasi la si vedeva, intorno a lui, come una minuscola zona d'aria mossa. I suoi tratti e i suoi colori ne venivano teneramente sfumati, e la sua voce ne suonava piú fragile, ma piú argentina. Ogni tanto faceva dei sorrisetti rallegrati e pieni di meraviglia, come un convalescente dopo una malattia molto lunga. E s'era fatto voglioso di carezze piú assai del solito, tenendosi sempre vicino a Ida, coi modi di un gattino o addirittura di un seduttore innamorato. Le prendeva una mano e poi se la passava sulla faccetta, oppure le baciava la veste, ripetendole: «Me vòi bene, a' mà?». Ida ricominciò a parlargli della loro prossima partenza per la campagna. Aveva chiesto informazioni a una sua collega, e costei le aveva raccomandato il soggiorno di Vico, un paese non troppo lontano da Roma, fresco e ricco di bellissimi boschi. Ci si trovavano delle camere d'affitto a buon prezzo, e a poca distanza c'era un lago, e degli allevamenti di cavalli. «Ma Bella, pure lei ci viene, però!» disse Useppe preoccupato. «Certo», si affrettò a rassicurarlo Ida, «ci andiamo tutti e tre, sulla corriera dei cacciatori!» Lui s'illuminò. Poi, con la confusione dei tempi che gli sopravveniva in questi giorni, di lí a poco incominciò a parlare di Vico al passato, come di un soggiorno già trascorso: «Quando stavamo a Vico», disse con una certa animazione sentenziosa, «Bella giocava con le pecore, e correva appresso ai cavalli e al mare!» (non poteva convincersi che a Vico non ci fosse, fra l'altro, anche il mare: una tale «villeggiatura» senza il mare non gli pareva un caso possibile). «Là, mica ci stavano, i lupi!» precisò. E rise, contento; però nella sua contentezza c'era già un sapore di leggenda. Parve che d'un tratto nei suoi presagi confusi Vico fosse diventato un approdo irraggiungibile, di là dai sette oceani e dalle sette montagne.

Quale fosse in queste ore la veduta della sua memoria, è difficile dirlo. Forse, degli ultimi avvenimenti prima dell'accesso; e di Davide, e di Scimó, e delle loro sorti, gli si affacciava a malapena un sentimento impreciso, protetto dalla penombra. La domenica mattina (era l'ultima domenica di giugno) prese i suoi fogli e le sue matite e si mise a disegnare. Dichiarò che voleva disegnare la neve, e si straní perché non gli bastavano i colori delle matite. «Te la ricordi, quando ci fu, la neve?» gli disse Ida, «che tutto era bianco...» Ma lui s'indignò addirittura per l'ignoranza di Ida: «La neve», disse, «tiene tanti colori! tanti tanti tanti tanti...», seguitò a ripetere piú e piú volte, in un tono di cantilena. Poi, lasciato il soggetto della neve, s'impegnò nel disegno di una scena che ai suoi occhi, evidentemente, si rappresentava assai mossa e variata, poiché la sua faccia accompagnava il lavoro con le espressioni piú diverse: ora sorridendo, ora aggrondandosi e minacciando, ora mordendosi la lingua. Quel suo disegno è rimasto poi lí nella cucina, però, a uno sguardo profano, risulterebbe un intrico di sagome irriconoscibili.

A quel punto, lo scocco di mezzogiorno, seguíto dal solito, grande scampanio, turbò Useppe all'eccesso, e incomprensibilmente. Senza piú curarsi del disegno, corse da sua madre, e aggrappandosi a lei fece, in tono incerto: «...oggi è domenica?» «Sí, è domenica», gli rispose Ida, contenta di sentire che di nuovo lui riconosceva i giorni, «lo vedi, che io non sono andata a scuola, e per pranzo ti ho comperato anche i *bignè*...» «Però io *nun escio, nun escio*, a' mà!» lui quasi gridò, in allarme. «No», lo rassicurò Ida, «ti tengo qui con me, non aver paura...»

Fu súbito dopo pranzo, che il tempo, già coperto da vari giorni, si ruppe con una turbolenza gioiosa. Ida, secondo l'uso, era andata un poco a stendersi sul letto, e di là, nel suo primo assopimento, udí qualche rumore nell'entrata: «Chi è?» domandò quasi in sogno. «È Bella», rispose Useppe, «che vuole uscire». Difatti Bella, com'era solita piú o meno a quest'orario, aveva dato il segnale della sua seconda sortita d'obbligo, raspando l'uscio d'ingresso con qualche guaito espressivo. La scena negli ultimi giorni era diventata abituale, e Useppe sembrava farsi un vanto di accompagnare Bella alla partenza e aspettarla al ritorno... Qui Ida, senza sospetto, piombò in un suo pesante sonno pomeridiano; mentre Useppe, là nell'ingresso, rimaneva incerto vicino all'uscio accostato, senza decidersi a richiuderlo dietro a Bella. Aveva la sensazione, difatti, di avere tralasciato qualcosa, o di aspettare qualcosa, non sapeva che. Trasognato allora uscí sul pianerottolo, e si richiuse l'uscio alle spalle. Portava con sé, fra le mani, il guinzaglio di Bella, che in un gesto inconscio, sul passaggio dell'ingresso, aveva staccato dall'attaccapanni, dove secondo la norma stava appeso.

Dalla finestruola della scala sul pianerottolo irrompeva il fresco vento celeste, che andava rincorrendo le nubi come fosse un cavalluccio che pazziava. Useppe fu preso da un subitaneo batticuore: non per l'infrazione (della quale lui non si rese affatto conto) ma per il piacere di vivere! Lí per lí la sua memoria addormentata riemerse a salutarlo nell'aria, però rigirata all'inverso, quasi una bandierina controvento. Senz'altro era domenica: però non precisamente *questa* domenica, un'altra antecedente, forse quella di otto giorni prima... Di pomeriggio, col sole, era proprio l'ora di andare assieme a Bella alla tenda d'alberi... Bella lo aveva preceduto di corsa, e lui, mormorando parolette confuse, s'avviò a sua volta giú per la scala. Cosí Useppe è partito per la sua penultima impresa (dell'ultima, seguíta il giorno dopo, io non oso immaginare la partenza, quale fu).

La vecchia portinaia faceva la siesta nel suo sgabuzzino, seduta col capo sulle braccia. Bella e Useppe s'incontrarono subito all'uscita del portone dove Useppe le agganciò il guinzaglio al collare, secondo la loro regola nota. Si sa che Bella spesso ritornava cucciola: e d'altra parte, se nella testa teneva un orologio, essa non ci teneva, invero, nessun calendario. Accolse Useppe con un ballo festoso e naturale: trovandosi immediatamente d'accordo con lui che questa era l'ora di andare alla tenda d'alberi; e che là in quei paraggi era inteso, forse da ieri o dall'altro ieri, un appuntamento col loro amico Scimó. Si direbbe che pure Bella, nella sua contentezza infervorata, contava senz'altro sulla presenza odierna di Scimó al solito posto! ma è noto d'altronde che in lei l'ignoranza burina si alternava spesso con una

628

grande sapienza: e chi sa che oggi questa sapienza non le suggerisse di assecondare Useppe nei giochi difensivi della sua memoria?... Parve a ogni modo che per l'uno e per l'altra la tetra settimana appena conclusa si fosse provvisoriamente scancellata dai giorni.

Le nuvole rotte e inseguite correvano alla deriva nell'avanzata di un vento rinfrescante che sembrava spalancare le strade e i viali. Era come se al suo passaggio delle porte immense si aprissero sbattendo per tutto lo spazio e fino oltre il cielo. Non sempre le nuvole offuscano il cielo: a volte lo illuminano, dipende dal loro movimento e dal loro peso. La zona del sole era tutta libera, e il suo riverbero scavava nelle nuvole piú vicine precipizi e grotte di luce, che poi si rompevano percosse da nuove ondate, delle quali Useppe udiva il fragore splendente. Allora i raggi si raddoppiavano, o si frantumavano in tante schegge; e agli incontri, nell'accendersi i massi erratici lasciavano apparire gallerie buie o pavesate di luminarie, camerette interne fiammeggianti di candeline, o finestre azzurre che si aprivano e si chiudevano. Come sempre a quest'ora, le strade erano mezze vuote, e lo scorrere dei pochi veicoli e i passi della gente sembravano dei soffi. Non è raro che certe creature indebolite e snervate risentano dai sedativi, specie in dosi ridotte, un effetto eccitante, simile a quello degli alcoolici. E il piccolo Useppe era in uno stato d'ubriachezza vivido e dissetante, come un rametto strappato che riceva un bagno d'acqua. La sua coscienza e i suoi ricordi lungo la strada si andavano riaccendendo, ma solo in parte. La natura sembrava disporgli l'orientamento nel tempo e nello spazio non a caso, ma secondo una intenzione. Cosí, l'ultima settimana gli rimaneva tuttora riparata da uno schermo d'ombra; e il ricordo di Davide, che fugacemente tornava a visitarlo, risaliva a un Davide di *prima* dell'ultimo lunedí. Tale ricordo, tuttavia, gli produceva un oscuro senso di lacerazione; ma immediatamente la natura provvedeva a rimarginargli questa ferita. Chiacchierando con Bella, lungo la strada, almeno un paio di volte accennò malsicuro a un certo loro appuntamento già fissato con Vàvide... Ma pronta Bella, in accordo con la natura, gli disse: «No! no! non abbiamo appuntamento con quello là!» Sembra che una volta lui, corrugandosi e scrutandola insospettito, abbia insistito caparbio: «Sí e sí! non lo sai? teniamo appuntamento!» Ma allora Bella s'è messa a ballare cantandogli in tutti i toni: «adesso si va da Scimó! si va da Scimó!», all'uso delle balie, quando dicono ai pupi per distrarli: «Guarda! guarda il gatto che vola!» e intanto se ne approfittano per fargli inghiottire un'altra cucchiaiata nutriente.

Quando arrivarono sulla riva del fiume, le nubi si raccoglievano in fondo all'orizzonte, come una lunga catena di montagne attorno al cielo limpido e radioso. Il terreno ancora non aveva avuto il tempo di asciugarsi, dopo le piogge dei giorni scorsi, anche l'acqua del fiume ne rimaneva intorbidata, e tutta la riva era deserta. Alla vista dell'acqua, Useppe istintivamente si ritrasse in qua verso la collina; poi camminando riudí nella memoria la promessa di Scimó, d'insegnargli a nuotare, e, nel tempo stesso, l'avvertimento che di domenica il primo spettacolo del cinema cominciava alle tre. Forse, per incontrare Scimó, s'era già fatto tardi: anche Bella gli confermò questa previsione, le tre senz'altro erano già suonate... Sul punto che s'avvicinavano alla capanna, Useppe aveva già perso la speranza di trovarci oggi l'amico.

Alla prima occhiata dentro la capanna, videro che qualcuno, in assenza di Scimó, doveva averla visitata, saccheggiandola, e lasciandola in disordine. «I pirati!» esclamò Useppe, con agitazione estrema. Il contenuto del materasso, compresa la tuta mimetica, era sparso in terra, vicino alla fodera sgonfia; e sia la sveglia, che la lanterna a pila, erano scomparse. Il mozzicone di candela, invece, stava sempre al suo posto sulla pietra; e inoltre si constatò che, per fortuna, anche i tesori principali, conservati nel materasso, erano salvi! Anzitutto, la famosa medaglia del Giro, in buono stato, benché senza il suo doppio involucro, che peraltro Useppe rinvenne súbito là in mezzo alla stracceria. E poi la fibbia coi brillanti, e anche il pettinino colorato! Useppe serbava nella memoria un elenco preciso di questi beni. L'unico mancante, chi sa poi perché, era il (mezzo) tergicristallo. Mancavano pure le scatolette di Simmenthal ecc., ma queste, verisimilmente, poteva esserele mangiate, nell'intervallo, lo stesso Scimó.

Annusando all'intorno, col suo bravissimo fiuto da detective, Bella escluse risolutamente l'ipotesi dei pirati. All'odore, qua si trattava d'un unico individuo, entrato forse a ripararsi dalla pioggia poiché, fra l'altro, puzzava di bagnato. Altre sue puzze riconoscibili: di pecora, e di vecchiaia. Doveva trattarsi, dunque, di un vecchio pecoraro:

e di uno, chiaramente, pelato in testa, dato che aveva trascurato di pigliarsi il pettinino.

Per quanto ingrugnato, Useppe ebbe un futile sorriso di sollievo: un vecchiarello simile non risultava troppo pericoloso. E del resto, la famosa banda dei pirati certo non si contenterebbe di qualche furto, nelle sue scorrerie tremende! Useppe non aveva mai dimenticato la lista dei loro misfatti, come glieli aveva enumerati Scimó! Con cura si diede a riordinare le proprietà di costui, buttate alla rinfusa sul terreno: riavvolse nel doppio incarto la medaglia del Giro, dopo averla lustrata alla meglio con un lembo della propria maglietta, e la ripose insieme alla tuta mimetica e alle altre cose dentro la fodera del materasso. Fra l'altro, gli venne sotto le mani anche lo slip, male asciugato e indurito dall'umido. E qua d'improvviso, un sospetto (respinto finora dai suoi pensieri) lo attraversò come un sapore amaro: questa era una capanna ormai disabitata, Scimó non dormiva piú qua... Ma in quell'istante, Bella, che affaccendata andava annusando il materasso, sentenziò col tono d'importanza di un Ispettore Capo:

«Odore di Scimó recentissimo! Risale a non piú di tre ore fa! L'amico ci ha dormito sopra fino a mezzogiorno!!»

Qui la realtà, purtroppo, era diversa: dunque, o il fiuto di Bella stavolta la ingannava (come può capitare a ogni detective, per quanto esimio) oppure essa bluffava, o addirittura mentiva sballatamente, avendo indovinato i sospetti di Useppe. Anche stavolta, il caso non è impossibile: gli animali, come tutti i paria, sono talora ispirati da un genio quasi divino... A ogni modo, quella sua sentenza bastò a rassicurare Useppe, che súbito rise consolato.

Fu deciso che da oggi Bella si sarebbe tenuta all'erta, come una guardiana antifurto, contro ogni possibile attentato alla proprietà di Scimó. Frattanto, riordinata la capanna, i due se ne andarono insieme alla tenda d'alberi. La volta dell'aria s'era fatta, adesso, tutta radiosa e limpida, fino all'ultimo orizzonte; e Useppe, dopo essersi issato senza sforzo sul suo solito ramo, ebbe la sorpresa di udire molte piccole voci di uccelli che cantavano la ben nota canzonetta: «È uno scherzo uno scherzo tutto uno scherzo» ecc... Lo strano è che il corpo dei cantanti non si vedeva; e anche le loro voci, sebbene in coro, suonavano quasi impercettibili, da sembrare che gli fischiettassero la canzone all'orecchio, intendendo farsi udire solo da lui. Confuso, Useppe esplorava con gli occhi in basso, sul prato, e lungo i tronchi; e poi fissava in alto. Ma in basso c'era solo Bella che annusava l'aria, e in alto si vedevano solo stormi di rondini, che fuggivano in silenzio. Alla fine, come succede alle volte quando si fissa a lungo un'immagine, il suo sguardo vide il cielo riflettere la terra: qualcosa di simile al suo sogno del sabato prima, però all'inverso. E siccome lui di quel sogno s'era attualmente dimenticato, lo spettacolo gli dava un doppio stupore: della presenza attuale, e della reminiscenza inconscia. Credo che dentro ci giocassero pure certi termini di scienza a lui misteriosi, che aveva udito da Davide la domenica avanti: «foreste pluviali, e... *nebulose*, no, nebulari, e semisommerse...», perché, riflessa nel cielo, la terra adesso gli appariva tutta una meravigliosa vegetazione acquatica, popolata di animali selvaggi che vi pazziavano dovunque, nuotando o saltellando fra i rami. Nella lontananza, quegli animali si mostravano cosí piccoli, da somigliare ai pesciolini e uccelli quasi microscopici che si vendono alle fiere dentro gabbiette o vasetti di vetro; ma via via che le sue pupille ci si abituavano, Useppe riconosceva nelle loro persone tante specie di Ninucce e nipoti di Scimó, piú o meno come nel suo dimenticato sogno. E tutti costoro, invero, non emettevano voci, o almeno la distanza non permetteva di udirle; però, come certi mimi orientali, parlavano coi movimenti dei corpi, e il loro linguaggio non era difficile. Che dicessero proprio: «è uno scherzo, uno scherzo, tutto uno scherzo» non è sicuro. Ma senza dubbio il concetto era il medesimo.

Lo spettacolo esilarava Useppe come un solletico divino; e nel momento stesso che esso svaniva, Useppe inventò la seguente poesia:

> «Il sole è come un albero grande
> che dentro tiene i nidi.
> E suona come una cicala maschio e come il mare
> e con l'ombra ci scherza come una gatta piccola».

Alla parola *gatta* Bella drizzò gli orecchi e fece un abbaio umoristico, interrompendo la poesia. Questa, poi, che io sappia, è stata l'ultima pòesia di Useppe.

Dopo una visione o miraggio, le dimensioni effettive dei fenomeni possono tardare a regolarsi. Succede, per un intervallo, che i sensi, e specie la vista e l'udito, dilatano gli effetti esterni a una misura abnorme. D'un tratto, un fragore terribile di voci rimbombò dalla riva del fiume agli orecchi di Useppe: e i suoi occhi videro una compagnia di giganti scendere da un barcone enorme sulla riva.

«I pirati!» esclamò, correndo giú velocemente dal suo ramo, mentre Bella in allarme già lo precedeva di volo fuori della tenda d'alberi in direzione della capanna. Qua giunti, i due si fermarono, appostandosi dietro il margine della valletta, come di sotto l'orlo di una trincea. Bella, smaniosa dell'assalto, emetteva già dei ringhi bassi e minacciosi; ma Useppe la fece tacere con un sibilo, rammentandosi che quei pirati fra l'altro «ammazzavano gli animali» a quanto aveva testimoniato Scimó.

Che poi si trattasse davvero della famosa banda del fiume, rimane piuttosto improbabile. Dalla barca (una sorta di vecchia zattera a due remi) attualmente all'attracco fra i canneti, erano scesi sette-otto maschi, tutti sotto ai quattordici anni, per lo meno all'aspetto; e un paio (anzi, i piú infatuati) addirittura pischelletti da prima elementare. Nessuno di loro sembrava rispondere al tipo del terribile capobanda Agusto; né si udiva questo nome fra i tanti con cui l'uno e l'altro si chiamavano vociando. Se fra loro c'era un capo, lo si poteva riconoscere forse in un mezzo adolescente mingherlino, con la faccia ingrugnata, nominato Raf: il quale però sembrava farsi un vanto di tenerli tutti a bada, piuttosto che di aizzarli, trattandoli dall'alto come li stimasse una pipinara. Quella non pareva, insomma, una vera banda; ma piuttosto una barcata domenicale di bulletti a malapena principianti: capaci, i piú di loro, di mettersi ancora a piangere se la madre li menava!

Ma per Useppe e Bella, la loro identificazione permaneva certa: essi erano i famosi Pirati, assassini e predoni, nemici di Scimó! In guardia con gli orecchi semidritti e la coda tesa sulla linea della schiena, Bella si sentiva tornata ai suoi primordi paterni: quando dal fondo della steppa verso il crepuscolo si aspettavano le orde dei lupi!

Il sole adesso scottava; e la prima azione di quei tali, appena sbarcati, fu di spogliarsi e prendere un bagno. Fino alla trincea, dal basso, perveniva il fragore dei loro scontri, tuffi e vociferazioni, che negli orecchi di Useppe crescevano smisuratamente. «Stà qua!» imponeva a Bella di continuo, tremando in tutto il corpo ma tenendosi tuttavia dritto in piedi, pronto al segnale dell'assedio, come un barricadiero. Dovevano essere circa le quattro e mezza, quando il segnale scoccò, e per lui fu come se un gran fumo nero invadesse i valloncelli e la boscaglia. Le voci dei pirati si andavano avvicinando: «A' Piero! a' Mariuccio!» si chiamavano su per la collina, «viè! viè li mortacci tua! Raf! Raaf!!» Quali fossero le loro intenzioni attuali, non è dato conoscere: magari era la prima volta che facevano il bagno in questo sito e volevano semplicemente esplorarne l'interno, scorrazzando qua e là... D'un tratto, Useppe vide le loro sagome GIGANTESCHE avanzare verso la trincea.

«Stà qua!» ripeté a Bella, fremendo. E nel tempo stesso, corse a un mucchio di sassi che Scimó teneva presso la capanna come fermaporta. «Non voio! non voio!» brontolava armandosi, congestionato in volto da un afflusso d'ira terribile. E montato di corsa in cima al valloncello, gridò agli avanzanti, con furore:

«Annàte via! Annàte via!» Quindi, a imitazione del loro linguaggio proprio (da lui già da tempo, del resto, acquisito nei suoi vari quartieri), rinforzò la propria minaccia aggiungendo con la stessa enfasi feroce:

«Morammazzàti! Fidemignotta! Vaffanculo!!»

In realtà, doveva essere piuttosto comico l'effetto di quel minimo pigmeo, rosso in faccia e furibondo, che con due selcetti in pugno pretendeva di cacciare via dal posto una masnada. E difatti quelli, invero, non lo presero sul serio; solo il minore di tutti (circa un suo coetaneo) gli disse, ridacchiando con aria superiore: «Ma te che vòi, regazzí!?», mentre l'altro piccolo, che faceva il paio con lui, lo appoggiava sghignazzando. Però in quello stesso punto Raf intervenne, arrestandoli a metà del prato:

«Ahó! attenzione ar cane!»

Girando, dal fondo della valletta, a rinforzo di Useppe era istantaneamente comparsa Bella; ma sarebbe stato difficile, in verità, riconoscerla nel mostro terrificante che attualmente fronteggiava la banda, facendola indietreggiare. Con le mascelle aperte e i denti nudi da belva, gli occhioni somiglianti a due vetri vulcanici, gli orecchi tesi a triangolo che le allargavano la fronte, essa emetteva un ringhio basso, piú tremendo di un ululato. E, issata a fianco di Useppe là sulla trincea, sembrava una mole colossale, tanta era la violenza che le ingrossava i muscoli dal petto alla groppa ai garretti pronti, nel febbrone dell'assalto. «Mó quello mózzica, ahó, è rabbioso!!» si udirono voci esclamare nel branco dei bulletti; e uno di loro, a questo punto, raccolse da terra una pietra, cosí almeno parve a Useppe, avanzando minaccioso verso Bella. Useppe si stravolse in faccia: «Non voio! Non voio!» proruppe. E furiosamente scagliò i suoi sassi verso il mucchio dei nemici, senza riuscire, io credo, a colpirne nessuno.

È difficile descrivere la mischia che seguí subito dopo, tanto la sua durata fu breve: addirittura pochi secondi. Bisogna supporre che Bella si sia slanciata in avanti, e che Useppe l'abbia seguíta per difenderla; e che i *pirati*, preso in mezzo quel pischelletto temerario, per punirlo l'abbiano un po' sbatacchiato, dandogli magari qualche botta. Però l'espressione strana, che intanto era apparsa sul suo viso, fece dire a uno di loro: «E lassàtelo pèrde! Nun vedete che è scemo?!» E qui d'un tratto, nel mezzo del tumulto, sopravvenne un incidente tale da sconvolgere la piccola banda, che non sapeva intenderne la natura. Sul punto che il pischelletto, sbattuto fra la calca, si stralunava e allentava le mascelle come un idiota, la cagna si rabboniva miracolosamente. Essa pareva raccomandarsi a tutti quanti; e accorreva verso il pischello, come una pecora all'agnellino, trasmutando il ringhio di prima in un uggiolio dolcissimo. Fra i presenti, lei sola, a quanto è dato capire, seppe riconoscere l'urlo che uscí dalla gola contratta del bambino, mentre il corpo di lui, cadendo all'indietro, si abbatteva lungo il declivio giú dalla trincea. Per gli altri, che non avevano esperienza pratica di certi insulti, l'evento oscuro prese l'apparenza di una catastrofe. Essi ristettero un poco a guardarsi istupiditi, senza il coraggio di affacciarsi sul valloncello, da cui si udiva una sorta di rantolo affannoso. Quando, di lí a qualche istante, Raf e un altro dei suoi ci si sporsero a vedere, il bambino, finita la fase delle convulsioni, giaceva disteso immobile, con la faccia di un morto. La cagna gli girava intorno, tentando di richiamarlo col suo piccolo lamento di bestia. Un filo di sangue schiumoso gli usciva di fra i denti.

Senz'altro, essi dovettero credere di averlo ucciso. «Annàmo!» disse Raf, voltandosi agli altri, tutto sbiancato in faccia, «qua bisogna squagliarsela di corsa. Presto, non fate i fessi. Via!» Si udí lo scalpiccio della loro fuga verso l'approdo, e il brusio delle loro confabulazioni (io, che j'ho fatto?! la botta, je l'hai data tu... scc... famo finta de gnente... Nun dítene parola a nessuno...) mentre s'imbarcavano, col primo sciacquio dei remi. Stavolta, era presente solo Bella, nel punto che Useppe riaperse gli occhi senza memoria, col suo solito sorrisetto incantato. Via via, da piccoli mutamenti del suo volto, si poteva assistere ai suoi passaggi successivi attraverso le varie *soglie della vigilanza*, come dicono i dottori. D'un tratto si girò appena sul collo, guardandosi ai lati con sospetto.

«Non c'è piú nessuno!», Bella gli annunciò senza indugio, «sono andati via...»

«Andati via...» ripeté Useppe, rasserenandosi. Ma nel tempo di un respiro una tutt'altra espressione gli spuntò sul viso. Fece un sorriso sforzato, che gli risultò piuttosto in una smorfia miserabile, e disse, torcendo gli occhi senza guardare Bella:

«Io... sono... *cascato*!... eh?»

In risposta, Bella cercò di distrarlo, con qualche leccatina frettolosa. Ma lui la respinse, ritraendosi in se stesso, e si nascose il volto dietro al braccio:

«E cosí, adesso», lamentò in un singulto, «m'hanno visto... pure loro... adesso, cosí... lo sanno...»

Si mosse, con disagio. Fra l'altro, si rendeva conto d'essersi bagnato di sotto (per il solito effetto comune in tali accessi convulsivi). E lo preoccupava l'idea vergognosa che i Pirati se ne fossero accorti.

Ma già i suoi occhietti andavano ammiccando, vinti dalla sonnolenza che sempre gli sopravveniva alle crisi. Nel valloncello soffiava un'aria ponentina, tenera come il battito di un ventaglietto, e il pomeriggio era cosí limpido che perfino l'ombra allungata della capanna specchiava il colore del cielo. Sul fiume, lo sciacquio dei remi pirateschi s'era allontanato verso il nulla; e fu qui che Bella si lasciò andare a uno sfogo esibizionista, celebrando in un grande abbaio l'impresa della trincea, secondo la sua propria versione personale. A Useppe, che intanto s'addormentava, quel solitario inno canino perveniva confuso, cosí come il turchino-violaceo dell'aria gli si confondeva fra i fili delle ciglia. E forse a lui pareva che uno strombettio leggendario corresse sul campo fra uno spiegamento di bandiere.

L'ignoranza dei cani, invero, è infatuata sovente fino alla mania; e la pastora, secondo la sua psicologia visionaria, dava, dei fatti odierni, l'interpretazione seguente:

I LUPI SCONFITTI SI SONO RITIRATI IN FUGA RINUNCIANDO ALL'ASSEDIO DELLA CAPANNA E

LO SCONTRO È TERMINATO CON LA VITTORIA
STREPITOSA DI USEPPE E BELLA.

Dopo avere abbaiato questa notizia ai quattro venti, Bella, sazia e stremata dalle emozioni, si addormentò a sua volta vicino a Useppe. Quando, avvertita dal suo solito orologio naturale, essa si riscosse, il sole s'era alquanto abbassato verso l'ovest. Useppe dormiva profondamente, come di piena notte, con la bocca semiaperta a un respiro regolare, e la pallida faccetta colorata di rosa verso gli zigomi. «Svégliati! è ora di andare!» lo chiamò Bella; ma Useppe levò appena le palpebre, mostrando l'occhio velato di sonnolenza e di ripulsa, e súbito le richiuse.

Bella tornò a sollecitarlo, sebbene con un certo rimorso. E insisté, provandosi pure a scuoterlo con la zampa, e a tirargli la maglietta coi denti. Ma lui, dopo essersi voltolato due o tre volte con una espressione di ripugnanza, alla fine la respinse scalciando quasi frenetico. «Non voio! non voio!» esclamò. Quindi risprofondò nel sonno.

Bella rimase un poco là seduta, poi si rialzò sulle quattro zampe, agitata da un dilemma. Da una parte, una volontà perentoria le ordinava di rimanere qui vicino a Useppe; mentre, dall'altra, una volontà non meno irremissibile la obbligava a tornare a casa da Ida in orario, come tutte le altre sere. Fu in questo medesimo intervallo che su a Via Bodoni Ida si svegliò finalmente dal suo sonno prolungato.

Era un caso anomalo e inusitato quello che oggi le succedeva: di fare una siesta pomeridiana cosí lunga. Forse, era stato il sonno accumulato nel corso delle ultime notti, a tradirla. Fu una dormita profondissima e sorprendente, placida, ininterrotta come quella di una bambina. Solo nell'ultima fase, ebbe un breve sogno.

Si trova in compagnia di un pischelluccio, davanti alla cancellata di un grande molo. È in partenza una grande nave solitaria, di là dalla quale si stende un oceano aperto, assolutamente calmo e fresco, del colore azzurro carico del mattino. A guardia della cancellata c'è un uomo in divisa, molto autoritario, e coi tratti del carceriere. Il pischello potrebbe essere Useppe, e anche non essere lui: però di certo è qualcuno che somiglia a Useppe. Essa lo tiene per mano, incerta davanti alla cancellata. Sono due poveri, in abiti pezzenti, e il guardiano li respinge perché non hanno il biglietto. Ma allora il pischello con la sua manuccia sporca e impacciata si fruga in tasca, e ne cava un minuscolo oggetto d'oro, del quale essa non saprebbe dire che cosa sia: forse una piccola chiave, o un ciottolo, o una conchiglia. Dev'essere, a ogni modo, un lasciapassare autentico, perché il guardiano, adocchiatolo appena nella mano del pischelluccio, senz'altro, per quanto di malavoglia, apre il battente della cancellata. E allora il pischello e lei, contenti, salgono insieme sulla nave.

Questa fu la fine del sogno e qua Ida si svegliò. Avvertí súbito il silenzio anormale della casa; e al trovare le stanze deserte, presa da un pànico incoerente, si precipitò giú al portone cosí come si trovava. Secondo il solito, per il suo riposo pomeridiano s'era distesa sul letto vestita. Aveva addosso il suo abituccio da fatica liso e unto, macchiato alle ascelle dal sudore, e non s'era neppure ravviata i capelli. Ai piedi s'era infilata lí per lí le ciabatte da casa, che le facevano stentare il passo peggio ancora dell'ordinario, e in tasca aveva il borsellino con le chiavi.

La portiera le disse di non aver visto passare nessuno: è vero che, essendo domenica, non sempre era rimasta di guardia alla sua nicchia... Ma Ida non si fermò ad ascoltarla, buttandosi al caso in istrada, e chiamando Useppe a gran voce, per le vie circostanti, come una selvaggia. A chi la interrogava, rispondeva, con tono e sguardo febbrile, che cercava un bambino uscito assieme a un cane: però respingeva ogni consiglio o intervento, riprendendo da sola la sua ricerca. Aveva il sentimento sicuro che, in qualche parte di Roma, Useppe giaceva caduto in una nuova crisi: forse anche ferito, forse fra estranei... In realtà, ormai da tempo, tutte le paure di Ida si coagulavano in una, insediata al centro dei suoi nervi e della sua ragione: che Useppe *cadesse*. Ogni giorno, nel lasciargli aperta la gabbia, lei conduceva una lotta spossante contro il «Grande Male»: che gli stesse lontano, almeno, in queste sue felici fughe estive, e non lo umiliasse fra i suoi grandi onori di maschietto in libertà... E oggi, ecco, la paura estrema di Iduzza si avverava: il male s'era approfittato che lei dormiva, per insultare Useppe a tradimento.

Fuori dai paraggi di casa, il primo itinerario che le si presentò all'intúito fu quello verso la famosa *foresta* sul fiume, che Useppe le aveva già tanto vantato. Secondo la spiegazione infatuata del bambino, le risultava che, da Via Marmorata, esso seguiva per Viale Ostiense, fino al piazzale della Basilica... E lei s'incamminò per Via Marmorata con l'inerzia febbrile di chi corre a un inseguimento: cosí protesa alla sua direzione impulsiva che il movimento cittadino le fischiava intorno invisibile. Aveva percorso circa i due terzi di questa via, che dal fondo la salutò un abbaio irruente e infervorato.

Torturata nel proprio dilemma, Bella si era risolta subitaneamente a fare una corsa fino a casa per chiamare Ida; ma nel galoppare verso Via Bodoni, essa si sentiva come tagliata in due: giacché frattanto aveva dovuto lasciare solo solo nel valloncello il piccolo Useppe addormentato. Ora, l'incontro con Ida lungo la strada le parve addirittura un evento magico.

Fra loro, non occorse nessuna spiegazione. Ida raccolse da terra il guinzaglio che Bella si era strascicata dietro e si lasciò portare da lei, nella certezza di andare a trovare Useppe. Naturalmente, col suo passo balordo e saltellante, e per di piú impacciato dalle ciabatte, per Bella essa era uno strazio, e ogni tanto la cagna, nella sua foga naturale, spazientita le dava delle tirate, come se portasse un carretto. Finalmente, arrivate sul terreno irregolare lungo il fiume, Ida lasciò cadere il guinzaglio, e lei prese a trottarle avanti, fermandosi per aspettarla di tratto in tratto. Per quanto smaniosa di arrivare, essa non aveva l'aria triste, anzi briosa e incoraggiante, e questo calmava un poco le apprensioni di Ida sullo stato di Useppe. Troppo stordita per distinguere i luoghi all'intorno, Ida avvertiva lo stesso, percorrendoli, come su una scia luminosa, dovunque le impronte del figlietto, che tanto glieli vantava. Le ore che lui ci aveva passato glieli animavano febbrilmente da ogni parte, come una corsa di miraggi colorati. E le sue risatelle e chiacchiere tornavano a salutarla, ringraziandola in coro per i bei giorni di libertà e di fiducia goduti laggiú...

La domanda: «che cosa troverò, fra poco?» le urgeva intanto sui centri nervosi, indebolendola al punto che quando la cagna la incitò a far presto con un abbaio che diceva chiaramente: «È qui!» lei stava quasi per cadere. La cagna, scomparsa per un istante alla sua vista, era risalita a chiamarla da sotto un valloncello, e il suo richiamo, invero, suonava trionfante. Nell'affacciarsi a sua volta sul valloncello, Ida sentí riaprirlesi il cuore, perché Useppe stava là in piedi sull'apertura di una capanna, e salutò la sua comparsa con un sorrisino.

Nell'assenza di Bella, difatti, si era svegliato, e al trovarsi solo laggiú s'era forse creduto abbandonato da tutti, perché nel suo sorriso s'indovinava ancora una certa trepidazione ansiosa. Inoltre, per difendersi eventualmente da invasori o da nemici, s'era armato d'una canna, che stringeva fortemente nel pugno, e di cui non volle piú lasciare la presa a nessun costo. Appariva ancora piuttosto trasognato e immemore; ma di lí a poco (secondo i capricci attuali della sua memoria) l'assalto dei pirati gli tornò presente. Fece allora una piccola, titubante perlustrazione nella capanna, e rise di contentezza vedendo che tutto era salvo, non c'erano stati né incendi, né devastazioni. Rincasando, quella sera, dopo il cinema e la pizzeria, Scimó avrebbe ritrovato il suo lettuccio pronto che lo aspettava, secondo il solito (ai furti del vecchio ladruncolo pecoraro senza capelli, avrebbero potuto rimediare in séguito, con la loro munificenza, gli arcani Froci).

Con un chiacchierio confuso e ilare, Useppe manifestava a sua madre le proprie soddisfazioni. «Non dire niente a nessuno, eh, mà!» fu tutto quello che lei riuscí a capirci. Nelle luci del tramonto, il bambino aveva le guance colorite di rosa, e gli occhi beati e trasparenti. Ma sul punto di riavviarsi a casa, mostrò una repulsione subitanea. «Dormiamo qua, stanotte!» propose a sua madre, tentandola con quel suo nuovo, speciale sorriso da seduttore. E solo alle suppliche sgomente di Ida, cedette rassegnato. Però si vide che, per la spossatezza e il sonno, proprio non si reggeva in piedi. A camminare da solo, non ce la faceva, né Ida aveva muscoli da caricarselo in braccio. Nel borsellino delle chiavi che portava con sé, fortunatamente essa teneva alcuni soldi spiccioli, bastevoli per i biglietti del tram da San Paolo fino a casa; ma c'era intanto da arrivare fino a San Paolo. E qui Bella venne in aiuto, offrendo alla famiglia il sostegno della propria groppa.

Camminavano in tre, stretti uno all'altro: Useppe accomodato su Bella come su un cavalluccio, e appoggiato con la testa al fianco di Ida, che lo cingeva col braccio per sostenerlo. Fatti appena pochi passi, nel momento che costeggiarono dall'esterno la tenda d'alberi, già Useppe dondolava la testolina, mezzo addormentato; e solo qui, finalmente rallentò il pugno, lasciando cadere la canna. Era il tramonto, e una compagnia di uccelli s'era data convegno là sopra la tenda, nell'alto dei rami. Suppongo appartenessero alla classe degli storni, i quali usano, appunto, ritrovarsi fra padri di famiglia, verso sera, per tenere insieme dei concerti. Useppe non s'era mai trovato sul luogo in un'ora cosí tarda, e un simile, grande concerto era una novità per lui. Che cosa ne udisse, nel dormiveglia, non so; ma la sorpresa dovette piacergli, perché emise una fuggevole risata di divertimento. E il concerto di questa serata era, difatti, di un carattere buffo: uno dei coristi fischiettava, uno gorgheggiava, uno trillava, uno sbaciucchiava l'aria, e poi s'imitavano fra di loro, rifacendosi il verso, oppure canzonando altre classi varie di uccelli, fino alle voci dei galletti o dei pulcini. Tale è, appunto, il virtuosismo speciale degli storni. E il gruppo Bella-Ida-Useppe procedeva cosí adagio che quel concerto serale li seguí per un bel tratto di strada, accompagnato dalle sordine (erbacee, fluviali) della prima sera.

A San Paolo, Ida e Useppe, con qualche aiuto estraneo, furono caricati sul tram, mentre Bella, in grande impegno, correva a piedi dietro il veicolo. Seduta fra la folla nel crepuscolo, Ida ebbe l'impressione che il corpo di Useppe, dormiente sulle sue ginocchia, si fosse fatto ancora piú piccolo e minuto. E d'un tratto le si ripresentò alla mente il primo viaggio che aveva fatto con lui sul tram, portandoselo a casa appena nato dal quartiere di San Giovanni, dimora della levatrice Ezechiele.

In séguito, anche il quartiere di San Giovanni, come il quartiere di San Lorenzo e i Quartieri Alti intorno a Via Veneto, le era divenuto un luogo di paura. L'universo s'era andato sempre piú restringendo, intorno a Iduzza Ramundo, dai giorni che suo padre le cantava *Celeste Aida*.

Da San Paolo al Testaccio, il percorso non era lungo. A ogni fermata del tram, da fuori Bella assicurava Ida della propria presenza facendo dei salti verso il finestrino, fin quasi a raggiungerlo col muso. Al vedere quel muso, i passeggeri della vettura, intorno, ridevano. Nella sua gara di corsa col tram, Bella vinse. Ida la trovò già in attesa, festante, alla fermata d'arrivo.

Il viaggio piú faticoso fu quello delle scale, su per tanti piani fino all'uscio di casa. La portinaia doveva essere a cena, nel suo retro dabbasso. Con la solita timidezza forastica, Ida non cercò l'aiuto di nessuno. Procedettero nell'ascensione loro tre, stretti l'uno all'altro, come già lungo la riva del Tevere. Useppe addormentato, coi ciuffetti che gli cascavano sugli occhi, si lasciava portare inconsapevole, solo facendo udire, di quando in quando, un piccolo borbottio. L'ora del radiogiornale era già passata. Per le finestre aperte, sul cortile, dalle radio echeggiava un programma di canzonette.

Dopo il suo lunghissimo sonno pomeridiano, Ida rimase sveglia gran parte della notte. L'indomani mattina, e ancora il giorno dopo, essa era impegnata a recarsi a scuola; poi, finalmente, giungerebbe il termine della chiusura. Frattanto, però, fino da domani mattina, era necessario consultare di nuovo la dottoressa, secondo gli accordi, e affrontare forse una visita del Professore Marchionni. Ida sapeva che una tale visita repugnava al piccolo Useppe non meno che a lei stessa, e se ne anticipava una paura doppia. Vedeva se stessa e Useppe riattraversare i corridoi dell'ospedale, che adesso le diventavano una striscia livida e tortuosa, fra un vociare lunatico; poi, come a rovesciare un binocolo, mirava a distanza, piccola sulla misura di una pupilla, la veduta verdeggiante delle loro vacanze a Vico; e poi di nuovo Useppe e lei per mano, spaesati fra gli automi sotterranei dell'EEG... Ma di lí a poco il domani incerto si staccò da lei, simile a una zavorra. Essa si trovò sospesa nel presente, come se questa notte tranquilla e piena di dolcezza non dovesse finire mai.

Useppe dormiva, apparentemente sereno e placido, e cosí la cagna, stesa a un passo da lui sul pavimento. Ma Ida senza sonno tardava a coricarsi. S'era come incantata nella posa già presa di prima sera, inginocchiata presso il sommier, dove s'appoggiava col capo sulle braccia. E là rimaneva, gli occhi aperti, a guardare Useppe che respirava nel sonno. Non c'era luna; però, in quella camera dell'ultimo piano, il chiarore dello stellato bastava a rendere visibile il dormiente, che riposava supino, coi pugni rilasciati sul guanciale e la bocca socchiusa. Il suo corpo, fra la penombra dorato-azzurrastra, si mostrava ancora rimpicciolito, fino alla misura di un bambolino che quasi non disegnava nessuna sagoma sotto il lenzuolo, come già all'epoca della fame a Via Mastro Giorgio. Ma stanotte, finché il bambolino era suo, qua al sicuro nella loro stanza, Ida credeva di udire nel suo respiro il battito di un tempo inconsumabile.

Taciute tutte le radio, e cessato anche il traffico tardivo

della mezzanotte, si udiva solo, a intervalli, lo stridore degli ultimi tram diretti al deposito, o il soliloquio di qualche ubriaco di passaggio sul marciapiedi. A Ida sembrava, in una specie di vertigine all'inverso, che queste povere voci s'imbrogliassero nella rete silenziosa e fitta delle stelle. A un certo punto, la notte aveva lasciato andare la nostra cameretta lungo un volo cieco, senza strumenti di navigazione. E questa poteva essere una notte dell'estate avanti, quando ancora Useppe non «cadeva» e nello stanzino di là dormiva Ninnarieddu.

Il buio era ancora fondo, quando un galletto cittadino, da qualche terrazza dei dintorni, alzò il suo canto precoce. Di lí a poco, Bella nel sonno emise un brontolio: forse, sognava l'attacco dei pirati-lupi? Al primissimo chiarore dell'alba, essa d'un tratto si drizzò sulle zampe. E lasciando in fretta il suo posto nella camera, andò a stendersi nell'ingresso davanti alla porta, come intendesse fare la guardia alla casa contro qualche invasione ladra, o straniera. Ida s'era intanto assopita per poco sul letto. Si udirono i primi rintocchi dalla chiesa di Santa Maria Liberatrice.

La giornata era limpida e senza vento, e fu assai calda fino dal mattino. Quando Ida si preparò a uscire di casa, verso le otto, Useppe era ancora immerso nel sonno. Le sue guance accaldate, alla luce quieta delle persiane, sembrava avessero ripreso il colore roseo della salute; e il suo respiro era tranquillo, però gli occhi apparivano cerchiati da un piccolo alone scuro. Con riguardo Ida gli scostò un poco sulla fronte i ciuffetti bagnati di sudore, e bisbigliò a bassissima voce: «Useppe...» Il bambino sbatté appena le palpebre, in un tremolio, mostrando una minima striscia dei suoi occhi celesti, e rispose:

«a' mà...»

«Io esco, ma torno presto presto... tu aspettami a casa eh, non ti muovere... io vado e torno».

«Tí...»

Useppe rinserrò le palpebre e tornò a dormire. Ida si allontanò in punta di piedi. Bella, che frattanto faceva la spola dalla camera, all'ingresso, alla cucina, la accompagnò silenziosa fino all'uscio. Ida esitò un istante se chiudere la serratura dall'esterno a doppia mandata, ma se ne trattenne, vergognandosi di offendere Useppe in presenza della pastora. Invece, fiduciosa di costei, le disse piano: «Aspettatemi a casa, eh. Non vi muovete. Io torno presto». Passando dabbasso, si raccomandò alla portinaia di salire, verso le undici, a dare un'occhiata al bambino, nel caso che lei stessa, a quell'ora, non fosse ancora rincasata.

Ma era passata poco piú di un'ora (dovevano essere circa le nove e mezza) quando le sopravvenne una sorta di malessere insostenibile. Si trovava nella stanza della direttrice, in riunione con altri insegnanti, e dapprincipio, non essendo nuova a certi fenomeni nervosi, si sforzò di seguire tuttavia la discussione in corso (si trattava di Colonie estive, di certificati delle famiglie, di questioni di merito e di diritto degli alunni...) finché si persuase, con una certezza quasi accecante, che tutto questo non la riguardava piú. Essa avvertiva il suono delle voci intorno, e ne udiva anche le parole, ma in una dimensione rovesciata, come se queste voci fossero un ricordo, che intanto le si mischiava alla rinfusa con altri ricordi. Le pareva che fuori, sotto il sole bruciante, la città fosse invasa dal panico, e la gente corresse verso i portoni, a un avviso insistente: «è l'ora del coprifuoco!» e non capiva piú se fosse giorno o notte. D'un tratto ebbe la sensazione cruda che, dall'interno, delle dita graffianti le si aggrappassero alla laringe per soffocarla, e, in un enorme isolamento, ascoltò un piccolo urlo lontano. La stranezza fu che lei non riconobbe quell'urlo. Poi la grande nebbia si sciolse, e la scena presente le riapparve normale, con la direttrice al suo scrittoio e gli insegnanti seduti all'intorno in discussione. Costoro, frattanto, non s'erano accorti di nulla: Ida, infatti, era soltanto impallidita.

Di lí a pochi minuti, la medesima sensazione già provata le tornò uguale: di nuovo le unghiate che la soffocavano, l'assenza, e l'urlo. Le pareva che quest'urlo, in realtà, non appartenesse che a lei stessa: quasi un lamento sordo dei suoi bronchi. Passando, esso le lasciava un segno di offesa fisica, pari a una mutilazione. E alla sua coscienza annebbiata sventolavano, insieme, degli avanzi stracciati di memoria: il giovane soldato tedesco a Via dei Volsci steso su di lei, nell'orgasmo... Lei bambina, in campagna dai nonni, dietro al cortile dove si sgozzava una capretta, per la festa... Poi tutto si sperdeva in disordine, fra lo svanire della nebbia. Nel corso di forse un quarto d'ora, a intervalli piú o meno uguali, la cosa si ripeté ancora due volte. D'un tratto Ida si alzò dalla sua sedia, e, balbettando qualche scusa incoerente, corse nel piccolo ufficio della segreteria, che oggi era deserto, per telefonare a casa.

Questa non era la prima volta che, alla sua chiamata, per l'uno o l'altro motivo la nota vocina da Via Bodoni tardava a rispondere, o non dava risposta affatto. Ma oggi, gli squilli a vuoto di là dal filo le arrivarono come un segnale di sommovimento e d'invasione, che le comandava di correre a casa d'urgenza. Essa si lasciò cadere il ricevitore dalle mani trascurando di riagganciarlo. E, senza nemmeno riaffacciarsi sulla stanza della direzione, infilò la scala verso l'uscita dabbasso. Di nuovo, a metà della scala, fu sorpresa da quello strano spasmo ripetuto, ma il grido interno che glielo accompagnava stavolta era più simile a un'eco: e le portava una oscura indicazione della propria sorgente a cui ribatteva tardato e spoglio. Anche la nebbia, che l'aveva arrestata a metà scala, stavolta si dissolse immediatamente, sgombrandole il passo.

Nell'androne, il portiere della scuola le gridò dietro qualcosa: difatti, secondo il solito, Ida gli aveva lasciato in consegna la sporta delle spese, già fatte prima dell'orario di lavoro. Essa lo vide spostarsi e muovere le labbra, ma non ne udí la voce. In risposta, gli fece con la mano un gesto incerto, che sembrava una sorta di saluto. Lo stesso gesto fece alla vecchia portinaia di Via Bodoni, che al suo passaggio le rideva accennandole col capo, soddisfatta di vederla cosí presto di ritorno.

Nel breve tratto da scuola fino a casa, Ida era stata esclusa, in realtà, dai suoni esterni, perché andava ascoltando un altro suono, del quale non aveva udito più il simile dopo l'ultima sua passeggiata al Ghetto. Era, di nuovo, una specie di nenia ritmata che chiamava dal basso, e riesumava, nella sua dolcezza tentante, qualcosa di sanguinoso e di terribile, come si diffondesse verso punti dispersi di miseria e di fatica, a raccogliere nel chiuso le mandrie per la sera. Poi, non appena si riaffacciò sul secondo cortile, le voci reali della mattina la riaggredirono, con suoni di radio dalle finestre. Essa evitò di guardare in su alla propria finestra di cucina, dove Useppe, nei giorni della sua prigionia domestica, usava aspettarla dietro il vetro. Difatti, e quasi assurdamente, essa sperava di scorgere pure oggi, guardando in su, quella piccola sagoma familiare. E cercava ancora di sfuggire alla certezza che invece la finestra oggi era vuota.

Mentre s'inoltrava su per la scala, le pervennero, dall'ultimo piano, gli squilli del suo telefono di casa, che tuttora seguitava a suonare, da quando lei stessa ne aveva chiamato il numero, senza richiudere, pochi minuti prima, dalla segreteria. Solo quand'essa pervenne all'ultimo pianerottolo, lo stupido segnale tacque.

Allora, di là dall'uscio d'ingresso, le giunse una piccola voce penosa, che le sembrò il pianto di una bambina. Era l'uggiolio di Bella, la quale, nel proprio lamento solitario, non reagí nemmeno all'udire il suo noto passo che avanzava sull'ultima rampa. Qua lei trasalí, vedendo una figura torva che la minacciava di fronte; ma non era altro, in realtà, che una macchia sul muro della scala, scrostato e umido per la prossimità delle fontane. Da quando loro abitavano il palazzo, quella macchia c'era sempre stata; ma Ida non aveva mai neppure notato, fino a oggi, una tale presenza terribile.

Nell'ingressetto buio, il corpo di Useppe giaceva disteso, con le braccia spalancate, come sempre nelle sue cadute. Era tutto vestito, salvo i sandaletti che, non affibbiati, gli erano cascati via dai piedi. Forse, vedendo la bella mattinata di sole, aveva preteso di andarsene pure oggi con Bella alla loro *foresta*? Era ancora tiepido, e cominciava appena a irrigidirsi; però Ida non volle assolutamente capire la verità. Contro i presagi ricevuti prima dai suoi sensi, adesso, davanti all'impossibile, la sua volontà si tirò indietro, col farglielo credere soltanto *caduto* (durante quest'ultima ora della propria lotta inaudita col *Grande Male*, in realtà Useppe, là nell'ingresso, era caduto e ricaduto da un attacco a un altro e a un altro, quasi senza sosta...) E dopo averlo trasportato in braccio sul letto, essa si tenne là china su di lui, come le altre volte, in attesa che lui rialzasse le palpebre in quel suo solito sorriso particolare. Solo in ritardo, incontrando gli occhi di Bella, essa capí. La cagna difatti era lí che stava a guardarla con una malinconia luttuosa, piena di compassione animalesca e anche di commiserazione sovrumana: la quale diceva alla donna: «Ma che aspetti, disgraziata? Non te ne accorgi che non abbiamo piú niente, da aspettare?»

Ida provò lo stimolo di urlare; ma ammutolí a un ragionamento immediato: «Se grido, mi sentiranno, e verranno a portarmelo via...» Si protese minacciosa verso la cagna: «Sss...» le bisbigliò, «zitta, non facciamoci sentire da loro...» E dopo aver tirato il catenaccio nell'ingresso, in silenzio prese a correre le sue stanzucce, urtandosi nei mobili e nei muri con tale violenza da farsi dei lividi per il corpo. Si dice che in certi stati cruciali davanti agli uomini ripassino con velocità incredibile tutte le scene della loro vita. Ora nella mente stolida e malcresciuta di quella donnetta, mentre correva a precipizio per il suo piccolo alloggio, ruotarono anche le scene della storia umana (la Storia) che essa percepí come le spire multiple di un assassinio interminabile. E oggi l'ultimo assassinato era il suo bastarduccio Useppe. Tutta la Storia e le nazioni della terra s'erano concordate a questo fine: la strage del bambinello Useppe Ramundo. Essa riapprodò nella camera e si sedette sulla sedia vicino al sommier, in compagnia di Bella, a guardare il pischelletto. Ormai, sotto le palpebre schiacciate, gli occhi sembravano infossarglisi nella testa, sempre piú a ogni momento che passava; ma pure, fra i suoi ciuffetti in disordine, si riconosceva ancora quel suo unico ciuffetto centrale, che non voleva mai ravviarsi con gli altri e stava lí nel mezzo, dritto... Ida prese a lagnarsi con una voce bassissima, bestiale: non voleva piú appartenere alla specie umana. E intanto la sorprese una nuova allucinazione auditiva: tic tic tic si sentiva per tutto il pavimento della casa. Tit tic tic, il passo di Useppe, come lo scorso autunno, quando camminava di continuo su e giú per tutta casa, coi suoi stivalini, dopo la morte di Ninnuzzu... Ida prese a dondolare in silenzio la propria testolina imbianchita; e qui le sopravvenne il miracolo. Il sorriso, che oggi aveva aspettato inutilmente sulla faccia di Useppe, spuntò a lei sulla sua propria faccia. Non era molto diverso, a vederlo, da quel sorriso di quiete, e di ingenuità meravigliosa, che le sopraggiungeva, nei giorni dell'infanzia, dopo i suoi attacchi isterici. Ma oggi, non si trattava d'isteria: la ragione, che già da sempre faticava tanto a resistere nel suo cervello incapace e pavido, finalmente aveva lasciato dentro di lei la sua presa.

Il giorno dopo sui giornali apparve la notizia di cronaca: *Pietoso dramma al quartiere Testaccio – Madre impazzita vegliando il corpo del figlioletto*. E in conclusione vi si leggeva: *Si è reso necessario abbattere la bestia*. Quest'ultimo particolare – facile capirlo – si riferiva alla nostra pastora. Difatti, come si poteva prevedere, Bella sviluppò una ferocia decisa a tutto e sanguinaria, contro gli ignoti che, forzato l'uscio, s'erano introdotti nell'alloggetto di Via Bodoni per eseguire i loro compiti legali. Essa non permetteva assolutamente a costoro di portare via di casa Useppe e Ida. È tempo di notare, a questo punto, che gli animali resi sterili, a quanto si dice, perdono in genere la loro aggressività:

però Bella evidentemente, almeno per ora, contraddiceva a questa legge fisiologica. La sua difesa di ieri contro i pirati del fiume non era stata niente in confronto alla sua guerra di oggi contro i nuovi intrusi. Da sola, essa riuscí a far paura a una squadra di nemici, fra i quali almeno un paio erano muniti delle armi di ordinanza. Nessuno ebbe il coraggio di affrontarla direttamente. E cosí, essa mantenne la parola data a Useppe il giorno del suo ritorno a casa: «Non potranno mai piú separarci, in questo mondo».

Al colpo che abbatteva la cagna, Iduzza ebbe un breve sussulto del capo: e questo fu, sembra, l'ultimo stimolo a cui la donna reagí, finché rimase viva. La sua esistenza doveva durare ancora piú di nove anni. Nei registri dell'ospedale, dove fu ricoverata quel giorno stesso per non uscirne piú fino all'ultimo, il suo decesso è segnato alla data 11 dicembre 1956. Sembra sia morta per complicazioni polmonari in seguito a un comune attacco di febbre. Aveva 53 anni.

Dalle notizie che ne ho potuto raccogliere, essa, dal primo all'ultimo giorno, nel corso di quei nove e piú anni, si mantenne sempre fissa in un'identica attitudine: la stessa in cui l'avevano trovata quando, sfondato l'ingresso, erano venuti a sorprenderla quel giorno di fine giugno, a Via Bodoni. Stava seduta, con in grembo le mani raccolte, che ogni tanto muoveva intrecciandole come per giocare, e in volto lo stupore luminoso e sperduto di chi si sveglia appena e non riconosce ancora le cose che vede. A parlarle, faceva un sorriso ingenuo e mansueto, pieno di serenità e quasi di gratitudine; ma era vano attendersi da lei qualche risposta, anzi essa sembrava percepire a malapena le voci, senza capire nessun linguaggio, né, forse, distinguere nessuna parola. A volte, con un trasognato mormorio, ripeteva fra sé delle sillabe incerte, che parevano raccolte da qualche idioma onirico o dimenticato. Coi ciechi, coi sordomuti è possibile comunicare; ma con lei, che non era né cieca né sorda né muta, non c'era piú comunicazione possibile.

Io credo, invero, che quella piccola figura senile, di cui taluno ricorda ancora il sorriso quieto nei cameroni deliranti dell'O.P., non sia durata nove e piú anni se non per gli altri, ossia secondo il tempo degli altri. Uguale al transito di un riflesso che, dal suo punto irrisorio, si moltiplica in altri e altri specchi a distanza, quella che per noi fu una durata di nove anni, per lei fu appena il tempo di una pulsazione. Lei pure, come il famoso Panda Minore della leggenda, stava sospesa in cima a un albero dove le carte temporali non avevano piú corso. Essa, in realtà, era morta insieme al suo pischelletto Useppe (al pari dell'altra madre di costui, la pastorella maremmana). Con quel lunedí di giugno 1947, la povera storia di Iduzza Ramundo era finita.

19**.....

Muerto niño, muerto mio.
Nadie nos siente en la tierra
donde haces caliente el frio.

MIGUEL HERNANDEZ

..... 1948-1949-1950-1951

Continua, in Italia, la serie di delitti organizzati dai possidenti agrari del Sud contro i lavoratori e contadini braccianti e le loro associazioni (in due anni, 36 sindacalisti uccisi). – A Roma, attentato a Togliatti. – Legge marziale e violente repressioni in Grecia (152 guerriglieri giustiziati). – Il Mahatma Gandhi assassinato a Nuova Delhi da un estremista di destra. – In Palestina, gli Ebrei fondano la repubblica di Israele e sconfiggono la Lega Araba. Fuga delle popolazioni arabe dal territorio israeliano. – In Sudafrica, sale al governo il Fronte Nazionale, che instaura la politica della segregazione razziale contro i Negri. – Fra le Potenze dei blocchi, inasprimento della *guerra fredda*. Tuttora in atto la contesa sulla sorte della Germania. Chiusura delle vie di accesso a Berlino Ovest da parte dell'URSS, cosí da impedire i rifornimenti al settore alleato della capitale. Costituzione da parte alleata di un ponte aereo per i rifornimenti. In URSS si dà inizio a una mobilitazione intensiva. – Prosegue con ritmo incessante la corsa agli armamenti, e l'attività sotterranea intorno al segreto nucleare. Si perfeziona la tecnica dei missili balistici.

Dopo circa vent'anni dall'inizio della guerra civile, in Cina vittoria definitiva dell'Armata Rossa. Mao Tse Tung e gli altri dirigenti comunisti entrano a Pechino. I capi nazionalisti si rifugiano a Formosa. – Le Potenze occidentali firmano con le nazioni del loro blocco (fra cui l'Italia) un'alleanza militare detta Patto Atlantico (NATO). – Primo esperimento atomico sovietico. – Con la rottura del segreto atomico americano, ha inizio una nuova fase della corsa agli armamenti. Le Massime Potenze, con l'impiego totale e progressivo delle loro scienze e delle loro industrie, si dedicheranno principalmente all'aumento del proprio capitale di bombe (proliferazione delle armi nucleari). Questa gara prenderà il nome di *equilibrio dei deterrenti* o del *terrore*. In essa, i due principali detentori del Potere nel mondo (Stati Uniti e URSS) spenderanno gran parte delle loro enormi risorse di ricchezza e di lavoro. – Si calcola che nei paesi poveri del Globo il numero dei morti di fame sia di 40 milioni all'anno.

Inizio della guerra di Corea fra le forze popolari del Nord e quelle governative del Sud, sostenute dagli Stati Uniti. Il Presidente Truman proclama lo stato di emergenza nazionale. – Nel Vietnam, prosegue il conflitto fra i Francesi e i partigiani vietminh, condotti dal generale Giap.

Mobilitazione generale nel Vietnam. – Sviluppo dell'artiglieria atomica tattica negli Stati Uniti .....

653

Sul fronte di Corea, incursione USA a Pyong Yang con la morte di seimila civili. – Impegno reciproco di Francia e Stati Uniti contro il comunismo in Indocina. – Nell'isola di Cuba (America Centrale) con l'appoggio degli USA si instaura la dittatura di Batista. – Violenta campagna antisemita in URSS con l'eliminazione di numerosi ebrei, in prevalenza intellettuali. Tutta la popolazione sovietica tenuta da Stalin sotto un regime parossistico di persecuzione e di terrore. – Esplosione sperimentale della prima bomba atomica inglese e della prima bomba all'idrogeno americana (bomba H).

In USA si discute su un eventuale impiego della bomba atomica in Corea. – In URSS morte del Generalissimo Stalin. – Contrasti in Egitto fra Britannici e Egiziani che richiedono lo sgombero del Canale di Suez. – Con un armistizio, che sanziona la divisione del territorio, si conclude la guerra in Corea, costata complessivamente alle due parti circa tre milioni di perdite umane. – In URSS, condanne a morte di alti dirigenti del periodo staliniano. Sperimentata la prima bomba H sovietica.

Capitolazione dei Francesi nel Vietnam. – In Guatemala, con l'appoggio USA, si instaura una dittatura, con l'assassinio di cinquemila dirigenti popolari e la restituzione delle terre ai possidenti agrari. – Negli Stati Uniti, si produce la bomba H ultimo tipo, che libera energia pari a 15 megatoni (quindici milioni di tonnellate di tritolo) 750 volte piú potente di quella lanciata su Hiroscima. – Si scatena la repressione dei colonialisti francesi contro la Tunisia e l'Algeria in rivolta.

Stato di emergenza in Algeria. – L'URSS dichiara la fine dello stato di guerra con la Germania, divisa attualmente in due repubbliche: Federale Tedesca (Blocco Occidentale) e Democratica Tedesca (Blocco Orientale). Sempre insoluta tuttavia la questione di Berlino, situata fisicamente dentro il territorio orientale, e politicamente spartita a mezzo fra i due blocchi opposti. Continue fughe di berlinesi dal settore est al settore ovest. – Nasce ufficialmente l'esercito della Germania Federale. – In opposizione al Patto militare del blocco occidentale (NATO) i paesi del blocco orientale firmano a loro volta un'alleanza militare (Patto di Varsavia). – Gli USA sperimentano la prima bomba atomica subacquea. – L'URSS attua il primo lancio sperimentale di una bomba H da un aereo .....

Comincia la battaglia di Algeri contro i Francesi. – In URSS, al Ventesimo Congresso del Partito, Krusciov denuncia il regime di terrore del defunto Stalin. Ha inizio la *destalinizzazione*. – Rivolta in Ungheria domata dall'intervento militare sovietico. – Crisi di Suez. Boicottaggio egiziano del Canale, che blocca l'afflusso verso Israele di emigranti e rifugiati ebrei da tutto il mondo. Vittorioso attacco di Israele contro l'Egitto. Azione militare di Franco-Inglesi che tentano l'occupazione del Canale e bombardano il territorio egiziano. Minaccia d'intervento sovietico e ritiro delle truppe franco-inglesi. – A Cuba, guerriglia contro la dittatura di Batista, condotta da Fidel Castro.

Nell'Indocina, finalmente evacuata dai Francesi, ha inizio una lotta di liberazione dei partigiani comunisti seguaci di Ho Chi-minh (presidente del Vietnam del Nord) contro un governo dittatoriale instaurato nel Vietnam del Sud sotto la protezione americana. – Esplosione sperimentale della prima bomba H inglese. – Gli USA e l'URSS producono missili balistici intercontinentali con testate nucleari in grado di raggiungere qualsiasi punto del Globo.

Nessun accordo fra le Potenze per la città di Berlino. – A Cuba, vittoria trionfale dei rivoluzionari di Fidel Castro e fuga del dittatore Batista. – Incominciano a manifestarsi divergenze politico-ideologiche fra le due massime Potenze comuniste (Unione Sovietica e Cina popolare). – Scontri alla frontiera Cino-indiana. – Movimenti insurrezionali nel Congo Belga, sotto la guida di Patrice Lumumba. I Belgi abbandonano la Colonia. Scontri e disordini in tutto il paese.

Dimostrazioni in Italia contro la recente instaurazione di un governo di tendenze neo-fasciste. Cariche della polizia contro i dimostranti con morti e feriti in tutto il paese. Dimissioni del Governo. – Sperimentata la prima bomba atomica francese. – Si acuiscono le divergenze fra la Cina comunista e l'Unione Sovietica. – In Germania, viene realizzato un processo (segreto di stato) per la fabbricazione di armi atomiche anche da parte di paesi sprovvisti di mezzi. – Caos nel Congo. Lumumba assassinato. – In Algeria, continua la lotta per l'indipendenza con feroci repressioni da parte dei colonialisti francesi. – Attacco anticastrista a Cuba con lo sbarco di un corpo di spedizione alla Baia dei Porci e bombardamento sulla capitale. L'attacco viene respinto. – A Mosca, i delegati cinesi abbandonano in segno di protesta il Congresso del Partito dell'URSS. – A Berlino Est (settore sovietico) costruzione di un muro fortificato lungo la linea di frontiera con Berlino Ovest. Chiuso il settore orientale ai berlinesi occidentali. Divieto di lavoro ai *pendolari* risiedenti a Berlino Est e già occupati a Berlino Ovest. Divieto di uscita da Est a Ovest. Ordine di sparare a vista a ogni tentativo di infrazione. – Nel Vietnam; continua l'opposizione alla dittatura. Inutili i mezzi di repressione adottati dal Governo (la popolazione contadina, complice abituale dei partigiani, viene segregata in villaggi fortificati, ecc.). – Nelle nazioni *avanzate*, si estende lo sviluppo progressivo e mastodontico delle industrie, che vanno succhiando le migliori energie e accentrando in sé tutti i poteri. In luogo di servire all'uomo, le macchine lo asserviscono. Lavorare per le industrie e comperarne i prodotti diventano le funzioni essenziali della comunità umana. Alla proliferazione delle armi si accompagna una proliferazione di *beni di consumo* irrisori e subito scaduti per le necessità del mercato (consumismo). I prodotti artificiali (plastiche) estranei al ciclo biologico trasformano la terra e il mare in un deposito di rifiuti indistruttibili. Sempre piú si allarga, sui territori del mondo, il *cancro industriale* che avvelena l'aria, l'acqua e gli organismi e assedia e devasta i centri abitati, cosí come snatura e distrugge gli uomini condannati alle catene nell'interno delle sue fabbriche. Per l'allevamento sistematico di *masse di manovra* al servizio dei poteri industriali, i mezzi di comunicazione popolari (giornali, riviste, radio, televisione) vengono usati per la diffusione e la propaganda di una «cultura» deteriore, servile e degradante, che corrompe il giudizio e la creatività umana, occlude ogni reale motivazione dell'esistenza, e scatena morbosi fenomeni collettivi (violenza, malattie mentali, droghe). – Con la febbre esclusiva del consumo e del guadagno, si attraversa un periodo temporaneo di *boom* economico in varie nazioni, fra cui l'Italia. – Competizione economico-industriale con l'America da parte della sua rivale URSS, dove si dà tuttora prevalenza alle industrie pesanti. – In séguito a divergenze politiche, l'URSS ritira i propri tecnici dalla Cina, con la sospensione di 178 progetti industriali in questo paese. – Nuovi esperimenti sovietici con armi nucleari: esplosione di una super-bomba di energia pari a circa 100 milioni di tonnellate di tritolo (cinquemila volte piú potente di quella lanciata su Hiroscima). – Secondo gli ultimi calcoli, le spese per armamenti in tutto il mondo assommano a circa 330 milioni di dollari al giorno . . . . .

. 1962-1963-1964-1965-1966-1967

Vittoria delle forze di liberazione in Algeria. – Scontro fra cattolici e protestanti in Irlanda. – Installazione di basi missilistiche sovietiche a Cuba e conseguente blocco della flottiglia sovietica da parte degli Stati Uniti (crisi di Cuba). Smantellamento delle basi da parte dell'URSS. – Enciclica «Pacem in terris» del papa Giovanni XXIII. – Morte di Giovanni XXIII. – Nel Vietnam, proseguono le offensive dei partigiani e le repressioni del Governo. Per protesta contro la dittatura, alcuni buddisti si bruciano vivi in roghi volontari. – Scontri di frontiera fra Algerini e Marocchini. – Assassinato a Dallas John Kennedy, presidente degli Stati Uniti. – Aperta rottura fra la Cina comunista e il Partito Comunista Sovietico. – Colpo di Stato militare nel Vietnam, con l'appoggio degli Stati Uniti, che intervengono con bombardamenti massicci nel Vietnam del Nord. – La Cina sperimenta la sua prima bomba atomica. – Gli Stati Uniti procedono alla loro *escalation* contro il Vietnam, in cui seguiranno la tattica di guerra totale dei *tre tutti* (tutto uccidere, tutto bruciare, tutto distruggere). Nuove tecniche scientifiche per l'*escalation*: bombe a bilia (capaci di *liberare* in un solo lancio milioni di bilie d'acciaio di effetto mortale), erbicidi e defoglianti chimici per la distruzione totale delle vegetazioni e della natura, ecc. – Colpo di Stato militare in Algeria. – Colpo di Stato militare in Indonesia. Il Comunismo messo fuori legge. Mezzo milione di comunisti ammazzati. – Esperimenti atomici sotterranei nell'USA e nell'URSS. – Continua e si dilata l'industrializzazione intensiva, promossa dalle Potenze occidentali e orientali. – Intere popolazioni uccise dalla fame nei paesi del Terzo Mondo. – Procede l'*escalation* americana. Tremilaseicentoventuno bombardamenti aerei sul Vietnam in sei mesi, dichiarano gli Stati Uniti. – In Grecia, i militari assumono il potere e sospendono la costituzione. Deportazioni e arresti in massa . . . . .

. . . . . e la Storia continua . . . . .

656

«Tutti i semi sono falliti eccettuato uno, che non so cosa
sia, ma che probabilmente è un fiore e non un'erbaccia».

(Matricola n. 7047 della Casa Penale di Turi).

FINE

Note

p. 3 Il verso, qui posto come dedica, è da una poesia di César Vallejo.

145 *Pitchipoi*: questo nome sarebbe stato inventato nel campo di Drancy dai bambini ebrei destinati alla deportazione, per designare il paese misterioso verso il quale partivano i convogli dei deportati (v. Poliakov, *Il nazismo e lo sterminio degli Ebrei*, Ed. Einaudi, p. 239).

l'acqua per la morte: si tratta di un rituale funebre della religione ebraica.

245 *Resciúd* significa: *scappa via*.

385 *macère*: cosí detti, in Ciociaria, i ripiani delle coltivazioni a terrazze.

392 *una pagina di gloria della nostra Storia*: cosí Himmler ha definito la «soluzione finale» in un discorso tenuto ai generali delle SS il 4 ottobre 1943 a Poznan.

583 *ZYKLON B*: si tratta, per chi non lo sapesse, di un composto chimico usato dai Nazisti per lo sterminio nelle camere a gas.

Riguardo alla bibliografia – ovviamente, interminabile – sulla Seconda Guerra Mondiale, io non posso che rinviare i lettori a qualcuno dei tanti cataloghi disponibili ovunque in proposito. Qui devo limitarmi a citare – anche a titolo di ringraziamento – i seguenti autori, che con le loro documentazioni e testimonianze mi hanno fornito degli spunti (reali) per alcuni singoli episodi (inventati) del romanzo:
Giacomo Debenedetti (v. *16 ottobre 1943*, Ed. Il Saggiatore, Milano 1959); Robert Katz (v. *Black Sabbath*, Ed. *The Macmillan Company*, Toronto 1969); Pino Levi Cavaglione (v. *Guerriglia nei Castelli Romani*, Ed. Einaudi, Roma 1945); Bruno Piazza (v. *Perché gli altri dimenticano*, Ed. Feltrinelli, Milano 1956); Nuto Revelli (v. *La strada del Davai*, Ed. Einaudi, Torino 1966, e *L'ultimo fronte*, Ed. Einaudi, Torino 1971).

Indice

Stampato per conto della Casa editrice Einaudi
presso lo Stabilimento Tipolitografico G. Canale & C. s. p. a., Torino
Ristampa identica alla precedente del 13 novembre 1982

C. L. 3972-7

Anno   Ristampa

91   90   89   88   87   86   85   7   8   9   10   11   12   13

Elsa Morante
La Storia
VII rist. "Struzzi"
Einaudi, Torino

0 0 0 5 0 4 6